유종원집(柳宗元集) 3

The Complete Works of Liu Zong Yuan

지은이 **유종원**(柳宗元, 773~819)은 당송팔대가(唐宋八大家)의 한사람으로 중국의 대표적인 문인이다. 자는 자후(子厚)이며 유하동(柳河東) 또는 유유주(柳柳州)라고도 부른다. 21세에 진사과에 급제한 후에 정치 혁신을 꾀하는 집단에 참여하였다가 몰락하여 10년 동안 벽지인 영주(永州)에서 지내며 창작에 몰두하여 많은 작품을 남겼다. 후에 남방인 유주(柳州)에서 4년 동안 자사를 지내다가 47세의 나이로 임지에서 세상을 떠났다. 한유(韓愈)와 더불어 당대의 고문운동을 선도하며 문체 개혁에 나서 산문의 새로운 경지를 개척하였다. 특히 우언문(寓言文)과 산수유기(山水遊記)에 뛰어났으며, 의론문과 전기문도 뛰어나다. 시가에서도 상당한 성과를 거두었다. 하늘과 인간의 영역을 나누어 왕권의 절대성에 반대하는 등 매우 진보적이었으며 유교와 불교의 통합을 주장하기도 하였다. 사회주의 이념 아래에서 뛰어난 유물론자로 대단히 높이 평가를 받기도 하였다.

옮긴이 **오수형**(吳洙亨)은 서울대 중문과를 졸업하고 대만대학 중문연구소에서 문학석사, 서울대에서 문학박사 학위를 취득하였다. 현재 서울대 인문대학 중문과 교수로 재직 중이며, 한양대 중문과 교수를 역임했다. 대만 정치대학의 객좌교수로 강의하고, 중국 사회과학원 문학연구소에서 연구하였으며, 초대 한국중국산문학회장을 지냈다. 주로 중국 고전산문과 관련된 분야를 연구하며 강의한다. 『당송팔대가의 산문세계』, 『중국우언문학사』, 『욱리자』, 『유종원시선』 등의 책과 「유종원산문연구」, 「명대의 우언문학」, 「당대의 산문미학」 등의 논문이 있다.

옮긴이 **이석형**(李奭炯)은 서울대 중문과를 졸업하고 동대학원에서 석사와 박사학위를 취득하였다. 인제대학교 중문과에서 조교수를 역임하고 현재 중앙대 중어학과 교수로 재직하면서 중국문학사, 당시, 송사, 중국역대산문 등을 강의하고 있으며, 대만대학 및 복단대학에서 방문학인으로 연구한 바 있다. 주로 사학(詞學) 중심의 시가 방면에 연구를 집중하여, 저서로 『청말사학이론연구』, 공동 역서로 『두보초기시역해』, 『두보지덕연간시역해』, 『두보위관시기시역해』, 『두보진주동곡시기시역해』, 『두보성도시기시 역해』, 논문으로 「백우재사화연구」, 「주이준사론연구」, 「운간사파사학 연구」 등이 있다.

옮긴이 **홍승직**(洪承直)은 고려대 중문과를 졸업하고 동대학원에서 석사와 박사학위를 취득하였다. 현재 순천향대학교 중문과 교수로 재직하며 공자아카데미원장을 맡고 있다. 중국 섬서사범대학에서 방문학자로 연구한 바 있다. 주로 중국고전산문 분야를 연구 강의하며 중국 고전의 번역에 힘쓰고 있다. 『이탁오평전』, 『분서』, 『아버지 노릇』 등의 책과 「유종원산문의 문체별 연구」, 「풍자개의 산문세계」, 「사부에 나타난 유종원의 우환의식」 등의 논문이 있다.

유종원집(柳宗元集) 3

1판 1쇄 인쇄 2009년 7월 25일
1판 1쇄 발행 2009년 7월 31일

지은이 / 유종원
옮긴이 / 오수형 · 이석형 · 홍승직
펴낸이 / 박성모
펴낸곳 / 소명출판
등록 / 제13-522호
주소 / 137-878 서울시 서초구 서초동 1621-18 (란빌딩 1층)
대표전화 / (02) 585-7840
팩시밀리 / (02) 585-7848
somyong@korea.com / www.somyong.co.kr

값 26,000원

ISBN 978-89-5626-408-0 93820
ISBN 978-89-5626-405-9 (전4권)

유종원집 3

유종원 지음 | 오수형 · 이석형 · 홍승직 옮김

柳宗元集 三

소명출판

1. 저본은 1979년 중국 중화서국(中華書局)에서 출판한 『유종원집』으로 이 책은 이미 매우 충실하게 교감이 가해졌다. 판본이나 교감에 관련된 사항은 말미에 부록된 「교점후기」에 상세한 설명이 있다. 작품의 진위 문제에 대하여는 해당 작품 주석의 언급 외에 부록의 「변위잡록(辨僞雜錄)」에 자료가 정리되어 있다.

2. 저본에 실린 원저자 유종원의 작품을 모두 우리말로 옮겼으며, 주석은 각주의 방식을 취하여 번역문에 달았다. 매 작품의 편명 끝에 단 주석은 해당 작품의 해제에 속한다. 원문은 번역문 뒤에 실었다.

3. 유종원의 작품이 아닌 「전언(前言)」과 말미의 부록에 실린 각종 자료들은 원문 없이 번역문만 실었다. 다만 유종원의 본집 속의 개별 작품에 부록된 타인의 작품은 번역문과 원문을 모두 실었다.

4. 작품의 편명 표기는 독음(한자 : 우리말 풀이)의 방식을 취하였다. 예를 들면, 봉건론(封建論 : 봉건제에 대해 논함)과 같다.

5. 번역문에서의 한자는 독음이 같으면 ( ) 안에 넣고 뜻만 같으면 [ ] 안에 넣었다. 인용문의 경우는 " "와 ' '를 사용하고, 서명에는 『 』, 편명에는 「 」을 사용했다.

6. 한문 원문 중에 현재 통용되지 않는 이체자가 쓰인 경우는 조판의 편의상 지금 통용되는 글자로 바꾼 것도 있다. 원문의 문장부호는 가로쓰기에 맞춰 인용부호를 " "와 ' '로 바꾸었다.

7. 색인은 부록을 포함한 전체의 글 가운데 번역을 가한 글의 원래 한자 편명을 한글 독음 순서에 따라 배열하였다.

중국의 문장가를 이야기할 때면 먼저 당송팔대가(唐宋八大家)가 언급된
다. 그리고 그들 중에서도 이 책의 저자인 유종원(柳宗元)을 비롯하여 한
유(韓愈), 구양수(歐陽修), 소식(蘇軾)이 '한유구소(韓柳歐蘇)'로 불리며 우선
시된다. 이들이 당송 시기에 문단을 선도하며 뛰어난 문장을 창작함으로
써 중국 역사상 가장 찬란한 고문의 꽃을 피워내며 중국산문사에 환한
빛을 발하였기 때문이다.

유종원(773~819)은 당(唐)만이 아니라 중국 역사상 대단히 걸출한 문장가
이며 사상가이고 정치가였다. 문장가로서의 그는 과거의 각종 문학형식을
잘 계승하여 다양한 문체에 고루 깊은 조예를 갖추어 높은 성과를 거두었
다. 특히 시가에도 능하여 시와 문 모두에서 크게 성과를 거둔 대표적인
문인이기도 하다. 흔히 한유와 더불어 새로운 문체 개혁을 이끈 당대의 고
문운동가로서 인식되지만, 그의 전집을 보면 새로운 문체로서의 고문 창
작에만 주력한 것이 아니라, 다양한 옛 문학 전통의 계승과 보존에도 많은
노력을 기울여 크게 성공하였음을 알 수 있다. 사상가로서는 합리적이고

과학적인 사고의 소유자로서 각종 사상을 폭넓게 수용하였으며, 대단히 앞선 민주사상의 소유자였다. 이른바 '신중국' 성립 후에는 역사상 대표적인 유물론자로서 절대적인 위상을 지니기도 했다. 정치가로서는 진보적인 입장에서 개혁의 전열에 섰다가 실패한 불운의 주인공이었다. 그러나 그 정치적 불운은 그의 사상과 문학의 깊이를 더하여 불후의 업적을 남기게 한 원동력이 되었다고도 할 수 있으니, 다른 시각에서 보면 진정한 불운도 아니다. 일찍이 동시대 인물인 한유 역시 그렇게 평한 바 있다.

발전은 옛것을 계승하고 새로운 것을 더함으로써 이루어진다. 즉 발전은 옛것에 대한 깊은 이해와 더불어 새로운 시각과 발상을 통한 창신에서 비롯된다. 당송시기의 고문운동이라는 새로운 문체 개혁의 요체가 바로 거기에 있으며, 유종원 문학 작품의 의미도 거기에 있다. 본 역서의 주된 목적도 바로 그와 궤를 같이 하니, 유종원의 문학세계에 대한 전면적이고 새로운 이해를 바탕으로 하여 또 다른 새로운 것을 찾아내고 만들어내는 일에 작으나마 도움을 제공하려는 것이다.

대학의 중문과 과목 중에 산문은 오래전부터 있어왔다. 그러나 그것은 대부분의 경우에 주로 언어를 익히듯 독해에 치중되어 진행될 뿐, 정체성을 지닌 독립된 장르로서 여겨지지 않은 것이 사실이다. 산문을 전공으로 표방하는 연구자가 나오기 시작한 것도 그리 오랜 일이 아니다. 그런 상황에서 산문의 연구와 교육은 답보상태를 면하기 어렵다. 특히 부족한 점은 산문 원전에 대한 국내에서 출판된 기초 자료의 미비이다. 국내에서 출판된 중국 고전산문 서적으로는 몇 종 안 되는 산문 선집이 전부인데, 그나마도 거의 모두가 같은 작품을 수록한 것들이어서 실제로 쉽게 접할 수 있는 자료는 지극히 제한적이다. 시대별이나 작가별 또는 작품의 종류별로 다룬 작품집도 여전히 찾아보기 어려운 형편이다. 몇몇 시인의 문집을 제외하면, 집부(集部)에 속하는 전집의 완역은 지극히 드문 상황에서 당송팔대가의 문집의 경우도 예외가 아니다. 그런 가운데 2003년 학술진흥재단의 명저 번역 지원으로 유종원에 크게 관심을 가졌던 역자들이 처음으로 당송팔대가의 한 사람의 문집을 완역하게 되었다. 2006년 상반기에 역주가 완료되었으나 여기저기 미비한 점을 보완하고 또 편집하는 과정에서 시간이 적지 않게 지나 이제야 책으로 내게 되었다.

본 역서가 저본으로 삼은 중국 중화서국의 『유종원집』은 주석이나 교감이 이미 상당히 완비되었다. 또 말미의 부록은 판본의 문제나 작품의 진위 문제 등에 대하여 풍부한 자료를 직접 제공하고 있다. 이들은 원전에 관련된 많은 번거로운 문제의 해결에 큰 도움이 된다. 그밖에 서두의 「전언」은 문화대혁명이 끝난 지 얼마 지나지 않아 쓴 것으로, 비록 사회주의 이념의 색채를 벗어나지 못한 한계를 지니고 있으나 여전히 유종원의 작품세계를 비교적 잘 조망하고 있다.

이 책은 세 사람이 번역을 분담하였다. 오수형은 전언, 1·3~4·14~21·26~29·40~41권을, 이석형은 22~25·37~39·42~45권을, 홍승직은 2·5~13·30~36권, 외집 및 보유를 각기 책임지고 역주하였다. 역자의 역량 부족과 더불어 또 공역에서 기인하는 많은 미비점이 존재하리라는 것을 안다. 그러나 중국에도 아직 백화로 된 이렇다 할 전집 역주본이 없는 데다, 유종원에 대한 당대 최고의 학자 장사교(章士釗)조차 원전의 난해함을 지적한 부분이 적지 않다. 그런 점들을 변명이자 위안으로 삼아 감히 책으로 내놓는다. 그로써 유종원 문학에 대한 연구와 교육에 두루 활용되기를 바라며 또한 향후에 더 많은 고전 문집의 번역 출판을 재촉하고자한다.

끝으로 편집에 있어 쉽지 않은 점이 많은 이 책을 정성들여 편집 출판해준 소명출판 여러분에게 깊이 감사의 마음을 전한다. 내용상의 오류와 불비함에 대해서는 제현의 아낌없는 가르침을 청하며, 이 책이 유종원의 문학세계 나아가 중국 산문의 다각적인 연구를 위한 기초 자료로서 미약하나마 의미있는 역할을 할 수 있기를 기대한다.

2009년 2월
역자 씀

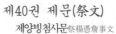

柳宗元集 전체 차례

제30권 서(書)

기허경조맹용서(寄許京兆孟容書 : 허맹용에게 보내는 편지)[1]

종원이 오장(五丈) 좌전(座前)에 재배 드립니다. 가르침과 깨우침을 담아 보내주신 편지를 엎드려 받으니, 세세한 것까지 거듭 관심을 보여주시어, 황홀하여 기뻐서 날뛰고, 혹시 꿈을 꾸다 깬 것은 아닌지 의심스러워, 편지를 손에 쥐고 머리 조아리며, 진정을 하지 못할 정도입니다. 엎드려 생각해보면, 제가 죄를 짓고 이곳에 온 지 5년이 지났건만, 아직껏

---

[1] 본편은 유종원이 영주로 폄적된 지 이미 5년이 지나, 자신의 죄과가 조금이나마 경감되도록 주선해달라고 허맹용에게 쓴 편지이다. 허맹용의 자는 공범(公範)이다. 원화 초기, 상서우승(尙書右丞)·경조윤(京兆尹)으로 전직되었다. 유종원은 부친 비석의 뒷면에 부친과 친했던 친구들을 기록한 「선군석표음선우기(先君石表陰先友記)」(제12권)를 남겼는데, 허맹용도 수록되어 있는 것으로 보아, 허맹용은 유종원 부친 유진과 친분이 두터웠음을 알 수 있다.

옛 친구나 대신들이 편지 한 장 보내려고 한 적조차 없습니다. 무엇 때문이겠습니까? 죄책과 비방이 번갈아 쌓여서, 요직에 자리한 사람들의 의혹을 사게 될까 염려하기 때문이니, 참으로 괴이하고 두려운 일입니다. 이로 인해 처신할 바를 몰라 우두커니 있고, 게다가 겹겹이 근심을 짊어져, 몸도 쇠잔하고 혼도 기력이 쇠하여, 온갖 병이 모여들고, 뱃속이 뭉치고 결리는 증상이 나날이 쌓여가, 먹지 않아도 저절로 배가 부릅니다. 한기와 열기가 번갈아 오르고, 수기(水氣)와 화기(火氣)가 번갈아 이르러, 안으로 근골을 소모시키니, 이는 단지 이 지방 풍토병 장독 때문만은 아닙니다. 그러던 중 문득 편지를 통하여 가르침을 받게 되니, 다행히도 대군자가 관대하게 봐주기도 한다는 걸 이제서야 알게 되어, 고황(膏肓)에 들어간 병독을 몰아내 다시 사람 노릇하게 하고 싶습니다. 제게 무슨 희망이 있어서, 감히 이런 관심을 받게 되었는지요?

일찍부터 저는 죄를 지은 자와 친하게 지내서, 처음에는 그 능력이 뛰어나다 여겨, 함께 인의를 세우고 교화에 도움이 되게 할 수 있겠다고 생각했습니다. 자신의 능력을 헤아리지 않고 지나치게 자신하여, 간절하고 부지런히 오직 중정(中正)과 신의(信義)를 뜻으로 삼고, 요(堯)·순(舜)·공자(孔子)의 도를 일으켜 백성을 이롭고 편하게 하는 것을 임무로 삼았건만, 우매하고 비루하여 억지로 힘써서 할 수는 없음을 몰랐습니다만, 평소의 뜻이 이와 같았습니다. 막다른 길목에 외롭고 위태롭게 되어, 갈길은 다하고 운수가 궁하여, 모든 일이 막히고 제대로 안되고, 귀족과 근신(近臣)의 비위를 건드려, 마음이 들떠서 도리에 어긋나, 헤아릴 수 없는 허물을 만나서, 수많은 비난의 말들이 들끓어오르고, 귀신도 번갈아 분노했습니다. 게다가 평소 비천한 처지에서, 갑자기 요직에 올라 일을 주도하게 되니, 사람들의 신임을 얻지 못했습니다. 사리사욕을 노리고 승진을 추구한 자들이 문지방이 닳도록 찾아왔지만 백 중의 하나도 얻지 못했는데, 일단 자기들 뜻대로 되자, 더더욱 원망과 비방을 만들어냈지요 이런 큰 죄 이외에 온갖 욕설과 비방이 들끓고, 너도나도 왕래하며 선동하여, 모두 적이나 원수가 되어, 마음을 합하여 함께 공격하고, 밖으로 강포한 자나 실직자와 연계하여 자기들의 일을 이루려고 했습니다. 이는 어르신께서도 보고 들으신 것으로, 감히 다른 사람에게 말할 수는 없습니다. 마음 속에 품은 것을 그만 둘 수 없어, 다시 이렇게 편지에 적습니다. 이 사람은 만 번 주벌을 당해도 책임을 메꿀 수 없으니, 어찌 칭찬이 있기를 바라겠습니까? 이제 제가 함께 했던 사람들이 다행히도 너그럽게 용서를 받아서, 각각 좋은 곳에 자리잡게 되어, 많은 일이 없이 가만히 앉아서 봉록을 받아먹으니, 밝으신 천자의 덕이 베풀어준 은혜인데, 또한 어찌 감히 유배를 폐하여주시길 기다리겠으며, 망외의 은택을 바라겠습니까? 나이가 어리고 혈기 왕성하여, 사태의 추이를 살필 줄 모르고, 타당한지 아닌지도 모르고 오직 자기 뜻대로만 이루려고 하여, 결과적으로 형법에 빠지게 된 것이므로, 모두 자기가 스스로 얻게 된 것이니, 또한 무얼 탓하겠습니까?

저는 제가 어울렸던 사람들 중에서 죄상이 가장 심했습니다. 하늘에서 벌을 내려 (모친께서 돌아가셨으니),[2] 곧바로 죽을 수도 없었습니다. 여전히 사람들과 말하면서 먹을 것을 구하고 살 길을 찾고자 했으며, 미혹하여 수치를 모른 채 하루 또 하루를 보냈습니다. 그러나 또한 제가 구차하나마 살아 있으려는 그보다 더 큰 까닭이 있습니다. 저희 집안은 유씨 성을 얻은 이래로 2,500년 동안 대대로 장손을 이어왔습니다. 이제 저는 남다른 죄를 지어 낮고 축축하고 흐릿한 안개가 낀 이적의 땅에 살고 있어, 어느 날 갑자기 골짜기에 묻혀, 선대의 업적을 영원히 땅에 떨어뜨릴까 두려우니, 이 때문에 통탄하고 한스러워 심장은 끓어오릅니다. 외로이 혼자 남아 아직 자식 하나 없습니다. 이 궁벽한 외지에는 혼인을 할 만한 사인(士人) 신분의 여자가 없고, 세상 또한 큰 죄를 지은 사람과 가까이 하여 후손을 잇는 막중한 책임을 잇게 하려는 사람이 없습니다.

---

2) 원화 원년(806) 5월 17일, 유종원의 모친 노씨(盧氏)가 사망했다.

해마다 봄 가을 시향(時饗) 때가 되면, 제수를 받들고 조상 영전에 홀로 서서, 이리저리 둘러봐도 뒤를 이을 사람 없으면, 근심에 사무쳐 한숨쉬며 이번으로 시향이 끝날까 두려운 나머지, 마음은 찢어지고 뼈마저 아파와서 마치 칼날을 맞은 듯 합니다. 이는 참으로 어르신께서 함께 애석히 여기신 점입니다. 선친의 묘소가 장안 성 남쪽에 있는데, 상주로서 지켜줄 다른 자제가 없어, 다만 마을의 이웃에 보살펴달라고 부탁했습니다. 제가 쫓겨온 이래로 살았는지 죽었는지 소식 한 번 고향 마을에 띄운 적이 없었으니, 지키는 것을 맡은 사람도 더욱 태만해질 것입니다. 밤낮으로 슬퍼하고 분해하며 혹시 묘소 곁의 소나무 잣나무를 꺾거나 다치게 하지는 않았을까 또는 풀먹는 가축들을 막지 않아서 묘소가 손상되게 하는 큰 죄를 짓게 된 것은 아닐까 두려워합니다. 요즘에는 선조의 묘소에 성묘하는 예를 중시하건만 저는 그 예를 지키지 못한 것이 이미 4년째입니다. 해마다 한식이 되면 북쪽을 향하여 길게 소리치며 머리를 땅에 조아립니다. 들판이나 길거리에 남녀노소 가득하여 종복·품팔이꾼·거지들도 모두 부모의 묘소에 올라갈 수 있고 마의(馬醫)나 하휴(夏畦)의 귀신도 자손의 추모와 봉양을 받지 않는 것이 없음을 생각하곤 합니다. 그러나 이 바람도 이미 사라졌으니 또 말을 해서 무엇하겠습니까? 장안 성 서쪽에 전답 몇 경(頃)이 있어 과수 수백 그루를 심었는데, 선친께서 몸소 심고 가꾸신 것이 많거늘, 지금은 이미 황폐해져서 모두 베어버렸을 것이니 더 이상 애석할 것도 없습니다. 집안에서 대대로 하사받은 책 3천 권이 선화리(善和里) 옛날 집에 있었건만, 그 집은 이제까지 이미 세 번 주인이 바뀌었으니, 책들이 제대로 남아 있는지 없는지 알 수가 없습니다. 모두 소중하게 관리해 달라고 부탁했어도 항상 마음에 걸리건만 어쩔 도리가 없습니다. 입신했다 한 번 일이 어긋나서 만사가 기와 부서지듯 무너져내리고, 이 몸은 만신창이요 집안은 망하여 세상에 크나큰 죄를 짓게 되었습니다. 어찌 다시 감히 대군자가 보살피고 위로하며 가엾이 여기어 제대로 사람 노릇할 위치에 놓아주시길 바랄 수 있겠습니까? 그러므로 식사 때가 되어도 매운지, 신지, 간이 맞는지 모르고, 목욕하고 세수하고 양치질을 하는 것이 걸핏하면 때를 넘겨, 피부를 한 번 긁으면 손톱에 때가 가득합니다. 참으로 걱정스럽고 두렵고 슬프고 마음이 아픈데, 어디 하소연할 곳도 없어, 이 지경에 이르렀습니다.

　예로부터 현명하고 재능이 있는 사람으로서 뜻을 견지하고 본분을 따르다 비방을 당하고 스스로 해명하지 못한 사람은 겨우 백 명뿐이었습니다. 그러므로 형이 없는데 형수를 훔쳤다고 비방을 당한 경우도 있고,3) 고아 딸과 혼인했는데도 장인을 때렸다고 비방을 당한 경우도 있습니다.4) 그러나 당세 호걸 덕택으로 실상이 분명히 판별되고 결국 사서에서 빛나게 되기도 했습니다. 관중(管仲)은 도적을 만나, 발탁하여 공신이 되게 하였습니다. 광장(匡章)은 불효하다는 평판이 있었음에도, 맹자는 예우하였습니다.5) 지금 저는 이미 그런 옛 사람의 실상은 없고 허물만 있게 되었으니, 세상 사람들이 제 처지를 해명해주기를 바라고 싶어도 그럴 수가 없습니다. 직불의는 금을 가져갔다는 누명에 동료에게 보상해주었고,6) 유관(劉寬)은 소를 가져갔다는 누명에 수레에서 내려 시골 사람에게 소를 주었습니다.7) 의심이 나는 것을 판별하기 어려우며 말로 이길 수

---

3)『한서』에서 직불의(直不疑)가 잘생긴 외모로 형수를 훔쳤다는 비방이 돌았는데, 사실 직불의는 형수가 없었다고 한다.

4)『후한서』에서, 제오륜(第五倫)이 건무(建武) 29년에 회양왕(懷陽王)을 따라 경사로 황제를 알현하러 왔는데, 황제가 제오륜에게 농담으로 "듣자 하니, 경이 관리가 된 이후 장인을 때린 일이 있다고 하던데, 어찌 그럴 수 있는가?"라고 하자 제오륜은 "저는 세 번 혼인을 했지만, 모두 부친이 없었습니다"라고 대답했다.

5)『맹자』에서, 공도자(公都子)가 "광장(匡章)은 온 나라 사람들이 모두 그가 불효하다고 하는 사람입니다. 그런데 선생님께서는 그와 함께 어울리고 또한 예우하시는데, 무슨 까닭이신지요?"라고 묻자 맹자는 "세상에서 불효라고 하는 것이 다섯 가지인데 (…중략…) 광장에게 그 중 한 가지라도 있느냐"고 반문했다.

6)『한서』에 나온다. 직불의가 낭(郎)이 되어, 문제(文帝)를 섬겼다. 그의 동사(同舍) 한 사람이 귀향을 하는데, 실수로 동사(同舍) 낭(郎)의 금을 가지고 갔다. 얼마 후에 금을 잃어버린 사실을 발견한 당사자는 직불의가 가져갔다고 의심했다. 직불의는 그랬다고 사과하며, 금을 산 것으로 치고 값을 보상해주었다. 귀향했던 사람이 나중에 금을 돌려주자, 금을 잃어버렸던 낭(郎)은 매우 부끄러워했다.

7) 동한 때 유관(劉寬)의 자는 문요(文饒)이다. 길을 가던 도중, 소를 잃어버린 어떤 사람

있는 것이 아님을 이를 통해 알 수 있습니다. 정첨(鄭詹)은 진(晉)에 잡혀 가서도 끝내 죽지 않았고,[8] 종의(鍾儀)는 남쪽 음악을 연주함으로써 결국 귀국할 수 있었고,[9] 숙향(叔向)은 붙잡혀 옥에 갇혀서도 반드시 벗어나리라 스스로 기약을 했고,[10] 범좌(范痤)는 지붕에 걸터앉아 죽음의 운명을 삶으로 바꿔놓았고,[11] 괴통(蒯通)은 큰 솥에 삶아 죽을 위기의 순간을 벗어나 결국 제(齊)의 상객이 되었고,[12] 장창(張蒼)·한신(韓信)은 애초에 사형을 당할 신세였는데 나중에는 결국 장군과 재상의 자리에 올랐고,[13] 추양(鄒陽)은 감옥에 갇혀서 편지로 살 길을 열었고,[14] 가생(賈生)은 추방

이 유관의 수레에 맨 소를 보고, 자기 소라고 했다. 유관은 아무 말도 하지 않고 수레에서 내려 걸어서 집으로 돌아갔다. 얼마 후 소를 잃어버렸던 사람이 부끄러워하며 소를 돌려보냈다.

8) 『국어』에 나온다. 진나라 문공(文公)이 정(鄭)나라를 공격하여, 정첨만 잡으면 군대를 귀환시킨다고 했다. 정나라 사람들이 정첨을 진(晉)나라에 내주어, 진나라에서 정첨을 삶아 죽이려고 했는데, 정첨이 솥귀를 붙잡고 호통을 치자, 문공은 죽이지 말라고 명하고, 두터이 예물을 차려 돌려보냈다.

9) 『좌전』 성공(成公) 9년에 나온다. 진후(晉侯)가 군부(軍府)를 시찰하다가 종의(鍾儀)를 보고 비파를 주자, 남쪽 음악을 연주했다. 진후는 정중히 예우하면서, 남쪽으로 귀향하여 음악을 더욱 연마하도록 했다. 남쪽 음악은 초(楚) 음악을 말한다.

10) 『좌전』 양공(襄公) 21년에 나온다. 난영(欒盈)이 초(楚)로 달아났다. 범선자(范宣子)가 숙향(叔向)을 옥에 가두어, 악왕부(樂王鮒)가 숙향을 만나 "내가 자네를 위해 잘 부탁해보겠네"라고 하자, 숙향은 거절했다. 사람들이 숙향을 탓하자, 숙향은 기(祁) 대부가 반드시 자기를 구할 것이라고 믿었다.

11) 『사기(史記)』 「위세가(魏世家)」에 나온다. 조(趙)에서 위왕(魏王)에게 사람을 보내 '범좌를 죽이면 땅을 주겠다'고 하자, 위왕은 범좌를 잡아오게 했다. 범좌는 지붕에 올라가 높은 곳에 걸터앉아, 잡으러 온 사자에게 말했다. "죽은 나를 파는 것보다 산 나를 파는 것이 낫지 않겠소 내가 죽었는데 조나라에서 땅을 주지 않으면 어떻게 하겠소?" 왕은 그를 내보냈다.

12) 한나라 고조가 한신(韓信)을 죽이려고 하여, 한신이 "괴통의 말을 따르지 않은 것을 후회한다"고 하여, 고조가 괴통을 불러 삶아 죽이려고 했다. 괴통이 '개는 각각 자기 주인을 위해 짖는 법'이라는 등등의 말을 하여, 고조는 풀어주었다. 제 도혜왕(悼惠王) 때 조참이 재상이 되어, 괴통을 상객으로 대접했다.

13) 장창이 패공(沛公)을 따라 남양(南陽)을 공격하다가, 참수를 당하게 되어, 옷을 벗고 형을 집행하려고 하던 중, 왕릉(王陵)이 패공에게 말하여, 사면을 했다. 나중에 효문제 때 재상이 되었다. 한신이 초(楚)에서 달아나 한(漢)으로 귀순하여, 어떤 일에 연루되어 참수를 당하게 되어, 마침 등공(滕公)을 만났는데, 등공이 그 말을 남다르게 여겨, 결국 사면을 하였다. 나중에 한신은 대장군이 되었다.

을 당했다가 후에 다시 선실(宣室)로 부름을 받았고,15) 예관(倪寬)은 쫓겨
나 죽음을 당할 뻔 했다가 나중에 어사대부에까지 이르렀고,16) 동중서(董
仲舒)·유향(劉向)은 하옥되어 주벌을 당할 뻔 했다가 결국 한나라 유학의
종주가 되었습니다.17) 이들은 모두가 소중하고 뛰어나고 박학하고 논변
을 잘하고 남달리 훌륭한 인물로서, 스스로 궁지에서 벗어날 수 있었습
니다. 지금 저는 나약하고 미미하며, 보잘것없는 하류의 재주만 지니고
있으며, 또한 항상 두려움에 떨며 고질병까지 지니고 있어, 비록 비분강
개하여 미력이나마 바쳐서 옛날 사람들처럼 되어보려고 해도, 그럴수록
더더욱 멀어질 뿐입니다!

　현명한 사람은 현세에 뜻을 얻지 못하면 반드시 후세에라도 귀하게
되는 법이어서, 옛날에 책을 저술한 사람들이 모두 그랬습니다. 제가 최
근 이에 힘쓰고자 하였으나, 능력이 짧고 재주가 하찮아서 자신을 드러
낼 특별한 능력이 없어, 비록 붓을 쥐고 줄줄 써내려가려고 해도, 정신과
의지가 황폐하고 고갈되어, 앞뒤 내용을 잊어버려서, 끝내 글을 완성할
수 없습니다. 예전에 독서할 때는 스스로 막힘이 없다고 생각했었는데,
지금은 모든 것이 까마득해 다시 떠올리거나 기록할 수가 없습니다. 매

14) 서한 때 추양이 양효왕(梁孝王)을 따라 노닐자, 양승(羊勝)·공손궤(公孫詭) 등이 추양
　　을 질시하여 모함했다. 효왕이 노하여 추양을 하옥시키고, 죽이려고 하였는데, 추양이
　　옥중에서 왕에게 편지를 써 올리자, 왕은 그를 내보냈다.
15) 서한 때 가의(賈誼)는 낙양 사람이다. 강(絳)·관(灌) 등의 무리들이 모함하여, 장사왕
　　(長沙王) 사부로 쫓겨났다. 일년 남짓 지나서, 문제가 그를 보고 싶어하여, 불러서 선실
　　에서 만났다.
16) 서한 때 예관이 정위문학졸사(廷尉文學卒史)가 되었는데, 유생이라서 일에 익숙하지
　　않아서 북지(北地)로 쫓겨났다. 나중에 봉선(封禪)에 관한 일을 논의하여, 어사대부에 임
　　명되었다.
17) 서한 때 동중서는 광천(廣川) 사람이다. 앞서 요동(遼東) 고묘(高廟), 장릉(長陵) 고원(高
　　園) 등의 건물에 화재가 나서, 동중서가 집에서 그 의미를 추단했는데, 초고를 올리지
　　않았다. 주보언(主父偃)이 그의 책을 몰래 빼내 바쳤다. 이에 동중서를 하옥시켜 사형에
　　처하려 했는데, 사면을 내렸다. 유향은 자가 자정(子政)이다. 선제(宣帝)를 섬겨, 간의대
　　부가 되었는데, 황금을 만들 수 있다고 주장했다가, 결국 실패하여, 하옥되어 사형을
　　당하게 되었다. 황제가 그의 재능을 아까워하여, 겨울이 지나자 사형 논의가 사그라들
　　게 되었다.

번 옛사람의 전기를 읽을 때면, 몇 장 읽어내려간 뒤 다시 두세 번 앞 장을 펼쳐보아, 성씨를 다시 보고, 돌아서면 또 잊게 됩니다. 만약 만의 하나 형부 죄수의 명단에서 제외되어 다시 사대부 대열에 끼게 된다 해도, 역시 당세에 등용될 수는 없을 것입니다. 엎드려 생각해보면 쓸모없는 땅에서 슬픔을 일으키는 수밖에 없으며 보답없는 곳에서 덕을 드리우는 수밖에 없으나, 다만 집안 종가의 제사를 이을 수는 없을까를 생각하면 마음에 격동되는 바가 있어, 이 마음은 잃지 않고 간직하고 있습니다. 비록 감히 귀향하여 선영을 청소하기도 하고 물러나 선조들이 살던 집에 의탁하여 여생을 다할 수 있기를 바라지는 못하지만, 조금이나마 북으로 옮겨서, 장독의 위험이 좀 더 경감되고, 새 아내를 맞이하여 대를 이을 후손을 얻어서, 후사를 맡길 수 있다면, 그대로 영원히 이별한다 해도, 마치 단잠을 얻은 듯, 더 이상 여한이 없을 것입니다. 구절구절 번잡하게 많은 말을 하였지만, 속 마음을 스스로 말하지 못합니다. 그러나 글을 통해 그 뜻을 헤아려 주신다면, 군자는 참으로 진정한 지기를 얻었다고 할 수 있을 것입니다. 너무나 간절한 이 마음을 어찌 할 지 모르겠습니다. 이만 줄입니다. 종원 재배 드립니다.

宗元再拜五丈座前 : 伏蒙賜書誨諭, 微悉重厚, 欣躍恍惚, 疑若夢寐, 捧書叩頭, 悸不自定. 伏念得罪來五年, 未嘗有故舊大臣肯以書見及者. 何則? 罪謗交積, 羣疑當道, 誠可怪而畏也. 以是兀兀忘行, 尤負重憂, 殘骸餘魂, 百病所集, 痞結伏積, 不食自飽. 或時寒熱, 水火互至, 內消肌骨, 非獨瘴癘爲也. 忽捧敎命, 乃知幸爲大君子所宥, 欲使膏肓沉沒, 復起爲人. 夫何素望, 敢以及此.

宗元早歲, 與負罪者親善, 始奇其能, 謂可以共立仁義, 裨敎化. 過不自料, 勤勤勉勵, 唯以中正信義爲志, 以興堯 舜 孔子之道, 利安元元爲務, 不知愚陋, 不可力彊, 其素意如此也. 末路孤危, 阨塞臲卼, 凡事壅隔, 很忤貴近, 狂疏繆戾, 蹈不測之辜, 群言沸騰, 鬼神交怒. 加以素卑賤, 暴

起領事, 人所不信. 射利求進者, 塡門排戶, 百不一得, 一旦快意, 更造怨
讟. 以此大罪之外, 訕訶萬端, 旁午搆扇, 盡爲敵讎, 協心同攻, 外連强暴
失職者以致其事. 此皆丈人所聞見, 不敢爲他人道說. 懷不能已, 復載簡
牘. 此人雖萬被誅戮, 不足塞責, 而豈有賞哉? 今其黨與, 幸獲寬貸, 各得
善地, 無分毫事, 坐食俸祿, 明德至渥也, 尙何敢更俟除棄廢痼, 以希望外
之澤哉? 年少氣銳, 不識幾微, 不知當否, 但欲一心直遂, 果陷刑法, 皆自
所求取得之, 又何怪也?

宗元於衆黨人中, 罪狀最甚. 神理降罰, 又不能卽死. 猶對人言語, 求食
自活, 迷不知恥, 日復一日. 然亦有大故. 自以得姓來二千五百年, 代爲冢
嗣. 今抱非常之罪, 居夷獠之鄉, 卑濕昏霧, 恐一日塡委溝壑, 曠墜先緒, 以
是怛然痛恨, 心腸沸熱. 煢煢孤立, 未有子息. 荒隅中少士人女子, 無與爲
婚, 世亦不肯與罪大者親昵, 以是嗣續之重, 不絶如縷. 每當春秋時饗, 子
立捧奠, 顧眄無後繼者, 惸惸然欷歔愴悢, 恐此事便已, 摧心傷骨, 若受鋒
刃. 此誠丈人所共憫惜也. 先墓所在城南, 無異子弟爲主, 獨託村鄰. 自譴
逐來, 消息存亡不一至鄉閭, 主守者固以益怠. 晝夜哀憤, 懼便毀傷松柏,
芻牧不禁, 以成大戾. 近世禮重拜掃, 今已闕者四年矣. 每遇寒食, 則北向
長號, 以首頓地. 想田野道路, 士女遍滿, 皁隷傭丐, 皆得上父母丘墓, 馬醫
夏畦之鬼, 無不受子孫追養者. 然此已息望, 又何以云哉! 城西有數頃田,
樹果數百株, 多先人手自封植, 今已荒穢, 恐便斬伐, 無復愛惜. 家有賜書
三千卷, 尙在善和里舊宅, 宅今已三易主, 書存亡不可知. 皆付受所重, 常
繫心腑, 然無可爲者. 立身一敗, 萬事瓦裂, 身殘家破, 爲世大僇. 復何敢更
望大君子撫慰收恤, 尙置人數中耶! 是以當食不知辛酸節適, 洗沐盥漱, 動
逾歲時, 一搔皮膚, 塵垢滿爪. 誠憂恐悲傷, 無所告愬, 以至此也.

自古賢人才士, 秉志遵分, 被謗議不能自明者, 僅以百數. 故有無兄盜
嫂, 娶孤女云撾婦翁者; 然賴當世豪傑, 分明辨別, 卒光史籍. 管仲遇盜,
升爲功臣; 匡章被不孝之名, 孟子禮之. 今已無古人之實, 而有其訕, 欲望
世人之明己, 不可得也. 直不疑買金以償同舍; 劉寬下車, 歸牛鄉人. 此誠

知疑似之不可辯, 非口舌所能勝也. 鄭詹束縛於晉, 終以無死; 鍾儀南音, 卒獲返國; 叔向囚虜, 自期必免; 范痤騎危, 以生易死; 酈通據鼎耳, 爲齊上客; 張蒼·韓信伏斧鑕, 終取將相; 鄒陽獄中, 以書自活; 賈生斥逐, 復召宣室; 倪寬擯死, 後至御史大夫; 董仲舒·劉向下獄當誅, 爲漢儒宗. 此皆瓌偉博辯奇壯之士, 能自解脫. 今以怔忪洫沒, 下才末伎, 又嬰恐懼痼病, 雖欲慷慨攘臂, 自同昔人, 愈疏濶矣!

賢者不得志於今, 必取貴於後, 古之著書者皆是也. 宗元近欲務此, 然力薄才劣, 無異能解, 雖欲秉筆覼縷, 神志荒耗, 前後遺忘, 終不能成章. 往時讀書, 自以不至抵滯, 今皆頑然無復省錄. 每讀古人一傳, 數紙已後, 則再三伸卷, 復觀姓氏, 旋又廢失. 假令萬一除刑部囚籍, 復爲士列, 亦不堪當世用矣! 伏惟興哀於無用之地, 垂德於不報之所, 但以存通家宗祀爲念, 有可動心者, 操之勿失. 雖不敢望歸掃塋域, 退託先人之廬, 以盡餘齒, 姑遂少北, 益輕瘴癘, 就婚娶, 求胤嗣, 有可付託, 卽冥然長辭, 如得甘寢, 無復恨矣! 書辭繁委, 無以自道. 然卽文以求其志, 君子固得其肺肝焉. 無任懇戀之至! 不宣. 宗元再拜.

여양경조빙서(与楊京兆憑書 : 양빙에게 보내는 편지)[18]

모월 모일, 종원이 재배드리며 어르신 앞에 편지 올립니다.[19] 하인 호요(胡要)가 돌아와 보고하면서 보내신 편지를 전해주어, 가르침을 받았으니, 격려해주시는 깊은 정이 피어나고, 많은 것을 말씀하셨습니다. 첫째는 현명한 인재를 추천하는 도가 지금 세상에서는 제대로 실행되기 어려움을 말씀하셨고, 둘째는 문장을 말씀하셨고, 마지막으로는 제가 우둔하고 몽매하여 모든 것을 잃고 자빠지고 고꾸라져, 가문을 지키고 고향으로 복귀하지 못하는 것을 생각하시어, 염려와 연민이 끝이 없으셨습니다. 단지 친밀한 옛친구처럼 대하셨을 뿐 아니라, 공정한 말씀으로 칭찬을 해주시고 평소의 지향을 인정해주시어 충정과 성의를 떨쳐 일으켜 주셨습니다. 이로 인해 기뻐서 뛰면서, 공경하기도 하고 송구하기도 하여, 예전에 편지를 받았던 것보다 천만배, 만만배 더한 것을 느낍니다. 그러므로 감히 어리석은 제 생각을 모두 펼쳐 올립니다.

무릇 사람을 천거하는 도에서 옛사람들이 어렵다고 했던 것은 그 어려움이 오직 하나만 있을 뿐이 아니기 때문입니다. 알기가 어렵고, 말하기가 어렵고, 듣고 믿기가 어렵습니다. 사람들 중에는 재능이 있어도 말하기 부끄러워하는 자가 있고, 재능이 있으면 말하기 즐기는 자가 있고, 없어도 말을 잘 하는 자가 있고, 없어도 말을 하지 않아 마치 있는 것 같

---

18) 본편은 장인 양빙(楊憑)에게 보낸 편지이다. 양빙의 전기에 따르면, 양빙이 경조윤으로 있을 때 이이간(李夷簡)과 평소 사이가 안 좋아서, 양빙이 강서(江西)에서 횡령을 했다고 이이간이 탄핵하여, 경조윤으로서 치적이 있음에도 불구하고 헌종은 양빙을 임하위(臨賀尉)로 펌적시켰다. 원화 4년(809)의 일이다. 유종원이 처남 즉 양빙의 아들 양회지(楊誨之)에게 보낸 편지(제33권)에서 '억울하게 펌적당한 (양회지의) 부친이 조만간 사면되어 큰 일을 맡게 되리라'는 말을 했고, 이 편지에서도 '조만간 조정에 복귀되어 다시 큰 일을 맡게 되리라'는 말을 한 것으로 보아, 원화 5년(810) 겨울에 쓴 것임이 분명하다.

19) 원문에서 호칭을 '丈人'이라고 했는데, 이는 사위로서 장인을 호칭한 것이 아니라 존장자에 대한 경칭으로 쓴 것으로 보인다.

은 자가 있습니다. 있어도 말하기 부끄러워하는 것은 최상입니다. 비록 순(舜)같이 재능이 있었어도 사람들이 알기 어려웠습니다. 공자 또한 '겉 모습만으로 사람을 뽑으면 자우(子羽) 같은 사람을 잃게 된다'[20]고 말했습니다. (사람 보는 눈이) 이보다 아래인데도 실수없이 잘 알아본다고 말하면 망발입니다. 있으면 말하는 자는 그 다음입니다. 덕이 한(漢) 광무(光武)같아도 풍연(馮衍)이 등용되지 않았습니다.[21] 재능이 왕경략(王景略)같아도 윤위(尹緯)는 영사(令史)밖에 되지 못했습니다.[22] 이 모두는 종일토록 소리치고 울고 탄식해도 끝내 아무도 살펴주지 않았습니다. 재능이 없는데도 말을 꾸미는 자는 사회에 해로운 존재입니다. 조괄(趙括)이 염파(廉頗)를 대신할 수 있었고[23] 마속(馬謖)이 공명(孔明)을 현혹할 수 있었습니다.[24] 지금 이와 같은 예가 세상에 적지 않습니다. 장군 재상 대신들이 그 말을 듣고서 반드시 판별해낼 수 있다고 하는 것도 또한 망발입니다. 없어서 말을 하지 않는 자는 흙이나 나무 같은 부류입니다. 주인(周仁)은

20) 『사기』에서 인용한 것으로, 공자는 '언설로 사람을 뽑으면 재아(宰我)를 잃게 된다. 용모로 사람을 뽑으면 자우를 잃게 된다'고 했다.

21) 풍연의 자는 경통(敬通), 경조 두릉(杜陵) 사람이다. 세조(世祖)가 즉위해서 논공행상을 하면서, 불러 만나려고 했다. 영호략(令狐略) 등의 참언으로 결국 등용되지 못했다.

22) 『진사(晉史)』「재기(載記)」에 나온다. 윤위의 자는 경량(景亮), 천수(天水) 사람이다. 처음엔 진(秦) 이부영사(吏部令史)를 지냈다가 나중에 요장(姚萇)을 섬겨 큰 공을 세웠다. 요장이 부견(苻堅)을 패배시켜, 윤위를 보내 부견을 설득하여 선대(禪代)를 찾도록 했다. 부견이 윤위에게 "경은 내게 있을 때 무슨 관직이었나?"라고 물어, 윤위가 "상서영사입니다"라고 대답하자, 부견은 "경은 재상의 재능을 지니고 있다. 왕경략의 무리들이 있어 짐이 경을 알아보지 못했으니, 망하는 것 또한 당연하구나!"라고 했다. 왕경략의 이름은 맹(猛)이다.

23) 『사기』「조사전(趙奢傳)」에 나온다. 조나라 효성왕(孝成王)이 염파더러 군대를 거느리고 진(秦)을 공격하게 했는데, 진의 간첩이 "진은 오직 마복군(馬服君) 조사의 아들 조괄이 대장이 될까 두려워할 뿐이다"라고 하여, 왕은 조괄이 염파를 대신하게 했다. 인상여와 조괄의 모친이 왕에게 간언했지만, 왕은 듣지 않아, 결국 패하고 말았다.

24) 『촉지(蜀志)』에 나온다. 마속의 자는 유상(幼常)으로, 재기가 남을 뛰어넘고, 군사적 계략을 논하기를 좋아했다. 제갈량이 매우 총애했다. 유비가 세상을 떠나며 제갈량에게 "마속은 실상보다 말이 앞서서, 크게 등용하면 안되니, 잘 살피시오"라고 했다. 제갈량은 그렇게 생각하지 않고, 마속을 참군으로 임명했다. 나중에 또 대군을 이끌고 가정(街亭)에서 싸워, 장합(張郃)에게 대패했다.

중신(重臣)으로 대접받아 2천 석 녹봉을 받았고,[25] 허정(許靖)은 사람들의 칭찬으로 삼공의 자리에 올랐습니다.[26] 근세에는 이런 부류를 특히 좋아해 장자(長者)로 삼아서, 천거와 총애를 받기가 가장 쉽습니다. 투박하고 무식하여 아무런 해악이 없는 자가 농촌 마을에서 필부로 있다면, 비록 장자라고 칭찬해도 괜찮을 겁니다. 하지만 포관격탁(抱關擊柝)하는(관문을 지키거나 야간에 딱따기를 두드리며 경비하는) 일로부터 그 이상으로는 반드시 정성껏 일을 해야 하며, 위로 올라갈수록 끼치는 영향이 더욱 커지니, 쓸모없는 투박함을 어디에 쓰겠습니까? 지금 사람들이 "아무개는 장자로서, 큰 관리가 될만하다"고 말하는데, 옛날의 이른바 장자가 아니면, 필시 흙이나 나무 같은 부류일 뿐입니다. 흙을 한줌 뜨고 나무를 세워서 벼랑 위에 올려놓고, 보불과 모자로 장식하고, 하인들을 딸려주어 그 좌우에서 종종걸음치며 다니게 하면, 어찌 만민의 노고에 보답이 있겠습니까? 성인의 도가 세상의 쓰임에 보탬이 되지 않는 것은 모두 이 때문으로, 그러므로 아는 것이 어렵다는 것입니다. 공자는 '어진 자는 말을 하는 것이 신중하다'고 했고, '맹자는 추구하는 길이 다르면서 말을 하는 것을 병통으로 여겼습니다.' 그러니까 상대방이 아직 나를 안 믿는데 내가 사람을 추천하면 반드시 세 간극이 있습니다. "그가 정말 그 사람을 아는 건가? 그 사람의 글을 아는 건가?" 의심하여 중히 여기지 않을 것이니, 첫 번째 간극입니다. 또한 "그가 개인적 호감이 있는 건 아닐까? 무슨 잇속을 주고받은 건 아닐까?" 하니, 두 번째 간극입니다. 또한 "그는 나를 만족스럽게 여기지 않고 나를 해치지 않을까? 내 일을 망치지 않을까?" 하니, 세 번째 간극입니다. 이것이 두려워 말을 하지 않으니, 그

---

25) 서한 때 주인(周仁)의 선조는 임성(任城) 사람이다. 무제가 즉위하여, 선제의 신하로서 중시했다. 주인은 병으로 자리에서 물러났다. 2천 석 녹봉으로 은퇴했다.

26) 선주(先主)가 성도(成都)를 포위하자, 허정이 성을 넘어 항복하여, 선주는 이 때문에 허정을 박대하고 등용하지 않았다. 법정(法正)이 "허정에 대한 칭송이 사해에 널리 퍼졌는데 만약 그를 예우하지 않으면 천하 사람들은 공이 현인을 천시한다고 여길 것입니다"라고 했다. 이에 허정을 사도로 삼았다.

러므로 말하기가 어렵다는 것입니다. 말을 해도 이런 의심이 있으니, 그러므로 듣고 믿기가 어렵다는 것입니다. 오직 밝은 사람만이 천거의 길을 얻을 수 있고, 말하는 길을 얻을 수 있고, 듣는 길을 얻을 수 있으니, 하나도 이르지 않으면 기대할 수 없습니다. 그러나 군자는 말하고 듣기가 어렵다고 해서 인재를 얻는 데 힘쓰지 않지는 않습니다. 인재는 통치의 근본입니다. 설령 유사가 나를 믿지 않아도, 내가 포기하지 않고 그를 알아주면, 필시 나를 믿는 자가 있을 것입니다. 내가 그를 알아주면, 알아주는 유사가 없다는 어려움이 있더라도 그 사람은 세상에 드러날 것이니, 그러면 언젠가 내가 사람을 등용하는 권리를 갖게 되면 반드시 그에게 기회를 줄 수 있을 것입니다. 그러므로 공경(公卿)의 큰 임무 중 인재를 찾는 것보다 더 큰 것이 없습니다. 인재를 미리 준비하여 잘 살펴두지 않았다가 갑자기 군주가 묻는데, 재상이 도움을 청하는데, 유사가 사람을 찾는데 응답하지 못한다면 대신의 도리를 소홀히 한 것이니, 그러므로 번거롭다 하여 꺼려서는 안됩니다.

지금 세상에서 인물을 말하는 경우 문장을 우선시합니다. 문장은 인물의 말단입니다. 그러나 그 안에 입언(立言)이 담겨 있어, 말단이면서도 근본이 담긴 것이 70~80% 정도는 되므로, 소홀히 할 수는 없습니다. 예로부터 보면 지금처럼 문인이 많았던 적이 없었습니다만, 지금 후생들이 글을 쓰면 굴원·사마천과 같은 경지에 이르는 자를 몇 명 얻을 수 있을 것이며, 왕포(王褒)·유향(劉向)의 무리의 경지에 이르는 자를 또한 열 명 정도 얻을 수 있을 것이며, 육기(陸機)·반악(潘岳)과 견줄 만한 자는 줄줄이 이어질 것입니다. 만약 모두 멈추지 않고 문장에 종사하면, 문장의 성황이 옛날에 없었을 정도에 이를 것입니다. 후대에는 이를 알 수 있을 것입니다. 지금의 속되고 용렬한 귀와 눈은 믿음을 취할 바가 없으며, 남달리 뛰어난 자만이 이것을 볼 뿐입니다. 어르신께서는 문장과 시율이 당세에 유행되시어, 형제가 당당히 나란히 이름을 날리며,[27] 천하에서 문장가라 일컫습니다. 이제 또 경지(敬之)가 태어났습니다.[28] 경지는 굴원·사마천의 경지를 바라보는 자 중의 하나입니다. 천하가 바야흐로 태평하게 다스려지고, 지금의 문사는 모두 통치를 우선시할 수 있습니다. 통치에서 한결같이 고서(古書)와 노생(老生)을 통해서 판단하지 않고, 요순의 도와 공자의 뜻으로 직접 나아가 밝혀 내니, 또한 옛날에 있기 어려웠던 일입니다. 그렇다면 문장은 반드시 인물의 말단은 아니며, 다만 어떻게 채취하는지에 달렸을 따름입니다. 저 종원은 어렸을 때부터 문장 짓는 것을 배워, 중간에 다행히 진사과와 박학굉사과에 연속 급제하여, 상서랑이 되어 백관의 공문과 상소를 전담하였습니다만, 그러나 아직은 문장을 짓는 도를 탐구하여 알지는 못했습니다. 폄적되어 와서 특별한 일이 없어, 백가의 책을 읽고 상하로 넘나들면서, 문장에서 잘된 점과 병폐 등을 조금 알게 되었습니다. 작년에 오무릉(吳武陵)이 왔는데,[29] 그의 나이가 상당히 젊고 재능과 기상이 건장하여 서한의 문장을 흥성시킬 수 있지 않을까 기대하여, 날마다 함께 대화를 나누었고, 이로 인해 글 수십편을 주었습니다. 그가 카랑카랑 읽고 성정을 도야하면서 때때로 옛사람들의 모습을 볼 수 있기를 바란 것이지요 그러나 그 옛사람들 역시 사람일 뿐이니, 멀어야 얼마나 멀겠습니까? 사람은 옛날을 말할 수는 있어도, 지금을 말할 수는 없습니다. 환담 또한 "양자운(揚子雲)을 직접 만나보니, 용모가 사람의 마음을 움직이지 못하는데, 어찌 그의 책을 전수하려 하겠는가?"라고 했습니다. 설령 장주(莊周)처럼 넓고, 굴원(屈原)처럼 애처롭고, 맹가(孟軻)처럼 깊고, 이사(李斯)처럼 장렬하고, 사마천(司馬遷)처럼 준엄하고, 사마상여(司馬相如)처럼 풍부하고, 가의(賈誼)처럼 분명하고, 양웅(揚雄)처럼 전일(專一)한다 해도, 지금의 사람이라면, 세상에서 높게 보는 자가 극히 적습니다. 이로써 보자면 옛사람들은 당세에 박대당하고 후세에 영광을

---

27) 대력 9년(774) 양빙이 진사 급제하고, 13년(778) 양응이 진사 급제하고, 12년(777) 양릉이 진사 급제했다. 모두 유명해서, 당시 '삼양(三楊)'이라고 했다.

28) 양경지는 양릉의 아들로, 원화 2년(807) 진사 급제했다. 양경지의 자는 무효(茂孝), 일찍이 「화산부(華山賦)」를 지어 한유에게 보여준 적이 있는데, 한유가 칭찬하였다.

29) 오무릉은 원화 2년(807) 진사 급제하고, 3년(808) 영주로 폄적되었다.

얻지 않은 적이 없습니다. 오무릉의 문장 같은 경우, 어르신 아니면 알아 줄 수 없습니다. 다만 세상에서 재능이 높은 자가 오랫동안 학문하려 하지 않아 훈고와 풍아의 도를 끝까지 탐구해 일세의 성황을 이루지 못하게 될까 염려됩니다. 저 같은 경우는 재능이 모자라고 힘이 다하여, 멀리 달려가고 높이 날아올라 제생들과 함께 하늘을 더듬고 사해를 쓰다듬으며 후세 사람들에게 자랑을 할 수 없습니다. 왜일까요? 글을 짓는 것은 정신과 의지를 위주로 합니다. 죄를 얻어 추방을 당했고, 모친의 사망이 뒤를 이어, 황망하고 어지럽고 기력이 다 소진되고, 또한 항상 근심과 공포가 쌓여, 정신과 의지가 부족하여, 책을 봐도 보자마자 잊어버립니다. 1~2년 동안 속병이 더욱 심해지고, 게다가 여러 병까지 겹쳐, 움직임이 예전같지 않습니다. 눈도 흐릿흐릿 마치 안에서 무언가 소란을 피우는 듯하고, 안개가 짙게 긴 듯하여 침울하고 풀이 죽어, 비록 문장을 탐구할 뜻이 있다 해도 병이 그 의지를 빼앗아갑니다. 사람들이 큰 소리로 말하는 것을 들을 때마다 의기가 꺾이고 두려워서 가슴을 쓰다듬고 담을 진정시키게 되는 것을 멈출 수가 없습니다. 또한 영주에는 화재가 많아서, 5년 사이 네 번이나 자연발생 화재에 시달렸습니다. 맨손과 맨발로 뛰어나와, 담이 무너지고 창문이 뚫려서, 가까스로 타죽는 것을 면했습니다. 책은 여기저기 흩어지고 망가지고 찢어져서, 어디로 갔는지 알 수 없을 지경이었지요 일단 화마의 공포를 만나면 며칠 동안 망연자실하여 말조차 제대로 할 수 없었는데, 또한 어찌 필묵에 신경을 쏟아서 스스로를 괴롭히며 다치고 망가진 혼을 위태롭게 할 수 있었겠습니까?

　제 마음 속 진심과 울결(鬱結)을 허경조 어르신께 보내드린 편지에서 모두 밝혔으니,[30] 여기 거듭 늘어놓아 번거롭게 해드릴 수는 없는 노릇입니다. 대체로 사람이 버림받아 쫓겨나게 되면, 나라를 위해 등용되는 기회를 다시 얻게 되기를 모두 바라지만, 저만은 그런 생각이 없습니다.

---

30) 바로 앞의 「기허경조맹용서」를 말한다.

스스로 생각하기에 죄가 커서 용납될 수 없고 재능과 바탕이 쓸만한 것이 없어, 구구하게 근심과 떨림을 이렇게 펼칠 수 있는 것만으로도 다행으로 여길 뿐, 감히 다른 뜻이 있을 수 있겠습니까? 엎드려 생각해보면 선친께서 효의 덕을 타고나시고 곧은 도를 갖고 계시어 천하에 명성이 높았습니다. 벼슬길에서도 거듭 조정에 등용되시어 6품관까지 올랐습니다. 저는 부친을 제대로 닮은 것이 없음에도 불구하고 역시 두 번 등용되어 6품까지 이른 적이 있습니다. 그러나 어떻게 이것을 감당하겠습니까? 또한 유씨는 대족(大族)이라고 일컬어져, 5~6대 이래로 조정의 관리가 된 자가 없는데, 어찌 우둔하고 어리석은 제가 홀로 수백 명 위에 올라설 수 있겠습니까? 이로 인해 스스로 헤아려보자니, 관직도 이미 제 능력을 뛰어넘었고 은총도 이미 두터이 받았습니다. 만족할 줄 아는 것과 멈출 것을 아는 것은 다른데, 저는 만족할 줄 압니다. 만약 더 이상 나아가지 않고 멈춰서 봉록과 지위를 받지 말라고 하면, 또한 그럴 수 없습니다. 지금 다시 좋은 관직에 복직된다면 여전히 사양하지 않습니다. 왜냐구요? 그만한 능력을 지녀서 그만한 효과를 기대하는 것이므로, 스스로 나아가기에 충분합니다. 만약 목적에 이르지 못하더라도 여한은 없을 것이니 나아가 취하려는 뜻이 이미 식었을 것이기 때문입니다. 지금은 혈혈단신의 신세로, 가정을 이룰 수 없으니, 비록 이후 매우 존중과 총애를 받는다고 한들, 누구와 더불어 영광을 함께 하겠습니까?

다만 한스러운 것은 어르신과 같이 좋은 인척을 맺었으되 불행하게도 일찍 상처하여,[31] 10여 년을 홀로 살아온 것입니다. 일찍이 아들을 하나 낳았지만 하루를 살 운명도 타고 나지 않아서, 지금에 이르기까지 대를 이을 기대를 하지 못하니, 그 통한이 항상 마음에 자리잡고 있습니다. 맹자가 '불효에는 세 가지가 있으되 후손을 잇지 못하는 것이 제일 크다' 하였으니, 지금 이 세상에 급급하는 것은 오직 이를 두려워할 뿐이기 때문

---

31) 유종원은 양응의 딸에게 장가들었는데, 정원 15년(799) 8월 1일 사망했다.

입니다. 하늘이 만약 선친의 덕을 버리지 않아 대를 이을 후손이 있게 하고, 혹시 목숨을 늘여서 큰 사면을 받게 되어 고향 집으로 돌아가 가정을 이룰 수만 있다면 자식의 도리는 다하는 것입니다. 이것을 넘어서 도리어 총애와 이익을 다툰다면 하늘이 싫어할 것입니다! 하늘이 싫어할 것입니다! 어르신께서 조만간 조정으로 귀환하여 다시 고관이 되실 터이니, 오직 이것만을 생각하고 있습니다. 눈물 흘리며 머리 조아려 이렇게 모든 걸 말씀드리니, 감격을 감당하지 못할 지경입니다. 삼가 재배 드립니다.

月日, 宗元再拜, 獻書丈人座前 : 役人胡要返命, 奉敎誨, 壯厲感發, 鋪陳廣大. 上言推延賢雋之道, 難於今之世, 次及文章, 末以愚蒙剝喪頓瘁, 無以守宗族復田畝爲念, 憂憫備極. 不唯其親密舊故是與, 復有公言顯賞, 許其素尙, 而激其忠誠者. 是用踊躍敬懼, 類嚮時所被簡牘, 萬萬有加焉. 故敢悉其愚, 以獻左右.

大凡薦擧之道, 古人之所謂難者, 其難非苟一而已也. 知之難, 言之難, 聽信之難. 夫人有有之而恥言之者, 有有之而樂言之者, 有無之而工言之者, 有無之而不言似有之者. 有之而恥言之者, 上也. 雖舜猶難於知之. 孔子亦曰 "失之子羽." 下斯而言知而不失者, 妄矣. 有之而言之者, 次也. 德如漢光武, 馮衍不用; 才如王景略, 以尹緯爲令史. 是皆終日號鳴大吒, 而卒莫之省. 無之而工言者, 賊也. 趙括得以代廉頗, 馬謖得以惑孔明也. 今之若此類者, 不乏於世. 將相大臣聞其言, 而必能辨之者, 亦妄矣. 無之而不言者, 土木類也. 周仁以重臣爲二千石, 許靖以人譽而致三公. 近世尤好此類, 以爲長者, 最得薦寵. 夫言朴愚無害者, 其於田野鄕閭爲匹夫, 雖稱爲長者可也. 自抱關擊柝以往, 則必敬其事, 愈上則及物者愈大, 何事無用之朴哉? 今之言曰 : "某子長者, 可以爲大官", 類非古之所謂長者也, 則必土木而已矣. 夫捧土揭木而致之嚴廊之上, 蒙以紱冕, 翼以徒隸, 而趨走其左右, 豈有補於萬民之勞苦哉! 聖人之道, 不益於世用, 凡以此也, 故曰知之難. 孔子曰 : "仁者其言也訒", "孟子病未同而言." 然則彼未吾信, 而吾告之以士, 必有三間. 是將曰: "彼誠知士歟? 知文歟?" 疑之而未重, 一間也. 又曰: "彼無乃私好歟? 交以利歟?" 二間也. 又曰: "彼不足我而恭我哉? 玆呲吾事." 三間也. 畏是而不言, 故曰言之難. 言而有是患, 故曰聽信之難. 唯明者爲能得其所以薦, 得其所以言, 得其所以聽, 一不至則不可冀矣. 然而君子不以言聽之難, 而不務取士. 士, 理之本也. 苟有司之不吾信, 吾知之不捨, 其必有信吾者矣. 苟知之, 難無有司, 而士可以顯, 則吾一旦操用人之柄, 其必有施矣. 故公卿之大任, 莫若索士. 士不預備而熟講之, 卒然君有問焉, 宰相有咨焉, 有司有求焉, 其無以應之, 則大臣之道或闕, 故不可憚煩.

今之世言士者, 先文章. 文章, 士之末也. 然立言存乎其中, 卽末而操其本, 可十七八, 未易忽也. 自古文士之多莫如今, 今之後生爲文, 希屈、馬者, 可得數人; 希王褒、劉向之徒者, 又可得十人; 至陸機、潘岳之比, 累累相望. 若皆爲之不已, 則文章之大盛, 古未有也. 後代乃可知之. 今之俗耳庸目, 無所取信, 傑然特異者, 乃見此耳. 丈人以文律通流當世, 叔仲鼎列, 天下號爲文章家. 今又生敬之. 敬之, 希屈、馬者之一也. 天下方理平, 今之文士咸能先理. 理不一斷於古書老生, 直趣堯舜之道、孔氏之志, 明而出之, 又古之所難有也. 然則文章未必爲士之末, 獨探取何如爾! 宗元自小學爲文章, 中間幸聯得甲乙科第, 至尙書郎, 專百官章奏, 然未能究知爲文之道. 自貶官來無事, 讀百家書, 上下馳騁, 乃少得知文章利病. 去年吳武陵來, 美其齒少, 才氣壯健, 可以興西漢之文章, 日與之言, 因爲之出數十篇書. 庶幾鏗鏘陶冶, 時時得見古人情狀. 然彼古人亦人耳, 夫何遠哉! 凡人可以言古, 不可以言今. 桓譚亦云: 親見揚子雲, 容貌不能動人, 安肯傳其書? 誠使博如莊周, 哀如屈原, 奧如孟軻, 壯如李斯, 峻如馬遷, 富如相如, 明如賈誼, 專如揚雄, 猶爲今之人, 則世之高者至少矣. 由此觀之, 古之人未始不薄於當世, 而榮於後世也. 若吳子之文, 非丈人無以知之. 獨恐世人之才高者, 不肯久學, 無以盡訓詁風雅之道, 以爲一世甚盛. 若宗元者, 才力缺敗, 不能遠騁高厲, 與諸生摩九霄, 撫四海, 夸耀於後之人矣. 何也? 凡爲文, 以神志爲主. 自遭責逐, 繼以大故, 荒亂耗竭, 又常積憂恐, 神志少矣, 所讀書隨又遺忘. 一二年來, 痞氣尤甚, 加以衆疾, 動作不常. 眊眊然騷擾內生, 霾霧塡擁慘沮, 雖有意窮文章, 而病奪其志矣. 每聞人大言, 則蹶氣震怖, 撫心按膽, 不能自止. 又永州多火災, 五年之間, 四爲天火所迫. 徒跣走出, 壞牆穴牖, 僅免燔灼. 書籍散亂毀裂, 不知所往. 一遇火恐, 累日茫洋, 不能出言, 又安能盡意於筆硯, 矻矻自苦, 以危傷敗之魂哉?

　中心之慍愊鬱結, 具載所獻許京兆丈人書, 不能重煩於陳列. 凡人之黜棄, 皆望望思得効用, 而宗元獨以無有是念. 自以罪大不可解, 才質無所入, 苟焉以敍憂慄爲幸, 敢有他志? 伏以先君稟孝德, 秉直道, 高於天下. 仕再登朝, 至六品官. 宗元無似, 亦嘗再登朝至六品矣! 何以堪此? 且柳氏號爲大族, 五六從以來無爲朝士者, 豈愚蒙獨出數百人右哉? 以是自忖, 官已過矣, 寵已厚矣. 夫知足與知止異, 宗元知足矣. 若便止不受祿位, 亦所未能. 今復得好官, 猶不辭讓, 何也? 以人望人, 尙足自進. 如其不至, 則故無憾, 進取之意息矣. 身世子然, 無可以爲家, 雖甚崇寵之, 孰與爲榮? 獨恨不幸獲託姻好, 而早凋落, 寡居十餘年. 嘗有一男子, 然無一日之命, 至今無以託嗣續, 恨痛常在心目. 孟子稱 "不孝有三, 無後爲大." 今之汲汲於世者, 唯懼此而已矣! 天若不棄先君之德, 使有世嗣, 或者猶望延壽命, 以及大宥, 得歸鄕閭, 立家室, 則子道畢矣. 過是而猶競於寵利者, 天厭之! 天厭之! 丈人旦夕歸朝廷, 復爲大僚, 伏惟以此爲念. 流涕頓顙, 布之座右, 不任感激之至. 宗元再拜.

여배훈서(与裴塤書 : 배훈에게 보내는 편지)[32]

응숙(應叔) 열넷째 형에게 보냅니다. 은근한 정을 담은 그대의 편지를 받아보니, 나의 죄과를 큰 허물로 여기지 않고 구구절절이 나를 걱정해 주는 내용이라, 나의 바람은 이로써 족할 뿐입니다. 세상이 모두 나를 버렸으되, 오직 응숙을 비롯한 한두 사람만이 그렇지 않을 뿐입니다. 나의 죄는, 젊은 시절에 일을 잘 벌여놓았는데, 일단 추진하면 멈출 줄 몰랐던 것에 있습니다. 동료들의 미움과 분노를 사며 먼저 관직을 얻은 것에 있습니다. 또한 불행히도 일찍부터 어울리던 사람들이, 인재를 추천하고 선발하는 자리에 있게 되자, 열 번 현인을 추천하면 한 번 정도 받아들여지길 기대할 수밖에 없는데, 받아들여지지 못한 사람이 터무니없이 모함하고 원망하니, 내가 일일이 나서서 변명할 수 있었겠습니까? 성질 또한 거만하고 올곧아서, 내 기세를 꺾을 수가 없었으니, 이 때문에 명성이 더욱 나빠지고 형세가 더욱 위험해져, 입이 있고 귀가 있는 사람은 이런 저런 추한 말을 만들어 서로서로 주고받으니, 끝내 어떻게 말해야 할 지 알 수 없었지요 마음 깊이 느끼는 나의 허물이란 이런 것들 뿐이지요 금고(禁錮)의 형을 받으면서 당장 죽지 못하는 것은 세월이 오래 지나면 응당 저절로 해명되리라고 생각했기 때문입니다. 이제는 세월 또한 오래 되었는데, 두 눈 부릅뜨고 욕하는 자들이 아직도 그치려 하지 않으니, 단호하게 나의 입장을 말할 수 있는 사람이 몇 명 되지 않습니다.

---

32) 본편은 배훈에게 보낸 편지이다. 배훈은 배근(裴墐)의 동생으로, 자와 항렬 등은 편지 내용에 나온다. 진경운(陳景雲)의 『유집점감(柳集點勘)』에 따르면, "이것과 소(蕭)·이(李)에게 보낸 편지는 모두 원화 4년(809)에 쓴 것으로 보인다. 당시 8사마 중 위(韋)·능(凌)은 이미 먼저 세상을 떠났고, 정이(程異) 홀로 발탁이 되었고, 유종원과 두 한(韓)·유(劉)·진(陳)은 아직 폄적 상태였기 때문에 '홀로 신음하는 자가 너댓 명'이라고 했다. 금주(金州)는 배훈의 형 배근이 당시 금주자사가 된 것을 말한다. (···중략···)『신당서』 「세계표(世系表)」에 소주자사 배례(裴禮)가 있는데, 또한 이 사람인지 확실하지는 않다"고 했다.

성상께서 날로 태평의 치적을 세우시고, 공물을 바치지 않고 중앙 조정을 따르지 않는 자들을 모두 주벌하고 토벌하여, 나라의 체제와 법도가 크게 세워지니, 오래도록 나 같은 무리를 사람같지 않은 생활을 하도록 하겠습니까? 끝내 밝은 통치를 발휘하시어, 격양고복(擊壤鼓腹)하며 요·순의 도를 즐기게 하지 않으시겠습니까? 또한 천하 사람들이 모두 편안하고 즐거우며, 홀로 신음하는 자는 너댓 명뿐이니, 편안히 즐기는 자는 많고 속박을 당하는 자는 적어, 일치하지 않는 것은 무엇 때문입니까? 태양이 만물을 따뜻하게 해도, 연곡(燕谷)이 그 온기를 받지 못하자, 일개 추연(鄒衍)도 그것을 부끄러워할 줄 알았거늘,[33] 지금 응숙 같은 사람들이 나를 알아주는 것이 어찌 추연보다 아래이겠습니까? 그러나 부끄러워하지 않는 자는 무엇 때문입니까? 하북(河北)의 군대가 마땅히 이미 해(奚)의 반란군을 평정했을 것이니,[34] 좋은 소식이 들릴 것입니다. 그러면 나 같은 사람은 크나큰 경사가 생긴 후광으로 반드시 특별한 은택을 받아서 유언비어로 오가던 죄가 그치게 되지 않을까 생각합니다. 다행히 몇백 리나마 북쪽으로 옮겨주셔서, 세상 사람들이 나를 보고 태평한 시절에 괴이한 인간이라 하지 않게만 해주신다면 죽어도 한이 없을 것입니다.

금주(金州)에서 치적을 쌓은지 이미 오래 되었는데, 유독 감감하게 승진되어 옮겨지지 않는 것은 무엇 때문입니까? 열두째 형은 마땅히 좋은 자리로 더 옮겨야 합니다. 열네째 형께서 일찍이 편지 몇 통 보내셨는데, 무고합니다. 형이 저의 길이 다했음을 염려하였는데, 무슨 뜻이 없을까요? 북쪽은 매우 추운 때인데 사람들은 더욱 평화롭고, 초(楚) 남쪽에서

---

33) 유향(劉向)의 『별록(別錄)』에 나온다. 방사(放士)의 말에 따르면, 추연이 연(燕)에 있을 때, 연의 어떤 골짜기가, 땅은 좋은데 추워서 오곡이 자라지 않았다고 한다. 추연이 살면서 입김을 불어서 온기가 생기고 오곡이 자라서, 지금은 그곳을 서곡(黍谷)이라고 한다고 한다.

34) 당시 토돌승최(吐突承璀)가 진기(鎭冀) 왕승종(王承宗)을 토벌했다. 진기는 이보신(李寶臣) 때부터 본래 범양(范陽) 내 해(奚)에 속했다. 왕승종의 선조 무준(武俊) 역시 거란 부락에 뿌리를 두고 있어 해(奚)의 반란군이라고 한 것이다.

바다에 이르기까지 왕명이 미치지 않는 지역에서는 더위에 찌들고 병이 많고 기력이 더욱 약해져서 멍하여, 이런저런 일을 백 중의 하나도 기억하지 못해, 걱정하고 전율하지 않으면 나른하여 잠만 잘 따름입니다. 여기까지 쓰고, 이만 줄입니다. 종원은 재배합니다.

應叔十四兄足下 : 比得書示勤勤, 不以僕罪過爲大故, 有動止相憫者, 僕望已矣. 世所共棄, 惟應叔輩一二公獨未耳. 僕之罪, 在年少好事, 進而不能止. 儔輩恨怒, 以先得官. 又不幸早嘗與游者, 居權衡之地, 十薦賢幸乃一售, 不得者譸張排挭, 僕可出而辯之哉! 性又倨野, 不能摧折, 以故名益惡, 勢益險, 有喙有耳者, 相郵傳作醜語耳, 不知其卒云何. 中心之愆尤, 若此而已. 旣受禁錮而不能卽死者, 以爲久當自明. 今亦久矣, 而嗔罵者尙不肯已, 堅然相白者無數人.

聖上日興太平之理, 不貢不王者悉以誅討, 而制度大立, 長使僕輩爲匪人耶? 其終無以見明, 而不得擊壤鼓腹樂堯、舜之道耶? 且天下熙熙, 而獨呻吟者四五人, 何其優裕者博, 而局束者寡, 其爲不一徵也何哉? 太和蒸物, 燕谷不被其煦, 一鄒子尙能恥之, 今若應叔輩知我, 豈下鄒子哉! 然而不恥者何也? 河北之師, 當已平奠虜, 聞吉語矣. 然若僕者, 承大慶之後, 必有殊澤, 流言飛文之罪, 或者其可以已乎? 幸致數百里之北, 使天下之人, 不謂僕爲明時異物, 死不恨矣.

金州考績已久, 獨蔑然不遷者何耶? 十二兄宜當更轉右職. 十四兄嘗得數書, 無恙. 兄顧惟僕之窮途, 得無意乎? 北當大寒, 人愈平和, 惟楚南極海, 玄冥所不統, 炎昏多疾, 氣力益劣, 昧昧然人事百不記一, 捨憂慄, 則怠而睡耳. 偶書如此, 不宣. 宗元再拜.

여소한림부서(与蕭翰林俛書 : 한림학사 소부에게 보내는 편지)[35]

사겸(思謙) 형에게 보냅니다. 어제 기현(祁縣)의 왕사범(王師範)이 영주를 지나던 길에 들러, 장좌사(張左司)의 편지 내용을 내게 얘기하면서, 사겸이 관리가 되려는 마음이 굳건히 있다는 말을 하였으니, 이것은 참으로 태평성대에 도움이 되는 것입니다. 나는 듣고 매우 기뻤는데, 그러나 왕사범의 말이 없었다고 해도 내가 어찌 평소에 몰랐겠습니까? 내가 기쁜 것은 들은 것과 마음 속 생각이 들어맞아 과연 잘못된 생각이 아니라는 것 때문이지요.

나는 불행하여, 예전에 한창 정진하다가 위태롭고 불안한 형세를 만나, 문을 닫고 조용히 있어도 구설수가 무수하게 일어나고, 하물며 또 오랫동안 함께 어울리던 자들이 득달같이 찾아오는 것을 어찌 하겠습니까? 승진을 추구했으나 물러나게 된 자들이 모두 모여 원수로 삼고 원망하면서, 사실을 조작하고 분식하는 것이 더욱 방자하게 만연하게 되었지요. 확실하게 판단력이 밝아 내심 스스로 판단하지 않으면, 어둡고 시커먼 이 와중에 누가 나를 이해할 수 있을까요? 나는 당시 나이가 서른셋이라,[36] 아주 젊었는데, 어사에서 예부원외랑으로 승진되어, 평상을 초월하여 명성을 날렸으니, 세상에서 앞으로 나아갈 것을 추구하는 사람들의 분노와 질투를 면하고 싶어도, 그럴 수가 있었겠소? 사람은 모두 자기가 현달하기를 바라는데, 내가 먼저 높은 자리에 올랐건만, 재능은 같은 서열 사람들을 뛰어넘지 못하고 명성은 당세를 압도하지 못했으니, 세상 사람들이 내게 분노하는 것도 마땅하지요. 죄인과 어울린 것이 10년이고,

---

35) 본편은 한림학사 소부(蕭俛)에게 보낸 것이다. 소부의 본전에 따르면, 정원 연간에 진사에 급제하고, 또한 현량방정대책에 우수한 성적을 거두어, 우습유에 임명되었다. 원화 6년(811) 한림학사에 임명되었고, 3년 만에 지제고(知制誥)로 승진했다.
36) 영정 원년(805)을 말한다.

관직 또한 이로 인해 승진하였으니, 그들과 어울린 것에 치욕이 있다고 할 수 있겠지요 성스런 조정의 은택이 실로 커서, 폄적하여 내치는 것만으로는 너무 약한 처벌이라, 사람들의 분노를 막지 못하고, 비방의 말들이 무수하게 돌아다녀, 시끌시끌 웅성웅성 점점 괴민(怪民)이 되어갔습니다. 지혜를 꾸며서 벼슬을 구하는 자들이 더욱 나를 욕해서 원수의 마음을 기쁘게 하면서, 날마다 신기한 말을 만들어내, 서로 기뻐하고 좋다 하는 것에 힘쓰면서, 속히 도와주고 끌어주는 길이라고 저들이 스스로 생각하지요 그래서 우리는 가만히 앉아서 더욱 곤욕을 당하고, 온갖 죄가 생겨나도, 그 단서를 알지 못합니다. 내 스스로 생각을 해보면, 지나치게 큰 은혜를 입어 이런 지경에 이르렀으니, 슬픕니다! 사람이 60~70을 사는 사람이 드문데, 지금 이미 서른 일곱이로군요 이제껏 살면서 해와 달은 갈수록 길을 재촉하여 해가 더욱 심하게 바뀜을 깨달았으니, 대체로 불과 몇십 번 추위와 더위가 지나고 나면, 이 몸도 없게 되겠지요. 시비와 영욕을 또한 어찌 말하리오! 말해도 말해도 끝이 없어, 그럴수록 그저 죄만 될 뿐이오. 형만 알고 다른 사람에게는 말하지 말기 바랍니다.

만이(蠻夷)의 땅에 산지 오래 되니 습관적으로 더위를 먹어, 눈앞이 흐리고 다리가 부어오르건만, 그래도 이를 범사로 생각하고 있습니다. 갑자기 북풍을 만나 새벽에 일어나면 몰려온 추위가 몸에 스며들어, 살갗이 트고 머리카락이 스산하여, 두근두근하는 가슴으로 앞을 보며, 기후가 다르다고 두려워할 때는 중국의 사람이 아니구나 하는 생각도 듭니다. 초·월 지방 사람들은 말소리가 특이하여 때까치가 시끄럽게 지저귀는 것같지만 이제는 들어도 귀에 익어 괴한 느낌이 들지 않으니, 이미 동류가 된 셈입니다. 집에 어린 동복이 사는데, 하는 말이 모두 쏼라쏼라 현지 발음으로, 밤낮으로 귀에 가득 들려오다, 북방 사람의 말소리를 들으면 울고 소리치며 달아나 숨어서, 비록 병든 사람이라 할지라도 화들짝 놀라곤 합니다. 문을 나서 영주 시장에 가는 사람을 보면, 거기서 열 명 중 8,9명은 지팡이를 짚고서야 일어날 수 있습니다. 스스로 생각하기에 여기에서 사는 것이 아직 또 얼마나 남았는지는 모르겠지만, 그렇다고 어찌 더욱 그칠 줄 모른채 이런저런 입방아를 찧어 거듭 세상 사람들의 비난거리와 웃음거리가 되겠습니까? 『주역』 '곤(困)' 괘의 '말을 해도 믿지 않아, 오히려 입이 궁해진다[有言不信, 尙口乃窮]'는 구절을 읽게 되어, 반복하여 되새기니 더욱 기뻐 "아하! 내가 비록 말 잘하는 입이 있어 스스로를 칭찬한다 해도, 허물만 심해질 뿐이구나"라는 걸 깨달아, 이로 인해 더더욱 침묵을 즐겨, 목석과 같은 무리가 되어 더 이상 무슨 말을 안 하기로 마음 먹었지요.

지금 천자께서 교화를 일으키시고, 사악과 정의를 바르게 판정하시어, 해내에서 모두 흐뭇하게 기뻐합니다만, 나와 너댓 명만 홀로 이런 지경에 빠져 있으니, 이 어찌 명(命)이 아니겠습니까? 명은 바로 하늘이 내리는 것이요, 이러쿵저러쿵 말로 어떻게 할 수 있는 게 아니니, 내가 또 무엇을 원망하겠습니까? 다만 사겸 같은 사람들이 때를 만나고 도를 말하는 것이 기쁠 뿐입니다. 도가 행해지면 만물이 그 혜택을 받습니다. 내가 진정 죄가 있다지만, 어찌 그 만물의 숫자를 채우는 하나가 아니겠습니까? 이 몸이 혜택을 입고, 눈으로 그것을 보면 족합니다. 왜 꼭 소매를 떨치고 힘을 써서 자기를 내세우려고 해야 합니까? 결국 자기를 내세운다면 또한 도가 아닙니다. 만사가 참으로 이와 같습니다. 그러나 태평한 치세에 살면서 종신토록 완고한 부류의 사람으로 남는다면 적으나마 부끄러움이 있을 것이니, 모두 잊지 못합니다. 만약 도적이 평정됨으로 인하여 경축하고 행상(行賞)하는 때를 만나, 대상으로 거론될 수 있어서 하늘의 은택의 여풍이나마 받게 된다면, 비록 썩은 나무둥치여서 더 이상 자랄 수 없다지만, 그래도 영지를 키워내 서물(瑞物)이 되게 하기에 충분합니다. 유폐가 일단 풀려 몇 개 현이나마 위쪽으로 옮기게 된다면, 필시 세상 사람들은 죄가 조금 풀렸다고 할 것입니다. 그런 다음 혼백을 수습하고 정신을 가다듬어, 땅 한 필지 사서 채마밭 일구고, 아침 저녁으로 노래하며 문장을 이루게 합니다. 목탁을 지니고 민심을 살피는 자가 그 노래를 채

집하여 조정에 올려서 성당(聖唐) 대아(大雅)의 편목을 늘릴 수 있게 된다면, 비록 지위를 얻지 못해도, 또한 헛되이 태평시대를 산 사람이 되지는 않을 것입니다. 이상의 내용은 내가 바랄 수 있는 범위를 넘어서는 것이지만, 끝내 형에게만은 한 번 말하고 싶었습니다. 종원은 재배합니다.

思謙兄足下：昨祁縣王師範過永州, 爲僕言得張左司書, 道思謙蹇然有當官之心, 乃誠助太平者也. 僕聞之喜甚, 然微王生之說, 僕豈不素知耶? 所喜者耳與心叶, 果於不謬焉爾.

僕不幸, 嚮者進當艱釳不安之勢, 平居閉門, 口舌無數, 況又有久與游者, 乃炎炎而造其間哉. 其求進而退者, 皆聚爲仇怨, 造作粉飾, 蔓延益肆. 非的然昭晰, 自斷於內, 則孰能了僕於冥冥之間哉? 然僕當時年三十三, 甚少, 自御史裏行得禮部員外郎, 超取顯美, 欲免世之求進者怪怒媚嫉, 其可得乎? 凡人皆欲自達, 僕先得顯處, 才不能踰同列, 聲不能壓當世, 世之怒僕宜也. 與罪人交十年, 官又以是進, 辱在附會. 聖朝弘大, 貶黜甚薄, 不能塞衆人之怒, 謗語轉侈, 嚚嚚嗷嗷, 漸成怪民. 飾智求仕者, 更曾僕以悅讎人之心, 日爲新奇, 務相喜可, 自以速援引之路. 而僕輩坐益困辱, 萬罪橫生, 不知其端. 伏自思念, 過大恩甚, 乃以致此 悲夫! 人生少得六七十者, 今已三十七矣. 長來覺日月益促, 歲歲更甚, 大都不過數十寒暑, 則無此身矣. 非是榮辱, 又何足道! 云云不已, 祇益爲罪. 兄知之勿爲他人言也.

居蠻夷中久, 慣習炎毒, 昏眊重腿, 意以爲常. 忽遇北風晨起, 薄寒中體, 則肌革瘯懍, 毛髮蕭條, 瞿然注視, 怳惕以爲異候, 意緒殆非中國人. 楚、越間聲音特異, 鴂舌啅譟, 今聽之怡然不怪, 已與爲類矣. 家生小童, 皆自然曉曉, 晝夜滿耳, 聞北人言, 則啼呼走匿, 雖病夫亦怛然駭之. 出門見適州閭市井者, 其十有八九, 杖而後興. 自料居此尙復幾何, 豈可更不知止, 言說長短, 重爲一世非笑哉? 讀周易困卦至 "有言不信, 尙口乃窮" 也, 往復益喜, 曰："嗟乎! 余雖家置一喙以自稱道, 詬益甚耳." 用是更樂瘖默, 思與木石爲徒, 不復致意.

今天子興教化, 定邪正, 海內皆欣欣怡愉, 而僕與四五子者獨淪陷如此, 豈非命歟? 命乃天也, 非云云者所制, 余又何恨? 獨喜思謙之徒, 遭時言道. 道之行, 物得其利. 僕誠有罪, 然豈不在一物之數耶? 身被之, 目覩之, 足矣. 何必攘袂用力, 而矜自我出耶? 果矜之, 又非道也. 事誠如此. 然居理平之世, 終身爲頑人之類, 猶有少恥, 未能盡忘. 儻因賊平慶賞之際, 得以見白, 使受天澤餘潤, 雖朽蘗腐敗, 不能生植, 猶足蒸出芝菌, 以爲瑞物. 一釋廢痼, 移數縣之地, 則世必日罪稍解矣. 然後收召魂魄, 買土一塵爲耕甿, 朝夕歌謠, 使成文章. 庶木鐸者採取, 獻之法宮, 增聖唐大雅之什, 雖不得位, 亦不虛爲太平之人矣. 此在望外, 然終欲爲兄一言焉. 宗元再拜.

여이한림건서(与李翰林建書 : 한림학사 이건에게 보내는 편지)[37]

표직(杓直) 귀하.[38] 주(州)의 역마가 급히 달려와 귀하의 편지를 전해 받아보고, 또한 몽득(夢得)으로부터 귀하의 이전 편지 한통을 전해 받아보니,[39] 담긴 내용이 모두 정성스럽고 정이 두터웠습니다. 장주(莊周)가 말하길, '쑥과 명아주만 자라는 황량한 들판으로 달아난 사람은 사람의 발자국 소리만 들어도 콩당콩당 기쁘다'고 했었지요. 내가 만이의 땅에 살면서 연

---

37) 본편은 유종원이 영주에서 이건(李建)의 편지를 두 통이나 받아보고 답장한 것이다. 이건의 전기에 따르면, 정원 연간에 교서랑(校書郎) 보직을 지냈다. 덕종이 문학에 뛰어난 사람을 찾았는데, 혹자가 이건을 추천했다. 황제가 좌우에게 물으니, 재상 정순유(鄭珣瑜)가 "제가 이부(吏部)에 있을 때, 교서랑 보직에 임명된 자가 여덟 명이었는데, 다른 자들은 모두 지위와 권세 있는 자의 힘을 빌어 청탁을 했습니다만, 이건만은 그런 적이 없습니다"라고 대답하여, 황제가 기뻐하면서 좌습유한림학사로 발탁했다.

38) 이건의 자가 표직(杓直)으로, 이손(李遜)의 동생이다.

39) 몽득은 유우석(劉禹錫)의 자이다.

달아 귀하의 편지 두 통을 받고, 게다가 보내준 치료약까지 받으니, 이 기쁨을 어찌 다시 말할 필요 있습니까! 나는 작년 8월 이후 속병이 조금 나았습니다. 예전에는 하루 이틀 사이를 두고 발병했는데, 지금은 한 달에 두세 번 발병합니다. 남방의 빈랑(檳榔)과 여감(餘甘)으로 너무 지나치게 막힌 것을 뚫어내어 음사(陰邪)한 기(氣)는 비록 사라졌지만, 이미 정기(正氣)를 상했습니다. 걸으면 무릎이 떨리고 앉으면 다리가 저립니다. 그저 혈기를 보충하고 근골을 강하게 해서 심력을 보충할 수는 없을까 하고 바랐는데, 보내준 것에 마침 이에 적합한 것이 있고, 또 몇 가지 다른 것들을 보내 주었습니다. 갑자기 좋은 처방이 모두 이르러, 더욱 좋아졌습니다.

영주는 초 지방에서도 가장 남쪽이라, 여건이 월(越)과 비슷합니다. 나는 마음이 괴롭고 답답하면 밖에 나가 유람을 하는데, 유람을 해도 또한 두려운 것이 많습니다. 들에 발을 들여놓으면 독사나 말벌 같은 것들이 있어, 말벌이 올까 하여 하늘을 보고 독사가 나올까 하여 땅을 보노라면, 한 발짝만 걸어도 피곤하기만 합니다. 물가에 가까이 가면 사공(射工)이나 사슬(沙蝨) 같은 독충이 노기를 품고 몰래 독을 쏘아 사람의 그림자에만 맞아도 상처가 납니다. 때로 깊은 숲 속 나무나 경관좋은 바위에 이르러 잠시 한 번 웃을 수 있다 해도 조금 있으면 다시 즐겁지가 않습니다. 무엇 때문이겠습니까? 이는 마치 빙 둘러선 성벽 안에 갇혀서 어쩌다 한 번 좋은 경치를 보고 담장에 기대어 가려운 곳을 긁으며 사지를 뻗어보는 것이나 마찬가지이기 때문이니, 바로 그 순간에는 흡족하다고 하겠지만 하늘을 보고 땅을 보면 결국 열 자 남짓한 성벽 안에 갇혀 있는 것이라 끝내 나갈 수는 없다는 것을 알게 되니, 어찌 오래도록 마음이 편안할 수 있겠습니까? 태평한 시절의 백성은 모두 즐겁고 기쁜데, 나는 사인(士人) 출신으로 고금의 치도를 알면서 홀로 이와 같이 실의와 상심에 빠져 있지요. 실로 치세에 관리가 되기에는 부족하고, 필부필부와 똑같이 되려고 해도 또한 그럴 수 없으니, 스스로 슬프기만 할 따름입니다.

내가 옛날 저질렀던 죄는 귀하 역시 마침 궁중에 있어서 시말을 모두

다 보았을테니, 더 이상 일일이 말하지 않겠습니다. 지금 나는 등이 굽고 몸이 쇠잔하고 비루하여, 죽지 않는 것만으로도 크나큰 다행입니다. 요(堯)의 백성이 될 수 있다면, 반드시 대업을 이루고 공을 쌓을 필요는 없으니, 다만 임지가 옮겨지고 죄명이 가벼워지기만 바랄 뿐이니, 그렇게 되면 그저 밭갈아 삼이나 심어, 늙은 농부의 딸을 아내로 맞아 아들 낳고 손주 보며, 이 한 몸 수고롭게 하며 부양할 것이요, 때때로 글을 지어 태평을 노래하려 합니다. 꺾이고 쇠잔한 나머지, 기력이 어떨 줄은 상상이 갈 줄로 압니다. 만약 병이 다 낫고 이 몸이 다시 건강해져 유유히 세상을 살아간다 해도 불과 30년 이상 살지 못할 것입니다. 인생이 이미 37년 지났건만 눈깜짝할 사이나 다름없습니다. 다시 살 날을 얻는다 하더라도 놀며 보내기에도 부족하다는 것 또한 분명합니다. 표직도 진실로 그렇다고 생각하겠지요?

내가 최근 경사제자(經史諸子) 수백 권을 구해, 두렵고 떨리는 증세가 조금 진정되기를 기다렸다가 때때로 읽어서, 성인의 용심(用心)과 현인군자의 입지(立志)의 구분을 자못 보게 되었습니다. 글도 또한 수십편 썼습니다만, 가슴에 병이 있고 말에도 조리가 안맞아, 멀리까지 보내 보여주기에는 부족하고, 그저 스스로 위안을 삼을 뿐입니다. 가난은 사인(士人)에게 항상 있는 것이니, 지금 내가 비록 굶주리더라도 엿처럼 달기만 합니다.

귀하가 이미 상주(常州)더러 나를 잘 보살펴달라고 했다고 하는데, 내가 어떻게 감히 상주를 보통 사람처럼 대하겠습니까? 만약 보통 사람이면 또한 더 이상 나를 보살피지도 않았을 겁니다. 그러나 상주가 아직 내게 편지를 보낸 적이 없는데, 내가 어찌 감히 먼저 보내겠습니까? 배응숙(裴應叔)·소사겸(蕭思謙)에게 내가 각각 편지를 썼으니,[40] 귀하는 그들을 찾아가 구해 보되, 남에게 보여주면 안된다고 서로 경계를 줬으면 합니다. 돈시(敦詩)가 가까운 곳에 있어,[41] 사람과 왕래를 삼가하여, 지금

---

40) 바로 앞의 배훈·소부에게 보낸 편지를 말한다.
41) 돈시는 최군(崔羣)의 자이다.

편지를 보낼 수 없으니, 귀하가 묵묵히 이 편지를 보여주십시오 전심전력하는 데 힘써서 왕의 법령을 이루는 것을 보좌하여 죄과를 용서받을 수 있도록 하겠습니다. 이만 줄입니다. 종원 드립니다.

朽直足下：州傳遽至, 得足下書, 又於夢得處得足下前次一書, 意皆勤厚. 莊周言, 逃蓬藋者, 聞人足音, 則跫然喜. 僕在蠻夷中, 比得足下二書, 及致藥餌, 喜復何言! 僕自去年八月來, 痞疾稍已. 往時間一二日作, 今一月乃二三作. 用南人檳榔餘甘, 破決壅隔大過, 陰邪雖敗, 已傷正氣. 行則膝顫, 坐則髀痺. 所欲者補氣豐血, 强筋骨, 輔心力, 有與此宜者, 更致數物. 忽得良方偕至, 益善.

永州於楚爲最南, 狀與越相類. 僕悶卽出遊, 遊復多恐. 涉野有蝮虺大蜂, 仰空視地, 寸步勞倦; 近水卽畏射工沙蝨, 含怒竊發, 中人形影, 動成瘡痏. 時到幽樹好石, 暫得一笑, 已復不樂. 何者? 譬如囚拘圜土, 一遇和景出, 負牆搔摩, 伸展支體, 當此之時, 亦以爲適, 然顧地窺天, 不過尋丈, 終不得出, 豈復能久爲舒暢哉? 明時百姓, 皆獲歡樂; 僕士人, 頗識古今理道, 獨愴愴如此. 誠不足爲理世下執事, 至比愚夫愚婦又不可得, 竊自悼也.

僕曩時所犯, 足下適在禁中, 備觀本末, 不復一一言之. 今僕癃殘頑鄙, 不死幸甚. 苟爲堯人, 不必立事程功, 唯欲爲量移官, 差輕罪累, 卽便耕田藝麻, 取老農女爲妻, 生男育孫, 以供力役, 時時作文, 以詠太平. 摧傷之餘, 氣力可想. 假令病盡已, 身復壯, 悠悠人世, 越不過爲三十年客耳. 前過三十七年, 與瞬息無異. 復所得者, 其不足把翫, 亦已審矣. 朽直以爲誠然乎?

僕近求得經史諸子數百卷, 常候戰悸稍定, 時卽伏讀, 頗見聖人用心、賢士君子立志之分. 著書亦數十篇, 心病, 言少次第, 不足遠寄, 但用自釋. 貧者士之常, 今僕雖羸餒, 亦甘如飴矣.

足下言已白常州煦僕, 僕豈敢衆人待常州耶! 若衆人, 卽不復煦僕矣. 然常州未嘗有書遺僕, 僕安敢先焉? 裴應叔、蕭思謙僕各有書, 足下求取

觀之, 相戒勿示人. 敦詩在近地, 簡人事, 今不能致書, 足下默以此書見
之. 勉盡志慮, 輔成一王之法, 以宥罪戾. 不悉. 宗元白.

여고십랑서(与顧十郞書 : 고십랑에게 보내는 편지)[42]

　4월 5일, 문생 영주사마원외치동정원 유종원이 삼가 십랑 집사에게 편
지 드립니다. 무릇 문생이라고 하면서 은혜가 어디로부터 왔는지 모른다
면 사람이 아닙니다. 갓끈 매고 관복 옷깃 여미고 종종걸음으로 관직에
진출하면서, 나는 은혜를 안다고 모두 말합니다. 은혜를 안다면 어떻게 판
별할 수 있을까요? 하지만 판별하는 것 역시 어렵지 않습니다. 대체로 떵
떵하게 인사권을 쥐고 있으면 벌이나 개미처럼 달라붙고 모여들어, 아부
하고 쩔쩔 매고 멀리부터 설설 기는 꼴이 사람이 아닌 듯 하면서까지 자
기를 팝니다. 그러던 자들이 하루 아침에 형세가 달라지면 번개가 지나간
듯 없어지고 폭풍이 불고간 듯 사라져서, 문하에 남으려 하지 않습니다.
그 중 간혹 수치와 외구(畏懼)를 조금 아는 자들은 세상 사람들이 자기를
비난할까 염려하여, 마음과 다르게 안 그런 척 밖으로 드러내지만, 사실
역시 문하로 돌아오는 자는 없습니다. 그렇다면 권세가 있을 때 확고하게
스스로를 잘 지켜서 힘을 쌓고 의지를 지키며 앞서와 같은 행태를 하지

---

42) 본편은 유종원을 선발해준 고소련(顧少連)의 아들에게 보낸 것으로 보인다.『유종원
　집』제22권「송원논등제후귀근시서(送苑論登第後歸觀詩序)」의 내용에 따르면, 유종원은
　예전에 원론(苑論)과 함께 경사에 추천되었다. 이때 소사도(小司徒) 고공(顧公 : 당시 호부
　시랑 고소련)이 결원인 춘관(春官 : 예부시랑)을 임시로 겸직하고 있어, 인사권을 가지
　고 있었다. 다음 해(정원 9년(793)) 원논과 함께 선발 시험에 참여했다. 이 편지에서 유
　종원이 문생(門生)이라고 칭하면서 직함을 언급한 것을 보면, 고소련의 아들에게 보낸
　편지인 듯하다. 고소련의 전기에 따르면, 예전에 고소련이 어린 아들 사민(師閔)을 데리
　고 행재소로 달려가, 함께 한림원에 있으라는 조서를 받았다고 했다.

않는다면, 형세가 달라지게 되더라도 무언가 바랄 수 있을 것입니다.

　문장으로 문하에서 배출되어 서사(庶士)에서 사도(司徒)까지 오른 자가 79명입니다.[43] 집사께서 그들의 모습을 회상해보시면, 과연 힘이 되어줄 수 있는 자가 나올 것입니다. 그러나 중간에 많은 사람들의 입으로부터 유언비어를 초래하여 떠들썩하게 욕을 먹은 자들이 어찌 다른 사람이겠습니까? 본디 문하에서 나온 사람들입니다. 다행히도 중산(中山) 유우석(劉禹錫) 등이 황망하게 걱정하고 염려하며 신신(信臣)의 문하에 있으면서 큰 덕을 밝히기 위해 힘쓰지 않은 날이 없습니다. 순종 때 영예롭게도 크나큰 은총을 내리시어, 천관(天官)으로 승진되고 천하에 이름이 알려져, 친척과 문생의 영광으로 여긴 적도 있습니다. 뜻하지 않게도 자잘한 자들이 다시 이것으로 집사를 괴롭게 하였으니, 이로 인해 참으로 내심 통한스러우며, 맺히고 쌓여서 끓어오를 듯하건만, 어떻게 풀어내야 할지 모른채, 늘 스스로 유감으로 여기고 있었습니다. 조정에 있을 때는 뛰어난 절의와 원대한 주장을 지니고 당세에 우뚝 서지 못하고, 결국 배척되어 쫓겨나서 곤중한 위험지에서 살며, 또한 책을 저술해서 지나간 일들을 판단하고 성인의 법도를 밝혀 끝없는 명성이 이르게 하지도 못했습니다. 나아가고 물러남이 사람들과 다른 점이 없어, 문하에서 인재를 얻음이 크다는 걸 제대로 밝게 드러내지 못했습니다. 지금에 와서는 두터운 덕을 안고 분노와 울분을 쌓고 있으면서, 조정에서 능력을 발휘할 수 있기를 바란다고 해도, 이미 때와 어긋나서 흩어지고 내쳐져서 쓸모가 없지요. 오랫동안 홀로 갇혀 있어, 스스로 해명할 수 없습니다. 예전에 굳세게 굴어서 물러날 수밖에 없었던 연유를 집사께서 끝내 모르시고 장차 무얼 할 수 있다고 여길까 염려됩니다. 아직도 예전에 출세를 구하던 사람들이 만든 유언비어가 흘러다녀서, 아래에서 이 마음을 전달할 수 없고, 베풀어주신 훌륭한 덕에 보답할 수 없어, 이것이 큰 한이 되었습니다만, 이는 본디 말하

---

43) 정원 9년(793), 10년(794) 고소련이 예부시랑 지공거(知貢擧)로 있으면서 진사 60명과 기타 과목 19명을 선발했다.

고 싶지 않았습니다. 이제 장독 우글대는 이 땅에서 늙어죽어 사람들이 이 마음을 판별하지 못할까 두려워, 이 때문에 집사에게 한 말씀 드리는 것입니다. 옛사람들은 자신이 직접 가지 못하는 것을 수치로 여겼으니, 혹시 만의 만의 하나 다시 인간 세상에서 살아갈 희망을 기대할 수 있다면, 이 말을 꼭 실천하고자 합니다. 말씀 드리자니 감격이 복받쳐, 눈물이 줄줄 흘러, 편지를 제대로 쓰지 못하겠습니다. 종원 삼가 재배 드립니다.

　四月五日, 門生守永州司馬員外置同正員柳宗元, 謹致書十郎執事: 凡號門生而不知恩之所自者, 非人也. 纓冠束袵而趨以進者, 咸曰我知恩. 知恩則惡乎辨? 然而辨之亦非難也. 大抵當隆赫柄用, 而蜂附蟻合, 煦煦趨趨, 便僻匍匐, 以非乎人, 而售乎已. 若是者, 一旦勢異, 則電滅颷逝, 不爲門下用矣. 其或少知恥懼, 恐世人之非已也, 則矯於中以貌於外, 其實亦莫能至焉. 然則當其時而確固自守, 蓄力秉志, 不爲嚮者之態, 則於勢之異也固有望焉.

　大凡以文出門下, 由庶士而登司徒者, 七十有九人. 執事試追狀其態, 則果能効用者出矣. 然而中間招衆口飛語, 譁然讟張者, 豈他人耶? 夫固出自門下. 賴中山劉禹錫等, 遑遑惕憂, 無日不在信臣之門, 以務白大德. 順宗時, 顯贈榮諡, 揚于天官, 敷于天下, 以爲親戚門生光寵. 不意璵璵者, 復以病執事, 此誠私心痛之, 堙鬱洶湧, 不知所發, 常以自憾. 在朝不能有奇節宏議, 以立於當世, 卒就廢逐, 居窮阨, 又不能著書, 斷往古, 明聖法, 以致無窮之名. 進退無以異於衆人, 不克顯明門下得士之大. 今抱德厚, 蓄憤悱, 思有以効於前者, 則旣乖謬於時, 離散擯抑, 而無所施用. 長爲孤囚, 不能自明. 恐執事終以不知其始偃蹇退匿者, 將以有爲也; 猶流於嚮時求進者之言, 而下情無以通, 盛德無以酬, 用爲大恨, 固嘗不欲言之. 今懼老死瘴土, 而他人無以辨其志, 故爲執事一出之. 古之人恥躬之不逮, 儻或萬萬有一可冀, 復得處人間, 則斯言幾乎踐矣. 因言感激, 浪然出涕, 書不能旣. 宗元謹再拜.

제31권 서(書)

여한유논사관서(与韓愈論史官書 : 사관에 대해 논하여 한유에게 보내는 편지)[1]

정월 21일,[2] 아무개가 머리 조아리며 퇴지 앞에 편지 올립니다. 보낸 편지에서 사관(史官)에 대해 언급하면서, 유수재(劉秀才)에게 보낸 편지에 모든 의견이 담겨 있다고 했기에, 이제 그 편지를 구해 읽어보니, 내심 매우 불쾌하오. 왕년에 퇴지가 사관에 대해 논의한 것과 너무 다르기 때

---

[1] 본편은 사관(史官)의 역할과 의의에 대한 한유의 관점에 반박하여 보낸 편지이다. 한유의 문집에서 사관에 대해 유종원과 직접 논한 편지는 보이지 않고, 「답유수재논사서(答劉秀才論史書)」(「외집」 2권)만 수록되어 있는데, '역사를 서술한 사람은 인화(人禍)가 있지 않으면 반드시 천형(天刑)이 있다'는 내용이 나온다. 유종원의 이 편지는 그렇지 않다고 한유와 논의한 것이다. 한유는 원화 8년(813) 6월 사관수찬이 되었다. 이 편지에서 정월이라고 한 것으로 보아 원화 9년(814)에 쓴 것인 듯하다.

[2] 원화 9년(814).

문이지요

만약 편지에서 말한 대로라면, 퇴지는 하루라도 사관 자리에 붙어 있어서는 안되는데, 어찌 재상의 의중을 엿보면서 구차하게 사관의 자리로 퇴지 한 사람을 영화롭게 할 생각만 하고 있습니까? 만약 그렇다면, 퇴지는 재상이 자기를 영화롭게 해주는 것을 헛되이 받아들여, 걸맞지 않은 관직을 차지하여, 권신과 가까이 하여 봉록을 챙기고, 하급 관리들을 부려먹고, 지필(紙筆)을 이익으로 여겨 사사로운 글을 써서 자제를 부양할 비용을 챙기는 것이 아닙니까? 옛부터 도에 뜻을 둔 사람은 이와 같지 않았지요

또한 퇴지는 역사를 기록하는 사람에게는 형화(刑禍)가 있다 하여 임무를 회피하고 추진하려 하지 않으니, 더욱 잘못된 것이지요 사관은 포폄(襃貶)을 행하는 사람이라는 명망이 있는데, 두려워 떨면서 역사를 기록하려고 하지 않는다면, 가령 퇴지가 어사중승대부(御史中丞大夫)가 되면 사람의 성패를 포폄하는 것이 더욱 뚜렷하게 드러날 것이니, 마땅히 더욱 두려워 떨어야 할텐데, 의기양양하게 대부(臺府)에 들어가 맛있는 것 먹고 편안히 앉아서, 조정을 들락날락하며 큰소리만 치겠습니까? 어사의 경우에도 이런데, 가령 퇴지가 재상이 되면, 천하의 인물을 살리고 죽이고 들어오게 하고 내치기도 하고 승진시키고 좌천시키게 되어, 적이 되는 사람이 더욱 많아질텐데, 그래도 또 의기양양하게 정사당(政事堂)에 들어가 맛있는 것 먹고 편안히 앉아서, 내정(內庭)과 외구(外衢)를 들락날락하며 큰소리만 치겠습니까? 이 어찌 역사를 기록하지 않으면서 사관이라는 칭호만 영화롭게 여기고 봉록만 이익으로 여기는 것과 다를 수 있습니까?

또 '인화(人禍)가 있지 않으면 천형(天刑)이 있다'고 하여, 마치 옛날에 역사를 저술한 사람들이 무슨 죄를 지은 것처럼 말했는데, 이 또한 매우 어리석은 생각이지요 무릇 어떤 지위에 있으면 자신의 도를 곧게 펼칠 것을 생각합니다. 도가 진실로 곧게 펼쳐질 수 있다면 비록 죽을지언정 뜻을 굽혀서는 안되는 것이지요 만약 뜻을 굽힌다면 차라리 당장 그 지위를 떠나는 것이 났습니다. 공자가 노(魯) · 위(衛) · 진(陳) · 송(宋) · 채(蔡) · 제(齊) · 초

(楚) 등의 나라에서 곤경에 처했던 이유는 그 시대가 암울했고 제후들이 도를 행하지 못했기 때문입니다. 불우하게 죽은 이유 또한 『춘추』를 저술했기 때문이 아닙니다. 그때와 같은 시대에는 비록 『춘추』를 저술하지 않았다고 해도 공자는 역시 불우하게 죽었을 것입니다. 주공(周公)·사일(史佚) 같은 사람들은 비록 말을 기록하고 사건을 서술했지만 오히려 시절을 만나 현달했지요[3] 역시 『춘추』를 저술한 것이 공자에게 누가 되었다고 할 수 없지요 범엽(范曄)은 반란을 꾀했으니, 비록 역사를 저술하지 않았다 해도 그의 집안은 멸족당했을 것입니다.[4] 사마천(司馬遷)은 천자의 비위를 건드려 노여움을 샀기 때문이고, 반고(班固)는 아랫사람을 단속하지 못했기 때문이고, 최호(崔浩)(가 멸족당한 이유)는 자기 자신을 팔아 포악한 무리와 다퉜기 때문이니,[5] 모두 중도(中道)를 지키지 않았기 때문이지요 좌구명(左丘明)은 병이 들어 눈이 멀었으니, 이는 불행한 운명 때문입니다. 자하(子夏)는 역사를 저술하지 않았어도 눈이 멀었으니,[6] 이것을 가지고 경계로 삼을 수는 없습니다. 그 나머지도 모두 이상의 범주를 벗어나지 않지요 퇴지는 마땅히 중도를 지키고 자신의 도를 곧게 펼쳐야 한다는 사실을 잊지 말 것이요, 다른 일로 두려워해서는 안되지요 퇴지가 두려워해야 할 거라면 오직 도를 곧게 펼치지 못할까 중도를 얻지 못할까 하는 것들이며, 형화(刑禍)는 두려워할 것이 아니지요

　200년 동안 문무의 인물 중에서 참으로 이와 같은 경우가 많았지요 지금 퇴지가 '나는 한 사람뿐으로, 무엇을 밝힐 수 있을까?'라고 하면, 같은 자리에 있는 사람들이 또한 하는 말이 이와 같을 것이요, 나중에 지금을 잇는 사람들이 또한 하는 말이 이와 같을 것이요, 사람마다 모두 나 한 사람뿐이라고 말한다면, 결국 누가 기록하여 전할 수 있겠소? 만

---

3) 사일(史佚)은 주나라 때 태사(太史)이다.
4) 범엽은 『후한서』를 저술했다. 송 문제(文帝) 원가(元嘉) 22년 모반을 일으켜, 일족이 주벌당했다.
5) 최호는 위(魏) 태무제를 섬겼는데, 태평진군(太平眞君) 11년에 죄로 일족이 주벌당했다.
6) 『예기』에 따르면, 자하는 아들을 곡하다 시력을 잃었다고 한다.

약 퇴지가 듣고 아는 것들을 그저 기록하며 감히 태만하지 않고 부지런히 하고, 같은 자리에 있는 사람이나 나중에 지금을 잇는 사람들이 역시각각 듣고 아는 것들을 기록하며 감히 태만하지 않고 부지런히 하면, 그러한 것들이 사라지지 않고 끝내 세상에 밝혀질 것입니다. 그렇지 않으면, 그저 사람들이 말로 하는 것만 믿고, 매번 말이 달라지고, 점점 이렇게 날이 오래 지나면, 이른바 '천지를 흔들던' 것들도 필시 모두 사라지거나 또는 난잡해서 살펴볼 근거가 없게 될 것이니, 사관에 뜻이 있는사람이 차마 이대로 놓아둘 일이 아니지요 과연 뜻이 있다면, 어찌 사람들이 재촉하고 독촉하기를 기다려서야 맡은 일을 하려고 합니까?

또한 귀신에 대한 것들은 황당하고 근거가 없어서 도리에 밝은 사람들은 입에 담지 않습니다. 퇴지같이 지혜를 가진 사람이 이것을 두려워하다니요 오늘날 퇴지만큼 학식있고, 퇴지만큼 글 잘 쓰고, 퇴지만큼 의론을 좋아하고, 퇴지만큼 비분강개하여 스스로 정직하게 행실에 힘쓴다고 하는 사람이 하는 말이 이와 같다면, 결국 당나라 역사의 서술을 부탁할 만한 인물은 없는 건가요! 밝으신 천자와 현명한 재상이 이와 같은사관의 인재를 얻었는데 성과가 없다니, 심히 통탄할 일이지요! 퇴지는마땅히 생각을 바꿔서 속히 일을 추진해야 합니다. 끝내 두렵고 떨려서하지 못하겠거든 하루라도 빨리 사관의 자리를 떠나야 합니다. '가면서차차 생각해본다'는 식의 말을 또 하려는 겁니까? 지금 자리에 있는 사람이 마땅히 할 일을 하지 않고 같은 관직의 다른 사람과 후생을 끌어들여 하라고 하면, 이는 너무 어리석은 것입니다. 자기를 면려하지 않으면서 남을 면려하려고 하다니, 곤란하지요!

正月二十一日, 某頓首十八丈退之侍者前: 獲書言史事, 云具與劉秀才書, 及今乃見書藁, 私心甚不喜, 與退之往年言史事甚大謬.

若書中言, 退之不宜一日在館下, 安有探宰相意, 以爲苟以史榮一韓退之耶? 若果爾, 退之豈宜虛受宰相榮己, 而冒居館下, 近密地, 食奉養, 役使掌固, 利紙筆爲私書, 取以供子弟費? 古之志於道者, 不若是.

且退之以爲紀錄者有刑禍, 避不肯就, 尤非也. 史以名爲褒貶, 猶且恐懼不敢爲; 設使退之爲御史中丞大夫, 其褒貶成敗人愈益顯, 其宜恐懼尤大也, 則又揚揚入臺府, 美食安坐, 行呼唱於朝廷而已耶? 在御史猶爾, 設使退之爲宰相, 生殺出入升黜天下士, 其敵益衆, 則又將揚揚入政事堂, 美食安坐, 行呼唱於內庭外衢而已耶? 何以異不爲史而榮其號, 利其祿也?

又言 "不有人禍, 則有天刑." 若以罪夫前古之爲史者, 然亦甚惑. 凡居其位, 思直其道. 道苟直, 雖死不可回也; 如回之, 莫若亟去其位. 孔子之困于魯, 衛, 陳, 宋, 蔡, 齊, 楚者, 其時暗, 諸侯不能行也. 其不遇而死, 不以作春秋故也. 當其時, 雖不作春秋, 孔子猶不遇而死也. 若周公, 史佚, 雖紀言書事, 猶遇且顯也. 又不得以春秋爲孔子累. 范曄悖亂, 雖不爲史, 其宗族亦赤. 司馬遷觸天子喜怒, 班固不檢下, 崔浩沽其直以鬪暴虜, 皆非中道. 左邱明以疾盲, 出於不幸. 子夏不爲史亦盲, 不可以是爲戒. 其餘皆不出此. 是退之宜守中道, 不忘其直, 無以他事自恐. 退之之恐, 唯在不直, 不得中道, 刑禍非所恐也.

凡言二百年文武士多有誠如此者. 今退之曰: 我一人也, 何能明? 則同職者又所云若是, 後來繼今者又所云若是, 人人皆曰我一人, 則卒誰能紀傳之耶? 如退之但以所聞知孜孜不敢怠, 同職者, 後來繼今者, 亦各以所聞知孜孜不敢怠, 則庶幾不墜, 使卒有明也. 不然, 徒信人口語, 每每異辭, 日以滋久, 則所云 "磊磊軒天地" 者決必沉沒, 且亂雜無可考, 非有志者所忍恣也. 果有志, 豈當待人督責迫蹙然後爲官守耶?

又凡鬼神事, 渺茫荒惑無可准, 明者所不道. 退之之智而猶懼於此. 今學如退之, 辭如退之, 好議論如退之, 慷慨自謂正直行行焉如退之, 猶所云若是, 則唐之史述其卒無可託乎? 明天子賢宰相得史才如此, 而又不果, 甚可痛哉! 退之宜更思, 可爲速爲; 果卒以爲恐懼不敢, 則一日可引去, 又何以云 "行且謀"也? 今人當爲而不爲, 又誘館中他人及後生者, 此大惑已. 不勉己而欲勉人, 難矣哉!

여사관한유치단수실태위일사서(与史官韓愈致段秀実太尉逸
事書 : 사관 한유에게 단수실 태위의 행장을 바치며 보내는 편지)[7]

퇴지에게 보냅니다. 이전 편지에서 퇴지에게 역사 서술하는 일에 힘써
달라고 권했었는데, 답장을 받으니 참으로 나의 병통을 적시한 바가 있
어, 마치 실증을 얻지 못하면 기록하지 않을 듯했는데, 모두 맞는 말입니
다. 퇴지는 평생 동안 불신으로 대우받은 적이 없었지요. 나는 성인이 되
면서 변방 지역을 돌아다니길 좋아하여, 나이든 옛 군졸이나 관리에게
물어, 단태위에 대한 이야기를 가장 상세하게 듣게 되었지요. 지금 내가
있는 주의 자사 최공이 때때로 그때 일을 말해주어, 또한 태위의 실제
자취를 들을 수 있어서, 모든 것을 참고하고 대조할 수 있었지요. 태위처
럼 정의와 절개를 지킨 인물은 옛날에도 없었습니다. 그러나 사람들은
우연히 한 번 의분을 떨쳐 끝없는 명성을 얻었다고 생각하는데, 이는 절
대 그렇지 않습니다. 태위는 난이 일어나 군중에 있을 때부터 그 마음가
짐이 흐트러진 적이 없었으며, 그 일처리함이 하나라도 기록하지 못할
것이 없었으되, 그때는 하급 관리에 속해 있었기 때문에 상부에 알려지
지 않았을 뿐이요, 한순간의 격분으로 홀(笏)로 악인을 때려서 남들의 믿
음을 산 것이 아닙니다.

　태사(太史) 사마천은 죽었고, 퇴지가 다시 사관의 도를 잇고자 자리에
있는데, 구차하게 세월을 보내면 안되지요. 예전에 퇴지와 사관이 되기
로 기약할 때에는 의지가 매우 장했는데, 지금은 나 홀로 유폐되어 있고,
연달아 장독을 만나 파리하고 수척하여, 아침 저녁으로 죽을 고비를 넘
기니, 무엇을 어떻게 할 수 없습니다. 다만 내가 그 일을 마칠 수 없을

---

7) 본편은 「단태위일사장」(제8권)을 당시 사관 한유에게 보내면서 첨부한 것이다. 단수
실 태위의 전기를 절대 누락시키지 말 것을 당부했다. 『신당서』 「단태위전」의 내용을
보면, 유종원의 일사장 내용을 거의 인용하여 싣고 있다.

뿐이지요. 태위 같은 사람을 절대 누락시키면 안되지요. 태사 사마천은 형가(荊軻)에 대해서 쓸 때 하무저(夏無且)에게 자문을 구했고,[8] 대장군 위청(衛青)에 대해서 쓸 때 소건(蘇建)에게 자문을 구했고,[9] 유후(留侯) 장량(張良)에 대해서 쓸 때 그림에 그려진 용모를 참고했지요.[10] 지금 내가 홀로 유폐되어 천하게 치욕을 당하여, 비록 하무저·소건 등과 같은 역할에는 미치지 못하지만, 화가가 용모를 그려서 전하는 것보다는 훨씬 나을 것입니다. 역사서는 믿을 만하고 현저한 것을 전하는 거라고 『춘추전(春秋傳)』에서 말했고, 공자라도 역시 이와 같았지요. 나는 삼가 신빙성 있고 현저하다고 생각합니다. 태위의 일사(逸事)를 이렇게 보고합니다.

退之館下 : 前者書進退之力史事, 奉答誠中吾病, 若疑不得實未卽籍者, 諸皆是也. 退之平生不以不信見遇. 竊自冠好遊邊上, 問故老卒吏, 得段太尉事最詳. 今所趣走州刺史崔公, 時賜言事, 又具得太尉實迹, 參校備具. 太尉大節, 古固無有. 然人以爲偶一奮, 遂名無窮, 今大不然. 太尉自有難在軍中, 其處心未嘗虧側, 其蒞事無一不可紀, 會在下名未達, 以故不聞, 非直以一時取笏爲諒也.

太史遷死, 退之復以史道在職, 宜不苟過日時. 昔與退之期爲史, 志甚壯, 今孤囚廢錮, 連遭瘴癘羸頓, 朝夕就死, 無能爲也. 第不能竟其業. 若太尉者, 宜使勿墜. 太史遷言荊軻徵夏無且, 言大將軍徵蘇建, 言留侯徵畫容貌. 今孤囚賤辱, 雖不及無且、建等, 然比畫工傳容貌尙差勝. 春秋傳所謂傳信傳著, 雖孔子亦猶是也. 竊自以爲信且著. 其逸事有狀.

---

8) 『사기』 「형가찬(荊軻贊)」에서 "예전에 공손계공(公孫季功)·동생(董生)과 하무저가 어울려서, 그 일을 모두 알았는데, 나를 위해 이와 같이 말해주었다"고 했다.
9) 『사기』 「위장군열전」에서 "소건이 내게 '나는 일찍이 대장군이 지극히 존중해야 하는 자리인데 천하의 현명한 대부가 칭찬하는 것이 없다'고 말했다"고 했다.
10) 『사기』 「장량찬」에서 "그의 초상화를 보니, 생김새가 마치 부인이나 어여쁜 여자같았다"고 했다.

여유우석논주역구륙서(与劉禹錫論周易九六書 : 『주역』의 '구륙'을 논하여 유우석에게 보내는 편지)[11]

『주역』의 구(九)·육(六)의 뜻에 대해 동생(董生)과 토론한 것을 보니,[12] 선후의 숫자의 변화를 취한 것이라고 하면서, 필중화(畢中和)가 일행승(一行僧)을 이어 이 설을 취한 것이 공영달(孔穎達)의 『소(疏)』와 달라, 신기하게 생각했네. 저 필자(畢子)와 동자(董子)는 왜 학습에 소홀히 하면서 갑자기 이런 말을 하는가? 일행승이 한씨(韓氏)·공씨(孔氏)의 설을 이어받은 것을 모두 모르고 결국 신기하게 생각하니, 또한 우습지 않은가!

한씨는 「건(乾)의 시초(蓍草)는 261」이라는 내용에 주석을 달면서 「건(乾)의 한 효는 36시초」라고 하고,[13] 얻은 숫자를 취하여 넷으로 나누어

---

11) 본편은 『주역』에 대하여 유우석과 토론한 것이다. 『유종원집』 제주(題注)의 내용에 따르면, 『유우석집(劉禹錫集)』에 「여동생언역(與董生言易)」·「변역구륙론(辯易九六論)」이 수록되어 있는데, '건(乾)의 효는 모두 구(九)이고 곤(坤)의 효는 모두 육(六)인데, 무엇 때문인가?'라는 문제로 토론을 했다. 세상 유자들은 "우리가 공영달(孔穎達)로부터 듣기를, 양(陽)은 높으므로 음(陰)을 겸할 수 있지만, 음은 양을 겸할 수 없다고 했다"고 말했다. 그후 동생(董生)과 토론을 하다 『역』을 언급하게 되었는데, "나는 필중화(畢中和)로부터 '순서를 가지고 그렇게 부르게 되었다'고 들었다"고 하면서, 괘를 뽑기 위해 꺼내는 시초의 숫자의 변화를 가지고 노양(老陽)과 노음(老陰)의 숫자를 증명했다. 또한 『좌전』·『국어』에서 옛사람이 점을 치던 것을 들어 증명했다. 또한 '내가 동생에게서 구·육의 뜻을 들어보니 정말로 이치에 맞아서 틀림이 없었다'고 말했다. 또한 『좌전』 등 두 책과 참고하니, 마치 형체와 그림자처럼 들어맞았다. 그런데 세상 사람들은 와중에 팔을 걷어부치며 '당신과 공영달 중 누가 명성이 있느냐? 원개(元凱)와는 누가 재능이 나은가?'라고 대들었다. 세월이 흐르자, 이 설을 말하는 사람이 있다는 말을 듣지 못했다. 비록 내가 분연하게 논쟁을 벌여도, 내 설을 따르는 사람은 열 중 한둘뿐이었다. 나는 홀로 슬퍼 이를 기록하고, 후대에 알아줄 사람이 나오기를 기다린다. 유우석이 『역』에 대해 말한 대체적 내용이 위와 같다.

12) 유종원과 유우석의 두 글에서 모두 '동생(董生)'을 언급하고 있는데, 『유우석집』 권19에 「동씨무릉집기(董氏武陵集記)」가 있고, 권40에 「고형남절도추관동부군묘지(故荊南節度推官董府君墓誌)」가 있는 것으로 보아, 이 사람이 동생인 듯하다. 이에 따르면, 동생의 이름은 정(梃)이고, 자는 서중(庶中)이며, 홍문관교서랑을 지냈고, 대리평사로 옮겼다가, 그후 형남절도추관으로 낭주(朗州)에서 은퇴하고, 원화 7년(812) 4월 모일에 사망했다. 이에 따르면, 두 사람의 글은 원화 7년(812) 4월 이전에 쓴 것으로 볼 수 있다.

계산하여 구(九)를 얻은 것이다. 「곤(坤)의 시초는 144」라는 내용에 주석을 달면서 「곤(坤)의 한 효는 24시초」라고 하고, 얻은 숫자를 취하여 넷으로 나누어 육(六)을 얻은 것이다. 공영달 등이 『정의』를 지어 "구(九)·육(六)에는 두 가지 뜻이 있으니, 첫째는 「양은 음을 겸할 수 있지만, 음은 양을 겸할 수 없다」는 것이요, 둘째는 「양의 순서는 숫자 구(九)가 되고 음의 순서는 숫자 육(六)이 된다. 둘을 모두 변용하여, 『주역』에서는 변하는 것으로 점을 친다」는 것이다. 정현이 『역』을 주석하면서 역시 변하는 것으로 점을 치는 것이므로 구(九)·육(六)이라고 한다고 했다. 그래서 '노양구(老陽九)', '노음육(老陰六)'이란 것은 구(九)를 만나 나누면 '노양(老陽)'이 나오고 육(六)을 만나 나누면 '노음(老陰)'이 나오는 것이다. 이 모두가 『주역정의』「건편(乾篇)」에 실려 있다. 주간자(周簡子)의 설도 역시 이와 같은데, 좀 더 상세하다. 어찌 필자(畢子)·동자(董子)는 그 책을 보지 않고 제멋대로 구전으로 전하는가? 군자가 학문을 하면서 남과 다른 주장을 하려면 필히 우선 그 책을 끝까지 연구해야 하니, 끝까지 연구하고도 얻는 게 없으면 새로운 이론을 세워서 바르게 할 수 있는 것이다. 지금 두 사람은 아직 한씨『주(注)』, 공씨『정의』를 읽지 못했으니, 이는 그가 도청도설(道聽塗說)했다는 것을 보여주는 것으로, 어떻게 이른바『역』을 안다고 할 수 있는가? 자네가 두 학자의 것을 구하여 본다면 필자(畢子)와 동자(董子)의 설은 학문의 말단이며 성급하다는 것을 알 수 있을 걸세.

자네가 쓴 편지에서 두원개(杜元凱)가 세『역』을 잡다하게 섞은 것을 비난한 것은 맞네. 만약 공영달의 설과 비교하여 어느 것이 나으냐고 묻는다면, 이 설 역시 공영달의 설이지 일행승(一行僧)·필자·동자가 남다른 점을 세울 수 있었던 것은 아니네. 이는 바로 그들의 오류를 이어받은 것이 아니겠나? 자네가 서수(筮數)를 다루고『좌전』과 대조 고찰하면서 연구하는 것을 보니, 지금 세상에서 자네처럼『역』을 꼼꼼하게 연구하는 자가 드

---

13) 한씨는 한강백(韓康伯)을 말한다.

물다네. 그러나 우선 옛사람들의 책을 끝까지 파헤치는 데 힘쓰고, 안되는 것이 있은 다음에 바꾼다면 아주 좋을 걸세. 정진을 바라네. 종원 쓰다.

見與董生論周易九六義, 取老而變, 以爲畢中和承一行僧得此說, 異孔穎達疏, 而以爲新奇. 彼畢子、董子何膚末於學而遽云云也? 都不知一行僧承韓氏、孔氏說, 而果以爲新奇, 不亦可笑矣哉!

韓氏注 "乾之策二百一十有六", 曰 "乾一爻三十有六策", 則是取其遇揲四分而九也. "坤之策一百四十有四", 曰 "坤一爻二十四策", 則是取其遇揲四分而六也. 孔穎達等作正義, 論云: 九六有二義, 其一者曰 "陽得兼陰, 陰不得兼陽"; 其二者曰 "老陽數九, 老陰數六. 二者皆變用, 周易以變者占." 鄭玄注易, 亦稱以變者占, 故云九六也. 所以老陽九、老陰六者, 九遇揲得老陽, 六遇揲得老陰. 此具在正義乾篇中. 周簡子之說亦若此, 而又詳備. 何畢子、董子不視其書, 而妄以口承之也? 君子之學, 將有以異也, 必先究窮其書, 究窮而不得焉, 乃可以立而正也. 今二子尙未能讀韓氏注、孔氏正義, 是見其道聽途說者, 又何能知所謂易者哉? 足下取二家言觀之, 則見畢子、董子膚末於學而遽云云也.

足下所爲書, 非元凱兼三易則諾. 若曰執與穎達著, 則此說乃穎達說也, 非一行僧、畢子、董子能有異者也. 無乃卽其謬而承之者歟? 觀足下出入筮數, 考校左氏, 今之世罕有如足下求易之悉者也. 然務先窮昔人書, 有不可者而後革之, 則大善. 謹之勿遽. 宗元白.

답유우석천론서(答劉禹錫天論書 : 유우석의 「천론」에 답하는 편지)[14]

종원 보냄. 보내준 편지를 통해서 자네가 쓴 「천론(天論)」 세 편을 보게 되었는데, 내가 쓴 「천설(天說)」에 미진한 점이 있기 때문에 보충하여 마무리를 하려고 했다고 자네가 말했네. 처음 그 말을 보고는 너무 기뻐, 뭔가 내 생각이 훤히 열리게 할 수 있을 것이라고 생각했네. 대엿새 동안 상세히 읽어보며 나의 설과 다른 점을 찾아보려고 했네만, 끝내 찾을 수 없었네. 결국 그 요점은 '하늘은 사람의 일에 관여하지 않는다'는 것 아닌가. 자네의 논의는 내 「천설」의 해설이요 주석일 뿐, 특별히 다른 것이 없네. 구구절절 나의 말을 보충한다면서, 뭔가 다른 점이 있을 거라고 했네만, 무엇이 어째서 다른지 나는 모르겠네.

자네가 다르다고 생각한 것은 혹시 하늘이 만물을 '생식(生植)'할 수 있는 것을 찬미한 것을 가리키는가? 하늘이 만물을 '생식'할 수 있는 것은 아주 오래 되었으니, 찬미하지 않아도 저절로 분명하네. 또한 자네 생각에 하늘이 만물을 '생식'하는 것은 하늘을 위해서인가, 사람을 위해서인가, 아니면 저절로 '생식'하는 것인가? 만약 사람을 위해서라고 한다면 나는 더욱 모르는 일이네. 만약 저절로 생겨서 자라는 것이라고 하면, 만물은 저절로 생겨서 자라는 것일 뿐, '과라(果蓏)'가 저절로 '과라'가 되고,[15] '옹치(癰痔 : 종기·치질)'가 저절로 '옹치'가 되고, 초목이 저절로 초목이 되는 것과 무엇이 다른가? 이것들이 동물을 위해서 생기도록 계획된 것이 아님이 명백하니, 마치 하늘이 사람을 고려해서 한 것이 아닌 것과 똑같지. 저들이 우리를 고려하지 않았는데, 우리가 왜 이기려고 힘

---

14) 본편은, 유종원이 「천설」을 썼는데, 뭔가 미진한 점이 있다고 본 유우석이 「천론」을 썼고, 유종원이 이에 다시 답장한 것이다. 『유종원집』 제16권에 수록된 「천설(天說)」과 유우석의 「천론(天論)」을 함께 참고하면 이 편지의 이해에 도움이 된다.

15) 핵(核)이 있는 것을 '果'라 하고, 없는 것을 '蓏'라 한다.

쓰는가? 자네는 '교승(交勝)'을 말하여,16) 만약 하늘이 항상 악을 행하고 사람이 항상 선을 행하여 사람이 하늘을 이기면 선이 행해진다고 했네. 이 또한 지나치게 사람에게 덕을 돌리고 지나치게 하늘에게 죄를 돌리는 것이네. 또한 하늘이 할 수 있는 것은 '생·식'이요, 사람이 할 수 있는 것은 '법(法)·제(制)'라고 했네. 이는 하늘과 사람을 넷으로 구분하여 말한 것이지. 내 생각을 말해보네. 생식(生植)과 재황(災荒)은 모두 하늘이 하는 것이고, 법제(法制)와 패란(悖亂)은 모두 사람이 하는 것으로, 다른 것일 뿐이네. 그것들이 서로 관여하지 않고 각각 진행되어 흉년·풍년·치세·난세 등이 나타나는 것이 분명하네. 자네 말의 내용은 가지와 잎은 아주 아름다운데 뿌리를 곧게 내리지 못한 것과 같네.

또한 자네가 '려(旅)'에 비유한 것은 모두 사람이 하는 것인데, 하나는 하늘이 잘 한다고 하고 하나는 사람이 잘 한다고 하니, 무엇 때문인가? 망창(莽蒼)을 먼저 차지한 것은 힘이 뛰어나기 때문이요, 읍부(邑郛)를 먼저 차지한 것은 지혜가 뛰어나기 때문이다. 우(虞)·예(芮)는 힘이 궁했고, 광(匡)·송(宋)은 지혜가 궁했다. 시비와 존망을 모두 하늘로 설명할 수 있는 것은 아직 보지 못했다. 자네의 말대로라면, 난세는 천리(天理)이며 치세는 인리(人理)라고 하려는 것인가? 잘못일세. 사공이 사람과 하늘에 대해 말한 것은 어리석은 백성들이 항상 하는 말일 따름이네. 유왕(幽王)·여왕(厲王) 때 상제를 언급한 것은 원망을 돌릴 곳이 없는 말일 뿐이요, 모두 도를 설명할 수 없다. 그대는 잘 살펴, 쓸모없는 군더더기 말을 해서 지엽(枝葉)을 보태지 말고, 근본에 힘써서 도리를 얻도록 하는 것이 또한 낫지 않겠는가? 다만 무형(無形)이란 일정한 형체가 없는 것이라는 말은 아주 좋네. 종원 보냄.

---

16) 유우석은 「천론 상」에서 "하늘이 할 수 있는 것을 사람이 하지 못하는 경우가 있고, 사람이 할 수 있는 것을 하늘이 하지 못하는 경우도 있다. 그러므로 나는 '하늘과 사람이 각각 서로 뛰어난 부분이 있다[天與人交相勝]'고 생각한다"고 했다.

宗元白: 發書得天論三篇, 以僕所爲天說爲未究, 欲畢其言. 始得之, 大喜, 謂有以開明吾志慮. 及詳讀五六日, 求其所以異吾說, 卒不可得. 其歸要曰: 非天預乎人也. 凡子之論, 乃天說傳疏耳, 無異道焉. 諄諄佐吾言, 而曰有以異, 不識何以爲異也.

子之所以爲異者, 豈不以贊天之能生植也歟? 夫天之能生植久矣, 不待贊而顯. 且子以天之生植也, 爲天耶? 爲人耶? 抑自生而植乎? 若以爲爲人, 則吾愈不識也. 若果以爲自生而植, 則彼自生而植耳, 何以異夫果蓏之自爲果蓏, 癰痔之自爲癰痔, 草木之自爲草木耶? 是非爲蟲謀明矣, 猶天之不謀乎人也. 彼不我謀, 而我何爲務勝之耶? 子所謂交勝者, 若天恒爲惡, 人恒爲善, 人勝天則善者行. 是又過德乎人, 過罪乎天也.

又曰: 天之能者生植也, 人之能者法制也. 是判天與人爲四而言之者也. 余則曰: 生植與災荒, 皆天也; 法制與悖亂, 皆人也, 二之而已. 其事各行不相預, 而凶豐理亂出焉, 究之矣. 凡子之辭, 枝葉甚美, 而根不直取以遂焉.

又子之喩乎旅者, 皆人也, 而一曰天勝焉, 一曰人勝焉, 何哉? 莽蒼之先者, 力勝也; 邑郊之先者, 智勝也. 虞、芮, 力窮也, 匡、宋, 智窮也. 是非存亡, 皆未見其可以喩乎天者. 若子之說, 要以亂爲天理、理爲人理耶? 謬矣. 若操舟之言人與天者, 愚民恒說耳. 幽、厲之云爲上帝者, 無所歸怨之辭爾, 皆不足喩乎道. 子其熟之, 無美言侈論, 以益其枝葉, 姑務本之爲得, 不亦裕乎? 獨所謂無形爲無常形者甚善. 宗元白.

답원요주논춘추서(答元饒州論春秋書 : 『춘추』를 논하여 원요주에 게 답하는 편지)[17]

보내신 답장을 받았습니다만, 『춘추』에 대해 얘기한 「보장생서(報張生書)」와 「답구주서(答衢州書)」를 동봉하여 가르침을 주시니, 이는 정말 세상에 드문 일이요, 형의 학문이 공자를 저버리지 않는군요.

왕년에 배봉숙(裴封叔) 집에서 있었던 일이 기억납니다만,[18] 형과 배태상(裴太常)이 진(晉) 사람들과 강융(姜戎)이 진(秦) 군대를 효(殽)에서 패퇴시킨 뜻에 대해 얘기하는 것을 듣고,[19] 일찍이 열심히 익혔었지요. 또한 (세상 떠난 친구) 한선영(韓宣英) · 여화숙(呂和叔) 무리가 다른 뜻을 말하는 것을 듣고,[20] 『춘추』의 도가 오랫동안 숨어 있다가 최근에 와서야 나타나게 되었음을 알았지요. 서울에 있을 때 한안평(韓安平)으로부터 처음으로 『춘추미지(春秋微指)』를 구했고, 화숙으로부터 처음으로 『춘추집주』를

---

17) 본편은 『춘추』에 대하여 원요주와 토론한 것이다. 원요주가 구체적으로 누구인가에 대해서는 제32권 「답원요주논정리서」 주석에서도 의문을 제기하고 있다. 진경운(陳景雲)의 『유집점감(柳集點勘)』 내용이다. "이 편지는 날짜를 확인할 길이 없다. 편지 내용에서 '세상 떠난 친구 여화숙[亡友呂和叔]'이라고 했는데, 화숙 여온(呂溫)은 원화 6년(811) 세상을 떠났다. 또한 '왕년에 배봉숙(裴封叔) 집에서 형과 배태상(裴太常)이 대화하던 기억이 난다'고 했는데, 배태상은 이름이 리(荔)요, 봉숙의 집안 사람으로, 원화 7년(812) 윤12월 국자사업이 되었다(『구당서』 「헌종기」 참조). 나중에 태상이 되었고, 이후 사망했다. 그렇다면 이 편지는 원화 7년(812) 이후에 쓴 것이 분명하다. 편지 말미에서 또 '내가 이 주(州)에 오면서 「육선생묘표」(원 제목은 「唐故給事中皇太子侍讀陸文通先生墓表」)(제9권)를 썼는데, 지금같이 보내니 선영(宣英)과 읽어보라'고 했다. '이 주'는 영주를 말한다. 선영은 요주(饒州)사마 한엽(韓曄)으로, 유종원과 함께 폄적되어, 당시 원(元)의 동료로 요주에 있었다. 원화 9년(814) 겨울, 유종원과 한엽이 모두 조서를 받아 상경하게 되어, 영주와 요주를 떠나 북으로 갔다. 그렇다면 이 편지는 원화 8년(813)에서 9년(814)으로 넘어가는 시점에 쓴 것일 가능성이 높다."

18) 배봉숙은 배근(裴墐)이다.

19) 진(晉)과 진(秦)의 싸움 이야기는 『좌전』 희공(僖公) 33년에 나온다.

20) 원문에서는 '세상 떠난 친구'를 뜻하는 '亡友'가 지금처럼 '韓宣英' 앞에 위치해 있는데, '呂和叔' 앞으로 옮겨야 한다. 여온이 원화 6년(811) 8월 세상을 떠났고, 한엽은 원화 10년(815) 요주사마에서 소환되어 유종원처럼 정주(汀州) 자사가 되었다.

보고 나서,[21] 육선생의 문하에서 공부할 수 있게 되기를 항상 원했었지
요 육선생께서 급사중이 되시고,[22] 내가 같은 날 상서에 들어갔고, 거처
또한 선생님과 같은 거리여서, 비로소 제자의 예를 차릴 수 있었습니다.
강의와 토론을 제대로 하기도 전에 마침 선생님께서 병이 나셔서, 때때
로 요점을 들었으니, 일찍이 이렇게 가르침과 깨우침을 통해 은총을 입
었습니다. 불행히도 선생님의 병이 더욱 심해지고, 나는 또한 소주(邵州)
로 나가게 되었고, 뒤이어 세상을 떠나시어,[23] 학업을 마치지 못하게 되
었습니다. 이어 망우(亡友) 능생(凌生)으로부터 『춘추종지(春秋宗指)』, 『춘추
변의(春秋辨疑)』, 『춘추집주(春秋集注)』 등을 한질 구했지요[24] 삼가 이를
읽어보니, 「기후(紀侯)가 나라를 떠남[紀侯大去其國]」[25] 대목에서는 성인의
도는 요·순과 어울리며 단지 문왕(文王)·주공(周公)에게서만 법을 취할
것이 아님을 보여주었고, 「부인 강씨(姜氏)가 작(禚)에서 제후(齊侯)와 만
남,[26] 대목에서는 성인이 효(孝)라는 원칙의 실마리를 세운 것은 각각의
구분을 명확히 한 것임을 보여주었고, 「초나라 사람이 진(陳)의 하징서(夏
徵舒)를 살해하여, 정해(丁亥)년에 초의 왕이 진나라에 가서 공손녕(公孫
寧)·의행보(儀行父)를 진에 바친,[27] 대목에서는 성인의 포폄과 여탈은 오
직 타당하여 이른바 결점도 장점도 숨김없이 드러난다는 것을 보여주었
습니다. 읽고 또 읽으며 매우 기뻤지요 만약 내가 지금보다 몇십년 먼저
태어났다면 이 학문을 접할 수 없었겠지요 이제 마침 후세에 태어났으
니, 불우한 것이 아니겠지요

---

21) 한안평은 한태(韓泰)이다. 육질(陸質)이 일찍이 『춘추미지』 2편과 『춘추집주』 2편을
   지었다.
22) 정원 20년(804) 2월, 육질을 급사중에 임명했다.
23) 정원 20년(804) 9월, 육질이 세상을 떠났고, 문인들이 사적으로 문통선생(文通先生)이
   라는 시호를 정했다. 유종원은 묘표를 썼다.
24) 능준(凌準)의 자는 종일(宗一)로, 원화 3년(808) 사망했다. 유종원이 쓴 지(誌)가 전한다.
25) 『춘추』 장공(莊公) 4년에 나온다.
26) 『춘추』 장공(莊公) 2년에 나온다.
27) 『춘추』 선공(宣公) 11년에 나온다.

형이 편지에서 말한 것은 모두 공자의 대의로, 이를 뛰어넘을 자가 없습니다. (『춘추』에서) 순식(荀息)에 대해 기록한 것은 탁(卓)을 세운 것을 폄하하는 뜻이 있습니다.[28] 얼마 전까지도 순식이 군주의 사악한 마음을 받들어 애첩의 아들을 세우고 정의에 힘쓰지 않고 중이(重耳)를 밖으로 내쫓아 총애를 독차지한 것이 괴이했었는데, 공자는 구목(仇牧)·공보(孔父)의 내용도 같은 필법으로 썼습니다.[29] 순식을 폄하한 것이라고 지금 형이 말한 것은 아주 좋습니다. 순식은 본래 마땅히 폄하해야지요, 그렇다면『춘추』에서 구목·공보에 대한 필법도 다르지 않다면, 구목·공보 역시 폄하하는 것입니까? 내가 일찍이『비국어(非國語)』60여 편을 저술했는데, 그 중 한 편은 순식 때문에 쓴 것으로, 이제 적어서 보내니, 내가 말한 것과 어떤지 보시기 바랍니다.『춘추미지』에서「정(鄭) 사람들이 유평(渝平)에 온」뜻을 설명하여,[30] 힘을 헤아려 물러남에 먼저 고하고서 절교하였으니 실로 앞에서는 같았으나 뒤에는 다른 경우라고 했습니다. 지금 점검을 해보면 이것의 이전에 정(鄭)과 같은 글귀가 없고, 이후에 정(鄭)과 다른 근거가 없어, 이 한 가지 뜻은 이치는 매우 정밀하지만 실제 일과는 맞지 않는 점이 있다고 의심되니, 형이 역시 지적하고 가르쳐주셔야 합니다. 왕년에 또 여화숙이 하는 말을 듣자하니, 형이 초(楚)의 상신(商臣)의 뜻을 논했는데,[31] 담조(啖助)·조광(趙匡)·육씨(陸氏)도 모두 그에 미치지 못했다고 하니, 한부 기록하여 보내주길 부탁하니,『미지』의 주석으로 삼아 말학(末學)으로 전

---

28) 『춘추』희공 10년 경문(經文)에 "이극(里克)이 군주 탁(卓)과 대부 순식을 시해했다"는 기록이 있다. 이에 앞서 진(晉) 헌공(獻公)이 여희(驪姬)를 총애하여, 태자 신생(申生)을 죽이고, 이오(夷吾)·중이(重耳)를 쫓아내고, 해제(奚齊)를 세운 적이 있다. 이전 해에 헌공이 죽자 이극이 해제를 살해했다. 순식은 또 탁자(卓子)를 세웠다. 이때에 이극이 또 시해하여, 순식이 죽은 것이다.

29) 『춘추』환공(桓公) 2년 경문에 "송독(宋督)이 그의 군주 여이(與夷)와 대부 공보(孔父)를 시해했다"는 내용이 있다. 장공(莊公) 2년 경문에 "송만(宋萬)이 그의 군주 첩(捷)과 대부 구목(仇牧)을 시해했다"는 내용이 있다. 앞에서 나왔던 이극에 대해 쓴 내용과 필법이 모두 같다.

30) 『춘추』은공 6년의 내용이다.

31) 『춘추』문공(文公) 원년의 일이다.

하고자 합니다. 소(蕭)·장(張) 두 사람의 이전 편지 역시 보게 해주었으면
합니다. 도착하는 그날 당장 한 권으로 엮어 후세에 전할 것입니다.

　내가 이 주에 처음 왔을 때 「육선생묘표(陸先生墓表)」를 썼기에 지금
이렇게 올리니, 선영과 함께 읽으십시오. 『춘추』의 도는 해나 달과 같아
서 임의로 평할 수 없지요. 만약 평한다면 필시 공(孔)·척(跖)의 우열을
논하는 것과 같을 것이므로, 다만 그중 한둘을 들어서 보냅니다. 종원 재
배 드립니다.

　辱復書, 教以報張生書及答衢州書言春秋, 此誠世所希聞, 兄之學爲不
負孔氏矣.

　往年曾記裴封叔宅, 聞兄與裴太常言晉人及姜戎敗秦師于殽一義, 嘗
諷習之. 又聞亡友韓宣英、呂和叔輩言他義, 知春秋之道久隱, 而近乃出
焉. 京中於韓安平處, 始得微指, 和叔處始見集注, 恒願掃於陸先生之門.
及先生爲給事中, 與宗元入尙書同日, 居又與先生同巷, 始得執弟子禮.
未及講討, 會先生病, 時聞要論, 嘗以易教誨見寵. 不幸先生疾彌甚, 宗元
又出邵州, 乃大乖謬, 不克卒業. 復於亡友凌生處, 盡得宗指、辨疑、集
注等一通. 伏而讀之, 於 "紀侯大去其國", 見聖人之道與堯、舜合, 不惟
文王、周公之志獨取其法耳; 於 "夫人姜氏會齊侯于禚", 見聖人立孝經
之大端, 所以明其分也; 於 "楚人殺陳夏徵舒, 丁亥, 楚子入陳, 納公孫
寧、儀行父于陳", 見聖人褒貶予奪, 唯當之所在, 所謂瑕瑜不掩也. 反復
甚喜. 若吾生前距此數十年, 則不得是學矣. 今適後之, 不爲不遇也.

　兄書中所陳, 皆孔氏大趣, 無得踰焉. 其言書荀息, 貶立卓之意也. 頃嘗
怪荀息奉君之邪心以立孽子, 不務正義, 棄重耳於外而專其寵, 孔子同於
仇牧、孔父爲之辭. 今兄言貶息, 大善. 息固當貶也, 然則春秋與仇、孔
辭不異, 仇、孔亦有貶歟? 宗元嘗著非國語六十餘篇, 其一篇爲息發也,
今錄以往, 可如愚之所謂者乎? 微指中明 "鄭人來渝平", 量力而退, 告而
後絶, 固先同後異者也. 今檢此前無與鄭同之文, 後無與鄭異之據, 獨疑

此一義, 理甚精而事有不合, 兄亦當指而教焉. 往年又聞和叔言兄論楚商臣一義, 雖啖、趙、陸氏, 皆所未及, 請具錄, 當疏微指下, 以傳末學. 蕭、張前書, 亦請見及. 至之日, 勒爲一卷, 以垂將來.

宗元始至是州, 作陸先生墓表, 今以奉獻, 與宣英讀之. 春秋之道如日月, 不可贊也; 若贊焉, 必同於孔、跖優劣之說, 故直擧其一二, 不宣. 宗元再拜.

여여도주온논비국어서(与呂道州温論非国語書: 「비국어」를 논하여 도주 여온에게 보내는 편지)[32]

4월 3일, 종원이 화광에게 쓰다. 요즘 정치의 도를 말하는 사람은 많은데 대중(大中)으로부터 이끌어내는 사람은 거의 없네. 그 말이 유술(儒術)에 근본하면 실정을 벗어나 우회하고 방황하여 어디로 가는지 모르겠고, 간혹 실정에 맞는 경우는 자잘하고 각박하여 포용을 할 수 없어 끝내 대도(大道)가 매몰되어 버린다네. 심한 경우에는 기괴한 것을 좋아하고 망언을 일삼아, 하늘을 부르고 귀신을 끌어들이며 영험이 있다고 하여, 어질어질 정신을 차리지 못할 때는 그 말이 그럴듯하다가 끝내 뭐가 뭔지 종잡을 수가 없지. 그러므로 천하에 도가 밝혀지지 않고, 배우는 사람도 지극히 적다네.

나는 군자들과 벗하게 된 이후 중용(中庸)의 문호(門戶)와 계실(階室)을

---

32) 본편은 제44・45권에 수록된 「비국어」에 대해 친구 여온과 토론한 것이다. 여온의 자는 회숙(和叔), 화광(化光)이라고도 했다. 원화 3년(808) 10월 도주자사가 되었고, 원화 5년(810) 형주자사로 옮겼다가, 원화 6년(811) 8월에 사망하여, 유종원이 뇌(誄)(제9권)를 썼다. 이 편지는 원화 6년(811) 이전에 쓴 것으로, 「비국어」를 저술하게 된 계기를 솔직하게 털어놓아서, 유종원의 사상적 배경을 담고 있는 자료라고 할 수 있다.

알게 되어, 점차 젖어들고 연마하여 도의 참된 본체에 거의 다다를 듯했네. 그러나 늘 입언(立言)하고 글로 쓰고는 싶어도 감히 하지는 못했지. 지금에 와서는 모든 것이 어그러져 세상의 죄인이 되고, 몸은 이족으로 편입되고, 죄수의 명단에 이름이 올랐네. 갈 길은 다하여 막히고, 현실에 적용할 기회는 기약이 없고, 그래서 붓을 들어 억지로나마 말도 안되는 글을 쓰며 마음 속으로 터득한 것을 적었다네.

예전에 『국어』를 읽었는데, 그 문사(文辭)가 화려하고 내용이 잡다하면서, 괴이한 것을 좋아하고 윤리에 어긋나 도가 어그러진 것을 병통으로 여겼었지. 그런데 배우는 자들은 그 화려한 문사로 인하여 모두 좋아하여, 엎드려 읽고 외며 끙끙거리는 것이 육경에 버금갈 정도여서, 그 문사에 빠져 그것이 사실이라고 반드시 믿게 되었으니, 이는 성인의 도가 감추어진 것일세. 나는 자제를 못하고 과감히 나서서 후세의 비판과 분노를 감당하려 하여, 이에 부적절한 내용을 없애고 세상의 잘못을 바로잡고자 했다네. 모두 67편으로, 『비국어』라고 이름지었네. 완성하고 나서 며칠 동안 기쁘지도 않고 떨떠름했는데, 도를 밝히기 어렵고 습속을 바꾸기 어렵기 때문이었으니, 나를 알아주는 자는 과연 누구일까? 지금 도를 이해하는 사람은 과연 알아줄 수도 있겠지. 이후 태어날 사람을 내가 아직 보지 못했지만, 소홀히 할 수 있겠는가? 그러므로 잘못된 부분을 모두 들춰내어 바르게 고치고 싶었네. 생각해보니 내 책을 완성시켜줄 사람이 화광 아니면 누구겠는가? 그래서 이렇게 한 부를 보내니, 잠시 유념하여 살펴보고 무사히 마칠 수 있도록 도와주시게.

예전에 치용(致用)이라는 사람이 『맹자평(孟子評)』을 썼는데,[33] 위사(韋詞)란 사람이 내게 "제가 치용의 책을 노(路) 선생에게 보여주니, '좋긴 좋은데, 옛 사람들이 책을 쓸 때 어찌 이렇게까지 이전 사람의 결점을 들추었겠나?'라고 노선생이 말씀하셨어요"라고 했네. 나는 "치용의 뜻은 도

---

33) 이경검(李景儉)의 자가 치용(致用)이다.

를 밝히려는 것이었을 뿐 맹자의 결점을 들추려는 것은 아니었으니, 마음으로부터 구하여 세상에 드러낸 것일 뿐이지"라고 말했지. 지금 나는 이 책을 쓰면서 좌씨(左氏)를 더욱 심하게 비난했네. 앞의 두 사람 같은 경우는 본디 세상에서 말하기를 좋아하는 자들인데도 오히려 그런 말을 했거늘, 하물며 이에 미치지 않는 자들이 점점 많아지면, 내가 세상에서 바랄 수 있는 여지가 더욱 좁아질 것이니, 결국 어찌 할 것인가? 진정으로 성인의 도에 어그러지지 않으면서 밝은 길을 열 수 있는 자의 생각으로 나를 탓한다면, 비록 백년 천년 누가 된다 해도 유감이 없겠네. 화광 자네는 어떤가? 마음 속이 격동되면 반드시 밖으로 드러나니, 생각하지 않아도 얻게 되리라 생각하네. 종원 쓰다.

四月三日, 宗元白化光足下: 近世之言理道者衆矣, 率由大中而出者咸無焉. 其言本儒術, 則迂迴茫洋而不知其適; 其或切於事, 則苛峭刻覈, 不能從容, 卒泥乎大道. 甚者好怪而妄言, 推天引神, 以爲靈奇, 恍惚若化而終不可逐. 故道不明於天下, 而學者之至少也.

吾自得友君子, 而後知中庸之門戶階室, 漸染砥礪, 幾乎道眞. 然而常欲立言垂文, 則恐而不敢. 今動作悖謬, 以爲僇於世, 身編夷人, 名列囚籍. 以道之窮也, 而施乎事者無日, 故乃挽引, 强爲小書, 以志乎中之所得焉.

嘗讀國語, 病其文勝而言尨, 好詭以反倫, 其道舛逆. 而學者以其文也, 咸嗜悅焉, 伏膺呻吟者, 至比六經, 則溺其文必信其實, 是聖人之道翳也. 余勇不自制, 以當後世之訕怒; 輒乃黜其不臧, 救世之謬. 凡爲六十七篇, 命之曰非國語. 旣就, 累日怏怏然不喜, 以道之難明而習俗之不可變也, 如其知我者果誰歟? 凡今之及道者, 果可知也已. 後之來者, 則吾未之見, 其可忽耶? 故思欲盡其瑕纇, 以別白中正. 度成吾書者, 非化光而誰? 輒令往一通, 惟少留視役慮, 以卒相之也.

往時致用作孟子評, 有韋詞者告余曰: "吾以致用書示路子, 路子曰: '善則善矣, 然昔人爲書者, 豈若是撫前人耶?'" 韋子賢斯言也. 余曰: "致

用之志以明道也, 非以撓孟子, 蓋求諸中而表乎世焉爾." 今余爲是書, 非
左氏尤甚. 若二子者, 固世之好言者也, 而猶出乎是, 況不及是者滋衆, 則
余之望乎世也愈狹矣, 卒如之何? 苟不悖於聖道, 而有以啓明者之慮, 則
用是罪余者, 雖累百世滋不憾而恧焉! 於化光何如哉? 激乎中必厲乎外,
想不思而得也. 宗元白.

답오무릉논비국어서(答吳武陵論非国語書 : 「비국어」를 논하여 오 무릉에게 답하는 편지)[34]

복양(濮陽) 오군(吳君) 귀하. 제가 글을 쓴 지 오래 되었습니다만, 마음
속으로는 대수롭지 않게 보고, 별로 힘을 기울이지 않았으니, 그저 장기
나 바둑을 잘 두는 것이나 다를 바 없다고 여겼기 때문입니다. 그러므로
장안에 있을 때, 이것으로 명예를 얻으려 하지 않고, 실제 일에 적용되는
것을 추구하였으니, 시대에 도움이 되고 만물에 영향을 주는 것이 진정
한 도라고 여겼기 때문입니다. 죄인이 된 이후, 두려워하는 것을 제외하
고는 일이 없이 한가하여, 슬슬 다시 글을 쓰게 되었지요. 그러나 시대에
도움이 되고 만물에 영향을 주는 도를 현재에 펼칠 수 없다면, 마땅히
후세에 남겨야 할 것입니다. 말을 하되 수식이 없으면 판에 박은 것이
되니, 그렇다면 수식이란 것도 본래 가벼이 여기면 안되겠지요!
　죄인이 된 이래, 아무 것도 제대로 하는 것 없이 유폐되어 고독하게

---

34) 본편은 바로 앞에 수록된 여온에게 쓴 편지와 마찬가지로 「비국어」를 쓰게 된 동기
　를 밝힌 편지이다. 아울러 이 편지의 서두 부분은 유종원의 입장에서 글쓰기에 대한
　중대한 인식의 변화를 가져온 계기를 밝힌 자료로 많이 인용되기도 한다. 오무릉은 원
　화 3년(808) 영주로 폄적되었다.

지내던 중, 마침 귀하께서 이곳에 온 이후 제가 도를 찾는 것에 도움이 있게 되었습니다.[35] 귀하의 글을 보니, 마음이 맑아지고 눈이 훤해져, 마치 깊은 우물 속에서 태양의 한가운데를 올려다본 듯 번쩍였습니다. 귀하는 이렇게 출중한 재능을 가지고 매번 저를 스승으로 삼겠다고 하는데, 저는 더욱 감히 그럴 수가 없습니다. 매번 글을 한 편 쓸 때마다, 귀하는 반드시 크게 빛을 더해주어 세상에 밝히니, 이 또한 참으로 제가 편안하게 받아들일 것이 아닙니다. 『비국어』에서 말했던 것은 제가 병통으로 여긴지 오래된 것으로, 세상 사람들에게 말하기가 일찍이 어려웠던 것입니다. 이제 한가해짐으로 인해 기록을 했는데, 후세에 말을 안다는 사람들이 이 때문에 책망하고 비난하지 않을까 항상 염려하여, 머뭇머뭇 주저주저하며 몇달 동안 드러내지 않고 숨겨 두었다가 바야흐로 귀하에게 보여주었지요. 그 내용이 타당하다고 귀하가 인정하여, 그리고 나서야 저는 감히 스스로 옳다고 여기게 되었습니다. 도주의 여온이 도를 잘 아는데, 역시 귀하와 같이 말하니, 이 글이 그나마 혹시 취할 점이 있는 건 아닐까 싶군요. 책을 하나 쓰는데, 문채를 풍부히 하는 데 힘쓰고, 사실을 돌아보지 않고, 게다가 신괴(神怪)한 것을 덧붙이고 황당한 것을 늘어놓아, 번쩍번쩍 후생들을 유혹하여 괴벽한 것으로 마친다면, 이는 아름다운 비단으로 함정 위를 덮어놓는 것과 같습니다. 잘 모르고 나섰다가 빠지는 사람이 많을 것입니다. 그러므로 저는 이를 표시하는 푯말을 만들어 중도(中道)에서 노니는 자들에게 알려주려는 것입니다.

저는 별로 알려진 것도 없고 매우 비루하며, 또한 추방당해 굴욕을 당하는 처지여서, 마치 지렁이 거머리처럼 진흙 속에 묻혀, 비록 소리를 내려고 한들 누가 들어주겠니까? 다만 세상에서 나의 말을 알아주는 사람만을 대상으로 할 뿐, 알아주지 않으면서 나를 탓하는 자들을 나는 신경쓰지 않습니다. 제가 또한 어찌 감히 한나라 때 관직에 늘어서 학관을

---

35) 원화 3년(808), 오무릉이 영주로 폄적되어, 유종원과 글을 통한 왕래가 많았다.

세워서 천하의 웃음거리가 된 것을 따르겠습니까? 이는 귀하가 나를 두터이 아끼셔서 처음 말하는 것입니다. 지난번에 글을 써서 보내드린 것은 성인의 도를 밝히는 것이 목적이었으니, 귀하가 아니면 누구에게 보내겠습니까? 이만 줄입니다. 종원 돈수.

濮陽吳君足下 : 僕之爲文久矣, 然心少之, 不務也, 以爲是特博弈之雄耳. 故在長安時, 不以是取名譽, 意欲施之事實, 以輔時及物爲道. 自爲罪人, 捨恐懼則閑無事, 故聊復爲之. 然而輔時及物之道, 不可陳於今, 則宜垂於後. 言而不文則泥, 然則文者固不可少耶!

拘囚以來, 無所發明, 蒙覆幽獨, 會足下至, 然後有助我之道. 一觀其文, 心朗目舒, 炯若深井之下仰視白日之正中也. 足下以超軼如此之才, 每以師道命僕, 僕滋不敢. 每爲一書, 足下必大光耀以明之, 固又非僕之所安處也. 若非國語之說, 僕病之久, 嘗難言於世俗. 今因其閑也而書之, 恒恐後世之知言者用是訕病, 狐疑猶豫, 伏而不出累月方示足下. 足下乃以爲當, 僕然後敢自是也. 呂道州善言道, 亦若吾子之言, 意者斯文殆可取乎? 夫爲一書, 務富文采, 不顧事實, 而益之以誣怪, 張之以闊誕, 以炳然誘後生, 而終之以僻, 是猶用文錦覆陷穽也. 不明而出之, 則顚者衆矣. 僕故爲之標表, 以告夫遊乎中道者焉.

僕無聞而甚陋, 又在黜辱, 居泥塗若螾蛭然, 雖鳴其音聲, 誰爲聽之? 獨賴世之知言者爲准; 其不知言而罪我者, 吾不有也. 僕又安敢期如漢時列官以立學, 故爲天下笑耶? 是足下之愛我厚, 始言之也. 前一通如來言以汚篋牘, 此在明聖人之道, 微足下僕又何託焉? 不悉. 宗元頓首.

여여공논묘중석서서(与呂恭論墓中石書書 : 묘에서 나온 석서를 논하여 여공에게 보내는 편지)[36]

종원 보냄. 원생(元生)이 여기 와서 아우의 편지를 (내게 전해주어) 보게 되어 너무 반가웠고, 말하려는 내용이 모두 담겨 있었네. 원생은 또 관할 지역에서 부친 시묘살이 하던 자가 석서(石書)를 습득해 그 글을 그대로 쓴 것을 가져와 내게 보여주며, 장차 황제에게 보고하려고 한다고 말해서, 나는 걱정되고 의심스러웠네. 나는 예전부터 고서 보는 것을 좋아하여, 집안에 소장한 진(晉)·위(魏) 시대 척독(尺牘)이 매우 많았네. 또한 20년 동안 장안의 귀인 및 호사자들이 소장한 것을 거의 빼놓지 않고 두루 보았네. 이로 인해 책을 잘 알아보아서, 저자의 성명을 보지 않았어도, 보기만 하면 언제 책인지 알아보았다네. 또한 문장의 형식과 체재는 옛날과 지금이 많이 다르다네. 아우같이 정민하고 통달한 사람이 어찌 이 점을 따져보지 않았나! 돌에 새긴 글을 지금 보면, 연도를 '영가(永嘉)'로 표기했는데,[37] 그 서체는 지금 촌부들이 쓴 것일세. 비록 그 글자가 거의 마모되어 알아보지 못할 것 같아도, 옛날의 서체일 수가 없네. 그 중 '영(永)'자 등 필법이 왕씨(王氏)의 변법을 상당히 본받았는데, 영가 시대에는 없었던 것이지. 글의 내용은 더더욱 조잡해서, 마치 지금의 이른바 율시(律詩)라는 것인 듯하지만, 진(晉) 시대에는 이런 시체가 없었다네. 너무 허황된 것일세! 또한 소나무를 심던 도중 까마귀가 쪼아 흙을 파서 손에 넣었다는 괴이한 현상을 말하여 더욱 말이 안되어, 믿기 어렵다네. 혹시 누군가 농간을 부리는 것이 아닌가 생각되네.

---

36) 본편은 어느 무덤에서 발견된, 당시로부터 약 500년 전 것이라는 석서(石書)에 대한 유종원의 감정 견해를 담은 편지로, 유종원은 금석(金石) 및 서예 방면에도 일가견이 있었음을 알려주는 자료이다. 여공(呂恭)의 자는 경숙(敬叔), 일명 종례(宗禮)라고도 한다.
37) 영가(永嘉)는 진(晉) 회제(懷帝)의 연호로, 307년부터 313년 초까지 사용했으며, 유종원 당시로부터 약 500년 전이 된다.

또한 예로부터 "장례를 한다는 '葬'은 사람들이 보지 못하도록 감춘다는 '藏'의 의미"라고 했네.[38] "무덤에 나무를 심자"는 주장에 대해 군자들은 이의를 제기했었네. 그런데 하물며 시묘를 하면서 거주하는 것을 좋게 볼 수 있겠나? 성인은 제도를 수립하고 법령을 제정하여, 지나치면 죄를 물었네. 그러므로 대중(大中)을 세우는 자는 괴이한 것을 숭상하지 않고, 사람을 가르치는 자는 정성을 다하게 하고자 하니, 이 때문에 가식과 위선을 싫어하지. 복상의 기간이 지났는데 탈상하지 않으려면 마당에 장소를 마련하는 것이 당연한데 시묘살이를 하는 것으로 바꾼 자는 대중(大中)의 죄인이라고 할 수 있네. 하물며 게다가 괴이한 물건을 갖고 나와, 신의 도를 속이고, 법을 거스르고, 이로 인해 이익을 챙기려 하다니? 거짓 효를 일삼으며 이익을 엿보니, 어진 자가 차마 그 과오를 적발하지 않는다면, 교화에 손상이 될까 염려되네. 그러나 거짓을 행할 수 있고 이익을 노릴 수 있게 하면 교화는 더더욱 무너질 것일세. 그와 같은 것은 상관하지 않는 것이 좋네, 세상에 나오지 않도록 덮어두는 것이 좋네.

대부(大夫)의 치적이 훌륭하여,[39] 자네도 동참을 하였으니,[40] 본래 누락이 있을 수 없지. 동쪽 성곽을 쌓고, 시장 점포를 개조하고, 대나무나 띠풀로 지어 줄줄이 늘어선 건물을 없애고 토목·도기·벽돌·기와 등의 일꾼들을 준비하여 건물을 지어서 자연발생 화재가 일어나지 못하게 했지. 원시적 풍속을 개화시키고, 훔치거나 유랑하는 악습을 끊게 하고, 뽕잎 따고 씨 뿌리고 밭 갈고 김 매는 일에 힘을 쏟게 하고, 요역을 관대하게 하고 물자를 아끼고 부세를 고르게 하는 치적을 일으켰으니, 참으로 훌륭한 정치를 보여주었네! 이런 상황에서 좋은 일을 좋게 대하려는 것이 지나치려고 하는데 살피지 못해서, 그동안 보여준 정성과 신의의

---

38) 『예기』에 나오는 국자고(國子高)의 말이다.
39) 여기서 대부는 계관관찰사(桂管觀察使) 위단(韋丹)을 말한다.
40) 여공은 감찰어사로 강남서도군사(江南西道軍事)에 참여했다. 그때 위단(韋丹)이 관찰사였다.

도에 조금 손상이 가지 않을까 염려하여, 감히 이렇게 사적으로 말하는 걸세. 회하(淮河)·제수(濟水) 맑은 물에 추호같이 작은 오점 하나 있다 한들 원래 큰 문제는 아니겠지. 그러나 만일 이루자(離婁子)같이 눈밝은 사람이 보면, 아예 오점이 없어서 마음이 떳떳한 것보다는 못하겠지. 이 일을 조용히 덮어두고 석서를 세상에 공개하지 않는다면, 정말 다행으로 생각하네. 종원 보냄.

宗元白: 元生至, 得弟書, 甚善, 諸所稱道具之. 元生又持部中廬父墓者所得石書, 模其文示余, 云若將聞於上, 余故恐而疑焉. 僕蚤好觀古書, 家所蓄晉、魏時尺牘甚具; 又二十年來, 徧觀長安貴人好事者所蓄, 殆無遺焉. 以是善知書, 雖未嘗見名氏, 亦望而識其時也. 又文章之形狀, 古今特異. 弟之精敏通達, 夫豈不究於此! 今視石文, 署其年曰 "永嘉", 其書則今田野人所作也. 雖支離其字, 猶不能近古. 爲其 "永"字等頗效王氏變法, 皆永嘉所未有. 辭尤鄙近, 若今所謂律詩者, 晉時蓋未嘗爲此聲. 大謬妄矣! 又言植松烏擢之怪, 而掘其土得石, 尤不經, 難信. 或者得無姦爲之乎?

且古之言 "葬者, 藏也." "壞樹之", 而君子以爲議. 況廬而居者, 其足尙之哉? 聖人有制度, 有法令, 過則爲辟. 故立大中者不尙異, 敎人者欲其誠, 是故惡夫飾且僞也. 過制而不除喪, 宜廬於庭; 而矯於墓者, 大中之罪人也. 況又出怪物, 詭神道, 以奸大法, 而因以爲利乎? 夫僞孝以奸利, 誠仁者不忍摘過, 恐傷於敎也. 然使僞可爲而利可冒, 則敎益壞. 若然者, 勿與知焉可也, 伏而不出之可也.

以大夫之政良, 而吾子贊焉, 固無闕遺矣. 作東郛, 改市廛, 去比竹茨草之室, 而垍土、大木、陶甄、梓匠之工備, 爇火不得作; 化墮窳之俗, 絶傜浮之源, 而條桑、浴種、深耕、易耨之力用, 寬徭、嗇貨、均賦之政起, 其道美矣! 於斯也, 慮善善之過而莫之省, 誠慤之道少損, 故敢私言之. 夫以淮、濟之淸, 有玷焉若秋毫, 固不爲病; 然而萬一離婁子眇然睨之, 不若無者之快也. 想默已其事, 無出所置書, 幸甚. 宗元白.

여우인논위문서(与友人論為文書 : 글을 쓰는 것에 대해 논하여 친구에게 보내는 편지)[41]

예나 지금이나 문장이란 어렵다고 말하는데, 자네는 어려운 까닭을 알고 있나? 비(比)·흥(興)의 표현기법이 부족하다거나 내용 및 풍격이 원대하지 않다거나 정성들여 갈고 닦지 않았다거나 실수나 결점을 없애지 않았다거나 하는 것을 말하는 것이 아니라네. 얻기[得]가 어렵고, 알기[知]는 더더욱 어려울 뿐이라네. 진정 높은 기상을 얻을 수 있고 깊은 이치를 찾을 수 있다면, 비록 잡다하고 어그러진 점이 있다 한들, 해와 달이 잠깐 일식 및 월식이 일어나고 큰 홀에 흠집이 있는 것과 같으니, 어찌 (해와 달의) 밝음에 손상이 있겠으며 보석이 아니라 하여 배척하겠나?

또한 공자 이후로 이 도가 크게 드러났지. 집집마다 수양하고 사람마다 면려하며 정력과 사려를 있는대로 쏟아부은 것이 수천년일세. 그동안 죽간과 목책을 소비하고 마음과 정신을 쏟아부은 것을 셀 수 있겠는가? 문인의 명단에 등재되어 후대에 영향이 파급된 사람은 겨우 수십 명을 넘지 못하지. 그 나머지 사람들 중 어느 누가 앞다투어 아름다운 글을 써서 해와 달을 타고 올라 높은 곳에서 만물을 한가운데 굽어보고 백대 이후까지 우뚝 솟고 싶지 않았을까? 모두 애를 썼음에도 뜻대로 되지 않아, 앞으로 나아가지 못하고 머뭇머뭇, 힘이 다하고 세(勢)가 다하여, 뜻을 삼키고 세상을 떠났던 것이지. 그러므로 얻기 어렵다고 하는 것이라네.

아하! 도가 드러나느냐 숨어드느냐 하는 것에 행복과 불행이 연계되어 있고, 말을 잘 하느냐 못하느냐 하는 것에 승진과 강등이 연계되어 있고, 평가를 편파적으로 하느냐 바르게 하느냐 하는 것에 좋아하고 싫어함이 연계되어 있고, 교유가 넓으냐 좁으냐 하는 것에 앞길이 펴지느냐 마느

---

41) 본편은 글쓰기에 대해 친구와 논한 것인데, 어떤 친구에게 쓴 것인지는 확실하지 않다.

냐가 연계되어 있지. 그 가운데 떨치고 일어나 홀로 우뚝 선 저들이 세상에 맞을까 안 맞을까? 이건 아직 알 수 없네. 게다가 또 옛날을 영광으로 여기고 지금을 비루하게 여기는 자들이 줄을 지어 늘어섰지. 대체로 살아 있을 때는 불우했는데 죽어서 명성을 남긴 자가 많네. 양웅이 죽고 나서 『법언(法言)』이 크게 유행했고, 사마천이 살아 있을 때는 『사기』가 빛을 보지 못했지. 이 두 사람의 재능으로도 오히려 생전에 이렇게 고난 당했는데, 하물며 이렇다 할 명성이 들리거나 드러나지 않은 사람이야 어떠했겠는가! 글이 후손에게 전해지지 않고 명성이 마침내 천하에서 끊어진 경우도 본래 있었다네. 그러므로 아는 것은 더욱 어렵다고 한 것이지. 글을 쓰는 사람들도 또한 이전의 작품을 사냥하듯 끌어모아, 문학과 역사를 해치고, 그 뜻을 발라내고 그 꽃을 추출하여 이 사이에 넣고 씹듯 하다가, 무슨 일을 만나면 벌떼같이 일어나 아름다운 소리인듯 주옥같은 광채인듯 쏟아내서, 귀 못듣고 앞 못보는 사람들을 현혹시켜 일시의 명성을 얻으려고 하네. 비록 결국은 버림을 받는다지만, 그들이 정도를 해치고 질서를 어지럽힌 것은 그 해악이 이미 심했었지. 그래서 문장을 알아보기가 어려운 것이라네.

자네가 내 글을 보고 싶어 한다는 말을 듣고, 거처로 물러나 상자를 열어서 먼지 뒤집어쓴 글을 고르는데, 긴장과 흥분이 가슴에 교차되면서, 어느 것이 나은지 알 수 없어, 그래서 한참을 중지하고 보내주지 않았다네. 이제 내가 썼던 부(賦)·송(頌)·비(碑)·갈(碣)·문(文)·기(記)·의(議)·논(論)·서(書)·서(序) 등의 문장 48편을 하나로 묶어 보내니, 문서 관리하는 아랫사람에게 한번 읽으라고 해보시게. 수레채 두드리고 질장구 치듯 듣기 싫은 와중에도 취할 점이 있을 수 있으니, 어떤지 좀 살폈다가, 평가한 내용을 몇 자 적어 답장을 해주게.

古今號文章爲難, 足下知其所以難乎? 非謂比興之不足, 恢拓之不遠, 鑽礪之不工, 頗纇之不除也. 得之爲難, 知之愈難耳. 苟或得其高朗, 探其深矉, 雖有蕪敗, 則爲日月之蝕也, 大圭之瑕也, 曷足傷其明黜其寶哉?

且自孔氏以來, 茲道大闡. 家脩人勵, 刓精竭慮者, 幾千年矣. 其間耗費簡札, 役用心神者, 其可數乎? 登文章之籙, 波及後代, 越不過數十人耳. 其餘誰不欲爭裂綺繡, 互攀日月, 高視於萬物之中, 雄峙於百代之下乎? 率皆縱臾而不克, 躑躅而不進, 力蹶勢窮, 吞志而沒. 故曰得之爲難.

嗟乎! 道之顯晦, 幸不幸繫焉; 談之辯訥, 升降繫焉; 鑒之頗正, 好惡繫焉; 交之廣狹, 屈伸繫焉. 則彼卓然自得以奮其間者, 合乎否乎? 是未可知也. 而又榮古陋今者, 比肩疊跡. 大抵生則不遇, 死而垂聲者衆焉. 揚雄沒而法言大興, 馬遷生而史記未振. 彼之二才, 且猶若是, 況乎未甚聞著者哉! 固有文不傳於後祀, 聲遂絶於天下者矣. 故曰知之愈難. 而爲文之士, 亦多漁獵前作, 戕賊文史, 抉其意, 抽其華, 置齒牙間, 遇事蠭起, 金聲玉耀, 訌聾瞽之人, 徼一時之聲. 雖終淪棄, 而其奪朱亂雅, 爲害已甚. 是其所以難也.

間聞足下欲觀僕文章, 退發囊笥, 編其蕪穢, 心悸氣動, 交於胸中, 未知孰勝, 故久滯而不往也. 今往僕所著賦頌碑碣文記議論書序之文, 凡四十八篇, 合爲一通, 想令治書蒼頭吟諷之也. 擊轅拊缶, 必有所擇, 顧鑒視其何如耳, 還以一字示褒貶焉.

제32권 서(書)

답원요주논정리서(答元饒州論政理書 : 정치를 논하여 요주의 원자 사에게 답하는 편지)[1]

보내신 편지를 받아보니, 정치에 관한 설과 유몽득의 편지를 보여주시
어, 이렇게 편지가 오가니 아주 좋습니다. 마치 오늘날 수장의 자리에 있
는 사람의 뜻이 아닌 듯합니다. 단지 부세를 충분히 거두고 봉록이 모자

---

1) 본편은 정치에 대하여 원요주라는 사람과 토론한 것이다. 원요주와 토론을 벌인 것
   으로 또 「답원요주논춘추서(答元饒州論春秋書)」(제31권)가 있다. 『신당서』·『구당서』에
   는 요주(饒州) 자사를 지낸 사람으로 성이 원(元)인 사람이 보이지 않는다. 『신당서』 연
   표에 원홍(元洪)이라는 사람이 요주자사를 지낸 적이 있다는 말이 나오는데, 시기가 언
   제인지 알 수 없다. 원화 연간에는 오직 원진(元稹)만 있었는데, 전기에서 그가 요주자
   사를 지냈다는 말은 없다. 그래서 유종원이 이 편지를 쓴 대상 원요주가 누구인지 도
   무지 알 길이 없다. 유우석의 문집에도 「답원요주논정리서(答元饒州論政理書)」가 있는데,
   의미가 대체로 유종원의 이 편지와 같다.

람이 없게 하고 자기에게 풍족하게 할 뿐만 아니라, 오직 서민을 풍요롭게 하고 교화를 행하는 것을 큰 임무로 여기고 있으니, 너무 훌륭합니다, 너무 훌륭합니다!

공자는 "내가 회(回)와 종일토록 얘기를 했는데, 단 한 번도 동의하지 않는 의견을 내놓지 않아 마치 바보인 듯했다"고 말했으니, 그렇다면 저 같은 사람은 본래 깨우치게 하기가 어려워, 반드시 힘들게 거듭해서 설명을 해줘야 비로소 이해하고 기뻐할 수 있습니다. 그래서 그런지 오히려 한가지 의문이 있었습니다. 형이 말씀하신, 병들고 가난한 자들에게는 세금을 면제해주고 부자에게는 세금을 더 부과하지 않는다는 것은 참으로 마땅한 것입니다. 치세의 정치를 이은 이후에는 본래 이렇게 하지 않으면 안되겠지요. 불행히도 피폐된 정치를 이은 이후에도 그렇게 할 수 있겠습니까? 무릇 가장 심하게 피폐된 정치라면 뇌물이 오가고 징세가 혼란한 것보다 더한 것이 없습니다. 정말로 그렇게 되면, 가난한 사람은 물자가 없어서 관리에게 도움을 구하여, 이른바 가난의 실상은 있으면서 가난의 판정을 받지는 못하고, 부자는 남은 재산으로 관리들과 거래하여, 부자의 판정은 없으면서 부자의 실상은 있습니다. 가난한 사람은 갈수록 곤궁하고 굶주리고 죽어가고 유랑해도 보살피지 않고, 부자는 갈수록 방자하고 횡행하고 사치하고 거만해도 거리끼지 않습니다. 형은 만약 이 같은 경우를 만난다면, 예전의 조치를 믿겠습니까? 그러므로 사람들을 번거롭게 할까 염려하여 끝까지 따지지 않으면 안되며, 반드시 실상을 따져야 합니다. 실상을 따지면 가난한 사람은 면제를 받게 되고 부자는 세금이 증가할 것이니, 어찌 변함없이 일정한 논리를 고집할 수 있겠습니까? 만약 단지 가난한 사람을 면세만 해주고 부자는 따지지 않는다면, 요행을 바라는 사람이 많아서, 모두 막중한 이익을 옆에 끼고 관리와 결탁할 것이니, 가난한 사람은 오히려 마치 면세를 받지 못한 것이나 같게 됩니다. 만약 부자를 검사해도 실상을 파악하지 못해 부세를 늘리지 못할까 염려하면, 가난한 사람 역시 실상을 파악하지 못해 면세하지 못할 것입니다. 만약 모두 실상을 파악했는데 일부러 멋대로 균등하지 않게 하는 경우가 있다면, 무엇 때문입니까? 공자는 "적은 것을 염려하지 않고 고르지 않을까 염려하고, 가난한 것을 염려하지 않고 편안하지 않을까 염려한다"고 했습니다. 지금 부자는 세금이 갈수록 적어지고 가난한 사람은 톡톡 털어 현의 관리에게 갖다 바치는 것을 벗어나지 못하니, 고르지 못한 정도가 너무 심합니다. 그러나 단지 이것뿐만이 아니라, 반드시 노역을 시켜서 노예처럼 부려먹고, 밭을 많이 주어 소출의 반을 가져가고, 혹은 하나를 내어주고 둘셋을 거두어가기도 합니다. 주상께서 백성의 노고를 생각하여 간혹 세금을 감면하시면, 부자는 호구가 있어서 홀로 면제받고, 가난한 사람은 노역을 당하여 두세배 이자와 수입의 반을 모두 가져다 바칩니다. 이는 은택이 아래로 흐르지 않고 사람들은 하소연할 곳이 없는 것으로, 불안의 정도가 또한 매우 심한 것입니다. 이와 같은데도 토지의 경계를 다시 정하거나 명목과 실상을 조사하지는 않고 고식적으로 거듭 고치기만 한다면, 제대로 다스릴 수 있습니까?

부유한 가구는 가난한 가구의 어머니와 같아, 파괴해선 안됩니다. 그러나 그들로 하여금 너무 큰 요행을 얻게 하여 아랫사람들을 부리게 하는 것도 또한 안됩니다. 형은 부유한 사람이 공상업에 종사하는 방향으로 흘러들어 부침하는 것이 너무 급해 고르지 않게 되는 이런 일이 있을까 염려된다고 했지요 만약 부자가 비록 부세가 늘어나도 사실 10분의 1만 내도록 한다면, 오히려 이 선에 안주하기 충분하니, 비록 내몬다고 해도 바꾸려고 하지 않을 것입니다. 점검을 정밀하게 하면 할수록, 아래에서 빠져나가려는 수법은 더욱 교묘해집니다. 참으로 형의 말과 같지요 관자(管子) 역시 백성의 재산 상황에 따라 징세하려고 하지 않아서 「살축벌목(殺畜伐木)」의 설이 있었습니다. 지금 만약 시정에서 거래하듯 징세하지 않고, 재산을 떠나서 오직 인구와 전답을 따져서 성실하게 조사하고 대조하여 은혜를 보이고, 법에 따라 관리를 엄하게 꾸짖고, 말한대로 일사일촌(一社一村)의 제도에 따라 차례대로 증거를 가지고 살핀다면, 어찌 실상을 파악하지 못하겠습니까? 실상을 파악하지 못하면 일사일촌의 제도 역시 시행할 수 없습니다. 그러므로 피폐한 정치의 뒤를 이어서는 반드시 제도를 하나로 정한 이후 형의 설이 시행될 수 있습니다. 저의 소견은 여기까지입니다. 영주는 구석진 곳이어서 세상 일을 거의 모릅니다. 형이 대신 잇는 건 무엇입니까? 치세입니까, 폐정입니까? 치세라면 말씀하신 설이 시행될 것이요, 폐정이라면 저의 소견이 쓸만한 점이 있지 않을까 생각합니다.

남쪽에 누가 오는 기회가 있으면, 거듭 깨우쳐주시기 바랍니다. 다른 것은 모두 좋아, 제가 뭐라고 의견을 제시하기 좀 그렇고, 몽득이 말한 것과 같습니다. 형은 『춘추』에 정통하시니, 성인의 대중(大中)의 법을 선택하여 다스리시면 됩니다. 요주를 다스리는 것은 작은 일이므로, 너무 심려 쏟을 필요 없습니다. 특별히 논전을 벌일 것이 없으므로, 다만 부세를 균등히 하는 일만 거론하여 편지 왕래하며 의혹을 풀려고 했습니다. 맡은 일에 익숙하지 않은데 애써 말을 하니, 어르신들의 웃음을 사기 딱 알맞겠지요. 그러나 이와 같이 하지 않으면 지당한 말씀이 제게 전해져서 어둠을 밝히고 가르치게 할 수가 없으니, 이 역시 군자가 후학을 개도하는 방법의 하나겠지요.

또한 듣자 하니 형이 정치에 임한지 사흘 만에 한선영(韓宣英)을 추천하여 자기를 대신하도록 했다더군요. 선영은 박학다식하고 견문이 많으며 실무에 익숙하니, 현자의 추천을 받는 것이 마땅하지요. 지금 죄를 짓고 버림받은 상황에서, 보통 사람들은 감히 그가 좋다는 말조차 꺼내지 못하는데, 형은 게다가 2천 석 자리로 황제에게 추천하다니요! 이는 바로 세상에서 보기 드문 속세의 관습을 초월하여 곧은 도를 과감히 선양한 것으로, 이는 옛날 사람들도 어려워했던 것인데, 형이 실행하신 것입니다. 종원은 선영과 같은 죄로, 모두 세상에서 따돌림당하고 배척당한 처지인데, 형이 일단 추천을 하시어 그 덕택이 제게까지 파급되었습니다. 기(祁) 대부가 숙향(叔向)을 만나지 않았다더니,[2] 이제 이 추천이 큰 착오였음을 미리 알게 되었군요 비록 많이 쓰기는 했지만, 말로 이 마음을 모두 표현하기 어려워, 여기서 그치려 합니다. 이만 줄입니다. 종원 올림.

奉書, 辱示以政理之說及劉夢得書, 往復甚善. 類非今之長人者之志. 不唯充賦稅養祿秩足已而已, 獨以富庶且教爲大任, 甚盛甚盛!

孔子曰: "吾與回言終日, 不違如愚." 然則蒙者固難曉, 必勞申諭, 乃得悅服. 用是尙有一疑焉. 兄所言免貧病者, 而不益富者稅, 此誠當也. 乘理政之後, 固非若此不可; 不幸乘弊政之後, 其可爾邪? 夫弊政之大, 莫若賄賂行而征賦亂. 苟然, 則貧者無貲以求於吏, 所謂有貧之實而不得貧之名; 富者操其贏以市於吏, 則無富之名而有富之實. 貧者愈困餓死亡而莫之省, 富者愈恣橫侈泰而無所忌. 兄若所遇如是, 則將信其故乎? 是不可懼撓人而終不問也, 固必問其實. 問其實, 則貧者固免而富者固增賦矣, 安得持一定之論哉? 若曰止免貧者而富者不問, 則僥倖者衆, 皆挾重利以邀, 貧者猶若不免焉. 若曰檢富者懼不得實, 而不可增焉, 則貧者亦不得實, 不可免矣. 若皆得實, 而故縱以爲不均, 何哉? 孔子曰: "不患寡而患不均, 不患貧而患不安." 今富者稅益少, 貧者不免於捃拾以輸縣官, 其爲不均大矣. 然非唯此而已, 必將服役而奴使之, 多與之田而取其半, 或乃出其一而收其二三. 主上思人之勞苦, 或減除其稅, 則富者以戶獨免, 而貧者以受役, 率輸其二三與半焉. 是澤不下流, 而人無所告訴, 其爲不安亦大矣. 夫如是, 不一定經界、覈名實, 而姑重改作, 其可理乎?

夫富室, 貧之母也, 誠不可破壞. 然使其大倖而役於下, 則又不可. 兄云懼富人流爲工商浮窳, 蓋甚急而不均, 則有此爾. 若富者雖益賦, 而其實輸當其十一, 猶足安其堵, 雖驅之不肯易也. 檢之愈精, 則下逾巧. 誠如兄之言. 管子亦不欲以民産爲征, 故有 "殺畜伐木" 之說. 今若非市井之征,

---

2)『좌전』양공(襄公) 21년에 나온다. 진(晉)에서 숙향(叔向)을 가두었다. 기(祁) 대부가 여러 공에게 말하여 풀려나게 하고, 숙향을 만나지 않고 돌아갔다. 숙향 역시 풀려난 것을 말하지 않고 조회에 나갔다.

則捨其産而唯丁田之問, 推以誠質, 示以恩惠, 嚴責吏以法, 如所陳一社一村之制, 遞以信相考, 安有不得其實? 不得其實, 則一社一村之制亦不可行矣. 是故乘弊政必須一定制, 而後兄之說乃得行焉. 蒙之所見, 及此而已. 永州以僻隅, 少知人事. 兄之所代者誰耶? 理歟, 弊歟? 理, 則其說行矣; 若其弊也, 蒙之說其在可用之數乎?

因南人來, 重曉之. 其他皆善, 愚不足以議, 願同夢得之云者. 兄通春秋, 取聖人大中之法以爲理. 饒之理, 小也, 不足費其慮. 無所論刺, 故獨擧均賦之事, 以求往復而除其惑焉. 不習吏職而强言之, 宜爲長者所笑弄. 然不如是, 則無以來至當之言, 蓋明而敎之, 君子所以開後學也.

又聞兄之蒞政三日, 擧韓宣英以代己. 宣英達識多聞而習於事, 宜當賢者類擧. 今負罪屛棄, 凡人不敢稱道其善, 又況聞之於大君以二千石薦之哉! 是乃希世拔俗, 果於直道, 斯古人之所難, 而兄行之. 宗元與宣英同罪, 皆世所背馳者也, 兄一擧而德皆及焉. 祁大夫不見叔向, 今而預知斯擧, 下走之大過矣. 書雖多, 言不足導意, 故止於此. 不宣. 宗元再拜.

여최연주논석종유서(与崔連州論石鍾乳書 : 종유석에 대해 논하여 연주자사 최간에게 보내는 편지)[3]

종원이 말씀드립니다. 지난번에 보내주신 종유석은 품질이 좋은 것이 아니었습니다만, 자형이 복용한 것이 이런 종류라고 하셨고, 또 때때로

---

3) 본편은 유종원이 자형 최간(崔簡)에게 보낸 것이다. 원래 '崔[連]州'가 아니라 '崔[饒]州'로 전해져 왔으나, 여러 자료를 조사한 결과, '饒'는 '連'으로 고쳐야 한다. 최연주(崔連州)란 최간을 말하며, 자는 자경(子敬)으로, 유종원의 자형이다. 유종원이 「권조지(權厝誌)」(제9권)와 제문(제41권)을 썼는데, 각각의 내용을 종합하면, 최간은 결국 종유석 중독으로 사망했다.

갑자기 마음이 혼란한 증세가 나타난다고 하셨는데, 이는 필시 순정한 것을 복용하지 않아 조잡한 광물에 중독되었기 때문이라고 생각되어, 자형의 순수한 심기를 해치고 상습 복용하면 좋지 않은 결과를 가져올까 염려되었기 때문에, 충심으로 몇 마디 했었습니다. 다시 서찰을 받아보니, 그 종유석 출산지의 지리적 증거를 수백 자 넘게 많이 대면서, 그런 좋은 땅에서 난 것은 품질이 좋은 것이니 복용하지 못할 것도 없다는 내용의 말씀을 하셨습니다. 그것은 그렇지 않습니다. 땅에서 나오는 모든 것은 원래 좋은 것이 많고 먹으면 안되는 것이 적다지만, 모든 것이 먹으면 안될 것도 없다고 하진 않습니다. 초목은 땅에 의지하여 살아갑니다만, 그러나 같은 종류라 할지라도 산의 음지에서 자라는지 양지에서 자라는지, 혹은 물가에서 자라는지 바위에 붙어 자라는지 등에 따라 그 특성이 다릅니다. 하물며 종유석은 오직 돌에서만 나는데, 돌의 순정함과 조잡함, 엉성함과 조밀함, 크기에 따라 특성이 다릅니다. 동굴의 위에서 아래로 났는지 아래에서 위로 났는지, 그 땅이 척박한지 기름진지, 돌이 높은지 낮은지 알 수가 없으니, 각각에 의하여 생산되는 것도 그 성질이 다릅니다. 그 중 순정하고 조밀한 돌에서 위로 솟은 것은 윤기있고 촉촉하며 맑고, 밝게 빛이 나고, 구멍이 매끄럽고 평탄하고, 무늬가 곧고 미세합니다. 이것을 먹으면 안색이 온화하고 부드럽게 되어, 기가 막힘 없이 흐르고, 손상된 위가 재생되고 막힌 장이 통하여, 편안하고 건강하게 장수하고, 심기가 편안하고 여유로와, 즐거움이 끝이 없습니다. 조잡하고 엉성한 돌에서 아래로 자란 것은 어딘가에 부딪친 것처럼 결이 얽혀 있고 껄끄러우며, 크기가 고르지 못하고, 색깔은 마른 뼈 같거나 혹은 잿빛같고, 병들고 야윈 듯 제대로 발육하지 못했고, 이빨 자국처럼 흠이 많고, 박옥처럼 무겁고 혼탁합니다. 이것을 먹으면 몸이 말을 듣지 않아 꽉 막히고 답답하며, 열이 새고 풍기(風氣)가 생기고, 목구멍을 찌르고 폐를 간지럽히고, 신장이 잘 통하지 않고, 마음이 복잡하여 조울증이 생기고, 간이 들뜨고 기가 강하여, 심신이 평화롭지 못합니다. 따라서 군자는 이것에 신중합니다. 색이 좋은 것을 선택하고, 명산지에서 났다는 것만 반드시 믿으려 하지 않고, 가장 훌륭한 물건을 찾는 것은 모두 이 때문입니다. 다행히 자형께서 드신 것이 최근에 이런 지경에까지 이르게 하는 것이 아니길 바라며, 그래서 이제는 그만 드시는 게 좋을 듯합니다.

명산지에서 났으면 안될 것이 없다고 한다면, 동남 지방의 대나무라면,[4] 비록 잔가지가 많고 힘없이 휘어져도 화살을 만들면 모두 무소 가죽 갑옷을 뚫을 수 있을까요? 북산(北山)의 나무라면, 비록 구불구불하고 진액이 흘러넘치고 속이 비고 말라 비틀어졌어도 모두 백척 건물의 대들보로 쓸 수 있고 천길 깊은 물을 떠다니는 배를 만들 수 있을까요? 기(冀)의 북쪽 지방은 말이 나는 곳인데,[5] 귀가 크고 목이 짧고 등이 굽고 다리가 휘고 굽이 얇아 짐을 끄는 말이라도 백 균(鈞)의 무게를 견디고 천리 길을 달릴 수 있을까요? 옹(雍)에서 나는 돌덩이라고 해서 갈면 모두 옥이 나올까요?[26] 서(徐)에서 나오는 흙이면 거름이라도 사당을 쌓는 데 쓸 수 있을까요?[27] 형(荊)의 띠풀이면 모두 술을 담글 수 있을까요? 구강(九江)의 거북이면 모두 점을 칠 수 있을까요?[28] 사수(泗水) 물가의 돌이면 모두 경(磬)을 만들 수 있을까요?[29] 이러고도 일이 크게 잘못되지 않는 경우는 드뭅니다. 사람의 경우를 보자면, 노(魯)에서 새벽에 양에게 술을 먹이는 사람과 지팡이를 수레바퀴 축에 끼워 바퀴를 돌리는 사람도 모두 유자의 스승이 될 수 있고,[10] 노(盧)에서 이름을 파는 자도 모두 태의

---

4) 『이아』에 따르면, 동남 지방 명품으로 회계(會稽)의 대나무로 만든 화살이 있다고 했다.
5) 『좌전』 소공(昭公) 4년에 나오는 진(晉) 대부 사마후(司馬侯)의 말로, 예로부터 기주(冀州) 북쪽에서 좋은 말이 나왔다고 한다.
6) 『서경』에 따르면, 흑수(黑水)와 서하(西河)가 옹주(雍州)이다. 온갖 보옥이 나온다. 혹자는 「우공(禹貢)」의 내용에 따라, 옹주가 아니라 형주(荊州)라고 하기도 한다.
7) 『서경』에 따르면, 바다와 대산(岱山) 및 회수(淮水)가 서주(徐州)이며, 그곳 특산물이 오색 흙이라고 했다. 왕은 오색 흙을 북돋워서 사당을 쌓았고, 제후에게는 각기 그 지방 색의 흙을 주어 사당을 쌓게 했다.
8) 「우공(禹貢)」에 따르면, 형주 구강에서 큰 거북이 나온다고 한다.
9) 서주 사수(泗水) 물가에 경(磬)이 떠오른다고 한다.
10) 『공자가어』 내용으로, 노(魯)에서 양을 파는 심유씨(沈猶氏)라는 사람이 있었는데, 항상

(太醫)가 될 수 있고,[11] 서자(西子)의 마을에서 속이 아파 눈살을 찌푸리면 모두 후왕(侯王)에게 시집갈 수 있고,[12] 산서(山西)에서 탐욕을 부리고 이익을 넘보며 잔인 포악한 행위를 멋대로 행하는 자들도 모두 장군이 되어 군대를 거느릴 수 있고, 산동(山東)의 촌부(村夫)나 야로(野老)로 농사짓고 뽕 심으며 대추나 밤을 먹는 사람들이 모두 조정에서 국가대사를 논할 수 있다니요.[13] 이와 같이 된다면 윤리와 도덕에 어긋나는 것이 너무 심할 것이니, 이것과 무엇이 다르겠습니까?

그러므로 『본초경(本草經)』에서 말하길, 단사(丹砂)는 부용(芙蓉)과 비슷하면서 빛이 나는 것이 좋다고 하고,[14] 당귀(當歸)는 말 꼬리 누에 머리와 비슷한 것이 좋다고 하고,[15] 인삼은 사람의 모양을 닮은 것이 좋다고 하고,[16] 황금(黃芩)은 속이 문드러진 것이 좋다고 하고,[17] 부자(附子)는 팔각이 난 것이 좋다고 하고,[18] 감수(甘遂)는 껍질이 붉은 것이 좋다고 하고,[19]

___

아침에 양에게 술을 먹이고 시장 사람들을 속였다. 공자가 정치를 하게 되자 심유씨는 감히 아침에 양에게 술을 먹이지 못했다. 지팡이로 수레바퀴를 돌리는 내용은 『예기』에 나오는데, 별난 재주를 부리는 사람을 예로 든 것이다.

11) 명의 편작(扁鵲)이 노(盧) 사람이어서 의원 중 노 사람이 많았다고 한다.

12) 『장자』에 나온다. 절세 미인 서시(西施)가 가슴이 아파, 동네에서 얼굴을 찡그리고 다녔다. 동네 추녀가 이를 보고 아름다움의 비결이라고 착각해, 자기도 얼굴을 찡그리고 다녔다. 동네 부자들은 이를 보고 문을 굳게 닫아걸고 나오지 않았고, 가난한 자들은 이를 보고 처자식을 데리고 다른 동네로 달아났다.

13) 『한서』「조충국찬(趙充國贊)」의 내용에 따르면, 진(秦)·한(漢) 이래 산동에서는 재상이 많이 나오고 산서에서는 장군이 많이 나왔다. 『회남자』에 나오는 내용으로, 국난이 닥치면 왕은 장군을 불러 직접 부월을 주고, 흉문(凶門)을 파고 나갔다. 『한서』에 나오는 풍당(馮唐)의 말로, 아주 오랜 옛날에는 왕이 장군을 보낼 때 무릎을 꿇고 수레를 밀며 "곤(閫) 바깥 지역은 장군이 다스리시오"라고 말했다고 한다. 산동에서는 대추 밤이 많이 나왔다.

14) 『본초경』 주에서, 광명사(光明砂)는 석감(石龕) 안에서 나는데, 부용처럼 생겼으며, 깨면 운모(雲母)같고, 빛이 비춘다고 했다.

15) 『본초경』의 말로, 당귀에 두 종류가 있다고 한다. 잎이 가는 것을 잠두당귀(蠶頭當歸)라고 하고, 잎이 큰 것을 마미당귀(馬尾當歸)라고 한다. 잠두당귀는 쓰지 않는다.

16) 『본초경』의 말로, 인삼은 사람 모양으로 생긴 것이 신비한 효능이 있다고 한다.

17) 황금(黃芩)은 둥근 것을 자금(子芩)이라고 하고, 터진 것을 숙금(宿芩)이라고 한다. 안이 모두 문드러졌기 때문에 부장(腐腸)이라고 한다.

18) 부자는 8월 상순에 8각이 졌을 때 딴 것이 좋다고 한다.

이런 것이 이루 헤아릴 수 없습니다. 만약 어느 지방에서 난 것이면 좋다고 한다면, 어디에서 나는 것이라고만 말하면 되지, 어떻게 생긴 것이 좋다고 말해서는 안되는 것입니다. 또한 『본초경』 주에서 말하길, 종유석은 시흥(始興)에서 나는 것이 최상이고, 그 다음이 광주(廣州)·연주(連州)에서 나는 것이라고 했습니다.[20] 그러니 반드시 복용해도 좋은 것도 아니니, 제일 좋은 것은 바로 시흥에서 나는 것이기 때문입니다. 지금 제가 이렇게 재삼 말씀드리는 것은 오직 좋은 종유석을 구해서 복용하도록 하여 자형의 수명을 굳건히 하자는 것이지, 약물과 관련된 지식과 재능을 겨루자는 것이 아닙니다. 만약 종유석을 복용하여 자기에게 이익이 있는 것도 아닌데, 그저 남을 이기려는 것에만 힘쓰고 말 잘하고 박학함을 뻐기려는 것이라면, 자형께서 이러리라고는 평소 생각하지 않았으니, 그렇지 않은 것이 분명할 것이므로, 이렇게 말씀드리는 것입니다.[21] 종원 재배 드립니다.

宗元白 : 前以所致石鐘乳非良, 聞子敬所餌與此類, 又聞子敬時憒悶動作, 宜以爲未得其粹美, 而爲巫礦慘悍所中, 懼傷子敬醇懿, 仍習謬誤, 故勤勤以云也. 再獲書辭, 辱徵引地理證驗, 多過數百言, 以爲土之所出乃良, 無不可者. 是將不然. 夫言土之出者, 固多良而少不可, 不謂其咸無不可也. 草木之生也依於土, 然卽其類也, 而有居山之陰陽, 或近水, 或附石, 其性移焉. 又況鐘乳直産於石, 石之精巫疎密, 尋尺特異. 而穴之上下, 其土之薄厚, 石之高下不可知, 則其依而産者, 固不一性. 然由其精密而出者, 則油然而淸, 炯然而輝, 其竅滑以夷, 其肌廉以微. 食之使人榮華溫柔, 其氣宣流, 生胃通腸, 壽善康寧, 心平意舒, 其樂愉愉. 由其巫疎而

<hr>

19) 감수는 중산(中山)에서 난다. 껍질이 붉은 것이 좋고, 흰 것은 좋지 않다.

20) 『본초경』 주에서, 종유석은 제일 좋은 것이 시흥(始興)에서 나는 것이고, 다음으로 광주·연주·풍주(澧州)·낭주(朗州)·침주(郴州) 등에서 나는 것이 좋다고 했다.

21) 최간은 처음에는 문아(文雅)하고 청수(淸秀)하기로 이름이 났는데, 나중에 옥석을 섭취하여 중독 증세를 보여서, 처음의 모습을 보이지 못했다. 연주에서 영주로 옮겼다가, 죄를 얻어 환주(驩州)로 폄적되었다. 원화 7년(812) 정월 26일 사망했다.

下者, 則奔突結澀, 乍大乍小, 色如枯骨, 或類死灰, 淹領不發, 叢齒積頹,
重濁頑璞. 食之使人傴寒壅鬱, 泄火生風, 戟喉癰肺, 幽關不聰, 心煩喜
怒, 肝舉氣剛, 不能和平. 故君子愼焉. 取其色之美, 而不必唯土之信, 以
求其至精, 凡爲此也. 幸子敬餌之近不至於是, 故可止禦也.

必若土之出無不可者, 則東南之竹箭, 雖旁岐揉曲, 皆可以貫犀革; 北
山之木, 雖離奇液瞞, 空中立枯者, 皆可以梁百尺之觀, 航千仞之淵; 冀之
北土, 馬之所生, 凡其大耳短胻, 拘攣跤跌, 薄蹄而曳者, 皆可以勝百鈞,
馳千里; 雍之塊璞, 皆可以備砥礪; 徐之糞壤, 皆可以封太社; 荆之茅, 皆
可以縮酒; 九江之元龜, 皆可以卜; 泗濱之石, 皆可以擊考, 若是而不大謬
者少矣. 其在人也, 則魯之晨飲其羊, 關轂而輠輪者, 皆可以爲師儒; 盧之
沽名者, 皆可以爲太醫; 西子之里, 惡而瞶者, 皆可以當侯王; 山西之冒沒
輕儇, 沓貪而忍者, 皆可以鑿凶門, 制闑外; 山東之稚騃樸鄙, 力農桑, 啖
棗栗者, 皆可以謀謨於廟堂之上. 若是則反倫悖道甚矣, 何以異於是物哉?

是故經中言丹砂者, 以類芙蓉而有光; 言當歸者, 以類馬尾蠶首; 言人
參者, 以人形; 黃芩以腐腸; 附子八角; 甘遂赤膚, 類不可悉數. 若果土宜
乃善, 則云生某所, 不當又云某者良也. 又經注曰: 始興爲上, 次乃廣、
連. 則不必服, 正爲始興也. 今再三爲言者, 唯欲得其英精, 以固子敬之
壽, 非以知藥石、角技能也. 若以服餌, 不必利己, 姑務勝人而夸辯博, 素
不望此於子敬, 其不然明矣, 故畢其說. 宗元再拜.

답주군소이약구수서(答周君巢餌藥久壽書 : 약으로 장수하는 것에 대해 주군소에게 답하는 편지)[22]

2월 9일 편지를 받아보니, 보살핌과 가르침이 두루 담겨 있어 이보다 더할 수 없을 듯합니다. 어르신께서 높은 학식을 지니고 지기를 만나서 일하시며 날마다 막부의 정치를 순조롭게 처리하신다 하니, 아주 잘된 일입니다. 동쪽 서쪽에서 오는 사람들이 모두 "세상에 군자는 많지만 주 선생이 맨 앞이오"라고 말들 하니, 삼가 재배하며 축하 드립니다.

제가 큰 죄로 쫓겨나 작은 주(州)에서 살면서 죄인들과 함께 있어, 길을 가면 마치 오랏줄에 묶인 듯 거북스럽고, 집에 있으면 마치 차꼬와 수갑을 찬 듯 종종걸음 쳐서라도 가볼 곳이 없습니다. 사지를 마음대로 펼 수 없어, 겉모습이 말라죽은 그루터기같고 허물어진 박옥같습니다. 그 겉으로 드러나는 것이 이와 같으니 속은 어떤지 알 수 있을 것이로되, 그래도 아직 귀신이니 뭐니 하는 허황된 것을 말하고 싶지는 않았습니다. 지금 어르신께서는 산천에 은거하면서 수척한 사람이 오래 살고 신령스럽다고 하여, 그 도가 마치 요·순·공자와 비슷하지 않은 것 같은데, 무엇 때문입니까? 또한 약을 먹으면 오래 살 수 있다고 하면서 나누어주려고 하시니, 이는 본디 제가 얻고 싶지 않은 것입니다. 일찍이 군자의 도로 보면, 세상에 나서지 않으면, 겉으로 어리석게 보여도 안은 더욱 지혜로와지고, 겉으로 어눌하게 보여도 안은 더욱 달변해지고, 겉으로 유약하게 보여도 안은 더욱 강해집니다. 세상에 나서면 안팎이 하나처럼 합치되어, 그 행동이 때에 따라 적절하여, 백성의 생활이 안정되고, 성인의 도가 빛을 발할 수 있게 됩니다. 이런 경지를 얻어서 중도를 지킬 수

---

22) 본편은 사회 현실은 아랑곳하지 않고 방사나 도사의 술수에 빠져서 일신의 양생과 장수만 추구하는 주군소를 비판하는 내용을 담고 있다. 날짜만 말하고 연도를 말하지 않았는데, 내용으로 보아 영주에 있을 때 쓴 것이다.

있다면, 비록 늙도록 살지 않아도 그 도는 오래 사는 것입니다. 지금 산천에 숨어서 양생한다며 수척한 사람들은 저는 아무 관심 없습니다. 세상이 혼란해도 치세로 보고, 사람들이 피해를 당해도 이익을 얻는 것으로 보고, 도가 땅에 떨어져도 의가 실현된 것으로 봅니다. 자기는 천수를 누려 살아 있고 다른 사람은 고통 끝에 요절하는데, 그 마음에 아무것도 와닿는 것이 없습니다. 깊이 숨어 다니고 끼리끼리 모여 살면서, 마음은 크고 넓어 여유로운 듯하지만, 풀뿌리 캐고 돌을 삶아서 자기 근골은 잘 보양하지만 날로 어리석어집니다. 다른 사람에게 이로움이 없이 자기만 홀로 좋아합니다. 이와 같이 천년 만년을 넘게 산다면, 이것을 요절이라 하는 것입니다. 또한 어찌 고명한 모습이 있겠습니까?

저는 예전에 도를 돈독히 닦지 않았는데 세상을 속이고 이익을 차지했다가 결국 큰 죄과를 얻어서 벽지로 쫓겨나 금고당하고 세상의 질책을 받는 처지가 되었습니다. 제가 하는 일은 모두 잘못이라 여겨 따라다니며 짖는 자가 무리를 이루었습니다. 자기의 처지도 밝혀 알리지 못하는데, 하물며 남을 어떻게 하겠습니까? 그러나 선대 성인의 도를 굳건히 지켜 대중(大中)의 길로 나선다면, 비록 만번 버림을 받아도 마음을 바꾸지 않을 것입니다. 대체로 예전에 경성 서쪽에서 어르신과 말했던 내용과 같으니, 저는 고칠 수 없습니다. 또한 어르신께서도 예전의 주장을 굳게 지키셔서 미루어 키우실 것이요 방사에게 현혹되지 마시기 바랍니다. 벼슬길이 비록 현달하지 않아도 백성의 환난을 잊지 말 것이며, 그러면 성인의 도가 다행스럽게도 반드시 펼쳐질 수 있을 것입니다. 이만 줄입니다. 종원이 재배합니다.

奉二月九日書, 所以撫教甚具, 無以加焉. 丈人用文雅, 從知己, 日以惇大府之政, 甚適. 東西來者, 皆曰 : "海上多君子, 周爲倡焉." 敢再拜稱賀.

宗元以罪大擯廢, 居小州, 與囚徒爲朋, 行則若帶纆索, 處則若關桎梏, 彳亍而無所趨, 拳拘而不能肆, 槁焉若蘗隤然若璞. 其形固若是, 則其中者可得矣, 然猶未嘗肯道鬼神等事. 今丈人乃盛譽山澤之癯者, 以爲壽且神, 其道若與堯、舜、孔子似不相類, 何哉? 又乃曰: 餌藥可以久壽, 將分以見與, 固小子之所不欲得也. 嘗以君子之道, 處焉則外愚而內益智, 外訥而內益辯, 外柔而內益剛; 出焉則內外若一, 而時動以取其宜當, 而生人之性得以安, 聖人之道得以光. 獲是而中, 雖不至耆老, 其道壽矣. 今夫山澤之癯, 於我無有焉. 視世之亂若理, 視人之害若利, 視道之悖若義; 我壽而生, 彼夭而死, 固無能動其肺肝焉. 昧昧而趨, 屯屯而居, 浩然若有餘; 掘草烹石, 以私其筋骨而日以益愚, 他人莫利, 己獨以愉. 若是者愈千百年, 滋所謂夭也, 又何以爲高明之圖哉?

宗元始者講道不篤, 以蒙世顯利, 動獲大僇, 用是奔竄禁錮, 爲世之所訴病. 凡所設施, 皆以爲戾, 從而吠者成群. 己不能明, 而況人乎? 然苟守先聖之道, 由大中以出, 雖萬受擯棄, 不更乎其內. 大都類往時京城西與丈人言者, 愚不能改. 亦欲丈人固往時所執, 推而大之, 不爲方士所惑. 仕雖未達, 無忘生人之患, 則聖人之道幸甚, 其必有陳矣. 不宣. 宗元再拜.

여이목주논복기서(与李睦州論服気書 : 복기에 대해 논하여 이목주에게 보내는 편지)[23]

26일, 종원이 재배합니다. 4~5일 전, 읍에서 어울릴만한 사람 몇 명과 함께 우계(愚溪)에 놀러가 연목 서쪽 작은 언덕에 올라가 버드나무 밑에 앉

---

23) 본편은 양생술만 추구하는 주군소를 비판한 앞 편지와 마찬가지로, 역시 복기술(服氣術)에 빠진 이목주를 각성시키려는 마음을 담은 것이다. 상대방을 설득하기 위해 전체적으로 비유와 우의를 곁들여 서술하고 있다. 오무릉이 영주로 폄적되어 온 것이 원화 3년(808)이다. 이 편지에서 오무릉과의 얘기를 한 것을 고려하면 5년 이후 쓴 것으로 보인다. 이목주와 관련된 글로 그밖에 「동무릉증이목주시서(同武陵贈李睦州詩序)」(제23권)가 있다.

아 술마시며 매우 즐겁게 놀았지요 그런데 동석한 사람들이 모두 형도 함께 오지 못한 것을 몹시 애석해했습니다.[24] 형이 복기(服氣)를 한 이후로 외모가 더욱 늙고 마음에 즐거움이 줄어들어 1~2년 전 같지 않다고 걱정했습니다. 말을 하고 나서, 모두 의기소침 눈을 가로 뜨며, 형이 그것을 그만 두게 할 수 없을까 생각했지만, 방법이 떠오르지 않았지요 하루 지나, 복양(濮陽) 오무릉(吳武陵)이 가장 민첩하게 먼저 편지를 써, 위로 천지·일월(日月)·황제(黃帝) 등을 말하고, 아래로 수많은 신선·방사 등이 모두 죽음을 면하지 못했던 상황을 말했지요 천여 자의 내용으로 매우 명쾌한 웅변이었습니다. 형의 모습을 보니 입으로는 웃으며 순응하는 듯하면서 마음은 그렇지 않아서, 식사를 할 때 보니 건량(乾糧)과 습량(濕糧)을 섞어 먹고 무얼 많이 마시고 무얼 적게 마시고 하는 것을 여전히 그대로 지키더군요. 이는 형이 겉으로는 그의 말을 고맙게 여기면서 속으로는 그의 충정을 무시한 것입니다. 마치 옛날에 강대한 제후들이 험난한 지세와 힘만 믿고 있다가, 적이 쳐들어오면 순순히 말을 듣는 듯하면서, 철수하면 다시 제멋대로 하던 행태와 같으니, 실로 그런 형의 마음을 쉽게 바꾸게 할 수 없을 것 같습니다. 공격을 해서 성공하지 못했으면 마땅히 군사를 다시 정비해야 하니, 이제 오무릉의 군사는 이미 형의 응낙을 받고 철수했습니다. 이제 제가 갑옷을 입고 창칼을 갈아 종과 북을 울리면서 형의 성 밑에 진격하여 결전을 치르고자 하니, 형은 잘 들어보시기 바랍니다.

형이 복기를 하면 안되는 중요한 이유는 오무릉이 이미 모두 말했습니다. 모두 말했는데도 변하지 않는 이유는 다른 게 아니라 복기에 관한 책에 달콤한 말이 많아서 영구히 큰 이익을 얻을 것이라고 생각하기 때문이니, 또한 어찌 나의 달콤한 말과 큰 이익을 버리고 타인의 쓴 말을 듣고 싶겠습니까? 지금 저는 매우 어눌하여 말을 많이 할 수는 없습니다. 도대체 복기를 하면 사람이 죽지 않는가 아닌가, 천수를 누리는가 요절

---

24) 원화 2년(807), 이목주는 이기(李錡)의 무고로 남해(南海)로 쫓겨났다가 사면되어 영주로 옮겨졌다.

하는가, 건강한가 병에 걸리는가, 이와 같은 것들은 나는 모두 말하지 않겠습니다. 다만 세상에서 제가 보고 겪은 두 가지 일이 이와 비슷하기에, 이를 통해 형이 믿는 책이 필시 쓸모가 없음을 밝히고자 합니다. 제가 어렸을 때 음악을 좋아하여, 비파 연주를 공부하는 어떤 사람을 보았는데, 그는 훌륭한 스승을 모시지 못해, 우연히 악보를 전해받아서, 그 악보를 읽으며 운지법을 연습했지요. 아침에 일어나 끼익끼익 빼액빼액 밤까지 연습하고, 밤에는 또 기름으로 등불을 밝혀가며 연습하고, 등불이 떨어지면 악보를 외워 자리를 두들기며 연습했습니다. 이렇게 10년을 연습하고, 자기는 이제 아주 뛰어나게 되었다고 생각했습니다. 집을 나서 큰 도회지로 나가 많은 사람이 모여 앉아 있는 앞에서 연주를 하니, 사람들이 모두 크게 웃으며 "아니! 어찌 이리 청음과 탁음이 혼란하고, 빠르고 늦음이 엉망인가?"라고 말했습니다. 결국 크게 창피만 당하고 집으로 돌아갔지요. 나이가 좀 들어서는 서예를 좋아하여, 역시 서예를 공부하려는 어떤 사람을 보았는데, 그 또한 훌륭한 스승을 모시지 못하여, 혼자 옛날 책을 구해 열심히 연습하여, 그 부지런함이 예전에 비파를 배우던 사람과 같았으되, 연습한 햇수는 두 배였습니다. 집을 나서 "나는 서예 솜씨가 뛰어나서 이 정도로 쓸 수 있소"라고 하며 써보였더니, 서예에 대해 아는 사람이 또 크게 웃으며 "이건 모양도 제멋대로고 서법도 엉망이군요"라고 하여 결국 천하로부터 버림받아서, 그 역시 크게 창피만 당하고 집으로 돌아갔지요. 이 두 사례는 모두 지극히 공을 들였는데 도리어 버림받았으니, 무엇 때문입니까? 스승에게서 배운 것 없이 그저 외양만 비슷하려고 했기 때문입니다. 책으로만 전해줄 수 없는 것을 끝내 터득할 수 없었으니, 그러므로 비록 밤낮을 가리지 않고 세월을 보내도 더욱 멀어지기만 할 뿐 가까워지지 않았던 것입니다. 지금 형이 행하는 복기는 과연 어떤 스승에게 배운 것입니까? 처음에 그저 형이 노준(盧邊)으로부터 기(氣)에 대한 책을 얻어 2~3일 동안 엎드려 읽고 복기를 행하는 것을 보았습니다. 그 후 이계(李計)로부터 기에 대한 요결(要訣)을 구해, 이를 참고하여 복기를 행했습니다. 그 책이나 요결은 노준이나 이계도 잘 알아보지 못하던 것이어서, 그렇다면 형은 훌륭한 스승으로부터 배운 것이 아니니, 이는 앞에서 말한 두 가지 일과 털끝만큼도 다를 것이 없습니다. 송(宋)나라 사람 중 누군가가 비법이 적혀 있다는 버려진 장부를 주워, 은밀히 나이를 세면서 "그때가 되면 나는 부자가 되겠구나"라고 했다는데, 형의 복기술이 혹시 이와 같은 것인지요?

형이 믿지 못하시겠으면, 지금 '여기서 이목주의 친구가 누굽니까? 지금 이목주의 복기를 중지시키기를 원하는 사람은 왼쪽 소매를 걷고, 원하지 않는 사람은 오른쪽 소매를 걷으시오!'라고 세상에 소리쳐 보십시오 그러면 형의 친구는 모두 왼쪽 소매를 걷을 것입니다. 또한 '여기서 누가 이목주의 객입니까? 지금 이목주의 복기를 중지시키기를 원하는 사람은 왼쪽 소매를 걷고, 원하지 않는 사람은 오른쪽 소매를 걷으시오!'라고 소리쳐 보십시오 그러면 형의 객은 모두 왼쪽 소매를 걷을 것입니다. 이어 형의 친척들에게 이렇게 소리쳐도 모두 왼쪽 소매를 걷을 것입니다. 인척들에게 소리쳐도 모두 왼쪽 소매를 걷을 것입니다. 집안에 들어가 내실 안에 있는 여인이나 자녀에게 소리쳐도 여인이나 자녀들은 모두 왼쪽 소매를 걷을 것입니다. 아래로 남녀 노복과 비첩에게 소리쳐도 남녀 노복이나 비첩들은 모두 왼쪽 소매를 걷을 것입니다. 밖에 나가 평소 밑에 있던 장졸(將卒)·서리(胥吏)에게 소리쳐도 장졸 서리들은 모두 왼쪽 소매를 걷을 것입니다. 그럼 다시 '이목주의 원수가 누구입니까? 지금 이목주의 복기를 중지시키기를 원하는 사람은 왼쪽 소매를 걷고 원하지 않는 사람은 오른쪽 소매를 걷으시오!'라고 세상에 소리쳐 보십시오 그러면 형을 원수로 여기는 사람은 모두 오른쪽 소매를 걷을 것입니다. 그러므로 이익과 해악의 근원이란 알 수 없는 것입니다. 친구들은 우의가 오래 보존되기를 바라고, 객들은 사이가 오래 보존되기를 바라고, 친척 인척들은 관계가 오래 보존되기를 바라고, 규방의 여인과 아이들은 사랑이 오래 보존되기를 바라고, 남녀 노복과 비첩은 함께 사는 것이 오래 보존되기를 바라고,

장졸 서리들은 권세가 오래 보존되기를 바라고, 원수들은 해악을 빨리 제거하기를 바랍니다. 형이 이 복기술을 행함으로써 지금 천하에서 형이 오래 살기를 바라는 사람은 모두 걱정하게 하고 형이 빨리 죽기를 바라는 사람만 기뻐하게 합니다. 형이 그만 두지 않고 계속 행하는 것은 가까운 사람들을 등지고 원수를 도와주는 것입니다. 가까운 사람을 등지고 원수를 도와주는 것은 크나큰 잘못임을 중인(中人)도 안되는 사람도 다 아는데 형은 그러면서 편안하게 여기시니, 진정 제가 걱정하는 바입니다.

형은 이제 마음을 탁 고치셔서, 원수들이 실망하여 떨게 하고 친한 사람들이 환호하며 박수치게 하셔야 합니다. 그럼 저는 살진 소를 잡고 큰 돼지를 준비하고 양을 마련하여 형을 위해 축하하렵니다. 농서(隴西)의 보리를 모두 쓰고 강남의 쌀을 모두 가져다 형을 위해 축수하렵니다. 동해(東海)의 물에 담가 염장하고, 오창(敖倉)의 곡식을 절여 식초를 만들어, 다섯 가지 맛을 아주 적절하게 배합하고, 오장의 편안을 회복하여, 마음이 안정되고 편안해지고, 외모가 아름다워지고 몸이 살지고, 취하고 배불러 노래하고, 기쁘고 즐겁게 떠들며, 성예(聲譽)가 끝없이 전해지게 하고, 공적을 남겨서 인멸되지 않게 하면, 이 또한 바라는 것이 아니겠습니까? 누가 맛있는 것을 거부하고 밍밍한 것을 선택하고 즐거운 것을 거부하고 근심을 선택하여, 쭈글쭈글 피부가 날로 주름이 지고 살갗이 날로 허해지면서, 아무것도 배울 것이 없는 술책을 지키고, 전해줄 것 없는 책을 존중하고, 사랑해야 할 것을 슬퍼하고 미워해야 할 것을 경하하며, 나는 굳게 지키면서 적과 대항하여 강대해질 수 있다고 헛되이 말하면, 이것이 어찌 이른바 강대한 것입니까? 의혹과 걱정이 심한 것을 감당하기 어려울 지경입니다. 종원이 재배합니다.

二十六日, 宗元再拜. 前四五日, 與邑中可與遊者遊愚溪, 上池西小丘, 坐柳下, 酒行甚歡. 坐者咸望兄不能俱. 以爲兄由服氣以來, 貌加老, 而心少歡愉, 不若前去年時. 旣言, 皆沮然盻睞, 思有以已兄用斯術, 而未得路. 間一日, 濮陽吳武陵最輕健, 先作書, 道天地、日月、黃帝等, 下及列仙、方士皆死狀. 出千餘字, 頗甚快辯. 伏覩兄貌笑口順而神不偕來, 及食時, 竊睨和糝燥濕, 與唊飲多寡猶自若. 是兄陽德其言, 而陰黜其忠也. 若古之強大諸侯然, 負固怙力, 敵至則諾, 去則肆, 是不可變之尤者也. 攻之不得, 則宜濟師, 今吳子之師已遭諾而退矣. 愚敢厲銳摜堅, 鳴鐘鼓以進, 決於城下, 惟兄明聽之.

兄凡服氣之大不可者, 吳子已悉陳矣. 悉陳而不變者無他, 以服氣書多美言, 以爲得恒久大利, 則又安能棄吾美言大利, 而從他人之苦言哉? 今愚甚吶, 不能多言. 大凡服氣之可不死歟, 不可歟? 壽歟, 夭歟? 康寧歟, 疾病歟? 若是者, 愚皆不言. 但以世之兩事己所經見者類之, 以明兄所信書必無可用. 愚幼時嘗嗜音, 見有學操琴者, 不能得碩師, 而偶傳其譜, 讀其聲, 以布其爪指. 蚤起則嘐嘐嘵嘵以逮夜, 又增以脂燭, 燭不足則諷而鼓諸席. 如是十年, 以爲極工. 出至大都邑, 操於衆人之坐, 則皆得大笑曰 : “嘻, 何清濁之亂, 而疾舒之乖歟?” 卒大慚而歸. 及年已長, 則嗜書, 又見有學書者, 亦不得碩師, 獨得國故書, 伏而攻之, 其勤若向之爲琴者, 而年又倍焉. 出曰 : “吾書之工, 能爲若是.” 知書者又大笑曰 : “是形縱而理逆.” 卒爲天下棄, 又大慚而歸. 是二者, 皆極工而反棄者, 何哉? 無所師而徒狀其文也. 其所不可傳者, 卒不能得, 故雖窮日夜, 弊歲紀, 愈遠而不近也. 今兄之所以爲服氣者, 果誰師耶? 始者獨見兄傳得氣書於盧遵所, 伏讀三兩日, 遂用之; 其次得氣訣於李計所, 又參取而大施行焉. 是書是訣, 遵與計皆不能知, 然則兄之所以學者無碩師矣, 是與向之兩事者無毫末差矣. 宋人有得遺契者, 密數其齒曰 : “吾富可待矣.” 兄之術, 或者其類是歟?

兄之不信, 今使號於天下曰 : “孰爲李睦州友者? 今欲已睦州氣術者左袒, 不欲者右袒.” 則凡兄之友皆左袒矣; 則又號曰 : “孰爲李睦州客者? 今欲已睦州氣術者左袒, 不欲者右袒.” 則凡兄之客皆左袒矣; 則又以是號於兄之宗族, 皆左袒矣; 號姻婭, 則左袒矣; 入而號之閨門之內子姓親昵, 則子姓親昵皆左袒矣; 下之號於臧獲僕妾, 則臧獲僕妾皆左袒矣; 出而號於素爲將率胥吏者, 則將率胥吏皆左袒矣; 則又之天下號曰: "孰爲李睦州讎者, 今欲已睦州氣術者左袒, 不欲者右袒." 則兄之讎者皆右袒矣. 然則利害之源不可知也. 友者欲久存其道, 客者欲久存其利, 宗族姻婭欲久存其戚, 閨門之內子姓親昵欲久存其恩, 臧獲僕妾欲久存其生, 將率胥吏欲久存其勢, 讎欲速去其害. 兄之爲是術, 凡今天下欲兄久存者皆懼, 而欲兄速去者獨喜. 兄爲而不已, 則是背親而與讎. 夫背親而與讎, 不及中人者皆知其爲大戾, 而兄安焉, 固小子之所懍懍也.

兄其有意乎卓然自更, 使讎者失望而懍, 親者得欲而抃. 則愚願椎肥牛、擊大豕、刲羣羊, 以爲兄饌; 窮隴西之麥、殫江南之稻, 以爲兄壽. 鹽東海之水以爲鹹, 醶敖倉之粟以爲酸, 極五味之適, 致五藏之安, 心恬而志逸, 貌美而身胖, 醉飽謳歌, 愉懌訴歡, 流聲譽於無窮, 垂功烈而不刊, 不亦旨哉? 孰與去味以即淡, 去樂以即愁, 悴悴然膚日皺, 肌日虛, 守無所師之術, 尊不可傳之書, 悲所愛而慶所憎, 徒曰我能堅壁拒境, 以爲强大, 是豈所謂强而大也哉? 無任疑懼之甚. 某再拜.

제33권 서(書)

여양회지서(与楊誨之書 : 양회지에게 보내는 편지)[1]

　자네가 어렸을 때는 다른 아이들과 그다지 다른 점이 아직 없었고, 나도 아직 자네를 몰랐지. 담주(潭州)로 가기에 이르러,[2] 자네의 기상이 더욱 좋아지고 학업에 더욱 전념하고 단정하고 말이 적은 것을 보고, 내심 기뻐했고,[3] 순(舜)이 빚은 도기가 흠집이 하나도 없었다는 말이 정말 그랬다는 것을 알게 되었네.[4] 그런데 순의 덕이 흙에까지 끼칠 수 있었으면서

---

1) 본편은 처세의 자세와 방향을 권고하기 위해 「설거」라는 글을 써서 양회지에게 주면서 쓴 것이다. 양회지는 유종원의 장인 양빙(楊憑)의 아들로, 즉 유종원의 처남이다.
2) 정원 18년(802) 9월, 태상경 양빙을 담주자사·호남관찰사에 임명했다.
3) 영정 원년(805) 9월에 유종원은 소주자사로 폄적되었고, 11월에 다시 영주사마로 폄적되어, 담주를 지나는 길에 양회지를 만났다.
4) 『사기』에 따르면, 순이 황하 물가에서 도기를 빚었는데, 흠집이 하나도 없었다고 한다.

그의 아들을 교화하지 않은 것은 어찌 된 것인가? 이는 또한 믿을 수 없는 일이지. 그렇다면 자네는 본래 남다른 자질이 있었는데 일찍 개발되지 않았을 뿐이네. 그러나 개발의 요점은 훈도에 있으니, 그리고 나서야 도를 잃지 않게 되지. 그러므로 자네 역시 지극하게 가르치고 깨우쳤기 때문에 이와 같이 진보가 있었던 것이지. 지금 자네를 다시 만나니, 글은 더욱 남다르고, 재능은 더욱 뛰어나서, 담주에 있을 때의 기질이 바뀌지 않았으니, 아직도 좋다는 것을 정말로 알았네. 속에 정의가 갖춰져 외부에 미혹되지 않는 것이 군자의 도일세. 그러나 뚜렷하고 꼿꼿하게 정의를 쥐고 세상에 대항하면, 세상은 필시 적이나 원수로 여기니, 무엇 때문인가? 선한 사람은 적고 선하지 않은 사람은 많으니, 그러므로 자네를 사랑하는 사람은 적고 자네를 해치려는 자는 많네. 나는 본래 속을 바르게 하고 밖을 둥글게 하고자 하여, 지금 자네를 위하여 「설거(說車)」를 쓰니, 자세히 살피기 바라네. 나의 수레 이야기는 세상에서 사는 데 도움이 될 것이네.

한유가 썼다는 「모영전(毛穎傳)」을 자네가 가지고 왔는데, 나는 그 글이 매우 훌륭하다고 생각하지만 세상 사람들이 비난할까 염려되어, 이제 수백자 글을 써서 이전의 성인도 해학을 꼭 죄악시하지는 않았음을 알리고자 했네.[5] 하주(賀州)에 갔을 때,[6] 이전에 없었던 글을 세 편 또 보여주었지. 이 말들은 모두 세상에 보이고 싶지 않은 것들이니, 자네는 조용히 보고 감춰둘 것이며, 혹시라도 전해지는 일이 없었으면 하는 것이 내가 바라는 것이네.

오늘 북쪽에서 사람이 와, 장차 적전(籍田) 행사를 하려고 한다는 칙지를 보여주었네.[7] 이는 수십 년 동안 하지 않았던 행사를 거행하는 것으로, 반드시 큰 은택을 내릴 것이네. 어르신의 억울함이 조정에 알려졌으니, 이

---

5) 『유종원집』 21권 「독한유소저모영전후제(讀韓愈所著「毛穎傳」後題)」를 말한다.
6) 원화 4년(809) 7월, 양빙은 경조윤에서 임하위로 폄적되었다.
7) 「헌종기(憲宗紀)」에 따르면, 원화 5년(810) 10월, 내년 정월 16일에 동교(東郊)에서 적전(籍田) 행사를 한다는 조서를 내렸다.

제 이 행사와 더불어 필시 큰 임무에 복귀될 것이요, 선악을 뒤바꾼 자들은 감히 더 이상 입을 놀리지 않을 것이네. 정말 축하하네, 정말 축하하네! 나는 죄가 커서 은택을 받는 대열에 들어갈 수는 없지만, 그러나 기쁨이 자네보다 적지 않으니, 무엇 때문일까? 성스런 조정에서 수십년 동안 하지 않았던 의식을 거행하기로 하였으니, 태평의 길이 과연 열리게 될 것이요, 그러면 나의 어둑어둑한 죄목도 장차 밝게 판명될 것이기 때문일세. 바야흐로 우계 동남쪽에 집을 짓고, 들밭을 일구고, 텃밭을 만들고, 치세를 노래하는 것만으로도 나는 낙이 충분하네. 자네는 올해가 지나면 부친을 모시고 북으로 가게 될 것이니, 나는 시내 곁을 쓸고, 안주와 술을 마련하여 지나는 길에 인사드리게 되기를 기다리겠네. 자네가 남쪽에서 출발할 때 마땅히 먼저 내게 알려야 하니, 그럼 나는 사냥꾼 어부들과 물과 뭍을 다니면서 맛있는 재료를 골라 음식을 만들어, 비록 오래는 안되겠지만 잠시라도 모실 수 있기를 바라는 바이네. 더 이상 바랄 게 없네.

복래(福來)가 급하게 떠나려 하므로,[8] 더 이상 만류할 수 없네. 하고 싶은 말을 다하지 못한 듯하지만, 이만 줄이네. 종원 보냄.

足下幼時, 未有以異於衆童, 僕未始知足下. 及至潭州, 乃見足下氣益和, 業益專, 端重而少言, 私心乃喜, 知舜之陶器不苦窳爲信然. 而舜之德, 可以及土泥, 而不化其子, 何哉? 是又不可信也. 則足下本有異質, 而開發之不早耳. 然開發之要在陶煦, 然後不失其道. 則足下亦教諭之至, 固其進如此也. 自今者再見足下, 文益奇, 藝益工, 而氣質不更於潭州時, 乃信知其良也. 中之正不惑於外, 君子之道也. 然而顯然翹然, 秉其正以抗於世, 世必爲敵讎, 何也? 善人少, 不善人多, 故愛足下者少, 而害足下者多. 吾固欲其方其中, 圓其外, 今爲足下作說車, 可詳觀之. 車之說, 其有益乎行於世也.

---

8) 복래는 양회지의 심부름을 온 하인인 듯하다.

足下所持韓生毛穎傳來, 僕甚奇其書, 恐世人非之, 今作數百言, 知前聖不必罪俳也. 及賀州, 所未有者文又三篇. 此言皆不欲出於世者, 足下默觀之, 藏焉, 無或傳焉, 吾望之至也.

今日有北人來, 示將籍田粉. 是擧數十年之墜典, 必有大恩澤. 丈人之寃聞於朝, 今是擧也, 必復大任, 醜正者莫敢肆其吻矣. 甚賀甚賀! 僕罪大, 不得與於恩澤, 然其喜不減之足下者, 何也? 喜聖朝擧數十年墜典, 太平之路果辟, 則吾之昧昧之罪, 亦將有時而明也. 方築愚溪東南爲室, 耕野田, 圃堂下, 以詠至理, 吾有足樂也. 足下過今年, 當侍從北下, 僕得掃溪上, 設肴酒, 以俟趨拜. 足下發南州, 當先示僕, 得與獵夫漁老, 上下水陸, 擇味以給膳羞, 雖不得久, 亦一時之大願也. 過是無可道.

福來辭行急, 不可留. 言不盡所發, 不具. 宗元頓首.

여양회지제이서(与楊誨之第二書 : 양회지에게 보내는 두 번째 편지)[9]

장조(張操)가 와서 자네의 4월 18일 편지를 전해주니, 비로소 작년 11월 편지의 답장인 셈으로, 「설거(說車)」에 대한 생각과 친척 사이에 알아두어야 할 도리를 말했네. 이 두 가지 방법을 내가 본래 의심할 바 없이 자네에게 갖추었으니, 또한 왜 해를 넘겨서 해결하려고 하는가? 그저 친척 사이에는, 열심히 책 읽고 과거 급제하여 벼슬하고 너무 큰 잘못을 저지르지 않기만을 바라는 것이니, 이와 같으면 그만이라네. 말을 해서 고치지 않으면 걱정하고, 걱정하면 다시 말해볼까 생각하고, 다시 해서 또 고치지 않으면 슬퍼하고, 슬퍼하면 연민하네. 무엇 때문인가? 친척이

---

9) 본편은 '시중(時中)'의 도로 처신하고 정진할 것을 처남 양회지에게 당부한 것으로, 일명 '「설거(說車)」에 대해서 양회지에게 설명한 두 번째 편지'라고도 한다.

기 때문이네. 어찌 요·순·공자가 전한 것을 이루도록 찾아가 책망하는 경우가 있겠나? 그저 아는 사이에는, 요·순·공자가 전한 것을 이루도록 그 도에 나아가 만물에 베풀어지도록 책망할 것을 생각하니, 이로써 그만이라네. 말을 해서 고치지 않으면 의심하고, 의심하면 다시 말해볼까 생각하고, 다시 해서 또 고치지 않으면 떠나가 버리네. 무엇 때문인가? 남이기 때문이라네. 어찌 걱정하고 슬퍼하고 또한 연민하는 마음으로 어떻게 해보려는 것이 있겠나? 나는 자네에게 본래 이 두 방법을 모두 갖추어, 비록 백 번 반복해도 또한 그만 두지 않으려고 하니, 하물며 한두 번 말하는 것을 감히 게을리하겠는가?

내가 수레처럼 처신하라고 말한 이치는 안으로는 지킬 수 있고 밖으로는 길을 갈 수 있기 때문이었네. 지금 자네는 '외유내강'을 말했는데, 자네는 어찌 수레의 이치를 제대로 얻지 못했는가? 과연 수레가 외유내강이라면 낡은 수레가 아닌 것이 없을 것이요, 과연 사람이 외유내강이라면 평범한 사람이 아닌 사람이 없을 것이네. 무릇 강하니 부드러우니 하는 것은 항상 변함없는 위상으로 있는 것이 아니라, 모두 안에 지니고 있는 것이 마땅하니, 밖에서 부르는 것이 있으면 그것에 따라 나서서 응해야 하는 것이라네. 응하는 것이 모두 적절한 것을 시중(時中)이라고 하니,[10] 그리고 나서야 군자라고 할 수가 있다네. 밖은 항상 부드러워야 한다고 고집하면, 협곡(夾谷)에서의 일이나 무자(武子)의 대(臺)로 피신하는 경우와 같은 일을 당할 것이네.[11] 자기를 위하지 않고 자기의 주장을 굽히지 않

---

10) 『중용』에 나오는 말로, 군자의 중용은 바로 시중(時中)을 터득하는 것이라고 했다.
11) 『좌전』 정공(定公) 10년을 보면, 정공이 협곡(夾谷)에서 제나라 후(侯)와 만나는데, 공구(孔丘)가 수행했다. 제나라 후가 내(萊) 사람을 시켜 무기를 가지고 노(魯)나라 후를 위협하게 했다. 공구가 정공을 데리고 물러서며 말했다. "지금 두 왕이 사이좋게 만나려하는데, 야만인이 무기로 난동을 부리다니, 제후를 통솔하는 제나라 왕으로서 할 일이아닙니다." 제나라 후가 이 말을 듣고 급히 물러나게 했다. 또 『좌전』 12년을 보면, 중유(仲由)가 계씨(季氏)의 재상이 되어, 삼도(三都)를 허물려고 했는데, 공산불유(公山不狃)·숙손첩(叔孫輒)이 비(費) 사람들을 거느리고 노(魯)를 습격했다. 공은 세 아들과 계씨의 궁으로 들어가 무자(武子)의 누대에 올랐다. 중니(仲尼)가 신구수(申句須)·악기(樂

아야 군주의 마음의 잘못을 바로잡게 되네.[12] 남들 앞에 근엄하게 임한다고 해도, 군자로서 마음에 움직임이 없을 수 있겠는가? 안이 항상 강하면, 기를 가라앉히고 기색을 편하게 하여 따뜻하고 애절하게 위로하고 문안해야 하는 경우를 만나면, 군자로서 이를 끝내 병통으로 여기겠나? 나는 강함과 부드러움은 같은 것이어서 변화에 응하여 적절히 발현한 연후에 도에 뜻을 둘 수 있다고 생각하네. 지금 자네의 뜻은 이것에 가까우면서 명목상으로는 아니라고 하네. 안으로 지킬 수 있고 밖으로 그 도를 행할 수 있다면 아주 좋다고 나는 생각하는데, 자네는 그러려고 하지 않으니, 이 때문에 나는 마음 가득 걱정하고 의문을 가지는 것이라네.

이제 거듭 자네에게 옛 성인의 도를 말하고자 하네. 『상서』에서 요(堯)임금은 '공손하고 겸양했다'고 하고 순(舜) 임금은 '온화하고 공손함이 가득했다'고 했지. 우(禹)는 좋은 말을 들으면 절을 했지. 탕(湯)은 주저없이 잘못을 고쳤지. 상나라 고종(高宗)은 '너의 좋은 마음으로 내 마음을 윤택하게 했다'고 했지. 문왕(文王)은 조심하고 신중하며 해가 기울도록 식사를 할 겨를 없이 앉아서 아침을 기다렸네. 무왕(武王)은 천하 사람들을 이끌고 주(紂)를 토벌하여 천자의 자리를 대신하여 그 마음이 뻐길만하건만 '나는 아직 젊으니 정무를 게을리 할 수 없다'고 했네. 주공(周公)은 천자를 대행하는 자리에 올라서 토포악발(吐哺握髮)하며 인재를 찾았지. 공자는 '말이 정성되고 믿음있고, 행실이 독실하고 경건해야 한다'고 했고, 그의 제자는 '선생님께서는 온(溫)·량(良)·공(恭)·검(儉)·양(讓)의 덕을 얻었다'고 했네. 지금 자네는 "스스로 헤아리기에 불가능하다"고 했네. 그렇다면 요·순으로부터 이하로는 자네와 과연 다른 부류인가? 자유롭고 편한 것을 좋아하고 구속되는 것을 싫어하는 것은 비록 성인이라도

頎)에게 명하여 내려가 치도록 해서, 비 사람들은 북쪽으로 갔고, 두 사람은 제나라로 달아났다.

12) 『역』에 '王臣蹇蹇, 匪躬之故'라는 말이 있다. 『맹자』에서 '대인은 군주의 마음의 잘못을 바로잡는다[大人格君心之非]'고 했다.

자네와 같네. 성인은 중용으로부터 도를 구하여 자기에게 엄격할 수 있으니, 오래 되면 편안하고 즐거운데, 자네는 방종한 것일세. 자네가 성인과 다른 것은 이 점에 있음이 분명하네. 만약 끝까지 성인과 내가 다른 부류라고 여긴다면, 요·순으로부터 이하로는 모두 눈이 위아래로 찢어지고 코가 솟고, 손이 넷이고 발이 여덟이고, 비늘·털·깃·갈기가 나고, 날아다니고 달리며 변화해야 마땅할 것일세. 만약 그렇지 않다면 역시 사람일 뿐인데, 자네는 끝까지 다르다고 할 것인가? 만약 그렇다면, 성인은 저절로 성인이 되고, 현인은 저절로 현인이 되고, 보통 사람은 저절로 보통 사람이 되어, 모두 자기 뜻대로 될텐데, 또한 어찌 저술을 하여 이치를 세워 천년 만년 천하에 전해지게 했겠는가? 이 모든 것이 세상에 무익하여 오직 호사가들이 문자를 수식하여 세상에 자랑하고 명예를 취하려는 수단으로만 남겨져, 성인은 중시할 것이 아니게 될 걸세. 그러므로 "중급 수준 이상인 사람에게만 상급의 이치를 말할 수 있고, 상지(上智)와 하우(下愚)는 바뀌지 않는다"고 했네. 나는 자네가 상지(上智)에 가깝다고 생각하는데, 이제 자네 말이 '스스로 헤아리기에 불가능하다'면, 자네는 과연 중급 이상인 사람이 될 수 없는가? 내가 걱정하고 의문을 가지는 것은 이 때문일세.

유자(儒者)가 준칙을 취하는 대상 중 공자보다 크고 높은 자는 없네. 공자는 일흔이 되면서 하고 싶은대로 해도 법도를 벗어난 적이 없네. 그가 하고 싶은대로 한 것은 법도를 벗어나지 않는 것을 헤아린 연후에 하고 싶은대로 한 것이네. 지금 자네 나이는 몇인가? 스스로 헤아리기에 과연 법도를 벗어나지 않을 수 있는가? 그런데 왜 방종하려고 하는가! 부열(傅說)은 "광인일지라도 바른 마음을 가지면 성인이 될 수 있다"고 했네.[13] 지금 저 원숭이들이 산에 있을 때는 외치고 떠들며 이리저리 뛰어다녀 남달리 심하게 경박하고 시끄럽게 굴지만, 잡아서 묶어놓으면 반

---

13) 사실은 『상서』에 나오는 다방(多方)의 말로, 부열의 말이 아니다.

나절도 채 안되어 가만히 앉아서 먹을 것을 달라며 오로지 사람이 시키는대로 한다네. 간혹 기예꾼이 데려가 채찍과 매질을 가하고 달래고 어르고 하면, 무릎꿇고 일어나고 종종걸음치고 달리는 동작을 모두 사람이 하라는대로 할 수 있다네. 그 중 어느 한 마리도 광분하여 머리를 부딪혀 쓰러져 자결한 적이 없었으니, 그러므로 나는 광인도 성인이 될 수 있다는 것을 믿네. 지금 자네는 현인의 자질을 지니고 있으면서 도리어 광인이 바른 마음을 가지듯 하려 하지 않고 '나는 못한다, 나는 못한다' 라고만 하고 있네. 자네가 아니면 누가 할 수 있겠나? 이는 맹자의 이른바 '하지 않는[不爲]' 것이지, '할 수 없는[不能]' 게 아닐세.

내가 보낸 편지와 「설거」의 내용은 모두 성인의 도일세. 지금 자네는 "나는 수레의 설의 내용을 실천할 수는 없고, 다만 성인의 도를 본받아 안으로 부끄러움이 없게 해야 할 것이요, 그래야 장구할 수 있다"고 했네. 어허! 내가 말한 수레 이야기가 과연 성인의 도가 될 수 없단 말인가? 나는 안으로는 (도를) 지킬 수 있고 밖으로는 도를 행할 수 있어야 한다고 자네에게 말했네. 지금 자네는 "나는 간들간들 굽실굽실하면서 세상과 어울려 영예를 취할 수는 없다"고 했네. 내가 어찌 자네에게 간들간들 굽실굽실하라고 했는가? 자네는 왜 나의 수레의 설을 상세하게 살피지 않았는가? 내가 말한 것은 요·순·우·탕·고종·문왕·무왕·주공·공자에 이르기까지 모두 따랐던 것으로, 그런데 자네는 성인의 도라고 하지 않다니, 그렇다면 내가 세상과 영합하여 간들간들 굽실굽실하는 것에 뛰어난 사람인가? 이로써 자기를 가르치는 것을 보면, 필시 원래 내 글을 이해하지 못하여 내 마음을 멋대로 단정한 것 같은데, 절대 그렇지 않다네. 성인은 어떤 사람이 실수를 했다 하여 그의 좋은 견해를 버리지는 않네. 내가 비록 젊었을 때 세파에 함께 어울렸지만 아직 간들간들 굽실굽실했던 적은 없네. 또한 자네는 스스로 '사람들 사이의 시끌시끌 와글와글한 와중에 처하여, 떠나고 싶어도 감히 그러지 못하고 억지로 함께 거하곤 한다'고 말했지. 정말 이럴 수 있다면, 어찌하여 수레의 설을 행하려

하지 않나? 잡스럽고 시끄러운 것을 참으면서 태도를 공손히 하고 말투를 겸손히 할 수 있을텐데, 무엇 때문에 내 설이 안되다는 건가? 나는 일찍이 아첨과 위선을 행한 적이 없으니, 그 뜻은 공손하고 관대하고 물러서고 양보하여 성인의 도가 사람들에게 미치도록 하는 것 이와 같은 것뿐이었네. 요·순은 겸양했고, 우·탕·고종은 경계했고, 문왕은 조심했고, 무왕은 감히 방종하지 않았고, 주공은 토포악발했고, 공자는 예순아홉 살까지는 마음에 내키는 대로 하지 않았으니, 이상 7~8명 성인이 이와 같이 하면서 어찌 항상 마음에 부끄러움이 있었겠는가? 태도를 오만하게 하고, 생각을 방자하게 하고, 허풍을 떨면서 말하고, 거들먹거리며 행동하고, 남의 옳고 그름을 말하고, 동류를 돌보지 않으면, 사람들이 모두 마음으로 '이는 예의가 없는 것이다'라고 비난하고 심지어 욕까지 할 것이다. 이런데도 마음은 도리어 부끄럽지 않겠는가? 성인이 예의를 차리고 겸양하는 것이 위선을 위한 것인가, 아첨을 위한 것인가?

　지금 자네는 또 험한 길을 가는 것이 수레의 죄라고 여기고 있네. 수레가 길을 가는데 어찌 험한 길을 가는 것을 즐거워하겠는가? 어쩔수없이 험한 길에 이르면, 넘어지지 않기만을 기대할 뿐이네. 군자 또한 그러하여, 위험을 무릅쓰고 이익을 추구하지 않으니, 그러므로 '위태로운 나라에 들어가지 않고, 어지러운 나라에 거주하지 않는다'고 했네. '나라에 도가 없으면 묵묵히 가만히 있는 것도 용인될 수 있다'고 했네.[14] 불행히 위험과 난리에 빠지면 화가 없기만을 기대할 뿐이지. 자네는 이렇게 처신하는 것이 바르다고 생각하나, 그르다고 생각하나? 이윤(伊尹)은 만민을 교화하는 것을 자기의 임무로 여겼고,[15] 관중(管仲)은 향을 바르고 목욕을 하고 나서 천하를 제패하였으니,[16] 공자가 어질게 여겼네.[17] 군

---

14) 『중용』에 나오는 말이다.
15) 『맹자』에 나오는 말로, "하늘이 이 백성을 태어나게 한 것은 먼저 안 자가 나중에 알 자를 깨우치게 하고 먼저 깨달은 자가 나중에 깨달을 자를 깨우치게 하려는 것으로, 나는 하늘이 내린 백성 중 먼저 깨달은 자이다"라고 이윤이 말했다. 맹자는 "이와 같이 천하의 중책을 자기가 떠맡았다"고 했다.

자가 도를 행하는데 이것 말고 더 큰 것은 마땅히 없을 걸세. 지금 자네
편지에서 수천 자를 말했는데 모두 이것을 말하지 않았으니, 옛 도를 배
우고 옛 글을 써 버젓이 세상에 내놓는 것이 과연 결국 무엇을 위한 것
인가? 이것을 하지 않고 감라(甘羅)·종군(終軍)을 흠모하여, 큰 것을 버리
고 작은 것을 따지고, 근본을 경시하고 말단을 귀하게 여기고, 세상에 과
시하여 남다르다는 이름을 낚고, 후세에 알려지기를 추구하면서, 성인의
도가 두 사람만 못하다고 여기니, 나는 잘못이라고 생각하네. 저 감라라
는 자는 이랬다 저랬다 변하면서 이익을 얻고 신의를 버려, 진(秦)나라로
하여금 친하게 지내던 연(燕)나라를 등지고 도리어 조(趙)나라와 연합하여
연나라가 위험에 빠지게 했네.[18] 천하가 이로써 진나라가 무례하고 신의
가 없음을 더욱 알게 되고, 함곡관을 마치 범의 굴처럼 보게 되었으니,
사실 감라의 무리가 그렇게 한 것이네. 그런데 자네가 흠모하다니, 세상
에 과시하려는 것 아닌가? 저 종군이라는 자는 허황되고 간사하고 음험
하고 각박하여,[19] 한나라 주군(무제)의 전쟁을 좋아하는 마음을 바로잡지

---

16) 『국어』에 나온다. 제나라 환공이 사람을 시켜 노나라에서 관중을 데려오게 하여, 거
의 도착할 무렵 세 번 향을 바르고 세 번 목욕을 했다.

17) 『논어』에서, '환공이 제후를 규합하는데 무력을 사용하지 않은 것은 관중의 힘이니,
어질도다, 어질도다'라고 했다.

18) 『사기』에 나온다. 감라는 12세에 진나라 재상 문신후 여불위를 섬겼다. 당시 연나라
왕 희(喜)가 태자 단(丹)더러 진나라에 인질로 들어가게 했고, 진나라는 장당(張唐)더러
연나라에 가서 재상이 되게 하여, 연나라와 함께 조나라를 공격하여 하간(河間)의 땅을
넓히려고 했다. 감라가 조나라에 사신으로 가, 조나라 왕을 설득했다. "왕께서는 연나라
태자 단이 진나라에 인질로 들어갔다는 소식을 들으셨는지요?" "들었소" "장당이 연나
라의 재상이 되었다는 소식을 들으셨는지요?" "들었소" "연나라 태자 단이 진나라에
들어가고, 장상이 연나라의 재상이 되었다는 것은 연나라·진나라가 서로 괴롭히지 않
는다는 것이요, 연나라·진나라가 서로 괴롭히지 않는다는 것은 조나라를 공격하겠다
는 것이지요. 왕께서는 차라리 제게 다섯 성을 주어 하간을 넓히고, 연나라 태자를 돌아
가도록 하고 강한 조나라와 함께 약한 연나라를 공격하는 것이 낫습니다." 조나라 왕이
즉시 다섯 성을 할양하여 하간을 넓혔다. 진나라가 연나라 태자를 돌아가게 했다. 조나
라가 연나라를 공격하여 상곡(上谷) 30성을 빼앗아 진나라가 11성을 갖게 했다.

19) 『한서』에 따르면, 종군의 자는 자운(子雲)이며, 제남(濟南) 사람으로, 무제 때 간의대
부를 지냈다.

못하고, 천하 사람들이 수고하는 것을 마치 개미가 구멍을 옮기는 것처럼 쉽게 보아, 백성을 가련히 여기지 않았네. 호·월 땅에서 죽은 사람이 천리 길에 늘어서도 간언하지 못하고 또한 제멋대로 부추겼네. 자기는 결연히 일어나 분노를 떨치며 강한 월을 물리치려 하여, 음부(淫夫)를 옆에 끼고 부인을 꼬드겨 남의 나라를 고혹시켜 빼앗으려 했다가, 지혜가 형세를 판단하지 못해 함께 죽었다네.[20] 이는 노구(盧狗)라는 개가 조련사를 만나면 멍멍거리고 달리며 위험을 살피지 않고 오직 조련사가 시키는대로 따르는 것과 같으니, 어쩌면 그리도 자기의 주견이 없는가? 그런데 자네는 흠모하다니, 신기함을 낚는 게 아닌가? 두 소인의 길을 나는 자네가 말하지 않기를 바라네. 공자는 "이는 명성이 들린 것일 뿐 도에 통달한 것은 아니다"라고 했네. 두 소인이 공자의 시대에 살았다면 장금(琴張)·목피(牧皮) 같은 광자(狂者)의 대열에도 끼지 못했을 것이니,[21] 본래 자네가 목표로 삼을 대상이 아닐세.

또한 자네가 세상에 취하려는 것은 은거의 태도인가, 출사의 태도인가? 주상께서 현명하고 성스러워, 도가 있는 사람들을 등용하여 큰 교화를 일으키고자 하시어, 고고(枯槁)한 모습으로 숨고 유폐되어 사는 인물들이 모두 분발하여 몸을 씻고 출사하여 요·순을 보좌하듯 할 것을 기약하고 있네. 만일 자네가 그렇게 되지 않는다고 해도, 장인어른께서 바야흐로 덕망과 재능이 나라에 알려져 고관이 되어서 천하에 입신하시게 될 걸세. 자네가 비록 은거하고자 한다 해도 어떻게 그럴 수 있겠나? 그

---

20) 남월 문왕(文王)이 태자 영제(嬰齊)를 보내 들어와 숙위(宿衛)를 지내게 했는데, 한단(邯鄲) 규씨(樛氏) 딸을 아내로 맞이하여 아들 흥(興)을 낳았다. 문왕이 죽고 영제가 즉위했다. 영제가 죽고 흥이 즉위하여, 모친을 태후로 추존했다. 태후가 영제의 여자가 되기전에 일찍이 패릉(覇陵) 사람 안국(安國) 소계(少季)와 정을 통했다. 원정(元鼎) 4년, 무제가 소계를 시켜 가서 흥을 회유하여 입조(入朝)하도록 하게 하여 제후로 삼고자 하여, 종군 등으로 하여금 그 말을 전하게 하고, 용사 위신(魏臣) 등이 결행을 돕게 했다. 소계가 갔다가 다시 태후와 사통했다. 백성들은 태후를 따르지 않았다. 5년, 남월이 여가(呂嘉)를 도와 반란하여 흥·태후 및 종군 등을 공격하여 죽였다.
21) 『맹자』에 나오는 내용이다. "어떠한 경우를 '광(狂)'이라고 하는지 감히 묻겠습니다"라고 하자, "장금·증석(曾晳)·목피 같은 경우가 공자의 이른바 '광'의 경우이다"라고 했다.

러므로 애시당초 출사의 길만 있을 뿐이네. 장차 세상에 나아가 출사할 텐데, 아직 나이 스물도 안되어 방임하려고 하다니, 자네는 그러면 안된 다고 나는 생각하네. 풍부(馮婦)는 범을 때려잡기를 좋아했는데 마침내 선한 인물이 되었고,22) 주처(周處)는 제멋대로 날뛰다가 어느날 태도를 바꾸었으니,23) 모두 늙어서도 자신을 이겼네. 지금 자네는 원래 훌륭한 인물이었으며 나이 또한 매우 젊고 혈기가 아직 안정되지 않았는데 완 함(阮咸)·혜강(稽康)이 했던 것을 따라 지키며 바뀌지 않으려고 하고 요·순의 길로 들어서려고 하지 않으니, 이는 정말 안되는 것이네.

　내 생각에 자네가 이렇게 말한 것은 아첨을 유달리 증오하여 공손하 게 구는 것이 달갑지 않기 때문일 뿐일세. 어느 점에서 실수했나를 보아 서 그 사람의 됨됨이를 알 수 있으니, 자네가 안은 바르다는 것을 더욱 알게 되었으며, 부족한 것은 다만 겉의 원만함뿐이라네. 굴원이 "국에 데 인 사람은 찬 나물을 입에 넣을 때도 호호 불게 된다"고 했었는데,24) 자 네도 이와 비슷한 것 아닌가? 아첨을 증오한 것이 지나친 나머지 공손함 이 도리어 죄를 얻은 것일세. 성인이 중용을 귀하게 여기는 이유는 그때 그때 맞게 할 수 있기 때문일세. 만약 그 길로 가지 않으면 방종과 아첨 이 같은 걸세. 산이 비록 높고 물이 비록 낮아도 위험하고 해가 되는 것 은 다르지 않다네. 자네는 마땅히 나의 「설거」를 꺼내 거듭 반복해서 봐 야 하니, 아첨을 위해서도 모험을 위해서도 아니라는 걸 분명히 알게 될 걸세. 자네가 아첨을 증오하여 공손조차 하지 않으려고 하는데, 이제 내

---

22) 『맹자』에 나온다. 진(晉)에 풍부(馮婦)라는 사람이 있어, 범을 잘 때려잡았는데, 나중 에 선한 인물이 되었다.
23) 『진서(晉書)』에 나온다. 주처의 자는 자은(子隱)이며, 의흥(義興) 사람으로, 제멋대로 방 자하게 행동하여 마을 사람들이 근심했다. 주처는 자기가 사람들의 미움을 받고 있음 을 알고 동네 어른에게 "왜 즐거워하지 않으십니까?" 묻자 동네 어른이 "세 가지 해악 이 제거되지 않았기 때문일세"라고 하여, 주처가 "세 가지가 무엇입니까?"라고 묻자, "남산의 이마 하얀 범과 다리 밑의 이무기와 자네, 이렇게 셋일세"라고 대답했다. 주처 는 이에 산에 들어가 범을 때려잡고, 물에 들어가 이무기를 때려잡고, 정신 차려 마음 을 다잡고 공부하여, 자기를 이기고 정의와 기개가 넘쳤다.
24) 『초사』「구장(九章)」에 "懲於羹者而吹虀兮, 何不變此之志也"라는 내용이 나온다.

가 또 원만하게 살라고 자네에게 말하니, 원만함이란 이 말은 참으로 자네가 매우 증오함이 마땅하네. 공손함보다도 천만배는 더욱 증오할 것일세. 그러나 내가 말하는 원만함은 세속에서 적당히 어울려 자기에게 이익이 돌아오게 하는 것과는 다르네. 진정 수레의 바퀴와 같아야 한다는 말일세. 앞으로 나아갈 수 있을 때는 막힘없이 빠르게 나아갈 수도 있고, 뒤로 물러나야 할 때는 좌절하지 않고 안정되게 물러날 수도 있고, 끊임없이 빙빙 돌 것이요, 구르는 탄환이 한 번 굴러가버리면 끝인 것처럼 되지 않는 것이지. 강건하게 움직이고, 부드럽게 가고, 이것이 어찌 원만함으로 도달할 수 있는 게 아닌가? 자네는 어째서 증오하는가?

나는 나이 열일곱에 진사 응시를 시작해서 4년 만에 합격했네.[25] 스물넷에 박학굉사과 응시를 시작해서 2년 만에 출사할 수 있게 되었네.[26] 그 사이 함께 어울렸던 보통 사람들이 수백 명이었지. 당시 마음과 혈기가 자네와 비슷해서, 때때로 비난·욕설·질책·모욕 등을 당해, 바로 앞에서 대놓고 아니면 등 뒤에서 당했었지. 이렇게 8~9년 지나면서, 날마다 외형을 죽이고 기질을 없애며 비록 스스로 매우 억눌렀지만, 그러나 이미 광소(狂疎)한 사람이라는 평가를 얻었지. 남전위(藍田尉)가 되어 부정(府庭)에 머무를 때는 아침 저녁으로 고관의 당 아래 달려가 배알하는 것이 군졸들과 다를 바 없었네. 관아에 있으면 속리(俗吏)들이 앞에 가득하여, 온통 무얼 사고 팔며 장삿속 득실의 계산만 했었지. 또 2년을 이렇게 있으니, 아무래도 떠나지 못하게 될지 몰라, 더욱 노자를 배우며 '빛을 감추고 속세에 파묻혀서', 비록 스스로는 괜찮다고 여겼지만 경박한 사람이라는 평가를 이미 받고 있었네. 어사(御史) 낭관(郞官)이 되어서, 조정에 오르고 나서 나의 언행이 끼치는 이해관계가 더욱 큰 것을 스스로 생각하여 더욱 두려워하면서, 사람들에게 신망을 잃지 않으려고 했네. 비록 더욱 엄밀하게 경계하고 신중하였지만, 끝내 연루되어 쫓겨나는 것을 면하지 못

---

25) 17살이면 덕종 정원 5년(789)이다. 유종원은 정원 9년(793) 진사에 합격했다.
26) 정원 14년(798), 유종원은 집현전정자에 부임했다.

했네. 이전에 광소하고 경박하다는 평가가 이미 사람들에게 알려져, 공손하고 겸양해도 받아들여지지 않아, 죄를 얻게 되어서도 입장을 밝힐 수 없었네. 영주에 온 지 7년으로, 밤낮으로 두려워 떨면서 지난번 허물을 회상하여, 아주 익숙하게 왕래하고 요·순·공자의 도 역시 익숙하게 강론하여, 세상에서 나온 자가 자임하기 어려움을 더더욱 알았지. 지금 자네는 내가 예전에 겪었던 것들을 아직 겪지 않았으니, 자기 뜻을 자임하려 하는 것도 마땅하니, 이는 내가 젊을 때와 무엇이 다른가? 그러나 내가 예전에 했던대로 따라 해본 연후에 어려움을 알 뿐일세. 지금 내가 먼저 모든 것을 말하는 이유는 자네가 나처럼 비난과 굴욕을 당하고 악평을 얻고 세상에서 불신을 당한 이후에야 중용의 도를 흠모하여 힘을 들이고 해가 많기를 원하지 않기 때문이니, 그래서 이렇게 신신당부 그침없이 말하고 또 말하는 것일세. 자네는 자세하게 잘 헤아려, 헛되이 이렇게 오가며 여러 말을 번거롭게 한 것이 되지 않기를 바랄 뿐이네!

또한 편지의 내용에 있어선 안될 것이 있으면 내가 필히 덮어서 감추고 모르는 사람과 절대 말하지 말기를 부탁한다고 자네가 말했는데, 이 또한 안되는 것일세. 내가 자네와 편지를 주고받는 것은 모두 도를 말하기 위한 것일세. 도란 본래 공적인 것으로, 사적으로 가질 수가 없네. 설령 자네 말이 옳지 않다 해도, 자네는 마땅히 스스로 널리 발표해서 사람들이 모두 열거하며 비판하게 하고, 결국 그중 옳은 것을 채택하여 자기를 바르게 하고 나서야 현달할 수 있는 것일세. 지금 오로지 덮어 가리려고만 하는 것은 스스로 자기 뜻을 방임하면서 나아지기를 바라지 않는 자들이나 하는 짓이라네. 사(士)가 의견을 발표하고 서민들이 길에서 비판하도록 한 적이 있었고,[27] 자산(子産)은 향교(鄕校)를 없애지 않았으니,[28]

---

27) 『좌전』 양공(襄公) 14년에 실린 사광(師曠)의 말이다.
28) 『좌전』 양공 31년에 나온다. 정(鄭)나라 사람들이 향교(鄕校)에 가서 정치에 대해 토론했다. 연명(然明)이 "향교를 허무는 것이 어떻겠습니까?"라고 하니, 자산이 "왜 그러나? 사람들이 아침 저녁으로 들러 정치의 선악을 토론하면, 좋은 것은 우리가 따르고 나쁜 것은 우리가 고치면 되니, 이는 우리의 스승인데, 왜 허문단 말인가?"라고 했다.

무엇 때문이겠는가? 군자의 과실은 일식 월식과 같으니, 어찌 가릴 수 있 겠는가? 이 점에서 나는 자네의 말을 들어줄 수가 없네. 양해를 바라네!

자네가 쓴 편지는 문장이 바르고 말이 단아하여, 후배로서 도를 향해 달리려는 사람이 있다면 자네는 포소(蒲梢) · 결제(駃騠) 같은 준마에 해당 될 것이니, 어떻게 자네를 당해낼 수 있겠는가? 한유(韓愈)에 대해 말한 부 분은 아주 좋네. 나머지는 장자(莊子) · 국어(國語)의 말을 사용한 부분이 너 무 많아 도리어 정기를 해치니, 과연 이를 버릴 수 있다면 아주 훌륭하네.

내가 버림받아 금고의 처지에 있는 것을 걱정하고 애처로워하며, 적전 (籍田)을 행하겠다던 계획이 폐지된 것을 슬퍼하여, 그 뜻이 너무도 간절 하여 진정 나를 두터이 아낌을 느낄 수 있었네. 내 스스로 죄가 큰 것을 헤아려보면, 감히 이런 일로 기뻐하거나 슬퍼하거나 할 수 있겠는가? 다 만 호미 쥐고 삽을 메고, 샘물과 시냇물 터서 텃밭에 물을 대 먹을 것 가 꾸고, 틈이 나면 연못 파고, 나무 심고, 다니며 노래하고 앉아서 낚시하 고, 푸른 하늘 하얀 구름 바라보며, 이것으로 낙을 삼아도 역시 아무 슬 픔 없이 늙어 죽을 수 있겠지. 때때로 책을 읽어, 성인의 도를 잊지 않고, 자기는 쓸 수 없다고 해도, 나를 믿는 자 있으면 말해주려네. 조정에 새 재상이 부임하여, 정치가 더욱 잘 다음어지네. 장인어른께서 조만간 북 쪽 대궐로 귀환하시게 되면, 나는 지나는 길에 들를 자네를 성곽 남쪽 정자 위에서 기다려리니, 만나서 직접 얘기할 날이 멀지 않을 걸세. 그때 가서 내 얘기를 마저 다 하겠네. 지금 도주로 가는 사람이 있어, 대략의 뜻을 이와 같이 간략히 썼네. 종원 보냄.

張操來, 致足下四月十八日書, 始復去年十一月書, 言說車之說及親戚 相知之道. 是二道, 吾於足下固具焉不疑, 又何逾歲時而乃克也? 徒親戚, 不過欲其勤讀書, 決科求仕, 不爲大過, 如斯已矣. 告之而不更則憂, 憂則 思復之; 復之而又不更則悲, 悲則憐之. 何也? 戚也. 安有以堯、舜、孔子 所傳者而往責焉者哉? 徒相知, 則思責以堯、舜、孔子所傳者, 就其道,施於物, 斯已矣. 告之而不更則疑, 疑則思復之, 復之而又不更, 則去之.
何也? 外也. 安有以憂悲且憐之之志而强役焉者哉? 吾於足下固具是二
道, 雖百復之亦將不已, 況一二敢怠於言乎?

僕之言車也, 以內可以守, 外可以行其道. 今子之說曰 "柔外剛中", 子
何取於車之疏耶? 果爲車柔外剛中, 則未必不爲弊車; 果爲人柔外剛中,
則未必不爲恒人. 夫剛柔無恒位, 皆宜存乎中, 有召焉者在外, 則出應之.
應之咸宜, 謂之時中, 然後得名爲君子. 必曰外恒柔, 則遭夾谷武子之臺.
及爲蹇蹇匪躬, 以革君心之非. 莊以涖乎人, 君子其不克歟? 中恒剛, 則當
下氣怡色, 濟濟切切. 哀矜、淑問之事, 君子其卒病歟? 吾以爲剛柔同體,
應變若化, 然後能志乎道也. 今子之意近是也, 其號非也. 內可以守, 外可
以行其道, 吾以爲至矣, 而子不欲焉, 是吾所以惕惕然憂且疑也.

今將申告子以古聖人之道: 書之言堯, 曰 "允恭克讓"; 言舜, 曰 "溫恭
允塞"; 禹聞善言則拜; 湯乃改過不恡; 高宗曰, "啓乃心, 沃朕心"; 惟此文
王, 小心翼翼, 日昃不暇食, 坐以待旦; 武王引天下誅紂, 而代之位, 其意
宜肆, 而曰 "予小子, 不敢荒寧"; 周公踐天子之位, 捉髮吐哺; 孔子曰,
"言忠信, 行篤敬"; 其弟子言曰: "夫子溫良恭儉讓以得之." 今吾子曰:
"自度不可能也." 然則自堯、舜以下, 與子果異類耶? 樂放弛而愁檢局,
雖聖人與子同. 聖人能求諸中, 以屬乎己, 久則安樂之矣, 子則肆之. 其所
以異乎聖者, 在是決也. 若果以聖與我異類, 則自堯、舜以下, 皆宜縱目
卬鼻, 四手八足, 鱗毛羽鬣, 飛走變化, 然後乃可. 苟不爲是, 則亦人耳, 而
子舉將外之耶? 若然者, 聖自聖, 賢自賢, 衆人自衆人, 咸任其意, 又何以
作言語立道理, 千百年天下傳道之? 是皆無益於世, 獨遺好事者藻繢文字,
以矜世取譽, 聖人不足重也. 故曰: "中人以上, 可以語上, 唯上智與下愚
不移." 吾以子近上智, 今其言曰 "自度不可能也", 則子果不能爲中人以
上耶? 吾之憂且疑者以此.

凡儒者之所取, 大莫尙孔子. 孔子七十而縱心. 彼其縱之也, 度不踰矩
而後縱之. 今子年有幾? 自度果能不踰矩乎? 而遽樂於縱也! 傳說曰: "惟

狂克念作聖." 今夫狙猴之處山, 叫呼跳梁, 其輕躁狠戾異甚, 然得而繫之,
未半日則定坐求食, 唯人之爲制. 其或優人得之, 加鞭箠, 狎而擾焉, 跪起
趨走, 咸能爲人所爲者. 未有一焉, 狂奔掣頓, 踣弊自絶, 故吾信夫狂之爲
聖也. 今子有賢人之資, 反不肯爲狂之克念者, 而曰 "我不能, 我不能." 捨
子其孰能乎? 是孟子之所謂不爲也, 非不能也.

　凡吾之致書、爲說車, 皆聖道也. 今子曰: "我不能爲車之說, 但當則法
聖道而內無愧, 乃可長久." 嗚呼! 吾車之說, 果不能爲聖道耶? 吾以內可
以守, 外可以行其道告子. 今子曰: "我不能翦翦拘拘, 以同世取榮." 吾豈
教子爲翦翦拘拘者哉? 子何考吾車說之不詳也? 吾之所云者, 其道自堯、
舜、禹、湯、高宗、文王、武王、周公、孔子皆由之, 而子不謂聖道, 抑
以吾爲與世同波, 工爲翦翦拘拘者? 以是敎己, 固迷吾文, 而懸定吾意, 甚
不然也. 聖人不以人廢言. 吾雖少時與世同波, 然未嘗翦翦拘拘. 又子
自言 "處衆中偪側擾攘, 欲棄去不敢, 猶勉强與之居." 苟能是, 何以不克
爲車之說耶? 忍汚雜囂譁, 尙可恭其體貌, 遜其言辭, 何故不可吾之說?
吾未嘗爲佞且僞, 其旨在於恭寬退讓, 以售聖人之道, 及乎人, 如斯而已
矣. 堯、舜之讓, 禹、湯、高宗之戒, 文王之小心, 武王之不敢荒寧, 周公
之吐握, 孔子之六十九未嘗縱心, 彼七八聖人者所爲若是, 豈恒愧於心
乎? 慢其貌, 肆其志, 茫洋而後言, 偃蹇而後行, 道人是非, 不顧齒類, 人
皆心非之, 曰 "是禮不足者", 甚且見罵. 如是而心反不愧耶? 聖人之禮讓,
其且爲僞乎? 爲佞乎?

　今子又以行險爲車之罪. 夫車之爲道, 豈樂行於險耶? 度不得已而至乎
險, 期勿敗而已耳. 夫君子亦然, 不求險而利也, 故曰 "危邦不入, 亂邦不
居." "國無道, 其默足以容." 不幸而及於危亂, 期勿禍而已耳. 且子以及
物行道爲是耶, 非耶? 伊尹以生人爲己任, 管仲礨浴以伯濟天下, 孔子仁
之. 凡君子爲道, 捨是宜無以爲大者也. 今子書數千言, 皆未及此, 則學古
道, 爲古辭, 尨然而措於世, 其卒果何爲乎? 是之不爲, 而甘羅、終軍以爲
慕, 棄大而錄小, 賤本而貴末, 夸世而釣奇, 苟求知於後世, 以聖人之道爲

不若二子, 僕以爲過矣. 彼甘羅者, 左右反覆, 得利棄信, 使秦背燕之親己而反與趙合, 以致危於燕. 天下以是益知秦無禮不信, 視函谷關若虎豹之窟, 羅之徒實使然也. 子而慕之, 非夸世歟? 彼終軍者, 誕譎險薄, 不能以道匡漢主好戰之志, 視天下之勞, 若觀蟻之移穴, 翫而不戚; 人之死於胡越者, 赫然千里, 不能諫而又縱踴之; 己則決起奮怒, 掉强越, 挾諂夫, 以媒老婦, 欲蠱奪人之國, 智不能斷, 而俱死焉. 是無異盧狗之遇喉, 呀呀而走, 不顧險阻, 唯喉者之從, 何無已之心也? 子而慕之, 非釣奇歟? 二小子之道, 吾不欲吾子言之. 孔子曰: "是聞也, 非達也." 使二小子及孔子氏, 曾不得與於琴張、牧皮狂者之列, 是固不宜以爲之也.

且吾子之要於世者, 處耶, 出耶? 主上以明聖, 進有道, 興大化, 枯槁伏匿繰錮之士, 皆思踴躍洗沐, 期輔堯、舜. 萬一有所不及, 丈人方用德藝達於邦家, 爲大官, 以立於天下. 吾子雖欲爲處, 何可得也? 則固出而已矣. 將出於世而仕, 未二十而任其心, 吾爲子不取也. 馮婦好搏虎, 卒爲善士; 周處狂橫, 一旦改節, 皆老而自克. 今子素善士, 年又甚少, 血氣未定, 而忽欲爲阮咸、嵇康之所爲, 守而不化, 不肯入堯、舜之道, 此甚未可也.

吾意足下所以云云者, 惡佞之尤, 而不悅於恭耳. 觀過而知仁, 彌見吾子之方其中也, 其乏者獨外之圓耳. 屈子曰: "懲於羹者而吹虀." 吾子其類是歟? 佞之惡而恭反得罪. 聖人所貴乎中者, 能時其時也. 苟不適其道, 則肆與佞同. 山雖高, 水雖下, 其爲險而害也, 要之不異. 足下當取吾說車申而復之, 非爲佞而利於險也明矣. 吾子惡乎佞, 而恭且不欲, 今吾又以圓告子, 則圓之爲號, 固子之所宜甚惡. 方於恭也, 又將千百焉. 然吾所謂圓者, 不如世之突梯苟冒, 以衿利乎己者也. 固若輪焉: 亦特於可進也, 銳而不滯; 亦將於可退也, 安而不挫; 欲如循環之無窮, 不欲如轉丸之走下也. 乾健而運, 離麗而行, 夫豈不以圓克乎? 而惡之也?

吾年十七求進士, 四年乃得擧. 二十四求博學宏詞科, 二年乃得仕. 其間與常人爲群輩數十百人. 當時志氣類足下, 時遭詬罵詬辱, 不爲之面, 則爲之背. 積八九年, 日思摧其形, 鋤其氣, 雖甚自折挫, 然已得號爲狂疎人矣. 及爲藍田尉, 留府庭, 旦暮走謁於大官堂下, 與卒伍無別. 居曹則俗吏滿前, 更說買賣, 商算贏縮. 又二年爲此, 度不能去, 益學老子, "和其光, 同其塵", 雖自以爲得, 然已得號爲輕薄人矣. 及爲御史郎官, 自以登朝廷, 利害益大, 愈恐懼, 思欲不失色於人. 雖戒勵加切, 然卒不免爲連累廢逐. 猶以前時遭狂疎輕薄之號旣聞於人, 爲恭讓未洽, 故罪至而無所明之. 至永州七年矣, 蚤夜惶惶, 追思咎過, 往來甚熟, 講堯、舜、孔子之道亦熟, 益知出於世者之難自任也. 今足下未爲僕嚮所陳者, 宜乎欲任己之志, 此與僕少時何異? 然循吾嚮所陳者而由之, 然後知難耳. 今吾先盡陳者, 不欲足下如吾更訕辱, 被稱號, 已不信於世, 而後知慕中道, 費力而多害, 故勤勤焉云爾而不已也. 子其詳之熟之, 無徒爲煩言往復, 幸甚!

又所言書意有不可者, 令僕專專爲掩匿覆蓋之, 愼勿與不知者道, 此又非也. 凡吾與子往復, 皆爲言道. 道固公物, 非可私而有. 假令子之言非是, 則子當自求暴揚之, 使人皆得刺列, 卒采其可者以正乎己, 然後道可顯達也. 今乃專欲覆蓋掩匿, 是固自任其志, 而不求益者之爲也. 士傳言, 庶人謗於道, 子產之鄉校不毀, 獨何如哉? 君子之過, 如日月之蝕, 又何蓋乎? 是事, 吾不能奉子之教矣! 幸悉之.

足下所爲書, 言文章極正, 其辭奧雅, 後來之馳於是道者, 吾子且爲蒲捎、駃騠, 何可當也? 其說韓愈處甚好. 其他但用莊子、國語文字太多, 反累正氣, 果能遣是, 則大善矣.

憂憫廢錮, 悼籍田之罷, 意思懇懇, 誠愛我厚者. 吾自度罪大, 敢以是爲欣且戚耶? 但當把鋤荷鍤, 決溪泉爲圃以給茹, 其隙則浚溝池, 藝樹木, 行歌坐釣, 望靑天白雲, 以此爲適, 亦足老死無戚戚者. 時時讀書, 不忘聖人之道, 已不能用, 有我信者, 則以告. 朝廷更宰相來, 政令益修. 丈人日夕還北闕, 吾待子郭南亭上, 期口言不久矣. 至是, 當盡吾說. 今因道人行, 粗道大旨如此. 宗元白.

답공사심기서(答貢士沈起書 : 공사 심기에게 답하는 편지)[29]

9월에 아무개가 말합니다. 심후(沈侯)께서는 무고하시겠지요. 창두(蒼頭)가 도착하여,[30] 보내신 편지를 전해주어 받아보니, 의지와 기개가 편지에 가득하고, 풍(風) · 부(賦) · 비(比) · 흥(興)의 의미를 제게 가르치셨습니다. 제가 우둔하고 어리석음에도 불구하고 혜시(惠施) · 종기(鍾期)에 비유하시니,[31] 매우 부끄럽습니다. 또한 저술하신 글을 보니, 구상이 크고 넓고 기상이 바르며, 주옥 같고 보석 같은 내용으로 저를 매우 풍부하게 해주셨습니다. 저처럼 식견 없고 비루한 능력에 동아(東阿) · 소명(昭明) 같은 임무를 맡겨주시니,[32] 또한 스스로 송구합니다. 내가 어찌 아는 사람들이 비웃게 만들고 나를 아는 사람들이 부끄러워하게 할 수 있겠습니까? 나를 실제보다 훨씬 높게 보아 주시는데, 저는 감당하지 못하겠습니다. 하지만 송구하게도 이렇게 특별한 대우를 받고 외람되게도 두터운 인정을 받았으니, 어찌 끝까지 호의를 거절하면서 가만히 있기만 할 수 있겠습니까! 삼가 본 내용을 사람들에게 알리고 좌우의 사람들에게 나열하여, 식자들의 눈에 들어오고 듣는 사람들이 귀 기울여 듣게 하여, 만의 하나라도 보답이 되기를 바랄 뿐입니다.

아하! 저는 일찍이 흥을 기탁한 작품이 세상에서 인멸되고 지엽적 문

---

29) 본편은 심기(沈起)라는 사람이 자기의 시문을 평가하고 지도해달라고 유종원에게 보낸 것에 답장한 것으로 보인다. 진경운(陳景雲)은 『유집점감(柳集點勘)』에서 "정원 18년 (802) 한유가 「여사부육원외참서(與祠部陸員外修書)」에서 추천한 인물 10명 가운데 심기(沈杞)라는 사람이 있는데, 이해 급제한 사람이므로 혹시 같은 사람인데 '杞'와 '起'가 바뀐 것인지도 모른다"고 했다.

30) 창두란 관청에서 천한 노역을 하던 사람을 말한다.

31) 혜시는 장자(莊子)를, 종기는 백아(伯牙)를 가장 잘 알아주었던 존재였다.

32) 동아는 조식(曹植)을, 소명은 『문선』을 엮은 소명태자를 말한다. 둘 다 문장 평론에 뛰어나기로 유명했다. 심기가 자기의 글을 평가해달라고 유종원에게 부탁한 것을 비유한 말이다.

사(文辭)가 온통 기풍을 이룬 것을 병통으로 여겼으며, 더욱 개탄하기까지 했습니다. 그 사이 흥화리(興化里) 소씨(蕭氏)의 집에서 귀하의 영회시(詠懷詩) 다섯 편을 보고, 저는 손뼉을 치면서 흡족했고, 음미하고 완상하는 것이 낙이었습니다. 능력있는 자들에게 말을 하면 역시 제 의견에 호응했습니다. 지금 이제 50편을 보내주셨으니, 그 숫자는 10이지만 그 공은 100입니다. 보는 사람들은 찬탄을 하면서, 저더러 글을 볼 줄 안다고 했습니다. 이 또한 귀하가 내려준 것이니, 다행입니다, 다행입니다! 그 뜻을 열심히 면려하여, 태평한 때에 영예를 얻기 바랍니다. 고금의 변하는 도와 질(質)과 문(文)이 상생하는 근본과 높고 낮고 풍요롭고 부족함이 오는 이유와 길고 짧고 크고 작은 것이 나오는 근원에 대해서 귀하의 말은 또 어쩌면 그렇게 정확한지요?

찾아온 사람이 급하다고 하여, 할 말을 다 하지 못하고 대략 적어 답장으로 대신하고자 합니다. 이만 줄입니다. 종원 올림.

九月, 某白: 沈侯足下無恙. 蒼頭至, 得所來問, 志氣盈牘, 博我以風賦比興之旨. 僕之樸駿專魯, 而當惠施、鍾期之位, 深自恧也. 又覽所著文, 宏博中正, 富我以琳琅珪璧之寶甚厚. 僕之狹陋蚩鄙, 而膺東阿、昭明之任, 又自懼也. 烏可取識者歡笑, 以爲知己羞? 進越高視, 僕所不敢. 然特枉將命, 猥承厚貺, 豈得固拒雅志默默而已哉! 謹以所示, 布露于聞人, 羅列乎坐隅, 使識者動目, 聞者傾耳, 幾於萬一, 用以爲報也.

嗟乎! 僕嘗病興寄之作, 堙鬱於世, 辭有枝葉, 蕩而成風, 益用慨然. 間歲, 興化里蕭氏之廬, 覿足下詠懷五篇, 僕乃拊掌愜心, 吟玩爲娛. 告之能者, 誠亦響應. 今乃有五十篇之贈, 其數相什, 其功相百. 覽者歎息, 謂予知文. 此又足下之賜也, 幸甚幸甚! 勉懋厥志, 以取榮盛時. 若夫古今相變之道, 質文相生之本, 高下豐約之所自, 長短大小之所出, 子之言云又何訊焉?

來使告遽, 不獲申盡, 輒奉草具, 以備還答. 不悉. 宗元白.

하진사왕참원실화서(賀進士王参元失火書 : 진사 왕참원이 화재를 당한 것을 축하하는 편지)[33]

양팔(楊八)의 편지를 받고, 자네가 화재를 당해 집안에 남은 재산이 없게 되었다는 것을 알았네. 나는 그 소식을 듣고 처음에는 놀랐다가, 중간에는 뭔가 의혹이 일었다가, 나중에는 매우 기뻐했으니, 그래서 위로의 말을 전하려 했다가 다시 축하의 말을 전하는 바일세. 길이 멀고 소식의 내용이 간략하여 그 상황을 자세히 알 수는 없으되, 만약 그야말로 몽땅 깨끗하게 타버려 아무것도 남은 것이 없다면 내가 더욱 축하하는 바일세.

자네는 부모를 열심히 봉양하여, 아침 저녁으로 편안하신가 살피며 오직 평안무사하기만을 바라며 살았지. 이제 갑자기 화재로 가산을 모두 태워버린 우환을 만나, 집안 사람들이 깜짝 놀랐을테고, 혹시 부모님께 기름지고 윤기나는 음식을 제대로 해드리지 못할까 염려되어, 나는 이 때문에 처음에는 놀랐다네. 사람들은 모두 영허의복(盈虛倚伏)이요 거래불상(去來不常)이라 하네. 혹시 장차 뭔가 큰 일이 이루어지려고, 그래서 처음에는 곤경에 처해 두려워 떨게 되고, 수재나 화재를 당하고, 많은 사람의 분노를 사고, 심신이 수고로와 고통을 겪고, 그런 연후에 광명을 볼 수 있는 것이니, 옛날 사람들은 모두 그랬네. 그러나 이 도는 사실과 거리가 멀고 황당한 면이 있어, 비록 성인이라도 이를 반드시 믿지는 않았으니, 그래서 중간에는 의혹을 품었네. 자네는 옛 사람의 책을 읽고, 문장을 짓고, 소학에 뛰어나서, 이와 같이 다재다능한데, 관계에 진출하여 많은 인물 중에 특출나게 존귀한 자리를 얻지 못했으니, 다른 이유가 없네. 경성 사람들은 자네 집안에 재물이 쌓여 있다는 말을 많이 했는데,

---

33) 본편은 화재를 당했다는 왕참원을 위로하기는 커녕 오히려 축하한다는 편지로, 편지에서는 보기 드물게 극단적 반어와 강렬한 풍자를 담았다. 진경운은 『유집점감』에서 "왕참원은 복양(濮陽) 사람으로, 부방(鄜坊) 절도사 왕서요(王栖曜)의 작은아들이다"라고 했다.

청렴하다는 명성을 바라는 사람들이 모두 감히 자네가 훌륭하다고 말하는 것을 꺼려서, 혼자만 알아 마음에 쌓아두고, 입에 머금고 차마 입 밖에 꺼내지 않았기 때문이니, 그래서 도를 공평하게 밝히기 어렵고 세상에 미워하는 사람이 많은 걸세. 일단 자네가 훌륭하다는 말을 입에 담았다 하면, 아무것도 모르는 사람들이 자네로부터 막대한 뇌물을 받았다고 할까 염려했기 때문이지. 내가 정원 15년(799)부터 자네의 문장을 보았는데, 좋다는 말을 6~7년 동안 마음에 쌓아두고 하지 않았네. 이는 내가 오랫동안 내 한 몸만을 위해서 공평의 도를 저버린 것이요, 자네만을 저버린 것이 아닐세. 어사상서랑이 되자, 다행히 천자의 근신(近臣)이 되었으니 그동안 묻어두었던 마음 속의 말을 할 수 있을 것 같아서, 천하의 억울하고 막힌 사람들의 입장을 밝게 드러내겠다고 생각했네. 그러나 줄지어선 관리들 사이에서 때로 도에 대해 말하면 오히려 돌아보고 몰래 비웃는 사람들이 있었으니, 나는 제대로 수양을 하지 못해 평소에 명예가 서지 않고 세상 사람들의 미움이 더해진다는 사실에 한탄했고, 일찌기 맹기도(孟幾道)와 이 말을 하면서 마음 아파했네.[34] 이제 다행히도 하늘이 내린 불에 자네의 재산이 깨끗이 타없어져서, 세상 사람들의 의심도 모두 잿더미가 되었네. 집은 검게 타고 담은 붉게 달아올라, 사람들에게 자네가 하나도 가진 것이 없음을 보여주었으니, 이제 자네의 재능은 오명을 쓰지 않고 밝게 드러날 걸세. 사실이 밝혀졌으니, 이는 축융(祝融)·회록(回祿)이 자네를 도운 셈이네.[35] 그러한즉 나와 맹기도가 10년 동안 자네의 재능을 마음 속으로 알고 있었던 것이, 이 불이 하룻저녁에 자네를 명예롭게 해준 것만도 못하네. 자네의 재능이 밝게 드러나서, 마음에 쌓아두었던 사람은 이제 모두 입을 열 수 있게 되었고, 시책을 입안하고 결정하는 사람이 자네에게 자리를 주어도 두려워 떨지 않게 되었으니, 비록 예전처럼 마음에 쌓아두고 수모를 받고자 해도 될 수 있겠

---

34) 맹기도는 이름이 간(簡)이다.
35) 축융과 회록은 모두 전설에 나오는 불의 신이다.

는가? 이제서야 나는 자네에게 희망을 가지게 되었네. 그래서 나중에는
매우 기뻐했네. 옛날에 열국(列國)에 재난이 있으면, 같은 등급인 제후는
모두 조문했네. 허(許)나라가 재난을 당한 나라를 조문하지 않아, 군자들
이 증오했네.36) 지금 내가 말한 것이 이와 같아, 옛날과 다른 점이 있으
니, 그러므로 위로하려다가 다시 축하를 하는 것일세. 안회와 증삼이 부
모를 봉양하면서 그 즐거움이 컸으니, 또한 무엇이 부족했겠는가?

  자네가 예전에 나의 문장과 고서를 원했었는데, 잊어버리지는 않았으
니, 수십편 쌓이길 기다렸다가 한꺼번에 보내려고 했을 따름이네. 오무
릉이 와서, 자네가 「취부(醉賦)」와 「대문(對問)」을 썼는데 아주 좋다고 했
으니, 한 부 보내주었으면 하네. 나도 근래 글쓰기를 좋아하여, 경성에
있을 때와 자못 다르다네. 자네들과 말하고자 했지만, 질곡이 심하여 아
직 그러지 못했네. 남쪽에서 사람이 와, 그 편에 편지를 써서 안부를 묻
고자 하네. 이만 줄이겠네. 종원 보냄.

  得楊八書, 知足下遇火災, 家無餘儲. 僕始聞而駭, 中而疑, 終乃大喜,
蓋將弔而更以賀也. 道遠言略, 猶未能究知其狀, 若果蕩焉泯焉而悉無有,
乃吾所以尤賀者也.

  足下勤奉養, 寧朝夕, 唯恬安無事是望也. 今乃有焚煬赫烈之虞, 以震
駭左右, 而脂膏滫瀡之具, 或以不給, 吾是以始而駭也. 凡人之言, 皆曰盈
虛倚伏, 去來之不可常. 或將大有爲也, 乃始厄困震悸, 於是有水火之孽,
有羣小之慍, 勞苦變動, 而後能光明, 古之人皆然. 斯道遼闊誕漫, 雖聖人
不能以是必信, 是故中而疑也. 以足下讀古人書, 爲文章, 善小學, 其爲多
能若是, 而進不能出羣士之上, 以取顯貴者, 無他故焉. 京城人多言足下
家有積貨, 士之好廉名者, 皆畏忌, 不敢道足下之善, 獨自得之, 心蓄之,

---

36) 『좌전』 소공(昭公) 18년에 나온다. 송(宋)・위(衛)・진(陳)・정(鄭)나라에 재난이 일어났
   는데, 진나라는 화재를 구제하지 않고 허나라는 재난을 위문하지 않아, 군자들은 이로
   써 진나라와 허나라가 망할 것을 알았다고 한다.

銜忍而不出諸口, 以公道之難明, 而世之多嫌也. 一出口, 則嗤嗤者以爲得重賂. 僕自貞元十五年見足下之文章, 蓄之者蓋六七年未嘗言. 是僕私一身而負公道久矣, 非特負足下也. 及爲御史尙書郞, 自以幸爲天子近臣, 得奮其舌, 思以發明天下之鬱塞. 然時稱道於行列, 猶有顧視而竊笑者, 僕良恨修己之不亮, 素譽之不立, 而爲世嫌之所加, 常與孟幾道言而痛之. 乃今幸爲天火之所滌盪, 凡衆之疑慮, 擧爲灰埃. 黔其廬, 赭其垣, 以示其無有, 而足下之才能乃可顯白而不汚. 其實出矣, 是祝融、回祿之相吾子也. 則僕與幾道十年之相知, 不若茲火一夕之爲足下譽也. 宥而彰之, 使夫蓄於心者, 咸得開其喙, 發策決科者, 授子而不慄, 雖欲如向之蓄縮受侮, 其可得乎? 於茲吾有望乎爾! 是以終乃大喜也. 古者列國有災, 同位者皆相弔; 許不弔災, 君子惡之. 今吾之所陳若是, 有以異乎古, 故將弔而更以賀也. 顏、曾之養, 其爲樂也大矣, 又何闕焉?

　　足下前要僕文章古書, 極不忘, 候得數十幅乃倂往耳. 吳二十一武陵來, 言足下爲醉賦及對問, 大善, 可寄一本. 僕近亦好作文, 與在京城時頗異. 思與足下輩言之, 桎梏甚固, 未可得也. 因人南來, 致書訪死生. 不悉. 宗元白.

제34권 서(書)

여태학제생희예궐유양성사업서(与太学諸生喜詣闕留陽城司
業書 : 태학 학생들이 대궐 문 앞에 나가 양성 사업을 만류하는 것을
기뻐하며 보내는 편지)[1]

26일,[2] 집현전정자 유종원이 태학 학생 여러분께 삼가 편지 보냅니다.
전에 조정에서 간의대부 양공을 국자사업으로 임용하여,[3] 학생 여러분

---

1) 본편은 일종의 격려 편지이다. 양성의 자는 항종(亢宗)으로, 간의대부에서 국자사업
　으로 발탁되었다가, 도주(道州)자사로 폄적되었다. 태학 학생들이 대궐 문 앞에 모여서,
　폄적지로 떠나려는 양성을 만류하자, 유종원은 진정한 사표를 흠모하는 태학 학생들
　의 뜻을 높이 사서 이 편지를 써서 격려했다.

2) 정원 14년(798) 9월이다.

3) 『신당서』 양성의 전기에 따르면, 덕종이 양성을 불러 간의대부에 임명했다. 배연령
　(裴延齡)이 육지(陸贄)·장방(張滂)·이충(李充) 등을 무고하여 몰아내자, 양성은 습유 왕
　중서(王仲舒)와 약속하여 연영각(延英閣)을 지키면서 상소하여 배연령의 죄를 성토했다.

이 엄하고 따뜻한 훈도와 바르고 순정한 가르침을 받아, 기쁜 마음으로 크게 교화되어, 지금까지 4년밖에 되지 않았는데, 도주자사로 외근하라는 조서가 내려왔습니다.[4] 나는 그때 광범문(光範門)으로 통적(通籍)하면서 서부(書府 : 서고)에서 근무하고 있었는데,[5] 그 소식을 듣고 몹시 기분이 좋지 않았습니다. 이는 단지 학생 여러분 때문에 슬픈 게 아니라, 나 역시 사표를 잃어서 의지할 분이 없게 되었기 때문이었지요. 담당 관리가 조서 초고를 전해주어 나도 그 내용을 볼 수 있었습니다. 대체로 주상께서 양공에 대해 익히 잘 아셔서, 훌륭하다는 칭찬과 남다른 은총이 구구절절 가득 담겨 있어, 힘들겠지만 양공이 머나먼 지역에 교화를 널리 선양하고 백성에게 훌륭한 가르침이 퍼지게 하려는 뜻이었음을 이에 알게 되었지요. 결국 확 기분이 풀리며 조금은 기쁘게 되어, 마치 천자의 말씀에 위로를 얻은 것 같았습니다. 그러나 퇴근하고 나서는 스스로 슬픔을 느꼈으니, 다행히도 현명하고 성스러워 아무것도 꺼릴 것이 없는 시절에 태어났건만, 마음 속에 품은 것을 말하면서 국가의 대사를 논하여 모든 관리들이 듣게 해서 조금이라도 채택이 되어 양공이 남쪽으로 가도록 한 조치를 돌리게 하지 못하는 것이 안타까웠습니다. 다음날 서고에서 퇴근하여 사마문(司馬門) 밖에서 수레를 타던 중 문지기가 하는 말을 듣게 되었는데, 학생들이 양공의 덕교(德敎)를 흠모하여 양공이 떠나는 것을 차마 두고 볼 수 없어, 서쪽 궐문 밑에서 머리를 조아리며, 예전처럼 양공이 머물게 해줄 것을 간절하고 지극하게 애원하는 사람이 백수십 명이라고 했습니다.[6] 이 말에 나는 너무 기뻐서 손뼉까지 치며

정원 11년(795) 7월, 이 때문에 국자사업으로 좌천되었다.

4) 정원 14년(798), 태학생 설약(薛約)이 어떤 일을 논했다가 죄를 얻어 연주(連州)로 폄적되었는데, 양성이 그를 교외까지 전송했다. 황제는 양성이 죄를 지은 자와 어울린다 하여 도주자사로 폄적시켰다.

5) 옛날 궁궐 문에서 출입자 신분을 확인하는 절차를 통적(通籍)이라고 했다. 『한서』 주석에 따르면, 두 자짜리 대쪽에 생년월일·이름·외모 등을 적어 궁궐 문에 걸어놓고, 드나드는 사람들은 이를 대조하여 일치해야만 통과시켰다.

6) 양성이 나가게 되자, 태학 제상 하번(何蕃)·계상(季償)·왕로경(王魯卿)·이당(李讜) 등

흥분된 마음을 가라앉히지 못하였으니, 전혀 뜻밖에도 옛 도가 오늘날 다시 나타났기 때문이었지요. 나는 일찍이 「이원례전(李元禮傳)」・「혜숙 야전(嵇叔夜傳)」을 읽은 적이 있는데,[7] 그 내용에 태학 학생들이 궐문에 나아가 하늘을 우러러 호소했다고 한 것을 보고, 천년이 지나도 만년이 지나도 더 이상 보고 들을 수 없을 것이라고 생각했었소만, 오늘 이를 보고 듣게 되었으니, 참으로 제생들은 내게 대단한 것을 보여주었습니다.

어허! 예전에 내 어렸을 때, 태학에 들어가 스승의 가르침을 받아서 뜻을 세우고 자신을 지탱할 뜻을 일찍이 품었었지요. 당시 사람들이 모두 말하기를 "태학생들은 끼리끼리 모여서 패거리를 이루어, 노인을 모욕하고 현인을 함부로 대하고, 학업을 내팽개치고 구변이나 먹는 것만 이롭게 여기는 자도 있고, 가식을 꾸미고 악언을 일삼아 멋대로 말썽을 일으키는 자도 있고, 웃어른을 능멸하고 관리에게 욕을 하는 자도 있어, 조용히 물러나 스스로를 이겨내서 보통 사람들과 특별히 다른 자는 거의 없다"라고 했었지요. 나는 이를 듣고, 너무나 놀라고 두려워하며, 그들이 성인의 문하에 있으면서도 대부분 이렇게 무례한 것에 참으로 통한스러워했지요. 그래서 결국은 향리의 사숙에 물러나 의탁해 학업에 전념하였고, 태학 문을 지날 때는 잠시 쳐다보지도 않았으니, 어찌 그 안의 학생을 볼 수 있었겠습니까? 지금 이제 의지와 기개를 떨쳐서 천년 만년 의표를 내세웠으니, 내가 보고 들은 것이 어찌 잘못이 아니겠습니까? 아니면 말해준 사람이 잘못 말한 것인지요, 아니면 시대가 다르고 사람이 달라서 예전처럼 해 끼치는 사람이 없게 된 건지요? 양공의 지도와 교육

200여 명이 궐 아래 머리 조아리고, 양성이 떠나지 않게 해달라고 간청했다. 며칠 동안 궐 밑을 지켰는데, 관리의 저지로 뜻을 이루지 못했다.

7) 이원례는 이응(李膺)이다. 전기에 따르면 "태학 제생 3만여 명이 있었고, 곽림종(郭林宗)・가위절(賈偉節)이 으뜸이었는데, 이응・진번(陳蕃)・왕창(王暢)과 서로 칭찬하고 중시했다. 『진서(晉書)』에 따르면, 혜숙야의 이름은 강(康)으로, 여안(呂安)의 일에 연좌되어 동시(東市)에서 처형당하게 되어서, 태학생 3천 명이 스승으로 모시게 해달라고 청하였는데, 허락하지 않았다.

이 점차 젖어들어 이렇게 밝게 그 효과가 나타나는 것이 아니면 무엇이 겠습니까? 그렇다면 성인이 남기신 가르침을 따르면서 천자의 태학에 있는 것에 부끄러움이 없을 수 있게 된 것이지요.

어허! 양공은 넓고 두텁고 큰 덕을 지녀, 옳고 그른 자를 함께 포용할 수 있고, 오는 자를 내치지 않지요. 예전에 듣자 하니, 어떤 미욱한 학생이 문하에 의탁하고 있었으며, 혹자는 글을 통해 어리석음을 드러내 추한 행실이 이루 말할 수 없어, 논자들은 양공이 아무나 받아들인 것이 잘못이라면서 스승의 자격이 없다는 말까지 했다고 합니다. 이는 절대 그렇지 않지요. 중니(仲尼)가 '우리 무리에는 한쪽에 지나쳐 정상이 아닌 사람도 있다'고 하여 남곽(南郭)이 비난했고,[8] 증삼의 제자는 72명인데 부추(負芻)의 난을 만나기도 했고,[9] 맹가(孟軻)가 제(齊)에 묵고 있을 때 따르던 제자가 신발을 훔친 적이 있습니다. 이들 한 성인과 두 현인은 이어서 위대한 유자가 되었는데도 밑에 그런 자들이 있지 않을 수 없었으니, 찾아온 사람을 어찌 거절하겠습니까? 명의 유부(俞跗)·편작(扁鵲)의 집에서는 환자를 거절하지 않고, 목수의 먹줄 곁에서는 아무리 굽은 목재라도 못쓸 것이 없고, 유자의 스승의 강석에서는 잘못 있는 사람을 거절하지 않는 것이 원래 당연한 이치지요. 또한 양공께서 조정에 계실 때, 사방에서 명성을 듣고 앙모하고 존경했고, 탐욕을 노리고 사악을 일삼으려는 자들이 그

---

8) 『순자』 「법행(法行)」편에서 남곽혜자(南郭惠子)가 '공자의 문하에 별의별 사람이 잡스럽게 다 모였다'고 자공(子貢)에게 비난하여, 자공이 훌륭한 스승은 사람을 가리지 않는다는 내용으로 응수한 내용이 나온다.

9) 『맹자(孟子)』 「이루하(離婁下)」에 나온다. 증자가 무성(武城)에서 거주할 때, 월(越)나라 군대가 침범했다. 어떤 사람이 "도적이 쳐들어오려고 하는데, 왜 잠시 피하지 않으십니까?"라고 하자, 증자는 "다른 사람이 나의 이곳을 빌려 살아 저 나무들을 파괴하게 하면 안된다"라고 했다. 적이 물러가자, 증자는 "담과 집을 수리해라, 내가 돌아가겠다"라고 했다. 적이 물러가고, 증자 역시 돌아왔다. 그의 곁에 있는 사람이 "무성의 관리들이 당신을 그토록 정성과 공경으로 대했는데, 적이 쳐들어오자, 일찌감치 도망하여, 백성들에게 나쁜 모범을 보이고, 적이 물러나자, 즉시 돌아오셨으니, 그러면 안될 듯 합니다"라고 했다. 심유행(沈猶行)이 "이는 네가 제대로 안 것이 아니다. 예전에 선생님께서 나와 함께 계실 때, 부추(負芻)라고 하는 사람이 난을 일으켰는데, 선생님을 따르던 70명 역시 모두 일찌감치 도망했다"라고 했다.

뜻이 꺾이고 그 악을 이루지 못하게 되어, 비록 사윤(師尹)의 직위는 없었어도 사람들이 실로 모두 우러러보았지요. 한 지방에 훈풍을 전파하고 한 고을에 교화를 퍼뜨리는 것에 비해, 그 공의 크기를 어찌 헤아릴 수 있으리오! 학생 여러분의 말은 단지 자기를 위한 것이 아니며, 국체를 위해서도 실로 매우 마땅한 것이므로, 학생 여러분은 개인만 위하지 않기 바랍니다. 거듭 다시 글을 올려 붓끝으로나마 조금이라도 도와주려고 생각하고 있습니다. 이 좋은 뜻을 잘 이루어, 역사를 기록하는 사람들이 기록할 것이 있게 해주기 바랍니다. 노력하기 바랍니다. 종원 올림.

二十六日, 集賢殿正字柳宗元敬致尺牘, 太學諸生足下:始朝廷用諫議大夫陽公爲司業, 諸生陶煦醇懿, 熙然大洽, 于茲四祀而已, 詔書出爲道州. 僕時通籍光範門, 就職書府, 聞之悵然不喜. 非特爲諸生戚戚也, 乃僕亦失其師表, 而莫有所矜式焉. 而署吏有傳致詔草者, 僕得觀之. 蓋主上知陽公甚熟, 嘉美顯寵, 勤至備厚, 乃知欲煩陽公宣風裔土, 覃布美化于黎獻也. 遂寬然少喜, 如獲慰薦于天子休命. 然而退自感悼, 幸生明聖不諱之代, 不能布露所蓄, 論列大體, 聞於下執事, 冀少見採取, 而還陽公之南也. 翌日, 退自書府, 就車于司馬門外, 聞之於抱關而掌管者, 道諸生愛慕陽公之德敎, 不忍其去, 頓首西闕下, 懇悃至願乞留如故者百數十人. 輒用撫手喜甚, 震抃不寧, 不意古道復形于今. 僕嘗讀李元禮‧嵇叔夜傳, 觀其言太學生徒仰闕赴訴者, 僕謂訖千百年不可覩聞, 乃今日聞而覩之, 誠諸生見賜甚盛.

於戲! 始僕少時, 嘗有意遊太學, 受師說, 以植志持身焉. 當時說者咸曰:"太學生聚爲朋曹, 侮老慢賢, 有墮窳敗業而利口食者, 有崇飾惡言而肆鬪訟者, 有凌傲長上而誶罵有司者, 其退然自克, 特殊於衆人者無幾耳." 僕聞之, 恟駭怛悸, 良痛其遊聖人之門, 而衆爲是嗒嗒也. 遂退託鄕閭家塾, 考厲志業, 過太學之門而不敢蹢顧, 尙何能仰視其學徒者哉! 今乃奮志厲義, 出乎千百年之表, 何聞見之乖剌歟? 豈說者過也, 將亦時異人異,無嚮時之桀害者耶? 其無乃陽公之漸漬導訓, 明效所致乎? 夫如是, 服聖人遺教, 居天子太學, 可無愧矣.

於戲! 陽公有博厚恢弘之德, 能并容善僞, 來者不拒. 曩聞有狂惑小生, 依託門下, 或乃飛文陳愚, 醜行無賴, 而論者以爲言, 謂陽公過於納汙, 無人師之道. 是大不然. 仲尼吾黨狂狷, 南郭獻譏; 曾參徒七十二人, 致禍負芻; 孟軻館齊, 從者竊屨. 彼一聖兩賢人, 繼爲大儒, 然猶不免, 如之何其拒人也? 兪、扁之門, 不拒病夫; 繩墨之側, 不拒枉材; 師儒之席, 不拒曲士, 理固然也. 且陽公之在于朝, 四方聞風, 仰而尊之, 貪冒苟進邪薄之夫, 庶得少沮其志, 不遂其惡, 雖微師尹之位, 而人實具瞻焉. 與其宣風一方, 覃化一州, 其功之遠近, 又可量哉! 諸生之言非獨爲己也, 於國體實甚宜, 願諸生勿得私之. 想復再上, 故少佐筆端耳. 勗此良志, 俾爲史者有以紀述也. 努力多賀. 宗元白.

답위중립논사도서(答韋中立論師道書: 사도에 대해 논하여 위중립에게 답하는 편지)[10]

21일, 종원이 씁니다. 보내준 편지를 받아보니, 나를 스승으로 모시고 싶다고 했는데, 나는 도덕도 그렇게 돈독하지 못하고 학문도 매우 천근해서, 아무리 둘러보고 돌아봐도 스승이 될만한 점을 볼 수 없습니다. 비록 자주 토론을 좋아하고 문장을 씁니다만, 스스로도 매우 별로라고 생

---

10) 본편은 사도(師道)에 대하여 위중립과 논한 것으로, 사도론 측면에서 한유의 「사설」과 대비된다. 위중립은 역사서에 전기가 전하지 않는다. 『신당서』연표에서 당주(唐州) 자사 위표(韋彪)의 손자라고만 했고, 작위를 기록하지 않았다. 좋은 스승을 찾으려 하고 학문을 좋아한 점과 유종원이 평생 글을 쓰는 진정한 비결을 빠짐없이 말해준 것으로 보아, 필시 당시 유망한 인물이었을 것이다. 위중립은 이후 원화 14년(819)에 급제했다.

각하고 있습니다. 귀하가 경사에서 여기 만이의 땅까지 찾아와 만나서 배우려고 하는 것은 뜻밖이었지요. 내가 스스로 보아도 아무 것도 취할 게 없으며, 설령 취할 것이 있다 해도 또한 나는 감히 남의 스승이 될 수 없지요. 보통 사람의 스승 또한 감히 되지 못하는데, 하물며 감히 귀하의 스승이 되다니요?

맹자는 "사람들의 병통은 남의 스승이 되기 좋아하는 것에 있다"고 말했고, 위·진 시대 이후로 사람들은 갈수록 스승을 섬기지 않았습니다. 지금 세상에는 스승이 있다는 말을 듣지 못했고, 스승이 있다고 하면 떠들썩하게 웃으며 미친 사람이라고 여깁니다. 유독 한유(韓愈)가 세태를 신경쓰지 않고 분발하여, 비웃음과 모욕을 무릅쓰고 후학들을 불러 모으고, 「사설(師說)」을 쓰고, 이로 인해 고개를 쳐들고 스승이 되었습니다. 세상 사람들은 과연 무리지어 괴이히 여기고 떼지어서 욕을 하고, 손가락질하며 너도나도 데려다가 보이면서 이러쿵저러쿵 말만 더합니다. 한유는 이로 인해 미친 사람이라는 말까지 듣게 되어, 장안에 살면서 밥을 하다 익는 것을 기다릴 겨를도 없이 헐레벌떡 동쪽으로 달아나곤 하였으니, 이와 같은 일이 자주 있었지요. 굴원의 초사에 "동네 개들이 무리지어 짖는 것은 괴상한 것을 보고 짖는 것이다"라는 말이 있지요.[11] 옛날에 내가 '촉(蜀)의 남쪽 지방은 항상 비가 오고 해가 뜨는 날이 드물어서 해가 뜨면 개들이 짖는다'는 말을 들었는데, 그때 나는 잘못된 말이라고 생각했었지요. 6~7년 전에 내가 남방으로 와서, 2년째 되는 겨울에 마침 큰 눈이 고개를 넘어 남월(南越)의 몇 주(州)에 내렸는데, 몇 주의 개들이 모두 연일토록 다급하게 짖고 물고 미친듯이 달리더니 눈이 다 녹아 없어지게 돼서야 그쳤으니, 그제서야 비로소 지난번에 들은 것을 믿게 되었지요. 지금 한유가 이미 스스로 촉의 해가 되었는데, 귀하는 또 나더러 월의 눈이 되게 하려고 하시니, 나를 곤경에 처하게 하는 것이 아니겠습니까? 내가 곤

---

11) 「회사부(懷沙賦)」의 내용이다.

경에 처할 뿐 아니라, 귀하 역시 곤경에 처하게 하는 것이지요. 그러나 눈과 해에 어찌 잘못이 있겠습니까? 단지 개가 짖을 뿐이지요. 지금 세상에서 짖지 않을 사람이 몇일지 헤아려보자면, 누가 감히 남들 눈에 이상하게 보이는 행위를 하여 소동과 분노를 자초하겠습니까?

나는 폄적된 이래로 의지가 더욱 약해졌지요. 남쪽 지방에서 9년 동안 살다 보니 각기병이 더해져서, 소란한 것을 점점 좋아하지 않게 되었는데, 어찌 씨끌벅적한 소리가 아침 저녁으로 내 귀를 흔들고 내 마음을 소요시키게 할 수 있겠습니까? 그렇다면 본디 약한 몸에 번민만 더 쌓여, 더더욱 살 수가 없을 것입니다. 평상시 가만히 있으면서 밖만 쳐다봐도 적지 않은 구설수를 당하는데, 아직 유독 남의 스승이 되었다는 구설수만 없었을 뿐이지요.

또한 듣자하니, 옛날에 관례(冠禮)를 중시했던 것은 성인의 도리를 다하라고 독려하려는 것이었다고 하니, 이는 성인이 특별히 마음을 썼던 부분입니다. 수백년 동안 사람들은 더 이상 시행하지 않았지요. 최근 손창윤(孫昌胤)이라는 사람이 홀로 발분하여 행하였다고 합니다. 관례를 마치고, 다음날 조회에 나가, 외정에 이르러, 홀을 차고 대신들에게 "아무개 아들이 관례를 마쳤소"라고 말하니, 사람들 반응이 모두 무안했다고 합니다. 경조윤 정숙칙(鄭叔則)이 불끈하여 홀을 끌고 물러서며 "나와 무슨 상관이오?"라고 하여 조정 사람들이 모두 크게 웃었지요. 천하 사람들이 정숙칙을 비난하지 않고 손창윤더러 고소하다고 하니, 무엇 때문이오? 그저 남들이 하지 않는 것을 했기 때문이지요. 지금 스승이 된다는 것도 대체로 이와 비슷하지요.

귀하는 행실이 두텁고 글이 깊이있고, 쓰는 모든 글에 고인의 풍모가 듬뿍 담겨 있으니, 비록 내가 감히 스승이 된다 해도 더 이상 무엇을 더해줄 수 있겠습니까? 가령 귀하 입장에서, 내가 귀하보다 나이가 앞서고 도를 듣고 글을 지은 날이 뒤처지지 않아, 오가며 들은 바를 말해주길 진정으로 원한다면, 나 역시 진실로 내가 얻은 것을 모두 펼쳐 보일 것입니다.

귀하가 스스로 선택하여 어떤 것은 취하고 어떤 것은 버리고, 이렇게 할수는 있겠지요. 옳고 그른 것을 판정하여 귀하를 가르치는 등의 일은 내 재능이 부족하고 또한 앞에서 말한 것들이 두렵기만 하니, 감히 하지 못하는 것은 확실한 것입니다. 귀하가 예전에 내 글을 보고 싶다 하여, 이미 모두 보내주었으니, 이는 귀하에게 자랑을 하려는 게 아니라, 귀하의 기색과 호오(好惡)가 어떤지 보려고 했었던 것일 뿐입니다. 지금 편지가 왔는데, 말한 것이 모두 지나친 과장입니다. 귀하는 본디 아첨하고 잘 보이는 무리가 아니라 다만 너무 좋아하기 때문에 그런 것일 뿐임을 잘 압니다.

예전에 내가 어린 시절 젊은 시절 글을 쓸 때는 말을 잘 꾸미면 훌륭하다고 생각했지요. 그후 성장해서, 글이란 도를 밝히는 것이요, 본디 화려한 치장을 하면서 채색에 힘쓰고 소리를 과장한 것은 결코 능사가 아니라는 것을 알았지요. 내가 펴낸 것은 모두 도에 가깝다고 생각한다지만, 과연 도에 가까운지 먼지 알 수가 없지요. 귀하가 도를 좋아하여 내 글을 인정해주니, 혹시 도에서 멀리 않을지 모르겠군요. 그러므로 나는 매번 글을 쓸 때마다 감히 가벼운 마음으로 붓을 휘두른 적이 없으니, 경박하여 남겨지지 않을까 염려했기 때문이지요. 감히 태만한 마음으로 쉽게 쓴 적이 없으니, 느슨하여 엄밀하지 않을까 염려했기 때문이지요. 감히 혼미한 기분으로 쓴 적이 없으니, 어둡고 흐릿해 잡스러울까 염려했기 때문이지요. 감히 뻐기는 기분으로 쓴 적이 없으니, 덜렁덜렁 교만할까 염려했기 때문이지요. 내리누른 것은 깊게 하려고 그랬던 것이요, 들어올린 것은 밝게 하려고 그랬던 것이요, 성기게 한 것은 통하게 하려고 그랬던 것이요, 단촐하게 한 것은 절제하려고 그랬던 것이요, 쳐서 피어나게 한 것은 맑게 하려고 그랬던 것이요, 굳게 지키려고 했던 것은 무겁게 하려고 그랬던 것이니, 이는 내가 글에서 밝히려는 도에 날개를 달아준 것입니다. 『서』에 근본하여 질박함을 추구했고, 『시』에 근본하여 항상성을 추구했고, 『예』에 근본하여 마땅함을 추구했고, 『춘추』에 근본하여 판단력을 추구했고, 『역』에 근본하여 움직임을 추구하였으니, 이는 내가 도를 취하는 근원이지요. 『곡량전』을 참고하여 기세를 거세게 했고, 『맹자』·『순자』를 참고하여 가지가 뻗어가게 했고, 『장자』·『노자』를 참고하여 끝을 자유롭게 했고, 『국어』를 참고하여 재미를 넓게 했고, 『이소』를 참고하여 깊이가 있게 했고, 『사기』를 참고하여 깨끗함을 드러냈으니, 이는 내가 여러 방면으로 폭넓게 보면서 글을 쓴 것입니다. 이와 같이 하면 과연 옳은 건지요, 그른 건지요? 취할 말한 점이 있는지요, 아니면 없는지요? 귀하가 보고서 선택하고 여유가 있을 때 말해주기 바랍니다. 진정 자주 왕래하며 이 도를 넓히면, 귀하가 얻는 것이 없어도 나는 얻는 것이 있으리니, 또한 어찌 스승이라 운운하겠습니까? 실체를 취하고 이름을 버려서, 월·촉의 개가 괴이한 것을 보고 짖듯 외정(外廷)의 비웃음을 당하지만 않으면 다행이겠지요. 종원 올림.

二十一日, 宗元白: 辱書云欲相師, 僕道不篤, 業甚淺近, 環顧其中, 未見可師者. 雖常好言論, 爲文章, 甚不自是也. 不意吾子自京師來蠻夷間, 乃幸見取. 僕自卜固無取, 假令有取, 亦不敢爲人師. 爲衆人師且不敢, 況敢爲吾子師乎?

孟子稱 "人之患在好爲人師." 由魏、晉氏以下, 人益不事師. 今之世, 不聞有師, 有輒譁笑之, 以爲狂人. 獨韓愈奮不顧流俗, 犯笑侮, 收召後學, 作師說, 因抗顏而爲師. 世果羣怪聚罵, 指目牽引, 而增與爲言辭. 愈以是得狂名, 居長安, 炊不暇熟, 又挈挈而東, 如是者數矣. 屈子賦曰: "邑犬羣吠, 吠所怪也." 僕往聞庸蜀之南, 恒雨少日, 日出則犬吠, 余以爲過言. 前六七年, 僕來南, 二年冬, 幸大雪, 踰嶺被南越中數州, 數州之犬, 皆蒼黃吠噬狂走者累日, 至無雪乃已, 然後始信前所聞者. 今韓愈旣自以爲蜀之日, 而吾子又欲使吾爲越之雪, 不以病乎? 非獨見病, 亦以病吾子. 然雪與日豈有過哉? 顧吠者犬耳. 度今天下不吠者幾人, 而誰敢衒怪於羣目, 以召鬧取怒乎?

僕自謫過以來, 益少志慮. 居南中九年, 增脚氣病, 漸不喜鬧, 豈可使呶呶者早暮咈吾耳、騷吾心? 則固僮仆煩憒, 愈不可過矣. 平居望外, 遭齒舌不少, 獨欠爲人師耳.

抑又聞之, 古者重冠禮, 將以責成人之道, 是聖人所尤用心者也. 數百年來, 人不復行. 近有孫昌胤者, 獨發憤行之. 旣成禮, 明日造朝至外庭, 薦笏言於卿士曰: "某子冠畢." 應之者咸憮然. 京兆尹鄭叔則怫然曳笏却立, 曰: "何預我耶?" 廷中皆大笑. 天下不以非鄭尹而快孫子, 何哉? 獨爲所不爲也. 今之命師者大類此.

吾子行厚而辭深, 凡所作, 皆恢恢然有古人形貌, 雖僕敢爲師, 亦何所增加也? 假而以僕年先吾子, 聞道著書之日不後, 誠欲往來言所聞, 則僕固願悉陳中所得者. 吾子苟自擇之, 取某事去某事, 則可矣. 若定是非以教吾子, 僕材不足, 而又畏前所陳者, 其爲不敢也決矣. 吾子前所欲見吾文, 旣悉以陳之, 非以耀明于子, 聊欲以觀子氣色誠好惡何如也. 今書來, 言者皆大過. 吾子誠非佞譽誣諛之徒, 直見愛甚故然耳.

始吾幼且少, 爲文章, 以辭爲工. 及長, 乃知文者以明道, 是固不苟爲炳炳烺烺, 務采色、夸聲音而以爲能也. 凡吾所陳, 皆自謂近道, 而不知道之果近乎, 遠乎? 吾子好道而可吾文, 或者其於道不遠矣. 故吾每爲文章, 未嘗敢以輕心掉之, 懼其剽而不留也; 未嘗敢以怠心易之, 懼其弛而不嚴也; 未嘗敢以昏氣出之, 懼其昧沒而雜也; 未嘗敢以矜氣作之, 懼其偃蹇而驕也. 抑之欲其奧, 揚之欲其明, 疏之欲其通, 廉之欲其節, 激而發之欲其淸, 固而存之欲其重, 此吾所以羽翼夫道也. 本之書以求其質, 本之詩以求其恒, 本之禮以求其宜, 本之春秋以求其斷, 本之易以求其動, 此吾所以取道之原也. 參之穀梁氏以厲其氣, 參之孟、荀以暢其支, 參之莊、老以肆其端, 參之國語以博其趣, 參之離騷以致其幽, 參之太史公以著其潔, 此吾所以旁推交通而以爲之文也. 凡若此者, 果是耶, 非耶? 有取乎, 抑其無取乎? 吾子幸觀焉擇焉, 有餘以告焉. 苟亟來以廣是道, 子不有得焉, 則我得矣, 又何以師云爾哉? 取其實而去其名, 無招越、蜀吠怪, 而爲外廷所笑, 則幸矣! 宗元白.

답공사원공근논사진서(答貢士元公瑾論仕進書 : 벼슬하는 것을 논하여 공사 원공근에게 답하는 편지)[12]

28일, 종원 보냅니다. 지난번 보내신 문장을 며칠 동안 읽었는데, 편지까지 보내시니, 내려준 배려가 끝이 없습니다. 그런데 귀하가 글을 쓴 의중을 가만 살펴보니, 혹시 어울리는 자가 적은 것에 분함이 깊고 친구가 없는 것에 한탄이 쌓여 억누를 수 없어 내게 하소연하려는 것이 아니었는지요? 나 같은 사람이 또한 무엇을 하겠습니까! 또한 사람들이 유사(有司)에게 추천되기를 추구하면서, 혹자는 글을 통해 나아가고, 혹자는 행실을 통해서 나아가서, 성공하지 않는 것을 두려워하지 않는다지요. 귀하의 글에 대해서는 좌풍익(左馮翊) 최공(崔公)이 앞장서서 칭찬하여, 글쓰는 자들이 이로 인해 더욱 존경했고, 귀하의 행실은 여남(汝南) 주영객(周穎客)이 또한 앞장서서 칭찬하여, 유자의 대열이 역시 더욱 흠모했습니다. 이와 같은 상황이니 쟁쟁한 칭송이 들릴 날이 멀지 않았는데, 또한 무얼 걱정하는지요?

옛날의 도를 보면, 위에서 아래로 은총을 내리고, 아래에서 위로 충정을 더하여, 위 아래가 서로 통하면서 유능한 인물을 추천하는 공이 행해졌습니다. 그러므로 천자는 천자가 되는 것이 마땅한 자를 얻어 하늘에 추천하고, 제후는 제후가 되는 것이 마땅한 자를 얻어 왕에게 추천하고, 대부는 대부가 되는 것이 마땅한 자를 얻어 군(君)에게 추천하고, 사(士)는 사가 되기에 마땅한 자를 얻어 유사에게 추천합니다. 하늘에 추천한 것은 요·순이 그 경우입니다.[13] 왕에게 추천한 것은 주공의 무리가 그 경

---

12) 본편은 유종원에게 추천과 지도를 의뢰한 것으로 보이는 원공근에게 답장한 것이다. 『유종원집』 23권에 「송원수재하제동귀서(送元秀才下第東歸序)」가 수록되어 있는데, 원수재가 바로 원공근이다. 이 편지는 이보다 전에 쓴 듯하다.
13) 『맹자』에서 '요는 순을 하늘에 추천하고, 순은 우를 하늘에 추천했다'고 했다.

우입니다. 군에게 추천한 것은 포숙아(鮑叔牙)·자한(子罕)·자피(子皮)가 그 경우입니다.[14] 유사에게 추천하여 그 재능을 제대로 발휘한 경우를 나는 아직 듣지 못했으니, 이는 참으로 어렵습니다. 옛날에도 어려웠는데 하물며 지금은 어떻겠습니까? 다만 귀하와 함께 중고 시대에 태어나 나아가도 서로 돕고 물러나도 서로 돕는 것을 하지 못했으며, 이미 지금 세상에 살면서 비록 왕임국(王林國)·한장유(韓長孺)가 다시 태어나 귀하와 더불어 손 맞잡고 나아갈 수 있다 해도 비웃음을 받을텐데, 하물며 나처럼 고집센 사람은 어떻겠습니까! 만약 장차 앞서거니 뒤서거니 분주히 다니는 지경에 내가 처하도록 하여 일을 시키려 한다면, 평소 힘써 수행할 것이요, 감히 힘들다고 하면 안되지요.

오호! 옛날 내가 학습에 뜻을 둘 때, 스스로를 매우 존중하고 크게 보고 옛날 큰 것을 이룬 사람을 자못 흠모했었지요. 지금에 이르러 부족한 모습을 스스로 보면서, 평소의 소망을 가득 이루지는 못할 것을 안 지가 오래 되었습니다. 위로는 정성과 현명을 발휘하거나 덕행을 이루어 공자의 불빛을 후대에 잇게 하지 못했고, 다음으로는 재능있는 자를 면려하고 공력을 일으켜 백성에게 편안함을 안겨주고 불멸의 명성을 드리우지 못했지요. 물러나 아래 대열에서 없는 듯 지냈고 말석에서 묵묵히 있었습니다. 고개를 쳐들고 교만하고 자랑하며 남의 장단점을 말하는 것 역시 선대 성인의 주벌을 무릅쓰는 것이 아니겠습니까? 원래 내가 어떻게 할 수 없는 것으로, 주어진 형세가 그렇게 만든 것이지요. 『곡량전』에서 "마음과 의지가 이미 통했는데 명성과 칭송이 들리지 않으면 친구의 잘못이다"라고 했습니다. 대체로 지혜있는 자를 천거하고 선한 자를 드높이는 것을 성인은 잘못으로 보지 않았습니다. 하물며 귀하는 문장과 행

---

14) 『설원(說苑)』에 나오는 내용이다. 자공이 공자에게 "지금 신하 중 누가 현명합니까?"라고 묻자, 공자는 "나는 아직 모른다. 예전에 제나라에 포숙이 있었고 정나라에 자피가 있었다는 말은 들었다"고 했다. 자공이 "제나라에 관중이 없었고 정나라에 자산(子産)이 없었단 말씀입니까?"라고 묻자, 공자는 "나는 포숙이 관중을 진출시키고 자피가 자산을 진출시켰다는 것을 들었을 뿐, 관중·자산이 진출했다는 것은 듣지 못했다"고 했다.

실이 있고, 앞서 선창하여 칭송하는 자가 이미 있으니, 그 소리를 있는 것을 내가 어찌 빠트릴 수 있으리오! 나머지 거취의 문제에 대해선 귀하가 그때그때 살펴볼 따름이지요. 이만 줄입니다. 종원 올림.

二十八日宗元白 : 前時所枉文章, 諷讀累日, 辱致來簡, 受賜無量. 然竊觀足下所以殷勤其文旨者, 豈非深寡和之憤, 積無徒之歎, 懷不能已, 赴訴於僕乎? 如僕尙何爲者哉! 且士之求售於有司, 或以文進, 或以行達者, 稱之不患無成. 足下之文, 左馮翊崔公先唱之矣, 秉筆之徒由是增敬; 足下之行, 汝南周潁客又先唱之矣, 逢掖之列亦以加慕. 夫如是, 致隆隆之譽不久矣, 又何戚焉?

古之道, 上延乎下, 下倍乎上, 上下洽通, 而薦能之功行焉. 故天子得宜爲天子者, 薦之於天; 諸侯得宜爲諸侯者, 薦之於王; 大夫得宜爲大夫者, 薦之於君; 士得宜爲士者, 薦之於有司. 薦於天, 堯、舜是也; 薦於王, 周公之徒是也; 薦於君, 鮑叔牙、子罕、子皮是也; 薦於有司而專其美者, 則僕未之聞也, 是誠難矣. 古猶難之, 而況今乎? 獨不得與足下偕生中古之間, 進相援也, 退相拯也, 已乃出乎今世, 雖王林國、韓長孺復生, 不能爲足下抗手而進, 以取僇笑, 矧僕之齷齪者哉! 若將致僕於奔走先後之地而役使之, 則勉充雅素, 不敢告憊.

嗚呼! 始僕之志學也, 甚自尊大, 頗慕古之大有爲者. 汩沒至今, 自視缺然, 知其不盈素望久矣. 上之不能交誠明, 達德行, 延孔氏之光燭于後來; 次之未能勵材能, 興功力, 致大康于民, 垂不滅之聲. 退乃倀倀於下列, 呫呫於末位. 俛仰驕矜, 道人短長, 不亦冒先聖之誅乎? 固吾不得已耳, 樹勢使然也. 穀梁子曰 : "心志旣通, 而名譽不聞, 友之過也." 蓋擧知揚善, 聖人不非. 況足下有文行, 唱之者有其人矣, 繼其聲者, 吾敢闕焉! 其餘去就之說, 則足下觀時而已. 不悉. 宗元白.

답엄후여수재논위사도서(答嚴厚輿秀才論爲師道書 : 스승이 되는 것에 대해 논하여 엄후여 수재에게 답하는 편지)[15]

25일, 아무개가 풍익 엄생 귀하에게 보냅니다. 귀하의 편지를 받으니, 스승이 되는 것에 대한 말을 하면서, 내가 지은 「사우잠(師友箴)」(제19권)과 「답위중립(논사도)서(答韋中立(論師道)書)」(제34권)를 괴이하게 여기고, 스승이 되지 않으려는 나의 뜻을 변화시키는 동시에 자기를 굽혀 제자가 되려고 했지요. 내가 쓴 두 글은 그 내용이 결국 다르지 않습니다. 내가 피하는 것은 이름이요, 염려하는 것은 그 실체이니, 실체는 하루라도 잊어서는 안되지요. 나는 그저 노래로 만들어 잠언으로 삼고, 행실에서 또한 중도를 찾아서 자기에게 보태지게 하고, 삼가고 조심하며 감히 게을리하지 않고, 또한 감히 스스로 남의 스승이 될만한 점이 있다고 여기지 않을 따름이지요. 이름 같은 것은 바야흐로 각박한 세상으로부터 비웃음 당하고 욕만 먹게 되어, 나는 원래 여리고 겁 많아 더욱 감당하지 못합니다. 안으로는 실행하기에 부족하고 밖으로는 감당하기에 부족하여, 많은 사람들이 비록 간절하게 찾아와 부탁을 해도, 귀하 같으면 어떻게 하겠는지요? 실체의 요점은 두 글에 담긴 것이 전부이니, 귀하는 자세히 읽어보기 바라고, 내 견해는 그 이상이 없습니다.

귀하가 말한 중니의 설이 어찌 쉽겠습니까? 중니는 배울 대상이 될 수는 있어도 그처럼 행할 수는 없습니다. 학문이 지극한 것이 바로 중니지요. 아직 지극하지 않으면서 중니의 일을 행하려고 하면, 마치 송 양공(襄公)이 패업을 좋아하다 나라를 망쳐 마침내 화살에 맞아 죽은 것과 같지요.[16] 중니가 어찌 쉽겠습니까? 마융(馬融)・정현(鄭玄) 두 사람 같은 경우

---

15) 본편은 「답위중립논사도서(答韋中立論師道書)」(제34권), 「보원군진수재피사명서(報袁君陳秀才避師名書)」(제34권) 등과 모두 같은 취지에서 썼다. 대체로 스승이라는 명칭은 감히 받아들일 수 없다는 내용이다. 「송엄공황하제서(送嚴公貺下第書)」가 문집에 있는데, 혹시 엄후여가 엄공황은 아닌가 추측해본다.

는 단지 문장의 스승일 따름입니다. 지금 세상에는 문장의 스승이 참으로 적지 않습니다만, 저는 그런 사람이 못됩니다. 귀하가 하고자 한다면 즐겁게 귀하에게서 기대를 거는 사람입니다. 도를 말하고, 옛날을 강론하고, 문사(文辭)를 탐구하여 스승이 되는 것이야말로 진정 우리의 일이지요. 나는 재능과 용기가 한유만 못하기 때문에 또한 남의 스승이 되지 않으려 합니다. 사람이 보는 시각은 같을 수도 다를 수도 있으니, 귀하는 한유를 예로 들어 나를 책하지 말기 바랍니다. 그러나 내가 수많은 사람을 모두 거절한다고 하면, 이 또한 잘못이지요. 내가 거절하는 것은 스승이니 제자니 하는 이름이니, 그 예(禮)를 감당할 수 없기 때문입니다. 만약 도를 말하고, 옛날을 강론하고, 문사를 탐구하는 문제를 가지고 찾아와 내게 물으면, 내가 어찌 눈을 부릅뜨고 입을 다물고만 있겠는가?

여경숙(呂敬叔)은 내가 믿고 아끼는 사람으로,[17] 지금 그 사람을 볼 수 없으니, 또한 감히 그 말을 무시할 수는 없습니다. 귀하의 글은 매우 멀리까지 탁 트여서 휘이휘이 큰 길을 열면서 빠르게 달리는 듯합니다. 수레를 잘 손질하고, 말을 살찌우고, 채찍을 길게 하고, 여섯 고삐를 잘 조절해서, 중도(中道)를 통하여 대도(大都)로 가면 되니, 이를 버리고 또한 무엇을 스승으로 삼으려는지요? 도를 아는 자에게 자주 묻고 옛것을 살펴보면 스승이 적지 않습니다. 혹시 자주 찾아와서 종일토록 귀하와 말하게 되면, 감히 게을리 하지 않을 것이요, 감히 아끼지 않을 것이요, 감히 함부로 하지 않을 것입니다. 명분을 떠나되 실체를 온전히 지켜, 자기에게 남는 것과 상대방이 모자라는 것을 바꾼다면, 이 역시 서로 사귀며 스승이 될 수 있을 것입니다. 이와 같이 하면 세속의 비난을 받지 않으면서 자신에겐 유익함이 있을 것이니, 고금을 통하여 도를 좋아하면서 이를 피한 사람은 없었지요. 종원 올림.

---

16) 『좌전』 의공 22년, 송공(宋公)과 초 사람들이 홍(泓)에서 싸웠다. 송의 군대는 패하고 송공은 다리에 부상을 입었다. 23년 5월 사망하였으니, 홍에서의 부상 때문이었다.
17) 여공(呂恭)의 자가 경숙이다.

二十五日某白, 馮翊嚴生足下: 得生書, 言爲師之說, 怪僕所作師友箴
與答韋中立書, 欲變僕不爲師之志, 而屈己爲弟子. 凡僕所爲二文, 其卒
果不異. 僕之所避者名也, 所憂者其實也, 實不可一日忘. 僕聊歌以爲箴,
行且求中以益己, 慄慄不敢暇, 又不敢自謂有可師乎人者耳. 若乃名者,
方爲薄世笑罵, 僕脆怯, 尤不足當也. 內不足爲, 外不足當, 衆口雖懇懇見
迫, 其若吾子何? 實之要, 二文中皆是也, 吾子其詳讀之, 僕見解不出此

吾子所云仲尼之說, 豈易耶? 仲尼可學不可爲也. 學之至, 斯則仲尼矣;
未至而欲行仲尼之事, 若宋襄公好霸而敗國, 卒中矢而死. 仲尼豈易言
耶? 馬融、鄭玄者, 二子獨章句師耳. 今世固不少章句師, 僕幸非其人. 吾
子欲之, 其有樂而望吾子者矣. 言道、講古、窮文辭以爲師, 則固吾屬事.
僕才能勇敢不如韓退之, 故又不爲人師. 人之所見有同異, 吾子無以韓責
我. 若曰僕拒千百人, 又非也. 僕之所拒, 拒爲師弟子名, 而不敢當其禮者
也. 若言道、講古、窮文辭, 有來問我者, 吾豈嘗瞋目閉口耶?

敬叔吾所信愛, 今不得見其人, 又不敢廢其言. 吾子文甚暢遠, 恢恢乎其
闢大路將疾馳也. 攻其車, 肥其馬, 長其筴, 調其六轡, 中道之行大都, 捨是
又奚師歟? 亟謀於知道者而考諸古, 師不乏矣. 幸而亟來, 終日與吾子言,
不敢倦, 不敢愛, 不敢肆. 苟去其名, 全其實, 以其餘易其不足, 亦可交以爲
師矣. 如此, 無世俗累而有益乎己, 古今未有好道而避是者. 宗元白.

보원군진수재피사명서(報袁君陳秀才避師名書 : 스승이라는 명칭을 피하며 원수재에게 답하는 편지)[18]

수재 귀하. 나는 스승이라는 명칭을 피한 지 오래 되었습니다. 예전에 수도에 있을 때, 내 집에 찾아오는 후학들이 하루에 수십 명 될 때가 있어서, 나는 감히 그들이 찾아온 뜻을 헛되게 하지 못해, 장점이 있으면 반드시 내세워주고, 부족한 점이 있으면 반드시 가르쳐주었지요. 비록 그러긴 했지만, 당시 스승이라거나 제자라거나 하지는 않았습니다. 그렇게 하기를 좋아하지 않은 것은 스승이 되는 것이 잘못이라거나 제자가 되는 것이 죄라고 여겨서 그런 것은 아닙니다. 두 가지 이유가 있었기 때문에 그러지 못한 것이지요. 스스로 보기에 스승이 되기에 충분하지 못하다는 것이 첫 번째입니다. 세상에 오랫동안 스승이니 제자니 하는 관례가 없는데 결단코 하려고 했다가 비난당하고 죄악시되는 것이 두려워서 하지 못한 것이 두 번째입니다. 대강의 내용은 위중립에게 답하는 편지에서 자세히 밝혔고, 지금 이미 보냈으니, 함께 보기 바랍니다.

수재의 외모가 매우 견실하고 언사가 매우 강건하여, 내가 처음 볼 때부터 본래 수재를 남달리 보았는데, 두 글을 보기에 이르러 더욱 남달리 보았습니다. 비록 수도에 있을 때 하루에 수십 명이 찾아왔다 하나, 누가 수재보다 나았겠습니까? 전에 이미 수재는 큰 인물이 될 것이라고 인정하여, 내 마음을 본래 비워두었는데, 또한 어찌 편지에서 이러쿵저러쿵 말하겠습니까! 가을 바람이 더욱 높아지고 더위는 더욱 사그라드니, 함

---

18) 본편은 유종원을 스승으로 모시고자 하는 원수재에게 답하는 편지이다. 스승으로 모시려는 사람들에 대한 유종원의 입장을 보여준 대표적 편지는 「답위중립논사도서」인데, 이 편지에서도 역시 남의 스승으로 나서기를 꺼리는 일관된 입장을 보인다. 그러나 스승이라는 간판을 피하는 것일 뿐, 실제로는 제자를 대하는 마음으로 자상하고 진지하게 조언하는 것을 볼 수 있다. 그밖에 같은 취지의 편지로 바로 앞의 「답엄후여수재논위사도서」가 있다.

께 만나 많은 얘기 하면 될 듯합니다. 수재가 때때로 자문을 해오면 나
도 안에 있는 것을 감히 아끼지 않겠습니다.

대체로 문장은 행실을 근본으로 해서, 먼저 그 안을 충실히 하는 것에
달려 있습니다. 그 외적인 것으로는 마땅히 먼저 육경을 읽어야 하고, 다음
으로 『논어』·『맹자』도 모두 경전의 말이지요 『좌전』·『국어』·『장자』·
굴원의 『초사』에서도 조금씩 취해야 합니다. 『곡량전』·『사기』는 매우 준
엄하고 결백하여, 읽을 만합니다. 나머지 책이나 문장은 다음에 얘기하
도록 하지요 그 귀착점은 결국 공자를 벗어나지 않으니, 이는 옛날 현자
들이 변함없이 따른 바입니다. 공자의 도를 추구하는데, 다른 책에서는
안됩니다. 수재께서 도에 뜻을 두셨다면, 괴이한 것을 찾지 말고, 잡다한
것을 찾지 말고, 속히 드러나려고 애쓰지 마십시오 도가 이루어진다면
문장에 생기가 돌고, 오래 되면 무성해질 뿐입니다. 근원이 깊이 흐르는
물은 가뭄이 들어도 마르지 않고, 곡식을 쌓아둔 사람은 흉년을 걱정하
지 않고, 주옥을 쌓아둔 사람은 굶어죽을 걱정을 하지 않습니다. 그렇다
면 도를 이루고 오래 유지한다는 이 방법이 최선임을 알 수 있습니다.
비록 공자가 살아 있어서 수재를 위하여 조언한다 해도 이 이상은 없을
것입니다. 이만 줄입니다. 종원 올림.

秀才足下：僕避師名久矣. 往在京都, 後學之士到僕門, 日或數十人,
僕不敢虛其來意, 有長必出之, 有不至必怎之. 雖若是, 當時無師弟子之
說. 其所不樂爲者, 非以師爲非, 弟子爲罪也. 有兩事, 故不能：自視以爲
不足爲, 一也；世久無師弟子, 決爲之, 且見非, 且見罪, 懼而不爲, 二也.
其大說具答韋中立書, 今以往, 可觀之.

秀才貌甚堅, 辭甚强, 僕自始覿, 固奇秀才, 及見兩文, 愈益奇. 雖在京
都, 日數十人到門者, 誰出秀才右耶? 前已畢秀才可爲成人, 僕之心固虛
矣, 又何鯤鵬互鄉於尺牘哉! 秋風益高, 暑氣益衰, 可偶居卒談. 秀才時見
否, 僕有諸內者不敢愛惜.

大都文以行爲本, 在先誠其中. 其外者當先讀六經, 次論語、孟軻書, 皆經言; 左氏、國語、莊周、屈原之辭, 稍采取之; 穀梁子、太史公甚峻潔, 可以出入; 餘書俟文成異日討也. 其歸在不出孔子, 此其古人賢士所懷懍者. 求孔子之道, 不於異書. 秀才志於道, 愼勿怪、勿雜、勿務速顯. 道苟成, 則懇然爾, 久則蔚然爾. 源而流者歲旱不涸, 蓄穀者不病凶年, 蓄珠玉者不虞殍死矣. 然則成而久者, 其術可見. 雖孔子在, 爲秀才計, 未必過此. 不具. 宗元白.

답위형시한유상추이문묵사서(答韋珩示韓愈相推以文墨事書 : 한유의 추천서를 보여주며 글을 배우려는 위형에게 답하는 편지)¹⁹⁾

귀하가 동봉해 보여준 한퇴지의 편지에서 글을 잘 쓴다는 명성을 나에게 양보하고 싶다면서 또한 귀하를 독려하라고 했군요 한퇴지와 같은 재능은 나보다 몇 등급 훨씬 뛰어나니, 내게 양보하는 것은 적절치 않으며, 사실이 아님을 알 수 있고, 그저 말만 그렇게 한 것일 뿐이지요 한퇴지가 존경하는 자는 사마천·양웅입니다. 사마천과 한퇴지는 참으로 막상막하입니다. 그러나 양웅의 경우, 「태현(太玄)」·「법언(法言)」 및 「사수부(四愁賦)」 같은 글은 한퇴지가 다만 아직 쓰지 않았을 뿐이지, 쓰기로 결심만 한다면 훨씬 뛰어날 것이며, 다른 글도 양웅을 훨씬 뛰어넘지요 양웅의 글은 그 언사와 의미가 상당히 국한되고 껄끄러워, 한퇴지처럼 거침

---

19) 본편은 한유의 추천서를 동봉하여 지도를 부탁한 위형에게 답장한 편지이다. 본문에서 언급한 내용이 담긴 한유의 편지가 문집에 전하지 않아, 여기서 대략만 볼 수 있을 뿐이다. 위형은 위하경(韋夏卿)의 조카, 위정경(韋正卿)의 아들이다. 위하경은 역사서에 전기가 있고, 위정경은 전기에 부록으로 나온다. 위형은 연표에 실려 있다. 위형에게 보낸 시도 있다.

없이 마음대로 쓰지 못했지요. 그렇다면 양웅이 온다고 해도 양보하지 않는 것이 마땅한데, 하물며 내게 양보하겠습니까? 그는 남의 좋은 점 칭찬을 잘하는데, 자기를 굽히지 않으면 남의 선을 칭찬할 수 없다고 여기기 때문에 그렇게 말했을 뿐입니다. 귀하는 그의 말을 믿지 말기 바랍니다.

또한 귀하는 의지와 기개가 높고, 『남사(南史)』·『북사(北史)』등의 역사서를 읽기 좋아하고, 우리 왕조의 일에 정통하고, 고금을 꿰뚫고 있어서, 이후에 능가할 수 있는 사람이 없을 것입니다. 그런데 나는 유치하고 어리석어 끝내 이룬 것도 없이 그저 붓에 먹이나 찍어서 끄적거리는 하찮은 일만 하고 있습니다. 지금 한퇴지가 귀하더러 나를 독려하게 하지 않고 도리어 나더러 귀하를 독려하라고 하다니, 더욱 마땅하지 않은 일이지요. 그러나 편지의 전체적 내용은 귀하가 스스로를 억제하여 세상 일에 어울리도록 하는 것이 마땅하다는 것으로, 나도 역시 이 이상의 말을 해줄 수는 없습니다. 귀하는 나이가 매우 젊고, 알아주는 사람도 실타래처럼 많으므로, 세상에 알려지지 않을까 염려하지 말고, 도를 세우지 못할까만 염려하면 될 것입니다. 이는 내가 스스로를 독려하는 것이면서, 또한 한퇴지를 도와 이로써 귀하를 독려하고자 합니다. 이만 줄입니다. 종원 올림.

足下所封示退之書, 云欲推避僕以文墨事, 且以勵足下. 若退之之才, 過僕數等, 尙不宜推避於僕, 非其實可知, 固相假借爲之辭耳. 退之所敬者, 司馬遷、揚雄. 遷於退之, 固相上下. 若雄者, 如太玄、法言及四愁賦, 退之獨未作耳, 決作之, 加恢奇, 至他文過揚雄遠甚. 雄文遣言措意, 頗短局滯澁, 不若退之猖狂恣睢, 肆意有所作. 若然者, 使雄來尙不宜推避, 而況僕耶? 彼好獎人善, 以爲不屈己, 善不可獎, 故慊慊云爾也. 足下幸勿信之.

且足下志氣高, 好讀南、北史書, 通國朝事, 穿穴古今, 後來無能和. 而僕稚騃, 卒無所爲, 但趑趄文墨筆硯淺事. 今退之不以吾子勵僕, 而反以僕勵吾子, 愈非所宜. 然卒篇欲足下自挫抑, 合當世事以固當, 雖僕亦知

無出此. 吾子年甚少, 知己者如麻, 不患不顯, 患道不立爾. 此僕以自勵,
亦以佐退之勵足下. 不宣. 宗元頓首再拜.

답공사요유방논문서(答貢士廖有方論文書 : 문장에 대해 논하여 공
사 요유방에게 답하는 편지)[20]

3일, 종원 보냅니다. 수재의 편지를 받아보고, 내가 서문을 써주길 바란
다는 것을 알게 되었지요. 그러나 나는 글을 쓰는 게 참으로 쉽지 않습
니다. 수재에겐 내가 감히 아낄 수 없지요. 내가 수도에 있을 때, 글로써
후배를 총애하길 좋아했고, 후배 중 내 글을 통해서 이름이 알려진 자도
또한 적지 않았지요. 배척당해 쫓겨나서 금고를 당한 이후, 경박한 소인
들에게 더욱 시끄럽게 구설수에 오르고, 끼리끼리 무리지어 한층 더욱
꾸며대는 것이 말할 수도 없이 많아, 당권자들 모두 내가 거듭거듭 두터
이 오물을 뒤집어썼다고 여겨, 나를 떠나 멀리 하려고 했지요. 지금 내
스스로 이걸 고려하지 않고 수재의 글에 서문을 쓰면, 수재는 이로써 예
전의 잇점을 얻는 바도 없고, 뒷날 누만 받게 될지도 모르니, 나는 이것
이 두렵습니다. 깨끗하게 성장(盛裝)하고 벽에 진흙을 바르는 자와 함께
있는다면, 또한 무슨 의지가 되겠습니까? 그러나 수재의 정성과 열성을
보건대, 뜻이 매우 장구하고 원대하여, 일순간도 개인적 이익을 위하지
않고 문아(文雅)를 이루고자 하니, 내가 어찌 감히 사양하겠습니까? 마땅
히 수재를 위해 말을 해야지요. 그러나 지금 세상에서 너무 눈에 띄는

---

20) 본편은 요유방이라는 사람이 자신의 시문을 모은 것에 서(序)를 써달라고 유종원에
    게 부탁하자 그에 답하는 글이다. 수락을 하기는 하지만, 섣불리 자신의 재능을 내보
    여서 또 구설수에 오르게 되지나 않을까 전전긍긍하는 심정이 담겨 있다.

바가 없고 세속의 선동을 당하지 않는 것으로 보여주어야 합니다. 수재에게 누가 되는 바가 없고 또한 내게 욕이 더해지지 않도록 하는 것, 이보다 더 나은 계책은 없지요. 만약 과연 이럴 수 있다면 나의 쓸모없는 말이나마 해보지요. 종원 보냄.

三日, 宗元白 : 自得秀才書, 知欲僕爲序. 然吾爲文, 非苟然易也. 於秀才, 則吾不敢愛. 吾在京都時, 好以文寵後輩, 後輩由吾文知名者, 亦爲不少焉. 自遭斥逐禁錮, 益爲輕薄小兒譁囂, 羣朋增飾無狀, 當途人率謂僕垢汙重厚, 擧將去而遠之. 今不自料而序秀才, 秀才無乃未得嚮時之益, 而受後事之累, 吾是以懼. 潔然盛服而與負塗者處, 而又何賴焉? 然觀秀才勤懇, 意甚久遠, 不爲頃刻私利, 欲以就文雅, 則吾曷敢以讓? 當爲秀才言之. 然而無顯出於今之世, 視不爲流俗所扇動者, 乃以示之. 旣無以累秀才, 亦不增僕之訴罵也, 計無宜於此. 若果能是, 則吾之荒言出矣. 宗元白.

답공사소찬욕상사서(答貢士蕭纂欲相師書 : 스승으로 모시려는 공사 소찬에게 답하는 편지)[21]

12일, 종원 보냅니다. 예전에 경적을 이고 지고 향촌 집으로 물러나 숨어 살며, 몽매하고 비루함을 지키며 앉아서 스스로 옹색하게 지낸 적이 있지요. 뜻밖에 귀하가 기억을 해주어, 멀리서 편지를 보내 문안하고, 고명한 글까지 보여주어, 지식과 생각이 열리게 해주었지요. 그런데 또 나를 종사(宗師)의 위치로 지나치게 높여주고 내게 무슨 산이라는 호칭까지

---

21) 본편 역시 스승으로 모시고 싶다는 소찬의 요청을 완곡하게 거절하는 내용이다.

붙여주셨으니, 식은땀이 흐르고 땅에 엎드려 어디로 숨어야 할지 알지를 못하겠으니, 너무 지나치신 듯합니다.

예전에 귀하의 「관종성명(灌鍾城銘)」이란 글을 보고, 명망있는 사람에게 보여주어 일깨웠던 적이 있어, 나는 항상 무안하게 분수에 넘친 게 부끄러웠지요. 지금 귀하의 편지를 보니, 진심과 성의가 두터이 갖춰져, 마치 내가 칭찬해주기를 바라는 듯한데, 이는 본래 원했던 거지요. 보내준 글을 자세히 보니, 기뻐서 가슴이 탁 트이는 것 같은데, 어쩜 그리 남긴 뜻이 넓고 크고 문채가 화려한지요! 동년배의 대열에서 북을 치며 행진해 나아가는데, 이는 그 중 창처럼 앞장선 것이라고 할 수 있지요. 모든 것을 내게 보여주니, 내게 도움된 점이 아주 큽니다. 고개 숙여 살펴보니, 스스로 스승이라고 할 만한 자질이 없으니, 아무리 둘러보아도 무슨 덕이 있어서 그걸 감당하겠습니까! 게다가 또 무성한 잡풀을 제거하듯 가르쳐달라고 했는데, 이는 매우 적절하지 않은 것이어서, 나는 감히 들어줄 수 없습니다. 그밖의 내용은 말씀하신대로 따르지요. 종원 올림.

十二日宗元白 : 始者負戴經籍, 退跡野廬, 塊守蒙陋, 坐自壅塞. 不意足下曲見記憶, 遠辱書訊, 貺以高文, 開其知思. 而又超僕以宗師之位, 貸僕以丘山之號, 流汗伏地, 不知逃匿, 幸過厚也.

前時獲足下灌鍾城銘, 竊用唱導於聞人, 僕常板然, 羞其僭踰. 今覽足下尺牘, 慇懃備厚, 似欲僕贊譽者, 此固所願也. 詳視所貺, 曠然以喜, 是何旨趣之博大, 詞采之蔚然乎! 鼓行於秀造之列, 此其戈矛矣. 擧以見投, 爲賜甚大. 俯仰忖度, 不自謂宜, 顧視何德而克堪哉! 且又教以芸其蕪穢, 甚非所宜, 僕不敢聞也. 其他唯命. 宗元白.

보최암수재논위문서(報崔黯秀才論為文書 : 문장 쓰는 것에 대해 논하여 최암 수재에게 답하는 편지)[22]

최생 귀하. 보내신 편지와 문장을 받아보니, 말의 뜻이 아주 높고, 지향하고 추구하는 것이 평범하지 않아, 참으로 성인의 말에 뜻을 두고 있더군요. 그러나 성인의 말은 도를 밝히기 위한 것이니, 배우는 사람은 도에서 찾아서 문사를 남기는 것에 힘씁니다. 문사가 세상에 전해지는 것은 반드시 서법을 통해서입니다. 도는 문사를 빌어 밝혀지고, 문사는 서법을 빌어 전해지니, 요컨대 도를 향해 갈 따름이지요. 도가 미치는 것은 만물에 미치는 것일 따름으로, 이는 도의 내실을 취하는 것입니다. 지금 세상에는 문사를 귀하게 여기고 서법을 자랑함으로 인하여, 치장하고 윤기있게 하는 것을 솜씨있다 하고, 기운차고 강경하게 하는 것을 잘한다고 생각하니, 또한 외적인 게 아니겠습니까? 귀하가 말하는 도는 문사 아니면 서법이요, 내게 바라는 것 또한 문사 아니면 서법이니, 이 또한 만물에 미치는 도에서 더욱 멀어지는 것이 아닙니까? 나는 일찍이 성인의 도를 배워, 몸은 비록 궁지에 처해도, 뜻은 끊임없이 추구하여, 옛 도에 대해 말할 수 있기를 바랐습니다. 귀하와 같은 지역에 살지 않아 서로 입을 닫고 아무것도 주고받을 수 없는 것이 한스럽습니다. 귀하의 문장을 보면, 수사(秀士)로부터 성인의 설까지 통할 수 있습니다. 지금 귀하가 도에서 추구하는 것이 외적인 것이고, 내게 바라는 것은 더욱 외적인 것이니, 얼마나 안타깝습니까! 나는 그만두고라도, 이는 그대가 수천리 먼 길에 버려진 사람을 저버리지 않은 뜻을 어기는 것이니, 그래서 다시 말할 따름입니다.

---

22) 본편은, 최암이 자기 글을 평가해달라고 유종원에게 보낸 듯, 이에 답장하는 내용이다. 문사(文辭)를 화려하게 꾸미기보다 글을 쓰는 자세라고 할 수 있는 도(道)를 갖추는 것이 최우선 요건임을 신랄하게 피력하는 내용이다. 최암은 『신당서』에 전기가 전하는데, 최녕(崔寧)의 막내아우 최밀(崔密)의 손자로, 나중에 진사에 발탁되었다.

사람이 문사를 좋아하고 서법에 공들이는 것은 모두 병에 속하지요. 나는 불행히도 일찌감치 두 병을 얻었습니다. 도를 배운 이래, 날마다 침 놓고 뜸 뜨고 공격을 하고 부항을 떠서 제거하려고 생각했지만 끝내 제거하지 못해서 심장에 아주 단단히 얽혀 있어, 잠시나마 잊고 싶어도 그러지 못해, 항상 스스로 통한스러워했지요. 지금 귀하가 이에 비로소 내 병과 바꾸려고 하니, 또한 미혹이 아닐른지요? 이는 원래 몸 속에 병인이 잠재되고 쌓였다가 귀하의 내장에 들어붙었으면서도 편안하게 생각하고 깨닫지 못하니, 가련하지 않습니까? 결국 나와 무엇이 다른 건가요? 똑같은 두가지 병통이지만, 서법은 더 아래이고, 귀하의 뜻은 또한 더 아래이니, 귀하의 병은 또 더 심각하니, 귀하는 기예에 치우쳤습니다.

나는 일찍이 심복에 병이 든 사람을 본 적이 있는데, 토탄을 삼키고 싶어하고 신 것 짠 것을 좋아하여, 얻지 못하면 크게 슬퍼했지요. 그를 친애하는 사람이 그가 슬퍼하는 것을 차마 보지 못해, 찾아서 주었답니다. 귀하의 뜻을 보니, 역시 이미 슬퍼하고 있습니다. 내가 비록 아직 귀하를 친애하지는 않지만, 역시 찾아준 성의를 중시하여, 차마 두고 보지 못하는 점이 있지요. 참으로 내 토탄 신 것 짠 것을 나눠주고 싶으니, 내가 감히 아끼는 건 아니라도, 다만 너무 멀리 있어 말로는 증명이 안될 테니, 언젠가 마주하기를 기다려, 내 상황을 펼쳐놓도록 하지요. 아직 서로 대면하지 못했으니, 우선 훌륭한 의원을 구하여 처방을 내려 그치게 하는 것이 좋습니다. 진정 그치게 한다면 아주 좋고, 만물에 미치는 도가 전문적이고 쉽게 통할 수 있습니다. 만약 쌓이고 맺힌 게 이미 굳어져서 의사도 그치게 할 수 없으면, 서로 만나게 될 때를 기다렸다가 내가 귀하에게 반드시 나누어 맛보게 하겠습니다. 이만 줄입니다. 종원 올림.

崔生足下: 辱書及文章, 辭意良高, 所嚮慕不凡近, 誠有意乎聖人之言. 然聖人之言, 期以明道, 學者務求諸道而遺其辭. 辭之傳於世者, 必由於書. 道假辭而明, 辭假書而傳, 要之, 之道而已耳. 道之及, 及乎物而已耳,斯取道之內者也. 今世因貴辭而矜書, 粉澤以爲工, 遒密以爲能, 不亦外乎? 吾子之所言道, 匪辭而書, 其所望於僕, 亦匪辭而書, 是不亦去及物之道愈以遠乎? 僕嘗學聖人之道, 身雖窮, 志求之不已, 庶幾可以語於古. 恨與吾子不同州部, 閉口無所發明. 觀吾子文章, 自秀士可通聖人之說. 今吾子求於道也外, 而望於余也愈外, 是其可惜歟! 吾且不言, 是負吾子數千里不棄朽廢者之意, 故復云爾也.

凡人好辭工書者, 皆病癖也. 吾不幸蚤得二病. 學道以來, 日思砭鍼攻熨, 卒不能去, 纏結心腑牢甚, 願斯須忘之而不克, 竊嘗自毒. 今吾子乃始欽欽思易吾病, 不亦惑乎? 斯固有潛塊積瘕, 中子之內藏, 恬而不悟, 可憐哉! 其卒與我何異? 均之二病, 書字益下, 而子之意又益下, 則子之病又益篤, 甚矣, 子癖於伎也.

吾嘗見病心腹人, 有思啗土炭, 嗜酸鹹者, 不得則大戚. 其親愛之者不忍其戚, 因探而與之. 觀吾子之意, 亦已戚矣. 吾雖未得親愛吾子, 然亦重來意之勤, 有不忍矣. 誠欲分吾土炭酸鹹, 吾不敢愛, 但遠言其證不可也, 俟面乃悉陳吾狀. 未相見, 且試求良醫爲方已之. 苟能已, 大善, 則及物之道, 專而易通. 若積結旣定, 醫無所能已, 幸期相見時, 吾決分子其啗嗜者. 不具. 宗元白.

답오수재사시신문서(答吳秀才謝示新文書 : 새로 지은 글을 보여준 것에 감사하면서 오수재에게 답하는 편지)[23]

아무개가 보냅니다. 얼마 전에 수재의 편지와 문장을 받아보았는데, 지난번 보내준 것보다 아주 훨씬 훌륭하니, 축하합니다, 축하합니다! 수재는 문장을 쓰는 것에 뜻을 두고, 또한 족부(族父) 계신 곳에 있으면서, 밤낮으로 노력하니, 어찌 날마다 새롭고 또 새로워지지 않을까 염려할 필요가 있겠습니까? 비록 마주 대하지는 못하지만, 글이 날로 새로워진다면 마치 자주 보는 것이나 마찬가지입니다. 문장을 보는 것은 마치 저울에 물건을 다는 것과 같아서, 추를 더 보태면 아래로 향하고, 반대로 하면 위로 향하여, 임의로 할 수가 없습니다. 수재는 진실로 내가 아래로 향하게 하고 싶습니까? 그렇다면 글을 더욱 무겁게 하는 것이 가장 좋습니다. 지금 수재가 더 보탠 것을 보니 단지 저울추 한 덩이뿐이 아니어서, 나는 정말 엎드려 아래로 향했습니다. 더욱 무거워진다면 나는 더욱 아래로 향할 것이니, 수재는 더욱 더 노력하기 바랍니다! 그치지 않고 계속 늘어나, 내 머리가 땅에 닿게 되지나 않을까 염려되거늘, 어찌 자주 만나지 못하는 것을 염려할 필요 있을까요? 제대로 답장이 되었는지 모르겠습니다. 종원 올림.

某白 : 向得秀才書及文章, 類前時所辱遠甚, 多賀多賀. 秀才志爲文章, 又在族父處, 早夜孜孜, 何畏不日日新又日新也. 雖間不奉對, 苟文益日新, 則若亟見矣. 夫觀文章, 宜若懸衡然, 增之銖兩則俯, 反是則仰, 無可私者. 秀才誠欲令吾俯乎? 則莫若增重其文. 今觀秀才所增益者, 不啻銖

---

23) 본편은 오수재의 글솜씨에 진보가 있음을 비유적으로 표현한 편지이다. 오수재는 오무릉(吳武陵) 집안의 청년으로 보이는데, 그 역시 유종원에게 문장 지도를 종종 부탁했던 듯하다.

兩, 吾固伏膺而俯矣. 愈重, 則吾俯滋甚, 秀才其懋焉! 苟增而不已, 則吾首懼至地耳, 又何間疏之患乎? 還答不悉. 宗元白.

복두온부서(復杜溫夫書 : 두온부에게 답하는 편지)[24]

25일, 종원 보냄. 두 달 동안 자네의 편지를 세 번이나 받고, 편지마다 모두 분량이 천 자를 넘었는데, 마치 내가 자네를 칭찬하는 답장을 하지 않은 것을 원망하는 듯하였네. 그렇다면 내가 정말 실수를 한 걸세. 그런데 자네는 또 내게 문장 열 권을 보내주었네. 허! 역시 많더군. 문장도 많이 보내고 편지도 자주 썼는데, 내가 칭찬하는 답장을 하지 않으면, 스스로 위축되는 것도 당연하지. 자네는 질문은 하면서 만나려고는 하지 않는데, 자주 만나고 자주 물으면 결국 아무 말도 없을 수 있겠나?

자네가 쓴 글 열 권은 내가 이미 대략 보았네. 내 자질이 우둔하여 이해하지 못하는 부분이 많았으니, 어찌 감히 옳고 그름을 판단하겠는가? 편지를 보낼 때마다 반드시 나를 주공·공자에 비유했는데, 내가 주공·공자를 어찌 감당하겠는가? 사람을 비유할 때는 반드시 비슷한 부류로 해야 하니, 자네는 곧고 바른 사람으로, 마땅히 아부를 하는 일이 없어야 하는데, 불행히도 내가 주공·공자 같은 부류라고 말하다니, 내가 어찌 해괴하다고 하지 않을 수 있는가? 또한 자네가 패란을 일삼고 허황된 사람이어

---

24) 본편은 두온부에게 답장한 것이다. 두온부 역시 유종원에게 글을 지도해달라고 부탁한 듯, 다만 편지 내용으로 보아 두온부는 유종원을 주공·공자 등에 비유하는 등 아부성 발언이 심했던 듯하다. 유종원은 이 점이 오히려 거북하여 좋지 않은 반응을 보였고, 이는 또한 두온부를 더욱 조급하게 만들었던 것으로 보인다. 답장 내용으로 볼 때, 두온부는 유종원·한유·유우석 등 당시 시문계의 명인들을 두루 찾아다니며 지도를 받으려고 했던 것으로 보인다.

서 아무것도 취할 것이 없을 것 같은 의혹이 일어, 그래서 더더욱 답장을 하지 않았었네. 유주에 와,25) 자사 한 사람 만나서 주공·공자라고 하면, 이제 연주(連州)를 지나고 조주(潮州)를 찾아갈텐데,26) 두 곳에 가면 또 주공·공자 같은 인물이 둘 있고, 경사에 가면 글을 짓고 명성을 날리는 유능한 사람들이 천명을 넘나들테니 또 주공·공자 같은 사람을 천명 만명 얻을 수 있어, 자네의 마음엔 어찌 이리 주공·공자가 많단 말인가!

나는 비록 젊어서부터 글을 썼지만, 스스로 쪼고 다듬지는 못했고, 붓들고 먹 갈아 내키는대로 써내려가서, 할 말을 다 쓰면 멈추었으니, 또한 무슨 사법(師法)이 있었겠나? 할 말을 하고 만물을 묘사할 뿐, 남을 뛰어넘는 것을 추구하지 않았으니, 또한 자네의 재능을 명백히 판별할 수 없네. 다만 자네가 조사를 쓰는 것을 보니 규율에 맞지 않는 점이 있어서, 그저 이에 대해 답장하려 하네. 호(乎)·여(歟)·야(耶)·재(哉)·부(夫)는 의문조사이고, 의(矣)·이(耳)·언(焉)·야(也)는 서술조사일세. 지금 자네는 혼동하여 쓰고 있다네. 마땅히 이전의 이름난 사람들이 사용한 것을 살펴봐서 내 말과 같은지 다른지 살펴봐야 하니, 신중히 생각한다면 한가지 보탬이 될 걸세. 경상자(庚桑子)가 곽촉(藿蠋)과 곡란(鵠卵)에 대해 말한 것을 나는 찬동하네.27) 연주를 방문하고 조주를 찾아간들 결국 무슨 변화가 있을 수 있는가? 그러나 세상에서 지음(知音)을 찾는 사람들이, 일단 그 사람을 만나면, 혹은 글 열 몇 편 써서, 애써 경사로 달려가, 해와 달을 쫓는 것에 급급하고 풍우를 무릅쓰면서 이리저리 그들을 찾아가 구차하게 알아주길 기대하네. 지금 자네는 나이가 그렇게 적지 않은데 형

---

25) 원화 10년(815), 유종원은 영주에서 장안으로 소환되었다가, 곧바로 다시 유주자사로 폄적되었다.

26) 원화 10년(815) 3월, 유우석을 연주자사에 임명했다. 원화 14년(819) 정월, 한유가 조주자사로 폄적되었다.

27) 『장자』 「경상초(庚桑楚)」에 나온다. 경상자가 "나나니벌은 콩잎벌레로 탈피할 수 없고, 월계(越鷄)는 고니 알을 품을 수 없고, 노계(魯鷄)는 본래 할 수 있다"고 말한 것으로, 만물은 각자 다른 쓰임과 역할이 있음을 비유했다.

주(荊州)에서 유주로 왔다가, 유주에서 연주로 길을 잡아 조주까지 방문하려고 하니, 길이 멀고도 험한데 그 뜻은 과연 다름이 있겠는가? 또한 생김새도 의젓하게 장부같고, 보는 것이 바르고 형체가 곧으며 마음에 비뚤어짐이 없으니, 그 자질과 기상이 가능성이 있어, 오직 성실하게 채우기만 하면 될 뿐일세. 성실히 채우는 것이야말로 나 홀로 할 수 있는 것이 아니니, 자네는 원망하지 말게. 두 곳에 자주 방문해서 사법을 취하고 가끔 내 말을 생각한다면, 이는 진정으로 자네를 거부하는 것이 아닐세. 맹자는 "나는 불설지교회(不屑之敎誨) 역시 가르침[敎誨]이라고 생각한다"고 했네.28) 종원 보냄.

二十五日, 宗元白 : 兩月來, 三辱生書, 書皆逾千言, 意若相望僕以不對答引譽者. 然僕誠過也. 而生與吾文又十卷, 噫! 亦多矣. 文多而書頻, 吾不對答引譽, 宜可自反. 而來徵不肯相見, 亟拜亟問, 其得終無辭乎?

凡生十卷之文, 吾已略觀之矣. 吾性駃濘, 多所未甚諭, 安敢懸斷是且非耶? 書抵吾必曰周、孔, 周、孔安可當也? 儗人必於其倫, 生以直躬見抵, 宜無所諛道, 而不幸乃曰周、孔, 吾豈得無駭怪? 且疑生悖亂浮誕, 無所取幅尺, 以故愈不對答. 來柳州, 見一刺史, 卽周、孔之; 今而去我, 道連而謁於潮, 之二邦, 又得二周、孔; 去之京師, 京師顯人爲文詞、立聲名以千數, 又宜得周、孔千百, 何吾生胸中擾擾焉多周、孔哉!

吾雖少爲文, 不能自彫斲, 引筆行墨, 快意累累, 意盡便止, 亦何所師法? 立言狀物, 未嘗求過人, 亦不能明辨生之才致. 但見生用助字, 不當律令, 唯以此奉答. 所謂乎、歟、耶、哉、夫者, 疑辭也; 矣、耳、焉、也者, 決辭也. 今生則一之. 宜考前聞人所使用, 與吾言類且異, 愼思之則一益也. 庚桑子言藿蠋鵠卵者, 吾取焉. 道連而謁於潮, 其卒可化乎? 然世之

28) 『맹자』 「고자(告子) 하」의 말로, 누구를 가르치기가 달갑지 않다는 태도를 보임으로써 오히려 분발하도록 해서 가르친 효과가 나타나도록 하는 것을 '불설지교회(不屑之敎誨)'라고 한다.

求知音者, 一遇其人, 或爲十數文, 卽務往京師, 急日月, 犯風雨, 走謁門戶, 以冀苟得. 今生年非甚少, 而自荊來柳, 自柳將道連而謁於潮, 途遠而深矣, 則其志果有異乎? 又狀貌嶷然類丈夫, 視端形直, 心無歧徑, 其質氣誠可也, 獨要謹充之爾. 謹充之, 則非吾獨能, 生勿怨. 亟之二邦以取法, 時思吾言, 非固拒生者. 孟子曰 : "余不屑之敎誨也者, 是亦敎誨之而已矣." 宗元白.

상문하이이간상공진정서(上門下李夷簡相公陳情書 : 문하시랑 이이간 상공에게 올리는 편지)[29]

모월 모일, 사지절유주제군사수유주자사(使持節柳州諸軍事守柳州刺史) 유종원이 삼가 재배하며 상공 각하에게 편지 올립니다. 저는 삼도(三塗)의 험난한 길을 가다 천 길 낭떠러지 아래로 떨어진 사람의 얘기를 들었습니다만,[30] 그는 길쪽을 올려다보고 소리치며 구해달라고 애원했다고 합니다. 지나가는 사람이 하루에 수천 명이건만 모두 돌아보지 않고 가버렸습니다. 설령 그를 불쌍히 여겨 돌아보는 사람이 있다 해도, 나무를 붙잡고 고개숙여 쳐다보며, 눈쌀을 심히 찌푸리고 한숨만 쉬다가, 한참 후

---

29) 본편은 『유종원집』 제30권에 수록된 편지와 더불어 폄적시 유종원의 처절한 심경을 밝힌 명편의 하나로 손꼽힌다. 이이간은 평소 유종원의 재능을 인정하고 아꼈으나 8사마 사건 이후 자기도 연루될 것을 두려워하여 감히 구명을 지원하지 못한 듯하다. 어느 정도 시간이 흘러서 이이간이 요직에 오르게 되어, 유종원은 이제서야 도움을 요청하는 이 편지를 쓰게 된 것으로 보인다. 『신당서』 이이간 전기에 따르면, 원화 13년(818)에 소환되어 어사대부가 되었고, 문하시랑동중서문하평장사로 승진되었다.

30) 『좌전』 소공(昭公) 4년, 진(晉)의 사마후(司馬侯)가 "사악(四嶽) · 삼도(三塗) · 양성(陽城) · 태실(太室) · 형산(荊山) · 종남(終南)이 구주에서 험한 지역이다"라고 했다. 두씨(杜氏) 주에서, 삼도는 하남 육혼현(陸渾縣) 남쪽에 있다고 했다.

에 가버릴 뿐, 결국 어찌 할 수 없었습니다. 그러나 그 사람은 여전히 끊임없이 길쪽을 올려다보았습니다. 잠시 후 오획(烏獲)처럼 기운이 장사인 듯한 사람이 천 길이나 되는 긴 밧줄을 가지고 천천히 지나갔습니다.[31] 그의 힘은 충분히 그를 구해줄 수 있고 그의 도구는 충분히 그에게 내려줄 수 있는데, 소리쳐 불러도 돌아보지 않고, 돌아보아도 자기 힘으로 어떻게 할 수 없다고 하자, 그 사람은 필히 낭떠러지 아래 큰 골짜기에서 죽으리라는 것을 알았습니다. 무엇 때문이겠습니까? 이때 도저히 만날 수 없는 호기를 다행히 만났으되 그것이 또 자기에게 미치지 않았기 때문이니, 그런 뒤에 운명이 다하고 형세가 다한 것을 알아, 마침내 분하다 소리치며 쓰러져 죽으면서 더 이상 위를 쳐다보지 않았습니다.

제가 예전에는 어리고 마음이 모나서, 지름길로 가서 높은 자리에 앉으려고 하여, 길이 험한 줄을 모르고 가다가 큰 곤경에 빠져서, 막다른 곳에서 넘어져 깊은 낭떠러지에 떨어져, 독방의 죄수처럼 갇혔습니다. 날마다 소리치며 위를 바라본 지도 14년으로, 그동안 돌아보지도 않고 가버렸거나 돌아보되 눈쌀만 심히 찌푸린 사람이 적지 않았습니다. 그러나 여전히 고개들고 목청 높여, 눈을 부릅뜨고 바라보며, '남다른 마음과 능력이 있으며 실권을 가진 사람이 길을 가다 나를 보고 인(仁)을 베풀어주겠지'하고 생각했던 바입니다. 이제 각하께서 인의(仁義)와 정직으로 조정에 들어가 재상의 자리에 앉으시니, 저는 실로 마음을 어루만지고 스스로를 축하하며, 이제야 소망을 이루게 되었다고 생각하였으니, 그래서 감히 이런 글월을 올려 애타는 심정을 토로하는 것입니다. 만약 또 저를 버리고 돌아보지 않으신다면, 깊이 묻혀 엎드려 죽어서, 다시 떨쳐 일어나는 일은 없는 것으로 알겠습니다. 엎드려 바라옵건대 마음을 움직여 주십시오!

제가 죄를 얻고 비방을 당하는 이유를, 각하는 현명하시니 오래 전부터 알고 계셨을 것입니다. 이런저런 번거로운 말을 더 한들 욕되기만 할

---

31) 오획은 진(秦) 무왕(武王) 때 역사(力士)이다.

것입니다. 엎드려 바라옵건대 천 길 낭떠러지에 떨어진 사람의 지난한 곤경을 생각하셔서, 힘센 오획(烏獲)과도 같은 각하의 여력을 베푸시어, 천 길 긴 밧줄을 천 길 아래 낭떠러지에 내려주시어, 분에 넘치는 선처로 부디 제 바람을 이루게 해주십시오 소리치며 기대하는 이의 정성이 효과를 보게 해주시고 분에 떨며 스스로 목숨을 끊지 않게 하신다면 여한이 없겠습니다. 그러면 각하의 문하에서 죽고자 하는 인물들이 앞을 다투어 모여들 것입니다. 일생의 통함과 막힘이 바로 이 서찰 하나로 결정된다고 생각하니, 전신이 떨리고 식은땀이 나는 것을 주체할 수 없습니다. 이만 줄입니다. 종원이 황공스러워 하며 재배 올립니다.

月日, 使持節柳州諸軍事守柳州刺史柳宗元, 謹再拜獻書于相公閣下:
宗元聞有行三塗之艱, 而墜千仞之下者, 仰望於道, 號以求出. 過之者日千百人, 皆去而不顧. 就令哀而顧之者, 不過攀木俯首, 深矉太息, 良久而去耳, 其卒無可奈何. 然其人猶望而不止也. 俄而有若烏獲者, 持長絙千尋, 徐而過焉. 其力足爲也, 其器足施也, 號之而不顧, 顧而曰不能力, 則其人知必死於大壑矣. 何也? 是時不可遇而幸遇焉, 而又不逮乎己, 然後知命之窮, 勢之極, 其卒呼憒自斃, 不復望於上矣.
宗元曩者齒少心銳, 徑行高步, 不知道之艱以陷於大阨, 窮躓殞墜, 廢爲孤囚. 日號而望者十四年矣, 其不顧而去與顧而深矉者, 俱不乏焉. 然猶仰首伸吭, 張目而視曰: 庶幾乎其有異俗之心, 非常之力, 當路而垂仁者耶? 及今閣下以仁義正直, 入居相位, 宗元實拊心自慶, 以爲獲其所望, 故敢致其辭以聲其哀. 若又捨而不顧, 則知沉埋踣斃無復振矣, 伏惟動心焉.
宗元得罪之由, 致謗之自, 以閣下之明, 其知之久矣. 繁言蔓辭, 祇益爲黷. 伏惟念墜者之至窮, 錫烏獲之餘力, 舒千尋之絙, 垂千仞之艱, 致其不可遇之遇, 以卒成其幸. 庶號而望者得畢其誠, 無使呼憒自斃, 沒有餘恨, 則士之死於門下者宜無先焉. 生之通塞, 決在此擧, 無任戰汗隕越之至. 不宣. 宗元惶恐再拜.

제35권 계(啓)

상광주조종유상서진정계(上広州趙宗儒尚書陳情啓 : 광주 조종
유 상서에게 심정을 밝히며 올리는 계)[1]

저는 깊고도 무거운 천벌을 받고 나서 죽지 못해 남은 숨을 헐떡이며
구차히 살면서,[2] 벽지에 깊숙이 처박혀 죄를 기다리며, 저녁에는 어찌

---

[1] 본편은, 비록 편명에서는 조종유에게 올린다고 하였으나, 수신자가 누구인지 확정하
기 어렵다. 조종유의 자는 병문(秉文), 등주(鄧州) 양(穰) 사람으로, 광주(廣州) 절도사가 된
적이 없다. 이 계(啓)에서 "천벌이 깊고 무겁다(天罰深重)"고 한 것으로 보아, 원화(元和)
초기 유종원이 모친상을 당했을 때로 보는 것이 마땅할 듯하다. 원화 원년(806) 4월, 안
남도호(安南都護) 조창(趙昌)을 광주자사·영남절도사로 임명하였으니, 이 계(啓)는 조창
에게 올린 것이 당연한데, 나중에 옮겨적는 과정에서 오류가 있었던 듯하다. 『신당서』
에 따르면, 원화 초기 조종유는 검교예부상서에서 동도유수(東都留守)로 충원되었다가,
세 차례 임지를 옮겨 검교이부상서 형남절도사에 이르렀고, 산남서도(山南西道)·하중
(河中) 두 진을 거쳐 어사대부에 임명되었다가 이부상서로 바뀌었으며, 광주를 다스린
적이 없다. 그런데 유종원은 「송조대수재서(送趙大秀才序)」(제22권)에서도 상

될지 아침에도 잘 모르는 처지로서, 엎드려 찾아뵙고자 해도 길이 없어, 뵙고 싶은 마음 간절하여 어쩔 줄을 모르겠습니다. 엎드려 생각해보면, 제가 처음 어사에 임명되던 날,3) 상서와 두사공께서 먼저 찾아오는 은혜를 베풀어 마을과 집안을 영광스럽게 하시었으니, 내려주신 정을 생각하면 지금까지도 더더욱 황공하기만 할 뿐입니다. 얼마 안 가 함께 어울린 무리의 진퇴에 얽혀 영릉으로 내던져져 갇히고 묶이어 징벌을 받는 처지가 되어, 돌아가 직접 뵙고 모시지 못하게 되었습니다. 궁벽한 곳에서 애처롭고 독기에 곤경을 겪는 것은 사람으로서 극단의 지경에 이르렀건만, 친척과 친구도 모두 저를 잊었거늘 하물며 다른 사람이야 어떻겠습니까! 저녁에 어찌 될지 아침에 알 수 없는 다급한 처지요, 죽으로라도 제대로 끼니를 잊지 못하는 처지에, 그래도 종사(宗祀)가 중한지라 감히 죽지도 못하고 눈치보고 숨을 쉬며, 이미 한동안 세월을 보냈습니다.

덕망과 도량이 크고 넓은 상서의 의로운 명성이 멀리까지 드날려서, 거두고 보살핀 은혜가 고목나무도 피어나게 한다 하여, 감히 얼마 남지 않은 가쁜 숨을 몰아쉬며 어진 덕망에 누를 끼치려 합니다. 측은지심으로 저를 가엾게 보시어 구제받아 생존할 수 있게 해주시길 더할나위없이 간절히 바라며, 제게 관심을 가져주시길 이마 조아리며 고대하는 바입니다. 관련이 없는 것에 마음이 움직이고 보답을 모르는 자에게 혜택을 베푸는 것은 옛날 성현들도 하기 어려운 것이었거늘, 하물며 지금은 말할 필요가 있겠습니까? 그럼에도 결연히 실례를 무릅쓰고 이렇게 확신을 가지고 인사를 드리는 것은 대체로 명성을 들은지 오래이고 덕망을 흠모하는 정성이 지극하여, 세속에 구애받지 않고 높은 정의를 떨치고 옛사람의 도에 큰 법도가 합치되게 하는 것을 오직 귀하에게서만 바랄

서가 "교주(交州)·광주를 다스렸다가 형주를 다스리게 되었다"고 한 것으로 보아, 필시 무슨 근거가 있었던 듯하다.

2) 원화 원년(806) 5월, 유종원의 모친 노씨(盧氏)가 영주에서 세상을 떠났다.

3) 정원 19년(803) 윤12월, 유종원은 감찰어사로 임명되었다.

수 있어서이며, 감히 흔히 있는 기원과 흠모의 예를 차려 대현인을 대하고자 하는 것이 아닙니다. 낮이나 밤이나 이를 생각하며 스스로 운명을 점치기도 합니다만, 벽지에 갇혀서 곤욕을 치르는 처지라서 감히 말을 많이 하지 못합니다. 이렇게 엎드려 서간을 쓰자니 황공하기 짝이 없고 온몸이 떨리는 것이 어찌 할 수 없습니다. 삼가 계(啓)를 올립니다.

　某天罰深重, 餘息苟存, 沉竄俟罪, 朝不圖夕, 伏謁無路, 不任荒戀之誠. 伏念宗元初授御史之日, 尙書與杜司空先賜臨顧, 光耀里閭, 下情至今尙增惶惕. 頃以黨與進退, 投竄零陵, 囚繫所迫, 不得歸奉松檟. 哀荒窮毒, 人理所極, 親故遺忘, 況於他人. 朝夕之急, 饘粥難繼, 宗祀所重, 不敢死亡, 偸視累息, 已逾歲月.

　伏以尙書德量弘納, 義風遠揚, 收撫之恩, 始於枯朽, 敢以餘喘, 上累深仁. 伏惟惻然見哀, 使得存濟, 懷懷荒懇, 叩顙南望. 竊以動心於無情之地, 施惠於不報之人, 古烈尙難, 況在今日? 而率然干冒, 決不自疑者, 蓋以聞風之日久, 嚮德之誠至, 振高義於流俗之外, 合大度於古人之中, 獨有望於閤下而已, 非敢以尋常祈向之禮, 當大賢匍匐之仁. 夙夜忖度, 果於自卜, 方在困辱, 不敢多言. 伏紙惶恐, 不勝戰越. 謹啓.

상서천무원형상공사무문계(上西川武元衡相公謝撫問啓 : 서천 무원형 상공의 위로에 감사하며 올리는 계)[4]

아무개가 계(啓)를 올립니다. 저는 우둔하고 미련하고 세심하지 못하고 제멋대로라, 자신의 불운을 주도면밀하게 방어할 줄 몰라, 만이(蠻夷)의 땅으로 실각하여 크나큰 죄인의 지경에 빠져서, 영남에서 엎드려 숨죽여 지낸 지도 이제 7년이 되어갑니다. 지난 날 허물을 돌이켜 생각해보면 가슴이 떨리고 혼비백산할 지경이지만, 다행히도 목숨만은 살려주는 은혜를 입어서 스스로 반성할 기회를 가지게 되었습니다. 어찌 감히 조정에서 보고를 드리고 의식에서 정성을 보이며 일을 하는 자리에 복귀되기를 만의 하나라도 바라겠습니까!

상공께선 빛과 같이 크고 밝은 덕과 샘과 같이 넓고 깊은 도량으로,[5] 티끌과 먼지로 더럽혀진 저를 버리지 않으시고, 황송하게도 먼저 서찰을 내리시어 안부를 물으셨습니다. 보내신 서찰을 받들어 읽자니 눈물이 흐르고, 두렵기도 하고 슬프기도 하여, 춤추고 뛰어오르고 싶은 심정을 꾹 참으며, 감히 편안히 있지 못했습니다. 이는 맹명(孟明)이 세 번 패했어도 거두어준 것과 같으며,[6] 조말(曹沫)더러 한번 공을 세워보라고 독려하는

---

4) 본편은 무원형의 뜻밖의 안부에 답장한 것이다. 유종원이 영주로 폄적된 이후 아무도 도와주거나 관심을 가지지 않던 상황에서 무원형이 오랜만에 안부를 물은 듯, 감격에 넘친 듯한 모습이다. 무원형의 자는 백창(伯蒼)이다. 헌종이 즉위하면서 촉(蜀)이 마악 평정되어, 무원형을 검교이부상서 겸 문하시랑평장사 및 검남서천절도사(劍南西川節度使)로 정하는 조서를 내렸다. 원화 8년(813), 서천으로부터 귀환했다.

5) 『역(易)』「곤괘(坤卦)」에 나오는 말[含弘光大之德]과 『예기』에 나오는 말[溥博淵泉]을 인용했다.

6) 『좌전』 희공(僖公) 33년에 나온다. 진(秦) 목공(繆公)이 백리해(百里奚)의 아들 백리맹명(百里孟明)더러 군대를 이끌고 정(鄭)을 공격하게 했다. 활(滑)까지 도착했는데 맹명은 "정나라에서 이미 대비를 하고 있다"며, 활을 멸망시키고 귀환하려고 했다. 진(晉)에서 군대를 일으켜 효(殽)에서 맹명을 패퇴시켰다. 3년 후 맹명은 군대를 이끌고 진(晉)을 공격하여, 효에서의 패배를 갚고자 하였다. 팽아(彭衙)에서 싸워 맹명이 패했다. 목공은 그래도 맹명을 등용하여 국정을 닦았다. 다음 해 맹명이 진을 공격하여, 목공은 결국

것과 같습니다.7) (사마희(司馬喜)나 범수(范雎)처럼) 어깨가 부러지고 발이
잘린 처지에도 스스로를 갈고 닦아 지도편달 아래 목숨을 바칠 수 있는
기회를 주는 것과 같으니,8) 이는 실로 대군자가 널리 보고 모든 것을 포
용하며 흠이 있어 버려진 것도 거두어들여 활용하는 도입니다. 저의 우
둔함을 스스로 돌이켜보면 감당할 수 없어, 단지 베푸시는 큰 은혜를 받
기만 할 뿐이오니, 이 짐을 어떻게 이고 지게 될른지요? 지극한 정성이
해처럼 훤하게 드러납니다. 찾아 뵙고 엎드려 인사드리려 해도 길이 없
어 황공하기 짝이 없습니다. 함부로 위엄에 손상을 끼치지나 않았는지,
온몸이 떨리고 식은땀 흐르는 것이 번갈아 깊어집니다.

　某啓: 某愚陋狂簡, 不知周防, 失於夷途, 陷在大罪, 伏匿嶺下, 于今七
年. 追念往愆, 寒心飛魄, 幸蒙在宥, 得自循省. 豈敢徹聞於廊廟之上, 見
志於樽俎之際, 以求必於萬一者哉!
　相公以含弘光大之德, 廣博淵泉之量, 不遺垢汙, 先賜榮示. 捧讀流涕,
以懼以悲, 屛營舞躍, 不敢寧處. 是將收孟明於三敗, 責曹沫於一擧. 俾折
脅膹脚之倫, 得自拂飾, 以期效命於鞭策之下, 此誠大君子幷容廣覽、棄
瑕錄用之道也. 自顧屛鈍, 無以克堪, 祇受大賜, 豈任負戴? 精誠之至, 炯
然如日. 拜伏無路, 不勝惶惕! 輕冒威重, 戰汗交深.

　서융(西戎)을 제패했다.
　7) 『사기』에 나온다. 조말은 노(魯) 사람이다. 노나라 장군이 되어, 제(齊)와 싸워 세 번
　　패배했다. 장공(莊公) 13년, 제나라 환공과 가(柯)에서 회맹을 했다. 조말은 비수를 들고
　　환공을 위협하며 "제나라는 강하고 노나라는 약한데, 대국이 노나라를 침략하는 것은
　　너무 심합니다."라고 하여, 환공이 이에 노나라에 빼앗은 땅을 모두 돌려줄 것을 허락했다.
　8) 『추양서(鄒陽書)』에서 "사마희(司馬喜)는 송(宋)에서 다리가 잘리는 형벌을 당하였지만
　　결국 중산(中山)에서 재상을 지냈다. 범수(范雎)는 위(魏)에서 어깨가 부서지고 이가 부
　　러졌지만, 결국 응후(應侯)가 되었다"고 했다.

사양양이이간상서위곡무문계(謝襄陽李夷簡尚書委曲撫問啓 : 양양 이이간 상서가 서찰로 위문한 것에 감사하는 계)[9]

아무개가 계(啓)를 올립니다. 상서께서 보내신 서찰을 이 주 원외사마 이유청(李幼淸)이 전달하여 보여주었는데,[10] 아직 저를 기억해주시어 외람스럽게도 안부를 묻는 내용이었습니다. 서찰을 받들어 읽자니 기쁘고 두려워, 줄줄 눈물이 흐르니, 이 깊은 경사와 행운은 그야말로 너무 뜻밖이옵니다.

엎드려 생각해보면 상서께서는 조정에서 우뚝 서고 천하에 명성을 날리시어, 조정에 들어가서는 나라의 기강을 이끌고 외정에 나가면 주군의 근심을 덜어드려 중요한 지역을 통솔하여 남방을 바르게 하였습니다. 해내에서 분주히 오가는 인물들이 원문(轅門) 밖에서 얼굴을 씻고 유장(油幛) 앞에서 신발을 고쳐 신듯 상서의 관심을 얻고 싶어 하지만,[11] 마치 봉(蓬)·영(瀛)을 찾고 곤(崑)·랑(閬)에 오르는 듯 어려워,[12] 들어가지 못한다고 들었습니다.

저는 죄를 짓고 숨어서 살면서, 소리도 사라지고 자취도 없어져서, 세상 사람들에게 버림받고 친척 친구들에게 버림받았으니, 어찌 감히 대현인께서 서찰을 보내 안부를 묻기를 기대하기나 했겠습니까? 그러므로 이리 뒹굴 저리 뒹굴 한숨 쉬며, 낮이나 밤이나 서찰을 읽으며 상서의 노

---

9) 본편은 이이간이 유종원에게 안부 서찰을 보냈던 듯, 이에 감격하여 답장하는 내용이다. 원화 6년(811) 4월, 호부시랑 이이간 검교예부상서를 산남동도절도사로 임명했다. 이 계에서 '양주(襄州)'라고 한 것으로 보아, 이때 쓴 것으로 보인다.
10) 여기서 '이 주(州)'라고 한 것은 영주를 가리킨다.
11) 계손(季孫)의 모친이 사망하여, 증자(曾子)와 자공(子貢)이 조문하러 갔다. 문지기가 들여보내주지 않자, 증자와 자공은 마굿간에 들어가 얼굴을 닦았다고 한다.
12) 바다 속에 세 산이 있으니, 방장(方丈)·봉래(蓬萊)·영주(瀛洲)로, 모두 신선이 사는 곳이다. 곤륜(崑崙)·낭풍(閬風)은 두 산 이름이다. 『십주기(十洲記)』에 따르면, 곤륜산에 세 봉우리가 있다. 하나는 정북쪽에 있으니, 낭풍전(閬風顚)이라고 한다. 하나는 정서북쪽에 있으니, 현포당(玄圃堂)이라고 한다. 하나는 정동쪽에 있으니, 곤륜궁(崑崙宮)이라고 한다.

복이라도 되어 보살펴주신 은혜를 갚고자 하였습니다. 끝없는 밤하늘 올려보아도 아득히 멀어서 갈 곳 없습니다. 그물이 풀리지 않으니, 날개가 있다 한들 무슨 소용이겠습니까? 갇힌 우리 견고하니, 비록 호랑이 표범이라도 어디로 가겠습니까? 서찰을 보내주시어 기쁘고 흥겹기 짝이 없는 심정을 어쩔 줄 모르겠습니다. 삼가 계(啓)를 올려 문후 여쭈오니, 제가 경솔하게 상서의 위엄에 누를 끼친 건 아닌지 더더욱 떨릴 따름입니다.

某啓 : 當州員外司馬李幼淸傳示尙書委曲, 特賜記憶, 過蒙存問. 捧讀喜懼, 浪然涕流, 慶幸之深, 出自望外.

伏惟尙書鶚立朝端, 風行天下, 入統邦憲, 出分主憂, 控此上游, 式是南服. 凡海內奔走之士, 思欲修容於轅門之外, 躪履於油幢之前, 譬之涉蓬瀛, 登崑閬, 不可得而進也.

某負罪淪伏, 聲銷跡滅, 固世俗之所棄, 親友之所遺, 敢希大賢, 曲見存念. 是以展轉歔欷, 晝詠宵興, 願爲廝役, 以報恩遇. 瞻仰霄漢, 邈然無由. 網羅未解, 縱羽翼而何施? 囊檻方堅, 雖虎豹其焉往? 不任踊躍懇戀之至. 謹奉啓起居, 輕黷威嚴, 倍增戰越.

하조강릉종유벽부재계(賀趙江陵宗儒辟符載啓 : 강릉 조종유가 부재를 기용한 것을 축하하는 계)[13]

아무개가 계(啓)를 올립니다. 삼가 듣자하니 무도(武都) 부재(符載)를 기실(記室)로 임명하시어, 뜻을 세운 천하 인물들이 분분히 서로를 돌아보고 연달아 감탄을 하면서, 선을 행한 사람은 결국 그 결과를 얻게 되고 유언비어를 일삼는 사람은 결국 붙잡히게 된다는 걸 알게 했다고 하였습니다. 정직의 도리가 행해지고 정의의 기풍이 고양되는 것이 실로 당당하게 형산(荊山) 남쪽에서 이루어졌습니다. 너무 다행입니다, 너무 다행입니다!

부군(符君)의 재능과 기개는 지금 사람들에게 널리 알려졌건만, 재능에 걸맞는 자리를 만나지 못해서 실로 오랫동안 이러저리 다녔으니, 그간의 원인을 찾아보면, 위험한 처지에 빠져서도 적당히 세상과 영합하여 자기 길을 접지 않아, 시기하고 질투하는 자들로부터 멋대로 구설을 일삼는 지경을 당했기 때문입니다.

방급사(房給事)는 높은 절개가 유독 우뚝 서 조정에서 빛을 발했고, 왕이부(王吏部)는 청의(淸議)로 자임하여 조정 밖에서 드러났습니다.[14] 그러나 그래도 소인들의 의론이 들끓어 숙위(宿衛)에게 가로막혀 등용되지 못하는 곤경을 겪었습니다. 제후들은 부군(符君)을 기용하고 싶었던 마음이 줄을 이었건만, 비등하는 구설수 때문에 마음을 정하지 못해, 돌아보고 서로 양보하며 감히 먼저 기용하는 자가 없었습니다. 임명받는 날이 오

---

13) 본편은 부재에게 남다른 재능이 있었으나 구설수에 휘말릴 것을 두려워하여 당시 각지 장관들이 기용을 꺼린 듯, 이런 상황에서 조종유가 과감하게 부재를 기용한 것을 축하한 글이다. 조종유의 이력은 앞 계(啓)의 각주에서 이미 밝혔다. 앞 계(啓)와 쓴 시기가 비슷한 것으로 보인다. 부재(符載)의 자는 후지(厚之), 촉군(蜀郡) 사람이다.

14) 진경운『유집점감』에 따르면 "방급사 식(式)은 전에 부재와 함께 서천(西川)에서 종사관으로 있다가 나중에 급사중으로 발탁되었다. 왕이부 중서(仲舒)는 당시 남성(南省)으로부터 외지의 자사로 나갔기 때문에 조정 밖에서 드러났다고 했다"고 했다.

자 모두 멍하니 입을 열고 팔을 늘어뜨리고 탄식하고 쳐다보고 슬퍼하고 후회하여, 마치 바다에서 진주를 찾는데 남이 먼저 직경 한치짜리를 얻은 것처럼, 모두 안된 마음으로 돌아가며, 남다른 보물은 역시 갈 곳이 따로 있음을 알았습니다.

오호! 교묘히 꾸미는 말은 진실을 가리기 어렵고, 하류 사람들은 남을 헐뜯는 경우가 많아, 대군자가 세상에 나타나지 않으면 무엇을 바라겠습니까! 맑은 바람을 우러러 바라보니 마치 하늘 저쪽에 있는 듯하여, 감격과 기쁨이 한없음을 어쩔 수가 없습니다. 경망스럽게 위엄을 해치며 축하 말씀 드리자니, 온몸이 떨림을 어쩔 수가 없습니다. 이만 줄입니다. 삼가 계(啓)를 올립니다.

某啓 : 伏聞以武都符載爲記室, 天下立志之士, 雜然相顧, 繼以歎息, 知爲善者得其歸嚮, 流言者有所間執. 直道之所行, 義風之所揚, 堂堂焉實在荊山之南矣. 幸甚幸甚!

夫以符君之藝術志氣, 爲時聞人, 才位未會, 盤桓固久, 中間因緣, 陷在危邦, 與時偃仰, 不廢其道, 而爲見忌嫉者橫致脣吻. 房給事以高節特立, 明之于朝; 王吏部以淸議自任, 辨之於外. 然猶小人浮議, 困在交戟. 凡諸侯之欲得符君者, 城聯壤接, 而惑於騰沸, 環視相讓, 莫敢先擧. 及受署之日, 則皆開口垂臂, 悵望悼悔, 譬之求珠於海, 而徑寸先得, 則衆皆快然罷去, 知奇寶之有所歸也.

嗚呼! 巧言難明, 下流多訕, 自非大君子出世之氣, 則何望焉! 瞻望淸風, 若在天外, 無任感激欣躍之至. 輕瀆陳賀, 不勝戰越. 不宣. 謹啓.

여옹주이역중승논육탁계(与邕州李域中丞論陸卓啓 : 육탁을 논하여 옹주 이역 중승에게 올리는 계)[15]

아무개가 계(啓)를 올립니다. 삼가 엎드려 생각하건대, 최고의 공정한 도(道)는 은혜를 베풀되 보답을 바라지 않고, 선인을 상 주되 공으로 여기지 않는 것이라고 여겨집니다. 그러므로. 어두워진 빛을 다시 떨쳐 선양하고 무너진 풍속을 다시 격려하는 것은 진정한 대군자가 축적하는 것입니다. 제가 전임 초토판관(招討判官)·시우위주조참군(試右衛冑曹參軍) 육탁(陸卓)을 알아보니, 맑은 지조를 지니고 타고났으며, 관리의 업무에 뛰어나 여러 번 벼슬에 임명되어서는 그때마다 반드시 훌륭한 명성을 얻었으며, 부조(府曹)에 다시 천거되어서도 업적이 대단하고 두드러졌습니다. 얼마 후 광포한 도적 이원경(李元慶)이 유후(留後)를 협박하여 사로잡고, 흉악한 무리를 제멋대로 여기저기 심어, 재난을 부추기고 화를 불러일으킬 것이 목전에 닥쳤을 때, 일개 범부들은 위협하는 칼만 봐도 그를 위해 일하지 않는 자가 없었습니다. 그런데도 육탁은 이때 두려워하지 않고 홀로 꿋꿋이 서서 끝내 강포한 자들을 제거하여, 군민(軍民)이 편안하도록 하였습니다. 그러나 그 후에 불행하게도 병에 걸려 세상을 떠나, 하루도 조정에 나아가 관직을 얻지 받지 못하였으니, 공이 있어도 보답을 받지 못했고, 선이 있어도 포상을 받지 못했던 것입니다.

삼가 듣자하니, 귀하께서 그에 대해 얘기를 나누던 겨를에 매번 그의 남다름에 감탄하여 남은 가족을 특별히 대우하시어 남다른 은혜와 예우를 보여주시었기에, 지나는 사람이 모두 탄복한다고 합니다. 만약 귀하가 그 사적을 기록하여 관위를 추증하도록 상소를 올림으로써, 분함을

---

15) 본편은 육탁이 생전에 성실하고 지조가 있으며 공이 적지 않음에도 불구하고 적절한 대우를 못받은 채 병사하여, 비록 병사한 뒤지만 추증이라도 고려할 것을 건의한 글이다. 육탁에 대한 자세한 전기는 전해지지 않는다.

품은 혼이 지하에서 은혜를 느끼고 뜻을 가진 자가 문하에서 명을 받들고 싶어하게 한다면, 그로써 삼군을 격려하고 독려하기에도 충분할 것이니, 이 어찌 단지 일족만 영광스럽게 해주는 것에서 그치겠습니까! 삼가 생각건대, 저의 이 제언이 황당하고 무모하다 하여 내치지 마시고 특별히 재가를 내려주시기 바라옵니다. 그러면 너무나 다행이겠습니다, 너무나 다행이겠습니다!

저는 일찍이 육탁과 면식이 없었으므로 감히 어리석으나마 솔직하게 말씀드리오니, 지극히 공정하다고 확신합니다. 함부로 위엄에 손상을 입히지나 않았는지, 더더욱 두려워 떨릴 뿐입니다. 삼가 계(啓)를 올립니다.

某啓: 伏以至公之道, 施恩而不求報, 奬善而不爲功, 所以振宣幽光, 激勵頹俗, 誠大君子所蓄積也. 竊見故招討判官、試右衛胄曹參軍陸卓, 生稟淸操, 長於吏理, 累仕所隷, 必獲休聲, 再擧府曹, 績用茂著. 頃以狂賊李元慶劫取留後, 擅樹兇徒, 構災扇禍, 期在旦夕, 一夫見刃, 莫爲己用. 而卓以此時特立不懼, 終翦强暴, 以寧師人. 旣而不幸, 嬰疾物故, 不獲一日趨事, 以受其職, 有功未報, 有善未錄.

伏承閣下言論之餘, 每所嗟異, 優給家屬, 恩禮特殊, 行道之人, 皆所欽伏. 儻錄其事跡, 奏一贈官, 使懷憤之魂知感恩於地下, 秉志之士思受命於門庭, 足以勸奬三軍, 豈止光榮一族. 伏惟不棄狂瞽, 特賜裁量. 幸甚幸甚!

某與卓未嘗相識, 敢率愚直, 以期至公. 輕黷威嚴, 伏增戰悚. 謹啓.

사이중승안무최간척속계(謝李中丞安撫崔簡戚属啓: 이중승이 최간의 척속을 보살펴준 것에 감사하는 계)[16]

아무개가 계(啓)를 올립니다. 삼가 4월 6일 칙서를 보고, 자사 최간이 이전 부임지에서의 뇌물죄로 인해 곤장 100대 및 벽지 환주(驩州) 유배 판결이 내려졌음을 알았습니다.[17] 삼가 지난 달 23일 서찰을 보았사온데, 최간의 식구들은 주(州)에 자리잡아서 편안히 지내고 있고, 아울러 관가의 거처와 집기를 빌려주고 일꾼과 하인도 주선해주었음을 알게 되었습니다.

중승께서는 곧고 맑은 기상으로 망가진 정치를 없애고, 측은지심으로 어려운 사람을 보살폈습니다. 죄의 자취가 갑자기 드러나면 지극히 공정하게 심사하고, 가족이 흩어져 유랑하게 되면 큰 은혜를 베푸셨습니다. 사람들은 각자 자기 길을 가서, 모두 중용의 도에 맞았습니다. 위엄과 사랑이 병행하여 펼쳐지고, 인(仁)과 의(義)가 함께 세워졌습니다. 잘못이 있으면 다스리고 실수를 했으면 바로잡아, 소속 군(郡)이 맑은 바람으로 숙정되고, 곤경에 처한 자를 해결하고 가진 것 없는 자를 보조하여, 경내에서 모두 어려운 사람들 가엾게 여기는 덕을 알게 되었습니다. 모든 소속 지역에서 반가움과 두려움이 함께 깊어졌습니다.

삼가 보아하니 최간은 자녀가 열 명으로, 모두 유씨(柳氏) 부인 소생이고, 최간의 죄상의 전말은 알려졌습니다. 대체로 풍독(風毒)이 심해져서 점점 광증(狂症)으로 커지더니,[18] 법을 두려워할 줄 모르고 스스로 죄를

---

16) 본편은 이중승이 자형 최간의 가족을 돌봐준 것에 감사하는 글이다. 이 계(啓)의 대상 이중승은 바로 앞의 계(啓)의 대상 옹주 이중승이 아니라 다음 계(啓)의 대상 호남 이중승이다. 유종원 문집에 호남 이중승에게 보낸 계(啓) 세 편이 있는데, 본권에 두 편이 있고, 다음 권에 한 편이 있다. 유종원이 있던 영주는 바로 호남도(湖南道)에 속해 있었기 때문에, "모든 소속 지역[凡在巡屬]"이라는 표현으로 보아 그의 휘하임이 분명하다.

17) 최간의 자는 자경(子敬), 유종원의 자형이다. 원화 초기 연주(連州) 자사가 되었다가 영주로 옮기게 되었는데, 영주에 도착하기도 전에 연주 사람들이 최간을 고발하여, 어사가 법에 따라 옥에 가두었다가, 환주로 유배되었다.

범해 형벌을 받게 되었습니다. 명목상으로는 뇌물죄라지만 결국 쌓아둔 재물이 없고, 죄를 얻게 된 날 모든 식구들이 오열하고 부르짖다 절망에 지치고 쓰러져 어디로 가야 할지 몰랐습니다. 만약 지극히 어질고 두터운 덕으로 매우 불쌍히 여겨 도와주시지 않았다면 식구들이 이리저리 흩어져 유랑하다가 쓰러져 죽는 것은 아주 잠깐 사이였을 것입니다. 저는 갇혀 사는 신세가 되어서 다행히도 오랫동안 귀하의 은혜를 입었건만, 형제에게까지 또한 애처롭게 여기시어 시종일관 보살펴주시니, 고맙고 두렵기 짝이 없습니다. 삼가 심부름꾼 심담(沈澹)에게 의뢰하여 계(啓)를 올려 감사의 마음을 올리오니, 외람되고 무모함을 양해해 주시기 바랍니다.

某啓 : 伏見四月六日勑, 刺史崔簡以前任臟罪, 決一百, 長流驪州. 伏奉去月二十三日牒, 崔簡家口, 牒州安存, 幷借官宅什器, 差人與驅使.
　伏惟中丞以直淸去敗政, 以惻隱撫窮人. 罪跡暴著, 則按之以至公; 家屬流離, 則施之以大惠. 各由其道, 咸適于中. 威懷幷行, 仁義齊立. 繩愆糾繆, 列郡肅澄淸之風; 匡困資無, 闔境知噢咻之德. 凡在巡屬, 慶懼交深.
　伏見崔簡兒女十人, 皆柳氏之出, 簡之所犯, 首末未之. 蓋以風毒所加, 漸成狂易, 不知畏法, 坐自抵刑. 名爲臟賄, 卒無儲蓄, 得罪之日, 百口熬然, 叫號羸頓, 不知所赴. 儻非至仁厚德, 深加憫恤, 則流散轉死, 期在須臾. 某幸被縲囚, 久沐恩造, 至於骨肉, 又荷哀矜, 循念始終, 感懼無地. 謹勒祇承人沈澹, 奉啓陳謝, 下情輕黷.

---

18) 유종원의 자형 최간은 광물을 잘못 복용하여 중독되어 정신착란을 보인 듯하다.

상호남이중승간늠식계(上湖南李中丞干廩食啓 : 호남 이중승에게 창고의 식량을 부탁하며 올리는 계)[19]

아무개가 계(啓)를 올립니다. 제가 일찍이 『열자(列子)』를 읽었는데, 누군가 정자양(鄭子陽)에게 말했습니다. "열어구(列御寇)는 도(道)를 지닌 인물입니다. 폐하의 땅에서 거주하면서 곤궁하게 되었으니, 폐하께서 인물을 좋아하시지 않아서 그렇게 된 것인지요?" 이에 자양은 군주의 명령으로 열자에게 양식을 갖다 주게 하였으나 열자는 받지 않았다고 합니다.[20] 그래서 사람들은 항상 그 뜻을 높게 보고 있습니다. 또한 『맹자』를 읽었는데, 제후가 인물을 대하는 것에 대해 말하기를, 내 관할 지역에서 살면서 곤궁하다면 생활을 보조해주고, 그렇게 보조해주는 것은 받아도 된다고 했습니다. 저는 또한, 맹자같이 성인에 가까운 재능을 타고난 인물은 몇 세대에 한번 나올 정도인데, 결연히 스스로 남과 달리 자기의 고상한 덕을 결백하게 유지하려 하지 않고, 제후의 도움을 받아 먹고 사는 것이 잘못은 아니라고 생각한 것을 괴이하게 여겼었습니다. 판단을 해보면, 열자는 홀로 자기 완성을 추구한 인물로, 오직 자기 한가닥 털까지 아꼈기 때문에,[21] 세상과 어울리지 않고 피하였으며, 맹자는 세상을 함께 구제하려 한 인물로, 만물에 혜택을 줄 것만을 생각했으므로 보조를 받아들였던 것입니다.

지금 저 종원은 세상을 물러나서는 열자 같은 도를 지니지 못하고, 세상에 나아가서는 맹자 같은 이상을 가지지 못하여, 곤궁하면 사양을 모

---

19) 본편은 영주의 경제적 사정이 열악하여 지원을 요청하고자 쓴 글이다. 이 계(啓)를 올린 대상 이중승은 바로 앞의 계(啓)를 올린 대상과 마찬가지로 호남 지역 당국자로 보인다. 영주는 호남의 관할에 속해 있었다.

20) 『열자』 「설부(說符)」에 나오는 말이다.

21) 『맹자』에 나오는 말로, 양자(楊子)는 '위아(爲我)'의 입장을 취하여, 자기 털 하나를 뽑으면 세상에 혜택을 줄 수 있다 해도 하려 하지 않았다고 한다.

르고 스스로 찾아가 요청하고, 영달하면 부끄러움을 모르고 받아들였으니, 이는 실로 뻔뻔하고 구차스런 사람입니다. 동중서(董仲舒)는 "드러내 놓고 재물과 이익을 추구하면서 오직 궁핍해질까 두려워하는 것은 보통 사람이 하는 일이다"라고 하였으니, 이 모두는 허물과 치욕이 큰 것이건만 피하지 않는 것은 무슨 까닭이겠습니까? 사인(士人)에게는 내쳐져 치욕을 당하는 경우가 있고, 농부에게는 멀리까지 쫓겨나는 경우가 있고, 기술이 없으면 장인이 될 수 없고, 자본이 없으면 장사를 할 수 없기 때문입니다. 큰 죄를 지은 처지로서 곤궁한 지경에 처하고, 흉년을 만나서 창고에 양식이 없으니, 또한 귀하에게 도움을 청하지 않으면, 이는 군자를 대하는 태도가 아닌 듯합니다. 엎드려 생각하건대 정자양과 맹자의 말을 보시고 은덕을 내려주시어, 황망하게 타지에서 도움을 청하다 동중서에게 비웃음받는 것과 같은 일이 다시 일어나지 않도록 해주신다면, 묶여 갇힌 죄수 처지로서 크나큰 다행이겠습니다.

某啓 : 某嘗讀列子書, 有言於鄭子陽者曰 : "列御寇, 蓋有道之士也. 居君之地而窮, 君不好士使之然乎?" 子陽於是以君命輸粟於列子, 列子不受. 固常高其志. 又讀孟子書, 言諸侯之於士曰, 使之窮於吾地則賙之, 賙之亦可受也. 又怪孟子以希聖之才, 命代而出, 不卓然自異以潔白其德, 取食於諸侯不以爲非. 斷而言之, 則列子獨任之士, 唯己一毛之爲愛, 故遁以自免 ; 孟子兼濟之士, 唯利萬物之爲謀, 故當而不辭.

今宗元處則無列子之道, 出則無孟子之謀, 窮則去讓而自求, 至則捧受而不慚, 斯固爲貪凌苟冒人矣. 董生曰 : "明明求財利, 唯恐困乏者, 庶人之事也." 是皆訴恥之大者, 而無所避之, 何也? 以爲士則黜辱, 爲農則斥遠, 無伎不可以爲工, 無貨不可以爲商. 抱大罪, 處窮徼, 以當惡歲而無廩食, 又不自列於閤下, 則非所以待君子之意也. 伏惟覽子陽孟子之說, 以垂德惠, 無使惶惶然控于他邦, 重爲董生所笑, 則縲囚之幸大矣.

상계주이중승천노준계(上桂州李中丞薦盧遵啓 : 계주 이중승에게 노준을 추천하며 올리는 계)[22]

사인(士人)이 현달하여 존귀하기 짝이 없는 신분이 되면 다른 사람에게 은혜를 받아도 덕으로 여기는 마음이 없습니다. 왜일까요? 그는 '내 권세로 (이 정도는) 얻을 수 있다'고 여기기 때문입니다. 이렇게 되면 지출한 것은 크되 그 보답은 필시 작습니다. 궁지와 곤경에 처하(여 남의 은혜를 받으)면 감개무량하여 받드는 것이 천배 만배 더해집니다. 이렇게 되면 지출한 것은 작되 그 보답은 필시 클 것이 분명합니다. 그러므로 현명하고 지혜로운 군자는 큰 것에 힘쓰고 작은 것을 버리면 공적이 당시에 빛나고 명성이 끝없이 흐르니, 마음에 자극받은 것이 다르기 때문입니다.

저 같은 사람은 궁지와 곤경에 처한 사람이라고 할 수 있습니다. 세상 사람들이 모두 등지고 떠나가, 초췌한 몰골로 광야에서 지내면서, 오직 대군자께서 총명과 지혜로 어짐을 베푸시어 평소처럼 안부를 물어주심으로써 금고를 당하여 지내는 처지에 마치 화려한 비단을 입은 듯 빛이 나게 해주시기를 기대하는 수밖에 없습니다. 아아! 세상에는 만족하여 그만 둘 줄 아는 자가 드뭅니다. 이미 두터운 대우를 받았으면서도 또한 그칠 줄 모르는 바람이 있어서 귀하의 위엄을 모독하게 됩니다만, 그래도 또한 감개무량하게 받들어 크게 보답하고자 하는 바가 있습니다. 엎드려 생각하건대 귀하께서 유념하여 선택해주신다면 너무 다행입니다, 너무 다행입니다.

---

22) 본편은 계주(桂州)의 이중승에게 노준(盧遵)을 추천하는 내용이다. 진경운의 『유집점감』 내용에 따르면, 당시 계주 관할 군은 20여 곳으로, 주연(州掾) 이하 읍장(邑長)까지 300여 관리가 있었는데, 이부에서 직접 임명하는 것이 10% 정도이고, 나머지는 지방에서 자체적으로 충당했다고 한다. 노준은 유종원의 처남이다. 일찍이 노준이 계주에 가는 것을 전송하는 서(序)를 쓴 적이 있는데(「송내제노준유계주서(送內弟盧遵遊桂州序)」(제24권)), 원화 4년(809)에 쓴 것으로, 이 계(啓)와 동시에 쓴 것이 틀림없다.

저의 처가는 두터운 덕을 쌓는 것을 가풍으로 삼아 왔습니다. 주(周)·제(齊) 사이에 형제 셋이 모두 제왕의 스승이 되었고,23) 효성과 어짊의 명성이 다른 가문보다 높았습니다. 큰외숙·숙부·형제 모두 효성의 덕망이 귀신에까지 통하여 문인들이 기록한 바 있습니다. 상국 팽성공(彭城公)이 일찍이 천하를 호령할 때 그들의 효성을 지목하여 그대로 닮도록 하였으니, 이후 후손들이 모두 마땅히 크게 영광과 은총을 입어서 신명의 마음에 흡족하도록 채워야 했습니다. 그런데 지금은 명성이 시들해지고 영락하여 영달한 사람이 없으니, 하늘은 항상 선한 사람과 함께 한다면서 어찌 그대로 되는 게 없는지요? 오직 처남 노준은 그 행실이 부친의 항렬을 닮아, 조용하고 성실하고 따뜻하고 고상하며, 예를 좋아하고 신용 있고, 게다가 글솜씨를 갖추었으며 정치 사무에 뛰어납니다. 지금 귀하에게 이렇게 아뢴다 해도, 마음에 부끄러움이 없고 안색에 부끄러움이 없습니다. 제가 쫓겨나서 어렵게 지내는 탓에, 벼슬길을 구하거나 명성을 날리는 것에 힘쓰지 않아서, 또한 그를 추천하는 게 어렵습니다. 귀하께서 현인을 등용하고 만인을 포용하는 것을 삼가 높이 보았기에 제 마음을 기탁하고자 합니다. 노준에게 은혜를 베풀어 주신다면, 소인에게 두터이 대해주는 것보다 훨씬 더할 것입니다. 지금과 같은 형편인데도 제 말을 내치지 않으시고 노준더러 이부(吏部)의 명단에 오르게 하셔서, 녹봉을 받아 봉양하면서 그 뜻을 이루게 하신다면, 일거에 은혜를 아는 사람 둘이 생기게 되는 것이니, 큰 보답에 힘쓴다고 하지 않을 수 있겠습니까? 시험삼아 살펴서 선택하시길 바라옵니다. 말을 했는데 그대로가 아니면 죄를 짓는 것입니다. 제가 감히 엄청난 견책을 피할 수 있겠습니까? 이걸 올려야 할지 말아야 할지 진퇴양난이라, 어찌 하는 것이 좋을지 두렵습니다. 이만 줄입니다. 삼가 계(啓)를 올립니다.

---

23) 제24권 「송내제노준유계주서(送內弟盧遵遊桂州序)」 참조.

凡士之當顯寵貴劇, 則其受賜於人也, 無德心焉. 何也? 彼將曰, 吾勢能得之. 是其所出者大, 而其報也必細. 居窮厄困辱, 則感慨捧戴, 萬萬有加焉. 是其所出者小, 而其報也必巨, 審矣. 故凡明智之君子, 務其巨以遺其細, 則功業光乎當時, 聲名流乎無窮, 其所以激之於中者異也.

若宗元者, 可謂窮厄困辱者矣. 世皆背去, 顐頷曠野, 獨賴大君子以明智垂仁, 問訊如平生, 光耀囚錮, 若被文繡. 嗚呼! 世之知止足者鮮矣. 既受厚遇, 則又有不已之求, 以黷閣下之嚴威, 然而亦欲出其感慨捧戴而效其巨者. 伏惟閣下留意裁擇, 幸甚幸甚.

伏以外族積德儒厚, 以爲家風. 周、齊之間, 兄弟三人, 咸爲帝者師, 孝仁之譽, 高於他門. 伯舅叔仲, 咸以孝德通于鬼神, 爲文士所紀述. 相國彭城公嘗號于天下, 名其孝以求其類, 則其後咸宜碩大光寵, 以充神明之心. 乃今凋喪淪落, 莫有達者, 豈與善之道無可取耶? 獨內弟盧遵, 其行類諸父, 靜專溫雅, 好禮而信, 飾以文墨, 達於政事. 今所以聞於閣下者, 無怍於心, 無愧於色焉. 以宗元棄逐枯槁, 故不求達仕、務顯名, 而又難乎其進也. 竊高閣下之擧賢容衆, 故願委心焉. 則施澤於遵, 過於厚賜小人也遠矣. 以今日之形勢, 而不廢其言, 使遵也有籍名於天官, 獲祿食以奉養, 用成其志, 一擧而有知恩之士二焉, 可不謂務其巨者乎? 伏惟試詳擇焉. 言而無實, 罪也. 其敢逃大譴? 進退恐懼, 不知所裁. 不宣. 謹啓.

제36권 계(啓)

상권덕여보궐온권결진퇴계(上權德輿補闕溫卷決進退啓 : 권덕
여 보궐에게 온권을 올려 진퇴 여부를 묻는 계)[1]

보궐집사에게 올립니다. 제가 듣자하니, 먼 것을 중시하고 가까운 것
을 경시하고, 보는 것을 경시하고 듣는 것을 중시하는 것은 그 유래가

---

[1] 본편은 옛 주석에 따르면, 18세 때 쓴 것이라고 한다. 유종원은 대력(大歷) 8년(773)
태어나, 정원 5년(789) 경사에 가, 1년 후 이 글을 권덕여(權德興) 보궐에게 올렸고, 3년
후 즉 정원 9년(793) 급제했다. 따라서 18세 때 쓴 것이라는 설은 일리가 있는 것으로
보인다. 권덕여는 역사서에 전기가 전한다. 애초에 덕종(德宗)이 그의 재능에 대해 듣고
불러 태상박사(太常博士)에 임명했다가 좌보궐(左補闕)로 바꿨다. 정원 연간에 예부공거
(禮部貢擧)를 맡았고, 곧바로 시랑(侍郎)에 임명되었다. 3년 동안 그가 품평하여 등용한
인물이 서로 이어 공경재상이 되었다. 명경(明經)으로 인물을 뽑을 때, 처음에는 인원
제한을 두지 않았다. 역사서에는 이상과 같이 기록되어 있다. 한유가 「연하남부수재시
(燕河南府秀才詩)」를 지었는데, "어제 하달된 조서 내용을 들었는데, 권공이 천하의 인재
를 뽑게 되었다네. 문인들이 적절한 직책을 얻어, 천하에 문도(文道)가 크게 행해지리

오래 되었다고 합니다. 외람스럽게도 저는 어릴 때 부끄러움을 몰랐고 젊어서는 또한 나아가기에 조급하여, 어른들을 찾아다니며 인사드리는 것을 어릴 때부터 시작했습니다. 그리하여 준재 대열의 마지막에나마 끼고 명부에서 하급 대열에나마 살짝 들이밀게 되어, 재능을 팔고자 하여 구매자를 찾았습니다만, 좋은 값을 쳐주는 분을 아직 만나지 못했습니다. 문필의 재능을 지니고 유림에 늘어선 자들이 친척이거나 아니면 친구여서, 모두 함께 어울리며 이끌어주고 서로 보살펴, 담소를 나누고 친하게 지내며, 히죽히죽 머뭇머뭇함으로써, 식견있는 자들이 비웃는 대상이 되었습니다. 이는 (아직 가공되지 않은) 박옥을 보고 완성되지 않았다고 비하하거나 어울리는 자가 어린 사람이라 하여 그 장점을 경시하는 것인지요? 아니면 행실이 남달리 뛰어나지 않고, 행동을 제대로 갈고 닦지 않고, 학문이 넓지 않고, 문장이 빛나지 않아, 실제로 비하하고 경시해야 해서였는지요? 지금 조정에는 현명한 신하가 가득한데 유독 집사께 부탁을 드리는 것은 다만 아래 사람들을 보살피고 옛 우정을 생각하여 유자(儒者)의 자질을 지닌 인물을 받아들이는 것이 다른 사람과 다르기 때문일 뿐입니다. 감히 그 연유를 묻고자 하오니, 말씀을 해주시어 거취를 알게 해주시면 너무 다행입니다, 너무 다행입니다.

저는 이제 강개격앙되어 포의를 떨치고 일어나, 고관 모임에서 기탄없이 담론을 펼치고 명경(名卿) 문하에서 분주히 다니며 사대부들을 만나 신나서 손뼉 치며 이야기 나누며 스스로를 윤택하게 하려고 하기도 했습니다. 그러나 그렇게 나설수록 부끄러움을 모르는 격이 되어, 달관귀인들의 보고 듣는 것에 오점을 남기는 것이요, 어리석고 경망하게 나서는 것이라, 참으로 그렇게 할 수는 없었습니다. 또한 묵묵히 고개 숙이고 숨죽이고, 발을 포개 걸음마저 함부로 옮기지 않으며 곁에서 모시고, 공

[昨聞詔書下, 權公作邦楨. 文人得其職, 文道當大行]"라고 한 것으로 보아, 당시 권덕여는 그 야말로 많은 인물에게 등용문이었다. 따라서 유종원은 그에게 글을 써 명성을 날리는 기틀을 마련하고자 했다.

후(公侯)의 집 문지기에게도 절하고 빌면서, 고관의 수레에도 무릎 꿇고 청탁하면서, 혼백이 놀라고 살갗이 떨리며, 전전긍긍 두려워 떨면서 지내고자 해도, 영달한 사람은 권태로워 하여 그 마음에 지겨움만 더욱 쌓일 것 같아서, 또한 이렇게 할 수도 없었습니다. 평상의 도리를 신중히 지키며 중용의 입장을 굳게 취하는 것이야말로 본래 마땅히 해야 할 일입니다. 그러면 또 기색이 평온하고 부드러워지고 말이 어눌하고 성격이 아둔해져서, 특별히 성취한 절의가 없고 추천해 선택할 행실이 없어, 그저 자잘하고 평범한 하나의 풋내기 독서인일 뿐입니다. 그가 나아가야 한다고 누가 장담하겠습니까? 그가 물러나야 한다고 누가 장담하겠습니까? 또한 듣자 하니, 뛰라고 독려하지 않으면 진흙탕을 넘을 수 없고, 서두르라고 재촉하지 않으면 험난한 지경을 지날 수 없고, 일상의 도리를 지키지 않으면 사리를 분별하는 자리에 있지 못하고, 중용을 지키지 않으면 바른 길로 갈 수 없다고 하였습니다. 지금은 뛰라고 독려해야 하는지요? 서두르라고 재촉해야 하는지요? 일상의 도리를 지키고 중용을 지켜야 하는지요? 어찌 해야 마땅한지 전혀 모르겠습니다.

나아갈지 물러날지 근거할 준칙이 없어, 밤에도 제대로 잠을 못 이루어, 이에 친구를 찾아가 상의했습니다. 그는 "권보궐께서는 오랜 기간 동안 명성이 드러나, 행실을 사람들이 높이 사고, 언동을 사람들이 신임하고, 학문에 전력하고 문장에 뛰어나서, 어울리는 무리 중 최고로 손꼽히네. 자네가 자주 찾아가 인사하면 나중에 자네를 잘 이끌어줄 걸세"라고 했습니다. 제가 "연석(燕石)을 품고 현포(玄圃)를 찾아가고,[2] 어목(魚目)을 가지고 창해(漲海)에 가려는 꼴이니,[3] 단지 웃음거리만 되리니, 어찌 내게

---

2) 『순자(荀子)』에 나온다. 송(宋)나라의 어리석은 사람이 오동대(梧桐臺) 동쪽에서 연석(燕石)을 얻어 돌아와 보석인 줄 알고 잘 보관해두었다. 주(周)나라의 객이 그걸 보고 입을 가리고 웃으며 "이건 연석으로, 기와나 벽돌과 다를 것이 없다"고 했다. 『십주기(十洲記)』에 따르면, 곤륜산(崑崙山)에 현포대(玄圃臺)가 있다고 했다. 또한 『갈선공전(葛仙公傳)』에 따르면, '곤륜'을 일명 '현포'라고도 했다고 한다.
3) 『문선』에 나오는 노심(盧諶)의 「증유곤시서(贈劉琨詩序)」에서 "所謂咸池酬於北里, 夜光報

도움이 되겠나?"라고 대답하자, 그는 "찾아가는 것이 정성스러우면 우호적 감정이 필시 생길 것이요, 대하는 마음이 공손하면 반드시 예로써 보답해주실 것이네. 하물며 자네 글솜씨는 그렇게 하찮은 것도 아니지 않은가? 진정 성실하게 윗사람 받들고 공손하게 아랫사람을 대하면, 반드시 자네의 행실에 격려를 해주고 자네의 능력이 훤히 빛을 발하게 해주실 걸세. 그분의 말이면 마치 '건령(建瓴)'과 같아서,[4] 아침에 말씀을 하시면 저녁에는 두루 퍼져, 소리가 달리면 반향이 넘치듯, 바람이 흔들면 풀이 눕듯 할 것일세. 작은 못의 도롱뇽이 비늘을 펼쳐서 바다로 가게 하고, 촘촘한 그물에 걸린 새도 날개를 펼치고 하늘 높이 날게 할 수 있지. 자네 한 사람의 명성이야 어찌 충분히 이루게 하지 못하겠나, 아마 종신토록 만나기 어려운 기회인 듯하네. 성망을 날릴 자질을 갖고 명성을 이룰 기본을 갖고 어찌 권보궐에게 의탁해보지 않나, 의탁한 연후에 물러나 상도를 지키고 중용을 지키는 도를 계속 수행해도 괜찮지 않겠나?"라고 했습니다. 제가 불민하여 정말로 그렇다고 생각하여, 이에 지난번 찾아뵈었던 것입니다. 또한 지나치게 공손하고 아부하는 자세를 취하는 것은 대현인께서 싫증나실 것이고, 아침에도 인사하고 저녁에도 찾아뵙고 하는 것도 대현인께서 피곤하실 것입니다. 제 성격이 원래 자못 소략하고 투박하며 능력 또한 없기에 지금 이렇게 여쭙고자 하오니, 저의 하찮은 마음이나마 살피시어 거취를 말씀해주셨으면 합니다. 고려해주시길 진심으로 바라오니, 저의 크나큰 소망입니다. 삼가 재배 드립니다.

補闕執事:宗元聞之, 重遠輕邇, 賤視貴聽, 所由古矣. 竊以宗元幼不

於魚目"라는 내용의 주석을 보면, '야광(夜光)'은 진주이고 '어목(魚目)'은 유사 진주라고 했다. 위 시의 내용은 유곤이 응수시를 잘 써서 마치 유사 진주에 보물 진주로 보답을 한 듯 했다는 뜻이다.

4) 『한서』 「고조본기」에 나온다. 전긍(田肯)이 상(上)을 축하하면서 "폐하께서 진중(秦中)을 다스리시게 되었으니, 여기는 지세가 편리하여, 제후에게 출병하는 것이 마치 높은 집 위에 물병을 놓은 것과 같습니다"라고 했다.

知恥, 少又躁進, 拜揖長者, 自于幼年. 是以簉俊造之末跡, 厠牒計之下列, 賈藝求售, 闕無善價. 載文筆而都儒林者, 匪親乃舊, 率皆携撫相示, 談笑見昵, 喔咿逡巡, 爲達者嗤. 無乃覘其樸者鄙其成, 狎其幼者薄其長耶? 將行不拔異, 操不砥礪, 學不該廣, 文不炳耀, 實可鄙而薄耶? 今駕鷺充朝, 而獨干執事者, 特以顧下念舊, 收接儒素, 異乎他人耳. 敢問厥由, 庶幾告之, 俾識去就, 幸甚幸甚.

今將慷慨激昂, 奮攘布衣, 縱談作者之筵, 曳裾名卿之門, 抵掌峨弁, 厚自潤澤. 進越無惡, 汗達者之視聽, 狂狷愚妄, 固不可爲也. 復欲俛默惕息, 疊足榻翼, 拜祈公侯之閫, 跪邀賢達之車, 竦魂慄股, 兢恪危懼, 榮者倦之, 彌念厥心, 又不可爲也. 若愼守其常, 確執厥中, 固其所矣. 則又色平氣柔, 言訥性魯, 無特達之節, 無推擇之行, 瑣瑣碌碌, 一孺子耳. 孰謂其可進? 孰謂其可退? 抑又聞之, 不鼓踴無以超泥塗, 不曲促無以由險艱, 不守常無以處明分, 不執中無以趨夷軌. 今則鼓踴乎? 曲促乎? 守其常而執厥中乎? 浩不知其宜矣.

進退無倚, 宵不遑寐, 乃訪于故人而咨度之. 其人曰: "補闕權君, 著名蹈紀, 行爲人高, 言爲人信, 力學揉文, 朋儕稱雄. 子亟拜之, 足以發揚." 對曰: "衷燕石而履玄圃, 帶魚目而游漲海, 祇取誚耳, 曷予補乎?" 其人曰: "跡之勤者, 情必生焉; 心之恭者, 禮必報焉. 況子之文, 不甚鄙薄者乎? 苟或勤以奉之, 恭以下之, 則必晜勵爾行, 輝耀爾能. 言爲建瓴, 晨發夕被, 聲馳而響溢, 風振而草靡. 可使尺澤之鯢, 奮鱗而縱海; 密網之鳥, 擧羽而翔霄. 子之一名, 何足就矣, 庶爲終身之遇乎? 曷不擧馳聲之資, 挈成名之基, 授之權君, 然後退行守常執中之道, 斯可也." 愚不敏, 以爲信然, 是以有前日之拜. 又以爲色取象恭, 大賢所飫; 朝造夕謁, 大賢所倦. 性頗疏野, 竊又不能, 是以有今茲之問, 仰惟覽其鄙心而去就之. 潔誠齋慮, 不勝至願. 謹再拜.

상대리최대경응제거불민계(上大理崔大卿応制挙不敏啓 : 과거에 응시했다가 뜻대로 안되어 대리 최대경에게 올리는 계)[5]

옛날에 누구를 알아준 사람은 그가 찾아와 부탁을 하고 나서야 덕을 베풀어준 것이 아니라, 그가 능력이 있어 등용한 것일 따름입니다. 덕을 입은 사람은 입신양명하고 나서야 은혜를 베풀어준 것에 사례한 것이 아니라, 자기를 알아준 것에 감사했을 따름입니다. 그러므로 두드리지 않아도 반향이 있었고, 누가 사이에 개입하지 않아도 마음이 맞았고, 등용하면 필시 최상의 효과를 보았고, 감사하는 마음 또한 대단히 깊었습니다. 이 도가 사라져, 이미 천년의 간극이 생겼으니, 지금 세상에 어찌 행해질 수 있겠습니까!

저 같은 사람은 지혜로 따지면 큰 일을 경영하거나 큰일을 판단할 수 없어, 인걸의 재능을 지닌 사람이 아니며, 학문으로 따지면 깊은 뜻을 탐구하거나 문장을 끝까지 파고들지 못하여, 그저 썩어빠진 유자일 따름입니다. 비록 어쩌다 문장에 힘을 쏟는다면서 때마다 아등바등 부지런을 떨지만, 성인의 법도를 깨우치고 작자의 견문을 이해하지 못해, 쓸모없이 종이와 먹만 낭비하고, 할 일없이 긴 소매 펄럭이고 큰 요대 질질 끌며, 벗들과 어울리고 다니면서 부끄럽기만 할 따름이니, 무슨 능력이 있겠습니까? 그런데 귀하는 어쩌면 그리도 두터이 대해주셨는지요. 애초에 스스로 쓸모없는 문필을 지니고 못난 용모를 가지고 비록 몸을 떨쳐 진흙과 먼지를 털어내고 하늘을 보려고 생각했었지만, 어떻게 그럴 수 있

---

5) 본편은 과거에서 낙방하고 시험관 최대경에게 올린 글이다. 『신당서』「재상세계표」에서는 최동(崔同)이 대리소경을 지낸 적이 있다고 했다. 최예(崔銳)도 대리소경을 지낸 적이 있다고 했다. 그러나 둘 다 열전에서는 전기가 보이지 않는다. 내용으로 보아, 유종원이 박학굉사과에 붙지 않았을 때 쓴 것으로 보인다. 진경운은 『유집점감』에서 "유종원은 24세 때 박학굉사과에 응시하여, 2년 만에 출사했다. 이 계는 첫 시험 결과가 좋지 않았을 때 쓴 것으로 보이니, 그렇다면 정원 13년(797)이다"라고 했다.

었겠습니까? 그래서 마침내 눈길을 거두고 안을 돌아보고, 고개 숙여 희망을 접으며, 그대로 조용히 사는 것을 달게 여기고자 했습니다. 그런데 지금은 결국 뜻하지 않게도, 예전에 썼던 소소한 저술들이 다행스럽게도 귀하의 자리에 흘러들게 되어, 직접 보고 들으시고, 원대한 길을 가고 일가의 경지에 이를 수도 있겠다고 귀하께서 생각을 하시어, 전혀 의심하지 않으시고 유독 흔쾌하게 덕을 베풀어주시니, 어쩌면 이렇게 특별히 거두어주시고 주도면밀 보살펴 주시는지요? 또한 귀하께서는 저의 사람 됨됨이가 어떤지 알고 계시는지요? 용모가 잘생겼는지 추한지, 바탕의 도량이 큰지 작은지, 마음이 현명한지 모자란지, 귀하께서는 아직 모르십니다. 그러나 일단 글을 보시고, 선발하고자 하는 뜻을 품으셨으니, 이것이 아마도 옛날에 자기를 알아준 자일 것입니다. 그러므로 옛날에 누구를 알아준 사람은 그가 찾아와 부탁을 하고 나서야 덕을 베풀어준 것이 아니라고 한 것입니다. 그렇다면 자주 찾아와 부탁을 하는 것은 참으로 가장 하책이라고 하겠습니다.

제가 예전에 박학굉사과(博學宏詞科) 시험에 응시했을 때, 마침 귀하께서 시험장에 왕림하시어, 당락의 권한을 지니셨습니다. 그때까지만 해도 운이 맞아 일이 잘 되려고 마침 딱 좋은 시기를 만났다고 생각하여, 혼자 마음속으로 날마다 자신을 가졌습니다. 얼마 안 되어서, 곤붕의 기세를 떨치는 귀하께서는 작은 못의 물고기를 수용하지 않으시어, 유유히 스스로 날개를 펼치고 훨훨 높이 날아오르시니, 저를 모르는 사람들은 결국 저를 배척하고 쫓아내어 내버렸습니다. 버리는 것은 참으로 당연하니, 설령 옛날 자기를 알아준 사람이 아직 있다 해도, 어찌 이렇게 자주 부탁을 했겠습니까! 벼슬에 나가는 길에 대해 예전에 스승님께 삼가 들은 적이 있습니다. 가장 좋기로는, 뛰어난 재능을 지니고, 때를 만나고 알아주는 주군을 만나, 관위의 서열에 따르지 않고도 장상(將相)의 자리를 차지하여, 자기의 정치를 행하는 것입니다. 그 다음으로는, 문필과 행실에 훌륭한 점이 있고, 능력을 쌓고 노력을 쌓아, 갑을(甲乙) 및 과제(科

第)에 합격하는 과정을 거치지 않고 관위의 서열에 올라, 그 이름을 드날리는 것입니다. 또 그 다음은, '내가 갑을(甲乙)에 합격하지도 않고 과제(科第)에 합격하지도 않는다면, 저 조정의 관위에 내가 어떻게 해서 올라갈 수 있을까?'라고 하며, 반드시 과거에 합격한 연후에 관위에 오르는 것입니다. 또 그 아래로는, 그것의 잇점도 모르고, 또한 무엇에 힘쓸 줄도 모르고, 그저 '세상 사람들이 모두 좋아하는 모양인데, 내가 어찌 혼자 그렇지 않을 수 있는가?' 하는 태도를 취하는 것입니다. 이로써 보자면, 자신이 드러나는 것을 좋아하는 자가 있으니, 과거에 합격하는 것을 기쁨으로 삼는 자입니다. 평범한 것을 달가와하지 않는 자가 있으니, 조정에 올라가는 것을 기쁨으로 삼는 자입니다. 고귀하고 권세있는 자리를 앙모하는 자가 있으니, 장상(將相)을 기쁨으로 삼는 자입니다. 자기 정치를 행하는 것을 즐거워하는 자가 있으니, 천하를 다스리는 것을 기쁨으로 삼는 자입니다. 그렇다면 갑을(甲乙)에 합격하고 과제(科第)에 합격하는 것은 본래 말단일 따름입니다. 얻어도 영예가 더해지지 않고, 잃어도 근심이 더해지지 않으니, 구차히 그 이름을 이룬다 한들 원대한 뜻을 이루는 것에 무슨 도움이 되겠습니까? 그러나 은혜를 베풀어준 것을 알고 감사하는 도로 말하자면, 크든 작든 마찬가지이고, 성공하든 실패하든 또한 마찬가지입니다. 그러므로 덕을 입은 사람은 입신양명하고 나서야 은혜를 베풀어준 것에 사례하는 것이 아니라는 것입니다. 그렇다면 다행히 입신양명을 이룬 것은 본래 말단의 일입니다. 찾아와 부탁하는 것은 하책이라는 것을 모르면 특별히 유능한 인물을 거둘 수가 없습니다. 입신양명하는 것이 말단이라는 것을 모르면 현명하고 능력있는 자로 대우받을 수 없다는 것은 분명합니다.

엎드려 생각하건대, 귀하의 덕망은 세상의 의표가 되기에 충분하고, 재능은 성인을 보필하기에 충분하고, 문필은 종사(宗師)의 자리를 맡기에 충분하고, 학문은 유자의 최고라는 칭호를 듣기에 충분하여, 참으로 현명하고 능력있는 표상입니다. 아래 후배를 돌아보시되 어찌 쉽게 거두어

받아주실 수 있겠습니까! 저는 투박하고 어리석어 진퇴의 도리를 잘 모르니, 덕망이 있다고 말할 수도 없습니다. 정의에 뜻을 두지 못하고 반드시 문자로 영달을 구하려고 하니, 재능이 있다고 말할 수도 없고, 종이 들고 서책 들고 나섰건만 실패하여 돌아오니, 문필이 있다고 말할 수도 없고, 시험장에 들어가서 문제에 답안을 썼지만 경전의 뜻과 어긋난 것이 많아, 학문이 있다고 말할 수도 없으니, 본래 특출한 그릇이 되지 못합니다. 비루한 바탕을 생각하면, 어찌 쉽게 은혜를 받을 수 있겠습니까! 외람되게 크게 대우해준 은혜를 만나고 황공하게 높이 보아주신 은덕을 입어서, 기쁨과 두려움이 다투어 교차하니, 편안히 있을 수가 없습니다. 삼가 실제로 자기를 구해준 것처럼 순앵(筍罃)이 정(鄭)의 상인을 대하던 것과 같은 은덕에 감사하면서,6) 감히 예양(豫讓)이 국사(國士)로 대우해준 것에 보답한 것처럼 하게 되기를 희망합니다.7) 삼가 문 앞에 엎드려, 받아들여 주시기를 감히 기다리옵니다. 인사를 드리는 예를 삼가 이 계(啓)로써 대신하고자 하오니, 옛날 자기를 알아주었던 도를 살펴서서 결국 거두어주시기를 바라옵니다. 이만 줄입니다. 종원이 삼가 계(啓)를 올립니다.

古之知已者, 不待來求而後施德, 擧能而已. 其受德者, 不待成身而後拜賜, 感知而已. 故不叩而響, 不介而合, 則其擧必至, 而其感亦甚. 斯道遁去, 邈闊千祀, 何爲乎今之世哉!

若宗元者, 智不能經大務、斷大事, 非有恢傑之才; 學不能探奧義、窮

---

6) 『좌전』 성공(成公) 3년에 나온다. 순앵이 초(楚)나라에 억류되어 있을 때, 정(鄭)나라 상인이 그를 자루에 넣어 탈출시키려고 계획을 세웠다. 계획만 세우고 실행에 옮기기 전에 초나라에서 순앵을 귀환시켰다. 나중에 상인이 진(晉)나라에 갔는데, 순앵은 마치 실제로 상인이 자기를 탈출시켜준 것처럼 극진하게 대우했다. 이에 상인은 실제 공도 세우지 않았는데 공을 세운 것처럼 대우받는 것은 사람의 도리가 아니라며 제(齊)나라로 가버렸다고 한다. 여기서는 최대경이 그만큼 과분한 대우를 해줬다는 표현으로 인용한 것이다.
7) 『사기』에 나온다. 예양이 지백(智伯)을 섬겼는데, 조양자(趙襄子)가 지백을 멸망시키자, 예양은 조양자 암살을 시도하면서 "지백은 나를 국사로 대우했기 때문에 나도 국사로 보답하려는 것이다"라고 했다.

章句, 爲腐爛之儒. 雖或實力於文學, 勤勤懇懇于歲時, 然而未能極聖人之
規矩, 恢作者之聞見, 勞費翰墨, 徒爾拖逢掖、曳大帶, 游於朋齒, 且有愧
色, 豈有能乎哉? 閣下何見待之厚也. 始者自謂抱無用之文, 戴不肖之容,
雖振身泥塵, 仰睎雲霄, 何由而能哉? 遂用收視內顧, 頫首絶望, 甘以沒沒
也. 今者果不自意, 他日瑣瑣之著述, 幸得流於袵席, 接在視聽, 閣下乃謂
可以蹈遠大之途, 及制作之門, 決然而不疑, 介然而獨德, 是何收採之特
達, 而顧念之勤備乎? 且閣下知其爲人何如哉? 其貌之美陋, 質之細大, 心
之賢不肖, 閣下固未知也. 而一遇文字, 志在濟拔, 斯蓋古之知己者已. 故
曰: 古之知己者, 不待來求而後施德者也. 然則亟來而求者, 誠下科也.

　宗元向以應博學宏詞之擧, 會閣下辱臨考第, 司其升降. 當此之時, 意
謂運合事幷, 適丁厥時, 其私心日以自負也. 無何, 閣下以鯤鱗之勢, 不容
尺澤, 悠爾而自放, 廓然而高邁, 其不我知者, 遂排逐而委之. 委之, 誠當
也, 使古之知己猶在, 豈若是求多乎哉! 夫仕進之路, 昔者竊聞于師矣. 太
上有專達之能, 乘時得君, 不由乎表著之列, 而取將相, 行其政焉. 其次,
有文行之美, 積能累勞, 不由乎擧甲乙、歷科第, 登乎表著之列, 顯其名
焉. 又其次, 則曰吾未嘗擧甲乙也, 未嘗歷科第也, 彼朝廷之位, 吾何修而
可以登之乎? 必求擧是科也, 然後得而登之. 其下, 不能知其利, 又不能務
其往, 則曰: 擧天下而好之, 吾何爲獨不然? 由是觀之, 有愛錐刀者, 以擧
是科爲悅者也; 有爭尋常者, 以登乎朝廷爲悅者也; 有慕權貴之位者, 以
將相爲悅者也; 有樂行乎其政者, 以理天下爲悅者也. 然則擧甲乙、歷科
第, 固爲末而已矣. 得之不加榮, 喪之不加憂, 苟成其名, 於遠大者何補
焉? 然而至於感知之道, 則細大一矣, 成敗亦一矣. 故曰: 其受德者, 不待
成身而後拜賜. 然則幸成其身者, 固末節也. 蓋不知來求之下者, 不足以
收特達之士; 而不知成身之末者, 不足以承賢達之遇, 審矣.

　伏以閣下德足以儀世, 才足以輔聖, 文足以當宗師之位, 學足以冠儒術
之首, 誠爲賢達之表也. 顧視下輩, 豈容易而收哉! 而宗元樸野昧劣, 進不
知退, 不可以言乎德; 不能植志於義, 而必以文字求達, 不可以言乎才; 秉

翰執簡, 敗北而歸, 不可以言乎文; 登場應對, 刺繆經旨, 不可以言乎學, 固非特達之器也. 忖省陋質, 豈容易而承之哉! 叨冒大遇, 穢累高鑒, 喜懼交爭, 不克寧居. 竊感苟鎣如實出己之德, 敢希豫讓國士遇我之報. 伏候門屛, 敢俟招納. 謹奉啓以代投刺之禮, 伏惟以知己之道, 終撫薦焉. 不宣. 宗元謹啓.

상배진공도헌당아시계(上裴晉公度献唐雅詩啓: 진공 배도에게 당아시를 바치며 올리는 계)[8]

종원이 계(啓)를 올립니다. 주(周)·한(漢) 두 선왕(宣王)의 중흥의 업적은 「대아(大雅)」에서 노래했고 사서(史書)에도 기록되어 있습니다. 그러나 신백(申伯)·보후(甫侯)가 보필을 했고, 방숙(方叔)·소호(召虎)가 회이(淮夷)를 평정했고, 위상(魏相)·병길(邴吉)이 뛰어난 계책을 냈고, 신무현(辛武賢)·조충국(趙充國)이 한강(罕羌)을 복속시키는 공을 세웠습니다. 문신과 무신이 공을 세운 것은 안팎이 같지 않았습니다.

엎드려 생각하건대 상공께서는 하늘이 황제께 내려준 분으로, 성군과 현신이 함께 만나 지모와 협조가 한 덕으로 합치되어, 천하의 태평이 오게 했습니다. 조정에 들어가서는 신백·보후·위상·병길 등처럼 부지런히 일하시고, 조정을 나오면 방숙·소호·신무현·조충국 등이 한 일을 겸하셨습니다. 동쪽으로 회우(淮右)를 취하시고,[9] 북쪽으로 항양(恒陽)을

---

8) 본편은 문집 제1권에 수록된 「평회이아(平淮夷雅)」를 배도(裴度)에게 올리면서 쓴 글이다. 회서(淮西) 지역에서 반란을 일으킨 군벌 오원제(吳元濟)를 평정한 것을 축하하는 내용을 담았다. 유주에 있을 때 썼다. 자세한 내용은 제1권 「평회이아」 및 주석 참조

9) 오원제(吳元濟)를 평정한 것을 말한다.

복속시키시니,10) 그 지략은 당대에 더 이상 나타나지 못할 정도이고, 그 공적은 누구에게도 양보하지 못할 정도입니다. 그러므로 천하 문사들이 모두 지필을 준비하여 사려를 다해서 큰 업적을 찬술하고 큰 공적을 선양하길 원합니다. 제가 비록 실패하여 멀리 쫓겨나서 만이의 땅 끝을 지키고 있지만,11) 그래도 고목이나마 다시 진작시켜 꽃이 피게 하고, 막힌 물을 다시 소통시키듯 하여, 보잘것없는 글솜씨나마 조금이라도 공적을 적는 데 보탬이 되고자 했습니다. 삼가 「평회이아」 두 편을 적어서, 두려워 감히 바치지 못하다가, 삼가 그 소리가 집사께 들려서, 죄를 조금이라도 용서받기를 바라며, 저의 이 마음을 밝히고자 했습니다. 지위에 걸맞지 않게 함부로 말을 하여, 두렵고 떨리기 짝이 없어, 너무 숨이 차고 막혀옴을 어쩔 수가 없습니다. 이만 줄입니다. 종원이 삼가 계(啓)를 올립니다.

宗元啓: 伏以周、漢二宣中興之業, 歌於大雅, 載於史官. 然而申、甫作輔, 方、召專淮夷之功; 魏、邴謀謨, 辛、趙致罝羍之績. 文武所注, 中外莫同.

伏惟相公天授皇家, 聖賢克合, 謀協一德, 以致太平. 入有申、甫、魏、邴之勤, 出兼方、召、辛、趙之事. 東取淮右, 北服恒陽, 略不代出, 功無與讓. 故天下文士, 皆願秉筆牘, 勤思慮, 以贊述洪烈, 闡揚大勳. 宗元雖敗辱斥逐, 守在蠻裔, 猶欲振發枯槁, 決疏潢汙, 罄效蚩鄙, 少佐毫髮. 謹撰平淮夷雅二篇, 恐懼不敢進獻, 私願徹聲聞於下執事, 庶宥罪戾, 以明其心. 出位僭言, 惶戰交積, 無任踊躍屏營之至. 不宣. 宗元謹啓.

---

10) 성덕(成德) 절도사 왕승종(王承宗)이 덕(德)·체(棣) 두 주를 바치고, 아들을 보내 입시(入侍)하도록 한 것을 말한다. 항양은 항주(恒州)를 말한다.
11) 당시 유종원은 유주자사였다.

상양양이소복야헌당아시계(上襄陽李愬僕射献唐雅詩啓: 양양 이소 복야에게 당 아시를 바치며 올리는 계)[12]

종원이 계(啓)를 올립니다. 옛날 주(周)나라 선왕(宣王)의 중흥 때, 현신 소호(召虎)를 얻어서, 강(江)·한(漢)으로 군대를 출동시켜 회이(淮夷)를 평정했습니다. 그러므로 그 시에서 "강·한 물가에서 왕이 소호에게 명했다"고 했고, 마지막 장에서 "주(周)에서 임명을 받은 것은 조부 소공(召公)으로부터 시작되었다"고 하여,[13] 호(虎)는 소공의 손자이고, 선조의 업적을 잘 이었음을 밝혔습니다. 지금 천자께서 중흥을 이루시고, 귀하를 얻으시고, 또한 강·한에 출동하여 회이를 평정하셨으니, 선조 서평왕(西平王)의 업적을 잘 이어,[14] 그 사적이 마침 꼭 닮았습니다. 그러나 「대아」의 설을 이어받아 천하에 밝히고 후대에 알린 것이 아직 없었으니, 어찌 성스러운 당(唐)의 문아(文雅)함이 홀로 주 왕실보다 뒤지겠습니까?

제가 몸은 비록 죄인의 처지로 있지만 논저는 그래도 왕왕 세상에서 꿇리는 것이 없어, 아무래도 너무 스스로 낮추고 감추다가 이 시기를 놓치면 안되겠기에, 만분의 일이라도 업적을 밝히는 데 도움이 된다면 죽어도 여한이 없다고 생각했습니다. 삼가 「평회이아(平淮夷雅)」 두 편을 적어 목욕재계하고 바칩니다. 참으로 추하고 보잘것없는 내용이어서 금석(金石)의 음악에 맞추어 부를 만한 내용은 아닙니다만, 큰 업적을 계속 이어 보존하여, 패관(稗官)이나 서민들이 채택하여 노래할 수만 있게 된다

---

12) 본편은 앞 계와 마찬가지로, 회서 반란을 평정한 또 하나의 주역 이소에게 「평회이아」를 올리며 보낸 글이다. 이소의 자는 원직(元直)이다. 회우(淮右)를 평정하고 나서, 원화 12년(817) 11월, 검교상서좌복야·양주(襄州) 자사로 임명되었고, 산남동도절도사 및 양(襄)·등(鄧)·수(隨)·당(唐)·복(復)·영(郢)·균(均)·방(房) 등 주(州)의 관찰사로 충원되었고, 양국공(凉國公)의 작위를 받았다. 산남동도는 그 진(鎭)이 양양에 있었다.
13) 여기까지 시는 『시경』 「강한(江漢)」에 나오는 내용이다.
14) 이성(李晟)이 서평왕에 책봉되었는데, 바로 이소의 부친이다.

면, 기쁨과 흥분이 더할 나위 없을 것입니다. 함부로 위엄을 손상시켜 더욱 두렵고 떨릴 따름입니다. 삼가 계(啓)를 올립니다.

宗元啓：昔周宣中興, 得賢臣召虎, 師出江, 漢, 以平淮夷. 故其詩曰：
"江、漢之滸, 王命召虎." 其卒章曰："于周受命, 自召祖命." 以明虎者召
公之孫, 克承其先也. 今天子中興, 而得閣下, 亦出江, 漢, 以平淮夷, 克
承于先西平王, 其事正類. 然而未有嗣大雅之說, 以布天下, 以施後代, 豈
聖唐之文雅, 獨後於周室哉?
  宗元身雖陷敗, 而其論著往往不爲世屈, 意者殆不可自薄自匿以隳斯
時, 苟有補萬分之一, 雖死不憾. 謹撰平淮夷雅二篇, 齋沐上獻. 誠醜言淫
聲, 不足以當金石, 庶繼代洪烈, 稗官里人, 得採而歌之, 不勝憤踊之至.
輕瀆威重, 戰越交深. 謹啓.

상양주이길보상공헌소저문계(上揚州李吉甫相公獻所著文啓：지은 글을 양주 이길보 상공에게 바치며 올리는 계)[15]

  종원이 계(啓)를 올립니다. 예전에 귀하께서 상서랑으로 재직하실 때,[16] 후배를 아끼고 추천하시어, 후생 중 귀하 문하에서 현달한 자가 십여명이라고 합니다만, 저는 아직 어려서 귀하를 모시는 대열에 끼지 못했습니다. 귀하께서 참언과 질투를 당하여 외지에 계신지 10여 년 동안,[17] 또한

---

15) 본편은 유종원이 재상 출신 이길보에게 자신의 시문을 보내며 쓴 것이다. 당시 이길보는 재상에서 파직되어 회남(淮南) 절도사가 되었는데, 영주에 있던 유종원이 이 계(啓)를 올렸다. 양주는 회남 지역이다.
16) 정원 초기, 이길보를 상서 둔전(屯田)·가부(駕部) 두 원외랑에 임명했다.
17) 정원 7년(791) 4월, 육지(陸贄)를 재상으로 임명하고, 이길보를 명주(明州) 자사로 내보

보잘것없는 재주나마 귀하 앞에 선보여 한글자라도 포펌을 부탁드리지 못했습니다. 공도(公道)가 행해지면서, 귀하께서는 또 찬서(贊書)와 훈사(訓辭)를 쓰면서 조정에서 문장으로 이름을 날리고 천하의 으뜸이 되셨습니다.[18] 그러나 저는 또 그때 조정의 직위를 떠나 쫓겨나는 처벌을 받아서,[19] 계속해서 금고를 당하여, 해를 바라보며 운명을 기다릴 뿐이었습니다. 나아가든 물러나든 서로 엇갈려서, 하루라도 문하에 엎드려 가르침을 받고자 했으나 그러지 못해서, 이 뜻을 품은 채 세상을 떠나서 끝내 문하에 알려지지 못함으로써 저 세상에서 늘 그리워하며 혼백이 울분을 품을까 항상 염려했습니다. 그러므로 감히 제가 쓴 것들을 모아 책으로 엮어서, 위엄에 손상을 끼치는 것을 무릅쓰고 제 뜻을 이루려 하니, 살펴보아 주시기를 삼가 바랍니다. 참으로 다행입니다, 참으로 다행입니다.

귀하께서 천자를 보좌하시어 태평이 이르게 하셔서, 교제(郊祭)에서 보고하면 천운(天運)이 내리고 지복(地福)이 나왔고, 나라의 경영에 사용하면 온갖 물화가 풍족해지고 만물이 이루어졌고, 문화와 교육에 사용하면 경술(經術)이 흥행하였고, 무(武)의 일에 사용하면 포악하고 질서를 어지럽히는 무리가 사라졌습니다. 권세에 기대서 영화를 노리는 자들이 모두 사라지고, 숨어 지내지만 도를 지닌 자들이 모두 세상에 나오고, 그런 후에 주군의 근심을 나누어 짊어져 동쪽 제후들을 통솔하여, 천하에 근심이 없어졌습니다. 성대한 덕망과 업적이 이처럼 빛을 발하고도 또한 주공(周公)처럼 아랫사람을 대하는 도를 지니시니, 이에 저는 쫓겨나 갇혀서 죽음을 가까이 하고도 오히려 제 뜻을 전달하고자 했었습니다. 귀하께서 만약 한마디 말씀이나마 칭찬을 해주신다면, 이 황량한 땅끝에서 생을 마친다고 해도 실로 한이 없습니다. 삼가 잡문 열 편을 바치옵니다.

내, 충(忠)·침(郴)·요(饒) 세 주를 역임했다.

18) 영정 원년(805) 8월, 이길보를 고공낭중·지제고에 임명했다. 12월, 중서사인·한림학사가 되었다.

19) 영정 원년(805) 9월, 유종원은 예부원외랑에서 소주(邵州) 자사로 좌천되었다. 소주에 도착하기 전 11월, 다시 영주사마로 폄적되었다.

죄인 신분으로 승상을 괴롭히는 것은 큰 죄입니다. 그러나 제 뜻을 말씀
드리고 죽을지언정 말씀드리지 않고 살아 있지는 않으려고 했습니다. 언
행이 거칠어 두렵기 짝이 없습니다. 삼가 계(啓)를 올립니다.

宗元啓: 始閣下爲尙書郞, 薦寵下輩, 士之顯於門闌者以十數, 而某尙
幼, 不得與於厮役. 及閣下遭讒妬, 在外十餘年, 又不得效薄技於前, 以希
一字之褒貶. 公道之行也, 閣下乃始爲贊書訓辭, 擅文雅於朝, 以宗天下.
而某又以此時去表著之位, 受放逐之罰, 荐仍囚錮, 視日請命. 進退違背,
思欲一日伏在門下而不可得, 常恐抱斯志以沒, 卒無以知於門下, 冥冥常
懷, 魂魄幽憤. 故敢及其能言, 貢書編文, 冒昧嚴威, 以畢其志, 伏惟觀覽
焉. 幸甚幸甚.

閣下相天子, 致太平, 用之郊報, 則天神降, 地祇出; 用之經邦, 則百貨
殖, 萬物成; 用之文敎, 則經術興行; 用之武事, 則暴亂翦滅. 依倚而冒榮
者盡去, 幽隱而懷道者畢出, 然後中分主憂, 以臨東諸侯, 而天下無患. 盛
德大業, 光明如此, 而又有周公接下之道, 斯宗元所以廢錮濱死, 而猶欲
致其志焉. 閣下儻以一言而揚擧之, 則畢命荒裔, 固不恨矣. 謹以雜文十
首上獻. 纍囚而干丞相, 大罪也. 寧爲有聞而死, 不爲無聞而生. 去就乖
野, 不勝大懼. 謹啓.

사이길보상공시수찰계(謝李吉甫相公示手札啓 : 이길보 상공이 서찰을 보낸 것에 감사하는 계)[20]

종원이 계(啓)를 올립니다. 6월 29일,[21] 형주자사 여온이 영주를 지나
는 길에 상공의 서찰을 보여주었는데, 보이는 것 없이 날뛰던 저를 아직
도 기억해주시고, 타지에서 구금되어 사는 제 처지를 위로해주시니, 참
으로 크나큰 어진 덕을 입게 되어, 월(越)까지 쫓겨난 죄마저 잊게 했습
니다. 감사하는 마음이 깊을수록 더욱 두려워지고, 기쁨이 극에 달할수
록 슬픔도 더해져, 다섯 가지 감정이 함께 교차되어, 어찌 해야 좋을지
모르겠습니다.

저는 타고난 바탕이 용렬하고 옹색하고, 행실과 능력에 취할 점이 없
어, 글을 써도 매번 몹쓸 폐질로만 나타나고,[22] 덕을 닦고자 하여도 향기
가 모자랍니다.[23] (혹시 폐질을 고칠 수 있을까 하여) 항상 의원 문 앞에
서 빗자루를 쥐고 청소라도 하려 하고,[24] 난실(蘭室)에서 머물기를 원했
지만,[25] 좋은 기회가 주어지지 않아서, 숙원을 이루는 것이 많이 어긋났
습니다. 예전에 상공께서는 쇠잔한 혼이 일어나 뛰게 하고, 쌓았던 생각

---

20) 본편은 이길보 상공이 서찰을 보내준 것에 감사하는 글이다. 유종원은 당시 아무도
　감히 자신에게 관심을 나타내지 않음으로 인해 더욱 심한 고독과 고통에 시달렸다. 이
　때 이길보가 서찰을 보내준 것에 유달리 반갑고 고마운 심정이 담겨 있다.

21) 원화 5년(810)이다.

22) 『정현별전(鄭玄別傳)』에 나온다. 임성(任城)의 하휴(何休)가 공양학을 좋아하여, 마침내
　『공양묵수(公洋墨守)』·『좌씨고황(左氏膏肓)』·『곡량폐질(穀梁廢疾)』이라는 책을 지었는
　데, 정현이 『묵수』를 발양하고, 『고황』에 침을 놓고, 『폐질』이 낫게 했다는 이야기가
　전해진다.

23) 『상서』에 나오는 '서직(黍稷)이 향기로운 게 아니라, 밝은 덕이 오직 향기롭다'는 말
　을 인용한 것이다.

24) 『장자』에서 "훌륭한 의원 집에서는 병든 자를 버려두지 않는다"는 말에서 나왔다.
　자신의 병통을 고치고 싶어했음을 말하려는 것이다.

25) 『가어(家語)』에 나오는 말로, '선인(善人)과 함께 있는 것은 지란(芝蘭)이 자라는 방에
　들어가는 것과 같다'고 했다.

을 분발 고양하게 하고, 불꺼진 재처럼 사그라드는 기를 격동시키고, 몽당 빗자루 같은 붓으로 글을 써서 연무 낀 하늘에 올려서 혼미함을 뚫고 뚜렷이 보이게 하셨습니다. 지금은 손에 이슬을 떨궈주시고 청풍이 품으로 들어오게 하여, 붉은 죄수복에 화려한 도포를 입혀주시고, 함정에 빠진 저를 용문에서 굽어살피셨습니다. 마치 조경(藻鏡)이 활짝 열려서 추호(秋毫)마저 밝게 비추는 듯하고, 가벼운 바람이 살며시 불어와 추운 골짜기에 빛이 돌게 하는 것과 같습니다. 맺히고 우울한 의지를 변화시켜 마치 청명한 하늘을 본 듯하게 했고, 두렵고 긴장된 마음을 변화시켜 마치 위로와 추천을 받은 듯하게 하였습니다. 범상하지 않은 행운이니, 어찌 이 생에서만 영광이겠습니까? 엎드려 생각하건대 회해(淮海)는 구천(九天)의 끝만큼 멀고, 소상(瀟湘)은 백월(百越)의 풍속이 섞인 곳입니다. 제게 보여주신 관심과 염려는 은하수에 길게 걸려 있고, 떠도는 형체와 유골은 영원히 이매(魑魅)의 무리로 전락할 것입니다. 어떻게 은혜를 갚을 수 있겠습니까? 마땅히 결초보은할 것입니다. 기쁘고 두렵고 감사하고 연모하는 마음 가눌 길이 없습니다.

宗元啓: 六月二十九日, 衡州刺史呂溫道過永州, 辱示相公手札, 省錄狂瞽, 收撫羈縲, 沐以含弘之仁, 忘其進越之罪. 感深益懼, 喜極增悲, 五情交戰, 不知所措.

宗元性質庸塞, 行能無取, 著書每成於廢疾, 進德且乏其馨香. 常願操篲醫門, 掬溜蘭室, 良辰不與, 夙志多違. 昨者踊躍殘魂, 奮揚蓄念, 激以死灰之氣, 陳其弊箒之辭, 致之煙霄, 分絶流眄. 今則垂露在手, 淸風入懷, 華袞濫褒於赭衣, 龍門俯收於坳井. 藻鏡洞開, 而秋毫在照; 文律傍暢, 而寒谷生輝. 化幽鬱之志, 若覿淸明; 換兢危之心, 如承撫薦. 非常之幸, 豈獨此生? 伏以淮海劇九天之邈, 瀟湘參百越之俗. 傾心積念, 長懸星漢之上; 流形委骨, 永淪魑魅之群. 何以報恩? 唯當結草. 無任喜懼感戀之至.

상강릉조상공기소저문계(上江陵趙相公寄所著文啓 : 지은 글을
강릉 조상공에게 보내며 올리는 계)[26]

종원이 계(啓)를 올립니다. 예전에 일찍이 최비부(崔比部)를 모시고 자리
를 함께 할 기회가 있었습니다만,[27] 그분께서 "지금 글을 쓰는 사람 중
조사훈(趙司勳)보다 나은 사람은 없지"라고 말씀하시는 것을 들었습니다.
그로부터 항상 제가 지은 것을 잘 다듬어 귀하게 보여드리고 싶었습니다
만, 글이 제대로 이루어지지 않는 것이 한이었고, 보여드릴까 하다 그만
둔 것이 거의 열 몇 차례였습니다. 다행히도 죄를 짓고 쫓겨 숨어 살게
되면서 글 쓰는 일을 다시 할 수 있어서, 예전과 비슷하게 되어, 볼만한
것이 대략 생기게 되었습니다. 그러나 또한 죄상이 크게 드러나서, 황야
에서 기꺼이 죽으며, 고루한 실력이나마 귀하게 인정을 받기를 청하지 않
는다면, 참으로 이 세상에서 막막하게 헛된 삶을 마치게 될 것입니다. 삼
가 잡문 10수를 바칩니다. 몇 글자 회신하시어 옳고 그름을 가려주셔서
세상에 남을 수 있게 해주신다면, 살아서는 만이의 땅에서 살고, 죽어서
는 혼이 원귀와 다닌다 해도, 사양하지 않는 바입니다. 함부로 위엄을 모
독한 듯하여, 삼가 전율과 황송이 더할 뿐입니다. 삼가 계(啓)를 올립니다.

宗元啓 : 往者嘗侍坐於崔比部, 聞其言曰 : "今之爲文, 莫有居趙司勳
右者." 自是恒欲飾其所論著, 薦之閣下, 病其未就, 將進且退者殆十數焉.
幸以廢逐伏匿, 獲伸其業, 類於嚮者, 若有可觀. 然又以罪惡顯大, 甘死荒
野, 不能出其固陋, 以求知於閣下, 則固昧昧徒生於世矣. 謹獻雜文十首.

---

26) 본편은 조종유(趙宗儒)에게 자신의 시문을 보내며 쓴 것이다. 조종유의 자는 병문(秉
文)으로, 등주(鄧州) 양(穰) 사람이다. 원화 3년(808), 동도유수(東都留守)에서 형남(荊南) 절
도사로 옮겼다. 이때를 전후하여 유종원은 조종유에게 세 차례 계(啓)를 올렸다.
27) 최비부의 이름은 붕(鵬), 자는 원한(元翰)이다.

儻還以數字, 定其是非, 使得存於世, 則雖生與蠻夷居, 魂與魑魅游, 所不辭也. 輕瀆威重, 伏增戰惶. 謹啓.

상엄동천기검문명계(上嚴東川寄劍門銘啓 : 엄동천에게 「검문명」을 보내며 올리는 계)[28]

종원이 계(啓)를 올립니다. 엎드려 생각하건대 복야께서는 인후(仁厚)한 덕으로 백성을 키우고, 용기와 정의로 국난을 평정하셨으며, 검문(劍門)에서 용병하신 일은 천하에서 첫손가락에 꼽히는 일입니다. 그 험난하고 견고한 곳을 쟁취하여 우리의 요충이 되게 하여,[29] 황제의 군대가 그 문으로 들어가서 여유있게 사방으로 분포되어 결국 막힘이 없게 하셨습니다. 이런 귀하의 공훈은 만고에 드러내 인멸되지 않도록 해야 마땅합니다.

저는 죄를 짓고 명을 기다리는 처지여서, 아침 저녁으로 바라봅니다만, 길이 너무 멀어 당시의 위세와 명성을 모두 듣지는 못했습니다. 그러나 저를 생각해주신 은혜를 삼가 생각하면, 그 성대한 덕에 뛰어오를 듯이 기쁘건만, 혹시 이 오지의 열병으로 세상을 떠나서 끝내 귀하의 은혜에 조금이라도 보답하지 못하게 될까 두려울 따름입니다. 그러므로 밤낮으로 염려하며, 편안히 지내지 못했습니다. 지금 몸은 비록 버림당했지만, 문장은 그래도 혹시 세상에 전해지기를 바라니, 또한 귀하의 공적으

---

28) 본편은 엄려(嚴礪)에게 「검문명」을 보내며 쓴 것이다. 엄동천은 엄려로, 자는 원명(元明)이며, 엄진(嚴震)의 집안 사람이다. 원화 원년(806), 유벽(劉闢)이 반란을 일으켜, 산남서도절도사로 유벽을 토벌하였고, 검교상서좌복야로 동천절도사를 맡았다. 「검문명」(제20권) 참조.

29) 엄려는 고숭문(高崇文)과 함께 유벽을 토벌하게 되었는데, 검주(劍州)를 빼앗고, 자사 문덕소(文德昭)를 참했다. 이로 인해 험난한 요새를 나누어 지켜 반란군의 심장부가 궤멸되게 했다.

로 인하여 불후의 문장이 되지나 않을지 모르는 일인데, 감히 묵묵히 있기만 하겠습니까? 삼가 「검문명」 한 수를 지어서, 황공하게 바칩니다. 참으로 크나큰 지략에 걸맞지는 못하지만, 또한 제 평생의 마음을 펼쳐내는 바입니다. 너무나도 부끄럽고 두려움을 어찌 해야 할지 모르겠습니다.

宗元啓: 伏惟僕射以仁厚蓄生人, 以勇義平國難, 而劍門用兵之事, 最爲天下倡首. 取其險固, 爲我要衝, 王師得以由其門而入, 彷徉布濩, 遂無留滯. 是閣下之勳力, 宜著於萬祀而不已也.

宗元負罪俟命, 晷刻觀望, 道里深遠, 不得悉聞當時之威聲. 然而竊以累受顧念, 踴躍盛德, 恐沒身炎瘴, 卒無以少報於閣下. 是以晝夜恟恟, 不克自寧. 今身雖敗棄, 庶幾其文猶或傳於世, 又焉知非因閣下之功烈, 所以爲不朽之一端也, 敢默默而已乎? 謹撰劍門銘一首, 惶恐獻上. 誠無以稱宏大之略, 亦足以發平生之心. 不勝慚懼戰越之至.

상강릉엄사공헌소저문계(上江陵嚴司空獻所著文啓 : 지은 글을 강릉 엄사공에게 바치며 올리는 계)[30]

종원이 계(啓)를 올립니다. 엎드려 생각하건대 예전에 사공께서 상서랑으로부터 태원소윤(太原少尹)으로 부임하실 때,[31] 제가 천장(天長)에서 직접 뵙고 안부를 여쭙고,[32] 대대로 이어지던 교분을 더 다지고 왕래를 허

---

30) 본편은 엄수에게 글을 보내며 쓴 것이다. 엄수(嚴綬)는 화주(華州) 화음(華陰) 사람으로 엄정(嚴挺)의 종손이다. 원화 6년(811) 3월, 엄수를 검교사공으로 임명하여, 형남절도사·관찰사·탁지사 등을 맡고 강릉윤을 겸임하도록 했다.
31) 정원 연간에 엄수는 형부원외랑에서 태원소윤이 되었고, 얼마 후 북도부유수(北都副留守) 자리가 더해지고, 또 행군사마 자리가 더해졌다.

락하신 바 있습니다. 그후 사공께서는 여러 번 총애를 입고 영예를 만나, 신하로서 최고의 자리에 오르셨습니다.[33] 저는 조정 대열에서 죄를 얻어, 상수(湘水) 남쪽에서 숨어지내게 되었습니다. (사공께서는) 저 하늘 끝처럼 높아지시기만 하고, (저는) 갈수록 영영 진흙 속에 버려져, 아득히 저 높이 올려다보아도 가까이 다가가 말씀 나눌 길이 없었습니다. 사공께서 옛 형주(荊州) 지역에 임하시어 남쪽 강역을 통솔하시게 되어, 길이 멀지 않아 덕망의 교화를 입게 되었기에, 이에 감히 진흙탕 속에서 몸을 떨쳐 일으켜, 우러러보며 빛을 내려주시길 바랍니다. 엎드려 생각하건대 외롭고 비천한 저의 처지를 가련히 여기시어 특별히 보살펴 주신다면, 갇혀 지내는 치욕이 해소될까 하는 바람이 있으며, 그저 지저귀고 짖는 재능일지언정 귀하게 바칠 수 있게 되기를 기대합니다. 삼가 잡문 일곱 편을 보내드리오니, 엎드려 생각하건대 한 글자라도 비평을 해주신다면, 종신의 행복 중 그보다 더한 것은 없을 것입니다. 함부로 위엄에 손상을 끼치지나 않았는지, 자꾸만 두렵고 떨리는 바입니다.

宗元啓 : 伏念往歲司空由尙書郞出貳太原, 宗元獲於天長專用候謁, 伏蒙叙以世舊, 許造門闌. 自後司空累膺寵榮, 位極公輔. 宗元得罪朝列, 竄身湘南. 霄漢益高, 泥塵永棄, 瞻仰遼絶, 陳露無由. 司空統臨舊荊, 控制南服, 道路非遠, 德化所覃, 是敢奮起幽淪, 仰希光耀. 伏惟憫憐孤賤, 特賜撫存, 則縲絏之辱, 有望蠲除, 鳴吠之能, 猶希效用. 謹獻雜文七首, 伏惟以一字定其褒貶, 終身之幸, 無以加焉. 輕瀆威嚴, 伏增戰越.

32) 천장은 역참 명칭이다.
33) 엄수는 여러 차례 승진하여 상서우복야·검교사공 등에 이르렀다.

상영남정상공헌소저문계(上嶺南鄭相公献所著文啓 : 지은 글을 영남 정상공에게 바치며 올리는 계)[34]

종원이 계(啓)를 올립니다. 본 주(州) 위사군에게 보내신 서찰을 보았습니다만,[35] 외람스럽게도 안부를 물어보아주시어, 놀랍고 부끄럽고 슬프고 황공하여, 만감이 교차했습니다. 날이 다 가도록 거듭 생각해도, 어쩌면 좋을지 알 수가 없었습니다. 참으로 다행입니다, 참으로 다행입니다. 저는 평소 지혜와 능력이 부족하고 또한 신중함도 모자라서, 한번 죄를 얻고 나서 지금까지 8년이 지났습니다. 가련하고 부끄러워 외로이 그림자만 위로하며 지난날 잘못을 탓하면서, 종신토록 이렇게 버려져 자신의 입장을 밝힐 길이 없을 것이라고 스스로 생각했는데, 뜻밖에도 상국께서 관심을 가지고 특별히 성명을 기억해 주셨습니다. 깊고 어두운 동굴에 갇혀 있던 자가 갑자기 태양을 올려본 듯하며, 진흙탕에 빠진 자가 마침내 맑은 물에 스스로 씻은 것과 같습니다. 마음이 통쾌하고 두눈이 번쩍 뜨여, 어떻게 표현해야 좋을지 모르겠습니다. 삼가 성인의 도는 앞으로 나아가도록 격려할 뿐 지난 것은 추궁하지 않는다고 생각하여, 감히 글을 쓰고 마음과 정신을 깨끗이 씻어서 문하에 바치며, 준엄한 가르침을 삼가 기다립니다. 거두어 보살펴 주시고 격려해 주시어 저의 바람이 이루어지도록 해주시길 삼가 바랍니다. 삼가 잡문 36편을 올려드리니, 천지 분간 못하고 욕보시게 한 듯하여 황공하기 짝이 없을 뿐입니다.

宗元啓 : 伏見與當州韋使君書, 猥賜存問, 驚怍悼懼, 交動於中. 循念竟日, 若無容措. 幸甚幸甚. 宗元素乏智能, 復闕周愼, 一自得罪, 八年于

---

34) 본편은 정인이 유종원에게 문안하는 서찰을 보낸 것에 감사하며 또한 그동안 지은 글을 보낸다는 내용의 글이다. 헌종 초기, 정인(鄭絪)을 동평장사에 임명했다. 이어 조정을 나서서 영남절도사·광주자사를 겸임하게 했다.
35) 위사군은 당시 영주자사를 말한다.

今. 兢愧弔影, 追咎旣往, 自以終身沉廢, 無跡自明, 不意相國垂愍, 特記名姓. 守突奧者, 忽仰睎於白日; 負泥塗者, 遂自濯於淸源. 快心暢目, 不知所喩. 伏以聖人之道, 與其進也不保其往, 故敢藻飾文字, 洗滌心神, 致之門下, 祇俟嚴命. 伏惟收撫獎勵, 以成其終. 謹獻雜文三十六首, 冒昧上黷, 無任踊躍惶恐之至.

상이중승헌소저문계(上李中丞獻所著文啓 : 지은 글을 이중승에게 바치며 올리는 계)[36]

　종원이 계(啓)를 올립니다. 저는 특별한 재능이 없고, 그저 글 쓰기를 좋아하여, 애시당초 이것으로 관직에 나갔고, 결국 이것으로 관직에서 물러났습니다. 지금은 죄를 두려워하고 지난 허물을 후회하면서 엎드려 숨어서 두려움에 떨면서도 아직 그 버릇을 버리지 못했습니다. 때로 고개 들고 슬픈 노래를 길게 읊조리며 울분을 내뱉고, 이로 인해 붓을 들어 글을 써서 가죽끈으로 엮으니, 대략 몇권이 되었습니다. 엎드려 생각하건대 귀하께서는 문장으로 고관의 자리에 오르셔서 한쪽을 통솔하시고, 저는 다행히도 죄를 지은 인연으로 귀하의 부내(部內)에 나란히 속하여 편입되게 되었으니, 바로 이때 그동안 지은 것을 보여드려 위대한 군자께서 보아주시기를 바라지 않는다면, 너무나 못나고 스스로를 버리는 격이 될 것입니다. 최근에 쓴 글과 경사에서 관직에 있을 때 썼던 글을 감히 다듬어 추리니 모두 세 권으로, 도합 43편입니다만, 감히 너무 번다하게 선별하지 못했기 때문입니다. 만약 혹시라도 채택하실 만한 것이 있

---

36) 본편은 이중승에게 글을 보내며 쓴 것이다. 이중승은 바로 호남의 이중승으로, 앞 권(제35권)에서 두 계(啓)의 수신자와 같은 인물이다.

다고 여기신다면, 마땅히 나머지도 정리하여 보내드려서 중승의 궤석에
제 졸필이 감히 좀 더 자리를 차지하도록 하겠습니다. 제 처신이 비루하
고 투박하여, 엎드려 황공하기만 합니다. 삼가 계(啓)를 올립니다.

宗元啓 : 宗元無異能, 獨好爲文章, 始用此以進, 終用此以退. 今者畏罪
悔咎, 伏匿惴慄, 猶未能去之. 時時擧首, 長吟哀歌, 舒泄幽鬱, 因取筆以書,
紉韋而編, 略成數卷. 伏念閣下以文章昇大僚, 統方隅, 而宗元幸緣罪辜, 得
與編人齒於部內, 不以此時露其所爲, 以希大君子顧視, 則爲陋劣而自棄
也. 敢飾近文, 及在京師官命所草者, 凡三卷, 合四十三篇, 不敢繁故也. 儻
或以爲有可采者, 當繕錄其餘, 以增几席之汚. 去就鄙野, 伏用兢惶. 謹啓.

상배행립중승찬자가주정기계(上裴行立中丞撰訾家洲亭記啓 : 배행립 중승의 명으로 「자가주정기」를 써 올리는 계)[37]

삼가 명을 받들어 이상과 같이 「자가주정기(訾家洲亭記)」를 써서 올립
니다. 경치가 특별히 뛰어나면 반드시 절묘한 재능을 지닌 자가 나타나
길 기다려서 그 모든 문장력을 동원하여 쓰도록 해야 한다고 삼가 생각
합니다. 지금 이 정자의 빼어난 경관은 천하에서 으뜸인데, 외람스럽게
도 비루한 저더러 「기(記)」를 쓰도록 하셨습니다. 삼가 준엄한 명을 받잡
고 감히 극구 사양하지도 못하여, 물러나 스스로 헤아려보매, 두려워 땀
이 흘렀습니다. 여러 번 유람을 함께 모시면서, 삼가 경치와 경물을 관찰

---

37) 본편은 계관(桂管)관찰사 배행립의 부탁으로 「계주자가주정기」를 쓴 것을 보내면서
쓴 것이다. 원화 12년(817), 어사중승 배행립을 계관관찰사로 임명했다. 유종원이 이에 글
을 써서 보낸 것은 원화 13년(818) 이후 유주에 있을 때일 가능성이 크다.

하고, 열흘이 넘도록 이리저리 구상을 했지만, 만분의 일도 이루지 못했습니다. 삼가 거듭 상세히 헤아리면서, 진퇴양난으로 마치 추락할 듯 했습니다. 오랫동안 윤문하여 글을 완성하면 분부를 너무 늦게 이행한 죄를 짓게 되고, 너무 속히 서둘러서 공허하고 경박하면 또한 분부를 너무 소홀히 대한 잘못을 저지르는 것이 됩니다. 기일을 어겨서 일을 그르치는 것은 제가 더더욱 두려워했던 바입니다. 삼가 「기」를 완성하여 바칩니다. 물러나서도 스스로 두려워 몸둘 곳을 모르며, 어찌 해야 좋을지 모르겠습니다. 너무나 황공한 심정을 어찌지 못하옵니다.

右伏奉處分令撰訾家洲亭記. 伏以境之殊尤者, 必待才之絶妙以極其詞. 今是亭之勝, 甲於天下, 而猥顧鄙陋, 使爲之記. 伏受嚴命, 不敢固讓, 退自揣度, 惕然汗流. 累奉游宴, 竊觀物象, 涉旬模擬, 不得萬一. 竊復詳忖, 進退若墜. 久稽篆刻, 則有違慢之辜; 速課空薄, 又見疎蕪之累. 愆期廢事, 尤所戰慄. 謹修撰訖, 上獻. 退自跼蹐, 不知所裁. 無任隕越惶恐之至.

상하양오상서계(上河陽烏尙書啓: 하양 오상서에게 올리는 계)[38]

종원이 계(啓)를 올립니다. 엎드려 생각하건대 상서께서는 큰 덕과 뛰어난 재능을 타고나, 대를 이어 공훈과 업적이 빛났습니다.[39] 양하(兩河)의 난리를 평정하고,[40] 삼성(三城)에서 공을 세워,[41] 정이(鼎彝)와 죽백(竹帛)에

---

38) 본편은 오중윤(吳重胤)이 양하(兩河)의 난을 평정하고 삼성(三城)에서 공을 세우는 등 대대로 무공을 세운 것을 찬양하는 내용을 담은 글이다.

39) 중윤(重胤)의 부친은 승빈(承玭)으로, 평로군(平盧軍)에서 공을 세웠다.

40) 중윤은 젊어서 노주(潞州) 아장(牙將)이 되어, 좌사마(左司馬)를 겸했다. 절도사 노종사(盧從史)가 왕승종(王承宗)을 토벌하라는 조서를 받았으나, 몰래 적과 내통했다. 토돌승

기록해도 충분하지 못할 정도입니다.[42] 나아가 여상(汝上)에 임하여 동방을 다스리시니,[43] 어엿한 나라의 장성(長城)이라, 조야(朝野)가 모두 기대고 의지하는 바 되었습니다. 제가 비록 먼 땅으로 버림받아 있는 처지이나 덕망과 명성을 익히 들었습니다. 직접 채찍 들고 상서 휘하 부대의 대오에 참여하지 못하는 게 한스러워, 밤낮으로 발을 동동 구르느라 편안히 있을 수 없었습니다. 엎드려 생각하건대 상서의 위엄이 떨치는 곳이면 광분해 날뛰던 적들도 이미 두려워 떠니, 막대한 공적을 또한 거듭해서 쌓으셨습니다. 저는 오래 전부터 글재주로 세상에 진출하여, 일찍이 옛 사람들이 이룬 일을 좋아하였으니, 상서의 공 또한 마땅히 필기 도구 준비하여 아름답게 수를 놓아, 큰 공을 찬양해서 영원히 썩지 않고 전해지도록 해야 합니다. 하늘 끝 은하수 올려보니 연모하는 마음 더더욱 깊어집니다. 위엄에 손상을 끼쳤을까 하여, 삼가 두렵고 떨림만 더할 뿐입니다.

宗元啓 : 伏以尙書以碩德偉才, 代著勳烈. 兩河定亂, 三城建功, 鼎彝竹帛, 未足云紀. 進臨汝上, 控制東方, 隱然長城, 朝野倚賴. 宗元雖屛棄遐壤, 而飽聞德聲. 所恨不獲親執鞭弨, 以備戎伍, 夙夜踊躍, 不克寧居. 伏以威稜所加, 狂狡已震, 莫大之績, 重復增崇. 小子久以文字進身, 嘗好古人事業, 專當具筆札, 拂繡紕, 贊揚大功, 垂之不朽. 瞻望霄漢, 戀慕交深. 冒黷威嚴, 伏增戰越.

최(吐突承璀)가 토벌하려고 중윤에게 알렸다. 원화 5년(810) 4월, 중윤이 노종사를 포박하여 바쳤다. 휘하 병사들이 무기를 가지고 맞서려고 하여, 중윤이 "천자께서 명하시길, 따르는 자는 상을 주고, 어기는 자는 참하라 하셨다"라고 질타하자, 병사들은 손을 거두고 각자 위치로 돌아가, 감히 동요가 없었다.

41) 헌종은 중윤의 공을 훌륭하게 여겨 하양을 통솔하도록 발탁했다. 하양에 세 성(城)이 있었기 때문에 하양삼성절도라고 했고, 나중에 횡해(橫海)로 옮겼다. 황제가 회(淮)·채(蔡)를 토벌할 때, 중윤더러 조서를 내려 적지를 진압하도록 했다.

42) 정이(鼎彝)란 종묘에 설치한 거대한 솥으로, 주로 큰 공을 세운 인물 및 사적을 기록하여 영원히 보존하려는 용도로 쓰였다.

43) 원화 9년(814) 윤 8월, 중윤을 여주(汝州) 자사로 삼아, 하양·회(淮)·여(汝) 절도사로 충임하고, 여주로 옮겨 다스리도록 했다.

제37권 표(表)

예부위백관상존호표(礼部為百官上尊号表 : 예부에서 백관을 위하여 존호를 올리는 글)[1]

신 아무개가 아룁니다. 성왕께서 천자의 지위를 계승하면 신하들은 반드시 정성을 다하여 존호를 바쳐야 합니다. 어찌 감히 간사한 일을 꾸미

---

[1] 본편은 헌종(憲宗) 즉위 후 예부원외랑(禮部員外郎)으로 있던 유종원이 백관을 대신하여 천자에게 존호를 올리는 것을 허락할 것을 청하는 글이다. 표(表)는 신하가 천자에게 올리는 상주문의 일종이다. 존호(尊號)는 원래 제후(帝后)나 그 선왕 및 종묘를 높여 부르는 칭호이다. 그러나 당대(唐代)에 와서는 제(帝)·후(后)의 칭호 위에 다시 칭호를 더하게 되었다. 당 고종(高宗)이 무후(武后)의 뜻을 따라 천황(天皇)이라는 존호를 사용하자 무후는 천후(天后)라고 불렸고, 중종(中宗)이 위서인(韋庶人)의 욕심을 따라 응천(應天)이라 부르자 위서인은 순천(順天)이라 불렸고, 명황(明皇)은 개원(開元) 22년(733)에 이르러 개원성문신무(開元聖文神武)라는 칭호를 사용하였다. 이로부터 천자의 존호 사용은 법이 되었다. 숙종(肅宗)은 즉위 3년 정월에 존호를 더하였고 대종(代宗)은 즉위한 다음 해 7월 군신들이 존호를 올렸다. 헌종(憲宗)은 영정(永貞) 원년(805) 8월에 제위에 올랐으니 예부(禮部) 백관

겠습니까? 이것은 예(禮)에 맞습니다. 존호를 바침으로써 첫째 천지 신령께 알리고, 둘째 종묘사직을 받들며, 셋째 중국과 오랑캐를 안정시키게 되니 높고 위대한 칭호를 어찌 폐할 수 있겠습니까? 신(臣) 등은 참으로 기뻐하고 참으로 기대하면서 머리를 조아리고 조아립니다.

엎드려 생각하건대, 황제 폐하께서는 주(周) 문왕(文王)과 같은 효덕(孝德)[2]을 갖추시고, 우(禹)임금과 같이 근검절약하시고, 요(堯)임금이 하늘을 본받던 전통을 더욱 빛나게 하시고,[3] 은(殷)나라 탕(湯)임금이 그물을 제거했던 것보다 훨씬 너그러우십니다.[4] 한 달이 되지 않았는데 천하의 기상이 온화하게 변하고 있으니 원단(元旦)에 이르면 온 세상은 더욱 다시 태어남에 즐거워할 것입니다. 그러나 신령의 바램과 억조창생(億兆蒼生)의 마음에 불안한 바가 있으니 다들 말하기를 모두 완전하지는 못하다고 하면서, 황제의 덕은 널리 충만한데 존호가 오히려 빠졌다고 여기고 있습니다. 교(郊) 제사와 사당의 제례에서 예를 갖추기는 하였지만 복을 비는 말이 없으므로 모든 백성들이 마음속으로 전전긍긍하고, 중국과 오랑캐가 다 주시하고 있습니다.

은 다시 이 법을 따라서 의논해야 했다. 유종원은 이때 예부원외랑(禮部員外郎)이었으므로 이 표를 지은 것이다. 표(表) 본문에 "한 달이 되지 않았는데 천하의 기상이 온화하게 변화하려 하고 있다"라고 하였으니 헌종이 즉위한 지 한 달 정도 지나서 이 표를 지었음을 알 수 있다. 그러나 유종원은 왕숙문 당에 연루되어 이해 9월 소주자사(邵州刺史)로 축출되었고 이어서 영주사마(永州司馬)로 폄적되었다. 원화(元和) 3년(808)에 이르러 헌종에게 비로소 존호를 올렸는데 그때 유종원은 영주에 있었고 예부에는 참여하지 못하였다.
2) 효덕은 조상을 높이고 부모를 사랑하는 인품과 덕성을 말한다.
3) 『논어』에 "하늘이 위대한데 요임금만이 하늘을 본받았다[惟天爲大, 惟堯則之]"라고 하였다.
4) 『사기』「은본기(殷本紀)」에 "탕임금이 나가서 들을 바라보고 그물을 사면으로 펼쳐놓고는 "천하사방으로부터 모두 내 그물로 들어오라"고 축원하였다. 탕임금이 "아, 다하였구나!"라고 말하였다. 이에 그 삼면을 제거하고 "왼쪽으로 가고 싶으면 왼쪽으로 가고 오른쪽으로 가고 싶으면 오른쪽으로 가라. 명령을 하지 않아도 내 그물에 들어 오라"고 축원하였다. 제후들이 이를 듣고는 "탕임금의 덕이 지극하여 금수에까지 미치는 구나"라고 말하였다[湯出, 見野張網四面, 祝曰: "自天下四方皆入吾網." 湯曰: "嘻, 盡之矣!" 乃去其三面, 祝曰: "欲左, 左. 欲右, 右. 不用命, 乃入吾網." 諸侯聞之, 曰: "湯德至矣, 及禽獸]"라는 기록이 있다.

신이 삼가 살펴보건대, 옛날 고요(皐陶)가 순(舜)임금을 칭송하고 이윤(伊尹)이 탕임금을 칭송한 것은 모두 신하가 지극히 공정하게 면전에서 천자를 찬양하여 훌륭한 명성을 당대에 퍼뜨리고 후세에 끝없이 퍼지게 한 것이니 어찌 과장된 것이겠습니까? 모두 사실에서 비롯된 것으로 제왕의 존호는 아마 여기에서 시작되었을 것입니다. 황가(皇家)의 광채가 사방을 덮고 조종(祖宗)의 공업(功業)이 빛나서 시절이 태평성대가 되면 존호로 덕을 드러내는 법인데 이는 신이 직접 보고 들은 바요, 전적에도 기재되어 있습니다. 전대의 전례에서 그것을 찾아보면 위에서 서술한 바와 같고 성조(聖朝)의 사적에서 그것을 살펴보아도 또한 이와 같습니다. 지금 점을 쳐보니 길하다는 점괘가 나왔고, 원단은 근신하는 기간으로 만물이 새로워지는 때이니, 바로 황천(皇天)에 크게 전례를 지낼 날입니다. 폐하께서 천지에 제사하고 종묘에서 제사를 지내어 음양이 조화를 이루고 동식물이 서로서로 번창하는데도 지극히 존귀한 칭호를 세우지 아니하면 이것은 아마도 열성(列聖)의 뜻에 어긋나는 일일 것입니다. 그러므로 신 등이 죽음을 무릅쓰고 상주하여 훌륭한 칭호를 올리기를 청하는 것입니다. 엎드려 바라건대 폐하께서는 겸양의 절조를 거두시고 신들이 간절히 바라는 마음을 편안하게 하셔서, 명유(名儒)·예관(禮官)과 백관(百官)·중신(衆臣)에게 특별히 조를 내려 옛 전례를 자세히 밝히고 성덕(聖德)을 의논하여 높이도록 하십시오. 그러면 사람들의 바람이 길이 흡족해지고, 신령의 마음이 편안해질 것이며, 산천은 영험을 드러내어 폐하의 만수무강을 밝히 찬송하고, 축사(祝史)[5]는 미더움을 진술하여 폐하의 불후의 공업을 길이 드러낼 것입니다. 신 등은 나라의 총애와 영광을 입어 조정 반열에 자리를 차지하고 있는 바, 지극히 간절한 마음으로 바라고 있습니다.

---

5) 축사는 제사를 맡은 관리를 말한다.

臣某言 : 伏以聖王之纂承天位也, 臣子必竭懇誠, 獻尊號, 安敢爲佞, 禮在其中. 一則以告天地神祇, 二則以奉宗廟社稷, 三則以安華夏蠻貊, 巍巍大稱, 其可廢乎? 臣等誠歡誠望, 頓首頓首.

伏惟皇帝陛下, 協周文之孝德, 齊大禹之約身, 弘帝堯之法天, 過殷湯之解網. 未踰周月, 四海將致於時雍; 俯及元正, 率土更欣於再造. 然神人之願, 億兆之情, 有所不安, 率謂未盡善者, 以爲帝德廣運而尊號猶闕. 郊廟備禮而祝嘏無詞, 凡百兢懷, 華夷屬望.

臣謹按昔皐陶之頌舜, 伊尹之頌湯, 皆臣子至公, 面揚君父, 以敷於當代, 以播於無窮, 夫豈飾哉! 率由事實, 帝王尊號蓋漸於此. 皇家光被四表, 祖宗列文, 時當大和, 尊號表德, 耳目所接, 簡牘斯存. 稽之於前典則如彼, 考之於聖朝又如此. 今龜筮習吉, 元正戒期, 當品物維新之時, 乃皇天大禮之日. 陛下郊天地, 饗宗祧, 陰陽協和, 動植交暢, 不建至尊之稱, 恐違列聖之心. 所以臣等冒死陳聞, 請上徽號. 伏惟陛下小謙讓之節, 安延企之情, 特詔名儒禮官, 百僚庶尹, 詳明故實, 議崇聖德, 則人望永厭, 神心獲安. 山川效靈, 光贊無疆之壽, 祝史陳信, 永彰不朽之功. 臣等蒙國寵榮, 備位班列, 無任懇望之至.

제이표(第二表 : 두 번째 글)[6]

신 아무개 등은 아룁니다. 신 등이 재차 충심을 말씀드리거니와, 삼가 존호를 바쳤지만 황상께서 받아들이지 않으시니 어찌할 바를 모르겠습니다. 신 아무개는 참으로 황공하여 머리를 조아리고 조아립니다.

---

6) 본편은 위 「예부위백관상존호표(禮部爲百官上尊號表)」의 두 번째 글에 해당한다.

삼가 살펴보건대, 요(堯)임금은 "아아, 너 순(舜)이여"라고 말씀하셨고, 순임금은 "오너라, 너 우(禹)여"라고 말씀하셨으며, 탕(湯)임금은 "나는 매우 용맹스럽다"고 말하고 스스로 무왕(武王)이라고 불렀으니, 요·순·우·탕은 모두 당시 제왕의 호칭입니다. 황제의 옛일을 고찰하고 옛날 성인의 법도를 검증해보니 정말로 예(禮)의 경전에 합치되고 전적에 밝게 나타나 있습니다. 엎드려 생각하건대, 황제폐하께서는 참으로 공손하고 겸손하시어 자신을 단속하고 존호를 사양하면서, 천지에 견줄만한 공업을 이루고도 차지하지 아니하시고, 윗사람을 편안하게 하고 사람들을 다스리는 덕을 버려두고 논하지 아니하십니다. 폐하의 말씀이 지당합니다만 뭇 신하들이 삼가 바라는 바는 아닙니다. 신 등이 삼가 생각하건대 존호라는 것은 상제(上帝)에게 제사하고 조종(祖宗)에게 제사지내는데 필요한 것이며, 만인들이 부르는 바요, 온갖 오랑캐들이 우러러보는 바로서, 온 땅에 성덕을 드러내시고 사방에 천자의 명성을 공포하는 것입니다. 신하가 존호를 청하는 것을 예라 하고 제왕이 그것을 받아들이는 것을 효라고 합니다. 효는 사양하는 것보다 크고 예는 겸손보다 앞서거니와, 모든 제왕이 없애지 아니한 전례를 어떻게 폐할 수 있겠습니까?

신 등은 또 『춘추』는 오시(五始)에 근본을 두고 있다[7]고 생각합니다. 원(元)은 일년의 시작이요, 봄은 사계절의 시작이요, 왕은 천명을 받는 시작이요, 정월(正月)은 정치 교화의 시작이요, 하늘에 제사하는 대례(大禮)는 제위(帝位)에 오르는 시작입니다. 지금 천지의 기운이 잘 어우러져 좋은 시절로 나아가고 있고 그 시작을 바로잡는 아름다움이 바야흐로 한창입니다. 폐하께서는 굳게 뭇 신하들의 바램을 저버리고 겸허함을 고수하시는데 이 때문에 신 등은 뜻을 잃을까 전전긍긍하고 어찌할 바를 몰라 허둥지둥하면서 위로 엄한 법도를 무릅쓰고 감히 무거운 책임을 피하려는 것입니다. 엎드려 비옵건대 폐하께서는 신들의 목소리에 귀 기울

---

7) 오시(五始)는 『춘추』의 기사(紀事)가 원년(元年)·춘(春)·왕(王)·정월(正月)·공즉위(公卽位) 등 다섯 가지로 시작하는 것을 말한다.

여주시고 작은 정성을 살펴 받아들이셔서, 예관(禮官)에게 명령하여 신이 청하는 바를 의논하게 하시고 길일을 택하여 대례를 거행하고 경건하게 대통(大統)을 받들어 여기에 공경을 다하십시오 아직도 하늘의 빛이 밝게 비추지 못하고 제사 때 세 번 술을 바치는 것을 증명하지 못하여 조정에서 망설이고 있으니 엎드려 처벌을 기다리게 될까 두렵습니다. 지극히 두려운 마음으로 바라고 있습니다.

臣某等言: 臣等再陳丹悃, 謹獻鴻名, 天意未從, 隕越無措. 臣某誠惶誠恐, 頓首頓首.

謹按: 堯曰"咨爾舜", 舜曰"格爾禹", 湯曰"吾甚武", 自號曰武王. 則堯舜禹湯皆當時王者之號也. 考皇帝之故實, 徵往聖之憲章, 允協禮經, 煥乎圖諜. 伏惟皇帝陛下, 允恭克讓, 約己謙尊, 參天兩地之功, 爲而不有, 安上理人之德, 置而不論. 至哉王言, 非羣下所仰望也. 然臣等伏以爲尊號者, 所以類上帝, 饗祖宗, 萬人所稱, 百蠻所仰, 表聖德於率土, 播天聲於無疆. 臣下請之之謂禮, 帝王承之之謂孝, 孝大於讓, 禮先於謙, 百王不刊之典, 安可得而廢也?

臣等又以春秋本於五始, 元者, 一歲之首, 春者, 四時之首, 王者, 受命之首, 正月者, 政敎之首, 郊天大禮者, 立極之首. 今天地交泰, 俯臨元辰, 正始之美, 正當其運. 陛下確違羣願, 固守謙沖, 此臣等所以兢惕失圖, 恫惶無措, 上冒嚴憲, 敢逃厚責. 伏乞俯垂天聽, 察納微誠, 詔禮官議臣所請, 揆日推禮, 虔奉鴻休, 盡敬於此. 猶恐天光未照, 三獻無徵, 彷徨闕庭, 伏待斧鑕. 無任顒望之至.

예부하책존호표(禮部賀冊尊号表 : 예부에서 존호를 책서에 올린 것을 경하하는 글)[8]

신 아무개는 엎드려 모월 모일의 제(制)[9]를 받들었습니다. 폐하께서 존호를 받으시니 온 나라 신하와 백성들의 기쁨이 무궁합니다. 신이 듣기로 제위에 오르는 것은 위대하여 세상 사람들이 그 신묘한 공적에 보답할 수 없고, 천자가 되는 것은 존귀하여 만물이 그 성스런 덕을 높일 수가 없다고 합니다. 오직 훌륭한 칭호가 있어야만 중흥의 공적을 잘 드러내어 위로는 하늘의 마음을 살피고 아래로 사람들의 바람을 만족시킬 수 있습니다. 중사(中謝)[10]

엎드려 생각하건대, 원화성문신무법천응도황제(元和聖文神武法天應道皇帝)폐하께서는 천년의 공업을 계승하시어 광채가 천지사방을 덮고 모적(蟊螣)[11]을 모두 제거하여 복의 조짐이 모두 모이니 머리와 발을 가진 이들은 모두 태평함을 알게 되었습니다. 훈신(勳臣)들은 작록(爵祿)의 영예를 더하고 병사들은 상급이 후대에까지 미치는 총애가 더해져서 조그만 선도 반드시 기록되었고 미미한 공을 세운 자도 다 승진하였습니다. 그런

8) 본편은 헌종(憲宗)이 예부에서 올린 존호를 수용한 것에 대하여 경하하는 글이다. 문집에 제목이 「예부하책존호표(禮部賀冊尊號表)」라고 되어 있는 것은 잘못인 것 같다. 헌종(憲宗) 원화(元和) 3년에 처음으로 존호 예성문무황제(睿聖文武皇帝)를 더하였고 원화 14년 7월에 이르러 다시 원화성문신무법천응도황제(元和聖文神武法天應道皇帝)를 올렸는데, 공은 이때 유주자사(柳州刺史)로 나가 있었다. 표 본문에 "신은 오랑캐의 거친 땅을 얻어 지키고 있어 멀리서 성대한 전례를 받들게 되었습니다"라고 말하고 있으니 유주에서 지은 것이 분명하고 예부(禮部)에 있을 때 올린 표(表)는 아니다.

9) 제(制)는 제왕의 명령을 담은 조서(詔書)를 가리킨다.

10) 옛날 신하들이 천자에게 올린 표(表)에는 '참으로 황공하여 죽을 죄에 머리를 조아립니다[誠惶誠恐, 頓首死罪]' 등의 격식어를 사용하여 겸손과 공경의 뜻을 표시하였는데 후인들이 문집을 편집할 때 왕왕 이를 생략해버리고 곁에다 '중사(中謝)' 2자로 주를 달았다.

11) 모적(蟊螣)은 '모적(蟊賊)'이라고 쓰기도 하며 벼 싹을 갉아먹는 두 가지 해충을 말하는데 여기서는 사람이나 국가에 해를 끼치는 사람들을 비유한다.

데 폐하의 성스런 지략만은 일마다 보답을 사절하시니 만국이 실망하고 모든 관료가 원망하고 슬퍼하였던 것입니다. 이런 까닭에 원화(元和) 연간에 성대한 전례를 거행하여 하늘의 크나큰 복을 맞아들이고 역법을 정리하고 교령(敎令)을 엄정하게 하셨으니 확실히 성문(聖文)12)이라 말할 만 합니다. 민중과 화목하고 공을 평정(評定)하셨으니 이것이 바로 신무(神武)13)입니다. 운행하심에 하늘을 본받는 법천(法天)의 효용이 있고, 변화하심은 바로 도에 순응하는 응도(應道)의 방법입니다. 귀신이 계책을 돕고 오랑캐와 중국이 뜻을 같이 하여 성대한 전례가 세워지고 크나큰 은혜가 마침내 행해지게 되었습니다. 환호하는 소리가 멀리 구주(九州)에 가득 차고 아래에 베풀어지는 은택이 팔방에 두루 미치니 그 기쁨은 옛날을 뛰어넘고 그 아름다움은 장래에 으뜸입니다.

신은 오랑캐의 거친 땅을 얻어 지키고 있어14) 멀리서 성대한 전례를 받들게 되었습니다. 길바닥에 고인 물처럼 초라하지만 황하가 천년 만에 한번 맑아지기를 바라고 있고,15) 땅의 티끌처럼 미미하지만 산에서 함께 만세를 부르기를 원하고 있습니다.16) 경하(慶賀) 드림에 황공하기 그지없습니다.

臣某, 伏奉月日制, 陛下膺受尊號, 率土臣子, 慶抃無窮. 臣聞立極之大, 四海無以報神功; 配天之尊, 萬物不能崇聖德. 惟有徽號, 是彰中興, 所以上探天心, 下極人欲. 中謝.

伏惟元和聖文神武法天應道皇帝陛下, 統承千載, 光被六幽, 孟蟄盡除, 福應皆集. 有首有趾, 咸識太平. 勳臣增爵祿之榮, 戎士加賞延之寵, 片善

---

12) 성문(聖文)은 성인의 문장전적(文章典籍)으로 천자의 문덕(文德)을 가리킨다.
13) 신무(神武)는 원래 길흉화복으로써 천하를 복종시키고 형벌을 사용하지 않는 것을 말한다.
14) 유종원은 당시 유주자사(柳州刺史)로 있었다.
15) 『문선』 「운명론(運命論)」의 '황하가 맑으면 성인이 나온다[黃河淸而聖人生]'는 구절의 주에 '황하는 천년에 한 번 맑아진다[黃河千年一淸]'고 되어 있다.
16) 한 무제 원봉(元封) 원년에 화산(華山)에서 제사를 지내고 숭산(嵩山)에 올라서는 관리와 병졸들이 황제에게 모두 세 번 만세를 불렀다.

必錄, 微功盡昇. 獨惟聖謨, 事絶酬答, 萬國軟望, 百工怨思. 是以啓元和
之盛典, 延穹昊之景祚, 理曆凝命, 實曰聖文; 和衆定功, 時惟神武; 運行
有法天之用, 變化乃應道之方. 鬼神協謀, 夷夏同志, 大禮旣建, 鴻恩遂
行. 歡呼遠匝於九圍, 滲灑普周於八裔, 慶超邃古, 美冠將來.

臣獲守蠻荒, 遠承大典. 潢汙比陋, 河淸幸遂於千年; 塵壤均微, 山呼願
同於萬歲. 無任慶賀屛營之至.

위경조부청복존호표삼수(爲京兆府請復尊号表三首 : 경조부를
대신하여 존호 회복을 청원하는 글 3편)[17]

신 아무개는 아룁니다. 모월 모일에 각 현의 늙은이 아무개 등 몇 명
이 신에게 와서 글을 올려 의견을 개진하였는데 그 문사의 뜻이 절박하
면서도 간절하였습니다. 그 글은 폐하의 존호가 아직 회복되지 못하였으
니 신이 궁궐에 나아가 표(表)를 올리기를 청하는 것이었습니다. 사람들
의 마음이 이미 울적해하고 있으니 어찌 오래 저버릴 수 있겠습니까? 하
늘의 뜻이 참으로 간절하니 정말로 단호하게 거절하기 어려웠습니다. 그
글을 어루만지면서 기쁨을 느꼈고 마음 속 깊은 곳에서 그들의 정성과
통하게 되었습니다. 신 아무개는 참으로 간절하고 절박한 심정으로 머리

---

17) 본편은 경조부를 대신해서 덕종(德宗)에게 존호를 회복할 것을 간청하는 글이다. 아
래에 있는 「위기로등청복존호표(爲耆老等請復尊號表)」도 같은 내용이다. 건중(建中) 원년
(780) 정월 정묘(丁卯) 삭일(朔日)에 군신들은 성신문무황제(聖神文武皇帝)라는 존호를 올
렸는데 흥원(興元) 원년(784) 정월 계유(癸酉) 삭일에 조(詔)를 내려 나라 안팎의 문서에
서 '성신문무'의 호칭을 사용하지 못하게 하였다. 본문에 "날마다 소망하여 온 지 이미
오랜 세월이 지났다"고 하였고 「위기로등청복존호표」에 "폐하의 존호가 회복되지 못
한 지가 19년이 지났다"고 하였으니 이 작품은 아마도 정원(貞元) 18년(802) 유종원이
남전위(藍田尉)에 있을 때 지은 것으로 보인다.

를 조아리고 조아립니다.

엎드려 생각하건대 황제폐하께서는 성신(聖神)의 공이 천지에 관통하고 문무(文武)의 도가 고금(古今)을 뛰어넘으셨습니다.[18] 성대한 덕이 클수록 겸손의 빛은 더욱 깊으시고, 신묘한 교화는 이미 완성되었는데 훌륭한 칭호는 아직 회복되지 못하였습니다. 이리하여 신령으로 하여금 실망하게 하고 사람들로 하여금 원망과 슬픔을 품게 하였습니다. 폐하의 크나큰 혜택을 받은 사람들이 어찌 감히 잠깐의 안일을 생각할 수 있겠습니까? 폐하의 은혜를 입은 사람들은 먹고 자는 것이 편안함을 모르고 있습니다. 부끄러움과 슬픔을 가슴에 품은 채 만방이 한가지 마음으로 날마다 소망하여 온 지 이미 오랜 세월이 지났습니다. 하물며 지금 땅이 보물을 아끼지 아니하여 백곡을 풍성히 수확하게 하고, 하늘은 좋은 것을 내리시어 여러 상서로운 징조를 많이 보여주고 있는 상황에서야 더 말할 나위가 있겠습니까? 더럽고 거칠고 척박하고 소금기가 많은 땅이 뒤섞여 커다란 밭을 이루고, 풀과 나무 곤충 짐승의 미세한 것들이 변화하여 신의 하사품이 되었으니 온갖 신령이 굽어 살피심이 분명합니다. 이런데도 따르지 않으시니 신은 크게 곤혹스럽습니다. 게다가 또 군대의 무기를 영원히 거둬들이고 오랑캐를 다 회유하여 확연히 긴 봄날처럼 즐겁게 하루를 마칠 수 있게 되었습니다. 이런 까닭에 노인들은 폐하의 길러주심에 깊이 감사하여 펄쩍 뛰며 기뻐하면서도 편안하지가 않고, 위로 천자의 은혜를 받들면서도 등을 웅크리며 두려워할 줄 아는 것입니다. 궁궐 아래에 이마를 조아리면서 큰 이름이 회복되기를 원하고 있는데 이는 뭇 사람들이 의논을 거치지 않았음에도 의견의 일치를 본 것이요, 기약이 없었음에도 똑같은 결론에 이른 것입니다. 이 모두가 하늘이 몰래 도우시어 그 충심을 가르치신 것이요, 많은 성인들이 신령을 보내

---

18) 『서경』 「대우모(大禹謨)」에 "제의 덕은 널리 운행하여 성하고 신하고 문하고 무하다[帝德 廣運, 乃聖乃神, 乃文乃武]"라고 하였는데 이에 대하여 공전(孔傳)에서는 "성은 통하지 않는 바가 없는 것이고, 신은 묘하여 모가 없는 것이며, 문은 천지를 다스리는 것이고, 무는 화란을 평정하는 것이다[聖, 無所不通; 神, 妙無方; 文, 經天地; 武, 定禍亂]"라고 하였다.

시어 그 뜻을 깨우치신 것입니다. 신은 폐하께서 마땅히 이 뜻에 경의를 표하고 소홀히 해서는 안 될 것이라 생각합니다.

　신이 또 엎드려 생각하건대 폐하께서는 공이 있는 자에게 상을 내리시고 능력 있는 사람에게 직책을 맡기셨으며 현명한 이를 발탁하여 막힌 데서 나오게 하셨습니다. 그리고 하찮은 말도 폐기하지 않으시고 조그만 선을 행하여도 이를 포상하셨습니다. 어찌 신하의 공에 대하여는 작아도 반드시 표창하시면서 임금의 덕에 대하여는 아름다움을 다하였음에도 칭송할 수 없게 하십니까? 무릇 덮어주고 길러주신 폐하의 은덕을 입고 있는 이들은 간절히 바라며 황공하기 그지없습니다. 삼가 늙은이들의 글을 봉하고 표를 받들어 죽음을 무릅쓰고 청원의 뜻을 진술하여 올립니다. 삼가 아룁니다.

　臣某言 : 某月日諸縣耆老某等若干人詣臣陳狀, 辭意迫切, 以陛下尊號未復, 請詣闕上表者. 人心已鬱, 安可久違; 天意實勤, 諒難固拒. 撫狀感悅, 深契微誠. 臣某誠懇誠迫, 頓首頓首.

　伏惟皇帝陛下, 聖神之功, 貫於天地; 文武之道, 超乎古今. 盛德愈大, 而謙光益深; 玄化已成, 而徽號未復. 遂使神祇缺望, 人庶怨思. 沐浴鴻澤者, 敢懷晷刻之安; 捧戴皇恩者, 不知寢食之適. 負媿懷憤, 萬方一心, 日日以冀, 遂淹星歲. 況今地不愛寶, 致百穀之豐穰; 天惟降衷, 呈衆瑞而繁委. 汙萊瘠鹵之地, 混成大田; 草木蟲獸之微, 化爲神貺. 萬靈垂鑒, 昭然甚明. 此而不從, 臣所大惑. 矧又兵戎永戢, 夷狄咸懷, 昭然長春, 樂以終日. 是以耆老等深感聖育, 踊躍不寧, 上奉天恩, 跼蹐知懼. 頓顙闕下, 願復鴻名, 不謀而同, 無期而至. 此皆上玄幽贊以誘其衷, 列聖垂靈以悟其意. 臣以爲陛下當敬於斯旨, 不可忽也.

　臣又伏以陛下賞功與能, 擧賢出滯, 小言不廢, 片善是褒. 豈可使臣子之効, 雖微而必旌; 君父之德, 盡美而無稱! 凡在覆載, 不勝懇禱惶恐之至. 謹封耆老等狀, 奉表昧死陳請以聞. 謹言.

제이표(第二表 : 두 번째 글)[19]

경조부 장안현(長安縣) 늙은이 신 석령(石靈) 등이 아룁니다. 엎드려 묵조(墨詔)[20]를 받들었는데 신이 존호를 회복하시라고 청한 바가 윤허를 받지 못함에 조서를 받잡고 황공하여 어찌할 바를 몰랐습니다. 하늘이 참으로 그것을 명하셨으니 신에게 무슨 잘못이 있겠습니까? 신 등은 참으로 간절하고도 두려운 마음으로 머리를 조아리고 조아립니다.

신이 듣기로 성군은 하늘을 받드는 것을 마음으로 삼지 겸허함을 덕으로 여기지 않으며, 사람을 따르는 것을 크게 생각하지 양보를 더 나은 것으로 여기지 않는다고 합니다. 지금 폐하께서는 하늘과 사람들의 정성을 깊이 거절하시고 오히려 겸양의 도를 품고 계시니 신 등은 어리석고 미혹되어 어찌할 바를 모르겠습니다. 바야흐로 온갖 상서로운 징조가 계속 나타나 특별히 하늘의 돌보심을 드러내고 있고, 오곡이 풍성하게 익어서 땅의 부지런함을 나타내고 있습니다. 억조창생이 아아 슬퍼하면서 하늘에 호소하여 하명을 청하니 위 아래가 서로 호응하고 저승과 이승이 마음을 같이 하고 있는데, 전혀 그것을 회피하시니 신은 이해할 수 없습니다. 하물며 신 등은 모두 폐하께서 어진 덕으로 길러주시어 함께 태평에 이르렀으니 더할 나위가 있겠습니까? 폐하의 덕은 하늘에 닿으시어 신의 의식(衣食)을 풍성히 하셨고 도는 수역(壽域)[21]에 오르시어 신의 수명을 늘리셨습니다. 황상의 교화를 입은 지 이십여 년이 되어 아이들도 교화에 감사하고 홀아비와 과부도 은혜를 알고 있습니다. 그렇기 때

---

19) 본편은 위 「위경조부청복존호표삼수(爲京兆府請復尊號表三首)」의 두 번째 편으로 편차(編次)되어 있는 경우도 있으나, 일부 판본에서는 이 글의 제목 아래에 '빠져 있다[闕]'고 주를 달고는 아래 「위기로등청복존호표(爲耆老等請復尊號表)」의 두 번째 편으로 편입시켜 놓았다.
20) 묵조(墨詔)는 황제가 친필로 쓴 조서를 가리킨다.
21) 수역(壽域)은 사람들이 천수를 누릴 수 있는 태평성세를 말한다.

문에 신 등이 고향을 떠나 올 때 환호하는 소리가 들판에 두루 퍼졌고, 마을에서는 신에게 표를 올리지 못하면 멈추지 말라고 권면하였고 처자와 아이들은 임무를 완수하지 못하면 돌아오지 말라고 신에게 맹세시켰습니다. 다만 지극한 정성을 다할 뿐이거니와, 물러나서 면목이 없다면 궁궐 아래에서 머리를 떨구고 죽어야 마땅하니 결국 빈손으로 돌아갈 수는 없습니다. 엎드려 바라건대 폐하께서는 신의 간절하고 절박한 심정을 헤아리시고 신의 늙고 파리한 목숨을 불쌍히 여겨주십시오 신 등은 목이 메고 부끄럽고 한스럽기 그지없습니다. 삼가 표를 받들어 감사의 뜻을 진술하여 올립니다.

京兆府長安縣耆老臣石靈等言: 伏奉墨詔, 批臣所請復尊號, 未蒙允許者. 捧對惶遽, 不知所裁. 天實命之, 於臣何有! 臣等誠懇誠懼, 頓首頓首.

臣聞聖君以奉天爲心, 不以謙冲爲德; 以順人爲大, 不以崇讓爲優. 今陛下深拒天人之誠, 猶懷謙讓之道, 臣等愚惑, 未知所歸. 且百祥荐臻, 特表昊穹之睠; 五穀蕃熟, 用彰后土之勤. 億兆嗷嗷, 籲天請命, 上下交應, 幽明同心. 擧而違之, 臣所未識. 況臣等共被仁育, 同臻太和. 陛下德達上玄, 以豐臣之衣食; 道躋壽域, 以延臣之歲年. 沐浴皇風. 二十餘載, 兒童感化, 鰥寡知恩. 故臣等出鄕之時, 歡呼遍野, 閭里勉臣以不進不止, 妻孥誓臣以不遂不歸. 唯竭血誠, 退無面目, 便當隕首闕下, 終不徒還. 伏惟陛下照臣懇迫之情, 哀臣羸老之命. 臣等不勝嗚咽慚恨之至. 謹奉表陳謝以聞.

제삼표(第三表 : 세 번째 글)[22]

신 아무개는 아룁니다. 신은 엎드려 늙은이들이 모두 함께 정성스런 마음을 발하여 밝은 태양을 찌를 듯한 기상으로 휘호를 회복함으로써 폐하의 성스런 도략(圖略)을 밝히기를 청한 일에 대하여, 그들의 간절한 충성이 진심에서 나와 막을 수가 없다고 생각하였기에 마침내 표를 올려 청원의 뜻을 말씀드리고 미미한 정성을 갖추어 서술한 바 있습니다. 삼가 묵조비답(墨詔批答)[23]을 받들었는데 윤허를 받지 못한 것은 여러 사람들의 마음이 아직도 막혀 있고 하늘의 뜻에 따르지 않은 것이니 간절하고 절박함이 더욱 심해지고 황공하여 어찌할 바를 모르겠습니다.

신 아무개가 엎드려 생각건대 황제 폐하께서는 도가 클수록 더욱 겸손하시고 교화가 성취될수록 더욱 덜어내시었습니다. 비록 강과 바다가 아래에 처하기를 잘하지만 언제나 여러 하천이 거기로 흘러들려는 마음에 부응하고, 해와 달이 높은 곳에 떠 있지만 오래도록 세상을 밝게 비추는 자리에 어울립니다. 더구나 위로 천명을 잇고 아래로 사람들의 정성을 살피시면서 이와 같이 사양을 한다는 것은 이치상 옳지 못합니다. 폐하의 공은 조물주와 나란하고 정사(政事)는 천지를 본받아 만국이 심복하고 온갖 신령이 맡은 바에 힘을 다하고 있으니 이는 성(聖)의 극치입니다. 밝음은 해와 달과 나란하고 미더움은 사계절과 같으며 하늘에 앞서 행하여도 어긋나지 아니하고 사물의 신묘함을 궁구하여 그 변화를 이해하시니 이는 신(神)의 극치입니다. 도덕이 순전히 갖추어지고 예악이 홍행하며, 폐하의 친필은 해와 달과 별을 움직이고 폐하의 문장은 육의(六義)[24]를 다하였으니 이는 문(文)이 완비된 것입니다. 오병(五兵)[25]을 쓰지

---

22) 본편은 위 「위경조부청복존호표삼수(爲京兆府請復尊號表三首)」의 세 번째 편이다.
23) 묵조비답(墨詔批答)은 황제가 친필로 관료의 상소문에 의견을 적어 답한 글을 말한다.
24) 육의(六義)는 『시경』의 풍(風)·아(雅)·송(頌)·부(賦)·비(比)·흥(興)을 말한다.

아니하고도 칠덕(七德)26)이 다 베풀어지고, 이방 사람이 귀순할 줄 알고 견고한 지세를 믿던 자들이 다 굴복하였으니 이는 무(武)의 성취입니다. 황룡과 흰토끼, 감로와 상서로운 구름, 신묘한 벼와 아름다운 오이, 상서로운 연꽃과 나무, 만물이 무성하고 백곡이 풍성하게 넘쳐나니, 이는 하늘의 지극한 신령함입니다. 백발이 희끗희끗한 노인들이 삼가 조정을 지키고 있고, 홀아비와 과부와 어린아이들이 길에서 노래하고 있으니 이는 사람의 지극한 정성입니다. 이러한 덕을 갖고 계시면서도 거기에 적절한 호칭이 없으니 이는 하늘의 뜻을 거역하고 인정에 어긋나는 것입니다. 비록 폐하의 겸양이 지극히 아름답기는 하나 신의 마음에 편안하게 생각하는 바는 아닙니다. 삼가 비천한 뜻을 밝히기를 어렵게 여기어 미미한 정성을 말씀드리지 못한다면 하늘을 떠받들기가 더욱 두려울 것이고 땅을 밟기가 더욱 부끄러울 것이니, 간절하고 절박하며 황공하기가 그지없습니다. 엎드려 바라건대 속히 위대한 칭호를 세우시어 하늘과 사람의 마음에 부합되게 하십시오 삼가 다시 표를 받들어 죽음을 무릅쓰고 청원의 뜻을 진술하여 올립니다.

臣某言：臣伏以耆老等並皆發丹誠, 將貫白日, 請復徽號, 以光聖謨. 臣以其懇款自中, 不可禁止, 遂抗表陳請, 備述微誠. 伏奉墨詔批答未蒙允許者, 衆心尙阻, 天意未從, 懇迫逾深, 兢惶無措.

臣某伏惟皇帝陛下道大益謙, 化成彌損. 雖江海善下, 每應朝宗之心; 而日月居高, 久稱照臨之位. 況復上承天命, 下視人誠, 若然辭之, 理有不可. 伏以陛下功參造化, 政體乾坤, 萬邦宅心, 百靈效職, 此聖之至也. 明並兩曜, 信如四時, 先天不違, 窮神知化, 此神之極也. 道德純備, 禮樂興

---

25) 오병(五兵)이란 과(戈)·수(殳)·극(戟)·추모(酋矛)·이모(夷矛)의 다섯 가지 병기를 말한다.
26) 칠덕(七德)은 무공(武功)의 일곱 가지 덕행을 말하는데, 금포(禁暴)·집병(戢兵)·보대(保大)·정공(定功)·안민(安民)·화중(和衆)·풍재(豐財)가 그것이다.

行, 宸翰動於三光, 睿藻窮於六義, 此文之備也. 五兵不試, 七德咸宣, 殊
方者知歸, 負固者率服, 此武之成也. 黃龍皓兔, 甘露慶雲, 神禾嘉瓜, 祥
蓮瑞木, 萬物暢遂, 百穀茂滋, 此天之至靈也. 黎老班白, 伏守闕庭, 鰥嫠
童幼, 謠歌道路, 此人之至誠也. 有其德而無其號, 拒乎天而違乎人, 雖陛
下謙讓之至美, 抑非臣心之所安也. 伏以賤志難明, 微誠莫達, 戴天彌懼,
履地益慚, 不任懇迫屛營之至. 伏願早建大號, 以稱天人之心. 謹再奉表
昧死陳請以聞.

위기로등청복존호표(爲耆老等請復尊号表 : 늙은이들을 대신하여 존호 회복을 청원하는 글)[27]

경조부 장안현 늙은이 신 석령(石靈) 등이 아룁니다. 신은 엎드려 폐하
의 존호가 회복되지 않은 지가 19년인데 성대한 덕은 광채로 빛나고 교화
는 더욱 널리 베풀어졌다고 생각합니다. 거기에다 아름다운 징조들이 다
모이고 복스런 조짐이 함께 이르렀는데 금년에 들어서 분분하여 더욱 많
아졌습니다. 비바람은 언제나 순조로워 싹이 나고 자라는 것이 때에 맞고
오곡이 다 결실을 맺어 만방이 모두 풍년입니다. 신의 뜻과 사람의 일이
바야흐로 여기에 있으니 하늘의 뜻을 어길 수 없고 때를 포기할 수가 없
습니다. 신 등은 참으로 간절하고 절박하여 머리를 조아리고 조아립니다.
신이 듣건대 은혜가 깊으면 반드시 보답하고 덕이 성대하면 반드시

---

27) 본편은 유종원이 경조부(京兆府) 장안현(長安縣)의 노인 석령(石靈) 등을 대신하여 덕종
(德宗)에게 '성신문무(聖神文武)'라는 존호를 회복할 것을 간청하는 글이다. 제목에 '이수
(二首)'라고 되어 있는 판본도 있는데 바로 앞의 「위경조부청복존호표」의 두 번째 편이
이 표의 두 번째 작품에 해당한다. 정원(貞元) 18년(802) 남전위(藍田尉)로 있을 때 지은
것으로 보인다.

칭송한다고 합니다. 폐하께서는 구중천(九重天)처럼 존귀하시니 숭배하여 더 높일 수가 없고, 폐하는 사해(四海)처럼 크시니 무엇으로 보답해 드리겠습니까? 다만 이름을 높이어 성스런 이치를 밝히는 일이 있을 뿐인데 텅 빈 채 회복되지 아니하였으니 누가 감히 편안해 하겠습니까? 신의 마음은 미미하나 하늘의 뜻은 심히 무겁습니다. 엎드려 생각하건대 황제 폐하께서는 하늘을 본받아 교화를 베푸시고 상제(上帝)를 받들어 정성을 보이셨습니다. 지금 수많은 상서로운 조짐이 시절에 응하고 온갖 신령이 맡은 일을 받들고 있으며, 각종 날짐승 들짐승이 모두 이미 영묘함을 드러내고 초목들은 모두 성스러움에 응할 수 있습니다. 천명이 위에서 내려오고 사람의 정성이 가슴속에서 우러나니 이러한데도 굳이 사양하신다면 누가 천명을 받들었다고 말하겠습니까? 게다가 들판에는 나락이 쌓여 있고 밭에는 양식이 넉넉하여 풍족한 식량에 대한 축하 소리가 경성의 언덕에 가득 넘쳐나고 풍부한 재물에 대한 노래 소리로 길마다 환호하고 있으니, 이 모두가 사람의 힘이 아니라 하늘이 이루신 것입니다. 신령의 바램이 간절하고 원근에 사는 이들의 마음 또한 절박합니다. 하물며 신 등은 경성에 태어나 다행히 풍성하고 밝은 시대를 만났으니 더할 나위가 있겠습니까? 신체발부(身體髮膚)는 모두 폐하께서 길러주심에 의한 것이요, 의복과 음식은 다 성은으로부터 비롯되었습니다. 교화를 입음이 더욱 깊은데 큰 이름을 바라고 있으면서 아직 보지 못하였으니 간절함이 지극하여 밤낮으로 편치 못합니다. 삼가 광순문(光順門)에 나아가 죽음을 무릅쓰고 '성신문무(聖神文武)'의 존호를 회복하시기를 청하거니와 이로써 천지와 종묘사직의 마음에 부합하여 해내(海內)의 백성으로 하여금 각자 있는 곳에서 편안함을 얻게 하고자 합니다. 신 등은 간절하고 절박하기 그지없어 삼가 표를 받들어 올립니다.

京兆府長安縣耆老臣石靈等言 : 臣伏以陛下尊號未復一十九年, 盛德光大, 玄化益被. 加以休徵咸集, 福應具臻, 至於今歲, 紛綸尤盛. 風雨必順, 生長以時, 五稼盡登, 萬方皆稔. 神意人事, 正在於斯, 天不可違, 時不可棄. 臣等誠懇誠迫, 頓首頓首.

臣聞恩深必報, 德盛必崇. 以陛下九重之尊, 推崇無上; 以陛下四海之大, 報効何施? 唯有尊名, 用光聖理, 闕然未復, 誰所敢安? 臣心則微, 天意甚重. 伏惟皇帝陛下體昊穹以施化, 虔上帝以致誠. 今卽萬祥應期, 百神奉職, 飛走之物皆已効靈, 草木之類咸能應聖. 天命降於上, 人誠發於中, 此而可辭, 孰云有奉? 況復野多滯穗, 畎有餘糧, 足食之慶, 充溢於京坻, 阜財之謠, 歡呼於道路. 盡非人力, 皆是天成. 神祇之望旣勤, 邇之心又迫. 況臣等得生邦甸, 幸遇盛明. 身體髮膚, 盡歸於聖育; 衣服飮食, 悉自於皇恩. 被玄化而益深, 望鴻名而未覩, 懇倒之至, 夙夜不寧. 謹詣光順門, 昧死請復聖神文武之號, 以副天地宗社之心, 使海內赤子得安其所. 臣等不勝懇倒迫切之至. 謹奉表以聞.

예부위문무백료청청정표삼수(礼部為文武百寮請聽政表三首 : 예부에서 문무백관을 대신하여 청정을 간청하는 글 3편)[28]

신 아무개 등은 아룁니다. 신이 듣건대 대도(大道)는 반드시 지극한 공정함에서 체현되고 대효(大孝)는 잘 계승하는 것보다 높은 것이 없다고 합니다. 위로 여러 성인들을 살피고 옆으로 이전의 왕들을 고찰해보건대 존귀함을 낮추어 예문(禮文)[29]을 따르고 대사(大事)[30]를 우러러 받들며 종

---

28) 본편은 덕종(德宗) 사후에 즉위한 순종(順宗)에게 예부에서 문무백관을 대신하여 정무(政務)를 돌볼 것을 간청하는 글이다. 유종원은 당시 예부낭관(禮部郞官)으로 있었다.
29) 예문은 예악의제(禮樂儀制)를 말한다.
30) 대사(大事)란 중대한 일을 말하는데 여기서는 부모의 상을 가리키는 것으로 보인다.

묘를 엄숙히 받들고 백성을 위로하지 않은 사람이 없습니다. 그러한 뒤에 덕의 교화가 새로워지고 국가가 길이 견고해지는 것입니다.

엎드려 생각하건대 황제폐하께서는 거적자리에서 주무시며 피눈물로 슬피하셨고[31] 무시로 통곡하시면서 추모의 마음을 드러내시어 신령과 천지를 감동시키셨습니다. 여러 정사에 임하지 않으시고 오히려 지극한 정성에 따르시니 무릇 백성과 신하들 가운데 그 누가 슬프고 두렵지 않겠습니까? 엎드려 생각하건대 선성(先聖)께서 남기신 뜻은 폐하로 하여금 슬픔을 억누르고 정사를 돌아보게 하는 것으로, 본조(本朝)에 인재가 부족하여 신 등으로 하여금 충성을 다하여 황상을 받들도록 하였습니다. 감히 죽음을 두려워하지 아니하고 간절한 말씀을 아뢰니 반드시 따르셔서 천하 백성을 위로하여 주시기 바랍니다. 왕업은 지극히 막중하고 군대와 국정에는 지금 한창 일이 많아 하루에도 만 가지 업무가 있으니 잠시라도 비워둘 수 없습니다. 삼가 고명(顧命)[32]을 따르고 기존의 규정을 답습하시어 제왕께서 다스리시는 천하 백성의 바람을 이루어주시고 상제(上帝)의 보살피시는 마음에 순종하시기를 바랍니다. 신 등은 슬프고 절박하며 참으로 간절하기 그지없습니다.

臣某等言 : 臣聞大道必體於至公, 大孝莫高於善繼. 上觀列聖, 旁考前王, 罔不俯就禮文, 仰承大事, 嚴奉宗廟, 慰安元元. 然後德教惟新, 邦家永固.

伏惟皇帝陛下寢苫泣血, 號慕無時, 貫于神明, 動于天地. 未臨庶政, 猶徇至誠, 凡在人臣, 孰不哀懼. 伏惟先聖遺旨, 俾陛下抑哀而聽政. 本朝乏人, 使臣等竭忠以奉上. 非敢懼死, 輒布懇詞, 期於必從, 以慰寰宇. 且王業至重, 軍國方殷, 一日萬機, 不可暫闕. 伏願追遵顧命, 蹈履成規, 恢王者華夷之望, 順上帝乃眷之懷. 臣等不勝哀迫誠懇之至.

---

31) 정원(貞元) 21년(805) 정월 계사(癸巳)일에 덕종이 세상을 떠났고 병신(丙申)일에 순종(順宗)이 즉위하였다.
32) 고명(顧命)은 임종시의 명령을 말한다. 여기서는 덕종 임종시의 명령을 가리킨다.

제이표(第二表 : 두 번째 글)[33]

엎드려 받잡건대 대행(大行)황제[34]께서는 폐하가 천부적으로 탁월한
품성을 타고났음을 아시고 폐하가 슬픔이 지나쳐 몸을 상할까 두려워하
셨으며, 위로 구묘(九廟)[35]의 중요함을 생각하고 아래로 각종 정무가 많
은 것을 고려하셨기 때문에, 유조(遺詔)로 신신당부를 하시면서 옛 전례
를 따르게 하셨습니다. 지금 백관(百官)과 경사(卿士)가 단정하게 조정에
있으면서 폐하의 맑으신 광채를 바라본지 이미 7일이 되었습니다.[36] 참
으로 정성스런 간청을 올렸으나 아직 윤허를 내리시지 않으시니 조정
안팎이 걱정스럽고 황공하여 어찌할 바를 모르고 있습니다. 신이 듣건대
대효(大孝)의 근본은 뜻을 계승하는 것을 어렵게 여기는 것이요, 예(禮)를
헤아리는 심정은 적당함을 귀하게 여긴다고 합니다. 이러므로 슬퍼하여
어쩔 줄 몰라하는 것에 일정한 기간을 정하였고, 통곡하며 우는 데에도
법도가 있는 것입니다. 몸을 낮추어 따르는 것을 성인은 중시하였고, 계
승하기가 어렵다는 것을 알기 때문에 군자는 하지 않는 것입니다. 엎드
려 바라건대 슬픈 마음을 조금만 억누르시고 삼가 이명(理命)[37]에 따르시
어 신령의 바램에 부합되게 하시고 억조창생의 마음을 편안케 하십시오

---

33) 송 안수(晏殊)의 판본에서는 『문원영화(文苑英華)』에 근거하여 이 표가 바로 임봉(林逢)의
「청청정제삼표(請聽政第三表)」라고 하고 따로 유종원의 두 번째 표를 실었다. 아래 「우」가
바로 그것이다.
34) 대행(大行)황제는 막 세상을 떠나 아직 시호(諡號)가 정해지지 않은 황제를 말한다.
35) 구묘(九廟)는 제왕의 종묘를 가리킨다. 옛날 제왕은 묘(廟)를 세워 조상을 제사하였는
데 태조묘(太祖廟) 및 삼소묘(三昭廟)·삼목묘(三穆廟)로 모두 칠묘(七廟)였다. 왕망(王莽)은
조묘(祖廟) 다섯, 친묘(親廟) 넷으로 늘려 모두 구묘(九廟)가 되었다. 뒤에 역대 왕조에서
는 모두 이 제도를 따랐다.
36) 정원(貞元) 21년(805) 정월 경자(庚子)일에 해당한다.
37) 이명(理命)은 바로 치명(治命)이다. 사람이 임종할 때 정신이 맑은 상태에서 한 유언을
말하며 정신이 불분명한 상태에서의 유언인 난명(亂命)에 상대되는 말이다. 당대(唐代)
에는 고종(高宗) 이치(李治)의 휘(諱)를 피하여 이명(理命)이라고 고쳤다.

조상의 공업을 무궁하게 빛내고 덕의 교화를 천하에 퍼뜨리는데 무릇 신하로 있는 이들이 그 누가 슬퍼하며 받들지 않겠습니까?

伏奉大行皇帝知陛下至性自天, 恐陛下執哀過毁, 上惟九廟之重, 下念 萬務之殷, 故遺詔丁寧, 俾遵舊典. 今百辟卿士, 顒然在庭, 瞻望淸光, 已 七日矣. 固陳誠請, 猶未允從, 內外憂惶, 莫知所出. 臣聞大孝之本, 繼志 爲難; 酌禮之情, 得中爲貴. 是以哀迷期數, 哭泣有常. 俯而就之, 聖人所 重; 知難繼也, 君子不爲. 伏願少抑哀懷, 仰遵理命, 以副神祇之望, 以安 億兆之心. 光祖業於無窮, 流德化於天下, 凡在臣子, 孰不悲戴!

우(又 : 또 다른 글)[38]

신 아무개 등은 아룁니다. 신이 듣건대 성인과 범인은 길을 달리하고 국가마다 예(禮)를 달리한다고 합니다. 그러므로 제왕은 자기를 버리고 외물을 따르며 몸을 하늘에 맡기어 비록 달상(達喪)[39]중이라 하더라도 오히려 정사(政事)로써 상복을 벗는 것입니다. 엎드려 생각하건데 대행황제 께서 도(道)를 이루어 정(鼎)을 주조하시고 신선들과 함께 용을 타고 세상을 하직하시자 만 백성들은 큰소리로 울부짖고 구주(九州)에서는 멍하니 쳐다보는 가운데, 폐하께서는 총명과 예지로 제업(帝業)을 계승하여 지키면서 상중(喪中)에 계신지 지금 여러 날이 지났습니다. 효심이 망극하여 아직도 큰소리로 말씀하시지 아니하시고, 정사를 돌보지 않으시니 자못

---

38) 본편은 송 안수가 『문원영화』에 근거하여 「예부위문무백료청청정표삼수(禮部爲文武百寮請聽政表三首)」의 두 번째 편으로 소개한 것이다.
39) 달상(達喪)은 천자에서 서민에 이르기까지 천하에서 통용되는 상례(喪禮)를 말한다.

실 같은 명(命)40)이 결여되어 있습니다. 신 등은 일찍이 서적을 열람하여 개략적으로나마 상례에 대하여 알고 있습니다. 주(周) 성왕(成王)의 「고명(顧命)」 같은 것은41) 역대로 준수되었으며 서한(西漢)의 유조(遺詔)42)는 이전 왕들이 받들었습니다. 우리나라는 효로써 천하를 다스리어 문명(文明)이 기운(期運)에 순응하였고, 위에서 이러한 법을 쓰면 서로서로 전수하였습니다. 대체로 일이란 마땅함에 이르는 것으로 귀결되니 따르지 않을 수 없고, 예(禮)는 적당함을 따르는 것을 귀하게 여기니 지키지 않을 수 없습니다. 이치상 정말로 그렇습니다. 이렇기 때문에 신 등은 위로 어리석은 정성을 진술하여 경솔하게 황상의 존엄을 더럽히면서까지 폐하께서 저희의 지극한 정성을 이루어 주시고 친히 국정을 처리하시기를 바란 것입니다. 그러나 폐하께서 상례(喪禮)를 집행하심이 너무 절박하여 국정을 처리한다는 소리가 아직 들리지 않으니 억조창생은 아아 슬퍼하면서 호소할 바를 알지 못하고 있습니다. 신이 생각하건대 천자의 효는 사직을 편안히 보전하고 백성들을 잘 보살피고 공업이 여러 제왕을 뛰어넘어 즐거움이 만대에까지 흐르도록 하는데 있습니다. 하필 신하의 작은 절개를 지키면서 황왕(皇王)의 큰 계책을 업신여기고, 뭇 신하들의 생각을 굳게 막아서 힘써 겸손의 덕을 이루시려 하십니까? 엎드려 바라건대 유조(遺詔)를 깊이 생각하셔서 상중(喪中)에 있다는 생각을 떨쳐버리시고 친히 정무에 임하십시오 그리하면 천하에 큰 다행이겠습니다.

臣某等言 : 臣聞聖凡殊途, 邦家異禮. 故王者舍己從物, 用身許天, 雖居達喪, 猶以事奪. 伏以大行皇帝道成鑄鼎, 仙等御龍, 萬姓長號, 九有顯

---

40) 실 같은 명(命)이란 '여사지명(如絲之命)'을 옮긴 것이다. '실 같다'는 것은 『예기』 「치의(緇衣)」의 '왕의 말은 실과 같고 그것이 나감은 낚싯줄과 같다[王言如絲, 其出如綸]'는 구절에 보이는데, 제왕의 말은 말하기는 쉬워도 거두어들이기는 어려움을 의미한다.

41) 주 성왕이 붕어(崩御)할 때에 소공(召公) 필공(畢公)에게 제후를 거느리고 강왕(康王)을 도울 것을 명하여 「고명(顧命)」을 지었다.

42) 한 문제(文帝)가 붕어할 때에 유조(遺詔)를 남기어 천하로 하여금 날로 달을 바꾸게 하였다.

望. 陛下以聰明睿聖, 嗣守寶圖, 爰及宅憂, 迨玆累日. 而孝思罔極, 尙軫
乃譓之言; 庶政未釐, 頗闕如絲之命. 臣等嘗覽載籍, 粗知喪紀, 若成周顧
命, 歷代猶遵; 西漢詔音, 前王所奉. 我國家以孝理天下, 文明應期, 上用
此法, 胥以傳授. 盖事歸至當, 則不可不遵; 禮貴從宜, 則不得不守, 理固
然也. 臣等是以上陳愚懇, 輕瀆宸嚴, 冀遂血誠, 俯親國政. 而陛下執喪逾
切, 聽理未聞, 億兆嗷嗷, 不知所訴. 臣以爲天子之孝, 在於保安社稷, 司
牧烝黎, 功超百王, 慶流萬代. 亦何必守臣下之小節, 蔑皇王之大猷, 固阻
羣情, 務成謙德. 伏願以遺詔爲念, 奪在疚之懷, 就臨軒之制, 天下幸甚.

제삼표(第三表 : 세 번째 글)

엎드려 생각하건대 만기(萬機)43)는 지극히 중요하고 선제(先帝)의 유지(遺
旨)는 어기기 어려운지라 재차 글을 바쳐서 폐하의 면류관과 병풍에 먼지
를 올렸습니다.44) 헛되이 정성을 다하여 천자께서 뜻을 돌이키지 않으시
니 안팎이 두려움에 불안해하며 사람과 신령이 모두 바라보고 있습니다.
신이 듣건대 제왕의 효는 필부와 달라서 예(禮)에 따르지 않고 도는 변화에
적응하는 것을 취한다고 합니다. 태평의 시대였기 때문에 은제(殷帝)는 상
(喪)을 당하여 말을 하지 아니하였지만, 일이 있는 때를 만나자 주왕(周
王)45)은 장례도 치르지 않은 채 무리에게 맹세하였습니다. 하물며 지금 아
직도 병거(兵車)가 달리고 있고 변방 초소에 걱정거리가 많으며 양하(兩

---

43) 만기(萬機)는 천자가 보살피는 여러 가지 국정을 말한다.
44) '먼지를 올렸다'는 것은 본문의 '상진(上塵)'을 옮긴 것인데 이는 옛날 표주함독(表奏函
牘) 가운데 겸양을 나타내는 상투어로 존장(尊長)이 보고 듣는 것을 더럽혔다는 의미이다.
45) 주왕은 주(周) 무왕(武王)을 말한다.

河)46)의 도적은 제거하기 어렵고 백성의 상처는 봉합되지 않은 상황에서야 더할 나위 있겠습니까? 어지러운 곳에 있는 사람은 다스려지기를 바라고 위험에 처한 사람은 안전을 구하여 천하 사람들이 아아 하며 슬퍼하고 있는 것이 바로 오늘의 모습입니다. 참으로 폐하께서는 타고난 품성을 억제하여 군중의 마음에 부합하게 하시고, 선제의 위대한 공업을 이루시고 중흥의 성대한 사업을 계승하셔야 할 것입니다. 어찌 거적자리에 누워 훌쩍이면서 정사를 비워둘 수 있겠습니까? 구묘(九廟)의 신령께 무엇으로 보답할 것이며 만방의 바램을 어떻게 만족시키겠습니까? 신 등은 천자 측근의 주요 직책을 맡아 참으로 국가 상황에 절박한 심정을 가지고 있거니와 만약 폐하께서 차마 정사를 돌보지 못하시고 아직도 이전과 같은 생각을 가지고 계신다면 신 등에게는 죽음이 있을 뿐, 감히 조(詔)를 받들지 못하겠습니다. 슬프고 절박하며 간절하기 그지없습니다.

伏以萬機至重, 遺旨難違, 再獻表章, 上塵旒扆. 精誠徒竭, 天意未迴, 內外遑遑, 人神企望. 臣聞王者之孝, 異於匹夫, 禮不相沿, 道資適變. 當承平之代, 故殷帝宅憂而不言, 遇有事之時, 則周王未葬而誓衆. 況今戎車猶駕, 邊候多虞, 兩河之寇盜難除, 百姓之瘡痍未合. 亂者思理, 危者求安, 天下嗷嗷, 正在今日. 誠宜抑其至性, 以副羣心, 成先帝之大功, 繼中興之盛業. 豈可寢苫啜泣, 庶政闕然? 九廟之靈何報, 萬方之望何塞? 臣等職參樞近, 誠切邦家, 若陛下未忍臨軒, 尚持前志, 臣等有死而已. 不敢奉詔. 不勝哀迫懇切之至.

---

46) 당(唐) 안사(安史)의 난 이후에 하남(河南)・하북(河北)을 양하(兩河)라고 불렀다.

하천조표(賀踐祚表 : 등극을 경하하는 글)[47]

신 아무개는 아룁니다. 태자중사(太子中舍) 엄공필(嚴公弼)[48]이 이르러서
모월 모일의 칙서(勅書)를 받들어 위로하고 깨우쳤습니다. 엎드려 폐하께
서 모월 모일 경건하게 전책(典冊)[49]을 받들어 보위(寶位)에 오를 것을 윤
허하심을 듣고[50] 무릇 만민 가운데 그 누가 기뻐하지 않겠습니까? 신 아
무개는 참으로 기뻐하면서 머리를 조아리고 조아립니다.

신이 듣건대 천지(天地)가 교통해야 성인이 나오고 뇌우(雷雨)[51]가 내려
야 만물이 번성한다고 합니다. 이런 까닭에 오행(五行)이 번갈아 사용되
어 목(木)과 화(火)가 그 자리를 바꾸고, 10대에 걸쳐 빛나는 덕을 거듭 쌓
아 종묘가 그 덕을 돕는 것입니다. 은(殷)의 선왕들은 공경하고 과묵하여
다시 성탕(成湯)의 왕업(王業)을 열었고, 한(漢) 문제(文帝)는 총명하여 고조
(高祖)의 공업(功業)을 계승할 수 있었습니다. 폐하께서는 태양이 솟아 비
치는 것처럼 천명을 따라 대통을 계승하시어, 태자로 있으시면서 효공(孝
恭)의 미덕을 밝히셨고 군대를 다스리면서 신무(神武)의 공을 드러내셨으

---

47) 본편은 유종원이 어느 절도사를 대신하여 순종(順宗)의 즉위를 축하하여 지은 글이다.
   본문에 "신은 외람되이 변방을 지키는 직책을 맡았고 누차 국가의 은혜를 입었다"고
   하였으니 유종원이 자신의 입장에서 지은 것이 아님이 분명하다. 유종원은 영정(永貞)
   원년(805) 헌종(憲宗)이 즉위하자 곧 소주(邵州)로 축출이 되었고 이어서 영주사마로 되었
   다가 뒤에 장안에 소환되어서는 다시 유주자사로 폄적되어 원화(元和) 14년(819)에 죽었
   는데 이 사이에는 황제가 등극하는 일이 없었다. 또 헌종은 본래 선양을 받았으므로 본문
   에서 "삼가 유훈(遺訓)을 받들어 영원히 크나큰 공업을 보존하시게 되었다"는 한 말은
   헌종의 즉위와는 관계가 없다. 따라서 이 표는 순종이 즉위할 때에 변방의 한 절도사를
   위하여 지은 것임이 분명하다. 제목의 '천조(踐祚)'는 황제의 등극을 말한다.
48) 엄공필은 산남서도절도사(山南西道節度使) 엄진(嚴震)의 아들로 정원 5년(789)에 급제
   하였다.
49) 전책이란 제왕의 책명(冊命)을 말한다.
50) 정원 21년(805) 정월 계사(癸巳)일에 덕종(德宗)이 붕어하고 병신(丙申)일에 순종이 즉
   위하였다.
51) 뇌우는 천둥과 번개를 동반한 비를 말한다.

며, 삼가 유훈(遺訓)을 받들어 영원히 크나큰 공업을 보존하시게 되었습니다. 폐하의 거상(居喪)기간에 우로(雨露)와 같은 은혜를 베풀어 만물에게 입히셨으니, 원근각지에서는 해와 달이 이어서 밝게 빛남을 보았습니다. 그런즉, 사방의 밖과 팔방의 끝에서 사람과 신령이 서로 기뻐하고, 초목은 모두 봄을 만나 온화한 가운데 나고 자라면서 덮어주고 안아주는 천지의 은혜를 잃지 않았습니다. 하물며 신은 외람되이 변방을 지키는 직책을 맡았고 누차 국가의 은혜를 입었으니 더할 나위가 있겠습니까? 관리가 되면서부터 진(鎭)을 다스림에 이르기까지 성상의 은혜로운 혜택을 입으며 태평한 세상에서 유유자적하게 지냈지만 궁궐 조정의 전례를 보면서 신하의 본분을 펼칠 기회를 갖지는 못하였습니다. 하늘 같은 은혜를 입고서 성스런 일을 경하하니 일반인보다 만배나 기쁜 심정입니다.

臣某言 : 太子中舍嚴公弼至, 奉某月日勑書慰諭. 伏承陛下以某月日虔奉典冊, 允昇寶位, 凡在羣生, 孰不慶幸. 臣某誠懽誠抃, 頓首頓首.

臣聞天地泰而聖人出, 雷雨解而品物榮. 是以五行迭用, 木火更其位; 十葉重光, 宗廟輔其德. 殷宗龔默, 再開成湯之業; 漢文聰明, 克承高祖之緖. 陛下重離出曜, 體乾繼統, 主鬯彰孝恭之美, 撫軍著神武之功. 欽奉遺訓, 永保鴻業. 遏密之中, 施雨露以被物; 遐邇之地, 覩日月之繼明. 則四維之外, 八極之表, 人神胥悅, 草木皆春, 煦嫗生成, 不失覆載. 況臣謬膺藩守, 累受國恩. 爰自出身, 洎乎領鎭, 沐浴聖澤, 優游昌時, 不獲覩闕庭之禮, 展臣庶之分. 戴天賀聖, 倍萬恒情.

예부하개영정원년표(礼部賀改永貞元年表 : 예부에서 영정 원년으로 고친 것을 경하하는 글)[52]

신 아무개 등은 아룁니다. 엎드려 오늘의 고(誥)[53]를 받잡건대 이번 달 9일 황제를 책립(冊立)하시고 정원(貞元) 21년(805)을 영정 원년으로 고치셨으며 정원(貞元) 21년 8월 5일 미명(未明) 전부터 모든 죽을죄를 지은 자들은 특별히 유배형으로 낮추고 유배형 이하의 죄는 순차적으로 한 등급씩 낮추었습니다.[54] 보명(寶命)[55]이 바야흐로 시작되고 성력(聖曆)[56]이 이로써 밝히 드러나니, 태양이 비치듯 밝은 은덕을 선양하여 마침내 땀이 흐르듯 흠치르한 혜택을 베푸셨습니다. 신 아무개 등은 참으로 기쁘게 경하 드리며 머리를 조아리고 조아립니다.

엎드려 생각하건대 겹쳐진 광명이 아래에 베풀어지고 누적된 기쁨이 옆으로 두루 흘러, 한(漢) 고조(高祖)처럼 가르침을 받드는 존엄을 추진하였고[57] 주(周) 문왕(文王)처럼 걱정이 없는 뜻을 성취하였습니다.[58] 이름을 바로잡고 역수를 기록하는 것은 만방에 운행(運行)을 나타내는 것이요, 잘못

---

52) 본편은 헌종(憲宗)이 즉위하고서 영정(永貞)으로 개원한 것을 축하하는 글이다. 정원 (貞元) 21년(805) 정월 순종(順宗)이 즉위하였고, 8월에 황태자를 황제로 세웠으니 이가 바로 헌종이다. 이리하여 헌종을 위하여 영정으로 개원하였는데 유종원은 이때 예부 낭관(禮部郎官)으로 있었다.

53) 고(誥)는 황제의 제칙(制勅)을 말한다.

54) 정원 21년 8월 경자(庚子)일, 순종은 제(制)를 내려 천자로 하여금 황제의 자리에 오르게 하고 자신은 태상황(太上皇)으로 부르고 제칙(制勅)은 고(誥)라고 부르게 하였다. 신축 (辛丑)일에 고(誥)를 내려 영정(永貞) 원년으로 개원하였다.

55) 보명은 황제의 명령에 대한 미칭(美稱)이다.

56) 성력은 제왕의 역수(曆數)를 말하며 국운(國運)을 가리킨다.

57) 한 고조 6년 5월 병오(丙午)일에 조(詔)를 내려 말하기를 "아비가 천하를 차지하면 아들에게 전해지고, 아들이 천하를 차지하면 존귀함이 아비에게 돌아간다. 짐이 견고한 갑옷을 입고 예리한 무기를 잡고서 난폭함을 평정하고 제후를 세운 것은 모두 태공(太公)의 가르침이다. 이제 태공을 높여 태상황으로 부르겠다"고 하였다.

58) 『예기』에 "걱정이 없는 사람은 오직 문왕(文王)일 것이다. 왕계(王季)를 아비로 하고 무왕(武王)을 아들로 두었으니"라는 구절이 있다.

을 용서하고 형벌을 가볍게 하는 것은 사해(四海)에 깊고 넓은 은혜를 흐르게 하는 것이니, 기뻐서 소리지르고 박수하며 발을 구르는 것은 먼 곳이나 가까운 곳이나 한가지입니다. 신 아무개 등은 친히 성스런 계책을 받들고 위대한 교화를 우러러 받들었으니 껑충껑충 뛸만큼 기쁨이 지극하여 평일의 만배나 됩니다. 발을 구르고 춤추며 기쁘고 즐겁기 그지없습니다.

臣某等言: 伏奉今日誥, 今月九日冊皇帝, 改貞元二十一年爲永貞元年. 自貞元二十一年八月五日昧爽以前, 應犯死罪特降從流, 流已下遞降一等者. 寶命方始, 聖曆用彰, 載宣臨照之明, 遂施渙汗之澤. 臣某等誠慶誠賀, 頓首頓首.

伏以重光下濟, 積慶旁行, 漢祖推奉敎之尊, 文王遂無憂之志. 正名紀曆, 表運行於萬方; 宥過輕刑, 流汪濊於四海. 歡呼抃蹈, 遐邇攸同. 臣某等親奉聖謨, 仰承大化, 踊躍之至, 倍萬恒情. 無任蹈舞欣慶之至.

예부태상황고의령황제즉위하표(礼部太上皇誥宜令皇帝即位賀表 : 황제 즉위를 명하는 태상황의 고에 대하여 예부에서 경하하는 글)[59]

신 아무개 등은 아룁니다. 엎드려 오늘 태상황의 제명(制命)을 받들었거니와, 폐하께서 황제의 자리에 오르시어 영광스럽게 보배로운 도록(圖錄)을 받들고 크게 대업을 이으시니 온 천하가 기뻐서 껑충껑충 뛰며 어쩔

---

59) 본편은 유종원이 황제 즉위를 명령하는 순종의 고(誥)를 읽고 이를 축하한 글이다. 제목의 '태상황(太上皇)'은 순종(順宗)을 말하고 '황제(皇帝)'는 헌종(憲宗)을 말한다. 영정원년 8월 순종은 황태자를 황제로 즉위시키고 자신은 태상황이라 불렀다. 유종원은 당시 예부에서 이 글을 지었다.

줄을 모릅니다. 신 아무개 등은 참으로 기쁘게 손뼉을 치며 머리를 조아리고 조아립니다.

신이 듣건대 하늘은 제위(帝位)를 세우시고 여러 위대한 교훈을 남겨놓았고 제왕은 진(震)괘에서 나옴은 『역경』에 기록되어 있습니다. 광명을 계승하여 사방에 비추고 빛을 다시 밝혀 만국에 임하시니, 모든 만물이 영원토록 이에 의지하여 밝게 소생하고 산천귀신이 모두 이로써 기쁘게 받듭니다. 신 아무개 등은 조정 반열에 자리잡아 친히 성명(聖明)을 우러러볼 수 있으니 기뻐서 껑충껑충 뛰고싶은 마음이 일반인의 만배나 됩니다. 손뼉치고 껑충껑충 뛰며 기쁘기 그지없습니다.

臣某等言 : 伏奉今日太上皇制命, 陛下卽皇帝位. 光奉寶圖, 丕承鴻業, 溥天率土, 慶躍難勝. 臣某等誠喜誠抃, 頓首頓首.

臣聞皇建其極, 存諸大訓, 帝出於震, 著在易經. 繼明以照於四方, 重熙以臨於萬國. 動植品彙, 永賴昭蘇, 山川鬼神, 咸用欣戴. 臣某等獲備班列, 親仰聖明, 踴躍之誠, 倍萬恒品. 無任抃躍喜慶之至.

예부하립황태자표(礼部賀立皇太子表 : 예부에서 황태자 책립을 경하하는 글)[60]

신 아무개 등은 아룁니다. 엎드려 이번 달 24일 제(制)를 받들었는데 광릉군왕(廣陵郡王)이 황태자로 책립되는 것이 마땅하고 아무개로 개명한

---

60) 본편은 순종이 황태자를 책립한 것을 경하하는 글이다. 정원 21년 3월에 광릉군왕(廣陵郡王) 이순(李淳)을 황태자로 책립하였으니 이가 바로 헌종이다. 유종원은 당시 예부 낭관으로 있었다.

다고 하였습니다.[61] 이리하여 관련 기관으로 하여금 길일을 택하여 전례를 갖추어 책명(冊命)하게 하셨습니다. 천자가 차례대로 받들어지면 국가가 편안합니다. 신 아무개 등은 참으로 기쁘게 경하 드리며 머리를 조아리고 조아립니다.

신이 듣건대 『상서』에는 '이로써 바르게 된다[以貞]'는 문구가 기재되어 있고[62] 한(漢)의 사서에서는 일찍 태자를 책립하는 뜻을 전하고 있는데[63] 이는 사랑하는 이를 책립할 뿐만 아니라 밝음을 계승할 것을 기대한 것입니다. 폐하께서는 이전의 법규를 받들어 따르며 성대한 전례를 널리 선양하였고, 이 수기(守器)[64]의 귀중함을 고려하시어 승화(承華)[65]의 자리를 바로잡으셨습니다. 의롭고 방정한 가르침을 존중하시어 훌륭한 이름을 하사하셨고[66] 세우시는 예를 숭상하시어 전아한 명을 빛내셨습니다. 장자로써 책립하시니 절로 신중하게 선택하라는 원칙에 부합하고 기필코 아들을 선발하시니 마침내 지극히 공정하다는 원칙에 합치되어, 나라의 근본이 흔들리지 않고 왕업이 더욱 공고해졌습니다. 이는 모두 종묘 사직이 복을 내리시어 황상의 마음을 깨우쳐 도우신 것이요, 천지가 함께 도모하여 성스런 운명을 보호하신 것이니 족히 사해(四海)에 아름다운 기운을 전파할 수 있고 온갖 신령과 크게 화합할 수 있습니다. 이에 폐하의 은혜를 입은 모든 사람이 함께 기뻐하고 있습니다. 신 등이 삼가 제명(制命)을 받들고 보니 큰길에서 발을 구르며 춤을 추고 기뻐서 껑충껑충 뛰고 싶은 마음이

---

61) 순종 정원 21년(805) 3월 24일 광릉왕 순(淳)을 황태자로 책립하고 순(純)으로 개명하였다.
62) 『상서(商書)』「태갑하(太甲下)」에 "한 사람이 지극히 선하면 만방이 이로써 바르게 된다[一人元良, 萬邦以貞]"는 말이 있는데 「공전(孔傳)」에 "천자가 크나큰 선을 가지고 있으면 천하 그 바름을 얻게 된다[天子有大善, 則天下得其正]고 하였다.
63) 한 문제(文帝) 원년에 유사(有司)가 일찍 태자를 책립할 것을 청하였다.
64) '수기(守器)'는 국가의 귀중한 기물을 지키는 것으로, '기(器)'는 제기(祭器)나 수레 의복처럼 군권(君權)을 상징하는 기물을 말한다. 봉건시대에는 태자가 종묘의 제기를 주관하였으므로 태자를 가리키는 말로 사용되기도 하였다.
65) 승화(承華)는 원래 태자 궁문(宮門)의 이름인데 후에 태자 궁실 혹은 태자를 가리키는 의미로 쓰였다.
66) 순(淳)에서 순(純)으로 개명한 것을 가리킨다.

일반인의 백배나 됩니다. 기쁘게 손뼉치며 즐겁기 그지없습니다. 삼가 표를 받들어 경하의 마음을 진술하여 올립니다.

臣某等言：伏奉今月二十四日制，廣陵郡王宜冊爲皇太子，改名某. 仍令所司擇日備禮冊命者. 天序有奉，皇圖載寧. 臣某等誠慶誠賀，頓首頓首.
臣聞尙書載以貞之文，漢史傳早建之義，不唯立愛，期在繼明. 陛下奉率前規，敷揚盛典，顧茲守器之重，爰正承華之位. 尊義方之敎，載錫嘉名；崇建樹之禮，式光典命. 以長而立，自符於愼擇，必子之選，遂合于至公. 邦本不搖，王業彌固. 此皆宗社垂祉，啓祐皇心，乾坤合謀，保安聖運，足以播休氣於四海，洽大和於萬靈，食毛含齒，所同歡慶. 臣等奉承制命，蹈舞周行，踴躍之誠，倍百恒品. 無任慶抃感悅之至. 謹奉表陳賀以聞.

예부하황태자책례필덕음표(礼部賀皇太子冊礼畢德音表 : 황태자 책립 전례가 끝나고 하신 덕담에 예부에서 경하하는 글)[67]

신 아무개 등은 아룁니다. 엎드려 오늘의 제(制)를 받들었는데 황태자 책립 전례가 끝났으니 만방과 더불어 그 혜택을 함께 하고 싶다고 하셨습니다.[68] 성대한 전례를 거행하여 크나큰 은혜가 행해졌으니 온 천하에 있는 사람들이 손뼉을 치고 뛰면서 기뻐 어쩔 줄을 모릅니다. 신 아무개 등은 참으로 기뻐하고 경하 드리며 머리를 조아리고 조아립니다.

---

67) 본편은 황태자 책립 전례를 마치고 만백성에게 그 혜택을 함께 하고 싶다는 순종의 덕담을 경하하여 올린 글이다. 당시 유종원은 예부낭관으로 있었다.
68) 정원 21년 4월 무신(戊申)일에 조서를 내려 말하기를 "책립의 전례가 끝나 즐거운 마음이 가슴속에 교차하니 만방과 그 혜택을 함께 하고 싶다. 경성에 묶인 죄수를 사면하고 사형은 유배형으로 낮추고 유배형 이하는 한 등급을 낮추라"고 하였다.

엎드려 생각하건대 황제폐하께서는 신명이 내리신 복을 받들어 나라의 대통을 바로잡을 수 있었습니다. 천하의 근본을 세우시니 종묘가 편안해지고, 만국을 바르게 하시니 만백성이 의지하였습니다. 전책(典冊)[69]이 이미 완비되어 경사스런 은혜로운 혜택이 흘러나오고, 사랑을 넓히어 은혜를 확장하였을 뿐만 아니라 살아있는 것을 좋아하여 덕을 베풀었습니다. 형벌을 완화하여 감옥에 있던 이들이 감사할 줄 알고, 공훈이 있는 이들을 상을 주어 자손들이 영예를 더하게 되었습니다. 가르치고 깨우치는 방법을 높이어 충성스럽고 현량한 이들을 발탁하고 돕는 예를 엄정하게 하여 하사함에 더해짐이 있었습니다. 효성스럽고 공손한 이들을 표창하여 인륜을 돈후하게 하고 귀신을 공경하여 그 제사 드리는 일을 엄정하게 하였습니다. 하물며 전례를 행하는 날에는 구름이 걷히고 태양이 밝게 빛났으니 더할 나위가 있겠습니까? 이로써 천자가 진(震)괘에서 나온다는 아름다운 징조를 밝히 드러냈고 더욱 폐하의 밝으심을 나타내었습니다. 신묘한 조화가 사방으로 밝게 빛나고 황상의 교화가 멀리 선양되어 화하(華夏)에서 오랑캐에 이르도록 풍속을 달리하는 이들이 함께 기뻐하는데 신 등은 외람되이 조정 백관의 자리에 참여하고 있으니 그 기쁨이 일반인의 백배나 됩니다. 기쁘게 경하 드리며 껑충껑충 뛰면서 어쩔 줄 모르겠습니다.

臣某等言 : 伏奉今日制, 皇太子冊禮云畢, 思與萬方同其惠澤者. 盛典斯擧, 鴻恩遂行, 凡在率土, 不勝抃躍. 臣某等誠喜誠賀, 頓首頓首.

伏惟皇帝陛下克奉神休, 以正邦統. 建天下之本, 宗廟以安; 致萬國之貞, 兆人攸賴. 典冊旣備, 慶澤載流. 旣廣愛而推恩, 亦好生而布德. 緩刑而圄圄知感, 進勳而嗣續增榮. 崇敎諭之方, 忠良是擧; 嚴贊襄之禮, 賜與有加. 旌孝悌以厚於人倫, 敬鬼神而修其祀事. 況行禮之日, 則屛翳收蹟,

---

69) 전책(典冊)은 제왕의 책명을 말한다.

제37권 표(表) 233

太陽宣精. 用彰出震之休, 更表重離之曜. 神化旁暢, 皇風遠揚, 自華及
夷, 異俗同慶. 臣等謬參著定, 倍百恒情. 無任歡慶踴躍之至.

위왕경조황제즉위례필하표(爲王京兆皇帝即位礼畢賀表 : 왕경 조를 대신하여 황제 즉위 전례가 끝난 것을 경하하는 글)[70]

신 아무개 등은 아룁니다. 신이 듣건대 대인이 밝음을 계승하면[71] 온갖
신령이 이로써 직분을 받는 것이요, 천자에게 도가 있으면 만국이 이로
말미암아 교화를 받들게 된다고 합니다. 엎드려 생각하건대 황제폐하께
서는 성스런 대업을 잇고 상서로움을 내리시어 때에 순응하여 황제의 보
위에 오르셨습니다. 도기 문양의 병풍을 등지고 앉아 밖으로 오랑캐와 화
하(華夏)를 조회하시고 제위에 오르시어 하늘과 사람을 모두 화합하게 하
셨습니다. 귀신과 사람의 감정이 서로 통하고 먼 곳과 가까운 곳이 밝고
태평하여 마침내 상서로운 빛이 아래로 비치고 아름다운 기운이 사방에
가득하게 되었습니다. 주(周) 무왕(武王)은 흐르는 불의 상서로운 징조에 감
사하였고[72] 『노사(魯史)』에서는 구름 모양을 기록한 전례를 부끄러워하였
거니와,[73] 폐하의 은혜를 입은 모든 사람이 한없이 기뻐서 손뼉을 치고

---

70) 본편은 유종원이 당시 경조윤(京兆尹)으로 있던 왕권(王權)을 대신하여 헌종의 즉위식
   이 끝난 뒤에 이를 축하하여 지은 글이다. 제목의 '왕경조'는 경조윤 왕권을 말하는데
   정원 21년(805) 2월에 홍려경(鴻臚卿)에서부터 경조윤이 되었고 이해 11월 아왕부(雅王
   傅)로 옮겼다. 유종원이 왕권을 대신하여 지은 표는 모두 5편이다.
71) '밝음을 계승한다'는 것은 황제의 즉위를 가리킨다.
72) '흐르는 불'은 본문의 '유화(流火)'를 옮긴 것이다. 주 무왕이 주(紂)를 치러 맹진(孟津)
   을 건너는데 흰 물고기[白魚]가 무왕의 배에 들어왔고, 불이 무왕의 유막(帷幕)을 뒤덮
   고는 흘러서 붉은 까마귀가 되어서 날아갔다고 한다. 이리하여 뒤에 유화(流火)는 왕조
   발흥의 전고(典故)로 사용되었다.
73) 『좌전』 희공(僖公) 5년에 의하면 희공이 삭일(朔日)에 관대(觀臺)에 올라 천문(天文)을 살

있습니다. 신 아무개 등은 다행히 태평시대를 목도하고 큰 경사를 받들수 있는 기회를 얻었으니 기뻐서 껑충껑충 뛰고싶은 마음이 일반인보다만배나 더합니다. 발을 구르며 춤추고 기뻐 뛰며 어쩔 줄을 모르겠습니다.

臣某等言 : 臣聞大人繼明, 百神所以受職; 天子有道, 萬國由是承風. 伏以皇帝陛下纘聖垂休, 順時御極, 負扆而外朝夷夏, 踐祚而統和天人. 幽明感通, 遐邇昭泰, 遂使祥光下燭, 嘉氣旁通. 周王謝流火之符, 魯史愧書雲之典, 食毛含齒, 歡抃無窮. 臣某等幸覩昌時, 獲奉大慶, 踴躍之至, 倍萬恒情. 無任蹈舞欣躍之至.

대위중승하원화대사표(代韋中丞賀元和大赦表 : 위중승을 대신하여 원화 대 사면을 경하하는 글)[74]

신 아무개는 아룁니다. 엎드려 정월 2일의 제(制)를 받들었는데 천하를 크게 사면하시고 영정(永貞) 2년(806)을 원화(元和) 원년으로 고치는 것이 마땅하다 하셨습니다. 태양이 이미 떠올라 만물을 훈훈하게 길러줌이 시작되었고, 은혜로운 비가 내려 세상이 남김없이 기름지고 윤택합니다. 신 아무개는 참으로 기쁘게 경하 드리며 머리를 조아리고 조아립니다.

엎드려 생각하건대 황제폐하께서는 어진 교화가 사방으로 흘러 퍼지

피고 기록하는 것이 예(禮)라고 하였다. 즉 고례(古禮)에 의하면 국군(國君)은 춘분과 추분, 하지와 동지, 입춘과 입하, 입추와 입동에 반드시 천문대에 올라 해 주위의 구름모양을 관찰하고 길흉을 점쳐 이를 기록하였다.
74) 본편은 헌종이 즉위한 이듬해 원화(元和)로 개원하고 천하에 사면령을 단행한 것에 대하여 유종원이 위중승(韋中丞)을 대신하여 경하하는 글이다. 유종원은 이때 갓 영주에 폄적되어 와 있는 상태였다. '중승(中丞)'은 어사대(御史臺) 장관을 가리키며, 위중승이 누구인지는 자세하지 않다.

고 효의 다스림이 널리 선양되셨습니다. 기원(紀元)으로 온화함을 베푸는 명령을 보여주셨고 죄인을 관대히 용서함으로 사람들을 긍휼히 여기는 마음을 나타내셨습니다. 널리 허물을 씻어내어 착한 길로 나아갈 수 있게 하고 위대한 존호를 반포하여 옛 장정을 밝히셨습니다. 농촌에서는 적은 세금을 내고 저자에는 억지 가격이 없어졌으며, 공훈을 세우고 근면하면 이를 기록하여 관작(官爵)과 봉록(俸祿)에 질서가 있게 되었습니다. 총애는 결국 귀신과 인간 세상에까지 스미고 혜택은 반드시 오랑캐와 화하(華夏)에 두루 미쳐야 했으니, 왕성 가까이 사는 사람들은 각고(榷酤)[75]의 수입을 가볍게 하였고 먼 곳에 사는 사람들은 홍수와 가뭄의 재난을 잊게 되었습니다. 관료들에게 상을 베풀고 또한 친속(親屬)에게도 은혜를 확대하였으며, 여러 유생은 학교가 늘어남을 기뻐하였고 뭇 노인들에게는 좋은 솜과 비단이 더해졌습니다. 수입을 헤아려 흉년에 대비하였고 청렴(清廉)의 풍조를 일으켜 풍속의 변화를 기약했습니다. 손님이 있는 것을 칭찬하고 현명한 자를 높이는 전례를 새롭게 하였으며, 소왕(素王)[76]을 받들어 공자를 높이는 도가 존재하게 되었습니다. 조령(詔令)이 한번 내려지면 온갖 정치가 다 행해지니, 살아있는 사람들은 기쁨이 한이 없습니다. 신 아무개 등은 멀리 떨어진 곳을 지키고 있거니와 친히 조칙을 받드니 껑충 껑충 뛰고 싶도록 기쁜 마음이 일반인보다 백배나 더합니다. 은혜에 감사하며 손뼉을 치고 춤을 추면서 황공하기 그지없습니다.

臣某言 : 伏奉正月二日制, 大赦天下, 永貞二年宜改元和元年. 太陽既昇, 煦育資始, 霈澤斯降, 膏潤無遺. 臣某誠慶誠賀, 頓首頓首.

伏惟皇帝陛下仁化旁流, 孝理弘闡, 紀元示布和之令, 肆眚見恤人之心. 曠然滌瑕, 得以遷善, 渙發大號, 申明舊章. 農有薄征, 市無强價, 勳勤是

---

75) 각고(榷酤)는 한(漢)대 이후 정부에서 술을 전매(專賣)하던 일을 가리킨다.
76) '소왕(素王)'은 왕위는 없지만 왕으로서의 덕을 갖춘 사람을 말하며, 보통 공자를 가리킨다.

錄, 爵秩以班. 寵寧間於幽明, 澤必周於夷夏, 近甸輕榷酤之入, 遠人忘水旱之災. 旣行慶於官僚, 亦推恩於天屬, 諸生喜黌塾之廣, 庶老加絮帛之優. 量入所以備凶, 興廉期於變俗. 爰褒有客, 尊賢之典惟新; 載奉素王, 宗予之道斯在. 綸言一降, 庶政畢行, 懷生之倫, 感悅無量. 臣某等守在遐遠, 親奉詔條, 踴躍之誠, 倍百恒品. 無任感恩抃舞屛營之至.

예부하책태상황후표(礼部賀冊太上皇后表 : 예부에서 태상황후 책립을 경하하는 글)[77]

신 아무개 등은 아룁니다. 엎드려 금월(今月) 모일의 고(誥)를 받들었는데 양제(良娣)[78] 왕씨(王氏)는 태상황후(太上皇后)로 책봉하고 양원(良媛)[79] 동씨(董氏)는 태상황덕비(太上皇德妃)로 책봉함에 관련 기관으로 하여금 전례를 갖추어 책명하게 하는 것이 마땅하다 하셨습니다. 모의(母儀)[80]에 광채가 생겨나고 곤도(坤道)[81]가 순조로울 수가 있으며 음교(陰敎)[82]가 바야흐로 만국에 행해지고 내리(內理)[83]가 육궁(六宮)[84]에서 조화를 이룰 수

---

77) 본편은 영정 원년 8월 순종이 황태자를 황제로 책립하고 스스로를 태상황이라 칭하고 나서 양제(良娣) 왕씨(王氏)를 태상황후로 책봉한 것을 경하하는 글이다. 당시 유종원은 아직 예부에 있었다.

78) 양제는 태자 희첩(姬妾)의 칭호로 지위는 비(妃) 아래이다.

79) 양원(良媛)은 태자의 여관(女官) 이름이다.

80) 모의(母儀)는 어머니로서의 모범, 본보기를 말하며 보통 황후에게 사용되는 말이다.

81) 곤도(坤道)는 여자가 지켜야 할 도리, 즉 부도(婦道)를 말한다.

82) 음교(陰敎)는 부녀자에 대한 가르침을 말한다. 『주례』 「천관」, 「내재(內宰)」에 "부녀자가 지켜야 할 예의로 육궁을 가르치고 구빈을 가르친다[以陰禮敎六宮, 以陰禮敎九嬪]"고 하였다.

83) 내리(內理)는 내치(內治), 즉 부녀에게 진행한 교육을 말한다.

84) 육궁(六宮)은 고대 황후의 침궁(寢宮)으로 정침(正寢) 하나 연침(燕寢)이 다섯으로 합하여 육궁이라 하였다. 후비(后妃) 혹은 그들이 거처하는 곳을 말하기도 한다. 『예기』 「혼의

있게 되었으니, 신 아무개 등은 참으로 기쁜 마음으로 경하 드리며 머리를 조아리고 조아립니다.

엎드려 생각하건대 황제폐하께서는 하늘의 명령을 따르고 삼가 선황(先皇)의 뜻을 선양하여 장추(長秋)[85]가 이미 그 정위(正位)에 오르고 유적(褕狄)[86] 역시 은혜의 빛을 입었습니다. 봉양함에 세 번 조회하여 문안함을 보이셨고[87] 주선(周旋)함에 후비(后妃)의 도움이 있었으니[88] 어찌 다만 하늘과 짝하여 크다고 말하고 해를 도와 밝다고 하겠습니까? 이로써 제왕 교화의 원천을 나타내고 효제(孝悌)의 근본을 알게 되었으니 천고에 밝히 빛나고 사방에 본보기가 되었습니다. 신 아무개 등이 명령을 받들어 시행함에 껑충껑충 뛸 만큼 기쁘기 그지없습니다. 발을 구르며 춤을 추면서 즐겁기 그지없습니다.

臣某等言 : 伏奉今月日誥, 良娣王氏冊太上皇后, 良媛董氏冊太上皇德妃, 宜令所司備禮冊命者. 母儀有光, 坤道克順, 陰敎方行於萬國, 內理克和於六宮. 臣某等誠慶誠賀, 頓首頓首.

(昏義)」에 "옛날 천자의 후(后)는 6궁을 세웠다. 3부인 9빈 27세부 81어처는 이로써 천하의 내치(內治)를 들었고 부녀의 순종의 미덕을 밝혔으므로 천하가 안으로 화합하고 집안이 다스려졌다[古者, 天子后立六宮三夫人九嬪二十七世婦八十一御妻, 以聽天下之內治, 以明章婦順, 故天下內和而家理]"고 하였다.

85) 장추는 한(漢) 장추궁(長秋宮)을 말한다. 장추궁은 한(漢) 고조(高祖)가 지내던 곳인데 뒤에는 황후(皇后)가 거쳐하였으므로 황후를 가리키는 말로 사용되기도 한다.

86) 유적(褕狄)은 '유적(褕翟)'으로도 쓰며 고대 왕후가 왕을 좇아 선공(先公)에게 제사할 때 입는 예복으로 또한 삼부인(三夫人) 및 상공처(上公妻)의 명복(命服)이기도 하다. '적(狄)'은 '적(翟)'과 통하며, 옷에 꿩 깃의 장식이 있었으므로 이렇게 불렸다.

87) 『예기』「문왕세자(文王世子)」에 의하면 문왕이 세자로 있을 때 새벽·낮·저녁 하루 세 번 왕계(王季)에게 가서 문안을 드렸다고 하였다.

88) '후비의 도움'이란 원문 '사성지보(四星之輔)'를 옮긴 것이다. 『사기』「천관서(天官書)」에 "뒤의 굽은 네 별 가운데 끝의 큰 별은 정비이고 나머지 세 별은 후궁들이다[後句四星, 末大星, 正妃, 餘三星, 後宮之屬也]"라는 구절이 있다. 이에 대하여 『색은(索隱)』에서는 "『성경(星經)』에서는 뒤의 굽은 네 별을 사보(四輔)라고 이름하였다[星經以後句四星名爲四輔]"고 하였다. 즉 '사성(四星)'은 후비(后妃)를 말하며 '사성지보'란 '후비의 도움'을 가리킨다.

伏惟皇帝陛下對若天休, 奉揚睿旨, 長秋旣登其正位, 褕狄亦被於恩光. 奉養見三朝之安, 周旋有四星之輔. 豈獨配乾稱大, 助日爲明, 所以表王化之源, 知孝悌之本, 冠映千古, 儀刑四方. 臣某等捧戴施行, 踴躍無地. 無任蹈舞欣喜之至.

예부하태상황후책필하표(礼部賀太上皇后冊畢賀表 : 예부에서 태상황후 책봉 전례가 끝난 것을 경하하는 축하의 글)[89]

신 아무개 등은 아룁니다. 금월 모일 태상황후 책봉 전례가 끝나니 온 천하의 신첩(臣妾)[90]들은 손뼉을 치며 기쁘기 그지없습니다. 신 아무개 등은 참으로 기쁜 마음으로 경하 드리며 머리를 조아리고 조아립니다.

엎드려 생각하건대 태상황후께서는 우빈(虞嬪)[91]의 지극한 덕을 드러내시고 주모(周母)[92]의 훌륭한 평판을 이으시어[93] 육궁(六宮)에 모범이 되시고 만국에 밝히 드러나셨습니다. 폐하께서 다스림의 근본을 닦음으로써 교화의 본원을 밝힐 수 있으시니, 신명(神明)의 도에 있어서 땅을 섬기는 방법을 알고 인륜에 있어서 부모를 높이는 것이 크다는 것을 알게 된 것입니다. 어찌 다만 부녀의 순종하는 미덕을 갖추고 부녀자가 준수해야 할 예

---

89) 본편은 태상황후의 책봉 전례가 끝난 것을 축하하는 글이다. 제목이 「백료하책태상황후예필표(百寮賀冊太上皇后禮畢表)」로 된 판본도 있다.

90) 신첩(臣妾)은 고대 노예를 부르는 말로 남자는 신, 여자는 첩이라 불렀다. 뒤에는 통치자의 부림을 받는 민중과 번속(藩屬)을 가리키는 말로 사용되었다.

91) 우(虞)는 순(舜)임금이 다스리던 나라를 가리키며 우빈(虞嬪)은 순임금의 아내를 말한다.

92) 주모(周母)는 주(周)나라의 어머니라는 의미로 여기서는 유신씨(有莘氏)의 딸로 주나라 문왕(文王)의 아내이자 무왕(武王)의 어머니인 태사(太姒)를 가리킨다. 태사는 현모(賢母)의 대명사로 불린다.

93) 『시경』 「대아」 「사제(思齊)」에 "태사가 훌륭한 평판을 이었다[太姒嗣徽音]"는 구절이 있다.

의를 닦음으로써 제왕의 교화에 인륜의 시작을 전파하며 제왕의 법에 시의 적절한 조화를 이르게 할 수 있는 것이겠습니까? 신 아무개 등은 외람되이 영예로운 자리를 차지하고서 성대한 의식을 볼 수 있는 기회를 얻으니 껑충껑충 뛸 듯이 기쁜 마음 일반인보다 백배나 더합니다.

臣某等言 : 今月日太上皇后冊禮云畢, 率土臣妾, 慶抃無窮. 臣某等誠慶誠賀, 頓首頓首.

伏以太上皇后著虞嬪之至德, 嗣周母之徽音, 表率六宮, 明彰萬國. 陛下克修理本, 以暢化源, 神道知事地之方, 人倫識尊親之大. 豈惟婦順斯備, 陰禮用脩, 足以播正始於王風, 致時雍於帝典. 臣某等謬塵榮位, 獲覩盛儀, 踴躍之誠, 倍百恒品.

하황태자전(賀皇太子牋 : 황태자를 축하하는 글)[94]

아무개는 아룁니다. 엎드려 모월 모일의 제서(制書)를 받들었는데 전하께서 삼가 성대한 전례를 받아들여 동궁에 자리 잡으시고, 온화하고 문아(文雅)하여 삼선(三善)[95]의 이름을 빛내시고 밝음을 이어 제왕의 복에 조화를 이루셨습니다. 만대가 뿌리를 굳건히 하고 천하가 마음을 열고

---

94) 본편은 유종원이 한 번신(藩臣)을 대신하여 황태자의 책립을 축하하는 글이다. 황태자는 헌종을 가리킨다. 당시 유종원은 아직 남궁(南宮) 즉 상서성(尙書省)에 있었다.
95) 삼선(三善)은 세 가지 좋은 일을 가리키는데, 신하가 임금을 섬기고 자식이 부모를 섬기고 어린 사람이 윗사람을 섬기는 세 가지 도덕 규범을 말한다. 『예기』 「문왕세자(文王世子)」에 "한 가지를 행하여 세 가지 좋은 일이 모두 얻어지는 것은 오직 세자뿐이다. (…중략…) 부자(父子) · 군신(君臣) · 장유(長幼)의 도가 얻어지고 나라가 다스려진다[行一物而三善皆得者, 唯世子而已. (…중략…) 父子君臣長幼之道得而國治]"고 하였다.

귀의하였으니 살아 있는 사람 중 그 누가 기쁘게 추대하지 않겠습니까? 하물며 아무개는 일찍이 기대와 격려를 받아 변방에서 직책을 맡고 있으니 더할 나위가 있겠습니까? 이에 손뼉을 치며 기뻐하는 마음이 일반인보다 만배나 더합니다.

某言 : 伏奉月日制書, 殿下祗膺茂典, 位副靑宮, 溫文光三善之名, 繼照協重離之慶. 萬葉固本, 羣方宅心, 含生之徒, 孰不欣戴! 況某夙蒙期獎, 職在藩方, 懽抃之誠, 倍萬恒品.

어사대하가화표(御史臺賀嘉禾表 : 어사대에서 가화를 축하하는 글)[96]

신 아무개는 아룁니다. 금월 모일 재신(宰臣)[97]이 유주(幽州)[98]에서 진상한 가화도(嘉禾圖) 족자 각 일축(一軸)을 백관들에게 보여주었습니다. 엎드려 생각하건대 아름다운 곡식이 순조롭게 자라는 것은 신령께서 내리신 복이 밝게 임하신 것이요, 하늘과 사람이 서로 감응하고 원근이 함께 은혜를 입은 것입니다. 신 아무개는 참으로 기쁘게 경하 드리며 머리를 조아리고 조아립니다.

---

96) 본편은 조정에서 유주(幽州)절도사 등이 진상한 가화도(嘉禾圖)를 보고서 이를 경하하여 지은 글이다. 가화(嘉禾)는 기이한 모습으로 자란 벼를 말하며 옛날에는 이것을 길상(吉祥)의 징조로 여겼다. 유종원은 정원 19년(803)에는 아직 감찰어사로 있었으며 21년(805)에 이르러 비로소 예부원외랑으로 옮기게 되었다. 이 글은 유종원이 어사로 재직할 당시 지은 것이다.
97) 조정의 중신 즉 재상을 말한다.
98) 유주(幽州)는 유주절도사 유제(劉濟)를 가리킨다. 어느 판본에는 원문 '유주(幽州)' 아래 '화주(華州)' 두 글자가 더 있는데 아래 '각일축(各一軸)'이라는 말이 있는 것으로 보아 '화주' 두 글자가 있는 것이 옳은 것 같다.

엎드려 생각하건대 황제폐하께서는 지혜로운 계획을 널리 운행하시고 신묘한 교화를 사방으로 행하시어 식물이 어짐을 알고 상서로운 그림이 성스러움에 응하였습니다. 영악(靈岳)⁹⁹⁾은 도우심에 허물이 없고, 연곡(燕谷)은 이로써 나고 자라게 하는 임무를 완수하였습니다.¹⁰⁰⁾ 풍성한 수확이 이미 고르게 이루어지니 남북이 은택을 입은 것을 알겠고, 아름다운 복이 어울릴 수 있으니 천지가 조화를 함께 하고 있음을 보게 됩니다. 여섯 이삭에 대해서는 부끄럽게도 한(漢)의 신하에 의해서 거론되었고¹⁰¹⁾ 뿌리를 달리한다는 것은 부끄럽게도 주(周)의 전적에 기록이 되어 있거니와¹⁰²⁾ 속에서부터 밖으로 모습이 드러났으니 모두 경하 드리며 함께 기뻐하는 것입니다. 신 아무개는 외람되이 헌사(憲司)¹⁰³⁾의 직책을 맡고 있어 상서로운 징조를 볼 수 있게 되었으니 손뼉을 치고 펄쩍 뛸 만큼 기쁘기 그지없습니다.

臣某言: 今月日宰臣以幽州所進嘉禾圖各一軸示百僚者. 伏以嘉穀順成, 靈貺昭格, 天人合應, 邈邇同風. 臣某誠懼誠慶, 頓首頓首.

伏惟皇帝陛下睿謀廣運, 神化旁行, 植物知仁, 祥圖應聖. 靈岳不愆於贊祐, 燕谷用遂於生成. 豐稔旣均, 知朔南之被澤; 休嘉克協, 見天地之同

---

99) 영악(靈岳)은 신령스러운 산악을 말한다. 기주(祈注)에서는 북악(北岳) 항산(恒山)을 가리킨다고 하였다.

100) 연곡(燕谷)은 추운 골짜기로 옛날 연(燕) 땅에 있었다. 전설에 의하면 연의 골짜기는 추위서 곡식이 자라지 못했는데 추연(鄒衍)이 이곳에 이르러 양(陽)의 소리인 율관(律管)을 불어 연주하자 따뜻한 기운이 이르러 온갖 곡식이 자라게 되었다고 한다.

101) 사마상여(司馬相如)의 「봉선서(封禪書)」에 "부엌에서 줄기 하나에 여섯 이삭이 있는 것을 골랐다[導一莖六穗於庖]"는 구절이 있는데 줄기 하나에 이삭이 여섯 개가 달린 것은 가화(嘉禾)를 말하며 이것을 부엌에서 제사용으로 제공한 것이다.

102) 주(周)의 전적은 『상서』「주서(周書)」「미자지명(微子之命)」을 말한다. 『상서』「주서」「미자지명」에 의하면 당숙(唐叔)이 자신의 식읍(食邑) 내에서 뿌리는 다른데 이삭이 붙어있는 벼를 얻어 천자에게 바쳤더니, 천자는 당숙에게 명하여 동쪽에 정벌 나가 있는 주공(周公)에게 보내게 하고 「귀화(歸禾)」를 짓게 하였다. 주공은 그 벼를 받고서는 천자의 명을 시행하여 「가화(嘉禾)」를 지었다고 한다. 「귀화」・「가화」는 지금 전하지 않는다.

103) 헌사(憲司)는 위진(魏晉) 이래 어사(御史)에 대한 별칭이다.

和. 六穗慚稱於漢臣, 異畝恥書於周典, 自中形外, 均慶同歡. 臣某謬職憲司, 獲覩休瑞, 無任抃躍之至.

예부하가화급지초표(礼部賀嘉禾及芝草表 : 예부에서 가화도 및 자지초를 경하하는 글)[104]

신 아무개 등은 아룁니다. 삼가 이번 달 모일에 내관이 검남(劍南)[105]에서 진상한 가화도(嘉禾圖)와 섬주(陝州)[106]에서 진상한 자지초(紫芝草)를 내어 백관들에게 보여준 것을 보았습니다. 진기한 그림이 환하게 펼쳐지니 상서로운 색채가 서로 비치고, 원근이 함께 이르러 복스런 징조가 같이 하였습니다. 신 아무개 등은 참으로 기쁘게 경하 드리며 머리를 조아리고 조아립니다.

엎드려 생각하건대 황제폐하께서 지극한 도리를 밝히시고 천지의 온화한 기운을 보존하여 화합하시니 하늘은 상서로운 징조를 발하고 땅은 보물을 아끼지 아니하여 가화(嘉禾)가 바탕을 드러내고 신령한 풀이 꽃부리를 뽑아내었습니다. 조정에 헌상한 것은 당숙(唐叔)이 이삭이 붙어있는 것이 이상함을 부끄러워한 것이요, 종묘에 바친 것은 반고(班固)의 『한서』에서 이파리가 연이어진 것이 기이함을 감사한 것과 같습니다.[107] 더부룩하여 상서로운 징조를 드러내었을 뿐만 아니라 또 환하게 빼어난 모

---

104) 본편은 유종원이 예부원외랑으로 있을 때 조정의 백관과 더불어 검남(劍南)에서 진상한 가화도(嘉禾圖)와 섬주(陝州)에서 진상한 자지초(紫芝草)를 감상하고서 이를 경하하여 지은 글이다.

105) 검남서천(劍南西川)절도사 위고(韋皐)를 가리킨다.

106) 괵섬관찰사(虢陝觀察使) 최종(崔宗)을 말한다.

107) 『한서』「무제기(武帝紀)」에 의하면 감천궁(甘泉宮)에 지초(芝草)가 자라났는데 아홉 줄기에 이파리가 연이어져 있어 이에 「지방지가(芝房之歌)」를 지어 종묘에 바쳤다고 한다.

습을 보게 되었는데 이는 풍년을 드러내고 폐하께서 천수를 누리실 것을 밝히 드러내는 것으로 태평을 누리고 있는 사람들이 손뼉을 치며 기뻐함이 그지없습니다. 신 아무개 등은 지극한 교화에 유유자적하면서 특이한 자태를 감상하게 되었으니 경하 드리며 손뼉을 치고 싶은 마음이 일반인의 백배나 됩니다.

臣某等言 : 伏見今月某日內出劍南所進嘉禾圖及陝州所進紫芝草示百寮者. 珍圖煥開, 瑞彩交映, 遐邇偕至, 福應攸同. 臣某等誠慶誠賀, 頓首頓首.

伏惟皇帝陛下緝熙至道, 保合大和, 天惟發祥, 地不愛寶, 嘉禾擢質, 靈草抽英. 獻于王庭, 唐叔慚同穎之異; 薦諸郊廟, 班史謝連葉之奇. 旣呈蘙蘙之祥, 更覩煌煌之秀. 豐年斯著, 聖壽用彰, 飮和之人, 懽抃無極. 臣某等優游至化, 披翫殊姿, 慶抃之誠, 倍百恒品.

경조부하가과백토연리당수등표(京兆府賀嘉瓜白兎連理棠樹 等表 : 경조부에서 가과 흰토끼 연리당수 등을 경하하는 글)[108]

신 아무개는 아룁니다. 금월 모일에 중사(中使)[109] 왕자녕(王自寧)은 서주자사(徐州刺史) 장음(張愔)[110]이 바친 가과도(嘉瓜圖) 및 흰 토끼 새끼 하나

---

108) 본편은 유종원이 남전현위(藍田縣尉)로 있을 때 조정에서 백관들에게 보여준 가과도(嘉瓜圖), 흰토끼 한 마리, 연리당수도(連理棠樹圖) 등의 진상품을 보고서 이러한 상서로운 동식물의 출현을 경하하여 쓴 글이다. 제목의 '가과(嘉瓜)'는 두 개가 합쳐진 기이한 모양의 오이를 말하며, '연리당수'는 별개의 나무의 가지가 하나로 합쳐진 당(棠)나무를 말한다.

109) 중사(中使)는 궁중에서 파견한 사자를 말하는데 보통 환관을 가리킨다.

110) 정원 16년(800) 6월 서사호(徐泗濠)절도사 장건봉(張建封)의 아들 장음(張愔)이 서주자

를 내고, 또 진허등주관찰사(陳許等州觀察使) 상관열(上官說)[111]이 진상한 허주연리당수도(許州連理棠樹圖)를 내어 백관에게 보여주었습니다. 하늘이 돌보시어 중임을 맡기시고 온갖 상서로운 징조를 내리셨으니 성상께서는 삼가 받들어 많은 복을 받으시기 바랍니다. 신 아무개는 참으로 기쁘게 경하 드리며 머리를 조아리고 조아립니다.

신이 엎드려 생각하건대 천지에 충만한 온화함이 피어오르니 지극한 덕이 이에 호응하여, 그림과 사물로 상서로움을 바치는 것이 먼 곳까지 두루 퍼졌습니다. 신묘한 오이는 합쳐진 모양으로 끊임없이 계속되는 복을 나타내었고 기이한 당(棠)나무는 연이어진 모습으로 찬란한 영광을 밝히 드러내었습니다. 게다가 가을 바람이 상서로움을 발하고 흰토끼가 와서 길들여지니 이는 가을에 아름다운 보응이 있음을 알리는 것이요, 신묘한 공적에서 풍년을 이룰 것을 드러내는 것입니다. 여러 상서로운 징조가 어지럽게 뒤섞이어 마치 산처럼 쌓였습니다. 사람들은 다 천수를 누리고 만물은 모두 훈풍에 번성하고 있습니다. 하물며 신은 깊으신 은혜에 감격하면서 기쁘게 여러 상서로운 징조를 만났으니 더할 나위가 있겠습니까? 기뻐서 껑충껑충 뛰고 싶은 지극한 마음이 일반인보다 만배나 더합니다.

臣某言 : 今月日, 中使王自寧出徐州刺史張憕所進嘉瓜圖及白免兒一, 幷出陳許等州觀察使上官說所進許州連理棠樹圖示百寮者. 惟天眷命, 是降百祥, 惟聖欽承, 用膺多福. 臣某誠慶誠賀, 頓首頓首.

臣伏以大和所蒸, 至德斯應, 圖物獻瑞, 周於遠方. 神瓜合形, 式表綿綿之慶; 異棠連質, 用彰燁燁之榮. 況金風發祥, 白兎來擾, 告有秋之嘉應, 著成歲於神功. 雜遝紛綸, 如山斯委. 人盡登於壽域, 物咸暢於薰風. 況臣特感深恩, 欣逢衆瑞, 踴躍之至, 倍萬恒情.

사(徐州刺史) 절도관찰유후(節度觀察留後)가 되었다.
111) 정원 15년 8월 상관열(上官說)을 진허등주관찰사(陳許等州觀察使)로 임명하였다.

예부하감로표(礼部賀甘露表 : 예부에서 감로를 경하하는 글)[112]

신 아무개는 아룁니다. 중사(中使) 왕자녕(王自甯)이 이르러 엎드려 베푸신 성지(聖旨)를 받들었는데, 연화전(延和殿) 앞 정향수(丁香樹)[113]의 감로(甘露) 큰 상자 하나를 내어 재신(宰臣)에게 보이고, 미시(未時)에 또 큰 상자 하나를 내어주시며 내일 백관들에게 감로가 내리는 것이 그치지 아니함을 보여주라고 명령하셨습니다. 이는 폐하의 교화가 위로 하늘에 상달되어 신령이 밝게 응답을 내리신 것으로, 틀림없이 더욱 기이한 징조를 드러내어 천지의 화합을 알릴 것입니다. 신 아무개는 참으로 기쁜 마음으로 경하 드리며 머리를 조아리고 조아립니다.

엎드려 생각하건대 황제폐하께서는 따뜻하게 길러주시는 공을 고르게 베푸시고 아래로 널리 은택을 펼치셨습니다. 천지에 충만한 온화한 기운이 은밀히 도달하여 신묘한 상서(祥瑞)의 조짐이 밝히 드러날 수 있었으니, 하늘에서 출발하여 특별히 궁궐에 있는 나무에까지 내려온 것입니다. 아침해가 막 비칠 때 바야흐로 흠치르르하여 마르지 않더니 여름 햇빛이 뜨거워지면 두려워 더욱 촉촉하게 젖어들기를 멈추지 않았습니다. 나뭇잎에 붙어 있을 때는 주옥처럼 광채가 영롱하다가 그릇에 가득 차서는 얼음과 옥처럼 자태를 드러내었는데, 향기는 산초와 난초를 파고들고 맛은 엿과 단술을 겸하였습니다. 그런즉 궁정의 뜰에 떨어져 기이함을 드러내는 것이라 연대를 기록하여 신기함을 표시하였던 것입니다.[114] 다

---

112) 본편은 연화전(延和殿) 앞 정향수(丁香樹)에 이슬이 내린 것을 상서로운 징조로 보고 경하하는 글이다. 제목의 '감로(甘露)'는 감미로운 이슬이란 뜻이다. 유종원은 정원 21년 2월 예부원외랑(禮部員外郞)으로 옮겨 상서(尙書)의 전주(箋奏)를 담당하고 있었는데 이 글과 아래 세 글은 모두 이때 지은 것이다.

113) 정향수(丁香樹)는 상록교목(常綠喬木)으로 계설향(鷄舌香) 정자향(丁子香)이라고도 한다. 잎은 길게 둥근 모양이며 꽃은 엷은 붉은 색을 띠고 열매는 긴 공 모양이다.

114) 한(漢) 선제(宣帝) 원강(元康) 원년(B.C. 65) 미앙궁(未央宮)에 이슬이 내리자 크게 사면령을 내리고 이 일로 그 연대를 기록하였다.

만 옛날에만 자랑스러운 것이었겠습니까? 어찌 오늘날에도 똑같지 않겠습니까? 게다가 나무는 정향(丁香)의 진기함이 있고 궁전은 연화(延和)라고 불리고 있으니 향기로운 바람을 멀리 전파하고 폐하의 만수무강을 기대할 수 있습니다. 이런 일은 옛날이나 지금이나 없는 일이라 경사가 원근에 전해질 것입니다. 신은 외람되이 크나큰 은택을 입어 특이한 상서(祥瑞)의 징조를 직접 볼 수 있는 기회를 얻으니 손뼉을 치고 펄쩍 뛰고 싶도록 기쁜 마음이 일반인보다 만배나 됩니다.

臣某言: 中使王自寧至, 伏奉宣聖旨, 出延和殿前丁香樹甘露一大合示宰臣; 未時, 又出一大合, 令明日示百寮, 甘露見降未止者. 玄化昇聞, 靈貺昭答, 必呈尤異之應, 以告天地之和. 臣某誠懼誠慶, 頓首頓首.

伏惟皇帝陛下均煦育之功, 敷滲漉之澤. 大和潛達, 閟瑞克彰, 發於天霄, 特降宮樹. 朝光初燭, 方湛湛而不晞, 畏景轉炎, 更瀼瀼而未已. 綴葉而珠璣積耀, 盈器而冰玉呈姿, 芳襲椒蘭, 味兼飴醴. 然則零其庭而著異, 紀於年以標奇, 徒矜往辰, 孰幷茲日. 況樹有丁香之珍, 殿卽延和之號, 所以著芳風之遠播, 期聖壽於無疆. 事絶古今, 慶傳遐邇. 臣謬承渥澤, 獲覩殊祥, 抃躍之誠, 倍萬恒品.

예부하백룡병청련화합환련자황과등표(礼部賀白竜并青蓮花合歡蓮子黃瓜等表: 예부에서 백룡과 청연화 합환연자 황과 등을 경하하는 글)[115]

신 아무개는 아룁니다. 엎드려 바라보건대 금월 모일 내관(內官)이 창주(滄州)에서 진상한 백룡현도(白龍見圖)를 내고, 또 서내(西內)[116] 정례지(定禮池) 가운데의 청연화(青蓮花)와 신룡사(神龍寺) 앞의 합환연자(合歡蓮子)를 내어 백관에게 보여주었습니다. 23일에는 또 염주(鹽州)에서 진상한 합환황과도(合歡黃瓜圖)를 내어 보여주었습니다. 음양의 두 기운이 서로 통하고 만국이 함께 화합하니 동식물이 특이한 상서(祥瑞)의 조짐에 어울리려 하여 원근에서 모두 그 길상(吉祥)의 징조를 바쳤습니다. 그림을 펼쳐보고 첩(牒)[117]을 살펴보니 성스런 이치가 밝게 드러납니다. 신은 참으로 기쁘게 경하 드리며 머리를 조아리고 조아립니다.

엎드려 생각하건대 천도(天道)는 먼 것이 아니어서 폐하의 밝으심에 대한 감응이 언제나 통하고, 겹쳐진 상서로움이 궁금(宮禁)에 모여 쌓이니 연못의 연꽃은 기이함을 드러내고 신령한 조화가 보통이 아닙니다. 연꽃에 푸른빛이 펼쳐진 것은 불경을 뒤져보아도 찾아볼 수가 없고, 연꽃이 아름다운 열매를 맺는 것은 경전을 조사해보니 아주 드물게 나타나는 경우입니다. 쌓인 경사는 사방으로 흘러 궁궐 안에서부터 밖으로 퍼져나갔습니다. 이리하여 용으로 하여금 흰 바탕을 드러내게 하고 가을을 받아들여 결과적으로 금행(金行)[118]에 응하였으며, 오이는 황중(黃中)[119]에

---

115) 본편은 창주(滄州)에서 진상한 백룡현도(白龍見圖), 서내(西內) 정례지(定禮池) 가운데의 청연화(青蓮花), 신룡사(神龍寺) 앞의 합환연자(合歡蓮子) 그리고 염주(鹽州)에서 진상한 합환황과도(合歡黃瓜圖)를 보고서 이를 경하하는 글이다.
116) 서내(西內)는 황궁(皇宮)의 서부(西部)를 말한다.
117) 첩(牒)은 관에서 사용되던 공문서의 일종이다.
118) 금행(金行)은 오행(五行)의 하나로 색으로는 흰색, 방향으로는 서쪽, 계절로는 가을을 의미한다.
119) 오행설에서 토(土)는 중앙을 차지하고 황색(黃色)을 중앙의 정색(正色)으로 여긴다. 황

합하고 성스러움을 나타내어 토덕(土德)[120]에 더욱 밝히 드러났습니다. 멀리 변방[121]에까지 통하고 가까이 황가(皇家)의 정원에서 나오니, 한 마음으로 축하하면서 함께 즐거워함이 천하 만민에게 두루 퍼져 있습니다. 게다가 경성 주변 지역에서는 비 내리고 개이는 것이 항상 시의 적절하여 겨울 보리가 대풍을 이루고 아름다운 곡식이 무성하게 자라고 있거니와, 온화한 바람이 이삭을 배게 하여 신령한 기운으로 가득 차 있습니다. 이것들은 모두 폐하의 마음으로부터 나와 하늘의 뜻에 상달된 것으로 두루 흘러 오르내리며 이렇게 풍성한 수확을 이루어 많은 사람들에게 은혜를 끼치고 스스로 상서로운 징조가 된 것입니다. 신 아무개가 매우 다행스럽게 생각하는 것은 이러한 시절을 만나 신령한 복이 갖추어 이르는 것을 보고 인화(人和)가 널리 여러 사람에게 미침을 알게 되었다는 것입니다. 손뼉을 치고 펄쩍 뛰며 기쁘기 그지없습니다.

臣某言 : 伏見今月日, 內出滄州所進白龍見圖, 又出西內定禮池中靑蓮花, 幷神龍寺合歡蓮子示百僚. 二十三日, 又出鹽州所進合歡黃瓜圖者. 二氣交泰, 萬國同和, 動植思協於殊祥, 遐邇畢呈其嘉應, 披圖按牒, 聖理彰明. 臣誠懽誠慶, 頓首頓首.

伏以天道非遠, 睿感必通, 疊瑞重祥, 累集宮禁, 池蓮表異, 靈化非常. 敷彼靑光, 徵佛書而尤絶 ; 成其嘉實, 驗祥經而甚稀. 積慶旁流, 自中徂外. 遂使龍騰白質, 乘秋果應於金行 ; 瓜合黃中, 表聖更彰於土德. 遠通邊徼, 近出苑園, 合慶同歡, 周於億兆. 況復邦畿之內, 雨霽必時, 宿麥大穰, 嘉穀滋茂, 和風孕秀, 靈氣陶蒸. 是皆發自帝心, 達於天意, 周流升降, 成此歲功, 惠彼羣生, 自爲嘉瑞. 臣某深惟多幸, 獲遇斯時, 觀靈貺之備臻, 知人和之溥洽. 無任慶抃躍蹈之至.

중(黃中)은 땅 그리고 황제를 가리킨다.
120) 토덕(土德)은 대지의 공덕 혹은 황제의 공덕을 의미한다.
121) 여기서 변방은 창주(滄州)를 말한다.

예부하백작표(礼部賀白鵲表 : 예부에서 흰 까치를 경하하는 글)[122]

신 아무개는 아룁니다. 엎드려 앞서 언급한 흰 까치를 전시한다는 성
지를 받들었습니다. 서리 같은 깃털은 하얗고 옥 같은 날개는 선명하며
빛깔은 확실히 보통과 다르고 성정은 아주 유순합니다. 신이 듣건대 성왕
(聖王)의 덕은 이르지 않는 곳이 없고 감동이 있으면 응답되어 아무리 깊
숙한 곳이라도 통하지 않는 곳이 없다고 합니다. 엎드려 생각하건대 폐하
의 은혜가 동식물에게 미치고 어진 사랑이 널리 날짐승에게까지 미쳤기
때문에 이 새들이 아름다운 바탕을 드러낼 수 있는 것입니다. 엎드려 생
각하건대 백(白)은 정색(正色)이며 실제로 금방(金方)[123]을 나타내거니와 까
치로 미래의 일을 알 수 있으니 도적들이 신복할 것을 분명하게 드러낸
것입니다. 이로써 귀화(歸化)의 조짐을 나타내고 있으니 태평의 계단을 빛
낼 수 있을 것입니다. 신은 궁중의 관서에서 직책을 맡고 있어 상서로운
징조를 목도할 기회를 얻었으니 손뼉을 치며 기쁘기 그지없습니다.

臣某言 : 伏奉進旨宣示前件白鵲者. 霜毛皎潔, 玉羽鮮明, 色實殊常,
性惟馴狎. 臣聞聖王之德, 無所不至, 有感則應, 無幽不通. 伏惟陛下恩霑
動植, 仁洽飛翔, 故得茲禽, 呈休效質. 伏以白者正色, 實表金方, 鵲以知
來, 式彰寇服. 用符歸化之兆, 克耀太平之階. 臣職參禁垣, 獲覩嘉瑞, 無
任慶抃之至.

---

122) 본편은 조정에서 전시한 흰 까치를 보고서 길상의 상징인 흰 까치의 출현을 경하하
는 글이다.
123) 금방(金方)은 서방(西方)을 가리킨다.

예부하가과표(礼部賀嘉瓜表: 예부에서 상서로운 오이를 경하하는 글)[124]

신 아무개 등은 아룁니다. 금일 내관이 절동(浙東)관찰사 가전(賈全)[125]이 진상한 월주(越州) 산음현(山陰縣) 이풍향(移風鄕)에 사는 백성 왕헌조(王獻朝)의 정원 안에 있는 산가과이실동체도(産嘉瓜二實同蒂圖)[126]를 내어 백관에게 보여주셨습니다. 국운이 새롭게 혁신이 되자[127] 길상의 징조가 응답하여 성덕(聖德)을 밝히 드러내고 더욱 천심(天心)을 나타내었습니다. 신 아무개 등은 참으로 기쁘게 경하 드리며 머리를 조아리고 조아립니다.

엎드려 생각하건대 황제폐하께서는 천지간에 충만한 온화함을 보존하시고 온갖 만물을 빛나게 하시어 덕의 향기는 위로 상달되고 신령스런 교화는 사방에 행해졌습니다. 아름다운 오이가 길상의 징조를 발하여 후복(侯服)[128]으로부터 궁궐에 왔습니다. 그 모양이 꼭지를 함께 하고 있는 것은 수레바퀴의 폭과 문자가 영원히 고를 것임을 나타내는 것이요,[129] 그 땅의 이름은 풍속을 변화시킨다는 이풍(移風)이니 교화 양육이 바야흐로 시작되었음을 알겠습니다. 비록 칠월에 먹는다고 하여 빈(豳) 땅에서는 왕업의 어려움을 노래하였고,[130] 오색(五色)이 진귀하다 하여 동릉(東

---

124) 본편은 월주(越州) 산음현(山陰縣) 이풍향(移風鄕)에 사는 백성 왕헌조(王獻朝)의 밭에서 두 개의 오이가 한 꼭지에 달려 자라는 것을 그린 그림을 유종원이 조정에서 보고 그 상서로움을 경하하는 글이다.
125) 정원 18년(802) 정월 상주(常州)자사였던 가전(賈全)이 절동관찰사로 임명되었다.
126) 오이 두 개가 한 꼭지에 달려 자란 것을 그린 그림을 말한다.
127) 정원 21년(805) 정월 병신(丙申)일에 순종이 즉위한 것을 가리킨다.
128) 고대에는 왕성(王城) 밖의 지역을 원근에 따라서 달리 말하였는데, 하(夏)의 제도에 의하면 왕성에서 천 리 떨어진 곳을 후복(侯服)이라 하였고, 주(周)대에는 왕성에서 사방으로 천 리에서 천오백 리 사이의 지역을 가리킨다.
129) 『예기』「중용」에 "지금 천하는 수레가 바퀴폭을 똑같이 하고 글이 문자를 같이 하고 있다[今天下車同軌, 書同文]"는 구절이 있다. 이는 천하가 통일되어 문물제도가 고르게 되었음을 나타낸다.
130) 『시경』「빈풍(豳風)」「칠월(七月)」에 "칠월에 오이를 먹고 팔월에는 박을 딴다[七月食瓜, 八月斷壺]"는 구절이 있다. 「칠월」시에 대하여 모시서(毛詩序)에서는 "왕업을 진술한

陵)에서 좋은 친구들의 모임을 노래하였지만,[131] 아직 감통(感通)[132]이 이처럼 밝게 드러난 경우는 들어본 적이 없습니다. 신 아무개 등은 성스런 운수를 만나 친히 진귀한 그림을 우러러보게 되었으니 손뼉을 치고 펄쩍 뛸 만큼 기쁜 마음이 일반인의 백배나 됩니다. 기쁘기 그지없습니다.

臣某等, 今日內出浙東觀察使賈全所進越州山陰縣移風鄉百姓王獻朝園內產嘉瓜二實同蔕圖示百寮者. 寶祚惟新, 嘉瑞來應, 式彰聖德, 更表天心. 臣某等誠慶誠賀, 頓首頓首.

伏惟皇帝陛下, 保合太和, 緝熙庶類, 德馨上達, 神化旁行. 嘉瓜發祥, 來自侯服. 質惟同蔕, 見車書之永均; 地則移風, 知化育之方始. 雖七月而食, 豳土歌王業之難; 五色稱珍, 東陵詠嘉賓之會, 未聞感通若斯昭著者也. 臣某等遭逢聖運, 親仰珍圖, 抃躍之誠, 倍百恒品. 無任慶悅之至.

<hr>

것이다. 주공이 변고를 만났기 때문에 후직(后稷) 선공의 풍화가 비롯된 바와 왕업을 이르게 하는 것의 간난을 진술한 것이다[陳王業也. 周公遭變, 故陳后稷先公風化之所由, 致王業之艱難也]"라고 풀이하고 있다.

131) 『사기』 「소상국세가(蕭相國世家)」에 의하면 한(漢) 소평(邵平)은 옛날에 진(秦) 동릉후(東陵侯)를 지냈는데 진이 격파되자 포의(布衣)로 있으면서 장안성(長安城) 동쪽에 오이를 재배하였다. 오이가 맛이 좋아 세상에서는 동릉과(東陵瓜)라고 불렀다고 한다. 완적(阮籍)의 「영회시(詠懷詩)」 「석문동릉과(昔聞東陵瓜)」에 "오색이 아침 해에 빛나니 좋은 친구들 사면에서 모이네[五色曜朝日, 嘉賓四面會]"라는 구절이 있다.

132) 감통(感通)은 한쪽의 행위가 상대방을 감동하여 상응하는 반응을 이끌어내는 것을 말한다.

위왕경조하가련표(為王京兆賀嘉蓮表 : 왕경조를 대신하여 상서로 운 연꽃을 경하하는 글)[133]

신 아무개는 아룁니다. 금일 모시에 중사 아무개가 성지를 받들어 선 포하여 서내(西內) 신룡사(神龍寺) 앞 수로 안의 합환연화도(合歡蓮花圖) 일 축을 내어 백관에게 보여주었습니다. 상서로운 그림이 환하게 펼쳐지니 기이한 색채가 교대로 비치면서 천지의 덕이 어우러져 있음을 찬미하고 귀신과 사람이 함께 기뻐하고 있음을 나타내었습니다. 신 아무개는 참으 로 기쁘게 경하 드리며 머리를 조아리고 조아립니다.

엎드려 생각하건대 황제폐하께서는 도가 중화(重華)에 어울리고[134] 복 은 종덕(種德)[135]을 전하였으며, 음양의 순수한 아름다움을 도야하시고 조화(造化)의 정화(精華)를 품으셨습니다. 경사스런 조짐은 매번 하늘 중심 에 보이거니와 상서로운 징조는 반드시 금액(禁掖)[136]에서부터 나타나야 합니다. 이리하여 한 쌍의 꽃으로 하여금 꽃봉오리를 내게 하고 꼭지를 이어 향기를 드리우게 하였으니, 향은 대왕의 위풍(威風)을 격동시키고

---

133) 본편은 왕경조를 대신하여 상서로운 연꽃의 출현을 경하하는 글이다. 왕경조(王京兆) 는 경조윤(京兆尹) 왕권(王權)을 말한다. 왕권은 영정(永貞) 원년 2월에 경조윤이 되었다 가 11월에 폄적되었고 유종원은 이해 9월 소주자사(邵州刺史)로 폄적되었다. 아래에 보 이는 비 내린 것을 경하하는 네 편의 표(表) 역시 왕권이 경조윤으로 있고 유종원이 아 직 예부원외랑으로 있을 때 지은 것이다.

134) 중화(重華)는 우순(虞舜)의 미칭(美稱)이다. 『상서』 「순전(舜典)」에 "중화는 제에 어울린 다[重華協于帝]"고 하였는데 공전(孔傳)에서는 "화는 문덕을 말한다. 그의 빛나는 문덕이 요(堯)임금과 거듭 합치되어 함께 성스럽고 밝음을 말한 것이다[華, 謂文德. 言其光文重合 於堯, 俱聖明]"고 하였다. 제왕의 공덕이 계승되어 여러 세대에 걸쳐 태평스런 것을 비 유하기도 한다.

135) 종덕(種德)은 사람들에게 은덕을 베푸는 것인데 여기서는 '뿌린 덕'의 의미로 쓰였다. 『서경』 「대우모(大禹謨)」에 "고요가 다니며 은덕을 베푸니 덕이 내리고 백성들이 그를 사모하였다[皐陶邁種德, 德乃降, 黎民懷之]"고 하였다. 당의 황제는 이씨(李氏)로 고요(皐陶) 의 후손이므로 '뿌린 덕'이라고 말한 것이다.

136) 금액(禁掖)은 궁궐의 집들을 말하며 궁정을 가리킨다.

그림자는 천천(天泉)[137]의 물에 밝게 빛나고 있습니다. 궁궐의 연못을 환하게 밝히고 옆으로 급원(給園)[138]에 비쳐서 신령의 복이 시운(時運)에 응하고 천룡(天龍)이 성스러움을 수호하고 있으니 황위(皇位)는 길이 소접(小劫)[139]을 초월하고 신묘한 공적은 영원히 대천(大千)[140]에 넘칠 것입니다. 신 아무개는 태평세대를 볼 수 있는 기회를 얻고 영광스런 총애를 분에 넘치게 받았습니다. 길상의 징조가 응답했다는 소식에 경하의 말씀을 드리거니와 회화의 일을 우러러보니 더욱 기쁘기만 합니다. 손뼉을 치며 발을 구르고 펄쩍 뛸 만큼 기쁘기 그지없습니다.

臣某言: 今日某時, 中使某奉宣聖旨, 出西內神龍寺前水渠內合歡蓮花圖一軸示百寮者. 祥圖煥開, 異彩交映, 贊天地之合德, 表神人之同歡. 臣某誠懼誠慶, 頓首頓首.

伏惟皇帝陛下道協重華, 慶傳種德, 陶陰陽之粹美, 孕造化之精英. 吉慶每見於天心, 發祥必自於禁掖. 是使雙華擢秀, 連蔕垂芳, 香激大王之風, 影耀天泉之水. 煥開宮沼, 旁映給園, 靈睇應期, 天龍護聖. 寶曆敻超於小劫, 神功永洽於大千. 臣某獲覿昇平, 濫居榮寵, 聞瑞應而稱慶, 仰續事而增歡. 無任抃蹈喜躍之至.

---

137) 천천(天泉)은 연못 이름이다. '천연(天淵)'이라고도 하는데 강녕(江寧)에 있으며 남조(南朝) 송(宋) 원가(元嘉) 연간에 만들었다. 『송서(宋書)』 「부서지하(符瑞志下)」에 의하면 원가 21년 6월 병오(丙午)일에 화림원(華林園)의 천연지(天淵池)에 두 연(蓮)이 하나의 줄기로 자라고 있는 것을 발견하고 원승(園丞) 진습조(陳襲祖)가 이것을 보고하였다는 기록이 있다.

138) 급원(給園)은 급고독원(給孤獨園)의 약칭이다. 급고독원은 불교의 성지(聖地) 이름이다. 급고독 장자(長者)가 왕사성(王舍城)에서 석가모니의 설법을 듣고 그에게 귀의하고는 부처에게 사위성(舍衛城)에 오라고 청하고 거금을 들여 기타태자(祇陀太子)의 원림(園林)을 사서 부처의 설법하는 장소로 제공하였기 때문에 이렇게 부른 것이다. 여기서는 신룡사(神龍寺)를 가리킨다.

139) 소접(小劫)은 불가의 용어이다. 석가모니는 '접(劫)'으로 가설적인 시간을 표시하였는데 사람의 수명이 10살에서 8만까지 늘어났다가 다시 8만에서 10살로 되돌아오기를 20번 반복하는 것이 1소접(小劫)이다.

140) 대천(大千)은 불교어로 대천세계(大千世界)의 준말이며 광활하여 끝이 없는 세계를 말한다.

위왕경조하우표일(為王京兆賀雨表一 : 왕경조를 대신하여 비 내린 것을 경하하는 첫 번째 글)[141]

신 아무개는 아룁니다. 신은 어제 직접 성지를 받들었는데 근래에 비가 적고 이번 달에는 비가 없으니 즉시 기도를 해야 오늘 단비가 내릴 것이라 하셨습니다. 하늘이 또한 성지와 어긋나지 않고 신령도 반드시 의지하는 바가 있어서, 빽빽한 구름과 폐하의 말씀이 이어서 나오고 때에 맞는 단비가 하늘의 은택과 함께 내렸습니다. 신 아무개는 참으로 기쁘게 경하 드리며 머리를 조아리고 조아립니다.

엎드려 생각하건대 황제폐하께서는 온 백성들에 대한 근심이 절실하고 농작물에 대한 걱정이 깊으시어 아직 기미가 나타나지 않았을 때 생각하시고 미연에 예방을 하셨습니다. 아래에 베푸는 혜택은 언제나 깊은 은혜에서 나오고 변화는 또한 널리 베푸시는 덕을 따릅니다. 폐하의 심중에 잠시 근심하시어 이내 하늘을 통괄하는 용을 바로잡으셨고 폐하의 말씀이 이미 선포되어 마침내 샘에 넘치는 윤택함이 널리 퍼지게 되었습니다. 먹구름이 두루 퍼지고 가랑비가 사방으로 내리니 기장은 모두 풍년을 이루어 공전(公田)과 사전(私田) 모두 그러 할 것입니다. 들의 농부는 북 치고 춤을 추면서 폐하의 능력이 하늘과 통함을 알았고 관리들은 환호하면서 하늘이 묵묵히 알고 있음을 보았습니다. 신 아무개는 경읍(京邑)에서 백성을 다스리면서 늘 황제폐하를 우러러보고 있거니와 넘치는 은혜만 헛되이 더해지고 폐하께는 전혀 도움이 되지 못하니 감격스럽고 기쁘고 황공하여 몸둘 바를 모르겠습니다.

臣某言 : 臣昨日面奉進旨, 以近日少雨, 今月內無雨, 卽須祈禱, 今日便降甘雨者. 天且不違, 神必有據, 密雲與綸言繼發, 時雨將天澤幷流. 臣

---

141) 본편은 유종원이 경조윤 왕권을 대신하여 시의적절하게 내린 단비를 경하하여 쓴 글이다.

某誠懼誠慶, 頓首頓首.

伏惟皇帝陛下憂切蒸黎, 慮深稼穡, 思彼未兆, 防於無形. 滲灘每出於
湛恩, 變化必隨於廣運. 宸衷暫惕, 已矯御天之龍; 聖謨旣宣, 遂洽漏泉之
澤. 霶霶周布, 霏微四施, 黍稷盡成, 公私皆及. 野夫鼓舞, 知帝力之元通;
官吏歡呼, 見天心之默喩. 臣某牧人京邑, 動仰皇靈, 渥澤徒加, 涓滴無
助. 無任感悅屛營之至.

왕경조하우표이(王京兆賀雨表二 : 왕경조가 비 내린 것을 경하하는 두 번째 글)[142]

신 아무개는 아룁니다. 엎드려 금월 24일, 때에 맞춰 많은 비가 내리는
것을 보았습니다. 엎드려 생각하건대 폐하의 마음에 근심이 쌓이니 하늘
이 문득 뜻을 돌이키시어 조화의 신묘한 공을 옮기시고 음양의 상수(常
數)를 바꾸신 것입니다. 신 아무개는 참으로 기쁘게 손뼉을 치면서 머리
를 조아리고 조아립니다.

황제폐하께서는 백성들을 사랑으로 길러주시니 은혜가 어린아이와 같
습니다.[143] 근래 비가 내리지 않아 이따금 농작물이 잘못되는 경우가 생
기자, 음식을 줄이고 재계하시어 지극한 정성을 신명에게 전달하셨습니
다. 또 겨울보리가 갖춰지지 못하여 파종에 적당한 시기를 놓칠까 걱정하
시고 폐하의 충심으로부터 특별히 진대(賑貸)[144]를 명령하셨습니다. 폐하

---

142) 본편은 유종원이 경조윤 왕권을 대신하여 때맞춰 내린 단비를 경하하여 쓴 글의 두
    번째 편이다.
143) 부모가 어린아이를 사랑으로 길러주는 은혜와 같다는 말이다.
144) 진대(賑貸)는 물품을 내어 구제하는 것을 말한다.

의 뜻이 신명에게 통하여 마침내 단비가 두루 내리게 되었으니, 널리 퍼진 먹구름은 성스런 은택을 따라 함께 멀리까지 이르고, 주룩주룩 내리는 비로 누적된 습기는 은혜의 물결과 더불어 깊어졌습니다. 신 아무개는 이렇다할 재능이 없는데도 외람되이 경성 주위를 맡고 있어, 양육함에 반드시 폐하의 힘에 의존하여야 하니 나아가고 물러나는 것이 천공(天工)에[145] 무슨 도움이 되겠습니까? 천지에 충만한 온화함을 힘입으니 은혜에 부끄럽기가 한이 없습니다. 기뻐서 펄쩍 뛰며 황공하기 그지없습니다.

臣某言 : 伏見今月二十四日, 時雨溥降. 伏以聖心積念, 天意遽迴, 移造化之玄功, 革陰陽之常數. 臣某誠慶誠抃, 頓首頓首.

皇帝陛下仁育蒼生, 恩同赤子. 自頃天雨未降, 時稼或愆, 貶食齋戒, 至誠幽達. 又慮宿麥無備, 播種失時, 出於宸衷, 特令賑貸. 睿謨潛運, 甘雨遂周. 布濩垂陰, 隨聖澤而俱遠; 滂沱積潤, 與恩波而共深. 臣某才術無聞, 謬司邦甸, 生成必資於帝力, 進退何補於天工. 沐浴太和, 慚荷無極. 無任慶躍屏營之至.

왕경조하우표삼(王京兆賀雨表三 : 왕경조가 비 내린 것을 경하하는 세 번째 글)[146]

신 아무개는 아룁니다. 금월 13일 직접 성지를 받들었는데 봄부터 비가 적게 내렸기 때문에 관리를 파견하여 정성을 다하여 기도하게 하는

---

145) 천공(天工)은 하늘의 직임(職任)을 가리킨다. 옛날 천자는 하늘을 본받아 관직을 만들고 하늘을 대신하여 직책을 수행하는 것으로 생각하였다.
146) 본편은 유종원이 경조윤 왕권을 대신하여 때맞춰 내린 단비를 경하하여 쓴 글의 세 번째 편이다.

것이 마땅하다 하셨습니다. 14일에 신은 바로 관리를 파견하여 신령의
유적지로 분산하여 가게 하였는데 그날에 구름이 어둑어둑 사방에서 합
쳐졌고 15일이 되자 마침내 단비가 내렸습니다.

엎드려 생각하건대 황제폐하의 말씀은 신묘한 조화가 되고 행동은 하
늘의 뜻에 합하셨습니다. 아직 가뭄의 걱정거리가 생기기도 전에 벌써
누차 이에 대한 우려를 하시니, 여러 신령이 직책을 받아 바야흐로 구름
이 뭉게뭉게 남산에 오르고, 온갖 곡식이 번성함을 앙모하여 마침내 비
가 주룩주룩 봄 작물을 적셨습니다. 폐하의 말씀이 아침에 내리자 기름
진 혜택이 저녁에 두루 미쳤으니 하늘과 사람이 이미 교통하였음을 알
겠고 음양은 헤아릴 수 없음을 깨닫게 됩니다. 그런즉 주왕(周王)은 방사
(方社)에 쓸데없이 수고하였고[147] 은제(殷帝)는 상림(桑林)에서 헛되이 찬미
하였거니와[148] 어찌 재난이 닥치지 않았을 때 미리 준비하고 기도하기
도 전에 먼저 응답되는 것만 하겠습니까? 폐하의 교화는 전대의 성인들
을 뛰어넘고 도는 하늘에 관통하였으니 모든 들판에서 함께 즐거워하고
온 도성에서 서로 기뻐하고 있습니다. 신이 기뻐서 펄쩍 뛰고 싶은 마음
은 일반인의 만배나 됩니다.

臣某言: 今月十三日面奉進旨, 緣自春來少雨, 宜卽差官精誠祈禱者.
十四日, 臣便差官分赴靈跡, 其日雲陰四合, 至十五日, 甘雨遂降.

伏惟皇帝陛下言爲神化, 動合天心, 未成旱暵之虞, 已積憂勤之慮. 衆
靈受職, 薈蔚且躋於南山; 百穀仰榮, 滂霈遂霑於東作. 睿謨朝降, 膏澤夕
周, 知天人之已交, 識陰陽之不測. 然則周王徒勤於方社, 殷帝虛美於桑

---

147) 방사(方社)는 사방의 신과 토지신을 가리킨다. 『시경』「대아」「운한(雲漢)」에 "봄에 일
    찍이 풍년을 빌었고 사방의 신과 토지신에게도 제때 제사를 지냈는데 하늘의 상제께서
    는 나를 돕지 않는구나[祈年孔夙, 方社不莫, 昊天上帝, 則不我虞]"는 구절이 있다.
148) 상림(桑林)은 옛 지명으로 은 탕(湯)임금이 기우제를 지낸 곳으로 알려져 있다. 탕임금이
    하(夏)를 이기고서 5년간 비가 내리지 않자 자신을 제물로 하여 상림에서 기우제를 지냈
    는데 자신의 머리칼을 자르고 손톱을 베어 희생을 삼고 상제에 복을 빌었다고 한다.

林. 豈無災而早圖, 未禱而先應. 化超前聖, 道貫重玄, 徧野同歡, 傾都相慶. 臣之欣躍, 倍萬恒情.

왕경조하우표사(王京兆賀雨表四 : 왕경조가 비 내린 것을 경하하는 네 번째 글)[149]

신 아무개는 아룁니다. 신은 3월 29일에 여러 신령의 유적지에 가서 기우제를 지내라는 성지를 받들었는데 30일이 되자 단비가 마침내 내렸습니다. 신이 듣건대 성인이 행동하면 하늘이 어기지 않는다고 합니다. 폐하께서 명령을 내리자 상서로운 바람이 이내 일어나고 치성을 드리자 신묘한 비가 곧 대지를 적셨습니다. 신 아무개는 참으로 기쁘게 경하를 드리며 머리를 조아리고 조아립니다.

엎드려 생각하건대 황제폐하께서는 몸가짐을 조심하여 환난을 예방하였으니 도(道)는 주왕(周王)보다 뛰어나시고[150] 힘을 다하여 백성에게 부지런하였으니 공(功)은 하후(夏后)를 능가하셨습니다.[151] 폐하의 뜻이 널리 운행하니 온갖 신령을 몰아 바람을 따르게 하고, 신묘한 교화가 사방으로 행하여지니 오곡을 번성케 하여 은혜로운 혜택을 널리 퍼지게 하였습니다. 먹구름이 사방에서 합치고 촉촉한 단비가 널리 두루 내리니, 농사짓는 토양은 마침내 비옥한 땅이나 자갈 땅이나 한가지로 똑같아졌

---

149) 본편은 유종원이 경조윤 왕권을 대신하여 때맞춰 내린 단비를 경하하여 쓴 글의 네 번째 편이다.

150) 『시경』「대아」「운한(雲漢)」에 대하여 모시서(毛詩序)에서는 잉숙(仍叔)이 주(周) 선왕 (宣王)을 찬미한 시라고 말하고 있다. 즉 선왕이 가뭄을 만나자 두려워하여 몸가짐을 조심하고 행동을 조심하여 가뭄을 제거하려고 한 것을 기린 시라고 한다.

151) 『논어』「태백(泰伯)」에 "궁실은 허술하게 하고 논밭 사이의 물길 정리에 온힘을 다했으니 우는 내가 흠잡을 데가 없다(卑宮室而盡力乎溝洫. 禹, 吾無間然矣)"는 구절이 있다.

고 아래로 흘러내려서 원근의 땅을 다 적시었습니다. 백성들은 은덕을 노래하며 틀림없이 폐하의 성스런 마음에서 비롯되었음을 알고, 초목들은 싱싱하게 자라나 마치 황상의 교화에 감사하고 있는 듯 합니다. 풍년의 경사가 있다면 확실히 여기에 있습니다. 신은 무능한 몸으로 외람되이 경읍(京邑)을 거느리면서 위로 폐하의 생각을 수고롭게 하여 이렇게 한해의 수확을 얻게 되었습니다. 기쁘고 두렵고 황공하기 그지없습니다.

臣某言: 臣於三月二十九日奉進旨於諸靈跡處祈雨, 至三十日甘雨遂降者. 臣聞惟聖有作, 先天不違, 發令而祥風已興, 致誠而玄液旋被. 臣某誠懼誠賀, 頓首頓首.

伏惟皇帝陛下側身防患, 道邁周王; 盡力勤人, 功超夏后. 聖謨廣運, 驅百靈以從風; 神化旁行, 滋五稼而流澤. 油雲四合, 膏雨溥周, 農壤遂一於肥磽, 滲漉盡霑於遐邇. 蒸黎詠德, 知必自於聖心; 草木欣榮, 如有感於皇化. 有年之慶, 實在於斯. 臣以無能, 謬領京邑, 上勞宸慮, 運此歲功. 無任喜懼屛營之至.

하친자기우유응표오(賀親自祈雨有応表五 : 친히 비 내리기를 기도
하여 응답이 있음을 경하하는 다섯 번째 글)[152]

신 아무개는 아룁니다. 신이 상도원관(上都院官) 금부원외랑(金部員外郎)
한술(韓述)이 보고한 글을 얻어 보았는데, 단비가 아직 내리지 않아 폐하
께서 친히 용당(龍堂)[153]에서 기도하셨더니 신령한 새들이 무리 지어 날
아올라 스스로 대오를 이루고 마치 봉황을 따르는 것처럼 하여 용주(龍
舟)를 보좌하였고, 그날에 비가 내렸다고 하였습니다. 중사(中謝)

엎드려 생각하건대 때때로 양기(陽氣)가 지나치게 왕성한 경우는 해마
다 늘 있는 기후지만 성스런 시대를 만나면 풍년 드는 데에 해가 되지는
않습니다. 폐하께서 근본을 돈독히 하시어 농사에 힘쓰시고 백성들을 위
하여 비를 걱정하시니, 폐하의 생각이 이르는 곳에 하늘의 마음도 절로
통하였습니다. 그러므로 상서로운 새들이 용주(龍舟)를 맞이하여 상양(商
羊)[154]의 춤을 가렸고 상서로운 구름이 빗물을 쏟아 부어 용을 따르는
징조와 조화를 이루었습니다. 처음에는 상궁(上宮)[155]에 넓게 뿌리더니

---

152) 본편은 황제가 직접 지낸 기우제에 응답하여 비가 내린 것을 경하하는 글이다. 제목
　　에 '다섯 번째 글'이라고 되어 있어 유종원이 앞의 글처럼 왕경조를 대신하여 지은 것
　　으로 보는 경우도 있으나 본문에 "신이 상도원관(上都院官) 금부원외랑(金部員外郎) 한술
　　(韓述)이 보고한 글을 얻어 보았는데, 단비가 아직 내리지 않아 친히 용당(龍堂)에서 기
　　도하였더니 (…중략…) 그날에 비가 내렸다"고 하였고 또 "신은 재주가 용렬하고 학식
　　이 천박한데 외람되이 담장과 기둥 같은 중책을 맡고 있다"고 하였으니 경성 밖에 있
　　는 어떤 주(州)의 자사가 상주한 것이 틀림없다. 유종원이 영주(永州)에 있을 때 다른 사
　　람을 대신하여 지은 것으로 보인다.
153) 용당(龍堂)은 용을 그려놓은 집을 말한다.
154) 상양(商羊)은 전설상의 새 이름이다. 큰비가 내리기 전에 언제나 한 다리를 구부리고
　　일어나 춤을 춘다고 한다. 『공가가어』「변정(辯政)」에 의하면 제(齊)나라에 다리가 하나
　　인 새들이 궁궐로 날아와 궁전 앞에서 날개를 펴고 뛰어 오르는 일이 생겼다. 제나라
　　임금이 이상하게 생각하여 공자에게 사람을 보내어 자문을 구하였더니 공자는 이 새
　　의 이름이 상양인데 큰비가 내리기 전에 춤을 춘다는 노래가 있으니 빨리 수로를 정비
　　하여 홍수를 예방하라고 일러주었다고 한다.
155) 상궁(上宮)은 천자의 조묘(祖廟)를 말한다.

마침내는 온 땅에 세차게 내렸습니다. 안에서부터 밖으로 퍼져나가 모두 길러줌의 은혜를 입고, 공전에 비가 내리고 사전까지도 비가 내려 크게 무성하지 않은 곳이 없습니다. 은(殷)의 탕(湯)임금은 헛되이 자신의 머리 칼을 자르는 수고를 하였고 주공(周公)은 공연히 음악과 춤을 동반한 기 우제에 부끄러워했습니다.156) 신은 재주가 용렬하고 학식이 천박한데 외 람되이 담장과 기둥 같은 중책을 맡고 있으니 풍년의 복이 있다면 다만 성상의 공(功)일 뿐입니다. 신 아무개는 기쁘고 황공하기 그지없습니다.

臣某言 : 臣得上都院官金部員外郎韓述狀報, 以時雨未降, 親自於龍堂 祈禱, 有靈禽羣翔, 自成行列, 如隨威鳳, 以翼龍舟, 其日降雨者. 中謝.
伏以時或愆陽, 歲之常候, 式當聖日, 無害豐年. 陛下敦本務農, 憂人閔 雨, 宸慮所至, 天心自通. 故得瑞鳥迎舟, 掩商羊之舞; 仙雲覆水, 協從龍 之徵. 初泛洒於上宮, 遂滂霈於率土. 自中徂外, 皆荷生成, 雨公及私, 靡 不碩茂. 殷后徒勤於自翦, 周公空媿於舞雩. 臣以庸虛, 謬司垣翰, 有年之 慶, 惟聖之功. 臣某不任云云.

---

156)『주례』「춘관」에 "여자 무당은 가뭄을 관장하여 가뭄이 들면 음악과 춤을 동반한 기우제를 지낸다[女巫掌歲旱, 暵則舞雩]"고 하였다.

제38권 표(表)

위배중승하극동평사표(為裴中丞賀克東平赦表 : 배중승을 대신하
여 동평을 평정하고 사면한 것을 경하하는 글)[1]

신 아무개는 아룁니다. 엎드려 모월 모일의 덕음(德音)[2]을 받들었는데 치

---

[1] 본편은 동평(東平)의 반란을 진압하고 사면령을 내린 것에 대하여 배중승(裴中丞)을 대신하여 경하하는 글이다. 배중승은 계관관찰사(桂管觀察使) 배행립(裴行立)을 말한다. 동평(東平)은 지금의 산동(山東) 지역에 속하였던 옛 지명이다. 치청(淄青)절도사 이사도(李師道)는 이납(李納)의 아들이며 벼슬이 동중서문하평장사(同中書門下平章事)에 이르렀던 이사고(李師古)의 동생이다. 원화 원년 이사고가 죽자 이사도는 유후(留侯)가 되었고 부자가 습작(襲爵)하여 수십년간 조정에서는 그들을 후대하였는데 뒤에 반란을 일으켜 그들을 제어할 수 없게 되자 원화 13년 헌종은 그들의 관작을 삭탈하고 선무(宣撫) 위박의(魏博義) 등으로 하여금 이들을 토벌하게 하였다. 원화(元和) 14년(819) 2월 치청도지병마사(淄青都知兵馬使) 유오(劉悟)가 그의 상관인 절도사 이사도(李師道)를 죽이자 이사도가 관할하던 치(淄)·청(青)·등(登)·내(萊)·기(沂)·밀(密)·운(鄆)·조(曹)·복(濮)·제(齊)·연(兗)·해(海)의 12개 주(州)가 모두 평정되었다. 이에 천하에 조(詔)를 내려 구

주(淄州) 청주(青州)가 평정되었으니 공적을 포상하고 죄를 용서하여 원근 각처에 포고한다고 하였습니다. 신이 듣건대 모진 추위가 지난 뒤에는 따뜻한 봄기운이 이르고 격렬한 천둥이 치고 나서는 반드시 농작물을 적셔주는 빗소리가 들린다고 합니다. 중사

엎드려 생각하건대 폐하께서는 천도(天道)의 굳셈을 체득하여 운행하시고 대지의 열고 닫는 덕[3]에 어울리심에 온갖 신령이 직책을 받고 천지사방이 교화를 따랐습니다. 군대를 믿고 혼란을 틈탄 사람은 반드시 붙잡혀 참수되고 충성스럽고 의로운 마음을 품은 사람은 살펴 기록하지 않음이 없습니다. 힘을 다해 충순(忠順)한 것을 격려하여 특별히 정절(旌節)의 영예를 더하였고[4] 큰 공을 세운 것을 총애하여 마침내 재상의 임무를 겸하게 하였습니다.[5] 군대에게는 최고의 상급을 내리고 나라 일로 목숨을 잃은 이들은 최대로 공적을 표창하여 구휼하였으며, 위협과 협박에 의한 역사(役事)는 모두 없애고 재물을 착취한다는 오명을 모두 제거하였습니다. 다친 사람은 따뜻하게 간호를 받고 늙고 병든 사람에게는 은혜를 더하였으며, 풍성한 재물과 함께 이미 그 요역(徭役)을 면제하였고 하사한 볍씨로 더욱 풍성한 수확을 거두었습니다. 산천의 제사를 엄숙하게 하시니 신령이 반드시 의지함이 있고, 의열(義烈)의 집을 표창하시니 만인이 감격하지 않음이 없습니다. 주(周)의 왕처럼 충후(忠厚)의 교화를 베풀고 한(漢)의 제왕처럼 개제(愷悌)[6]의 풍속을 부끄러워하여 태평

류된 죄인과 사형수는 유배형으로 감형하고 유배형 이하는 다 석방하게 하였다. 이 글은 이러한 상황에 대한 경하의 글이다. 당시 유종원은 유주자사로 있었다.

2) 덕음(德音)이란 '인덕(仁德)에 맞는 말'이란 의미로 제왕의 조서(詔書)를 가리킨다.

3) 『역』「계사상(繫辭上)」에 "대지는 고요하면 닫히고 움직이면 열리어 넓게 낳는다[夫坤, 其靜也翕, 其動也闢, 是以廣生焉]"고 하였다.

4) 정절(旌節)은 옛날 사자(使者)가 들고 가던 기(旗)와 부절(符節)로, 절도사(節度使)의 의장을 말한다. 원화 14년 2월에 유오(劉悟)를 의성군(義成軍)절도사로 삼았다.

5) 계축(癸丑)일에 위박(魏博)절도사 전홍정(田弘正)에게 검교사도(檢校司徒) 동중서문하평장사(同中書門下平章事)를 더하였는데, 전홍정 역시 이사도(李師道)를 토벌하였기 때문에 이렇게 임명된 것이다.

6) 개제(愷悌)는 화목하고 즐거우며 겸손하고 온화함을 말한다.

의 덕은 여기에서 지극히 성하게 되었습니다. 그런즉 우(虞)의 순수(巡守)를 회복할 수 있으니 공적을 보고하여 장차 대종(岱宗)에서 즐거워할 것이며,[7] 한(漢)의 전례가 행해지고 있으니[8] 예(禮)를 익히어 다시 궐리(闕里)에서 영화로울 것입니다.[9] 신은 외람되이 중대한 부탁을 받고 천지에 충만한 온화함을 볼 수 있는 기회를 얻었으니 손뼉을 치고 펄쩍 뛸 만큼 기쁜 마음이 일반인의 만배나 됩니다. 삼가 이미 군읍(郡邑)에서 시행하고 군대에 널리 선포하여 알리니, 모든 사람이 발로 땅을 구르며 환호하여 마치 천 잔의 술에 취한 것 같고, 펄쩍 하늘로 뛰어 오르며 북을 치고 춤을 추는 것이 마치 구주(九奏)[10]의 음악을 듣는 것 같습니다. 경하 드리며 기뻐서 껑충껑충 뛰고 싶은 마음 그지없습니다.

臣某言 : 伏奉月日德音, 以淄靑蕩平, 褒功宥罪, 布告邐邁者. 臣聞肅殺之後, 每致陽和; 雷霆旣施, 必聞膏澤.

伏惟陛下體乾剛以運行, 協坤元之翕闢, 百靈受職, 六合從風. 阻兵怙亂者, 必就梟擒; 懷功抱義者, 無不甄錄. 激其效順, 特加旄節之榮; 寵以元功, 遂兼鼎鉉之任. 戎行窮賞賚之重, 死事極褒卹之優, 劫脅之役盡除, 聚歛之名皆去. 傷痍受煦, 老疾加恩, 豐財已復其征徭, 賜種更盈於種稑. 嚴山川之祀, 神必有依; 申義烈之家, 物無不感. 周王推忠厚之化, 漢帝慚

---

7) 『서경』 「순전(舜典)」에 의하면 우(虞)의 순(舜)임금은 5년에 한 번 전국을 순수(巡守)하였고 동쪽으로 대종(岱宗) 즉 태산에 이르러 장작을 태워서 천제(天祭)를 지냈다고 한다. 태산은 연주(兗州)에 있고 연주는 치주(淄州) 청주(靑州)에 속한다. 지금 연주가 수복되었으므로 이렇게 말한 것이다.

8) 한(漢) 무제(武帝) 원봉(元封) 원년(B.C. 110) 태산에 올라 단을 쌓고 천지 및 사방 산악(山岳)의 신에게 드리는 제사인 봉(封) 제사를 드렸다. 이에 대하여 응소(應劭)는 "공이 이루어지고 정치가 안정되자 하늘에 업적을 보고한 것이다"라고 말하였다. 한의 전례란 이를 두고 한 말이다.

9) 한(漢) 장제(章帝)는 원화(元和) 2년 동쪽으로 순수하여 노(魯)를 지나고 궐리(闕里)에 행차하여 태뢰(太牢)로 공자에게 제사하였다. 치주 청주는 대체로 노(魯)나라의 땅에 해당하므로 이렇게 말한 것이다.

10) 구주(九奏)는 고대 예(禮)를 행하면서 연주한 음악 9곡을 말한다.

愷悌之風, 太平之德, 斯爲至盛. 然則虞巡可復, 告成將慶於岱宗; 漢典方行, 講禮再榮於闕里. 臣謬膺重寄, 獲覩太和, 抃蹈之誠, 倍萬恒品. 謹已施行郡邑, 宣示軍戎. 莫不動地歡呼, 若醉千鍾之酒; 騰天鼓舞, 如聞九奏之音. 無任慶賀踴躍之至.

유주하파동평표(柳州賀破東平表: 유주에서 동평을 격파한 것을 경하하는 글)[11]

신 아무개는 아룁니다. 근래에 관찰사[12]의 첩(牒)을 받아보았는데 이사도(李師道)가 모월 모일에 참수되었다고 하였습니다. 폐하의 덕이 널리 운행되어 당(唐)의 운명이 새로워지고 흙먼지로 음산하던 날씨가 맑게 개이고 천지가 깨끗해졌으니 천하의 신하들과 백성들은 기뻐서 손뼉을 치는 것이 끝이 없습니다. 중사

엎드려 생각하건대 예성문무(睿聖文武)황제폐하께서는 위엄으로 온갖 신령을 부리시고 덕으로 육려(六沴)[13]를 일소하시어 하늘에서는 황업(皇業)을 내리시고 시절은 태평시대로 돌아갔습니다. 하(夏)[14]를 이기고 오(吳)[15]를 사로잡고 촉(蜀)[16]을 베고 채(蔡)[17]를 평정하신 뒤로 다른 소수민족들이 이마를 조아리고 의심을 품고 있던 이들이 마음을 바꾸었습니다.

---

11) 본편은 유주에서 유종원이 동평(東平)의 반란군 이사도(李師道)를 격파한 것을 경하하는 글이다.

12) 계관(桂管)관찰사를 말한다.

13) '육려(六沴)'의 '려(沴)'는 기(氣)가 화합하지 못하고 서로 해치는 것을 말하며, 육려는 군대를 거느리는 육경(六卿) 즉 육사(六事)가 서로 화합하지 못하고 해치는 것을 가리킨다.

14) 하수은절도사(夏綏銀節度使) 양혜림(楊惠琳)을 말한다.

15) 진해절도사(鎮海節度使) 이기(李錡)를 말한다.

16) 서천절도유후(西川節度留後) 유벽(劉闢)을 말한다.

17) 회서절도사(淮西節度使) 오원제(吳元濟)를 말한다.

다만 이러한 흉악한 무리들이 아직도 반항하며 거만을 부리고 있다는 소식에 조정에서 의논을 거쳐 계책을 얻었는데 폐하의 계획은 언제나 옳았습니다. 깃발은 넓은 황하 가에서 빛났고 북과 징을 울리는 소리는 신령한 산악[18]을 진동시켰습니다. 운성(鄆城)은 스스로 궤멸하여 결국 거(莒)와 노(魯)의 싸움과 같았고[19] 제(齊)의 땅이 다 평정되어 경엄(耿弇)과 진준(陳俊)의 전투를 기다릴 필요가 없게 되었습니다.[20] 다섯 가지 병기가 영원히 수거되고 일곱 가지 덕이 어그러짐이 없었으니 살아 숨쉬는 이들은 요순의 인자함에 견주었고 천하 사람들은 성왕(成王)·강왕(康王)의 풍속을 초라하게 여기게 되었습니다. 개구(介丘)[21]에 안개가 걷히자 벌써 비취 깃으로 화려하게 장식한 천자의 의장(儀仗)이 오는 것이 보이고 기수(沂水)에 바람이 불어 다시 무우(舞雩)의 노래 소리가 일어납니다.[22] 천년의 대통은 실로 여기에 있습니다. 신은 남방의 거친 땅에 직책을 맡고 있으면서[23] 크나큰 경사를 받드는 기회를 얻으니 기뻐서 손뼉을 치고 발을 구르고 싶은 마음이 일반인의 만배나 됩니다.

臣某言 : 卽日被觀察使牒, 李師道以月日克就梟戮者. 帝德廣運, 唐命

---

18) 신령한 산악은 태산(太山)을 가리킨다.
19) 『좌전』 소공(昭公) 원년 이후에 의하면 거(莒)와 노(魯)가 오랜 세월 동안 운(鄆)을 다 투었는데 소공 29년 10월에 가서야 운이 무너졌다고 하였다. 여기서는 이사도가 처음에 운주(鄆州)의 성곽과 해자를 정비하고 반란을 도모했지만 결국 그 휘하 장수 유오(劉悟)에 의하여 죽임을 당하고 반란이 와해된 것을 말하고 있다.
20) 한(漢) 광무제(光武帝)가 처음 일어났을 때 장안은 정치적으로 혼란하여 장보(張步)가 낭야(琅邪)에서 기병하였다. 5년에 광무제가 경엄(耿弇)으로 하여금 유흠(劉歆) 진준(陳俊) 두 장군을 거느리고 그를 토벌하게 하여 임치(臨淄)에서 전투를 벌였는데 장보의 군대가 대패하였고 장보는 소무(蘇茂)의 머리를 베어 투항하였다. 경엄은 다시 군대를 이끌고 성양(城陽)으로 가서 오교(五校)의 잔당을 항복시켰고 제(齊) 땅은 이리하여 모두 평정되었다. 낭야 임치는 바로 청(靑州) 해주(海州)의 속읍이다.
21) 개구는 태산(太山)을 말한다.
22) 기수(沂水)는 기주(沂州)에 속하며 역시 치청(淄靑) 12주(州)의 하나이다. 『논어』에 "기수에서 목욕하고 무우(舞雩)에서 바람을 맞으며 노래하며 돌아올 것이다[浴乎沂, 風乎舞雩, 詠而歸]"라는 구절이 있다.
23) 당시 유종원은 유주자사로 있었다.

惟新, 霾曀廓淸, 天地貞觀, 率土臣庶, 慶抃無涯. 中謝.

伏惟睿聖文武皇帝陛下, 威使百神, 德消六沴, 天降寶運, 時歸太平. 自克夏擒吳, 剪蜀平蔡, 殊類稽顙, 羣疑革心. 唯此兇妖, 尙聞悖慢, 庭議旣得, 廟謨必臧. 旌旗燭燿於洪河, 金鼓震驚於靈嶽. 鄆城自潰, 寧同莒魯之爭; 齊地悉平, 無俟耿陳之戰. 五兵永戢, 七德無虧, 含生比堯舜之仁, 率土陋成康之俗. 介丘霧息, 已望翠華之來; 沂水風生, 更起舞雩之詠. 千歲之統, 實在於斯. 臣守在蠻荒, 獲承大慶, 抃蹈之至, 倍萬恒情.

대배중승하분치청위삼도절도표(代裵中丞賀分淄靑爲三道節度表 : 배중승을 대신하여 치청을 삼도절도로 나눈 것을 경하하는 글)[24]

신 아무개는 아룁니다. 엎드려 모월 모일의 제(制)를 보았는데 치청(淄靑)의 각 주(州)를 삼도(三道)로 나누고 절도사(節度使) 도단련(都團練) 관찰사(觀察使) 등으로 관리한다고 하였습니다.[25] 뱀과 산돼지가 드나들던 구덩이가 갑자기 낙토가 되었고 독기가 넘쳐나더니 모두 온화한 기운을 이루었습니다.

엎드려 생각하건대 황제폐하께서는 하늘이 홍성의 시기를 부여하시고 신령이 황위(皇位)를 열어주시어 태평스런 천하를 회복하시고 요사스런 재

---

24) 본편은 배중승을 대신하여 치청(淄靑)을 삼도(三道)로 나누어 관리하게 한 조치를 경하하는 글이다. 당시 유종원은 유주자사로 있었다.

25) 원화 14년(819) 2월 호부시랑 양오릉(楊於陵)을 치청섬무사(淄靑宣撫使)로 명하여 이사도가 관할하던 12주를 삼도(三道)로 나누게 하였다. 양오릉은 도적(圖籍)에 의해서 토지의 원근을 살피고 군사와 말의 숫자를 세고 창고의 허실(虛實)을 비교하여 그것을 적절하게 배분하였다. 그 결과 운(鄆)·조(曹)·복(濮)을 하나의 도(道)로 만들었고, 치(淄)·청(靑)·제(齊)·등(登)·내(萊)를 하나의 도로 하였으며, 나머지 연(兗)·해(海)·기(沂)·밀(密)을 하나의 도로 만들어 삼도(三道)로 분할하였다.

앙의 뿌리를 뽑으셨습니다. 서에서부터 동에서부터 지휘에 어긋나지 아니
하였고 경계를 나누고 정리하여 모두 구분을 얻게 되었습니다. 산천은 현
장에 나가 제어한 듯한 모습을 갖추었고 길은 부세(賦稅)와 요역(徭役)에 편
리하게 되었으니 제후들은 이미 안정을 찾았고 하사 받은 봉지(封地)는 이
로써 편안해졌습니다. 청주(靑州)·연주(兗州)의 봉지를 달리하여 옛 제도를
따랐고, 조(曹)·위(衛)의 땅을 나눈 것은 참으로 고명한 견해에 들어맞았습
니다. 전차와 갑옷을 영원히 감추고 마소는 징용되지 않으니 풍속은 온화
한 교화를 입고 대대로 어진 사람이 장수한다는 기약을 알게 되었습니다.
농사는 김매고 풀 베는 데서 해마다 번성할 것이며 유풍(儒風)은 제사에서
다시 흥성할 것입니다. 계찰(季札)로 하여금 노(魯)를 살피게 하여 다시 남
악(南籥)의 의식(儀式)을 펼칠 수 있고26) 중산보(仲山甫)로 하여금 제(齊)로 가
게 하여 다시 동방의 부역(賦役)을 바로잡을 수 있습니다.27) 신은 먼 곳에
서 군대를 거느리고 있으니 궁궐 조정에서 모시고 경하드릴 수 없습니다.

臣某言：伏見某月日制, 分淄靑諸州爲三道節度都團練觀察等使者. 蛇
豕之穴, 忽爲樂郊; 氛沴之餘, 盡成和氣.

伏惟皇帝陛下, 天付昌期, 神開寶曆, 復昇平之土宇, 拔妖孽之根源. 自
西自東, 不違於指顧, 我疆我理, 咸得其區分. 山川備臨制之形, 道途適征
徭之便, 俾侯旣定, 賜履以寧. 異靑兗之封, 爰從古制; 解曹衞之地, 實契
雅謀. 車甲永藏, 馬牛勿用, 俗被雍熙之化, 代知仁壽之期. 農事載盛於耤

---

26) 『좌전』 양공(襄公) 29년에는 오(吳)의 계찰(季札)이 노(魯)를 방문하여 주(周)의 음악을
   듣기를 청하여 음악을 듣고 품평하는 내용이 나오는데 그 중에 상소(象簫) 남악(南籥)이
   라고 하는 무악(舞樂)도 등장한다. 남악(南籥)은 피리의 일종인 약(籥)을 들고 추는 춤으
   로 문왕(文王)의 음악이라고 한다. 여기서는 노(魯) 지역이 본래 예(禮)가 볼만함을 말한
   것이다.
27) 『시경』 「대아」 「증민(烝民)」에 "왕께서 중산보에 명하시어 저 동방에 성을 쌓게 하셨
   네[王命仲山甫, 城彼東方]" "중산보가 제(齊)로 가는데 빨리 돌아가네[仲山甫徂齊, 式遄其
   歸]"라는 구절이 있다. 중산보는 주(周) 선왕(宣王) 때의 인물로 왕명을 받고 제나라에
   성을 쌓으러 갔다. 동방(東方)은 바로 제(齊)를 말한다.

茇, 儒風重興於俎豆. 足使季札觀魯, 更陳南籥之儀; 山甫徂齊, 復正東方
之賦. 臣總戎遠地, 不獲陪賀闕庭. 云云.

위위시랑하포의두군제우습유표(爲韋侍郎賀布衣竇羣除右拾遺表
: 위시랑을 대신하여 평민 두군을 우습유에 제수한 것을 경하하는 글)[28]

신 아무개는 엎드려 금월 모일의 제를 보았는데 평민 두군(竇羣)을 우
습유에 제수하셨다고 하였습니다. 신이 듣건대 바른 도가 행해지면[29] 사
방이 덕을 향하게 되고 숨어사는 사람을 등용하면 천하 사람이 진심으
로 귀의한다[30]고 합니다. 중사

신이 엎드려 생각하건대 두군은 숨어살면서 정도를 지켰고 몽매함을
간직한 채 바름을 함양하였으며, 학술은 정통하여 과단성이 있고 품행은

---

28) 본편은 위시랑(韋侍郎)을 대신하여 평민 두군(竇羣)을 우습유(右拾遺)에 제수한 것에 대
하여 경하하는 글이다. 위시랑은 위하경(韋夏卿)으로 자는 운객(雲客)이고 만년(萬年)인
이며 대력(大曆) 연간에 동생 위정경(韋正卿)과 함께 현량방정(賢良方正)에 합격하였다.
이부시랑(吏部侍郎)에 발탁되고 관직은 태자소보(太子少保)에 이르렀다. 그가 추천한 사
람은 대부분 높은 관직에 이르렀으므로 세상에서는 그가 사람을 알아볼 줄 안다고 하
였다. 두군(竇羣)의 자는 단렬(丹列)이고 경조(京兆) 금성(金城)인이다. 처사로 비릉(毗陵)에
은거하고 있었는데 소주(蘇州)자사로 있던 위하경(韋夏卿)이 그를 조정에 천거하고 아울
러 그가 지은 서(書) 수십 편을 표(表)로 올렸으나 부름을 받지는 못하였다. 정원(貞元)
16년(800) 11월 위하경이 이부시랑에서 경조윤이 되어 다시 그에 대하여 언급하자 18
년(802) 3월 덕종(德宗)은 두군을 불러 좌습유에 제수하였다. 『신당서』・『구당서』에서
는 모두 두군이 좌습유에 제수되었다고 하는데 『유종원집』의 여러 판본에서는 모두
우습유로 되어 있어 어느 것이 옳은지는 알 수 없다.
29) 『논어』「위령공(衛靈公)」에 "이 사람들은 삼대의 성인들이 바른 도로써 행하였기 때
문이다[斯民也, 三代之所以直道而行也]"라는 구절이 있다.
30) 『논어』「요왈(堯曰)」에 "멸망한 나라를 다시 일으켜 세워주고 끊어진 세대를 이어주
며 세상을 등지고 숨어사는 사람을 등용하니 천하백성은 그에게로 마음을 돌리게 되
었다[興滅國, 繼絶世, 擧逸民, 天下之民歸心焉]"라는 구절이 있다.

굳고 분명한데다가, 도의 진체(眞諦)를 노래하면서 자신의 뜻을 추구하였습니다. 두군은 신이 지난번 번복(藩服)31)을 지키고 있을 때 특별히 알게 되었는데, 조정에 돌아오게 되자 즉시 말씀을 드려 천거했던 것은 자리를 훔쳤다는 질책을 피하고32) 공연히 벼슬자리를 차지하고 있다는 허물을 막아보고자 하는 바램이 있어서였습니다. 폐하의 들으심은 자신을 굽혀서 아랫사람의 의견에 따르시고 터무니없는 말조차도 폐기하는 일이 없게 한 것이라고 어찌 말하지 않을 수 있겠습니까? 하물며 간언(諫言)하는 직책으로 정치교화에 참여하고 있는 경우야 더할 나위가 있겠습니까? 평민 중에서 발탁하는 것은 오래도록 그 유사한 예가 없었으니 조정의 백관들은 기뻐서 손뼉을 치고 산택(山澤)에서 은거하는 이들이 깜짝 놀랐습니다. 숨어사는 이들이 어찌 인재가 버려질 것에 대해 걱정하겠습니까? 재능이 있는 이들은 모두 힘을 다하여 은혜에 보답할 것을 생각할 것입니다. 신은 성품이 본래 평범하고 세심하지 못하여 행동에 도움되는 바가 없어서 다만 인재 발탁으로 은혜와 영예에 보답하려고 생각하였습니다. 보잘 것 없는 정성이 참으로 금석(金石)을 꿰뚫었습니다. 말을 폐기하지 않으시어33) 미천한 신이 감히 외람되이 양웅(揚雄)34)을 추천하였거니와, 덕은 반드시 이웃이 있으니 성스런 시대가 곽외(郭隗)35)를 높인 데

---

31) '번복'은 구복(九服)의 하나이다. 고대에는 왕기(王畿) 이외의 지역을 구복(九服)으로 나누었는데 그 봉국(封國)의 구역이 왕기로부터 가장 먼 곳을 번복(藩服)이라고 하였다. 여기서는 소주(蘇州)를 가리켜 말한 것이다.

32) 『논어』「위령공」에 공자가 말하기를 '장문중은 벼슬자리를 훔친 자로구나. 유하혜의 현명함을 알면서도 그와 함께 조정에 서지 않았으니'라고 하였다[臧文仲其竊位者與! 知柳下惠之賢而不與立也]"라는 구절이 있다. 자리를 훔쳤다는 것은 현명한 이를 천거하지 않은 것을 가리킨다.

33) 『논어』「위령공」에 "군자는 말로 사람을 천거하지 아니하고 사람으로 말을 폐기하지 않는다[君子不以言擧人, 不以人廢言]"는 구절이 있다.

34) 양웅(揚雄)은 나이 40이 넘어서 촉(蜀)에서 경사로 왔는데 대사마거기장군(大司馬車騎將軍) 왕음(王音)이 그의 문아(文雅)함을 기이하게 여기어 그를 불러다 문하리(門下吏)로 삼고 마침내 그를 대조(待詔)로 추천하였다.

35) 곽외(郭隗)는 연(燕)나라 사람으로, 인재를 불러모아 연나라를 강국으로 만들고 제(齊)에 대하여 선왕의 원수를 갚고자 하였던 연(燕) 소왕(昭王)에게 거금을 주고 죽은 천리

서 빛이 나고 있습니다. 두군이 명을 받은 뒤로 신은 다시 폐하를 뵙고 말씀드리길 바랬으나 질병에 쫓기고 이어서 휴가를 내게 되었습니다. 마음을 쏟아 오래 전부터 생각하면서 자나깨나 조심스럽고 두려웠습니다. 기뻐서 펄쩍 뛰면서 황공하기 그지없습니다.

臣某伏見今月日制, 除布衣竇羣右拾遺者. 臣聞直道之行, 四方嚮德, 逸人是擧, 天下歸心. 中謝.

臣伏以竇羣肥遯居貞, 包蒙養正, 學術精果, 操行堅明, 讚詠道眞, 以求其志. 臣頃守藩服, 特所委知, 及歸朝廷, 輒有聞薦. 庶逃竊位之責, 以塞曠官之尤. 豈謂天聽曲從, 瞀言無廢, 況諫諍之職, 政化是參. 擢於布衣, 久無其比, 周行慶抃, 林藪震驚. 晦迹寧慮於遺賢, 懷才盡思於展效. 臣以性本庸疏, 動無裨益, 唯思進拔, 以報恩榮. 區區懇誠, 實貫金石. 言而不廢, 微臣敢竊於薦雄; 德必有鄰, 聖代式光於尊隗. 自羣受命, 冀復面陳, 迫以疾病, 接於休假. 注心蓄念, 寤寐兢惶. 無任喜躍屛營之至.

위번좌승양관표(爲樊左丞讓官表 : 번좌승을 대신하여 벼슬을 사양하는 글)[36]

신 아무개는 아룁니다. 엎드려 금월 28일 제를 받들었는데 신을 상서좌승(尚書左丞)에 제수하신다 하셨습니다. 은총의 명을 내려주시니 부끄

마를 사는 방법으로 진짜 천리마를 구하게 되었다는 우화를 들려주고 소왕이 먼저 곽외를 등용하면 곽외보다도 훨씬 현명한 인재들이 천리를 멀다 하지 않고 모이게 될 것이라 깨우쳐 주어 많은 인재를 얻게 하였다고 한다. 여기서의 양웅과 곽외는 모두 두군을 가리켜 말한 것이다.

36) 본편은 번좌승(樊左丞)을 대신하여 벼슬을 사양하는 글이다. 번좌승(樊左丞)이 누구인지는 자세하지 않다. 제목의 '번좌승'은 '위좌승(韋左丞)'으로 된 판본도 있다.

러운 얼굴에 망연자실해집니다. 큰 고래가 있는 바다에 떠있는 듯 다만 혼백이 떨림을 느끼거니와 큰 자라에게 이도록 한 산도 폐하께서 내려 주신 은혜의 무게만 못합니다.[37]

신이 듣건대 상서는 국정을 총괄하여 만기(萬機)[38]를 밝히는 것을 돕는다고 합니다. 그렇기 때문에 천상에서는 북두중추(北斗中樞)를 높이고 폐하께는 남궁좌할(南宮左轄)[39]이 있는 것입니다. 진(晉)나라에서 공탄(孔坦)을 승진시킨 것은 당시에 성실 정직했기 때문이요,[40] 한(漢)나라에서 양교(楊喬)를 임명한 것은 옛날의 전장제도(典章制度)에 숙련되었기 때문이었거니와[41] 다행히도 백관들은 회부(會府)[42]에서 존경심을 갖고 있었고 제후들은 경사에서 본보기로 삼았습니다. 신은 참으로 재주가 작은데도 외람되이 고귀한 관직에 올라 난(蘭)을 쥐고[43] 문서의 초안을 잡아 지난날 조정의 전장제도를 문란하게 하였고, 대를 쪼개고[44] 법조(法條)를

---

37) 『열자』 「탕문(湯問)」에 의하면 발해(渤海)의 동쪽에 바닥이 없는 골짜기가 있는데 그 가운데 성인과 신선들이 사는 다섯 개의 산이 있어 항상 조류 물결을 따라 위아래로 움직였다. 상제가 서극(西極)으로 떠내려갈까 두려워하여 우강(禺彊)에게 명하여 큰 자라 15마리로 하여금 머리를 들고 그것을 이게 하여 다섯 산이 안정되었다고 한다.

38) 만기(萬機)는 만사의 기미를 조심하고 두려워해야 한다는 뜻으로, 제왕이 일상적으로 처리해야 할 복잡한 정무를 가리킨다.

39) 남궁(南宮)은 상서성의 별칭이며 좌할(左轄)은 바로 좌승(左丞)이다.

40) 공탄(孔坦)이 자는 군평(君平)이다. 함화(咸和) 초에 상서좌승이 되었는데 궁중에서 깊은 존경을 받았다. 죽어서 광록훈(光祿勳)이 더해졌고 시호는 간량(簡諒)이다.

41) 후한(後漢) 양교(楊喬)는 환제(桓帝) 때에 상서가 되었으며 뒤에 당고(黨錮)에 연루되어 투옥되었는데 두무(竇武)는 그를 변호하는 상소문에서 그가 국가의 전장제도를 분명하게 세웠다고 밝히고 있다.

42) 회부(會府)는 상서성의 별칭이다.

43) 난을 쥔다는 것은 본문 '악란(握蘭)'을 옮긴 것이다. 이는 한(漢) 응소(應劭)의 『한관의(漢官儀)』에 보이는 "상서랑(尙書郞)은 문서 작성을 주관하여 초안을 잡고 건례문(建禮門) 안에서 당직을 서며 향기를 품고 난을 쥐고서 붉은 궁전 앞 지대 뜰을 종종걸음으로 달린다[尙書郞 主作文書起草, 直於建禮門內, 懷香握蘭, 趨走於丹墀]"라는 구절에서 온 것으로 '악란'은 뒤에 황제 좌우에서 정무를 처리하는 근신(近臣)을 가리키는 말로 사용되었다.

44) 대를 쪼갠다는 것은 본문 '부죽(剖竹)'을 옮긴 것이다. 고대에 관작(官爵)을 내려줄 때에는 죽부(竹符)로써 신표를 삼았는데 대나무를 둘로 쪼개어 하나는 본인에게 주고 하나는 조정에 남겨두었다. 이를 '부죽'이라 하는데 이는 후대의 위임장을 주는 것에 해당한다.

반포하여 근래에 백성에게 고통을 안겨주었습니다. 두루 조정 안팎을 다녀보아도 명성이나 갈채는 들리지 않습니다. 판도(版圖)45)를 다시 모아보니 공부(貢賦)46)가 아직도 구주(九州)에 고르지 않고, 동인(銅印)47)을 다시 다뤄보니 위의(威儀)가 삼서(三署)48)에서 신중치 못합니다. 차랑(次郎) 보궐(補闕)49)의 관직에 있어서 어찌 그 사람을 바꾸겠습니까? 성명(聖明)하신 주상께서 인재를 구하시니 이는 응당 받아들이기 어렵습니다. 외람되이 말씀드리건대 사방으로 재덕(才德)이 출중한 사람을 구하시고 옆으로 훌륭하고 특출한 인재를 찾으셔서 반드시 덕이 법도에 맞고 말이 기강을 이룰 수 있도록 하셔야 교화를 일으켜 천하가 다스려지고 오늘날 이간질하는 말이 없어지게 될 것입니다. 하물며 성상을 편안하게 하는 것은 반드시 현명한 인재를 추천하는데 있고 자신을 위태롭게 하는 것은 직무에 태만한 것보다 더한 것이 없음에랴 더할 나위가 있겠습니까? 만약 자환(紫渙)50)을 거두시어 신의 충성심을 굽어보시고 불쌍히 여기는 은혜를 입는다면 어리석은 신은 힘을 다하여 올린 말씀을 보전하고 성상의 감찰하심에는 임무완성의 책임을 묻는 토대가 있게 될 것입니다. 부끄럽고 황송하기 그지없습니다. 삼가 조당(朝堂)에 나아가 표(表)를 받들어 사양하는 마음을 진술하여 올립니다. 신이 양보하는 사람에 대하여는 따로 글을 써서 봉하여 올리겠습니다.

---

45) 판(版圖)의 판(版)은 호적(戶籍), 도(圖)는 지도(地圖)를 말한다.
46) 공부(貢賦)는 각지의 토산품을 바치는 토공(土貢)과 조세(租稅)를 징수하는 부세(賦稅)를 말한다.
47) 동인(銅印)은 동으로 만든 인장을 말하며, 당(唐)대 관서(官署)에서는 모두 동인을 사용하였다.
48) 삼서(三署)는 한(漢)대 오관서(五官署)·좌서(左署)·우서(右署)를 합하여 부른 이름이다. 모두 광록훈(光祿勳)에 속하였으며 서(署)마다 낭(郎)을 설치하고 중랑장(中郎將)으로 그들을 거느리게 하였는데 이를 삼서랑(三署郎)이라고 불렀다.
49) 차랑(次郎)·보궐(補闕)은 모두 관직 이름이다.
50) 자환(紫渙)은 조서(詔書)를 말한다.

臣某言:伏奉今月二十八日制, 除臣尚書左丞. 寵命俯臨, 慚顏自失. 泛大鯨之海, 但覺魂搖; 戴巨鼇之山, 未如恩重. 中謝.

臣聞尚書百揆, 翊亮萬機, 故天上尊北斗中樞, 陛下有南宮左轄. 晉昇孔坦, 諒直當時; 漢拜楊喬, 閑練故事. 庶得百僚有憚於會府, 諸侯取法於京師. 臣實譾才, 謬登清貫. 握蘭起草, 昔忝朝經; 剖竹頒條, 近貼人瘼. 備歷中外, 無聞聲彩. 版圖再緝, 貢賦未均於九州; 銅印更操, 威儀不檢於三署. 次郎補闕, 豈易其人? 聖主求才, 宜難此受. 竊謂旁求俊乂, 側訪瓌奇, 必使德合準繩, 言成綱紀, 興化致理, 時無間言. 況安上必在於薦賢, 危身莫踰於曠職. 儻蒙垂收紫渙, 俯矜丹誠, 愚臣保陳力之言, 聖鑒有責成之地. 無任覼冒惶悚之極. 謹詣朝堂, 奉表陳讓以聞. 臣所讓人, 別狀封進.

위왕호부천이양표(為王戶部薦李諒表 : 왕호부를 대신하여 이양을 추천하는 글)[51]

신 아무개는 아룁니다. 신이 듣건대 현명한 인재를 알면 반드시 천거해야 하는 것이 충신의 마땅한 도리요, 선한 이를 택하여 관직을 맡기는 것이 현명한 군주로 가는 중요한 길이라고 합니다. 하물며 신이 받은 극진한 대우는 고금에 그러한 예가 없을 정도로 특별하여 국가에 보답하고픈 마음이 자나 깨나 깊고 간절한 상황에서야 더할 나위가 있겠습니까? 이런 까닭에 어리석은 신의 미천한 본분을 다하여 폐하의 성명(聖明)을 돕고 우의(羽儀)[52]를 넓게 펼치어 널리 천하를 다스리고 백성을 교화

---

51) 본편은 왕호부(王戶部)를 대신하여 이양(李諒)을 추천하는 글이다. 왕호부는 왕숙문(王叔文)을 말한다. 정원 21년(805) 5월 왕숙문을 호부시랑(戶部侍郎)에 임명하였다.

52) 우의(羽儀)는 『역』「점(漸)」에 "기러기가 뭍으로 날아가니 그 날개는 춤추는 도구로

하는 것을 도우려는 것입니다. 신 아무개는 참으로 황공하여 머리를 조아리고 조아립니다.

외람되이 새로이 모관(某官)을 제수 받은 이양(李諒)을 살펴보건대 정신이 맑고 정직하며, 온순하고 부드러우면서 단정하고 신의가 있고, 굳세면서도 예의가 있고 민첩하면서도 심히 문아(文雅)합니다. 후배들에게서 찾아보아도 대략 그와 견줄만한 사람은 없습니다. 신은 탁지부사(度支副使)를 맡은 이후로53) 이양을 순관(巡官)으로 삼아 아직 폐하께 추천하여 아뢰지는 못하였는데 모월 모일 형남(荊南) 주사관(奏事官)에 내리시는 칙령에서 본도(本道)54)에 부임하도록 하셨습니다. 이양은 참으로 나라의 큰 그릇으로 조정에서 일을 하는 것이 적합하거니와 신이 아는 바로 그가 떠나는 것은 매우 애석한 일입니다. 엎드려 바라옵건대 폐하께서 은혜를 베푸시어 간관(諫官)에 배수하시고 갖추어 충언(忠言)을 헌납하게 하십시오 그러시면 뒷날 공경(公卿)의 직임은 여기 이 사람에게 맡기기를 바라게 될 것입니다. 이렇게 될 때 성조(聖朝)에 인재가 부족하다는 오명은 없을 것이고 미천한 신하 역시 인재를 가리웠다는 벌에서 느슨해질 수 있을 것입니다. 참으로 간절한 마음에 황송하기 그지없습니다.

臣某言 : 臣聞知賢必進, 忠臣之大方; 擇善而居, 明主之要道. 況臣特受恩遇, 超絶古今, 報國之誠, 寤寐深切. 是敢竭愚臣之微分, 助陛下之至明, 恢張羽儀, 弘輔治化. 臣某誠惶誠恐, 頓首頓首.

竊見新授某官李諒, 淸明直方, 柔惠端信, 强以有禮, 敏而甚文, 求之後

사용할 수 있다[鴻漸于陸, 其羽可用爲儀]"라는 구절에서 온 것으로 공영달(孔穎達)의 소(疏)에서는 "높은 곳에 처하면서 자리로써 스스로에게 누를 끼치지 않으니 그 날개는 사물의 의표(儀表)가 될 수 있거니와 귀하게 여길 만하고 본받을 만하다"고 하였다. 따라서 '우의'는 높은 지위에 있고 또 재덕(才德)을 갖추고 있어서 사람들에게 존중을 받거나 모범이 될만함을 비유한다.
53) 정원 21년(805) 3월 왕숙문(王叔文)이 탁지염철부사(度支鹽鐵副使)가 되었다.
54) 본도(本道)는 형남(荊南)을 말한다.

來, 略無其比. 臣自任度支副使, 以諒爲巡官, 未及薦聞, 至某月日荊南奏官勑下赴本道. 諒實國器, 合在朝行, 臣之所知, 尤惜其去. 伏望天恩授以諫官, 使備獻納, 冀他日公卿之任, 斯焉取斯. 則聖朝無乏士之名, 微臣緩蔽賢之罰. 無任誠懇屛營之至.

위왕호부진정표(爲王戶部陳情表: 왕호부를 대신하여 진정하는 글)⁵⁵⁾

신 아무개는 아룁니다. 신의 어미 유씨(劉氏)는 금월 13일⁵⁶⁾에 갑자기 음풍(瘖風)⁵⁷⁾에 걸려 말을 하지 못하게 되었는데 증세가 심각하였습니다. 지금 비록 증세가 호전된 듯 하지마는 아직도 매우 허약하여 힘들어하고 있으니, 놀랍고 두렵고 근심스럽고 고통스러워 어쩔 줄을 모르겠습니다. 신은 다만 혈혈단신으로 다른 형제가 없어 병 수발을 하고 약을 맛보는 것에 잠시라도 자리를 비우기 어려운 상황입니다. 엎드려 비옵건대 성은을 내리시어 신의 직무를 정지시켜 주시기 바랍니다. 지금 신은 집에 있으면서 시중을 들고 있거니와 그 관리들은 모두 이미 파견을 마쳤습니다.

신은 용렬하고 미천한데도 특별히 후한 대우를 받아 낮은 등급에서

---

55) 본편은 호부시랑(戶部侍郎) 왕숙문(王叔文)를 대신하여 모친 유씨(劉氏)의 병간호를 위해 잠시 직무를 정지시켜 줄 것을 간청하는 글이다. 정원 21년 5월 왕숙문이 호부시랑이 되었고, 『자치통감』 권13에 보이는 「고상서호부시랑왕군선태부인하간유씨지문(故尙書戶部侍郞王君先太夫人河間劉氏誌文)」에 의하면 왕숙문의 모친 유씨가 사망한 것은 정원 21년 6월 20일이라고 하였으니 이 글은 정원 21년 5~6월 사이에 지은 것으로 보인다. 그러나 『신당서』 「왕숙문전」에 의하면 왕숙문의 모친이 죽은 뒤 정적(政敵)들의 득세를 걱정한 왕숙문은 사실을 숨기고 모친의 발상(發喪)을 미룬 일이 있었는데 측근들이 그에게 발상을 권하였다고 한다. 이것에 따른다면 이 글은 왕숙문의 모친 사후 죽음을 숨긴 상태에서 유종원이 왕숙문을 위하여 모친의 병간호를 위한 휴가를 청한 것이 된다.
56) 정원 21년(805) 6월 경술(庚戌)일이다.
57) 음풍(瘖風)은 마비증세로 말을 하지 못하는 풍의 일종이다.

발탁되어 여러 막중한 임무를 맡게 되었습니다. 밤낮으로 조심하고 두려워하며 보답하여 충성할 것만을 생각하면서 지극한 정성을 다한 것은 폐하께서도 돌아보시어 아시는 바입니다. 미미한 보답도 하지 못하였는데 갑작스런 일이 마음을 짓누르니 무겁고 가벼운 임무를 처리함에 조급하고 걱정스런 마음이 더해져 비록 공적인 일을 따르고 싶어도 뜻대로 할 수가 없게 될 줄 어찌 생각이나 했겠습니까? 게다가 충성과 효성은 그 뜻을 같이 하거니와 신하와 자식 된 마음에 국가에는 생사에 있어서 간절한 정성을 다할 것을 허락하고서 부모에게 보답하는 데는 돌아보시고 되돌아보신 은혜58)를 어찌 차마 잊을 수 있겠습니까? 나아가고 물러남에 곤궁하여 어찌할 도리가 없는지라 죽음을 무릅쓰고 폐하께 아룁니다. 어미 유씨의 병이 조금 나아지고 나서 다시 미천한 신하의 우둔한 재주를 바치게 해 주시기를 바랍니다. 떨리고 무섭고 간절하여 터져 나오는 오열을 어찌할 수 없습니다.

臣某言: 臣母劉氏, 今月十三日, 忽患瘊風發動, 狀候非常, 今雖似退, 猶甚虛惙. 驚惶憂苦, 不知所圖. 臣唯一身, 更無兄弟, 侍疾嘗藥, 難闕須臾. 伏乞聖恩, 停臣所職. 今臣見在家扶侍, 其官吏等幷已發遣訖.

臣以庸微, 特承顧遇, 拔自卑品, 委以劇司. 夙夜兢惶, 唯思答效, 至誠至懇, 天睠所知. 豈慮未效涓塵, 遽迫方寸, 以開塞重輕之務, 加焦勞憂灼之懷, 雖欲徇公, 無由枉志. 況忠孝同道, 臣子之心, 許國誠切於死生, 報親忍忘於顧復? 進退窮蹙, 昧死上陳. 候母劉氏疾痰小瘳, 冀微臣駑蹇再效. 無任惶懼懇倒嗚咽之至.

58) 『시』「소아」, 「육아(蓼莪)」에 부모의 은혜를 노래하는 "나를 돌아보시고 나를 되돌아 보셨다[顧我復我]"는 구절이 있다.

대배중승사토황소경적표(代裴中丞謝討黃少卿賊表 : 배중승을 대신하여 황소경 반군 토벌에 감사하는 글)[59]

신 아무개는 아룁니다. 즉일(卽日)에 봉사관(奉事官) 미란회(米蘭迴)가 엎드려 폐하의 친필 조서를 받들었습니다.[60] 신이 들건대 피부가 나았으면 비록 옴이라 하더라도 반드시 제거해야 하고[61] 승냥이와 이리가 죽었으면 여우와 쥐도 마땅히 제거해야 한다[62]고 들었습니다. 중사

엎드려 생각하건대 원화성문신무법천응도(元和聖文神武法天應道)황제폐하께서는 위로 하늘에서 명을 받으시고 아래로 땅에 편안함을 이르게 하시어 흉악한 무리의 우두머리가 모두 진멸(殄滅)되고 위무(威武)가 선양되었습니다. 냄새나는 외적들이 준동하여 아직도 기고만장하고 난폭하다는 소문이 들리니 영기(靈旗)를 빗겨들고 적을 가리키며[63] 동수부(銅獸

---

59) 본편은 배중승을 대신하여 반란을 일으킨 황소경(黃少卿) 일당을 토벌하도록 허락한 헌종(憲宗)에게 감사하는 글이다. 정원 10년(794) 황동(黃洞)의 수령 황소경(黃少卿)이 옹주(邕州)·관주(管州) 등을 공격하자 경략사(經略使) 손공기(孫公器)가 영남(嶺南)의 군대를 움직여 그를 토벌하기를 청하였다. 덕종(德宗)은 이를 불허하고 환관을 보내어 그들을 회유하였으나 그들은 천자의 명을 따르지 않았다. 원화 연간에는 황승경(黃承慶)·황소도(黃小度)·황창관(黃昌瓘)이라고 하는 이들이 번갈아 반란을 일으켰다. 계관(桂管)관찰사 배행립(裴行立)과 용관(容管)경략사 양민(陽旻)이 경쟁적으로 이들을 공격하여 토벌하려고 하자 헌종이 이를 허락하였다. 이 글은 이때 쓰여진 것으로 보인다. 『신당서』「배행립전」에는 황가동(黃家洞) 일당이 반란을 일으키자 배행립이 그들을 토벌하여 평정하였다고 하였는데 『자치통감』에서는 배행립 양민이 끝내 공을 세우지 못하였다고 말하고 있어 서로 차이가 난다.

60) 원화 14년 계관간찰사 배행립에게 조를 내려 황동(黃洞)의 오랑캐 황소경(黃少卿)을 토벌하게 하였다.

61) 『국어(國語)』에 의하면 오자서(伍子胥)가 오왕(吳王) 부차(夫差)에게 간언하기를 "지금 왕께서 월(越)을 도모하지 않으시고 제(齊)와 노(魯)를 걱정하시는데 제와 노는 병에 비유하면 옴과 같습니다"라고 하였다.

62) 『한서』「손보전(孫寶傳)」에 후문(侯文)이 말하기를 "승냥이와 이리가 길을 막고 있는데 어찌 여우와 살쾡이를 물으십니까?"라고 하였다는 구절이 있다.

63) 영기(靈旗)는 출정에 앞서 전쟁의 승리를 기원하기 위해 태일(泰一)신에게 제사를 드릴 때 제단에 세운 깃발을 가리킨다. 『사기』「효무본기(孝武本紀)」에 의하면 한 무제가 남월(南越)을 정벌하기 위하여 태일(泰一)신에 기도하면서 모형(牡荊)으로 깃발에 일월(日

符)[64]가 내려가게 되었습니다. 삼군(三軍)[65]은 필승의 방책을 알고 만 백성은 영원히 맑게 하는 길을 기뻐하거니와 미천한 신은 외람되이 군대의 법률을 맡아 친히 선봉에 서게 되었으니 복파(伏波)장군의 옛 법규를 따르고 하뢰(下瀨)장군의 옛일을 받들 것입니다.[66] 전심전력을 다하여 나라를 섬기어 기필코 전쟁에 목숨을 바칠 것이며, 집에서 자지 않고 들판에서 분발하여 몸을 던질 것을 생각하고 있습니다. 바로 금일 모시에 출사(出師)하여 길에 오르게 되었으니 가시덤불을 헤치고 돌부리에 채이더라도 적의 성루(城壘)에 다가가고 견고한 성을 함락시켜서 바다의 끝을 깨끗이 쓸어내고 변경(邊境)의 우환을 영원히 없앨 것입니다. 삼가 생각하건대 신의 재주는 조충국(趙充國)이 아니니 뛰어난 자가 없다고 어찌 감히 스스로를 칭찬하겠습니까마는[67] 뜻은 맹공(孟公)을 사모하여 공로를 자랑하지 않은 것을 본받기를 바라고 있습니다.[68] 외람되이 중대한

月)·북두(北斗)·등룡(登龍) 등의 그림을 그리고 하늘을 본떠서 앞뒤로 별을 그려 넣어 태일봉(泰一鋒)을 만들어 영기(靈旗)라고 이름하였는데, 군대를 위해 기도하면 태사(太史)가 영기를 받들어 정벌하고자 하는 국가를 가리켰다고 한다.

64) 동수부(銅獸符)는 동호부(銅虎符)를 가리킨다. 당대에는 당 고조의 조부 이호(李虎)의 휘(諱)를 피하여 '호(虎)'를 '수(獸)'로 고쳤다. 동호부는 한(漢)대 군대를 동원할 때 사용했던 동으로 만든 호랑이 모양의 병부(兵符)이다. 뒤에는 관인(官印)을 가리키는 말로 사용되었다.

65) 삼군(三軍)은 옛날 보(步)·거(車)·기(騎) 삼군을 가리키는데, 여기서는 군대를 통칭하는 말로 사용되었다.

66) 복파(伏波)·하뢰(下瀨)는 모두 한(漢) 장군의 명칭이다. 한 무제 때 남월(南越) 동구(東甌)를 정벌하였는데 복파(伏波)·누선(樓船)·하뢰(下瀨)·횡해(橫海) 등의 장군 명칭이 있었다.

67) 한(漢) 신작(神爵) 원년 서강(西羌)이 변경을 쳐들어왔을 때 조충국(趙充國)은 나이 70이 넘었다. 천자는 조충국이 이미 연로하였다고 생각하고 어사대부 병길(邴吉)을 보내어 장군으로 내보낼 사람이 누구인가 물어보았다. 그러자 충국은 "노신보다 뛰어난 자는 없습니다"라고 대답하였다고 한다.

68) 맹공(孟公)은 맹지반(孟之反)을 가리키며 춘추시대 노(魯)의 대부로 성은 맹(孟), 이름은 지측(之側)이다. 『논어』「옹야(雍也)」에 "맹지반은 자신의 공로를 자랑하지 아니하였다. 그는 부대가 패할 때 후미에서 적을 막다가 성문에 들어갈 무렵에 자기 말에 채찍질하면서 말하기를 '내가 감히 뒤에 서려 한 것이 아니었는데 말이 빨리 나아가지 아니하였기 때문이다'라고 하였다[孟之反不伐, 奔而殿, 將入門, 策其馬, 曰 : 非敢後也, 馬不進也]"라는 구절이 있다.

임무를 받드니 자나 깨나 조심스럽고 두렵습니다. 은혜에 감격하여 죽을
죄를 지은 듯 황송한 마음 그지없습니다.

臣某云云 : 卽日奉事官米蘭迴伏奉手詔云云者. 臣聞膚革旣平, 雖疥癬
而必去; 豺狼已斃, 在狐鼠而宜除. 臣某. 中謝.
伏惟元和聖文神武法天應道皇帝陛下, 受命上玄, 底寧下土, 兇渠盡殄,
威武載揚. 蠢爾腥膻, 尙聞凌暴, 靈旗斜指, 銅獸俯臨. 三軍知必勝之方, 萬
姓喜永淸之路, 微臣忝司戎律, 親列顔行, 蹋伏波之舊規, 乘下瀨之故事.
盡瘁事國, 期畢命於戈矛; 不宿於家, 思奮身於原野. 卽以今日某時出師就
道, 便披榛蹶石, 摩壘陷堅, 蕩淸海隅, 永息邊徼. 竊以材非充國, 敢自贊於
無踰; 志慕孟公, 庶追蹤於不伐. 謬承重委, 寤寐兢惶. 無任感恩隕越之至.

위배중승거인자대벌황적표(為裴中丞擧人自代伐黃賊表 : 배중승을
대신하여 자신을 대신하여 황 반군을 정벌할 사람을 추천하는 글)[69]

엎드려 생각하건대 모관(某官)은 타고난 인품이 단정하고 모습은 자상하
고 온아(溫雅)하며 겸허(謙虛)하면서 안으로 민첩하고 계책은 모두가 추앙
하고 있습니다. 이전에 호남(湖南)에서 보좌할 때 마음을 다하여 바르게
보좌하였고 뒤에 군(郡)의 아전으로 일을 할 때는 정사(政事)를 잘 돌본다
는 명성이 대단하였습니다. 사람들에게 은혜와 사랑을 베풀고 간사한 이
들을 막아 잠잠하게 하였으며 근면함은 이미 드러났고 일을 잘 처리함
은 그와 견줄 사람이 없습니다. 지금 황(黃)의 반란군이 아직도 미개한

---

69) 이 글은 배중승을 대신하여 유종원이 배중승 자신의 직무를 대신 맡아 반군 황(黃)씨
들을 토벌할만한 사람을 추천하는 글이다.

땅 한 구석을 근거지로 하고 있는데 그 소굴을 아직 전복시키지 못하였
으니 만약 아무개로 아무개의 임무를 대신하게 하면 반드시 요사스런
기운을 소탕하여 바닷가를 깨끗이 비울 수 있을 것입니다. 외람되이 생
각하건대 이 사람은 충분히 그 직무를 감당할 수 있습니다.

伏以某官器宇端方, 風姿詳雅, 謙虛內敏, 籌畧共推. 前佐湖南, 悉心匡
佐; 後歷郡掾, 深負政聲. 惠愛在人, 奸邪屛息, 勤勞已著, 幹蠱無倫. 今黃
賊尙據荒陬, 犬巢未覆, 儻以某代某之任, 必能掃蕩氛祲, 廓淸海濱. 竊惟
斯人, 雅堪厥職. 云云.

위최중승청조근표(為崔中丞請朝覲表 : 최중승을 대신하여 조근을 간청하는 글)[70]

신은 3주(州)의 자사를 역임하고[71] 2부(府)를 연이어 총괄하면서[72] 밖
에서 임무를 수행한지 1기(紀)[73]가 넘도록 조정에 들어가 근현(覲見)할 기
회가 주어지지 않으니 해를 향하고 구름을 바라보듯 폐하를 사모하여

---

70) 본편은 최중승(崔中丞)을 대신하여 계속되는 지방 관직을 그만두고 조정 관료로 들어
   가 천자를 측근에서 모실 수 있게 해주기를 간청하는 글이다. 최중승은 계관관찰사(桂
   管觀察使) 최영(崔詠)을 말한다. 다음 권의 「위계주최중승상중서문하걸조근장(為桂州崔中
   丞上中書門下乞朝覲狀)」에서 "계관(桂管)을 다스리게 된 이후 또 두 해가 넘었다"고 하였
   는데 최영이 계관관찰사로 옮긴 것은 원화 8년(813) 12월이므로 2년이 지난 때는 원화
   10년(815) 12월이 되고, 원화 11년에 배행립(裴行立)이 계관관찰사가 되었으니 이 글은
   당연히 원화 11년에 지은 것으로 추정된다.
71) 최영(崔詠)은 여러 차례 등주(鄧州)자사로 옮겨졌다.
72) 최영은 원화 5년(810) 등주자사에서 옹관경략사(邕管經略使)가 되었고, 8년(813) 12월
   다시 옹관(邕管)에서 계관(桂管)으로 옮겼다.
73) 1기(紀)는 12년을 말한다.

혼이 날아가고 마음은 한 곳으로 쏠립니다.

엎드려 생각하건대 예성문무(睿聖文武) 황제폐하께서는 덮어주시고 안아주심에 사사로움이 없이 원근에 똑같이 은혜를 베푸시고, 태평의 옛일을 회복하시어 전대 성인의 고상한 발자취를 계승하셨으니, 안팎으로 임무를 교체하여 나가고 들어가게 하면서 번갈아 등용하셨습니다. 신은 헛되고 천박한데 외람되이 은혜와 영예를 받아 다만 밤낮으로 마음을 다하고 있을 뿐 아직 아침저녁으로 문안 인사를 드려 존경하는 마음을 펴지는 못하였습니다. 천자의 위엄이 지척에 있어 참으로 자나깨나 어긋남이 없거니와, 은하수가 밝게 하늘에 둘러 있어 참으로 고개 들어 바라보기는 하지만 어떻게 그곳에 이를 수 있겠습니까? 이런 까닭에 전에 낭녕(朗寧)[74]에 있을 때 봉장(封章)[75]을 여러 차례 올렸고, 임계(臨桂)[76]로 옮기기까지 이미 여러 해가 지났습니다.[77] 대야를 머리에 이고 있는 상황이라[78] 신의 작은 충정이 아직 폐하께 전달되지 못하였고, 대롱을 통해 살피고 있어[79] 신의 오래된 소망은 이루어지지 못한 채 부질없이 남아있거니와, 해바라기가 해를 향하듯 폐하를 향하는 정성이 더욱 간절해지고[80] 개나 말이 주인을 그리워하듯 폐하를 사모하는 마음이 더욱 깊어

---

74) 낭녕(郎寧)은 옹주(邕州)를 말한다.

75) 봉장(封章)은 밀봉한 상주문을 말한다.

76) 임계(臨桂)는 계주(桂州)를 가리킨다.

77) 아래 권의 「대상중서문하장(代上中書門下狀)」에서 "군대를 다스리고 군(郡)을 맡은 지 14년인데 근래 옹주(邕州)에 있으면서 여러 차례 간절한 정성을 말씀드렸습니다"라고 하였고, 또 "계관(桂管)을 다스리게 된 이후 또 두 해가 넘었습니다"라고 하였는데 바로 이것을 말한다.

78) 대야를 머리에 이고 있다는 말은 사마천 「보임소경서(報任少卿書)」의 "대야를 머리에 이고 어떻게 하늘을 바라보겠는가[戴盆何以望天]?"라는 구절에서 인용한 것이며, 대야를 머리에 이면 하늘을 바라볼 수 없고 하늘을 바라보면 대야를 머리에 일 수 없다는 말로 두 가지 일을 함께 할 수 없다는 뜻이다.

79) 대롱을 통해 살피고 있다는 말은 대롱을 통하여 사물을 살핀다는 말로 식견이 협소함을 비유한 것이다.

80) '해바라기'는 원문 '규곽(葵藿)'을 옮긴 것이다. 해바라기의 성질은 언제나 해를 향하고 해의 이동을 따라 움직이는데 이를 빌려 아랫사람이 윗사람을 간절히 사모하는 것을 비유하였다.

집니다. 사람이 바라면 하늘은 따른다는 것이 여기에서 아직 검증되지
않았거니와 아랫사람의 마음이 윗사람에게 전달된다는 말이 끝내 거짓
이 아니기를 바랍니다. 감히 폐하의 위엄을 욕되게 하면서 신의 진심을
다 말씀드립니다. 엎드려 비옵건대 신의 직무를 대신할 사람을 내려주시
고 조정에 이를 수 있도록 허락하시어 뭇 관료들 사이에서 발을 구르고
손을 흔들며 폐하께 예를 올리는데 참여하고 한산한 곳에서 조관(朝官)의
대오에 끼어 발은 궁궐 가운데서 종종걸음치고 눈은 해처럼 빛나는 폐
하를 바라보게 해 주십시오. 구족(九族)의 영예를 이루게 하셔서 백성의
행운을 다하게 하여 주십시오. 감히 다섯 번 술을 바치는 국빈의 예81)를
훔치려는 것이 아니라 강후(康侯)가 세 번 접견한 은혜82)를 바라는 것이
니, 한번이라도 용안을 뵈면 만 번 죽어도 만족할 것입니다. 간절하고 절
박한 마음 그지없습니다.

臣歷刺三州, 連總二府, 外任逾紀, 入覲無階, 就日望雲, 魂飛心注.
伏惟睿聖文武皇帝陛下覆載無私, 遐邇同致, 復昇平之故事, 繼前聖之
高蹤, 中外踐更, 出入迭用. 臣以虛薄, 叨受恩榮, 徒竭夙夜之心, 未申朝
夕之敬. 天威咫尺, 誠寙寐而無違; 雲漢昭回, 固瞻仰而何及. 是以前在朗
寧, 封章累上, 及移臨桂, 星紀屢周. 微衷尙隔於戴盆, 積望徒懸於窺管,
葵藿之誠彌切, 犬馬之戀逾深. 人欲天從, 於茲未驗, 下情上達, 終冀不
誣. 敢黷宸嚴, 罄陳丹懇. 伏乞賜臣除替, 許至闕庭, 厠蹈舞於羣僚, 備班
行於散地, 足趨中禁, 目覩大明. 俾成九族之榮, 以盡百生之幸. 非敢竊國
賓五獻之禮, 希康侯三接之恩, 一覿龍顔, 萬死爲足. 無任懇迫激切之至.

---

81) 고대 향례(饗禮)에 있어서 상공(上公)에게는 아홉 번, 후백(侯伯)은 일곱 번, 자남(子男)
은 다섯 번 술을 바쳤다.
82) 『역』 「진(晉)」에 "강후가 이로써 하사한 말이 많았고 하루에 세 번 접견하였다[康侯用
錫馬蕃庶, 晝日三接也]"라는 구절이 있다. 세 번 접견하였다는 것은 은총이 대단하였음을
말한다.

대유공작사상임표(代柳公綽謝上任表 : 유공작을 대신하여 취임을
감사하는 글)[83]

폐하의 훌륭하신 명을 공손히 받들어 밤낮으로 쉬지 않고 걸음을 재
촉하였고, 삼가 폐하의 특별한 총애를 입고서 잠을 자거나 음식을 먹을
겨를도 없이 모월 모일 관할 임지에 도착하여 취임을 마쳤습니다.

신이 듣건대 옛날 작록(爵祿)을 만든 것은 작(爵)으로써 덕이 있는 사람
을 거주하게 하고 녹(祿)으로써 공을 세운 사람을 기르기 위함이라고 합
니다. 신은 본래 서생(書生)이라[84] 벼슬에 있어 현달(顯達)을 기대하지 않
았습니다. 모 황제[85]의 시대가 되자 문덕(文德)이 빛나 시운(時運)에 순응
하고 선성(先聖)의 대도(大道)를 크게 드러내어 밝히고 많은 인재들을 불
러모아 다행히 신이 선발되게 되었습니다. 안팎으로 여러 직책을 역임한
지 많은 세월이 흘렀지만 일찍이 작은 것으로나마 위로 폐하의 크나큰
은혜에 보답한 적이 없는데, 신의 재주 없음과 견문이 적음을 생각지 않
으시고 웅번(雄藩)[86]의 막중한 임무를 맡겨주셨습니다. 돌이켜보니 신에
게는 위무(慰撫)하고 제어할 능력이 없는데 황송하게도 더러운 것들을 깨
끗하게 하라는 부탁을 하셨으니 장차 무엇으로 황상의 은택을 널리 베
풀고 폐하의 인자하심을 널리 알리겠습니까? 다만 간특함을 살펴서 막고
풍속을 살펴서 교화하며 사소한 잘못들을 제거하고 백성 가운데 현명한

---

83) 본편은 유공작(柳公綽)을 대신하여 그가 호남관찰사(湖南觀察使)로 취임하게 된 것에
대하여 감사하는 글이다. 유공작의 자는 기지(起之)이고 경조(京兆) 화원(華原)사람이다.
헌종 원화 6년(811) 6월 유공작은 어사중승(御史中丞)에서 담주자사(潭州刺史)가 되었는
데 어사중승을 겸하고 호남관찰사(湖南觀察使)를 맡았다. 본문에 "신의 재주 없음과 견
문이 적음을 생각지 않으시고 웅번(雄藩)의 막중한 임무를 맡겨주셨다"라고 하였으니
바로 이 시기에 지은 것으로 추정된다.
84) 정원 원년(785) 4월 유공작은 재차 현량방정직언극간과(賢良方正直言極諫科)에 합격하
였다.
85) 예성문무(睿聖文武)황제를 말한다.
86) 웅번(雄藩)은 지위가 중요하고 실력이 막강한 번진(藩鎭)을 말한다.

이들을 편안케 하는데 힘쓴다면 조용하여 소요가 없게 되고 이로써 먼 곳의 사람들을 위무할 수 있을 것입니다. 신은 재주도 없으면서 신하의 대열에 끼어 은혜를 입고 있으니 황송하기 그지없습니다.

肅恭休命, 晨夜趨程, 祇荷寵私, 不遑寢食, 以月日到所部上訖. 云云.
臣聞古之制爵祿者, 爵以居有德, 祿以養有功. 臣本書生, 宦不期達, 値某皇帝, 文明撫運, 大闡玄猷, 搜采衆材, 幸忝甄錄. 歷踐中外, 星霜屢移, 曾無涓塵, 上答鴻造. 忘其薄陋, 委以雄藩. 顧無綏馭之能, 謬忝澄淸之寄, 將何以敷宣皇澤, 普諭天慈? 唯當察慝以爲防, 視俗而爲敎, 蠲除細故, 務安黎獻, 庶幾淸靜無擾, 以慰遠人. 臣不勝忝冒荷恩之至.

대이소양주사상임표(代李愬襄州謝上任表 : 양주자사 이소를 대신하여 취임을 감사하는 글)[87]

폐하의 성지(聖旨)를 받들어 마주하니 부끄러워 가슴이 두근거리고, 관직에 임명되니 조심스럽고 송구하여 어찌할 바를 모르겠습니다. 신은 평범하고 비천하며 재주는 보잘것없고 지략은 취할만한 것이 없는데 다행히 선신(先臣)의 유업을 힘입어[88] 거듭 나라의 은혜를 입었습니다. 폐하

---

87) 본편은 이소(李愬)를 대신하여 양주(襄州)자사에 취임하게 된 것을 감사하는 글이다. 이소는 농우(隴右) 임조(臨洮)인으로 원화 12년(817) 밤에 채주(蔡州)로 들어가 오원제(吳元濟)를 사로잡았고, 11월 조(詔)에 의하여 검교상서우복야(檢校尙書右僕射)로 승진되고 양주자사, 산남동도절도사(山南東道節度使)가 되었다. 이때 유종원은 유주(柳州)자사로 있었다. 그러나 양주는 유종원이 있던 유주(柳州)와는 아득히 먼 곳이라 유종원이 유주(柳州)에서 그를 대신하여 감사의 표(表)를 지었다는 것은 납득하기 어려운 점이 있다.
88) 선신(先臣)은 신하가 천자 앞에서 이미 세상을 떠난 자신의 조상 혹은 선친을 가리켜 부르는 말이다. 이소(李愬)는 바로 서평왕(西平王) 이성(李晟)의 아들로 이성은 당(唐)에

의 은택이 두루 흘러내려 마침내 절제(節制)의 직책을 맡게 되었는데[89] 중대한 임무를 기탁하여 성곽 문을 나누어주셨고 임무가 막중하여 정벌의 전권을 위임하셨습니다. 돌이켜보니 신은 장령(將領)의 재능이 없는데 착오로 뭇 사람의 윗자리에 처하게 되었던 것입니다. 이는 폐하께서 총애하시고 애처로운 심정으로 염려하시어 사랑으로 양육할 것을 마음으로 삼았기 때문이라고 생각합니다. 내려주시는 혜택이 끝이 없고 덕음(德音)이 누차 내려오니 사졸(士卒)과 대중이 감격하고 기뻐하면서 모두 충성을 다할 것을 생각하였고 이리하여 비밀리에 출병하고 몰래 적경(敵境)으로 들어가 불의에 도적의 우두머리를 죽였습니다. 이 모두가 폐하의 계책이니 어찌 감히 하늘을 탐하여 자신의 힘이라고 할 수 있겠습니까? 우러러 폐하의 은혜를 입었으니 산보다 무겁습니다. 신은 모월 모일에 취임을 마쳤습니다. 삼가 황상의 교화를 널리 베풀고 폐하의 인자하심을 널리 알리겠습니다. 삼군을 위무(慰撫)하고 백성들을 편안하게 다스려 이 작은 것으로 폐하의 은총에 보답하기를 바라고 있습니다.

捧對絲綸, 慚悸無地, 拜命兢悚, 不知所裁. 臣凡賤瑣才, 智略無取, 幸賴先臣緒業, 累忝國恩. 天澤曲流, 遂司節制, 寄深分閫, 任重專征. 顧無將領之才, 謬處衆人之上. 豈謂宸私軫念, 仁育爲心, 霈澤無涯, 德音屢降, 士衆感悅, 咸思竭忠, 遂得潛師, 暗入賊境, 不意兇渠就戮. 此皆聖謨, 豈敢叨天以爲己力? 仰荷殊造, 重於丘山. 臣以月日上訖. 謹當敷宣皇化, 普諭聖慈, 綏撫三軍, 乂安百姓, 冀以塵露, 上答鴻私. 臣云云.

큰 공적이 있었다.
89) 절제(節制)는 절도사(節度使)를 가리킨다. 원화 11년(816) 12월 이소는 궁원한구사(宮苑閑廐使)에서 검교좌산기상시겸등주자사(檢校左散騎常侍兼鄧州刺史)로 배수되고 수당등절도사(隨唐鄧節度使)에 충임(充任)되었다.

대절사사천진표(代節使謝遷鎭表 : 절도사를 대신하여 진으로 옮기게 된 것을 감사하는 글)[90]

폐하의 크신 은총이 신에게 임하여 홀로 동렬(同列)을 뛰어넘으니 삼가 성명(聖明)하신 명을 받듦에 자나깨나 한가한 틈이 없습니다. 신은 재능이 없이 잘못 벼슬길에 나아가는 은혜를 입었으니 비록 무디고 열등한 재주를 다하고 힘써 충성과 근면함을 다한다 해도 허물이 적기만을 바랄 뿐, 어찌 감히 벼슬살이의 현달(顯達)을 바라겠습니까? 모종(某宗) 황제[91]께서는 신의 유술(儒術)이 천박하다고 여기지 아니하시고 파격적으로 예관(禮官)으로 임명하시고 얼마 지나지 않아 정랑(正郞)으로 옮기셨으며 마침내 황송하게 군(郡)의 장관에 임명하셨습니다. 모 황제[92]께서는 신의 조그만 선(善)도 빠뜨리지 않으시고 발탁하여 간관(諫官)에 임명하셨으며 두터운 은혜를 입어 번한(藩翰)[93]의 직책을 차지하였습니다. 돌이켜보니 다만 보잘것없고 열등한 재주로 은혜를 저버린 것이 무척 부끄럽습니다. 엎드려 폐하[94]를 만나보니 덕은 당(唐)·우(虞)를 이으셨고 정사에는 사사로움이 없으셨습니다. 신은 자리만 차지하고 국록을 받아먹은 지 오래되었으니 마땅히 견책을 받고 귀양을 가야 했거니와 어찌 표창을 받고 승진하여 다시 중진(重鎭)[95]으로 옮기기를 바랐겠습니까? 재차

---

90) 본편은 절도사를 대신하여 진(鎭)으로 옮기게 된 것에 대하여 감사하는 글이다. 절도사가 구체적으로 누구를 가리키는지는 알 수 없다. 본문의 "신은 마땅히 농사짓는 것을 힘써 관리하여 먼 곳의 사람들을 격려하고 그 간특함을 제거하여 백성을 위로하고 돌보도록 하겠습니다"라는 내용으로 보아 영주(永州)에서 지은 것이 아닌가 추정된다.
91) '종(宗)'은 옛날 묘호(廟號)의 하나로 덕이 있는 왕의 경우 '종'이라고 불렸다. 여기서 모종황제는 덕종(德宗)을 가리킨다.
92) 순종(順宗)을 가리킨다.
93) 번한(藩翰)은 『시』「대아」「판(板)」에 "갑옷 입은 군인은 나라의 울타리요, 삼공은 나라의 담이요, 제후는 나라의 병풍이요, 왕의 일가는 나라의 기둥이다[介人維藩, 大師維垣, 大邦維屛, 大宗維翰]"이라는 구절에서 온 말로 왕실을 수호하는 중신(重臣)을 비유한다.
94) 헌종(憲宗)을 가리킨다.

황송하게도 더러운 것들을 깨끗하게 하라는 책임을 맡겨주시어 여전히 헌체(獻替)[96]의 영예와 같게 하시니 장차 어떻게 위로 폐하의 인자하심에 보답하고 아래로 백성들을 편안하게 할 수 있겠습니까? 신은 마땅히 농사짓는 것을 힘써 관리하여 먼 곳의 사람들을 격려하고 그 간특함을 제거하여 백성을 위로하고 돌보도록 하겠습니다.

鴻私曲臨, 獨越夷等, 祇荷明命, 寤寐不遑. 臣才非器能, 謬膺仕進, 雖竭盡駑劣, 力效忠勤, 冀寡愆尤, 敢望宦達? 某宗皇帝不以臣儒術淺薄, 超授禮官, 尋遷正郎, 遂忝符郡. 某皇帝不遺臣小善, 擢處諫曹, 叨承厚恩, 備職藩翰. 顧惟瑣劣, 多慚負恩. 伏遇陛下德紹唐虞, 無私庶政. 臣尸素歲久, 譴謫宜加, 豈冀褒昇, 更遷重鎭? 再忝澄淸之寄, 仍同獻替之榮, 將何以上答天慈, 下安氓庶? 臣當務修農稼, 率勵遠人, 鋤其奸慝, 以副勤恤. 無任云云.

---

95) 중진(重鎭)은 군사상 중요한 지위를 차지하는 진(鎭)을 말한다. 고대 중국에는 변경의 중요한 땅에 진(鎭)을 설치하고 군대를 주둔시켜 지키게 하였다. 당(唐) 초기 설치한 진은 방진(方鎭)의 시작으로 주둔 병력은 비교적 적었으며 진의 장수는 변경수비만 관장하였고 현령(縣令)과 같은 품계였다. 중당(中唐)에 이르면 진의 지위가 상승하여 권력이 아울러 증대되었고 내지(內地)에도 계속해서 진을 설치하였는데 그 장관은 절도사(節度使)로 한 지방의 행정대권을 장악하였다. 한편 중진은 나라의 두터운 신임을 얻고 있는 대신을 가리키는 말로도 사용된다.

96) 헌체(獻替)는 헌가체부(獻可替否)의 약어로 가한 것은 바치고 불가한 것은 교체한다는 뜻이다. 즉 천자에게 간언하여 선을 권하고 잘못을 바로잡는다는 의미로 또한 널리 국사를 논의하여 새로운 것을 일으키고 낡은 것을 개혁한다는 뜻으로 쓰이기도 한다.

위유동주사상표(爲劉同州謝上表 : 유동주를 대신하여 취임을 감사하는 글)[97]

신 아무개는 아룁니다. 엎드려 모월 모일의 제(制)를 받들었는데 신을 동주자사겸본주방어영전장춘궁사(同州刺史兼本州防禦營田長春宮使)로 제수하시어, 모월 모일 동주(同州)에 도착하여 취임을 마쳤습니다. 신이 처음 조서를 받들고는 감격하여 손뼉 치기를 다함이 없었는데 임지에 도착해서는 놀라고 두려움이 더욱 깊어졌습니다. 몸을 던져도 천지에 보답할 길이 없고 힘을 다해도 조화에 도움이 되지 못할 것이니 신 아무개는 참으로 황공하여 머리를 조아리고 조아립니다.

신은 제생(諸生)[98] 출신으로 관리생활에 익숙하지 못하고, 겁이 많고 나약한 기질을 타고나서 구분하여 처리하는 능력은 없습니다. 유학(儒學)을 배웠으나 중궁(仲弓)처럼 남면(南面)하여 나라를 다스릴 만한 덕이 모자라고,[99] 낭서(郎署)에서 근무를 하였으나 풍당(馮唐)처럼 장군을 논할 대책은 없습니다.[100] 일찍이 고귀한 관위(官位)를 탐내어 성조(聖朝)를 더럽힌 것에 대하여 두려워하였는데, 하늘의 들으심이 홀연히 임하고 폐하의 크나큰 은혜가 연이어 와서 팔명(八命)으로 목관(牧官)을 삼아[101] 하나의

---

97) 본편은 유동주(劉同州)를 대신하여 황상에게 감사하는 글이다. 유동주에 대하여는 자세하지 않다. 덕종 정원 18년(802) 동주자사(同州刺史) 유공제(劉公濟)를 부주자사(鄜州刺史) 부방단연절도사(鄜坊丹延節度使)로 삼았는데 아마도 이 사람인 듯 하다. 이에 따른다면 이 글은 유종원이 경사에 있을 때 지은 것이 된다.

98) 제생(諸生)은 여러 지식과 학문을 가진 선비 즉 유생(儒生)을 말한다.

99) 『논어』「옹야(雍也)」에 "옹은 남면하여 나라를 다스리게 할 만하다[雍也, 可使南面]"이란 구절이 있다. 중궁(仲弓)은 공자의 제자 옹(雍)의 자이다.

100) 낭서(郎署)는 한(漢)·당(唐) 시대 숙위(宿衛) 시종관(侍從官)의 공서(公署)이다. 풍당(馮唐)은 한(漢) 안릉(安陵)사람으로 문제 때에 낭중서장(郎中署長)을 지냈다. 당시는 흉노가 변방을 자주 침범해 들어왔으므로 문제는 뛰어난 인재를 장군으로 임명하고자 하였다. 문제는 고거(高袪)가 추천한 이제(李齊)에 대하여 풍당의 의견을 물었는데 이때 풍당은 상은 가볍고 벌은 무거운 한(漢)의 제도상의 문제점을 지적하면서 흉노를 물리치는데 큰 공을 세우고도 수급(首級)이 차이가 난다는 이유로 벌이 내려진 위상(魏尙)의 억울함을 말하고 그를 장군으로 추천하였다.

깃발을 날리며 나가서 지키게 될 줄을 어찌 생각이나 했겠습니까? 낮은 지위에서 발탁하시어 웅번(雄藩)을 맡기셨는데 신처럼 용렬하고 하찮은 것이 받들어 감당할 수 있는 바가 아닙니다. 하물며 풍익(馮翊)은 왕도(王都)와 아주 가까워 옛날에는 삼보(三輔)라고 불렀고[102] 근대 이후로 지위가 더욱 높아졌으니 더할 나위가 있겠습니까? 군사와 군량을 공급해야 하는 걱정이 있고 궁실(宮室)을 수리하고 세우는 법제가 있거니와[103] 모두가 공경(公卿) 장상(將相)이 출입하면서 경유하는 곳입니다. 우러러 갑령(甲令)[104]을 선포하고 고개 숙여 도기(圖記)[105]를 살피는데 두려워 몸 둘 바를 모르겠고 조심스럽고 황공하거니와, 은혜는 무거운데 목숨은 가벼우니 어디에 힘써야 할지를 모르겠습니다. 마땅히 마음과 힘을 다하고 밤낮으로 삼가 부지런하여 위로 화락(和樂)함과 태평스러움을 받들고 사방으로 즐거움과 온화함이 흐르게 하기를 바라고 있습니다. 밤낮으로 계속하여 혹시라도 성취가 있을까 바라는 신의 마음에 두려움이 더해집니다. 다만 구름을 바라보고 해를 향해 나아가면서 제향(帝鄕)에 가까운 것을 기뻐하고[106] 장차 격양(擊壤)을 하는 것으로 풍기를 이루어 함께 요(堯)임금 시대를 노래할 것입니다.[107] 폐하의 위엄이 지척이라 감히 신의

---

101) 팔명(八命)이란 주(周)대 관작(官爵)은 9등급으로 나누어 구명(九命)이라고 하였는데 그 가운데 팔명(八命)은 왕의 삼공(三公) 및 주목(州牧)을 말한다. 『주례』 「춘관」 「전명(典命)」에 "왕의 삼공은 팔명이다[王之三公八命]"란 구절이 있고, 『주례』 「춘관」 「대종백(大宗伯)」에 "팔명은 목관(牧官)을 삼는다[八命作牧]"란 구절이 있는데 정현(鄭玄)의 주에 "후백(侯伯) 가운데 공덕이 있는 사람은 명(命)을 더하여 제후를 정벌하는 전권(專權)을 갖게 하였다"고 설명하고 있다. 여기서는 동주(同州)자사에 임명된 것을 가리킨다.
102) 한(漢)대에는 좌풍익(左馮翊)·우부풍(右扶風)·경조(京兆)를 삼보(三輔)라고 불렀다. 풍익(馮翊)은 바로 동주(同州)의 군(郡) 이름이다.
103) 동주방어(同州防禦)·장춘궁사(長春宮使)는 동주자사가 거느린다.
104) 갑을병정(甲乙丙丁)은 법령의 차례를 말하며, 갑령(甲令)은 법령의 제1조 또는 제1편을 말한다.
105) 도기(圖記)는 지방의 지리·역사·풍속 등을 기록한 방지(方志)를 말한다.
106) 『사기』 「오제본기」에 "제요(帝堯)는 방훈(放勳)인데 그 어짐은 하늘과 같고 그 지혜는 신과 같으니 그에게 나아감이 해와 같고 그를 바라봄이 구름과 같았다[帝堯者, 放勳. 其仁如天, 其知如神. 就之如日, 望之如雲]"는 구절이 있다. 구름을 바라보고 해를 향해 나아간다는 것은 천자를 우러러보고 사모하는 것을 비유한 것이다.

진심을 말씀드렸거니와 정성이 간절하여 황송하기 그지없습니다.

臣某言 : 伏奉某月日制, 除臣同州刺史兼本州防禦營田長春宮使, 某月日到州上任訖. 臣初奉綸言, 震抃無極, 及臨所部, 驚懼逾深. 投軀莫報於乾坤, 陳力無裨於造化. 臣某誠惶誠恐, 頓首頓首.

臣出自諸生, 不習爲吏, 有恇懦之質, 無區處之能. 託跡儒門, 乏仲弓南面之德; 委身郎署, 闕馮唐論將之對. 常懼叨冒淸列, 蕪穢聖朝. 豈意天聽忽臨, 鴻恩荐及, 八命作牧, 一麾出守. 拔自下位, 寄之雄藩, 非臣庸瑣, 所宜膺據. 況馮翊密邇王都, 古稱三輔, 爰自近代, 命秩逾崇. 有兵食之虞, 有宮室之制, 皆公卿將相出入由之. 仰徵甲令, 俯窺圖記, 踟蹰無地, 以兢以惶, 恩重命輕, 不知所效. 庶當刻精運力, 夙夜祗勤, 上奉雍熙, 旁流愷悌. 以日繫月, 儻或有成, 庶幾之心, 懍懍增惕. 徒望雲而就日, 喜近帝鄕; 將擊壤以成風, 共歌堯代. 天威咫尺, 敢布丹誠. 無任悃懇屛營之至.

---

107) 격양(擊壤)은 고대의 놀이의 일종이다. 양(壤)은 놀이기구로 앞은 넓고 뒤는 뾰족한 세 치 길이의 신발 모양의 나무 조각을 말하는데, 양을 땅에 기울여놓고 3,40보 떨어진 곳에서 손에 다른 양을 들어 그것을 맞추는 것으로 승부를 겨루었다. 진(晉) 황보밀(皇甫謐)의 『제왕세기(帝王世紀)』에 의하면 요임금 시대는 천하가 태평하고 백성들이 일이 없어 오십 노인이 길에서 격양을 하였다고 한다.

대배행립사이진표(代裴行立謝移鎭表 : 배행립을 대신하여 진을 옮기게 된 것을 감사하는 글)[108]

별을 헤치듯 급하게 곧바로 수레를 몰아 지름길로 번(藩)에 가는 것은 삼가 총애와 영화의 은혜를 입고 감히 편히 쉴 수가 없어서였습니다. 신 아무개는 약령(弱齡)[109]의 나이부터 바로 추천 선발되어 단계적으로 관리를 역임하였고 누차 높은 관직에 올랐습니다. 선성(先聖)께서는 신이 거칠게나마 병법의 요체를 이해한다고 생각하시어 군대를 통솔하게 하셨고, 교지(交趾)의 오랑캐가 소요를 일으키고 황가동(黃家洞)의 도적이 순순히 따르지 않자 조서를 받들어 신으로 하여금 요사한 기운을 박멸하게 하셨습니다.[110] 군사들은 용기를 북돋아 폐하의 두터운 은혜에 보답하고자 하였고 이러한 기회를 이용하여 작은 공이라도 세울 수 있기를 바랐습니다. 그러나 당시 역병이 창궐하여 걱정과 수고에 부합하지 않으리라고 어찌 생각이나 했겠습니까? 신의 상황을 이해하심이 특별히 깊으시어 잘못과 책임까지 다시 씻어주시니 밤낮으로 감격하여 우러러 받들면서 몸을 바쳐 보답할 날이 오기를 기대하였으나 헛되이 분노와 용기만 더하였을 뿐 힘이 모자라 소원을 이루지는 못하였습니다. 미천한 신은 불

---

108) 본편은 배행립(裴行立)을 대신하여 진(鎭)을 옮기게 된 것을 감사하는 글이다. 『신당서』 권129에 의하면 배행립은 기주자사(蘄州刺史)에서 안남경략사(安南經略使)로 옮겨 환왕국(環王國)의 반란자 이요산(李樂山)을 토벌하였고, 계관관찰사(桂管觀察使)로 옮겨서는 황가동(黃家洞)의 반란을 평정하였으며, 뒤에 계중무(桂仲武)를 대신하여 안남도호(安南都護)가 되었다. 배행립이 진(鎭)을 옮긴 것은 유종원이 죽은 뒤여서 이 표(表)가 다른 이의 저작이라고 보는 견해도 있으나, 본문에 "근래 이 진(鎭)으로 내려와서 험한 것을 다시 평탄하게 하니 마치 옛 마을과 옛 땅을 보는 듯하다"고 한 것으로 보아 이 글의 저작 시기는 안남도호에 제수되어 다시 안남으로 갔을 때쯤으로 추정된다.

109) 약령(弱齡)은 약관(弱冠)의 나이 즉 20세를 가리키며, 젊었을 때를 말한다.

110) 배행립은 안남경략사(安南經略使)로 있을 때 환왕국(環王國)의 반란자 이요산(李樂山)을 토벌하였다. 안남은 한(漢) 교지군(交趾郡)에 해당한다. 뒤에 계관관찰사(桂管觀察使)로 옮겨서는 황가동(黃家洞)의 반란을 평정하였다.

행히도 저지른 잘못이 겹겹이라 피눈물을 흘리고 간담을 꺾었으며 마음이 아프고 목이 메였습니다. 폐하께서 용이 일어나듯 제위에 오르시니111) 천하가 태평을 추구하여 도는 팔방 땅 끝에 통하고 위엄은 구주(九州)에 더해졌으며 큰 조화가 널리 두루 미치어 고루 편안하지 않음이 없었습니다. 엎드려 누차 내리신 아름다운 명을 받아 마침내 동배(同輩)를 뛰어넘었거니와 자신이 어떤 사람인가 하나하나 살펴보니 분에 넘친 발탁이었습니다.112) 하물며 신이 근래 이 진(鎭)으로 내려와서 험한 것을 다시 평탄하게 하니 마치 옛 마을113)과 옛 땅을 보는 듯하고 비록 마을은 다르지만 또한 똑같이 비단 옷을 입고 있는 상황에서야 더 말할 나위가 있겠습니까?114) 큰 자라115)의 힘을 헤아려 봐도 폐하의 은혜를 짊어질 수 없는데 모기같이 미미한 힘으로 어떻게 폐하의 은덕에 보답할 수 있겠습니까? 장차 무엇으로 폐하의 성취를 선양하고 지치고 파리한 백성들을 위무할 수 있겠습니까? 마땅히 조서(詔書)의 조목을 준수하여 간특함을 물리치고 요역(徭役)과 부세(賦稅)를 골고루 공평하게 하여 마땅히 준수해야 할 도리를 보여주고 맑고 고요한 마음으로 인재를 선발하여 사사로움이 없이 나라에 헌신하고 이전에 품었던 뜻을 거듭 추스려서 군대를 재정비하고 굼뜬 말같이 둔한 재주를 다하여 매와 개처럼 폐하를 위해 분주히 돌아다녀야 할 것입니다. 황무지 한 모퉁이의 오랑캐들

---

111) 원화 15년(820) 정월 경자(庚子)일에 헌종이 세상을 떠나고 윤월(閏月) 병오(丙午)일에 목종(穆宗)이 즉위하였다.
112) 배행립이 계관관찰사(桂管觀察使)에서 다시 안남도호(安南都護)로 옮긴 것을 말한다.
113) '옛 마을'은 본문 '고재(故材)'의 '재(材)'가 '촌(村)'의 잘못으로 본 하작(何焯) 『의문독서기(義門讀書記)』의 견해를 수용하여 옮긴 것이다.
114) 배행립이 전에는 안남경략사(安南經略使)로 있었고 지금은 안남도호(安南都護)가 된 것을 말한다.
115) 큰 자라는 본문의 '거오(巨鼇)'를 옮긴 것인데 전설 상 바다 가운데서 산을 짊어질 수 있다고 한다. 『초사』 「천문(天問)」에 "큰 자라가 산을 이고 손뼉을 치는데 어떻게 그것을 편안케 할 수 있겠는가[鼇戴山抃, 何以安之]?"라는 구절이 있는데, 왕일(王逸)의 주에서는 "『열선전(列仙傳)』에 의하면 크고 신령한 자라가 등에 봉래산(蓬萊山)을 지고 손뼉치며 춤을 춘다고 한다"고 하였다.

까지 모두 황상의 은덕을 입고 온 땅의 백성들이 모두 이런 경사스런 소식을 듣게 되기를 바랍니다. 이것이 미천한 신의 뜻입니다.

星言卽駕, 便道之藩, 祗荷寵榮, 不敢寧息. 臣某爰自弱齡, 卽忝推擇, 階緣試吏, 累忝淸資. 先聖以臣粗知兵要, 俾統師徒. 交蠻俶擾, 黃賊不馴, 奉詔俾臣, 撲滅氛祲. 士衆賈勇, 思酬渥恩, 冀因此時, 得立微效. 豈謂時多疫癘, 不副憂勤. 知臣特深, 復洗瑕責. 夙夜感戴, 捐軀有期; 徒增憤勇, 力未從願. 微臣不幸, 釁故重重, 泣血摧肝, 載崩載咽. 陛下龍興御極, 寰海求淸, 道暢八埏, 威加九域, 鴻恩普洽, 靡不周泰. 伏蒙累垂休命, 遂越等夷, 循省何人, 過膺抽擢. 況臣比臨此鎭, 備更夷險, 故材舊壤, 宛在目前, 雖則殊鄕, 還同衣錦. 量巨鼇之力, 未足負恩; 猶蚊蚋之微, 焉能報德! 將何以宣揚聖造, 撫慰疲羸? 唯當遵守詔條, 貶棄奸慝, 平勻徭賦, 示以義方; 持淸淨以臨人, 守無私以奉國-; 重修前志, 再礪戈矛, 展駑駘之效, 申鷹犬之用. 庶荒陬夷獠, 盡沐皇風, 率土生靈, 備聞斯慶. 微臣之志也. 限以云云.

대위영주사상표(代韋永州謝上表: 위영주를 대신하여 취임을 감사하는 글)[116]

신 아무개는 아룁니다. 삼가 모월 모일의 제를 받들었는데 신에게 영주자사를 제수하시어 모월 모일 영주에 도착하여 취임을 마쳤습니다. 명을 받고서 놀랐거니와 관직에 임하니 더욱 두렵습니다.

신은 무능한데도 누차 직무를 바꾸어가며 신주적현(神州赤縣)[117]을 실제로 모두 다녀보았습니다. 적당한 한도를 초과하고 한계를 넘어 매번 깊이 조심하고 두려워하였는데 뜻밖에 성은으로 추천 발탁되어 외람되이 붉은 바퀴의 수레[118]를 몰게 되었습니다. 녹봉이 공연히 늘어났으니 어떻게 유포(乳哺)의 은혜를 베풀며,[119] 복명(服命)[120]을 헛되이 받았으니 어떻게 유고(襦袴)의 노래를 일으켜야 할는지요?[121] 게다가 이곳 영주는

---

116) 본편은 새로 영주(永州)로 부임해 온 위(韋)자사를 대신하여 천자에게 그의 취임을 감사하여 올린 글이다. 유종원이 영주사마로 폄적되고서 영주의 자사로 부임한 사람 가운데 『유종원집』에 등장하는 사람은 모두 여섯 사람이다. 원화 원년의 자사 위공(韋公)은 「하개원표(賀改元表)」에, 원화 2~3년의 자사 풍공(馮公)은 「수정토원기(修淨土院記)」에, 원화 5년 이전의 자사 최군민(崔君敏)은 「남지연집서(南池讌集序)」 및 「묘후지(墓後誌)」에, 자사 최간(崔簡)은 죄로 처벌되기 전의 모습이 「간묘지(簡墓誌)」 제문(祭文) 등의 글에 보이고, 원화 7년(812) 8월에 부임한 자사는 바로 여기서 말하는 위영주이다. 본문에서 "2년에 걸쳐 주군(州郡)의 장관직이 비었다"고 한 것은 최간이 범죄하여 떠난 뒤 후임이 없이 자사 직이 비어 있었음을 말한 것이다. 따라서 이 글의 저작 시기는 원화 7년이다.

117) 『사기』 「맹자순경열전(孟子荀卿列傳)」에 의하면 전국시대 제(齊)나라 사람인 추연(鄒衍)이 화하(華夏) 지방을 '적현신주(赤縣神州)'라 불렀다. 이후 '적현신주' 혹은 '신주적현'은 중국의 별칭이 되었다. '신(神)', '적(赤)'은 모두 미화하는 말이다.

118) '붉은 바퀴의 수레'란 본문 '주륜(朱輪)'을 옮긴 것인데, 옛날 왕후나 고관들이 타던 수레를 가리킨다. 붉은 색으로 바퀴를 칠하였기 때문에 이렇게 부른 것이다.

119) 유포(乳哺)의 은혜란 젖을 먹여 길러주는 양육의 은혜를 말한다.

120) 복명(服命)은 천자가 내린 작록(爵祿)·복식(服飾)을 말한다.

121) '유고(襦袴)의 노래'는 동한(東漢) 염범(廉范)이 촉군(蜀郡)태수가 되어 정치가 깨끗해지고 백성이 부유해지자 당시 사람들이 그를 칭송한 노래를 말한다. "염숙도(숙도는 염범의 자)께서는 오시는 것이 어찌 늦으셨나? 불을 금하지 않으니 백성이 편안히 일하고, 평생 속옷도 없더니 지금은 바지가 다섯이라네[廉叔度, 來何暮? 不禁火, 民安作. 平生無襦, 今五袴]" 옛날 촉군에서는 화재를 예방하기 위하여 밤에 일하는 것을 금하였는데 서로 몰래 숨기고 일을 하여 화재가 빈번히 일어났다. 염범이 태수로 부임하여서는 이

땅이 멀리 삼상(三湘)122)에 있고 풍속은 백월(百越)123)과 섞였으며 좌임(左衽124))에 망치모양의 상투를 튼 사람이 반을 차지하고 개간할 수 있는 땅은 돌로 가득한 밭의 나머지입니다. 2년에 걸쳐 주군(州郡)의 장관직이 비어 난폭한 풍속을 더욱 교만하게 하였고 삼군(三郡)에 대대로 세금을 거두어 고달픈 사람들을 거듭 곤궁하게 만들었습니다. 재앙을 가르는 것은 본래 한 순간에 나오는 것이거니와 폐단을 쌓아온 것은 마침내 10년을 넘었습니다. 어루만져 편안하게 하기란 쉽지 않으니 법이 나오면 간사함도 생겨난다는 것을 알겠고 자식처럼 기르기란 참으로 어려우니 힘써 수고해도 성과가 적을까 두렵습니다. 밤낮으로 걱정하는 마음이 절실하니 감히 편안히 쉴 겨를이 없습니다. 마땅히 폐하의 인자하심을 선포하고 신묘한 조화를 받들어 선양할 수 있기를 바랍니다. 밤낮으로 쉬지 않고 일하여 만약 혹시라도 성취가 있으면 적게나마 화락(和樂)한 풍속을 도와 생성(生成)의 조화에 보답할 것입니다. 은혜에 감격하면서 죽을죄를 지은 듯 황공하기 그지없습니다.

臣某言 : 伏奉月日制書, 除臣永州刺史, 以月日到州上訖. 受命若驚, 臨職彌懼.

臣以無能, 累更事任, 神州赤縣, 實所備嘗, 過量逾涯, 每深兢惕. 不謂聖恩推擇, 濫駕朱輪. 祿秩徒增, 詎施乳哺之惠; 服命虛受, 寧興襦袴之

법령을 폐기하고 다만 물을 충분히 비축하게 하여 백성들에게 편리를 제공하였다. 뒤에 '유고(襦袴)의 노래'는 관리가 백성들에게 은혜를 입히고 덕스런 정치를 한 것에 대한 칭송의 의미로 사용되었다.

122) 삼상(三湘)은 『태평환우기(太平寰宇記)』「강남서도십사(江南西道十四)」「전주(全州)」에 의하면 호남(湖南)의 상향(湘鄕)·상담(湘潭)·상음(湘陰)을 합하여 부르는 명칭이다. 그러나 옛 시문 가운데 보이는 삼상은 대체로 상강(湘江) 유역 및 동정호(洞庭湖) 지역을 가리킨다.

123) 백월(百越)은 백월(百粤)이라고도 하며 고대 남방 월(越)인의 총칭이다. 지금의 절강·복건·광동·광서에 분포하고 있었고 부락이 많았으므로 백월이라고 불렀다.

124) 좌임(左衽)은 옷을 입을 때 오른쪽 섶을 왼쪽 섶의 위로 여미는 것으로 오랑캐의 옷 입는 방식을 말한다.

謠? 況此州地極三湘, 俗參百越, 左衽居椎髻之半, 可墾乃石田之餘. 曠牧守於再秋, 彌驕獷俗; 代征賦於三郡, 重困疲人. 分災本出於一時, 積弊遂逾於十稔. 撫安未易, 知法出而姦生; 子育誠難, 懼力勞而功寡. 夙夜憂切, 不敢遑寧. 庶當宣布天慈, 奉揚神化. 以日繫月, 儻或有成, 少裨愷悌之風, 用答生成之造. 無任感恩隕越之至.

사제유주자사표(謝除柳州刺史表: 유주자사 제수에 대하여 감사하는 글)[125]

일찍이 문장의 음률로 사림(士林)에 참가하였는데 덕종(德宗)께서 여러 사람들 가운데에서 뽑아 어사로 발탁하셨습니다.[126] 폐하께서 계승하시어 보위에 오르실 때 미천한 신은 예부에 있었고[127] 백관이 칭송하고 경하하는 글은 모두 신이 기초하여 상주하였습니다. 신은 친구를 사귐에 신중하지 못하여 얼마 지나지 않아 재앙을 만나게 되었지만 성은으로 널리 용서를 베푸시어 좋은 땅으로 귀양을 갔습니다. 누차 큰 사면을 받고 조서를 받들어 따를 수 있게 되어, 떠난 지 10년 만에 한번 궁궐을 보게 되었습니다. 친히 조정의 명령을 받고 먼 곳에서 백성을 다스리게 되었거니와 용서받지 못할 죄를 점차 가볍게 하고자 근심을 분담하라는

---

125) 본편은 유주자사(柳州刺史)를 제수한 것에 대하여 감사하는 글이다. 『문원영화(文苑英華)』에는 본문 첫머리에 "신 종원은 아룁니다. 신이 엎드려 3월 13일의 제를 받들었는데 신을 사지절유주제군사수유주자사(使持節柳州諸軍事守柳州刺史)에 제수하시어 6월 27일 유주에 도착하여 취임을 마쳤습니다. 신 종원은 황공하여 머리를 조아리고 조아립니다[臣宗元言, 臣伏奉三月十三日制, 除臣使持節柳州諸軍事守柳州刺史, 以六月二十七日到州上訖. 臣宗元誠惶誠恐, 頓首頓首]"라고 50자가 더 있다. 『자치통감(資治通鑑)』에는 "3월 을유일에 제수하는 명을 내렸다[三月乙酉除命]"고 되어 있는데 장력(長曆)에 의하면 을유(乙酉)일은 14일에 해당하므로 여기의 '13일'은 잘못된 것으로 보인다.
126) 정원 19년(803) 유종원은 감찰어사가 되었다.
127) 헌종이 즉위할 때 유종원은 예부낭관(禮部郎官)이었다.

부탁을 특별히 받든 것입니다.128) 마음에 새기고 뼈에 새긴다 해도 하늘에 보답할 길이 없으니 삼가 마땅히 조서의 조목을 선포하고 느리고 절룩거리는 말과 같은 신의 재주를 다하여 황상의 은덕이 가까운 곳이나 먼 곳이나 다름이 없도록 하고 성스런 은택이 중국과 오랑캐 사이에 차이가 없도록 할 것입니다. 이리하여 크신 은총에 보답하고 남은 죄를 메울 수 있기를 바랍니다.129)

早以文律, 參於士林, 德宗選於衆流, 擢列御史. 陛下嗣登寶位, 微臣官在禮司, 百寮稱賀, 皆臣草奏. 臣以不愼交友, 旋及禍訕, 聖恩弘貸, 謫在善地. 累更大赦, 獲奉詔追, 違離十年, 一見宮闕. 親受朝命, 牧人遠方, 漸輕不宥之辜, 特奉分憂之寄. 銘心鏤骨, 無報上天, 謹當宣布詔條, 竭盡駑蹇, 皇風不異於遐邇, 聖澤無間於華夷, 庶答鴻私, 以塞餘罪. 云云.

---

128) 근심을 분담하라는 부탁이란 유주자사의 직책을 가리킨다.
129) 『문원영화』본에는 마지막에 "은혜에 감격하고 죽을 죄를 지은 듯 황공하고 기쁘고 두렵기 그지없습니다. 삼가 군사십장 유백통으로 하여금 표(表)를 받들어 올리게 합니다[無任感恩隕越喜懼之至. 謹遣軍事十將劉伯通奉表以聞]"라고 덧붙여 있다.

유주사상표(柳州謝上表 : 유주에서 취임을 감사하는 글)[130]

신 아무개는 아룁니다. 엎드려 조서를 받들었는데 신을 유주(柳州)자사에 제수하시어 금월 2일에 관할 부서에 도착하여 취임을 마쳤습니다.

신은 지난 세월 오래도록 관질(官秩)[131]에 머물렀다가 작년 성은을 입고 관직에서 벗어나게 되었습니다. 곧 치마를 찢고 발을 싸맨 채[132] 경사로 달려가려고 했습니다만 이전에 앓던 병에 걸려 해를 넘기도록 낫지 않아서 금년 여름에 이르러서야 비로소 귀도(歸途)에 오르게 되었습니다. 양양(襄陽)절도사 우적(于頔)[133]은 젊은 시절 신과 같은 관서에서 근무하였는데 신이 여름에 여행하는 것을 보고 간절하게 객사에 머물도록하고 뒤이어 관직 이름을 빌려주었습니다. 뜻은 신을 후대하고자 한 것이지만 신이 바라는 바는 아니었습니다. 엎드려 생각하건대 폐하께서는널리 덕(德)을 펼치시어 도가 이미 인간 세상에 두루 퍼졌고, 힘써 걱정하고 구제하시어 마음이 언제나 천하에 두루 미치고 있습니다. 만방을

---

130) 본편은 유종원이 다른 사람을 대신하여 유주(柳州)에서의 취임을 감사하는 글이다. 유종원은 원화 10년(815) 정월 부름을 받아 경사(京師)로 왔다가 3월에 유주자사로 나갔는데 본문에 "작년 성은을 입고 관직에서 벗어나게 되었습니다. 곧 치마를 찢고 발을 싸맨채 경사로 달려가려고 했습니다만 이전에 앓던 병에 걸려 해를 넘기도록 낫지 않아서금년 여름에 이르러서야 비로소 귀도(歸途)에 오르게 되었습니다"라고 하였으니 유종원자신의 일을 서술한 것이 아님을 알 수 있다. 손여청(孫汝聽)은 "정원 연간에 다른 사람을대신하여 지은 것"이라고 주를 달고 있는데『문원영화』권585에는 이 글이 이길보(李吉甫)의 작이라고 되어 있다. 왕응린(王應麟)의『곤학기문(困學紀聞)』권17에는 이 글이 바로이길보의「빈주사상표(彬州謝上表)」라고 말하였고 팽숙하(彭叔夏)의『문원영화변증(文苑英華辨証)』및 진경운(陳景雲)의『유집점감(柳集點勘)』도 또한 이 설과 같다.
131) 관질(官秩)은 관리의 직위 혹은 품급(品級)에 의해 정해진 봉록(俸祿)을 말한다.
132) '치마를 찢고 발을 싸매다'는 것은 '열상과족(裂裳裹足)'을 옮긴 것이다.『전국책』「송위책(宋衛策)」에 의하면 공수반(公輸般)이 초(楚)를 위해 높은 사다리를 설치하여 송(宋)을 공격하려고 했는데 묵자(墨子)가 이 소문을 듣고 노(魯)에서 출발하여 치마를 찢고 발을 싸맨 채밤낮을 쉬지 않고 달려서 10일 만에 초(楚)의 도읍지인 영(郢)에 도착하여 초왕을 설득하였다고 한다. 뒤에 '열상과족'은 급하게 서둘러 달려간다는 의미의 전고(典故)로 사용되었다.
133) 정원 14년(798) 9월 우적(于頔)이 양양절도사가 되었다.

함께 다스림은 반드시 순량(循良)[134]에 의지해야 한다고 늘 생각하시고 한 사람도 빠트리지 않으시니 오히려 매우 어리석은 사람에게까지 파급되었습니다. 신에게 두터운 총애를 내리시어 거듭 방주(方州)[135]를 거느리게 하시니 굼뜬 말이 다시 힘차게 내달려 힘을 다하고, 마르고 썩은 것이 다시 화려하고 빼어난 것과 같아졌습니다.

신이 듣건대 못과 웅덩이는 쉽게 말라 버리지만 바다로 흘러가려는 바람이 있고, 개와 말은 무식하지만 그래도 주인을 그리워하는 정성은 알고 있다고 합니다. 분수를 헤아려보면 그렇다는 것을 하늘만은 밝히 알고 계십니다. 하물며 신은 지난 날 좌관(左官)[136]으로 인하여 외지에서 1기(紀)의 세월을 보냈으니 더할 나위가 있겠습니까? 공자모(公子牟)는 위궐(魏闕)을 사모하였고[137] 급암(汲黯)은 한(漢)나라 조정을 가슴 깊이 그리워하였거니와[138] 어찌 이 사람이 홀로 이런 연정이 없겠습니까? 나아가고 물러남은 영욕(榮辱)의 주인이요, 조정은 벼슬길에 나아가는 원천입니다. 신하와 아들 된 자로서 마땅한 도리는 충정(忠貞)에 뜻을 두는 것입니다. 신이 비록 마음은 개나 말과 같으나 분수는 못이나 웅덩이와 비슷하니, 번화한 거리를 밟기를 바라고 앞으로 나아가 어려움을 만나지 않았으면 합니다. 신의 이러한 정성은 입으로는 말씀드릴 수 없고, 마음으로는 모두 전달하기를 바라지만 글로는 다 표현할 수가 없습니다. 이것이

---

134) 순량(循良)은 법을 잘 지키는 선량한 사람을 말한다.

135) 방주(方州)는 주군(州郡)을 말한다.

136) 좌관(左官)은 제후(諸侯)의 관리를 말한다. 여기서는 조정의 관리가 되지 못하고 절도사의 휘하에서 관리생활을 한 것을 가리킨다.

137) 공자모(公子牟)는 전국(戰國) 위(魏)의 공자(公子)인 위모(魏牟)다. 『장자』 「양왕(讓王)」에 "중산(中山) 공자모(公子牟)가 첨자(瞻子)에게 말하기를 '몸은 강과 바다 위에 있지만 마음은 위궐(魏闕) 아래에 있으니 어찌하리오?'라고 하였다"는 구절이 있다. '위궐'은 궁문 밖 양쪽 높이 솟은 누관(樓觀)을 말하며 그 아래에 법령을 내걸어 공포하였다. 여기서 위궐은 조정을 가리킨다.

138) 한(漢) 무제(武帝)가 급암(汲黯)을 회양(淮陽)태수로 삼자 급암은 "신은 지금 병이 들었고 힘은 군(郡)의 일을 맡을 수 없으니 중랑(中郎)이 되기를 원합니다. 궁궐을 출입하며 폐하를 돕는 것이 신의 소원입니다"라고 말하였다고 한다.

신이 스스로를 나무라고 스스로를 원망하며 다시 바램을 거스르게 된 까닭입니다. 오히려 고심하여 절조를 닦고 위로 조칙의 조목을 받들어 과부에게 은혜를 베풀고 가난한 자들을 구휼하며 아래로 사람들의 고통을 제거하여 삼가 황상의 교화를 선양함으로써 조금이나마 크신 은혜에 보답하기를 바라고 있습니다. 황망(慌忙)하고 기쁘기 그지없습니다.

臣某言: 伏奉詔書, 授臣柳州刺史, 以今月二日至部上訖. 中謝.

臣前歲以久停官秩, 去年蒙聖恩除替, 便欲裂裳裹足, 趨赴京師. 以舊疾所嬰, 彌年未愈, 逮及今夏, 始就歸途. 襄陽節度使于頔, 與臣早歲同官, 見臣當暑在道, 懇留在館, 尋假職名. 意欲厚臣, 非臣所願. 伏惟陛下光被之德, 道已洽於區中; 憂濟之勤, 心每徧於天下. 常以萬邦共理, 必藉於循良; 一物不遺, 尙延於愚驚. 假臣寵渥, 重領方州, 駑駘復效於奔馳, 枯朽更同於華秀. 中謝.

臣聞潢汙易竭, 抑有朝宗之願; 犬馬無識, 猶知戀主之誠. 揣分則然, 惟天知鑒. 況臣昔因左官, 一紀于外, 子牟馳心於魏闕, 汲黯積思於漢庭, 豈非夫人獨無斯戀? 去就者, 榮辱之主; 朝廷者, 仕進之源. 臣子之宜, 忠貞所志. 臣雖心同犬馬, 而分比潢汙; 幸躋康衢, 意非往蹇. 臣之此誠, 口不能諭, 意欲悉達, 文非盡言. 此臣所以自咎自恨, 復乖志願. 猶冀苦心勵節, 上奉詔條, 惠寡卹貧, 下除人瘼, 恭宣皇化, 少答鴻私. 不勝慌欣之至.

대광남절도사거배중승자대표(代広南節度使挙裵中丞自代表 : 광남절도사를 대신하여 배중승을 자신을 대신할 자로 천거하는 글)[139]

전에 말씀드린 관리는 타고난 기품이 침착하고 묵직하며 천부적 재능이 간간이 나와 백성들을 위로하고 길러주는 일에서부터 청렴한 이를 살펴 천거하는 데까지 맡은 직책에 삼가 부지런하고 여러 가지 사무를 모두 힘써 처리하였습니다. 이전에 안남(安南) 오랑캐가 반란을 일으켜 그 연수(連帥)[140]를 살해하고[141] 백성들에게 해독을 끼치자, 모(某) 황제께서는 그 위엄과 은혜를 크게 드러내시어 모주(某州)의 자사를 등용하시고 그로 하여금 백성들을 위무(慰撫)하고 다스리게 하셨습니다.[142] 밤낮으로 순행(巡行)하여 병기(兵器)를 모두 제거하니 도적들은 은혜를 알게 되고 붕당을 짓던 부족들은 정의에 귀의하여 남방의 황폐하고 먼 지역의 풍속이 편안하게 되지 아니한 곳이 없었습니다.[143] 뒤에 진을 용주(容州)로 바꾸어[144] 훈공

---

139) 본편은 제목으로만 보면 유종원이 광남절도사(廣南節度使)를 위하여 써 준 것으로 광남절도사가 자신을 대신하여 배중승(裵中丞)을 천거하는 글이다. 그러나 손여청은 "이 글은 장경(長慶) 이후에 광남절도사가 자신을 대신하여 중승(中丞) 계중무(桂仲武)를 추천한 것이지 배중승이 아니다. 역시 다른 사람이 지은 것인데 잘못해서 『유종원집』에 들어간 것이다"라고 하였다.

140) 연수(連帥)는 고대 십국(十國) 제후의 우두머리를 말한다. 주대(周代)에는 십국(十國)을 연(連)이라 하고 그 우두머리를 수(帥)라 하였다. 뒤에 '연수'는 지방 고급장관을 널리 부르는 말로 사용되었고, 당대에는 보통 관찰사(觀察使)나 안찰사(按察使)를 지칭하였다.

141) 원화 14년 10월 용관(容管)은 안남(安南)의 도적 양청(楊淸)이 도호부(都護府)를 함락하고 도호(都護) 이상고(李象古) 및 처자 관속 부곡(部曲) 천여 명을 살해하였다고 상주하였다. 양청은 대대로 만족의 추장이었는데 이상고가 불러 중하급 군관인 아장(牙將)을 삼으니 양청은 뜻을 얻지 못한 것을 언짢아했다. 이상고가 양청에게 명하여 군대 3천을 이끌고 황동만(黃洞蠻)을 토벌하게 하자 양청은 군대를 이끌고 밤에 되돌아와 부성(府城)을 습격하여 함락시켰다.

142) 이 달 헌종(憲宗)은 당주자사(唐州刺史) 계중무(桂仲武)를 안남도호(安南都護)로 삼았다.

143) 계중무(桂仲武)는 안남에 이르자 양청은 경계에서 항거하며 들이지 않았다. 양청은 형벌이 참혹하고 잔학하였으므로 그 아랫사람들이 마음이 그에게서 떠나 있었다. 계중무는 사람을 보내어 그 부락의 수령들을 설득하자 몇 개월 사이에 투항한 사람이 계속 이어져 병사 7천여 명을 얻게 되었다.

이 더욱 드러났고 여러 만물을 깨끗하게 하였으며 선현들의 덕을 힘써 닦아 능력있다는 명성이 매우 자자하니 중진(重鎭)에 옮기는 것이 합당합니다. 신이 자신을 생각해보니 평범하고 나약하여 앞서 말한 사람에 미치지 못합니다. 엎드려 바라건대 폐하의 은총을 돌이켜 아무개에게 내려주십시오 이는 덕을 드러내는 것일 뿐만 아니라 능력을 표창하는 것입니다. 바라건대 미천한 신으로 하여금 하는 일없이 녹봉을 받는 걱정을 면하게 하시고 아무개는 사사로움이 없는 추천을 받도록 해주십시오

前件官器宇深沉, 天才間出, 爰從撫字, 逮于察廉, 所職恪勤, 庶務皆勸. 日者安南夷獠反叛, 害其連帥, 毒痛黎人. 某皇帝以某威惠茂著, 自某州刺史俾之撫臨. 夙夜經行, 盡除兵器, 賊徒識恩, 黨種歸義, 炎荒之俗, 靡不底寧. 後改鎭容州, 勛效彌顯, 澄淸庶類, 邁德前修, 深負能名, 合遷重鎭. 臣自惟凡懦, 不逮前人. 伏乞天恩迴授某, 非惟旌德, 是亦飾能. 庶微臣免尸祿之憂, 某獲無私之擧.

주천종사표(奏薦從事表 : 조정에 상주하여 종사를 추천하는 글)[145]

아무개는 군대에서 공적이 뛰어나고 문장을 담당하는 관리로도 재능이 우수합니다. 칼을 잡으면 반드시 베었으니 어찌 물소를 베는 것을 사양하겠으며[146] 붓을 들어 쓰기 시작하면 그치지 않으니 어찌 말에 기대는 것

---

144) 장경(長慶) 2년(822) 11월 계중무를 용관경략사(容管經略使)로 삼았다.
145) 본편은 조정에 상주하여 종사(從事)를 추천하는 글이다. 종사는 관명(官名)으로 한(漢) 이후 삼공(三公) 및 주군(州郡)의 장관은 스스로 속관(屬官)을 불러들일 수 있었는데 이들 속관을 보통 종사라고 불렀다. 여기서의 종사가 누구인지는 자세하지 않다.
146) 왕포(王褒)의 「성주득현신송(聖主得賢臣頌)에 "물에서는 교룡을 끊고 뭍에서는 물소

을 부끄러워하겠습니까?[147] 하물며 일찍이 등과(登科)하여 선발되었고 일찍부터 널리 사람들의 칭송을 받았음에랴 더할 나위가 있겠습니까? 문장과 기예 두 가지만 뛰어난 것이 아니라 재능 또한 다방면에 적합합니다. 동배(同輩)와 견주어보니 자못 막히어 승진하지 못하였으므로 감히 추천하여 진술하였습니다. 엎드려 바라건대 그를 장려하여 등용하십시오.

某績茂戎軒, 才優管記. 操刀必割, 豈謝剚犀? 落筆不休, 寧慚倚馬? 況早登科選, 夙洽時譚. 匪惟詞藝雙美, 抑亦器能多適. 比於流輩, 頗爲滯淹. 輒敢薦陳, 伏希獎錄.

대광남절사사출진표(代広南節使謝出鎮表 : 광남절도사를 대신하여 출진을 감사하는 글)[148]

크신 은혜를 내리시니 황송함과 놀람이 번갈아 모여들어 조서를 양손으로 받들고 마주하면서 어찌할 바를 모르겠습니다.

가죽을 벤다[水斷蛟龍, 陸剚犀革]"는 구절이 있다.

147) 『세설신어』 「문학」에 의하면 환선무(桓宣武)가 북으로 정벌을 나갔을 때 원호(袁虎)가 시종이었는데 당시 그는 죄로 인해 관직에서 해임된 상태였다. 때마침 노포문(露布文)을 써야 될 상황이라 원호를 불러 말에 기대어 짓게 하였더니 손에서 붓을 놓지 않고 잠깐사이에 7장을 써내었는데 아주 볼만하였다고 한다. 이 고사를 빌려 후인들은 '말에 기대다[倚馬]'라는 말로 재사(才思)가 민첩함을 형용하였다.

148) 본편은 광남절도사(廣南節度使)를 대신하여 출진(出鎭)을 감사하는 글이다. 광남절도사에 대하여 한순(韓醇)은 『구당서』 「정인전(鄭絪傳)」을 근거로 정인이 원화 5년 2월 영남절도관찰사(嶺南節度觀察使) 광주자사(廣州刺史)로 나간 것을 가리키는 것으로 보았다. 그러나 진경운(陳景雲)은 『유집점감(柳集點勘)』에서 정인이 광(廣)의 원수로 나가게 된 것은 정부에서부터 출진한 것은 아니고 또 당시 '정벌을 전담하는 일'이나 '포로를 바치는 일'은 없었으므로 이 표를 지었을 리 없다고 보았다. 그는 희종(僖宗) 때 재상 왕탁(王鐸)이 군대를 지휘하여 반군들을 전멸시키고자 자청하여 형남절도사겸제도병마도통(荊南節度使兼諸道兵馬都統)을 제수한 것에 대하여 올린 감사의 글이 아닌가 추측하고 있다.

신이 듣건대 소하(蕭何)와 조참(曹參)이 한(漢)을 보좌하여 육합(六合)[149]
이 일가(一家)가 되었고[150] 석(奭)과 망(望)이 주(周)를 보좌하여 만방이 수
레바퀴 폭을 같게 하였다고 합니다.[151] 신은 요행히도 미천한 신분으로
누차 남다른 영예를 얻었고 폐하의 은덕이 거듭 임하여 마침내 재상의
정무가 더해졌는데, 폐하의 성명(聖明)하심을 보좌 선양하여 일월(日月)의
빛을 더하지 못하고 흉악한 무리의 수령을 절멸시켜 사람들로 하여금
건강하고 편안하게 살게 하지 못하였습니다. 참으로 신이 직책에 적합하
지 못하여 이런 어려움과 근심을 불러온 것입니다. 「벌단(伐檀)」시는 풍
자의 의론을 일으켰거니와[152] 물건을 지고 수레를 타면 비난을 불러오
는 법이라[153] 늘 음식을 엎게 되지는 않을까 하는 걱정을 품고 지내면
서[154] 감히 정벌을 전담하는 직책을 맡게 되기를 바랐습니다. 포로를 바
치고 승전을 묘사(廟社)에 보고할 날이 멀지 않고 힘을 다하여 성과를 거
둘 날을 기약할 수 있으니 이러한 미약한 공으로나마 위로 지존(至尊)께
보답하기를 바라고 있습니다.

---

149) 육합(六合)은 동서남북 상하의 여섯 방위를 말하며, 천하를 비유한다.
150) 소하와 조참은 모두 한 고조(高祖)의 공신이다. 한 초에 소하는 승상이 되어 율령제
도를 정비하였고 뒤에 조참은 소하를 계승하여 재상이 되어서는 소하의 법규에 따라
일을 처리하였다고 한다.
151) 석(奭)은 주(周) 문왕(文王)의 서자(庶子)인 소공석(召公奭)을 말하고, 망(望)은 주(周) 문
왕의 현신 여상(呂尙) 즉 태공망(太公望)을 말한다.
152) 『시』「위풍(魏風)」「벌단(伐檀)」의 서에 "「벌단」은 욕심이 많은 것을 풍자한 것이다.
관직에 있는 사람이 욕심이 많고 비루하며 하는 일 없이 녹을 받으니 군자가 벼슬길에
나아갈 수 없었다[伐檀, 刺貪也. 在位貪鄙, 無功而受祿, 君子不得進仕耳]"라고 하였다.
153) 『역』「해(解)」에 "물건을 지고 또 수레를 탔으니 도둑을 불러들인다[負且乘, 致寇至]"
는 구절이 있다. 이 말은 비천한 사람이 다른 사람의 재물을 등에 지고 또 큰 수레에
앉아 있으면 도적들을 불러오게 된다는 것이다. 이는 자신에게 맞지 않는 지위를 차지
하고 있고 재능이 그 직책에 적합하지 않는 경우 재앙을 불러올 수 있다는 뜻이다.
154) 『역』「정(鼎)」에 "솥의 다리가 부러져서 공의 음식이 엎어지고 그 모양이 비에 젖어
있으니 흉하다[鼎折足, 覆公餗, 其形渥, 凶]"라는 구절이 있다. 본문의 '복속(覆餗)'은 힘이
부쳐서 일을 그르치는 것을 비유한다.

鴻霈曲臨, 惶駭交集, 捧對綸綍, 不知所圖. 臣中謝.

臣聞蕭曹佐漢, 六合爲家; 奭望匡周, 萬方同軌. 臣幸以芻賤, 累忝殊榮, 天德薦臨, 遂加台政. 不能翊宣明聖, 增日月之光, 俾兇渠剗絶, 人用康寧. 實由臣不稱職, 使此艱患. 伐檀興議, 負乘招譏, 常懷覆餗之虞, 敢望專征之寄. 獻俘未遠, 展效有期, 希此微功, 上答殊造. 無任云云.

위양호남사설표(爲楊湖南謝設表 : 양호남을 대신하여 잔치 음식 하사에 감사하는 글)[155]

신 아무개는 아룁니다. 중사(中使) 아무개가 이르러 성지를 받들어 선포하였는데 신에게 장락역(長樂驛)에서 잔치 음식을 하사하셨습니다. 폐하의 은혜를 입은 영광이 특별한데 잔치까지 베풀어주시니, 돌이켜보건대 이러한 두터운 예우가 외람되게도 미천한 몸에 집중되었습니다. 신 아무개는 참으로 기쁘고 즐거워하며 머리를 조아리고 조아립니다.

신은 다행히도 이렇게 번창하는 시대에 살면서 변방 모퉁이에서 막중한 책임을 맡으니 직책은 부끄럽게도 문무(文武)를 겸하게 되었습니다. 소찬(素餐)의 풍자[156]를 달게 받고 육식자(肉食者)의 계책[157]이 없음을 알고서는

---

155) 본편은 호남관찰사(湖南觀察使) 양빙(楊憑)을 대신하여 잔치음식을 하사해준 것에 감사하는 글이다. 덕종(德宗) 정원 18년 9월 을묘(乙卯)일에 태상소경(太常少卿) 양빙(楊憑)을 담주자사(潭州刺史) 호남관찰사(湖南觀察使)로 삼았고, 계해(癸亥)일에 마린산지(馬璘山池)에서 군신(羣臣)들에게 잔치를 베풀고 황제가 「구일사연시육운(九日賜宴詩六韻)」을 지어 하사하였다. 여기서의 잔치음식 하사는 이것을 가리키는 것으로 보인다.

156) 소찬(素餐)은 하는 일 없이 밥을 먹는 것을 말한다. 『시』「위풍(魏風)」「벌단(伐檀)」에 "저 군자는 일 않고 밥 먹지 않는 법이라네[彼君子兮, 不素餐兮]"라는 구절이 있다.

157) 육식자(肉食者)란 높은 지위에 있어 많은 녹을 받는 사람을 가리킨다. 『좌전』 장공(莊公) 10년에 "육식하는 사람들은 비루하여 원대한 계책을 낼 수 없다[肉食者鄙, 未能遠謀]"는 구절이 있는데 두예(杜預)의 주에 "육식은 관직에 있는 사람이다"라고 하였다.

걱정되고 황공하여 자나깨나 어찌할 바를 몰랐습니다. 크신 은혜가 계속 이르고 풍성한 음식이 왔거니와, 산해진미가 다 갖추어지고 엿과 단술까지 모두 펼쳐질 줄 어찌 생각이나 했겠습니까? 마땅히 성상의 은택을 삼가 선양하여 널리 먼 곳 사람들에게 베풀고, 황상의 교화에 화락(和樂)함을 펴 뜨리어 어린아이에게 젖을 먹여 기르는 은혜를 골고루 베풀어야 할 것입니다. 부족하지만 미력이나마 펼쳐서 위로 폐하의 특별한 은혜에 보답하기를 바랍니다. 은혜에 감격하여 기뻐 뛰면서 어쩔 줄을 모르겠습니다.

臣某言：中使某乙至, 奉宣聖旨, 賜臣長樂驛設者. 恩榮特殊, 宴飮斯及, 顧玆厚禮, 猥集微躬. 臣某誠懽誠慶, 頓首頓首.

臣以多幸, 屬此昌時, 任重方隅, 職忝文武. 甘受素餐之刺, 知無肉食之謀, 以憂以惶, 寤寐無措. 豈謂鴻恩繼至, 豊膳爰來, 陸海兼陳, 飴醴皆設. 庶當奉揚聖澤, 覃布遠人, 流愷悌於皇風, 均乳哺於赤子. 少陳微效, 上答殊私. 無任感恩欣躍之至.

위무중승사사앵도표(為武中丞謝賜樱桃表 : 무중승을 대신하여 앵도를 하사한 것에 대하여 감사하는 글)[158]

신 아무개는 아룁니다. 중사(中使) 아무개가 이르러 성지를 받들어 선포하였는데 신에게 앵도 약간을 하사하셨습니다. 폐하의 돌보심이 특별

---

158) 본편은 무중승(武中丞)을 대신하여 앵도(櫻桃)를 하사한 것에 대하여 감사하는 글이다. 무중승은 정원 20년 어사중승(御史中丞)에 오른 무원형(武元衡)을 말한다. 『유종원집』에는 「제사겸어사중승벽기(諸使兼御史中丞壁記)」가 있는데 "무공(武公)은 두터운 덕으로 관직을 맡고 있어 그 직위에 잘 어울렸다[武公以厚德在位, 甚宜其職]"고 하였다.

히 깊으시어 때에 맞는 맛있는 음식을 연거푸 내려주시니 총애가 마을 거리를 놀라게 하고 은혜가 원방(圓方)159)에 넘쳐납니다. 신 아무개는 참으로 기쁘고 참으로 두려워하며 머리를 조아리고 조아립니다.

엎드려 생각하건대 함도(含桃)160)를 바치는 것은 시령(時令)161)에서 귀하게 여기는 바이거니와162) 하물며 지금 어원(御苑)에서 따서 폐하의 주방으로부터 분배되었으니 더할 나위가 있겠습니까? 높은 하늘에서 출발하게 하였으니 많은 별 빛을 모아 오래도록 빛나고, 맛은 여섯 가지 기운163)이 조화를 이루었으니 축축한 이슬을 받아 마르지 않습니다. 눈 가득 들어오는 것은 밖으로 은혜의 광채를 입은 모습이요, 입에 딱 맞는 것은 속으로 두터운 은택을 머금은 맛입니다. 돌이켜보니 하는 일도 없이 먹는 것이 부끄러워 공무를 받들고 싶은 마음 더욱 간절하였습니다. 군자가 먼저 맛보아야 할 것이 마침내 소인의 배를 물리게 할 줄을 어찌 바랐겠습니까?

臣某言 : 中使某乙至, 奉宣聖旨, 賜臣櫻桃若干者. 天睠特深, 時珍洊降, 寵驚里巷, 恩溢圓方. 臣某誠喜誠懼, 頓首頓首.

伏以含桃之羞, 時令攸貴, 況今採因御苑, 分自天廚. 使發九霄, 集繁星而積耀; 味調六氣, 承湛露而不晞. 盈眥而外被恩光, 適口而中含渥澤. 顧慚素食, 彌切自公, 豈圖君子所先, 遂厭小人之腹. 無任云云.

---

159) 원방(圓方)은 둥글고 모난 대나무로 만든 그릇을 말한다.
160) 함도(含桃)는 앵도(櫻桃)를 말한다.
161) 시령(時令)은 1년간에 행하는 정치상 또는 의식상의 순서의 기록, 즉 연중행사를 말한다.
162) 『예기』 「월령(月令)」에 "이 달[仲夏之月]에 천자는 병아리로 기장을 맛보게 하고, 함도를 바치는데 먼저 침묘에 올린다[是月也, 天子乃以雛嘗黍. 羞以含桃, 先薦寢廟]"는 구절이 있다.
163) 여섯 가지 기운이란 자연기후변화의 여섯 가지 현상 즉 음(陰), 양(陽), 풍(風), 우(雨), 회(晦), 명(明)을 말한다.

사사시복표(謝賜時服表 : 시복을 하사하심에 감사하는 글)[164]

삼가 특별하신 은총을 입으니 편안히 지내면서 몸둘 바를 모르겠습니다. 신은 오랫동안 조정 관원의 대열에 있으면서 여러 직책을 맡았지만 이렇다할 공적을 이루지 못하였고 덧없이 세월만 보내면서 영예를 훔치며 시간을 허비했습니다. 폐하의 성스런 계책에 조금도 도움이 되지 못하고 막중한 임무에 적절히 대처하지 못하여 도적들로 하여금 폐하께 누를 끼치게 하고 어려움이 그치지 않도록 하였으니 엄한 법에 처하여 국법을 바로 세워야 마땅합니다. 엎드려 생각하건데 폐하께서는 하늘이 덮어주고 땅이 실어주는 것과 같은 은혜를 넓히시어 법전에 따르지 않고 신으로 하여금 예관(禮冠)과 인끈을 같게 하시니[165] 그 은혜의 무게가 산과 같습니다. 양손으로 받들어 머리에 이고 집안으로 들어와서는 부질없이 저녁까지 황공하여 조신하였습니다. 마름질하고 꿰매어 의복을 만드니 참으로 낮에 돌아다니며 자랑할 만 합니다. 지치고 둔한 것을 안으로 살펴 알고 있거니와 장차 어떻게 이 은혜에 보답하겠습니까?

祇荷寵私, 啓處無地. 臣中謝. 臣久忝朝行, 歷職無效, 荏苒星紀, 偸榮歲時. 不能少益聖猷, 以副深寄, 致使賊遺君父, 艱難未息, 合處嚴憲, 以正國章. 伏以陛下恢天覆之恩, 廣地載之厚, 不循彝典, 俾同冕紱, 重劇丘山. 捧戴以入閨門, 空知夕惕, 裁縫而爲衣服, 固可晝行. 內省疲駑, 將何答效.

---

164) 본편은 다른 사람을 대신하여 시복(時服)을 하사하심에 감사하는 글이다. '시복'은 철에 따라 입는 옷을 말한다.
165) 예관(禮冠)과 인끈은 대관(大官)이 쓰고 차는 것이다. 따라서 예관과 인끈을 같게 했다는 것은 중신(重臣)의 대열에 끼었음을 말한다.

사사단오능백의복표(謝賜端午綾帛衣服表 : 단오 비단 의복을 하사 하심에 감사하는 글)[166]

조서가 신에게 임하고 은총의 의복이 거듭 이르러 무릎을 꿇고서 특별 하사품을 받드니 기뻐서 펄쩍 뛰고 싶은 마음이 갈마듭니다.

신은 잘못 방주(方州)를 맡아 공적이 물방울처럼 미미한데 외람되이 큰 하사품을 받들게 되어 영광의 무게가 산과 같습니다. 재능도 없이 은혜를 입어, 고개를 숙이고 엎드려 은혜 입음을 부끄러워하고 있었는데, 여름이 시작되는 시절에 어부(御府)[167]에서 옷을 하사하시니 성스런 혜택을 받아 그 은혜가 대해(大海)처럼 깊고, 신선의 옷을 입고 학과 거북처럼 장수하게 되었습니다. 조정을 향하여 마음이 달리고 몸을 구부려 하늘을 바라보거니와 다섯 봉우리[168]의 근심을 나누어 폐하의 구중(九重)궁궐의 명령에 부합하지 못한 것이 부끄럽습니다.

綸言曲臨, 寵服薦至. 跪捧殊錫, 慶躍交幷. 臣中謝. 臣謬典方州, 效微涓滴, 叨承大貺, 榮重丘山, 非才忝恩, 俯伏慚荷. 朱明啓節, 御府賜衣, 沐聖澤而溟海方深, 被仙衣而鶴龜齊壽. 馳心向闕, 蹻影望天, 慚分五嶺之憂, 莫副九重之詔. 臣無任云云.

---

166) 본편은 유종원이 단오절에 조정에서 비단 의복을 하사한 것에 대하여 감사하는 글이다. 본문에 "신은 잘못 방주(方州)를 맡았다"고 하였고 "다섯 봉우리의 근심을 나누어 폐하의 구중(九重)궁궐의 명령에 부합하지 못한 것이 부끄럽다"고 한 것으로 보아 유주(柳州)에서 지은 것임이 분명하다.
167) 어부(御府)는 천자가 쓰는 물품을 넣어 두는 곳집을 말한다.
168) 다섯 봉우리란 강서(江西)·호남(湖南)·광동(廣東)·광서(廣西) 4성(省)의 사이에 위치하여 장강(長江)과 주강(珠江) 유역의 분수령을 이루는 대유령(大庾嶺)·월성령(越城嶺)·기전령(騎田嶺)·맹저령(萌渚嶺)·도방령(都龐嶺)의 총칭이다. 일설에는 대유(大庾)·시안(始安)·임하(臨賀)·계양(桂陽)·게양(揭陽)의 다섯 봉우리를 말한다고도 한다.

제39권 주장(奏狀)

위광남정상공주백성산삼남장(爲広南鄭相公奏百姓産三男狀 :
광남 정상공을 대신하여 백성이 세 아들을 낳은 것을 아뢰는 글)[1]

신이 관할하는 정절방(貞節坊)의 백성 아무개의 아내가 세 아들을 낳았
습니다. 신이 자세히 지난날의 사례를 살펴보건대 이는 참으로 길조라고
사료되는 바, 이미 그 일을 헤아려서 명주 30필을 주어 그 양육비로 충
당하게 했습니다.

엎드려 생각하건대 폐하께서 부지런히 백성들을 구휼하여 그 마음이
천지에 통하였고 신령의 마음이 밝게 답하시어 큰 복이 이미 일어났습니

---

1) 본편은 광남(廣南) 정상공(鄭相公)을 대신하여 그 관할지역의 한 백성의 집에서 세 쌍
둥이 아들을 낳은 일이 있음을 보고하면서 이것이 태평성세의 도래를 알리는 길조라
하여 경하하는 글이다. 정상공은 정인(鄭絪)을 말하며 원화 5년(810) 광남절도사(廣南節
度使)로 나갔는데 사서에서는 9년 5월에 이전 광남절도사 정인을 공부상서(工部尙書)로
삼았다고 기재되어 있으니 이 글은 원화 6~7년경에 쓴 것으로 추정된다.

다. 바야흐로 억조창생을 번성케 하여 온 천하에 가득하게 되었으므로, 자식을 낳아 기름에 있어서 상서로운 조짐을 드러내어 태평성세의 도래를 알린 것입니다. 일이 묘연하여 교화의 본원에까지 미치고 복이 국가의 근본에까지 이어졌으니 어류나 조류의 상서로운 조짐을 어찌 족히 언급할 수 있겠습니까? 신은 다행히 번신(藩臣)의 대열에 있고 일찍이 폐하의 측근에서 요직을 맡은 바 있었거니와 내심으로 한없는 경하를 드립니다.

右臣所部貞節坊百姓某妻産三男者. 臣詳究往例, 實謂休徵. 已量事給絹三十疋, 充其乳養者.

伏以陛下勤衂黎元, 感通天地, 靈心昭答, 景福已興. 方使億兆繁滋, 區夏充牣, 故表祥於字育, 是啓運於昇平. 事杳化源, 慶延邦本, 鱗羽之瑞, 曾何足云. 臣幸列藩維, 嘗叨樞近, 私賀之至!

위설중승절동주오색운장(爲薛中丞浙東奏五色雲狀 : 절동관찰사 설중승을 대신하여 오색운의 출현을 아뢰는 글)[2]

신이 관내 태주(台州)[3]의 보고를 받았는데 모월 모일에 오색운이 나타났다고 합니다. 온 고을의 관리와 승려, 도사, 기로(耆老)들이 모두 쳐다보

---

2) 본편은 절동관찰사(浙東觀察使) 설중승(薛中丞)을 대신하여 길조(吉兆)인 오색운(五色雲)의 출현을 경하하며 보고하는 글이다. 설중승(薛中丞)에 대하여 손여청(孫汝聽)은 원화 3년 정월 호남관찰사(湖南觀察使)에서 절동관찰사로 임명된 설평(薛苹)이라고 하였고, 한순(韓醇)은 원화 12년 월주자사겸어사중승절동관찰사(越州刺史兼御史中丞浙東觀察使)에 임명된 설융(薛戎)을 가리킨다고 하였다. 한순의 견해에 따르면 이 글은 유종원이 유주(柳州)에 있을 때 지은 것으로 추정되는데, 유주와 절동(浙東)과는 거리가 너무 멀고, 오색운의 출현은 흔한 일이며 이를 보고하는 상소문은 손쉽게 쓸 수 있는 당시에 유종원이 굳이 멀리 유주에서 이 글을 썼다는 것은 아무래도 의심스럽다.
3) 절동(浙東)의 관할 구역은 월(越)·목(睦)·구(衢)·태(台)·명(明)·처(處)·온(溫)의 7주(州)였다.

았다는 것을 이미 상소문을 갖추어 폐하께 보고하였고 아울러 그림으로 그려서 받들어 올렸습니다.

엎드려 생각하건대 상서로운 구름은 최대의 길조이며 제왕의 복스런 부절(符節)로서, 아름다운 무늬가 하늘에서 환히 빛나는 것은 성덕(聖德)이 밝게 감응하고 있는 것임을 알고 있습니다. 엎드려 생각하건대 폐하께서는 교화와 길러주심이 가지런하고 도는 널리 미쳐서 끝이 없으며, 천지의 밝은 빛을 이으시고 음양의 조화로운 기운을 소통시키셨습니다. 구름이 뭉게뭉게 피어올라 동쪽에서부터 서쪽으로 흘러갔는데, 연기 같으면서도 연기는 아니었으며 이런 현상이 열흘에 두 번이나 출현하였습니다. 여러 옛 문서를 조사해 보았지만 이러한 일은 이전에 거의 들어보지 못한 것입니다. 엎드려 바라건대 이 사안을 사관에 넘겨주어 사적(史籍)을 빛내도록 하십시오.

右臣得管內台州奏, 月日五色雲見者. 一州官吏僧道耆老悉皆瞻覩, 已具奏聞, 并寫圖奉進者.

伏以景雲上瑞, 王者祉符, 煥彩彰之在天, 知聖德之昭感. 伏惟陛下化孚有截, 道洽無垠. 承天地之貞明, 導陰陽之和氣. 紛紛郁郁, 自東而徂西; 若煙非煙, 一旬而再至. 徵諸古諜, 事罕前聞. 伏乞宣付史館, 以昭簡冊.

위배중승주옹관황가적사의장(爲裴中丞奏邕管黃家賊事宜狀 : 배중승을 대신하여 옹관 황가 반군의 상황을 아뢰는 글)[4]

금월 4일 옹관(邕管) 주사관(奏事官)[5] 엄훈(嚴訓)이 들러서[6] 압아(押衙)[7] 담숙향(譚叔向) 등이 황가 반군 오천여 명과 반란을 도모하여 비록 그들은 이미 죽임을 당하였지만 아직도 반란이 평정되지는 않았다고 알려 주었습니다. 신은 당시 본도(本道)의 동십장(同十將) 아무개를 파견하여 옹관 접경 지역의 빈주(賓州)를 지나 상황을 탐지하였으며 아울러 멀리서 지원을 하였습니다. 어제 14일 보고한 글을 받아 보니 엄훈이 보고한 내용과 일치하였는데, 황가 반군은 모두 이미 패퇴하여 흩어져서 각기 동굴로 돌아갔다고 합니다.

엎드려 생각하건대 쥐나 개가 훔치는 것을 근심거리로 볼 수는 없습니다. 폐하의 위엄과 신령함이 먼 곳까지 덮고 신령스런 교화가 사방으로 행하여져 마침내 간교한 음모로 하여금 기일에 앞서 스스로 드러나게 하고 간사한 무리는 징벌하지 않았는데도 모두 평정되었습니다. 급변(急變)을 보고하는 상주문(上奏文)은 이미 상달하였는데 길한 소식이 아직 들리지 아니하여 오히려 폐하의 마음을 아프게 하고 묘산(廟算)[8]을 어지럽힐까 삼가 두렵거니와, 신은 방진(方鎭)[9]의 자리에 있으면서 경계에 접해 있으니 알게 된 상황을 감히 상주하지 않을 수 없습니다.

---

4) 본편은 배중승(裴中丞)을 대신하여 옹관(邕管) · 황가(黃家) 반군의 상황을 보고하는 글이다. 배중승은 계관관찰사(桂管觀察使) 배행립(裴行立)을 말한다.
5) 주사관(奏事官)은 지방장관이 조정에 들어가 일을 보고하도록 파견한 관원을 말한다.
6) 계주(桂州)에 들른 것을 말한다.
7) 압아(押衙)는 의장시위(儀仗侍衛)를 관할하는 관직을 말한다. '아(衙)'는 '아(牙)'로 쓰기도 한다.
8) 묘산(廟算)은 조정 혹은 제왕의 전쟁에 대한 계획을 말한다.
9) 방진(方鎭)은 병권을 장악하고 한 지방을 진수(鎭守)하는 지방장관을 말하며 여기서는 배행립이 맡았던 계관관찰사(桂管觀察使)를 가리킨다.

右今月四日, 邕管奏事官嚴訓過, 稱押衙譚叔向等與黃家賊五千餘人, 謀爲翻動, 雖已誅斬, 猶未淸寧. 當時差本道同十將某至邕管界首賓州以來, 迎探事宜, 兼爲聲援. 昨得十四日狀, 幷嚴訓狀報同, 其黃家賊幷已退散, 各歸洞穴訖.

伏以鼠竊狗偸, 非足爲患. 陛下威靈遠被, 神化旁行, 遂使姦猾之謀, 先期而自露; 回邪之黨, 不戮而盡夷. 伏恐飛章已達, 吉語未聞, 尙軫天心, 猶煩廟算. 臣謬居方鎭, 忝接疆界, 所得事宜, 不敢不奏.

양감찰어사장(讓監察御史狀 : 감찰어사를 사양하는 글)[10]

신은 엎드려 「명례율(名例律)」[11]에 의거하여, 아버지 할아버지의 이름과 같은 글자가 있는 모든 관직은 영예를 탐하여 맡아서는 안 된다고 생각합니다. 신의 할아버지는 이름이 찰궁(察躬)입니다. 지금 신이 은혜를 입어 앞서 언급한 관직에 임명되었는데, 어린 나이에 할아버지를 섬기었고 예율(禮律)의 제도를 감히 어길 수 없으니 신은 진퇴에 황공하기 그지 없습니다. 삼가 광순문(光順門)에 나아가 장(狀)을 받들어 말씀드리고 엎드려 폐하의 뜻을 듣고자 합니다. 정원 19년(803) 윤 10월 모일에 승의랑(承議郎) 신임 감찰어사 신 유종원이 아룁니다.

---

10) 본편은 유종원이 할아버지 이름인 찰궁(察躬)의 찰(察) 자와 새로 임명된 감찰어사리행(監察御史裏行)의 찰(察) 자가 같다는 이유로 관직을 사양하는 글이다. 유종원이 감찰어사리행(監察御史裏行)에 임명된 것은 정원 19년(803) 윤 10월이다.

11) 『당율(唐律)』 12편(篇) 가운데 「명례율(名例律)」은 그 첫 번째 편에 해당한다. '명례(名例)'의 '명(名)'은 오형(五刑)의 죄명(罪名)이고 '예(例)'는 오형의 체례(體例)를 말한다. 「명례율」에 따르면 부호(府號)나 관직의 명칭이 아버지나 할아버지의 이름과 같은 경우 그 맡은 관직을 그만두게 하였다.

칙지(勅旨)를 받들어 감찰어사에 새로 임명된 유종원의 할아버지 이름이 찰궁입니다. 『예(禮)』에 따르면 두 자로 된 이름은 치우쳐 피하지 않는다고 하였으니12) 감찰어사 직을 사양하는 것은 합당치 않습니다. 모년 모월 모일에 검교사공동동서문하평장사(檢校司空同中書門下平章事) 두우(杜佑)가 밝힙니다.

右臣伏准名例律, 諸官與父祖諱同者, 不合冒榮居之. 臣祖名察躬, 今臣蒙恩授前件官, 以幼年逮事王父, 禮律之制, 所不敢踰, 臣不勝進退惶恐之至. 謹詣光順門奉狀以聞, 伏聽勅旨. 貞元十九年閏十月日, 承議郎新除監察御史臣柳宗元奏.

奉勅新除監察御史柳宗元, 祖名察躬, 准禮, 二名不偏諱, 不合辭讓. 年月日檢校司空同中書門下平章事杜佑宣.

---

12) 『예기』「곡례(曲例)」에 "두 자로 된 이름은 치우쳐 피하지 않는다[二名不偏諱]"고 하였는데 정현(鄭玄)의 주에 "두 자로 된 이름의 경우 하나하나 피하지는 않는다는 말이다. 공자의 어머니의 이름은 징재(徵在)인데 재(在)를 말하면 징(徵)을 말하지 않고 징을 말하면 재를 말하지 않는다"고 하였다. '치우쳐 피하지 않는다'는 것은 두 자로 된 이름이 한 글자만 같은 때에는 피하지 않는다는 말이다.

위경조부소응등구현소하묘한손장(為京兆府昭応等九県訴夏
苗旱損狀: 경조부 소응 등 9현을 대신하여 여름철 곡식의 싹이 가뭄에
손실을 입은 것을 호소하는 글)[13]

신이 황송하게 경기지역을 다스리게 된 지 이미 두 달이 지났지만 이렇다할 정책을 행한 것이 없고 정성도 펴지 못하다가 마침내 제때에 비가 내리지 아니하여 밭의 곡식의 싹이 약간 손실을 입게 되니 밤낮으로 삼가고 두려워하여 잠을 자거나 음식을 먹을 겨를도 없습니다. 지금 장안 14현은 모두[14] 보통 해의 예를 따라서 온전히 세금을 거두고 있는데 소응 등 9현으로부터 신이 각각 가뭄의 실상을 보고하는 글을 받았으므로 나란히 자세하게 조사하게 하여 숨기거나 속이는 일이 없도록 하였고, 삼가 따로 보고의 글을 갖추어 봉하여 바칩니다. 신이 담당하는 부(府)의 여름 세수는 총계가 약 29만 석 이상인데 손실을 입은 것을 근거로 불쌍히 여겨 감면해 줄 분량은 단지 3만 석 남짓 될 것입니다. 인민을 구휼하는 은혜는 깊고 줄어드는 세수는 크지 않습니다. 엎드려 성스런 자비와 크신 관용으로 백성을 불쌍히 여기심을 생각하니 신이 직책을 맡고 있으면서 감히 폐하께 아뢰지 않을 수 없습니다. 부끄럽고 두렵기 그지없습니다. 삼가 글로 적어 아뢰고 엎드려 폐하의 뜻을 듣고자 합니다.

---

13) 본편은 유종원이 경조부(京兆府)에 속한 소응(昭應) 등 9현을 대신하여 이들 현에 가뭄이 들어 하절기 곡식의 싹이 손실을 입은 것을 보고하고 이들에 대하여 징세 감면 조치를 취해줄 것을 호소하는 글이다. 당시 경조윤(京兆尹)이 누구인지는 자세하지 않다. 정원(貞元) 19년 정월에서 7월에 이르기까지 비가 내리지 않았는데 이 당시 경조윤은 이실(李實)이었다는 것을 근거로 본 편에서의 경조윤을 이실로 보는 설이 있으나 사전(史傳)에서 관중(關中)에 크게 흉년이 들었을 때 이실은 가혹한 정치를 하고 백성들의 호소에 전혀 개의치 않았다고 하는 것으로 보아 이 설은 받아들이기 어렵다. 정원 21년 2월 홍려경(鴻臚卿) 왕권(王權)이 경조윤에 임명되었는데 본문 첫 구절에 "신이 황송하게 경기지역을 다스리게 된 지 이미 두 달이 지났다"는 내용과 부합되는 면이 있어 여기서의 경조윤은 왕권일 가능성도 있다.
14) '모두'는 본문의 '幷'을 번역한 것이다. '幷'은 '皆'로 된 판본도 있다.

右臣謬領京畿, 已逾兩月, 政術無取, 誠懇莫申, 遂使雨澤愆時, 田苗微
損, 夙夜兢懼, 寢食靡遑. 今長安一十四縣, 并准常年例全徵. 其昭應等九
縣, 臣各得狀, 並令詳審, 各絶隱欺, 謹具別狀封進. 臣當府夏稅, 通計約
二十九萬石已上, 據所損矜免, 祇當三萬石有餘. 恤人則深, 減數非廣. 伏
以聖慈弘貸, 憫念蒸黎, 臣忝職司, 不敢不奏. 無任慚懼之至. 謹錄奏聞,
伏聽勅旨.

위남승사청종군장고모관증모관남제운남모관승사(爲南承嗣 請從軍狀故某官贈某官南霽雲男某官承嗣: 모관에 모관을 추증한 고 남제운의 아들 모관 남승사를 대신하여 종군을 청하는 글)[15]

신의 망부(亡父)가 지덕 연간에 수양(睢陽)에서 절개를 지켜 죽자[16] 폐
하께서는 매번 크신 은혜를 내리시어 기필코 칭찬과 총애를 더하려 하
셨습니다.[17] 신은 일곱 살 때부터 바로 황송하게도 영예로운 조정 관리
를 지내며[18] 지금까지 거의 50년의 세월을 지내왔습니다. 항상 녹봉을
받는 관직에 있었고 두 번 멀리 떨어진 고을의 태수로 있었지만[19] 이렇
다 할 업적을 이룬 것이 없어 끝내 관직을 제대로 수행하지 못한다는 비
방을 불러왔고 엄한 꾸짖음을 달게 받았습니다.[20] 선친의 뜻을 계승하여

---

15) 본편은 고(故) 남제운(南霽雲)의 아들 남승사(南承嗣)를 대신하여 원화(元和) 4년 10월
   왕승종(王承宗)의 반란을 토벌하러 가는 군대에 종군하기를 청하는 글로 유종원이 영주
   (永州)에 있을 때에 지은 것이다.
16) 지덕 2년 10월 안녹산(安祿山)이 수양(睢陽)을 함락하였을 때 남제운(南霽雲)이 사절(死
   節)하였다.
17) 남제운은 처음에 개부의동삼사(開府儀同三司)를 추증하였고 다시 양주대도독(揚州大都
   督)을 추증하였다.
18) 남승사(南承嗣)는 일곱 살에 무주별가(婺州別駕)가 되었다.
19) 남승사는 시주(施州) 부주(涪州)의 자사를 지낸 바 있다.

폐하의 각별하신 사랑에 보답하지 못하였으니 부끄럽고 두렵거니와 죽을죄를 지어 몸 둘 바를 모르겠습니다.

엎드려 모월 모일의 조서를 보았습니다. 왕승종(王承宗)이 은혜를 저버리고 반란을 일으켜 폐하께서 장군에게 가서 정벌하라 명하셨으니[21] 천둥처럼 사납고 날랜 군사들이 더해지는 곳에서 진멸의 날은 멀지 않을 것입니다. 신은 외람되게도 스스로의 역량을 헤아리지 못하고 충성을 다할 것을 생각하였거니와, 한 명의 병졸의 임무를 맡음으로써 백성을 행복하게 하신 폐하의 은혜에 보답하기를 원합니다. 적의 예봉(銳鋒)을 꺾고 칼날을 부딪치면서 적의 성루에 다가가 깃발을 뽑아낼 수 있기를 바라며, 저의 작은 정성을 다할 수 있는 기회를 얻어 행여 망부가 남긴 공적을 망가뜨리지 않기를 바라고 있습니다. 기뻐서 펄쩍펄쩍 뛰면서도 밤낮으로 불안해하고 있는 바, 감히 폐하께서 저의 정성을 굽어 살펴주시기를 바랍니다.

신이 듣건대 주(周)의 관리는 기예를 시험하여 공경대부(公卿大夫)의 자제로 병거와 갑옷을 맡는 관리를 두었고,[22] 한(漢)대에는 은혜를 베풀어 고아로 우림군(羽林軍)을 채웠다고 합니다.[23] 천추(千秋)가 남월(南越)을 치

---

20) 남승사(南承嗣)가 부주(涪州)자사로 있을 때 유벽(劉闢)이 반란을 일으켰는데 이에 적절히 대비하지 못하여 영주(永州)로 폄적되었다. 『유종원집』의 「예주(澧州)로 자리를 옮기는 남부주(南涪州)를 전송하며 지은 서[送南涪州量移澧州序]」에 "처음에 시주(施州)자사에서부터 부주(涪州)자사가 되어서는 촉도(蜀道)의 억센 도적을 막으려 낮에는 칼을 풀지 않고 밤에는 갑옷을 벗지 않으며 밤낮으로 경계하면서 '나는 충렬(忠烈)의 후손으로 죽을 때까지 적과 대적하겠다'고 말씀하셨습니다. 적군 역시 '그는 충렬의 후손이라 온 힘을 다하고 목숨을 내놓고 싸울 것이니 이를 침범할 수는 없다'고 말하였습니다. 그러나 붓을 놀리는 관리가 부책(簿冊)의 기록에 남는 것과 모자라는 것을 문제삼아 이 군(郡)으로 폄적되었습니다[始由施州爲涪州, 扞蜀道劫寇, 晝不釋刃, 夜不解甲, 曰: 我忠烈胤也, 期死待敵. 敵亦曰: 彼忠烈胤也, 盡力致命, 是不可犯. 然而筆削之吏, 以簿書校計贏縮, 受譴玆郡]"라고 하였는데 여기서 '이 군'이란 영주(永州)를 말하는 것일 것이다.

21) 원화(元和) 4년 10월 신책좌군중위(神策左軍中尉) 토돌승최(吐突承璀)로 왕승종을 토벌하게 하였다.

22) 『주례(周禮)』「하관(夏官)」에는 사마(司馬)의 속관(屬官)으로 사갑(司甲)이 나오는데 그것에 관한 구체적인 설명은 빠져 있다.

23) 이에 대하여는 「남부군수양묘비(南府君睢陽廟碑)」 및 「송남부주량이례주서(送南涪州量移澧州序)」에 자세히 설명되어 있다.

는 일에 발분할 것을 생각한 것이나[24] 중유(仲孺)가 죽기를 각오하고 오(吳)로 쳐들어간 것은[25] 대의가 임금과 부모에 격동된 것으로 역사에 길이 이름을 날리게 되었습니다. 신은 비록 그들과 비교할 수는 없으나 옛사람을 사모하는 마음이 있으니 비록 몸은 초야에 피를 흘리고 죽는다 해도 이름은 영원할 것입니다. 신의 속마음을 다 드러내어 죽음을 무릅쓰고 삼가 아뢰거니와, 참으로 간절하고 충정에서 우러나는 울분을 어찌할 수 없습니다. 삼가 글로 적어 상주하여 아뢰고 엎드려 성지를 기다립니다.

右臣亡父至德之歲, 死節睢陽, 陛下每降鴻恩, 必加褒寵. 臣自七歲, 卽忝班榮, 垂五十年. 常居祿秩, 再守遐郡, 績用無成, 終貽官謗, 甘就嚴譴. 無以負荷先志, 報效殊私, 以慚以懼, 隕越無地.

伏見某月日勑, 以王承宗負恩干紀, 命將徂征, 雷霆所加, 殄滅在近. 臣竊不自揆, 思竭忠誠, 願預一卒之任, 以答百生之幸. 庶得摧鋒觸刃, 摩壘搴旗, 冀獲盡於微誠, 儻不墜於遺烈. 踊躍之至, 夙夜不寧. 敢希皇明, 俯鑒丹懇.

臣聞周官考藝, 國子置車甲之司; 漢道推恩, 孤兒備羽林之用. 千秋思奮於事越, 仲孺期死於奔吳, 義激君親, 名高竹帛. 臣雖無似, 有慕昔人, 雖身塗草野, 死而不朽. 披肝瀝血, 昧死上陳. 無任懇迫忠憤之至. 謹錄奏聞, 伏候勑旨.

---

24) 『한서』 「남월전(南粤傳)」에 의하면 한(漢) 무제(武帝) 때 남월의 재상 여가(呂嘉)가 한(漢)을 따르려 하지 않자 한천추(韓千秋)가 발분하여 용사 삼백 명만 주어진다면 반드시 여가를 베어 보답하겠노라고 말하였다.

25) 중유는 서한(西漢) 관부(灌夫)의 자(字)이다. 그의 부친 장맹(張孟)은 일찍이 영음후(潁陰侯) 관영(灌嬰)의 사인(舍人)을 지냈는데 총애를 받아 관씨(灌氏) 성을 얻어 관맹(灌孟)이 되었다. 오(吳)와 초(楚)가 반란을 일으켰을 때 관하(灌何)가 장군이 되어 태위(太尉)를 따랐는데 관맹을 교위(校尉)로 삼게 해 달라고 요청하였다. 관부는 천명의 군사로 부친과 함께 하였다. 관맹이 연로하였으나 청을 거절하지 못하여 전쟁에 참가하였다가 오(吳)의 군중(軍中)에서 죽었다. 관부는 발분하여 오왕을 죽여 아버지의 복수를 하겠다고 하고는 군중의 장사 가운데 자신을 따르기를 원하는 수십 인을 모집하여 오(吳)의 군대로 쳐들어갔다.

진농서장(進農書狀 : 농서를 바치는 글)[26]

    엎드려 모월 모일의 조서를 받들었는데 마땅히 2월 1일을 중화절(中和節)로 삼고 유관 부서에서 농서를 바치게 하여 영원히 표준으로 삼아야 할 것이라고 하셨습니다.[27] 신이 삼가 헤아려보건대 시간에 맞추어 봄 농사를 짓는 것은 『서경』「우서」에서 그 제도를 세웠고[28] 남쪽 밭을 갈아엎는 것은 주대(周代) 『시경』「주송」에 기록이 남아 있습니다.[29] 이는 모두 천시(天時)를 받들어 사람들에게 전수하는 것이며 지력(地力)을 다하여 먹을 것을 풍족하게 하는 것입니다.[30] 폐하께서 영절(令節)을 새롭게 하고 더욱 농사일을 격려하셨으니 이후로 이미 세우신 법도는 널리 유전될 것이고 글을 펼칠 때마다 법칙이 될 것입니다. 농사가 순조로우면 이는 나라를 다스리는 고명한 계책에 폐하의 힘을 펼친 것이요, 농사가 어려우면 폐하의 열람에 천심(天心)을 움직일 것입니다. 부지런히 수고하여 아래 사람을 거느리시니 옛 선조보다 훨씬 뛰어나십니다. 무릇 땅에

---

26) 본편은 정원(貞元) 5년 새롭게 정월 회일(晦日)을 대신하여 2월 1일을 중화절(中和節)로 제정한 조서에 의거하여 농서를 바치면서 지은 글이다. 제목 아래의 주에 '농서삼권(農書三卷)'이라고 한 것으로 보아 바친 농서는 모두 3권이었다. 당시 유종원은 아직 과거에 급제하지 않았다.

27) 덕종(德宗) 정원 5년 정월에 조서를 내려 2월 1일을 중화절로 하여 정월 회일(晦日)을 대신하게 하였다. 이로써 3월 3일 상사(上巳), 9월 9일 중양절과 함께 삼령절(三令節)이 갖추어졌으며 관리들에게 하루 휴가를 주었다. 한편 재신(宰臣) 이필(李泌)은, 중화절 당일 백관은 농서를 바치고, 농사를 맡은 관서에서는 볍씨를 바치고, 왕공 척리(戚里)에서는 봄옷을 올리고, 일반 백성들은 가위와 자로써 서로 안부를 물으며 선물하고, 마을의 사당에서는 중화주(中和酒)를 만들어 구망(勾芒)신에게 제사하여 풍년을 빌도록 하게 할 것을 청하여 이를 따르도록 하였다.

28) '시간에 맞추어 봄 농사를 짓는다[平秩東作]'는 것은 『서경』「우서(虞書)」「요전(堯典)」에 나오는 구절이다.

29) '남쪽 양지 밭을 갈아엎는다[俶載南畝]'는 것은 『시경』「주송」「양사(良耜)」에 나오는 구절이다.

30) 본문의 '而豊食'은 '於農食'으로 된 판본도 있다. 이 경우 '농사하여 먹고사는데 지력을 다하는 것'이라고 번역된다.

있는 온 백성들은 모두 대단한 행운이라 여기고 있습니다. 앞서 언급한 농서를 조심스럽게 상자에 넣어 봉하여 바치면서 삼가 아룁니다.

右伏奉某月日勑, 宜以二月一日爲中和節, 所司進農書, 永以爲恒式者. 臣伏以平秩東作, 虞書立制; 俶載南畝, 周雅垂文. 此皆奉天時以授人, 盡地力而豐食. 自陛下維新令節, 益勵農功, 旣立典於可傳, 每陳書而作則. 耕鑿之利, 敷帝力於嘉謨; 稼穡之難, 動天心於睿覽. 勤勞率下, 超邁古先. 凡在率土, 不勝幸甚. 前件農書, 謹函封進. 謹奏.

대인진자기장(代人進瓷器狀: 다른 사람을 대신하여 자기를 바치는 글)[31]

자기에 관련된 약간의 일에 대하여 아룁니다.[32] 앞에서 언급한 자기들은 모두 뛰어난 숙련공들이 진흙으로 빚은 것이라 만든 것이 법도에 합치됩니다. 지극한 덕을 타고난 이들이 구워냈으니 자연 부실한 것이 없고, 태화(太和)[33]의 기운을 융합하여 응결시켰으니 견고함을 보증할 수 있습니다. 게다가 와부(瓦釜)의 울림도 없어 이것이야말로 토형(土鉶)의 덕에 어울린다고 하겠습니다.[34] 그릇에 있어서는 호련(瑚璉)에 부끄럽고[35] 공물에 있어서

---

31) 본편은 다른 사람을 대신하여 자기(瓷器)를 바치는 것을 아뢰는 글이다. 한순(韓醇)은 원요주(元饒州)를 대신하여 지은 것이라고 보았다. 『유종원집』에 「원요주서(元饒州書)」가 있는데 원화 8년에 지은 것이다. 원요주가 자기를 진상한 적이 있으니 이것은 필시 원요주를 위해 지은 것일 것이다.
32) 어떤 판본에는 이 구가 없다.
33) 태화(太和)는 천지에 충만한 기운을 말한다.
34) '와부'는 흙으로 구워 만든 솥으로 고대에는 간단한 악기로 사용되기도 하였다. 여기서 와부의 울림이란 형편없는 음악 혹은 조잡한 사물을 가리켜 말한 것이다. '토형'은 발이 셋이고 양쪽에 달린 토기로서 제기(祭器)로 사용되었다.
35) '호련(瑚璉)'은 종묘에서 사용되던 제기로 가치 있는 그릇을 가리킨다.

살촉 돌이나 단사(丹砂)와는 다르지만36) 이미 질박함을 숭상하는 것37)을 우선하였으니 또한 그릇이 없을 때에 유용하게 쓰일 것입니다. 조심스럽게 모관 아무개를 보내어 글과 함께 봉하여 바치면서 삼가 아룁니다.

瓷器若干事. 右件瓷器等, 並藝精埏埴, 制合規模. 禀至德之陶甍, 自無苦窳; 合太和以融結, 克保堅貞. 且無瓦釜之鳴, 是稱土鉶之德. 器慙瑚璉, 貢異絢丹. 旣尙質而爲先, 亦當無而有用. 謹遣某官某乙隨狀封進. 謹奏.

유주거감찰어사유한자대장(柳州擧監察御史柳漢自代狀 : 유주에서 자기를 대신할 자로 감찰어사 유한을 천거하는 글)38)

이전의 사면의 글39)에 상참관(常參官)40)이 부임한 뒤에는 한사람을 천거하여 스스로를 대신하게 하라고 비준되었습니다. 엎드려 앞에서 언급한

---

36) 노(砮)는 살촉을 만드는 돌을 말하고 단(丹)은 단사를 말하는데『서경』「우공(禹貢)」에 의하면 이것들은 형주(荊州)에서 바치는 공물 중의 하나였다.

37) 『예기』「교특생(郊特牲)」에 "그릇은 도기와 바가지를 쓴다[器用陶匏]"고 하였는데 이 질박함을 숭상하기 때문이다.

38) 본편은 자신을 대신할 사람으로 감찰어사 유한을 천거한 글이다. 제목과 본문의 내용을 고려한다면 원화 10년 3월 유주자사로 나가 6월 27일 임지에 도착한 뒤에 지은 것으로 뒤의「유주상중서문하거유한장(柳州上中書門下擧柳漢狀)」과 함께 지은 것으로 판단된다. 한편 진경운(陳景雲)의『유집점감(柳集點勘)』에서는 자사는 조관(朝官)이 아니므로 자신을 대신할 사람을 추천할 수 없고 따라서 두 편의 글은 정원 19년 처음으로 감찰어사에 제수된 날에 올린 것이 틀림없다고 보았으며, 제목 가운데 '柳州' 두 글자 및 본문 가운데의 '准從前敎文', '准元和六年' 운운한 글자는 모두 전사하는 과정에서의 잘못이라고 하였다.

39) 사면의 글이란「유주상중서문하거유한장(柳州上中書門下擧柳漢狀)」에 의하면 원화 6년 10월 17일의 조칙을 말한다.

40) 상참관은 날마다 조회에 참가하는 관리를 말한다.『신당서』「백관지삼(百官志三)」에 의하면 "문관 5품 이상 및 양성의 공봉관 감찰어사 원외랑 태상박사 등은 날마다 조회에 참가하여 상참관이라고 부른다[文官五品以上及兩省供奉官、監察御史、員外郎、太常博士, 日參, 號常參官]고 하였다.

관료를 보니 자못 재주와 행실을 갖추었고 정무(政務)에도 뛰어나며 오랫동안 영남(嶺南)에서 사(使)[41]의 직책을 역임하였습니다. 신이 아는 바로 감히 신을 대신할 자를 천거합니다. 간절한 마음 어찌할 바를 모르겠습니다.

右伏准從前赦文, 常參官上後, 擧一人自代者. 伏見前件官, 頗有才行, 長於政術, 久歷嶺南使職. 臣之所知, 敢擧自代. 無任懇迫之至.

상호부장(上戶部狀 : 호부에 올리는 글)[42]

엎드려 생각하건대 좌강관(左降官)[43]은 책망을 받은 사람으로 전혀 정무를 관리하지 않고, 호부의 돈은 조칙에 의하여 거두어 저축하는 것으로 별도의 지출은 합당하지 않습니다. 또 원외관(員外官)[44]으로 임명하는 것 역시 옛 제도가 아닙니다. 종원이 영주에 있을 때에 백성의 장택(莊宅)에 관한 관부(官府)의 증명서를 보았는데 사호(司戶) 이옹(李邕)이 판결하여 발급한 것을 보면 그들 모두가 정관(正官)[45]이라는 것을 알 수 있습니다.

---

41) 당(唐)대에 사(使)는 절도사나 전운사(轉運使)와 같이 특별히 파견되어 어떤 정무를 맡은 관리를 가리킨다.

42) 본편은 중앙에서 지방으로 폄적된 관리가 원외의 한직으로 임명되어 급료만 낭비되는 현상을 막기 위하여 제도를 바꾸어 정식 관직으로 임명할 것을 청하는 글이다. 한순(韓醇)은 유주에서 지은 것으로 보았다. 원주(元注)에 "좌강관은 원외로 두었는데 봉급은 정원과 같았다. 옛날에는 호부의 줄어든 인원과 빠진 관리의 돈으로 그 비용을 충당하였다. 지금 제도를 바꾸어 좌강관을 정관으로 임명하기를 청한 것이다. 빠져나가는 돈을 차지하고 위에서 말한 돈을 쓰지 않으면 매년 약 만 관의 돈을 세게 될 것이다[左降官員外置同正員俸料, 舊用戶部省員闕官錢充, 今請改授正官, 占闕不用上件錢, 每年約計數萬貫]"고 하였다.

43) 좌강관이란 중앙에서 주군(州郡)의 관리로 폄적되어 가는 관리를 말한다.

44) 원외관은 정원 이외의 관리를 말한다.

45) 정관은 정식편제(正式編制) 안에 들어있는 관원을 말한다.

이제 모두 옛날 제도를 따르는 것을 표준으로 삼으시고 아울러 원외(員外)로 두는 것을 폐지하시기를 청합니다. 무릇 폄출된 관원은 정원(正員)으로 임명하여 그들이 일을 잘하는가를 감독하시고 헛된 임명이 없도록 하십시오 돈을 저축하는 것을 그만두고 지출에 숫자를 늘리면 충분히 군대의 수요에 응할 수 있습니다. 참으로 재화가 함부로 분산되지 않고 관에 한직이 없기를 바랍니다. 삼가 글을 올립니다.

右伏以左降官是受責之人, 都不釐務, 戶部錢是准勑收貯, 不合別支. 又所授員外官, 亦非舊制. 宗元在永州日, 見百姓莊宅公驗, 有司戶李邑判給處, 足明皆是正官. 今請悉依故事爲准, 並廢員外所置. 凡在貶黜, 授以正員, 責其成功, 俾無虛授. 貯錢旣免, 支用加數, 足應軍須, 實冀貨不濫分, 官無曠職. 謹狀.

유주상본부장(柳州上本府狀 : 유주에서 본부에 올리는 글)[46]

문서를 받들어 율문(律文)을 기준으로 처분하라 하신 것은 이미 현에 지시를 내려 문서에 의거하여 추분 이후에 처분하라고 하였습니다. 엎드려 생각하건대 중승(中丞)[47]께서 사랑과 은혜로 사람을 교화시키어 효제(孝

---

46) 본편은 유주에서 본부 즉 계관(桂管)관찰부에 형을 구하려다 본의 아니게 살인을 저지르게 된 막성(莫誠)에 대하여 관대하게 처분해 줄 것을 요청하는 글이다. 원주(元注)에 "막성이 형 막탕을 구하려다 대로 막과의 오른 팔을 찔렀는데 11일이 경과하여 죽었고 막성은 용성현에 구금되었다. 율령에 의하면 다른 물건으로 때려 다치게 한지 20일 보고 내에 죽은 사람은 각각 살인죄로 다스린다(莫誠救兄蕩, 以竹剌莫果右臂, 經十二日身死, 莫誠禁在龍城縣. 准律, 以他物歐傷二十日保辜內死者, 依殺人論)"고 하였다.
47) 중승은 배행립(裴行立)을 말한다.

悌의 풍속을 이룬 것은 하속 관리들이 보고 모두가 칭송하며 널리 선양하는 바입니다. 지극히 공정하신 분 아래에 있으니 감히 어리석은 생각을 다 말씀드리겠습니다. 외람되이 생각건대 막성(莫誠)은 긴급한 상황에 처한 형을 구하러 갔다가 상대를 때려 일이 한 순간에 발생하였습니다. 위난(危難)을 벗어나려고 마음먹은 것이니 어찌 다른 것을 생각하였겠습니까? 형을 위난에서 구출하려는 다급한 상황이었고 팔을 찌른 것은 반드시 죽을 상처는 아닌데 불행히 죽음에 이르렀으니 이것은 막성의 본의가 아니라고 사료됩니다. 율문에 의하면 참으로 마땅히 법을 엄수해야 하는데 사안을 곰곰 생각해보니 또한 불쌍히 여길 만도 합니다. 손을 자른 것은 바야흐로 깊은 슬픔에 쫓기어 한 것이요, 몸을 방어함에 멀리 내다보고 깊이 생각할 겨를이 없었을 것입니다. 율령은 마땅히 용서함이 없이 유관 부서로 하여금 지극히 정당한 마음을 밝히도록 해야 하겠지만, 정리(情理)에 있어 혹시라도 편안치 못한 부분이 있다면 관리는 형벌을 경감시키고자 하는 바램이 간절하게 되는 법입니다. 하물며 행형(行刑) 시기는 아직 멀고 명령을 받은 지는 얼마 되지 않은 상황에서야 더할 나위가 있겠습니까? 엎드려 바라건대 아래로 불쌍히 여기는 마음을 일으켜 특별히 법령을 관대히 적용하시고 하잘것없는 목숨을 살려주어 먼 곳에 떨어져 살고 있는 백성들을 위로하여 주십시오. 그리하시면 필시 변경의 모든 백성들이 사랑으로 기르는 은혜를 입게 될 것이니 어찌 오직 한 사내만이 목숨을 보존하는 혜택을 받는 것이겠습니까? 만약 율문을 고치기 어려워 문서를 이미 발송하셨다면 이 글을 즉시 폐기하여 주시기 바랍니다. 경솔하게 행동하여 관부의 위엄을 더럽히니 매우 두렵기도 하고 떨리기도 합니다. 삼가 글을 써서 올리고 엎드려 처분을 기다립니다.

　右奉牒准律文處分者, 已帖縣准牒待秋分後擧處分訖. 伏以中丞慈惠化人, 孝悌成俗, 屬吏所見, 皆許申明. 至公之下, 敢竭愚慮. 竊以莫誠赴急而動, 事出一時, 解難爲心, 豈思他物. 救兄有急難之戚, 中臂非必死之

瘡, 不幸致殂, 揣非本意. 按文固當恭守, 撫事亦可哀矜. 斷手方迫於深
哀, 周身不遑於遠慮. 律宜無赦, 使司明至當之心; 情或未安, 守吏切惟輕
之願. 況俟期尙遠, 稟命不遙. 伏乞俯賜興哀, 特從屈法, 幸全微命, 以慰
遠黎. 則必闔境荷慈育之恩, 豈惟一夫受生成之賜. 儻以律文難變, 使牒
已行, 則伏望此狀便令廢格. 輕肆塵黷, 惶戰交深. 謹錄狀上, 奉聽處分.

위배중승벌황적전첩(爲裴中丞伐黃賊轉牒 : 배중승을 대신하여 황소경 반군을 토벌하는 첩을 돌리다)[48]

본 관(管)[49]은 조서를 받들어 제관(諸管)[50]과 함께 나아가 옹관(邕管) 초적(草賊)[51] 황소경(黃少卿)을 토벌하려고 하는 바, 한군(漢軍)의 기병과 보병 등 약간의 사람은 각각 병마 조금과 군장(軍將) 약간을 갖추고 먼저 첩(牒)을 보내어 처분을 받들고자 합니다.

외람되이 생각해 보건대, 하늘이 창성한 시대를 열어 위대한 공업이 다 모였고 신이 흥성의 국운을 열어 미미한 악까지도 모두 제거되었습니다. 황소경 등은 여러 해 동안 토벌(討罰)을 피하여 온 종족이 방자하게

---

48) 본편은 황소경(黃少卿) 일당을 토벌하라는 조서를 받은 배중승을 대신하여 영남(嶺南) 절도사 공규(孔戣), 용관(容管)경략사 양민(陽旻), 안남(安南)도호 이상고(李象古) 등에게 토벌의 정당성과 준비과정 그리고 토벌군의 사기진작과 필승의 의지를 담아 토벌에 함께 참가하기를 권하는 공문이다. 저작 시기는『유종원집』38권의「대배중승사토황소경적표(代裴中丞謝討黃少卿賊表)」를 쓰고 난 다음이다. 제목의 '배중승'은 배행립(裴行立)을 말하며, '첩(牒)'은 관부(官府) 공문서의 일종으로 지위가 대등한 관계에서 오가는 문서를 가리킨다.

49) 본 관(管)은 계관(桂管)을 말한다. 당대(唐代)에 영남도(嶺南道)에 설치한 특별행정구역을 '관(管)'이라고 하였다.

50) 제관은 용관(容管)·옹관(邕管)·광남(廣南) 등을 말한다.

51) 초적이란 옛날 농민봉기를 멸시하여 부른 말이다.

포악을 일삼으며, 교활한 토끼의 굴을 믿고 엎드려 눈앞의 안일을 도모하고, 요괴스런 여우의 언덕에 기대어 함부로 날뛰면서 괴이한 짓을 하고 있습니다. 그들은 위엄 있는 활이 자신들을 쏘아 맞추지 못하고 하늘의 그물을 벗어날 수 있을 것이라고 여기어, 조정의 사신들을 침범하여 핍박하고 국법을 거역하여 무너뜨리면서, 거침없이 그 악독하고 잔학한 일을 행하여 우리가 나서서 그들을 토벌하게 되었습니다. 적국은 모두 배 가운데 있으니[52] 환군(還軍)은 자리 위를 지나는 것처럼 편안할 것입니다.[53] 그들이 창을 던지고 무릎 꿇고 이마를 조아려 투항하거나 양손을 뒤로 결박하고 머리를 내민 채 용서를 빌면서 군읍(郡邑)을 조정의 관원에 되돌리고 백성들을 천자의 관리에게 바쳐야 마땅하다 할 것입니다. 그러나 그들은 무기를 정비하고 군졸을 보충하며 성루를 증강하고 길을 막아 바야흐로 천자의 군대가 토벌하려는 때에 다시 귀신도 용서하지 못할 죄를 저지르고 있습니다. 그들 무리는 가볍기가 싸우는 개미와 같고 용기는 노한 개구리보다도 못하거니와, 가는 비단으로 갓 쏜 쇠뇌를 막는 격이요, 어린 돼지가 살찐 소 아래에 엎드린 격입니다. 그들을 소탕하는 일은 티끌을 줍는 것처럼 쉬워서 마른 나뭇가지를 꺾는 것보다 힘이 덜 들 것입니다. 아주 가느다란 벌의 허리가 부질없이 날카로운 도끼에 욕을 보고, 둥글고 매끄러운 쥐의 머리를 함부로 모(旄)[54] 깃대의 끝에 걸고자 하는 것과 같습니다. 절멸시킴에 때가 있지만 찾지 않으면 무엇을 얻겠습니까?

아무개[55]는 계극(棨戟)[56]을 잡고 목숨을 바치기로 하였고 태(鈗)[57]를

---

52) 오기(吳起)가 무후(武侯)에게 "임금이 덕을 닦지 않으면 배 안의 사람이 모두 적국이다"라고 하였다. 여기서 적국이 모두 배 안에 있다는 것은 쉽게 적을 토벌할 수 있다는 뜻이다.

53) 『한서(漢書)』「조충국전(趙充國傳)」에 의하면, 조충국이 황협(隍陜) 가운데 다리를 놓아 군령이 선수(鮮水)에까지 이르게 할 수 있었고 이리하여 서역을 제압하고 천리에 위엄을 떨치어 자리 위를 지나는 것처럼 편안하게 군대가 지나갔다고 한다.

54) 모(旄)는 이우(犛牛)의 꼬리로 깃대 끝을 장식한 지휘하는 기를 말한다.

55) 배행립을 말한다.

잡고서는 생사를 잊었습니다. 수레와 갑옷이 이미 전차에 준비가 되었으니 경예(鯨鯢)58)가 어떻게 주륙(誅戮)의 운명을 벗어날 수 있겠습니까? 저는 병법의 상략(上略)59)을 보았고 중군(中軍)에서 모략을 제정하는 것을 총괄하였습니다.60) 전사들은 몸과 마음이 의(義)로 격분되어 있고 열교(列校)61)의 형세는 팔이 손가락을 다루듯 자연스럽습니다.62) 쇠뇌를 밟고 벌리는 기술63)을 가진 이들이 모두 산림에서 나오고 여러 사람이 연좌(連坐)하여 땅에 꼭 붙어있는 것을 빼내는 재주64)를 가진 사람이 두루 시

---

56) 계극은 비단으로 싸거나 기름으로 칠한 나무 창으로 고대 관리가 사용한 의장이다.

57) 태(銳)는 창의 일종이다.『서경』「고명(顧命)」에 "한 사람이 관을 쓰고 '태'를 들고 동쪽 옆방 뒤쪽의 섬돌에 서 있다[一人冕, 執銳, 立於側階]"란 구가 있는데 공영달(孔穎達)의 소(疏)에서는 정현(鄭玄)의 말을 인용하여 "'태'는 창의 일종이다[銳, 矛屬]"라고 하였다.

58) 경예(鯨鯢)는 고래인데 숫컷을 '경' 암컷을 '예'라고 한다. 흉악한 적을 비유하는 말로 쓰인다.『좌전』선공(宣公) 12년에 "옛날 명왕이 불경한 이를 정벌함에 경예를 취하여 그를 봉하고 이로써 크게 살륙하였다[古者明王伐不敬, 取其鯨鯢而封之, 以爲大戮]"고 하였는데 두예(杜預)의 주에 "경예는 큰 물고기 이름으로, 이로써 불의한 이가 작은 나라를 삼킨 것을 비유한다[鯨鯢, 大魚名, 以喩不義之人吞食小國]"고 하였다.

59) 병법에는 상중하 삼략(三略)이 있다. '상략'은 상책(上策)의 뜻이다.

60)『좌전』선공(宣公) 12년의 "前茅慮無, 中權, 後勁" 구에 대하여 두예(杜預)의 주에서는 "중군에서 모략을 제정하고 뒤는 정병으로 전군(殿軍)을 삼는다[中軍制謀, 後以精兵爲殿]"고 하였다.

61) 동한 때 경사를 지키는 둔위병(屯衛兵)은 다섯 영(營)으로 나뉘어 북군오교(北軍五校)라고 불렀는데 각 교(校)의 수령을 교위(校尉)라고 하였고 통칭하여 열교(列校)라고 하였다. 당대에도 지방군대에 열교(列校)를 설치하였다.

62) 본문의 '비지(臂指)'란 운용이 자연스럽고 지휘가 민활함이 마치 팔이 손가락을 부리는 것과 같다는 말이다. 한(漢) 가의(賈誼)의 「진정사소(陳政事疏)」에 "지금 천하의 형세는 마치 몸이 팔을 부리고 팔이 손가락을 부리는 것과 같이 다스려 따르지 않는 이가 없다[今海內之勢, 如身之使臂, 臂之使指, 莫身制從]"는 구절이 있다.

63) 본문의 '궐장(蹶張)'은 쇠뇌를 발로 밟고 벌리는 것을 말한다.『한서』「신도가열전(申屠嘉列傳)」에 "신도가는 재관으로 밟고 벌릴 수 있었는데 고제를 쫓아 항적을 쳤다[申屠嘉以材官蹶張, 從高帝擊項籍]"는 구절이 있는데 여순(如淳)의 주에 "재관이 힘이 세어 능히 다리로 쇠뇌를 밟고 벌렸기 때문에 '밟고 벌렸다'고 하였다[材官之多力, 能脚强弩張之, 故曰蹶張]"라고 하였다.

64) 본문의 '발거(拔距)'는 고대 무술 연마 활동의 하나로서 완력을 견주는 것이다. 일설에는 뛰어오르는 것이라고도 한다.『한서』「감연수전(甘延壽傳)」에 "투석과 발거가 무리에서 우뚝 뛰어났다[投石拔距, 絕於等倫]"란 구절이 있는데 안사고(顏師古)의 주에 "'발거'라는 것은 사람들이 연좌하여 서로 붙잡고 땅에 붙어 굳게 버티고 있는데 그것을 빼낼 수 있는 것이다[拔距者, 有人連坐相把據地距以爲堅, 而能拔取之]"라고 하였다. 응소(應

내나 동굴에 모여있습니다. 훌륭한 것을 상으로 내거니 명령이 우뢰와 같이 빠르게 퍼지고, 행군을 격려하며 군대의 규율을 삼가 공경하지 않음이 없습니다. 나라를 위해 몸을 바치니 우격(羽檄)[65]에 어긋나지 않고 발돋움하여 바라보며 다만 아장(牙璋)[66]이 이르기를 기다릴 뿐입니다.

이번 달 모일에 주사관 미란회(米蘭迴)가 조명(詔命)을 받으니 정신이 분발되고 머리는 용맹으로 가득 차 발을 구르며 한마음으로 치달았는데, 환호하는 소리가 만부(萬夫)에게 두루 미치고 승리의 기운이 천리를 가로질렀습니다. 나라의 예절을 군에 들이지 아니하여[67] 신발이 또한 침문(寢門)[68]에 이르렀고 집안일을 하지 못하게 하여 흙이 이미 왼쪽 문을 메웠습니다.[69] 바로 모월 모일에 전군이 출동하여 여러 날을 주둔하면서 길을 나누어 나란히 진군하였습니다. 바라는 바는 힘을 합하는 것이라 감히 마음을 같이 하자고 말씀드리는 것입니다. 공대부(孔大夫)[70]는 충정과 정직함이 당대에 제일로, 청명하게 사물의 이치를 궁구하고 온 몸을 나라에 바쳐 전심으로 공무를 처리하여 군대는 정예하고 식량은 넉넉하게 된지 시일이 참으로 오래되었습니다. 용부(容府) 양중승(楊中丞)[71]은 의용충렬(義勇忠烈)을 자신의 소임으로 하여 공훈이 태상(太常)[72]에 들었습니다. 안남(安南) 이

勴는 '뛰어넘는 것'이라고 하였다.
65) '우격'은 고대의 군사상의 문서로 새 깃털을 꽂아 긴급함을 표시하여 신속하게 전달하게 하였다.
66) '아장'은 고대 병부(兵符)의 일종으로 군대를 동원할 때 사용되었다.
67) 『사마법(司馬法)』「천자지의(天子之義)」에 "옛날에는 나라의 예절을 군에 들이지 않았고 군대의 법도를 나라에 들이지 않았다. 군대의 법도가 나라에 들어오면 백성의 덕이 폐하고 나라의 예절이 군에 들어오면 백성의 덕이 약해진다[古者國容不入軍, 軍容不入國. 軍容入國則民德廢, 國容入軍則民德弱]"고 하였다.
68) 고례(古禮)에 의하면 천자는 문이 다섯, 제후는 셋, 대부는 둘이었는데 가장 안쪽에 있는 문을 '침문'이라고 하였다. 뒤에는 내실의 문을 가리켜 침문이라 하였다.
69) 구월(勾越)이 오(吳)를 칠 때 부인에게 명하기를 "오늘 이후 집안 일은 밖으로 나오게 하지 말고 바깥일을 안에 들어오게 하지 말라"고 하였다. 왕이 나가자 부인은 왕을 진송하면서 병풍 밖으로 나오지 않았고 이리하여 왼쪽 문을 닫고 흙으로 메웠다고 한다.
70) 어사대부(御史大夫) 영남절도사(嶺南節度使) 공규(孔戣)를 말한다.
71) 어사중승(御史中丞) 용관경략사(容管經略使) 양민(陽旻)을 말한다. 본문의 '楊'은 '陽'의 잘못이다.

중승(李中丞)73)은 영무(英武)를 가풍으로 하여 공업(功業)이 이기(彝器)74)에 전해지고 있습니다. 모두 나라의 부탁을 받아 황실의 위엄을 나타낼 수 있습니다. 남쪽으로는 바다 건너 군대를 출동시켜 함께 당당한 진용을 이루었고, 동쪽으로는 강을 건너 군사들과 맹세하여 훌륭한 공을 이루었으니 이로써 북을 치며 진군해간다면 앉아서 적이 진멸되는 것을 보게 될 것입니다. 형벌은 기뻐하지 말고 주륙(誅戮)은 슬퍼해야 할 것입니다. 징측(徵側)의 용기는 한 지방에 으뜸이었으나 결국 복파(伏波)장군에게 죽임을 당하고,75) 여가(呂嘉)의 위세는 오령(五嶺)에 미쳤으나 끝내 하뢰(下瀨)장군의 군대에 의해 꺾인 바 있습니다.76) 아, 이런 비루하고 미천한 이들이 스스로 붙잡혀 죽임을 당할 것을 초래하였으니 힘써 훌륭한 계획을 세워 속히 뛰어난 공훈을 세워야 할 것입니다. 거친 변방 땅이라 출정의 일로 수고롭지 않거니와 태평의 시대에 장차 이 이후로 무슨 일이 있겠습니까? 죽백(竹帛)77)에 기록되는 것은 진실로 이름을 날리는 것이라 할 수 있으니 모름지기 첩(牒)을 인근 관(管)에 보내서 병력을 분산 배치하여 협공할 수 있도록 해야 할 것입니다. 첩을 반포합니다.

---

72) 태상은 고대 해와 달을 그린 천자의 기를 말하며 공로가 있는 사람의 이름을 이 기 위에 기록하였다. 『서경』「군아(君牙)」에 "그들이 이룬 공적을 태상에 기록하였다[厥有成績, 紀於太常]"는 기록이 있는데 공전(孔傳)에 "왕의 기 가운데 해와 달을 그린 것을 태상이라 한다[王之旌旗畵日月, 日太常]"고 하였다.

73) 어사중승(御史中丞) 안남도호(安南都護) 이상고(李象古)를 말한다. 사조왕(嗣曹王) 이고(李皋)의 아들이다.

74) '이기'란 고대 종묘에서 상용되던 청동 제기의 총칭이다.

75) 한(漢)대 교지(交趾)의 여자 징측(徵側)과 징이(徵貳)가 반란을 일으키자 마원(馬援)을 복파장군으로 임명하여 그들을 치게 하였다. 마원은 그들을 대파하고 징칙 등을 추격, 그 머리를 참수하여 낙양에 보냈다.

76) 한 무제 때 남월(南越)왕이 들어와 속국이 되고자 하였는데 그 재상 여가(呂嘉)가 무리의 마음을 얻어 마침내 왕을 죽이고 반란을 꾀하였다. 이에 노박덕(路博德)을 복파장군, 양복(楊僕)을 누선(樓船)장군으로 임명하고 귀순한 월(粤)의 후(侯) 두 사람을 과선(戈船)장군, 하뢰(下瀨)장군으로 임명하여 하게 그들을 토벌하게 하였다. 여가는 마침내 그의 하속 수백인과 함께 바다로 들어갔는데 얼마 후에 다시 추격하여 그들을 항복시켰다.

77) 죽백은 죽간(竹簡)과 백견(白絹)을 말하는데, 종이가 없던 고대에는 여기에 문자를 기록하였다. 서적이나 역사책을 가리키는 의미로도 사용된다.

當管奉詔, 與諸管齊進, 誅討邑管草賊黃少卿. 漢軍馬步等若干人, 各具兵馬數及軍將若干, 前牒奉處分.

竊以天啓昌期, 大功畢集, 神開興運, 微惡盡除. 黃少卿等歷稔逋誅, 擧宗肆暴, 恃狡兔之穴, 跧伏偸安; 憑孼狐之丘, 跳踉見怪. 以爲威弧不射, 天網可逃. 侵逼使臣, 隳犯王略, 恣其毒虐, 速我誅鋤. 敵國盡在於舟中, 還師已期於席上. 謂宜投戈頓顙, 面縛乞身, 歸郡邑於王官, 效黎獻於天吏. 而乃繕兵補卒, 增壘閉途, 正當天討之辰, 更積鬼誅之罪. 衆輕鬭蟻, 勇劣怒蛙. 纖縞當強弩之初, 孤豚償肥牛之下. 事同拾芥, 力易摧枯. 杪忽蜂腰, 虛見辱於齊斧; 突梯鼠首, 濫欲寄於旄頭. 勦絶有時, 不索何獲?

某拱稽致命, 執銳忘生. 車甲旣備於小戎, 鯨鯢豈逃於誅戮! 竊觀上略, 總制中權. 戰士義激於身心, 列校勢成於臂指. 蹻張之技, 盡出於山林; 拔距之材, 徧徵於川洞. 賞懸香餌, 令布疾雷, 莫不鼓舞戎行, 虔恭師律. 投軀不恡於羽檄, 跂足惟俟於牙璋.

今月某日, 奏事官米蘭迴捧受詔命, 神飛首勇, 足蹈心馳, 懽聲洽於萬夫, 勝氣橫於千里. 國容不入, 屨且及於寢門; 家事勿開, 土已填於左閾. 卽以月日全軍出次, 分道並進, 所期戮力, 敢告同心. 孔大夫貞直冠時, 淸明格物, 全體許國, 一心在公, 兵精食浮, 爲日固久. 容府楊中丞以義烈爲己任, 勳襲太常; 安南李中丞以英武爲家風, 業傳彝器. 並膺邦寄, 克達皇威. 南則浮海濟師, 共集堂堂之陣; 東則橫海誓衆, 用成善善之功. 以此鼓行, 坐觀盡敵. 刑惟勿喜, 誅有可哀. 徵側之勇冠一方, 竟就伏波之戮; 呂嘉之威行五嶺, 終摧下瀨之師. 嗟此陋微, 自貽擒滅, 勉成善晝, 速致殊勳. 雖荒徼之地, 固不勞於有征; 而昇平之年, 將自此而何事. 書之竹帛, 實謂揚名. 事須移牒隣管, 以成犄角. 擧牒者.

하주치청역적이사도장(賀誅淄靑逆賊李師道狀 : 치청 역적 이사도를 토벌한 것을 경하하는 글)[78]

이번 달 3일,[79] 진주관(進奏官) 아무개가 앞서 언급한 역적이 지난 달 9일에 처형되어 효수(梟首)되었다[80]고 보고하였다는 것을 알게 되었습니다.

엎드려 생각하건대 하늘이 성스런 시대를 열고 신이 훌륭한 보필로 도우시니 반드시 응징의 토벌이 있어 이로써 태평성대에 이르게 할 것입니다. 꿈틀대던 흉도(凶徒)의 수령이 감히 모반을 일으켜, 격렬한 천둥과 같은 천자의 위엄 아래서 결맹(結盟)을 하고 교화와 양육의 때에 반역의 마음을 드러내어, 승냥이의 소리[81]를 내면서 하늘을 속이고 이리의 욕심[82]을 제멋대로 부리면서 성상을 범하였습니다. 나라를 다스리는 훌륭한 계책이 조화를 이루고 위엄 있는 명령이 두루 행해졌으니 대를 쪼개는 것으로 어찌 쇠뇌의 시위를 발사하는 것에 견주겠습니까?[83] 구르는 탄환도 승전의 형세를 타는 것에 비유가 되지 못합니다.[84] 흐린 황하와 맑은 제수(濟水)는 일찍이 봇도랑의 걱정이 없었거니와 대현산(大峴山)과 낭야산(琅邪山)에는 낭떠러지의 막힘이 있다는 소리를 듣지 못하였습니다.[85] 천

---

78) 본편은 치청(淄靑) 지역에서 일어났던 반군 이사도(李師道)를 토벌한 것에 대하여 경하하는 글이다. 저작 시기는『유종원집』38권의「유주하파동평표(柳州賀破東平表)」를 지은 다음으로 추정된다. 제목이「하중서문하주치청역적이사도장(賀中書門下誅淄靑逆賊李師道狀)」으로 된 판본도 있다.

79) 원화(元和) 14년 3월 3일이다.

80) 2월 9일 이사도를 처형하였다.

81) 승냥이의 소리란 흉악하고 잔인한 사람의 목소리를 비유한다.『좌전』문공(文公) 원년(元年)에 "또 이 사람은 벌 같은 눈에 승냥이 같은 목소리를 가졌거니와 잔인한 사람이다[且是人也, 蜂目而豺聲, 忍人也]"라고 하였다.

82) 이리의 욕심이란 악독하고 탐심이 많은 것을 말한다.

83) 대를 쪼개는 것이란 세를 따라 나아가 순조롭고 막힘이 없음을 비유한다.『진서(晉書)』「두예전(杜預傳)」에 두예가 오(吳)를 치면서 말하기를 "지금 군대의 위세가 이미 떨쳐졌으니 비유컨대 대를 쪼갤 때 여러 마디 뒤가 모두 칼날을 맞아 벌어지는 것과 같을 것이다[今兵威已振, 譬如破竹, 數節之後, 皆迎刃而解]"라고 하였다.

84) 구르는 탄환이란 비탈을 굴러 내려가는 탄환을 말하며 일의 형세가 순조로와 그 발전이 매우 빠름을 비유한다. 이 구절은 황군의 반군 진압 속도가 매우 빠름을 말한 것이다.

자의 군대가 사면에서 협공하자 역적의 무리는 누차 패하였습니다. 그런 뒤에 겁탈하고 협박했던 죄를 사면하여 그들이 집에 돌아가도록 허락하였고, 잘못으로 이끌었던 법을 관대히 적용하여 그들을 위무(慰撫)하기를 바랐습니다. 밖으로는 황상의 위엄을 두려워하면서 속으로 성덕(聖德)에 감격하였으니 비록 효경(梟鏡)[86]과 같이 배은망덕한 일을 저질렀지만 어찌 귀순하는 것을 모르겠습니까? 이런 까닭에 아직 토벌이 다 끝나지 않았는데 문득 안으로 와해되고 있다는 소리가 들립니다. 경예(鯨鯢)[87]가 이미 죽어 동해에 파도가 일지 않고 분려(氛沴)[88]가 모두 사라져 태양이 널리 비치고 있습니다. 공업(功業)은 천지를 감동시키고 교화는 음양에 어울립니다. 순일한 덕은 바야흐로 『상서(商書)』를 계승하였고[89] 신령의 강림하심은 절로 주(周)나라의 『아(雅)』와 같습니다.[90] 이리하여 흰머리 드리운 유로(遺老)로 하여금 다시 천보(天寶) 시기의 편안함을 누리게 했고 관료나 유생들로 하여금 멀리 정관(貞觀)의 다스림을 기대하게 했습니다.

아무개는 특별히 조정의 격려를 받고 황송하게 번신(藩臣)의 대열에 서게 되어 늘 창칼에 부딪치면서도 아직 충성을 다하지 못했습니다. 전장에서 죽임을 당하여 들판에 버려진다 해도 어찌 성은에 보답할 수 있겠습니까? 자나깨나 가슴을 어루만지며 편안할 날이 없습니다. 지금 역적이 평정되어 소멸되는 때에 조그마한 공도 세우지 못하니 부끄럽습니다. 형통하고 태평한 시대가 막 시작되고 있는데 헛되이 태산 같은 은총을 받으니 극도로 격분되고 황공하여 어찌할 바를 모르겠습니다. 손뼉을 치고 춤을 추며 즐겁게 경축하고 싶은 마음이 일반인의 백배나 됩니다.

---

85) 황하·제수·대현산·낭야산은 모두 치(淄)·청(靑)에 있는 산과 강 이름이다.
86) 효(梟)는 어미새를 잡아먹는 올빼미이고, 경(獍)은 파경(破獍)으로 아비짐승을 잡아먹는다는 짐승으로 배은망덕한 사람이나 악독한 사람을 비유한다.
87) 경예는 고래를 말하며 흉악한 적을 비유한다.
88) 분려는 독기(毒氣)를 말하며 외환(外患)과 내란(內亂)을 비유한다.
89) 일덕은 순일한 덕을 말한다. 『서경』 「상서(商書)」 「함유일덕(咸有一德)」에 "이윤은 몸소 탕임금과 함께 다같이 순일한 덕을 가지고 있었다[惟尹躬暨湯, 咸有一德]"고 하였다.
90) 강신은 신령의 강림을 말한다. 『시경』 「대아」 「숭고(崧高)」에 "오악(吳嶽)의 신령이 강림하여 보씨와 신씨를 낳으셨다[維嶽降神, 生甫及申]"는 구절이 있다.

右今月三日, 得知進奏官某報前件, 賊以前月九日克就梟戮者.

伏以天啓聖期, 神資良弼, 必有懲討, 以致昇平. 蠢爾兇渠, 敢行悖亂, 締交於雷霆之下, 效逆於化育之辰, 逞豺聲以欺天, 恣狼心而犯上. 嘉謀克協, 威命旁行, 破竹寧比其發機, 走丸未喩於乘勝. 濁河淸濟, 曾無溝洫之虞; 大峴琅邪, 不聞崖岸之阻. 天兵四合, 賊衆屢摧. 然後赦劫脅之辜, 許其歸復; 寬註誤之典, 期以撫循. 外㤼皇威, 中感聖德, 雖在梟鏡, 豈不知歸. 是以未極誅鋤, 遠聞內潰. 鯨鯢已戮, 見東海之無波; 氛沴盡消, 仰太陽之普照. 功格于天地, 化合于陰陽. 一德方繼於商書, 降神自同於周雅. 遂使垂白遺老, 再逢天寶之安; 搢紳諸生, 遠期貞觀之理.

某特承朝獎, 謬列藩臣, 常以突刃觸鋒, 未爲效節, 膏原潤草, 豈足酬恩, 寤寐撫心, 不遑寧處. 今則削平之際, 慙無尺寸之功; 開泰方初, 徒受丘山之寵. 無任憤激屛營之至. 忭舞歡慶, 倍百恆情.

하평치청후사사장(賀平淄靑後肆赦狀 : 치청을 평정한 뒤에 사면한 것을 경하하는 글)[91]

엎드려 2월 모일[92]의 덕음(德音)[93]을 받들었는데 치청(淄靑) 지역이 평정되어 널리 상을 내리시니 온 땅의 백성들이 손뼉치며 뛰면서 매우 기뻐하고 있습니다.

엎드려 생각하건대 주(周)가 삼감(三監)을 멸한 것[94]은 모두[95] 죄를 물

---

91) 본편은 앞 편과 마찬가지로 치청 지역에 발생했던 이사도의 난을 평정하고 사면을 내린 것에 대하여 경하하는 글이다. 제목은 「하중서문하평치청후사사장(賀中書門下平淄靑後肆赦狀)」으로 된 판본도 있다.

92) 22일(二十二日)이라고 말한 판본도 있다.

93) '덕음'은 덕에 합치되는 말 혹은 교령(敎令)이란 뜻으로 제왕의 조서(詔書)를 가리킨다. 당송(唐宋)대에는 조(詔)·칙(勅) 이외에 덕음이라는 문체를 두어 은혜를 베푸는 일에 사용하였다.

어 쫓아내는 벌에 대하여 밝힌 것이요, 한(漢)이 칠국(七國)을 평정한 것[96] 은 참살(斬殺)의 법을 더욱 엄격히 한 것입니다. 아직 흉적(凶賊)의 괴수를 전복시키지 않은 상황에서 의심나는 이들을 위로하고 살려주시니 위엄이 잠시 행해지는 가운데 덕이 두루 미치고, 주벌(誅罰)이 막 진행되는데 은 혜가 더해졌습니다. 무기를 든 사람들은 모두 돌아가 쉴 수 있는 기회를 얻었고 쟁기를 잡은 사람들은 다시 우대해주고 조세와 요역(徭役)을 면제 해준다는 소식을 들었습니다. 그들에게 곡식의 종자와 양식을 주고 재화 를 나누어주셨으며, 질고(疾苦)를 다 제거하고 홀아비와 고아를 모두 부양 하셨습니다. 전사자의 유골을 안장하고 후손에게까지 상을 더해주었으며, 부상당한 사람들을 불쌍히 여겨 그들의 봉급을 보장하셨습니다. 산천의 묵은 때를 씻어내셨고 절의(節義)를 지켜 죽은 이들의 여한을 풀어주셨습 니다. 공이 많은 사람은 삼사(三事)의 영예를 받았고[97] 절의가 현저한 사 람에게는 십련(十連)의 총애가 있었습니다.[98] 반역과 순종을 명확히 하여 더욱 밝게 보여주셨습니다. 온화한 기운이 멀리 두루 퍼지니 70일간 방패 와 새 깃을 들고 추던 춤을 그만두게 되었고[99] 어진 바람이 불어 사방에

---

94) 주(周)가 은(殷)을 멸하고 그 땅을 셋으로 나누어 주(紂)의 아들 무경(武庚)을 패(邶)에 봉하고 관숙(管叔)으로 하여금 용(鄘)을 다스리게 하고 채숙(蔡叔)으로 하여금 위(衛)를 다 스리게 하였다. 이리하여 은의 백성들을 감독하였으므로 이들을 '삼감'이라 한다. 주 무 왕(武王)에 세상을 떠나자 삼감과 회이(淮夷)가 반란을 일으켜 주공이 이를 평정하였다.

95) '모두'는 본문의 '俱'를 옮긴 것이다. 그러나 일부 판본에는 '俱'가 '但'으로 되어 있 는데 문맥상 '단지' 즉 '但'으로 보는 것이 더 자연스럽다.

96) 한 경제(景帝) 때 오(吳)·초(楚)·조(趙)·교서(膠西)·제남(濟南)·치천(淄川)·교동(膠 東) 등 일곱 제후국(諸侯國)이 B.C. 145년에 동시에 반란을 일으켰는데 태위(太尉) 주아부 (周亞夫) 장군 두영(竇嬰) 등이 이를 격파하였다.

97) 삼사는 삼공(三公)을 가리킨다. 『시경』「소아」「우무정(雨無正)」에 "삼사와 대부가 새벽 과 밤에 문안하려 하지 않는다[三事大夫, 莫肯夙夜]"는 구절이 있는데 공영달(孔穎達) 소(疏) 에서 "삼사대부는 삼공이다[三事大夫爲三公耳]"라고 하였다. 원화 14년 2월 정사(丁巳)일에 이사도(李師道)를 죽였고, 임술(壬戌)일에 전홍정(田弘正)의 승전보가 도착하자 계유(癸酉)일 에 전홍정에게 검교사도동평장사(檢校司徒同平章事)를 더한 것을 가리킨다.

98) '십련'의 '십'은 개략적 숫자이며 '련'은 고대 행정구획 이름으로 십련은 주군(州郡) 의 지방장관을 말한다. 원화 14년 2월 경오(庚午)일에 치청도지병마사(淄靑都知兵馬使) 유오(劉悟)를 의성군절도사(義成軍節度使)로 한 것을 가리킨다.

막힘이 없으니 유월(六月)의 병거와 군졸을 거두어들이셨습니다.[100] 천하
는 길이 편안할 것이라 오랑캐와 중국이 똑같이 즐거워하고 있습니다.

아무개는 외람되이 군대 일을 맡아 태평성세를 받들게 되었거니와 이
윤(伊尹)이 말한 부끄러움이 없는 때를 만나고[101] 고요(咎繇)가 말한 가볍
게 하는 덕을 보고 있습니다.[102] 기뻐서 손뼉을 치며 뛰고 싶은 마음이
일반인의 만배나 됩니다. 어떻게 경하를 드려야 할 지 모르겠습니다.

右伏奉二月日德音, 以淄青削平, 慶賜大洽, 率土之內, 抃躍無窮.

伏以周滅三監, 俱明誅放之罰; 漢平七國, 更嚴斬殺之科. 未有翦覆兇
渠, 撫存疑類, 威暫行而德洽, 誅纔及而恩加. 操兵者悉獲歸休, 秉耒者更
聞優復. 與之種食, 豐以貨財, 疾苦盡除, 鰥孤咸育. 葬戰死之骨, 增以賞
延; 憐刃傷之肌, 存其廩給. 滌山川之舊污, 申節義之餘寃. 功多受三事之
榮, 節著有十連之寵, 較然逆順, 益以彰明. 和氣遠周, 罷七旬之干羽; 仁
風溥暢, 收六月之車徒. 寰海永康, 夷夏均慶.

某忝司戎旅, 獲奉昇平, 當伊尹無恥之辰, 見咎繇惟輕之德. 抃躍之至,
倍萬恒情. 無任慶賀之至.

---

99) 『서경』 「대우모(大禹謨)」에 "임금님이 이에 문교와 덕을 크게 펴시고 방패와 새깃을
들고 두 섬돌 사이에서 춤을 추시니 70일 만에 묘족들이 감복하였다[帝乃誕敷文德, 舞干
羽於兩階, 七旬, 有苗格]"고 하였다. 반군을 평정한 것을 가리킨다.

100) 『시경』 「소아」 「유월(六月)」에 "유월이 뒤숭숭하여 병거를 정비했다[六月棲棲, 戎車旣
飭]"는 구절이 있다. 유월의 병거와 군졸이란 토벌에 나갔던 군대를 말한다.

101) 『서경』 「열명하(說命下)」에 "옛날 재상 보형(이윤)은 우리의 선왕을 일어나게 하신 분
인데 그는 '내가 임금님을 요순처럼 만들지 못한다면 그 마음의 부끄러움이 시장에서
매맞는 것과 같을 것이라' 하였다[昔先正保衡, 作我先王, 乃曰: 予弗克俾厥后爲堯舜, 其心愧
恥, 若撻于市]"는 구절이 있다.

102) 고요(皐陶)는 순임금의 신하로 고요(咎繇)라고도 쓴다. 『서경』 「대우모(大禹謨)」에 의
하면 고요가 순임금의 덕을 말하면서 "죄가 의심스러우면 가볍게 하셨다[罪疑惟輕]"고
하였다.

하분치청제주위삼도절도장(賀分淄靑諸州爲三道節度狀 : 치청 각 주를 삼도절도로 나눈 것을 경하하는 글)[103]

아무개는 엎드려 모월 모일의 제(制)를 보았는데 치청(淄靑)의 각 주(州)를 삼도(三道)로 나누고 절도사(節度使)·도단련(都團練)·관찰사(觀察使) 등으로 관리한다고 하였습니다.[104]

해로운 기운이 다 제거되어 온화한 바람이 널리 막힘이 없습니다. 토양을 갈라 이미 그 아름다운 땅을 나누었으니 들판의 경계를 나눔에 반드시 그 강역(彊域)을 바르게 해야 할 것입니다. 황하 유역과 제수(濟水) 유역은 옳게 여기는 바가 다르고[105] 바닷가와 태산은 복식이 다릅니다.[106] 팔명(八命)은 주군(州郡)의 지방장관으로[107] 그들이 위엄과 축복의 본원이라고는 들은 바 없고,[108] 십국(十國)이 연(連)이 되어 이미 혼란 국면을 일소하고 안정된 정치를 엄정하게 시행하고 있습니다. 쥐가 밤에 움직임이 없고 올빼미는 변하여 좋은 목소리를 내고 있으니 혜택을 어찌 아침나절까지 기다리겠으며 어진 교화를 어찌 다음 세대에서 기약하겠니까?[109] 그러므

---

103) 본편은 이사도(李師道)의 난을 평정한 뒤 치청(淄靑) 지역을 삼도(三道)로 나누어 관리하게 한 조치를 경하하는 글이다. 당시 유종원은 유주자사로 있었다. 제목의 '장(狀)'은 '사(使)'로 된 판본도 있다. 『유종원집』 38권 「대배중승하분치청위삼도절도표(代裴中丞賀分淄靑爲三道節度表)」의 주를 참고하기 바란다.

104) 원화 14년(819) 2월 호부시랑 양오릉(楊於陵)을 치청선무사(淄靑宣撫使)로 명하여 이사도가 관할하던 12주를 삼도(三道)로 나누게 하였다. 양오릉은 도적(圖籍)에 의해서 토지의 원근을 살피고 군사와 말의 숫자를 세고 창고의 허실(虛實)을 비교하여 그것을 적절하게 배분하였다. 그 결과 운(鄆)·조(曹)·복(濮)을 하나의 도(道)로 만들었고, 치(淄)·청(靑)·제(齊)·등(登)·내(萊)를 하나의 도로 하였으며, 나머지 연(兗)·해(海)·기(沂)·밀(密)을 하나의 도로 만들어 삼도(三道)로 분할하였다.

105) 『서경』「우공(禹貢)」에 "제수와 황하 사이에 연주가 있다[濟河惟兗州]"고 하였다.

106) 『서경』「우공(禹貢)」에 "바다와 태산 사이가 청주이다[海岱惟靑州]"라고 하였다.

107) 주(周)대에는 관작(官爵)을 구명(九命)으로 나누어 그 귀천을 정하였고 각각 예의를 달리하여 그 지위의 차서를 바로잡았다. 『주례(周禮)』「춘관(春官)」「종백(宗伯)」에 "팔명은 한 주(州)의 장이 된다[八命作牧]"고 하였다.

108) 『서경』「홍범(洪範)」에 "오직 임금만이 복을 내리고 오직 임금만이 위세를 부린다[惟辟作福, 惟辟作威]"고 하였다.

로 낭아(琅邪)와 즉묵(卽墨)을 부림에 있어 전생(田生)은 그곳이 모반을 도모
할 것인가 우려하지 않았고[110] 요(聊)·섭(攝)·고(姑)·우(尤)에서 안자(晏子)
는 다만 그곳에서 좋게 비는 것만을 들었습니다.[111]

　삼가 상공이 일을 도모함에 우(禹)의 치적을 참고하고[112] 소하(蘇何)[113]
의 법규를 따라 제도를 만들어 신성하신 천자를 다방면으로 보좌한다면
영원한 평안을 백성들이 바칠 것입니다. 아무개는 태평시대를 만나 황송
하게도 변방 한 모퉁이를 지키고 있거니와 기뻐서 손뼉을 치고 뛰고 싶
은 마음은 일반인의 백배나 됩니다.

　右某伏見某月日制, 分淄靑諸州爲三道節度都團練觀察等使者.

　害氣盡除, 和風溥暢. 裂壤旣分其形勝, 經野必正其提封, 河濟異宜, 海
岱殊服. 八命作牧, 無聞威福之源; 十國爲連, 已肅澄淸之政. 鼠無夜動,
鴞變好音, 惠澤豈俟於崇朝, 仁化寧期於必代. 遂使琅邪卽墨, 田生無慮
其異謀; 聊攝姑尤, 晏子但聞其善祝.

　恭以相公謨參禹績, 制出蕭規, 光輔聖神, 永康黎獻. 某獲逢開泰, 忝守
方隅, 抃躍之誠, 倍百恒品.

---

109) 『논어』「자로(子路)」에 "만약 왕자(王者)가 나타날지라도 반드시 삼십 년은 지나야 인
　　정(仁政)이 실현되는 사회가 될 것이다[如有王者, 必世而後仁]"라 하였다.
110) 한 고조 6년, 전긍(田肯)이 주상에게 경하하며 말하기를 "제(齊)에는 낭야 즉묵의 풍
　　요로움이 있고 남쪽으로는 태산의 견고함이 있으며 서쪽으로는 황하의 경계가 있으니
　　친한 왕자제가 아니면 제의 왕으로 삼을 수 없습니다"라고 하였다.
111) 『좌전』소공(昭公) 20년에 보면 안자가 "축인(祝人)이 복을 빌면 이익이 있고 저주를
　　하면 또한 손해가 있습니다. 요성(聊城)과 섭성(攝城) 이동과 고수(姑水)·우수(尤水) 이서
　　지역은 사람이 많습니다. 비록 그들이 좋게 빈다 해도 어떻게 수많은 사람들의 저주를
　　당해낼 수 있겠습니까[祝有益也, 詛亦有損. 聊攝以東, 姑尤以西, 其爲人也多矣, 雖其善祝, 豈能
　　勝億兆人之詛?]"라고 하면서 소공이 축인(祝人)과 사관(士官)을 처벌하는 것을 반대한 말
　　이 나온다. 요성과 섭성은 제의 서쪽 경계이다. 평원(平原) 요성현(聊城縣) 동북쪽에 섭
　　성이 있다. 고수·우수는 제의 동쪽 경계이다. 고수·우수는 모두 성양군(城陽郡) 동남
　　쪽에서 바다로 들어간다.
112) 우(禹)는 천하를 구주(九州)로 나누었다.
113) 소하(蘇何)는 고조(高祖)를 도와 한(漢)을 건국하였으며 한의 전장제도 및 율령은 대부
　　분 그의 손에서 이루어졌다.

위배중승상배상하파동평장(為裴中丞上裴相賀破東平狀 : 배중승을 대신하여 동평 격파를 경하하며 배상에게 올리는 글)[114]

엎드려 역적 이사도를 사로잡아 효수한 것에 대하여 이미 중서문하에 올리는 글을 갖추어 경하를 드렸습니다. 아무개는 황송하게 각하의 친속(親屬)으로 있어[115] 특별히 깊은 은혜를 받았고 정서가 고조되어 편치 않을 때는 번번이 다시 속내를 드러내었습니다. 예로부터 중흥의 천자에게는 반드시 당대에 유명한 신하가 있었고 덕(德)과 공업(功業)을 함께 함으로써 성세(盛世)를 맞이하였습니다. 그런 까닭에 신백(申伯) · 윤길보(尹吉甫) · 방숙(方叔) · 소호(召虎)는 선왕(宣王)의 복고(復古)의 공훈을 이루었고[116] 오한(吳漢) · 등우(鄧禹) · 구순(寇恂) · 경엄(耿弇)은 광무(光武)를 도와 하늘에 견줄 대업을 이루게 하였습니다. 이는 모두 상하가 뜻을 같이 하고 안팎이 전심을 다한 결과입니다. 비록 성취한 공업은 많았지만 힘을 펼친 것은 아주 쉬운 것들이었으니 어찌 영기(英氣)가 출중하여 범인(凡人)을 초월하고 홀로 황상의 뜻과 합치하여 대업을 성취한 각하와 같겠습니까? 조정의 책략이 처음 정해지자 반대의 의론이 분분하였고 비방이 조정에 가득하였으며 참언도 매우 많았습니다. 그러나 각하께서는 마음에 흔들림이 없으셨고 운명을 결정하심에 더욱 굳건하셨습니다. 회우(淮右)의 흉적[117]을 토벌하실 때는 수레에서 내리자마자 적이 투항하였고, 항양(恒陽)의 역적[118]

---

114) 본편은 중승 배행립(裴行立)을 대신하여 동평의 난을 진압한 것을 경하하며 재상 배도(裴度)에게 올린 글이다. 제목의 '배중승'은 배행립을 말하며 '배상'은 배도이다. 이 글 역시 유주에서 지은 것이다.
115) 배행립과 배도는 동족이다.
116) 『시경』「거공(車攻)」서(序)에 "「거공」은 선왕의 복고를 읊은 것이다. 선왕은 안으로 정사를 닦고 밖으로는 오랑캐들을 물리쳐 문왕과 무왕 때의 경토를 회복하였다[車攻, 宣王復古也. 宣王能內修政事, 外攘夷狄, 復文武之境土]"고 하였다.
117) 오원제(吳元濟)를 말한다.
118) 왕승종(王承宗)을 말한다.

을 설복할 때는 급히 사자를 파견하자 적이 마음을 바꾸었습니다.[119) 하물며 이사도는 악업(惡業)이 쌓이고 재앙이 가득하여 귀신이 원망하고 신령이 진노하였으며, 방자하게 도리를 거스르고 오만하게 행동하면서 감히 함부로 속임수를 쓰고 있었으니 더 말할 나위가 있겠습니까? 황군이 사방에서 쳐들어가니 이르는 곳마다 모두 승리하였습니다. 이어서 또 그 장교들을 풀어주어 돌아가도록 허락하였으니 죄를 준 것은 한 사내에 그치고 은혜가 백성에게 더해지는 결과가 되어 시랑(豺狼) 같은 이들이 감화하였고 효경(梟獍) 같은 이들이 어진 마음을 품게 되었습니다. 스스로 오랑캐를 주벌(誅罰)함으로써 태평시대를 이루시니, 만방(萬方)은 기뻐하고 사해(四海)에 걱정이 없어졌습니다. 이리하여 천하의 백성들로 하여금 모두 태평의 이치를 알게 하였습니다. 이러한 성덕(盛德)과 대업에 필적할 만한 것은 옛날에 없었습니다. 그런즉 조정에서 정사를 펴시고 동악(東嶽)에 공훈을 새기시어 광명이 후세에 빛나고 전대의 군왕을 밝게 비추실 것이요, 신령한 교화가 영원히 성군에 속하여 위대한 공훈이 참으로 종곤(宗袞)[120)에게 돌아갈 것이니 기쁘게 경하하는 마음이 일반인의 만배나 됩니다.

右伏以逆賊李師道克就梟擒, 已具中書門下狀賀訖. 某忝居末屬, 特受深恩, 踊躍不寧, 輒復披露. 竊以自古中興之主, 必有命代之臣, 一德同功, 以叶休運. 故申甫方召, 成宣王復古之勳; 吳鄧寇耿, 致光武配天之業. 此皆上下齊志, 中外悉心. 雖成功則多, 而陳力甚易. 豈若閣下挺拔英氣, 邁越常流, 獨契聖謨, 以昌鴻業. 廟略初定, 異議紛然, 詆訕盈朝, 姜斐成市.

---

119) 배도가 회서(淮西)에 있을 때 평민 백기(柏耆)가 계책을 가지고 배도를 설득하여 말하기를 "오원제가 사로잡혔으니 왕승종은 간담이 서늘할 것입니다. 제가 각하의 서찰을 가지고 가서 그를 설득시키게 해 주십시오 그러면 군대를 동원하지 않고도 복종시킬 수 있습니다"라고 하였다. 배도는 그를 파견하였고 왕승종은 두려워하며 두 아들을 인질로 하고 덕주(德州)와 체주(棣州)를 바치기를 청하였다.
120) '종곤'은 고위직에 있는 동족(同族)의 사람에 대한 존칭으로 배도를 가리킨다. '곤(袞)'은 천자 및 상공(上公)의 예복이다.

閣下秉心不惑, 定命彌堅. 討淮右之兇, 則下車而授首; 服恒陽之虜, 則馳使而革心. 況師道惡稔禍盈, 鬼怨神怒, 恣行悖慢, 敢肆欺誣. 天兵四臨, 所至皆捷. 次又捨其將校, 許以歸還, 罪止一夫, 恩加百姓, 豺狼感化, 梟鏡懷仁. 自致誅夷, 以成開泰, 萬方有慶, 四海無虞. 遂令率土之人, 盡識太平之理. 盛德大業, 振古莫儔. 然則布政明堂, 勒功東嶽, 光垂後祀, 輝映前王. 神化永屬於聖君, 崇勳實歸於宗袞. 慶賀之至, 倍萬恒情.

위배중승상배상걸토황적장(為裴中丞上裴相乞討黃賊狀 : 배중승을 대신하여 황적을 토벌할 것을 요청하며 배상에게 올리는 글)[121]

아무개는 자질에 있어 취할 만한 것이 없는데도 관직 임명은 파격적이었습니다. 사변이 있을 때 충성을 다하지 못하다가 공업이 성취된 때를 만나니 부끄러움과 분노가 부질없이 마음에 쌓입니다. 소임을 다하고자 하는 뜻은 죽기를 맹세코 변함이 없으니 인자와 은혜를 베푸시어 끝까지 제가 충성을 다하여 보답할 수 있도록 해주시기를 엎드려 바랍니다.

지금 중화지역은 편안하여 외족이 복종하고 있는데 오직 이 남방은 아직도 도적이 남아있습니다. 엎드려 생각하건대, 황소경 등은 작은 언덕에 기대어 스스로 견고하다 여기고 무른 여물 같은 군대를 합쳐놓고 강하다 여기면서, 사신을 협박하고 여러 군(郡)을 침범하여 약탈하고 있습니다. 비록 여우와 쥐처럼 초라하여 위엄을 드러내 보일 가치는 없지만 벌과 전갈처럼 미미한 것이 오히려 사람을 해칠 수 있으니 반드시 이

---

121) 본편은 배행립을 대신하여 황소경(黃少卿) 일당을 토벌할 것을 요청하며 배도에게 올린 글이다. 『유종원집』 38권의 「대배중승사토황소경적표(代裴中丞謝討黃少卿賊表)」에 이어서 지은 것으로 보인다.

들을 정벌해야 평화가 찾아올 것입니다. 용렬한 재주를 다하여 각하의
두터운 은혜에 보답하기를 바라거니와, 절박한 심정에 가슴을 어루만지
고 껑충껑충 뛰면서 밤낮으로 편치 않아 사사로이 저의 정성어린 마음
을 말씀드리면서 간히 밝히 살펴주시기를 기대합니다. 참으로 감격스럽
고 황송하여 어찌할 바를 모르겠습니다.

某材質無堪, 授任非次. 當有事之日, 忠懇莫施; 遇成功之辰, 懃憤空
積. 陳力之志, 誓死不渝, 伏惟仁恩, 終賜展效.

今者中華寧謐, 異類服從, 唯此南方, 尚餘寇孽. 伏以黃少卿等, 憑培塿
以自固, 合葦脆以爲强. 劫脅使臣, 侵暴列郡. 雖狐鼠之陋, 無足示威, 而
蜂蠆之微, 猶能害物. 必資翦伐, 方致和平. 庶盡駑蹇之勞, 以答恩榮之
重. 撫心踴躍, 夙夜不寧, 私布丹誠, 敢期明鑒. 無任感激屛營之至.

위계주최중승상중서문하걸조근장(爲桂州崔中丞上中書門下乞朝
覲狀: 계주 최중승을 대신하여 조근을 요청하며 중서문하에 올리는 글)[122]

아무개는 다행히도 문덕(文德)이 밝게 빛나는 시대를 만나 외람되이 위임
(委任)의 은혜를 입어 군대를 다스리고 군(郡)의 정사를 맡아본 지 이미 14
년이 되고 보니 조정을 사모하는 마음 간절하여 정신과 혼이 높이 날아
오릅니다. 근자에 옹주(邕州)에 있을 때[123] 누차 저의 진심을 말씀드렸는

---

122) 본편은 최중승을 대신하여 계속되는 지방 관직을 그만두고 조정 관료로 들어가 천
  자를 측근에서 모실 수 있게 해주기를 간청하며 중서문하에 올린 글이다. 최중승은 계
  관관찰사(桂管觀察使) 최영(崔詠)이다. 제목의 '조근'은 신하가 입궐하여 천자를 배알하
  는 것을 말한다. 『유종원집』 38권의 「위최중승청조근표(爲崔中丞請朝覲表)」에 이어서 지
  은 것으로 보인다.

데 황송하게도 진율(進律)[124]의 은총을 누리게 되어 홀을 잡고 조현(朝見)하려는 바램을 이루지 못했습니다. 상공께서는 현명함으로 성상을 보좌하시고 크게 상리(常理)를 베푸시니 중앙과 지방의 신하들이 나가기도 하고 들어오기도 하면서 관직을 맡고 있습니다. 아무개는 계관(桂管)을 다스리게 되고서 또 두 해가 지났습니다.[125] 난새와 해오라기처럼 높은 하늘에서 날고 싶지만 유독 날개가 없고 황도(黃道)에서 별들을 우러러보면서 다만 진심 어린 정성을 다하고 있을 뿐입니다. 하물며 정월의 조회(朝會)에는 먼 오랑캐들도 다 이르고 6년마다 조현(朝見)하러 오는 것으로 요복(要服)에 기한이 정해져 있음에랴 더할 나위가 있겠습니까?[126] 어찌 반초(班超)와 같이 고향에 돌아가고 싶은 바램[127]을 오랫동안 해결해주지 않고 자모(子牟)와 같이 조정을 그리는 마음[128]이 부질없이 쌓이게 하십니까? 엎드려 바라옵건대, 특별히 저의 작은 바람을 진술하였으니 기록하여 용원(冗員)[129]으로 받아들여주시고 옛 일을 검증하여 빠뜨리지 말고 저의 평소의 바램을 헤아려 이것이 실현되게 하여 주십시오 천자의 나라에 들어가서는 소후(小侯)[130]를 따라 예를 다하기를 바라고, 승상의 수레에 배알하여 감히 하객(下客)[131]으로 영예를 누리길 희망합니다. 간절히 바라면

---

123) 원화 5년 8월 최영은 등주자사(鄧州刺史)에서 옹관경략사(邕管經略使)로 임명되었다.

124) '진율'은 작위(爵位)를 나타내는 예의(禮儀)의 등급을 높여주는 것이다. 『예기(禮記)』「왕제(王制)」에 "백성에게 공덕이 있는 사람은 땅을 더해주고 작위를 나타내는 예의의 등급을 높여준다[有功德於民者, 加地進律]"고 하였다.

125) 원화 8년 12월 최영은 계관관찰사로 옮겨졌다.

126) '요복'은 고대 오복(五服)의 하나이다. 왕기(王畿) 이외의 땅은 거리에 따라 오복으로 나뉘는데, 천 5백 리에서 2천 리까지를 요복이라고 한다. 일반적으로 변방지역을 가리킨다. 『주례』「대행인(大行人)」에 의하면 요복은 6년에 한 번 공물을 가지고 내조하게 되어 있다.

127) 동한(東漢)의 반초(班超)는 오랫동안 절역(絶域)에 떨어져 지내면서 연로하자 고향으로 돌아가고자 했다.

128) 『장자(莊子)』「양왕(讓王)」에 의하면 중산(中山)의 공자모(公子牟)가 "몸은 바닷가에 은거하면서 마음은 궁문에 머물러 있다[身在江海之上, 心居乎魏闕之下]"라고 말했다.

129) 용원은 관계(官階)는 있으나 전담하는 직책이 없는 산리(散吏)를 가리킨다.

130) 소후는 원래 옛날 공신의 자손이나 외척의 자제 가운데 후(侯)에 봉해진 사람에 대한 호칭이지만 여기에서는 고관대작을 가리킨다.

서 황송하기 그지없습니다. 경솔하게 위중(威重)하신 각하께 버릇없이 구니 두려움에 땀이 나고 바짝 땅에 엎드리게 됩니다. 삼가 글을 올립니다.

右某幸遇文明, 叨承委寄, 理戎典郡, 十有四年, 瞻戀闕庭, 神魂飛越. 頃在邕州, 累陳誠懇, 謬尸進律之寵, 未遂執珪之願. 相公膺賢輔聖, 大叙彝倫, 中外之臣, 出入更踐. 某自領桂管, 又逾再周. 企鸞鷺於紫霄, 獨無羽翼; 仰星辰於黃道, 徒竭丹誠. 況正月會朝, 遠夷皆至, 六歲來見, 要服有期. 豈使班超之望長懸, 子牟之戀空積. 伏乞特申微願, 錄受冗員, 徵故事而不遺, 揆夙志而斯畢. 入天子之國, 願附禮於小侯; 拜丞相之車, 敢希榮於下客. 無任懇禱屛營之至. 輕瀆威重, 戰汗伏深. 謹狀.

위남승사상중서문하걸양하효용장(為南承嗣上中書門下乞两河效用狀 : 남승사를 대신하여 양하에서 힘써 일하기를 요청하며 중서문하에 올리는 글)[132]

엎드려 생각하건대 월(越)나라가 부차(夫差)를 격파한 것은 회계(會稽)에서 거둬들여 벼슬을 준 자제가 많았기 때문이고[133] 조(趙)나라가 율복(栗腹)을 꺾은 것은 바로 장평(長平)에서 순난(殉難)한 이들의 고아들 때문이었습니

---

131) 하객은 하등(下等)의 빈객을 가리킨다.
132) 본편은 남승사를 대신하여 이전 부주(涪州)자사로 있을 때의 억울한 누명을 씻을 수 있도록 양하(兩河)에 종군할 기회를 달라고 요청하면서 중서문하에 올린 글이다. '양하(兩河)'는 당(唐) 안사의 난 이후에는 하북(河北)·하남(河南)의 2도(道)를 부르는 말로 쓰였다. 앞의 「위남승사청종군장(爲南承嗣請從軍狀)」을 쓴 다음에 쓰여진 것이다.
133) 『국어(國語)』「월어상(越語上)」에 의하면 월왕 구천(句踐)이 부차에게 패하여 회계(會稽)에 있을 때, 고아·과부·병자·가난한 사람들의 자식을 거둬들여 벼슬을 주고 가르쳐 그들의 생계를 보장해 주었다.

다.134) 어째서이겠습니까? 의열(義烈)의 후손은 기색이 용맹하고, 위로는 장차 국가의 쓰임에 충성을 다하고 아래로는 그 가문의 명성을 구하고자 하여 격분하고 슬퍼하면서 항상 목숨을 바칠 것을 생각하기 때문입니다.

아무개의 선부(先父)는 수양(睢陽)에서 순난하여135) 사적이 역사책에 실려 있거니와 여러 차례 표창하는 조서를 내리시어 영예가 자손에게까지 미쳤습니다. 이에 어렸을 때부터 관질(官秩)의 등급을 건너뛰어 올려주시고136) 육식의 공급이 잠시도 멈춘 적이 없습니다. 지난 날 부주(涪州)의 장관으로 있을 때 마침 서촉(西蜀)에서 반란이 일어나137) 장차 목숨을 바쳐 평소 품었던 마음을 다하려고 하여, 창을 가까이 하며 각고의 노력을 했지만 뜻을 이루지는 못했습니다. 공교롭게도 붓을 놀리는 관리가 억지로 억울한 죄명을 들씌웠는데138) 수급(首級)139)의 차이를 지금 다시 누가 변별해 낼 수 있겠습니까? 뜻밖의 억울한 비방을 스스로 밝히지 못하고 오히려 옛날의 공훈에 의지하여 낙토에 폄적되어 지내고 있습니다.140) 다른 사람이 힘들여 생산한 곡식을 먹으며 일이 없는 관직을 맡고 있으니 진지하고 정성어린 마음을 하소연할 곳이 없습니다. 엎드려 바라보건대, 법제를 밝히고 군대를 일으켜 항주(恒州)·기주(冀州)를 토벌하시는데141) 저 미

---

134) 『사기』「조세가(趙世家)」에 의하면 조(趙) 효성왕(孝成王) 7년, 진(秦)에 항복한 조괄(趙括)의 군사 40만 명이 장평에서 구덩이에 묻혀 몰살당한 사건이 있었다. 15년, 연(燕)의 승상 율복(栗腹)이 조나라에 사신으로 왔다가 귀국하여 연왕에게 "조나라의 성인들은 장평에서 모두 죽었고 그 고아들이 아직 자라지 않았으니 조를 치는 것이 좋겠다"고 보고하고 군대를 이끌고 조를 침공했지만 염파(廉頗)장군에게 패하여 죽임을 당하였다.

135) 지덕 2년 10월 반군의 장수 윤자기(尹子奇)가 수양(睢陽)을 함락시키고 장순(張巡) 요은(姚誾) 남제운(南霽雲) 등을 해하였다. 남제운은 바로 남승사의 부친이다.

136) 남승사는 7세에 무주별가(婺州別駕)가 되었고 조관(朝官)의 복식인 비의(緋衣)와 어부대(魚符袋)를 하사하였으므로 이렇게 말한 것이다.

137) 영정 원년 8월, 검남서천행군사마(劍南西川行軍司馬) 유벽(劉闢)이 스스로 절도유후(節度留後)가 되었다.

138) 『유종원집』 23권의 「송남부주량이례주서(送南涪州良移澧州序)」에 자세하다.

139) 진(秦)에서는 전쟁에서 죽인 적의 머릿수로 논공하고 승급(昇級)하였다. 뒤에 이를 따라 뒤에 참수한 머리를 '수급(首級)'이라고 불렀다.

140) 당시 남승사는 영주에 폄적되어 있었다.

141) 원화 4년 10월의 제(制)에, 성덕군(成德軍)절도사 왕승종(王承宗)의 관작을 삭탈하고 좌

천한 무리들은 오히려 주벌(誅罰)을 피하였습니다. 아무개는 재능이 고인과 같지는 못하지만 선열을 마음으로부터 사모하여, 몸소 한 부대를 맡아 군대에서 목숨을 바쳐 충성을 다할 수 있게 되기를 바라고 있습니다. 평생의 충성스런 마음 다하여 고인과 신의 원통함을 씻어내게 되기를, 검을 어루만지며 동경하거니와 말로 표현하니 눈물이 떨어집니다.

일찍이 한(漢)나라의 법률에 대하여 들었는데, 분발하여 흉노를 공격하는 사람이 있으면 제후도 막을 수 없다고 하였습니다. 또 하물며 승상께서는 군대와 나라를 다스리는 막중한 임무를 총괄하고 조정의 모략을 결정하고 있음에랴 더 말할 나위가 있겠습니까? 진실로 마땅히 크게 격려하고 버리는 바가 없어야 할 것입니다. 엎드려 바라옵건대 불쌍히 여겨주시고 거두고 위로하시어 그 마음을 이루게 하여 주십시오 간절한 마음 절박하여 황공하기 그지없습니다.

右伏以越敗夫差, 多會稽納宦之子; 趙摧栗腹, 卽長平死事之孤. 何者? 義烈之餘, 色氣猛厲, 上將效於國用, 下欲濟其家聲, 所以憤激悽愴, 常思致命者也.

某先父死難睢陽, 事存簡冊, 累降優詔, 榮及子孫. 爰自縲絏, 超昇品秩, 肉食廩給, 未嘗暫停. 頃守涪州, 屬西蜀遘逆, 將致死命, 以盡夙心. 寢戈嘗膽, 志願未究. 會刀筆之吏, 置以深文, 首級之差, 今復誰辯? 薏苡之謗, 不能自明, 猶賴舊勳, 謫居樂土. 食人力之粟, 守無事之官, 拳拳血誠, 無所陳露. 伏見明制興師, 討伐恒冀, 蔑爾小醜, 尚欲逋誅. 某材非古人, 志慕前烈, 願得身當一隊, 效死戎行. 竭平生之忠懇, 申幽明之冤痛, 撫劍心往, 發言涕零.

嘗聞漢法, 有奮擊匈奴者, 諸侯不得擁遏. 又況丞相總軍國之重, 定廊廟之謀, 固當弘獎, 無所棄捐, 伏乞哀憫收撫, 以成其心. 無任懇迫惶恐之至.

신책중위(左神策中尉) 토돌승최(吐突承璀)를 초토처치사(招討處置使)로 임명하여 그를 정벌하러 가게 하였다.

유주상중서문하거유한자대장(柳州上中書門下擧柳漢自代狀 : 유주에서 자신을 대신하여 유한을 천거하며 중서문하에 올리는 글)[142]

엎드려 원화 6년 10월 17일 조서에 상참관(常參官)이 임명되어 부임한 뒤에는 3일 내로 한 사람을 천거하여 스스로를 대신하게 하고 즉시 천거하는 사람과 글을 갖추어 중서문하에 올리라는 비준을 받았습니다. 이제 앞서 언급한 관리로 하여금 저를 대신하게 할 것을 주청(奏請)하면서 삼가 글을 함께 올립니다.

右伏准元和六年十月十七日勅, 常參官授上後, 三日內擧一人以自代, 便具所擧人兼狀上中書門下者. 今奏請前件官自代, 謹連狀.

위장안등현기수예상부걸주부존호장(爲長安等縣耆壽詣相府乞奏復尊号狀 : 장안현 등의 늙은이들을 대신하여 상부로 가서 존호 회복을 상주하기를 요청하는 글)[143]

장안현 늙은이 아무개와 약간인.[144]

위 아무개 등이 엎드려 생각하건대, 청명한 시대에 나고 자라 황제의

---

142) 본편은 앞에 나온 「유주거감찰어사유한자대장(柳州擧監察御史柳漢自代狀)」에 이어 지은 것이다.
143) 본편은 장안현(長安縣) 등의 노인들을 대신하여 승상의 관저로 가서 천자의 존호 회복을 상주할 것을 요청하는 글이다. 본문에 "오늘 광순문(光順門)에 가서 함부로 표(表)를 바쳤다"고 한 것으로 보아 『유종원집』 37권의 「위기로등청복존호표(爲耆老等請復尊號表)」를 지은 뒤에 지은 것이다.
144) 이 부분이 생략된 판본도 있다.

은혜의 못에서 헤엄치고, 배 두드리며 배불리 먹는 것이 또한 황상의 힘이라는 것을 알거니와 땅의 소산을 먹으면서 감히 임금의 은혜를 잊을 수 있겠습니까? 외람되이 바라보건대, 근자에 상서(祥瑞)가 나타나는 것이 온 고을에 두루 퍼져있고 풍년의 보고가 고루 사방에서 올라옵니다. 이로써 하늘이 신령을 내리시어 아름다운 보응(報應)을 알리고, 우리 임금의 밝으신 문덕(文德)의 교화와 인자한 양육의 은혜를 표창하고 있다는 것을 알 수 있습니다. 대도(大道)가 이미 행해지고 있는데 존호가 아직 없으니 이런 까닭에 은근히 밝히 드러내시어 이와 같이 그치지 않는 것입니다.

아무개 등은 모두 지극히 인자하신 성상의 은혜를 누리며 이렇게 늙었는데 살아서 도움이 되지 못하니 죽어서 무엇을 구하겠습니까? 다만 원하는 것은 위로 하늘에 알려 다시 존호를 세우고 이로써 성스런 덕을 밝히며 황상의 인자하심을 알리는 것입니다. 정성스런 마음을 드러내어 엎드려 천상의 궁궐을 지키며 몸이 깨어지고 뼈가 부숴질 것이니 살아있을 때와 같을 것입니다. 삼가 오늘 광순문(光順門)에 가서 함부로 표(表)를 바쳤습니다.

엎드려 생각하건대 상공은 밝으신 주상을 보좌하시어 함께 태평시대를 이루셨는데 존호를 아직도 밝히지 않으시니 천자께서 실망하고 초야의 어리석은 백성은 외람되이 의혹을 품게 됩니다. 엎드려 바라는 것은 폐하께 상주하실 때 그 중요성을 개진하고 아래 사람들의 생각을 잘 전달하여, 큰 바램이 뜻대로 이루어지고 물러나 황천에 가서도 즐거워 여한이 없는 것입니다. 경솔하게 상국(相國)을 업신여겼으니 엎드려 법의 형벌을 기다리겠습니다. 삼가 글을 올립니다.

長安縣耆壽某乙若干人.

右某等伏以生長明時, 游泳皇澤, 鼓腹且知於帝力, 食毛敢忘於君恩. 竊見近者祥瑞所陳, 周於百郡, 豐稔之報, 均于四方. 有以知上玄降靈, 誕告嘉應, 彰我君文明之化, 仁育之恩. 大道旣行, 鴻名未擧, 是以殷勤昭著, 如斯而不已者也.

某皆陶煦純仁, 成此耉老, 生旣無補, 死而何求! 唯願上聞帝閽, 復建尊號, 用彰聖德, 以報皇慈. 披露血誠, 伏守天闕, 櫜軀碎骨, 猶生之年. 謹以今日詣光順門輒進表訖.

伏惟相公贊翊明主, 共致太平, 而使名號尙鬱, 天人失望, 草野愚鄙, 竊有惑焉! 伏望敷奏之際, 開陳其要, 俾下情允達, 大願克從, 退就泉壤, 樂而無恨. 輕瀆相國, 伏待典刑. 謹狀.

위경기부로상부윤걸주복존호장(為京畿父老上府尹乞奏復尊号狀: 경기 부로를 대신하여 존호 회복을 상주하기를 요청하며 부윤에게 올리는 글)[145]

장안현 늙은이 아무개 등 약간인.[146]

위 아무개 등은 다행이 노쇠한 몸으로 태평성대를 보게 되어 훈풍을 맞으며 춤을 추고 성세를 노래하고 있습니다. 비유컨대 초목이 어떻게 하늘에 보답할 수 있겠습니까? 자나깨나 속을 태우며 어찌할 바를 모르겠습니다.

엎드려 바라보건대 성군께서 군림하여 국정을 다스리시니 현묘한 교화가 하늘에 통하여 상서로운 징조가 만방에 두루 나타나고 풍성한 보답이 온 천하에 이루어졌습니다. 신령이 주의하고 천지가 마음을 기울여 사람들을 깨우치시는 데에는 반드시 목적이 있을 것입니다. 존호를 억눌러 물리친 지 20년이 가까워[147] 성덕(盛德)은 더욱 빛나는데 위대한 이름은 아직 회복되지 않으니 원근의 백성에게 걱정이 쌓이고 귀신과 사람이 분을

---

145) 본편은 경기 지역의 부로들을 대신하여 경조부(京兆府)의 부윤(府尹)에게 천자의 존호 회복을 상주할 것을 요청하며 올린 글이다. 앞의 「위장안등현기수예상부걸주부존호장(爲長安等縣耆壽詣相府乞奏復尊號狀)」에 앞서 지은 것으로 보인다.
146) 이 부분이 빠진 판본도 있다.
147) 흥원(興元) 원년에 존호를 파하였다.

품게 되었습니다. 그런 까닭에 자고이래 상서의 징조가 오늘날처럼 성한 적이 없었습니다. 이것은 바로 하늘의 깊은 뜻과 아래 백성들의 간절한 정성이 절실하게 서로 들어맞아 바야흐로 여기에 나타난 것입니다. 아무개 등은 밝은 시대를 그리워하여 아침저녁으로 간절히 원했거니와 오직 바라는 것은 조속히 존호를 회복하시어 하늘의 뜻에 맞추는 것입니다. 거룩한 정치가 더욱 빛나고 넓은 교화가 더욱 멀리 퍼져서 어린아이처럼 따르며 기뻐서 껑충껑충 뛸 수 있게 되기를 바랍니다. 이제 광순문(光順門)에 나가 표를 바칠 것을 간청하며 죽음을 무릅쓰고 상주하는 바입니다.

엎드려 생각하건대 시랑(侍郞)[148]께서는 도가 임금과 신하에 합치하고 은혜는 백성에게 널리 미치고 있습니다. 만약 저희의 어리석은 생각을 거두어들이고 조정에 상주하신다면 초야의 작은 정성이 만승(萬乘)의 천자에게 전달될 수 있도록 하는 것입니다. 이것은 저희가 감히 바랄 수 있는 바가 아니라 두렵고 송구하여 깊게 엎드립니다. 삼가 글을 올립니다.

長安縣耆老某乙等若干人.

右某等幸以羸老, 獲覩昇平, 蹈舞薰風. 謳歌壽域. 譬之草木, 何以報天? 寤寐焦勞, 不知所措.

伏見聖君臨御, 玄化升聞, 瑞應匝於萬方, 豐報窮於四海. 神祇注意, 天地傾心, 覺悟生人, 必有爲者. 蓋以抑損徽號, 近二十年, 盛德益光, 大名未復, 致遠邇積慮, 幽明憤懷. 故自古已來, 嘉瑞之至, 未有如今歲之盛也. 斯乃上玄深旨, 下人懇誠, 勤勤相符, 正在於此. 某等眷戀明時, 朝夕是切, 唯願早復大號, 以契天心. 庶得聖政益光, 鴻化彌遠, 少遂踊躍之甚. 今請詣光順門進表, 昧死上陳.

伏以侍郞道合君臣, 惠敷黎庶, 儻遂收採愚慮, 致貢天庭, 俾草萊微誠, 得達萬乘, 非所敢望, 惶懼伏深, 謹狀.

---

148) 정원(貞元) 17년 이부시랑(吏部侍郞) 위하경(韋夏卿)이 경조윤(京兆尹)이 되었다.

제40권 제문(祭文)

제양빙첨사문(祭楊憑詹事文 : 양빙 첨사님을 위한 제문)[1]

　모년 모월, 사위가 삼가 맑은 술과 변변치 못한 음식의 제물을 갖춰 장인어른의 영령에게 제사를 올립니다. 채운(彩雲)은 굽이지고 은하수는 반짝이며 선회하는데, 무심한 자연으로서 세속 밖에 계시니, 어찌 세상의 혼탁함과 섞이겠습니까? 어른께서는 여유로운 기질을 타고 나시어 활달한 심령으로 자유로이 비상하셨으니, 뭇사람들의 의심을 본 척이나 하셨겠습니까? 효성스럽고 우애로우며 충성되고 미쁘심은 온 세상에 알려

---

1) 본편은 장인인 양빙(楊憑)에게 바치는 제문이다. 고인의 행적과 아내에 대한 회고 및 자신의 불우함을 잘 표현한 서정성이 짙은 제문이다. 작자는 13세에 예부·병부의 낭중(郎中)이던 양빙의 딸과 정혼하여 정원 12년(796) 24세에 결혼하였다. 그리고 3년 후에 자식을 얻지 못한 채 22세인 아내를 잃었다. 이글은 원화 12년(817)에 쓴 것이다.

지셨으며, 뛰어난 생각으로 멋진 글을 쓰셨고, 붓을 드시면 그 기세는 번개와도 같았습니다. 영예롭게 갑과(甲科)에 드셨고 높은 자리에 계셨는데, 높은 덕을 지니시고도 그것에 연연해 하지는 않으셨습니다. 어사(御史)의 자리는 조정에서 중시하는 자리이건만, 어른께선 수양에 힘쓰시며 사양하는 글을 올리셨습니다. 한 지방을 맡으시어 위엄과 징벌하는 권력을 지니시고도, 어른께선 은혜를 베푸시어 누구와도 거슬림이 없으셨습니다.2) 경조윤(京兆尹)은 어려운 자리로 아래에서 원망이 많았으니, 때론 그래서 쫓겨났고, 던져대는 돌이 길에 가득하기도 하였습니다.3) 그러나 어른께서는 강경한 자들을 내치셨으며 그 어지심이 어린이에게까지 미쳤으니, 좌천되어 가실 때에도 사람들이 길 가득히 막고 끌어당기며 연모의 정을 표하였습니다.4) 도덕이 높으면 비방이 많고 덕행이 뛰어나면 미움을 받는지라, 번거로운 말로 어른을 비난하고 법을 빙자하여 어른을 구속하였습니다.5) 남으로 구의산(九疑山)을 넘고 동으로 말릉(秣陵)을 넘어, 삼년을 고난 속에 지내신 끝에 조정의 부르심을 받으셨습니다.6) 돌아와 왕부(王傅)를 맡으시자 마침내 칭찬의 소리가 일었으며, 동궁(東宮)의 첨사(詹事)를 맡으셔서는 직무에 힘써 임무를 완수하셨습니다.7) 그즈음엔 연세가 드시어 퇴임의 때가 되었으나, 도를 더욱 연마하고 고금의 전적을 넘나드시어, 덕성과 문예의 세계에서 여유로이 자적하셨습니다. 실로

---

2) 양빙은 정원(貞元) 18년(802) 9월에 태상소경(太常少卿)에서 호남관찰사로 나갔다가 영정(永貞) 원년(805)에 강서관찰사로 옮겼다.

3) 정원 21년(805)에 경조윤(京兆尹)이었던 이실(李實)은 통주장사(通州長史)로 쫓겨날 때 사람들이 환호하며 돌을 던져대는 바람에 샛길을 통해 위기를 겨우 면한 일이 있었다.

4) 양빙은 원화 4년(809)에 강서에서 돌아와 경조윤이 되었다.

5) 양빙은 어사중승(御史中丞) 이이간(李夷簡)과 평소 관계가 나빴는데, 그의 비난과 무고를 받아 처형이 논의되었다. 그러나 주위의 변론과 경조윤 때의 업적이 참작되어 하주(賀州) 임하(臨賀)의 현위(縣尉)가 되어 쫓겨났다.

6) 임하에서 항주장사(杭州長史)로 옮겼다.

7) 원화 7년(812)에 항주에서 돌아와 왕부(王傅)가 되었다. 왕부는 친왕부(親王府)에서 과오를 바로잡고 보필하는 관직이다. 그 후에 다시 동궁의 첨사(詹事)가 되었다. 첨사는 동궁 내외의 서무를 관장하는 직책이다.

심오한 재능을 펼치시어 문단을 다시 빛내실 때인데, 하늘이 갑자기 이렇게 화를 내리실 줄 그 누가 알았겠습니까?

저는 어른의 인척이 되는 덕을 입어 훌륭한 혼인을 하였으나, 아이도 없이 따님을 일찍 잃었습니다.[8] 그녀는 각별한 애정과 예의를 지녔었기에 그리움이 날로 새롭기만 하며, 또 정은 은근하고 진정으로 저를 공경했으며 부지런했습니다. 지금까지도 잊지 못한 채 열여덟 해가 되었건만, 집안에는 주부의 자리가 빈 채로 만 리 먼 곳으로 쫓겨나 있습니다. 비방도 해명하지 못한 채 쫓겨나 숨어 산 지 열두 해가 되어, 어른의 빛나는 덕은 가로막혀 입을 수 없고 소식조차 기다릴 수 없었습니다. 올해 초에 서신을 보내시어 멀리 있어도 가까이 있는듯하다고 하시며, 비록 고질병이 심해도 마음만은 여전하다고 하셨습니다. 그때에는 가슴을 쓸어내리고 머리 조아리면서 흐르는 눈물로 편지를 바로 볼 수도 없었습니다. 서신을 정돈하여 집에 돌아온 그 이후로는 다시는 소식을 들을 수가 없었습니다. 바람 맞으며 길게 통곡해보아도 이제는 끝나버렸습니다. 아아, 애통합니다!

처음 부고를 접하여 사실을 알고 나서 이 제문을 써서 길모퉁이에 나가 절을 올립니다. 바닷가에서 애통해하며 어른께서 계신 장안을 향해 예를 올립니다. 가슴속 진정은 계속 이어져 죽을 때까지 변치 않을 것입니다. 하늘의 이치란 유원(悠遠)한데 인간 세상에는 근심도 많습니다. 제 마음을 두 묘지에 보내오며, 묶인 몸인 처지를 두고두고 원망해봅니다.[9] 아아, 애통합니다!

年月, 子婿謹以淸酌庶羞之奠, 昭祭于丈人之靈. 卿雲輪困, 天漢昭回, 自然物外, 寧雜塵埃? 公稟間氣, 心靈洞開, 翶翔自得, 誰屑羣猜? 孝友忠

---

8) 유종원은 정원 15년(799)에 아내 양씨를 잃었는데, 그녀는 당시 22세로 자식이 없었다.
9) 두 묘지란 양빙과 그 딸, 즉 장인과 죽은 아내의 묘지를 가리킨다. 원문의 표(表)는 분묘 옆에 세우는 표지를 가리키며 분묘를 의미한다.

信, 聞于九垓, 摛華發藻, 其動如雷. 世榮甲科, 亦務顯處, 公之俊德, 有而不顧. 御史之選, 朝之所注, 公勤于養, 投劾引去. 時任方隅, 威刑是務, 公施其惠, 亦莫有疣. 京兆之難, 下多怨怒, 或由以黜, 瓦石盈路. 公捍其强, 仁及童孺, 左遷而出, 擁道牽慕. 道峻多謗, 德優見憎, 煩言旣詆, 倚法斯繩. 南過九疑, 東逾秫陵, 顚沛三載, 天書乃徵. 入傅王國, 嘉聲聿興, 詹事東宮, 致政是膺. 年唯始至, 道則彌勵, 頡頏今古, 優游德藝. 實期濬發, 再光文陛, 誰謂昊天, 遽玆降厲. 嗚呼哀哉!

　　某以通家承德, 夙奉良姻, 莫成子姓, 早喪淑人. 恩禮斯重, 眷撫惟新, 綢繆其志, 實敬實勤. 迨今挈然, 十有八祀, 家缺主婦, 身遷萬里. 謗言未明, 黜伏逾紀, 德輝間絶, 音塵莫俟. 歲首發函, 視遠如邇, 雖當沉痼, 心術猶治. 撫膺頓首, 流泣瞪視, 旣斂而還, 莫傳音旨. 鄕風長慟, 於玆已矣. 嗚呼哀哉!

　　承訃之始, 卜兆旣逾, 載馳斯文, 出拜路隅. 哀從海澨, 禮致皇都, 寸誠相續, 終歲不渝. 天道悠遠, 人世多虞, 寄心雙表, 長恨囚拘. 嗚呼哀哉!

제목질급사문(祭穆質給事文 : 급사중 목질님을 위한 제문)[10]

　　급사중(給事中)이신 다섯째 어른의 영령께 제사를 올립니다. 예로부터 곧은 도리를 지니고도 위험에 처하지 않은 이는 드물었는데, 그 재난의 정도는 나라의 성쇠와 관련됩니다. 환히 밝으신 영령께서는 성스러운 황제를 만나 은덕을 입어 세 차례나 좌천되었으나 해를 입지는 않으셨습

---

10) 본편은 목질(穆質)을 위한 제문인 동시에 그의 형 목찬(穆贊)을 찬미하고 회고하는 글
이다. 자신을 곤경에서 구하려 한 것에 대한 감사가 오히려 두드러져 있다. 문미의 '해
풍(海風)'의 서술로 보아 유주에서의 글로 보인다.

니다. 현량(賢良)의 등용고시 문제를 접해 비로소 그 곧은 태도를 보이시니, 천자께서 받아들이시며 그 직언을 가상히 여기셨습니다.[11] 그리하여 명부에 올리시고 간관(諫官)에 임명하시어 간사함과 악을 바로잡고 공정함을 지키게 하셨습니다.[12] 공께서는 수없이 많은 글을 올리시며 아는 것을 남기지 않으셨으니, 그 누가 유향(劉向)·가의(賈誼)의 뛰어난 기풍을 아무도 따르지 못한다고 하였단 말입니까? 급사중(給事中)이 되셔서는 국가의 중추적인 직무와 외부의 요직 임명에 대해 하시는 일마다 정당하셨습니다. 그 자리가 헛된 것이 아닌 것은 공께서 계셨기 때문입니다. 도리에 맞는 행동이란 교우할 때는 환난에 생사를 같이 하는 것인데, 그런 도리는 버려진 지 오래되었습니다. 그러나 공께서는 굳게 지키시어 어려움을 같이 하길 맹세하시고, 앞서 솔선하시어 기풍을 세우시며 변함이 없으셨습니다. 남쪽 황무지에 쫓겨나시어서도 말씀마다 의로운 것이었으며, 명을 따르심에는 목숨을 거셨습니다.[13] 아득히 높으신 그 모범을 후일의 그 누가 계승하겠습니까? 왕명이 남으로 내려와 동쪽으로 옮기실 즈음에 병으로 체류하다 이곳에서 생을 마치셨습니다.[14] 아, 애통합니다!

공의 형제들도 신의를 우선으로 지키시어 그 기풍을 일으키고 도의(道義)를 함께 세우셨습니다. 형님이신 중사(中司)께서는 곧음으로 봉직하셨으니 간신들이 공격하여 구속하고 수뢰하였다고 무고하였습니다.[15] 자잘한 그 하수인이 더욱 급하게 심문하자, 조서가 삼사(三司)에 내려와 낙읍(洛邑)에서 재심케 하였습니다.[16] 그러나 돌아가신 황제께서는 기강을 바

---

11) 정원 원년(785)의 임용고시에서 목질은 한발에 대한 물음에 대해 삼공(三公)을 면직시켜야 한다고 답하였고, 덕종(德宗)은 몹시 가상히 여겨 그를 3등으로 선발하였다.

12) 목질은 좌보궐(左補闕)의 간관으로 있었다.

13) 원화 4년(809)에 경조윤 양빙(楊憑)이 임하(臨賀)의 현위로 좌천될 때, 목질도 그와 친하였다고 하여 개주(開州)지사로 좌천되었다.

14) 개주(開州)에서 무주(撫州)로 떠나기 전에 죽은 것으로 보인다.

15) 중사(中司)는 목질의 형인 목찬(穆贊)을 가리킨다. 「선우비음기(先友碑陰記)」에 목질의 사형제가 보인다.

16) 목찬(穆贊)이 시어사일 때, 섬괵(陝虢)관찰사 노악(盧岳)의 아내와 첩 사이에 재산 분쟁

로잡고 억울함을 씻어주시어 삼공(三公)을 파면하셨습니다. 그러나 엄한 법이 되돌아 적용되고 참언이 바로 따라와, 기국(夔國)으로 좌천되어 의로운 이들의 눈물을 자아냈습니다.17) 그러나 간신들이 쫓겨난 이후에 승진되시어 여러 신하 가운데 단정히 서시니 곧음의 명성이 집중되었습니다.18) 공을 공경하던 저는 일찍부터 보여주신 교훈을 받들었으나 공께서 낭중(郎中)에 재임하실 때에 배척을 받았습니다. 당시에 저는 외람되이 감찰을 담당하여 곡직을 분별하여 윗사람에게 덤벼들어 죄를 얻었는데, 뜻만 있고 힘이 없었습니다. 다만 한태(韓泰)와 유우석(劉禹錫)만이 함께 정도가 행해지지 않음을 마음속 깊이 분하게 여기며 한없이 부끄러움을 느꼈습니다. 공께서는 대궐에 계시면서 형관(刑官)과 의논하시어 뜻을 정하시고 어려움에서 구해주시려고 하셨습니다. 말씀도 소용없이 화를 초래하였으나 마음을 다잡으시어 글을 올리셨으니 의로움은 더할 수 없었습니다. 마침 그때는 친구의 죄에 연루되어 자신의 안전도 보존하기 어려우셨으니, 마음 깊이 감격하며 눈물이 줄줄 흘렀습니다. 아아, 애통합니다!

수궁(壽宮)은 오랫동안 어둠에 가려지고 몸은 만리 밖 황무지에 있으나, 예절을 거스를 수 없으며 정성을 바치지 않을 수 없습니다.19) 슬픔과 분함을 표하며 찬미하는 글을 쓰니, 해풍을 거슬러 낙수(洛水)가에 이르기를 바랍니다. 맑고 밝으신 덕이 여전하니 신령님의 보살핌이 어찌 없겠습니까. 아아, 흠모하는 마음으로 영령께 위로를 바칩니다.

이 벌어져 첩이 소송을 하였다. 당시 어사중승 노소(盧佋)는 첩의 죄를 무겁게 물으려고 하였고 목찬은 공평한 입장을 취했다. 이에 노소는 재상 두참(竇參)과 함께 목찬이 수뢰하였다고 무고하여 옥에 가두었고, 같은 시어사인 두윤(杜倫)은 그들의 비위를 맞추려고 목찬을 심하게 다루었다.

17) 목찬의 아우 목상(穆賞)이 대궐에서 북을 치며 억울함을 호소하여 재심이 이루어졌으나 여전히 빈주(彬州)자사로 쫓겨났다.

18) 정원 8년(792)에 두참(竇參)이 폄적되고 목찬은 형부낭중이 되었다.

19) 수궁(壽宮)은 신을 모시고 장수를 비는 곳이다. 수궁이 가려졌음은 자신의 건강이 좋지 않음을 의미한다.

昭祭于給事五丈之靈. 自古直道, 鮮不顚危, 禍之重輕, 則繫盛衰. 矯矯
明靈, 克丁聖時, 形軀獲宥, 三黜無虧. 賢良發策, 始振其儀, 天子動容, 敬
我直辭. 載之冊府, 命以諫司, 抗姦替否, 與正爲期. 奏書百上, 知無不爲,
誰謂劉、賈, 英風莫追? 給事黃門, 奉職樞機, 封還付外, 動獲其宜, 無曠爾
位, 惟公在斯. 達道之行, 實惟交友, 患難相死, 其廢自久. 公實毅然, 誓均
悔咎, 挺身立氣, 不改其守. 黜刺南荒, 義言盈口, 封章致命, 志期隕首. 邈
矣高標, 誰嗣于後? 王命南下, 郡符東剖, 留滯湮淪, 殲此遐壽. 嗚呼哀哉!

公之伯仲, 信爲先執, 感激之風, 道同義立. 中司守直, 姦權是襲, 致之
徽纆, 誣以賄入. 瑣瑣其徒, 榜訊愈急, 詔下三司, 議于洛邑. 噫我先君, 邦
憲是輯, 平反羣枉, 大迂三揖. 危法旋加, 譖言俄及, 左宦虁國, 義夫掩泣.
邪臣旣黜, 乃進其級, 端于庶僚, 直聲允集. 虔虔小子, 夙奉遺則, 公在郎
位, 再罹擯抑. 時忝憲司, 竊分枉直, 抗辭犯長, 有志無力. 惟韓泊劉, 同憤
霤臆, 道之不行, 銜媿罔極. 公在左掖, 議登秋官, 先定于志, 將發其難. 決
白無狀, 以申禍端, 秉心撰詞, 義不可干. 會逢友累, 曾莫自安, 感于褚中,
有涕汍瀾. 嗚呼哀哉!

壽宮久翳, 狼荒萬里, 禮不可違, 誠不可弭. 抽哀洩憤, 舒文致美, 願遡
海風, 以窮洛涘. 淸明如在, 神鑒何已, 嗚呼格思, 以慰勤止.

제여형주온문(祭呂衡州溫文 : 형주자사 여온님을 위한 제문)[20]

원화 6년(811) 신묘년(辛卯年) 계사(癸巳)일이 초하루인 9월 모일에, 친구인 영주사마원외치동정원(永州司馬員外置同正員) 유종원이 삼가 문서담당관 동조(同曹)와 집안의 하인 양아(襄兒)를 보내어 맑은 술과 변변치 못한 음식의 제물로 공경스럽게 여팔(呂八) 화광(化光)형님의 영령께 제사를 올립니다.

아아, 하늘이시여! 군자에게 무슨 잘못이 있습니까? 그런데도 원수로 여기시는군요. 백성에게 무슨 죄가 있습니까? 그런데도 원수로 여기시는 군요. 총명하고 정직하며 품행이 군자다우면 하늘은 필시 그를 빨리 죽이십니다. 도덕과 인의를 갖추고 백성을 살리는 데 뜻을 두면 하늘은 필시 그를 요절시키십니다. 저는 본디 침침한 저 하늘은 믿을 것이 못되고 고요하고 적막한 저 하늘은 신령스러울 것이 없음을 알았는데, 지금 화광(化光)님의 죽음에 이르러서는 원망과 미움이 더욱 깊고 심합니다. 그리하여 다시 하늘에 대고 이렇게 외칩니다.

하늘이여, 애통합니다! 요·순의 도는 크다 못해 간결하였으며, 중니(仲尼)의 글은 깊고 미묘하다 못해 침묵의 경지에 이르렀습니다. 천년 동안 어지럽게 다투면서 누구는 터득하고 누구는 터득하지 못했지만, 우뚝높이 형님만이 그 바른 길을 취하셨습니다. 일관되게 교화에서 시작하여도(道)의 극치에 이르셨습니다. 아래로 시행함에는 법도에 착오가 없고,

---

20) 본편은 8사마(八司馬)에 속하지 않아 희망을 걸었던 절친한 친구 여온(呂溫)을 위한 제문이다. 그의 죽음에 따른 실망감과 애통함을 토로하고 있다. 여온은 자(字)가 화숙(和叔)·화광(化光)이다. 같은 항렬에서 여덟 번째였다. 유종원·유우석 등과 절친하였는데 정원 20년(804)에 토번(吐蕃)에 구류되었다가 영정(永貞) 원년(805)에 돌아왔다. 그리하여 유종원·유우석과는 달리 사마로 폄적되는 대열에 들지 않았다. 원화 3년(808)에 형부낭중(刑部郎中)이 되었다. 그러나 재상 이길보(李吉甫)와의 관계가 나빠 도주(道州)자사를 거쳐 원화 5년(810)에 형주(衡州)자사가 되었다가 다음 해에 죽었다. 본편은 원화 6년(811)의 글이다.

주변에 적용함에는 온화함이 충만하였습니다. 도는 크고 문예도 갖추셨으니 그것이 완전한 덕입니다. 그런데도 관직은 한 주의 자사에 그치고 나이는 마흔을 넘기지 못하시고, 천자를 보좌할 뜻을 지니고도 매몰되어 이루지 못하셨으니, 이 어찌 정직을 수양하여 재난을 부르고 인의를 좋아하여 재앙의 초래를 서두른 것이 아니겠습니까!21)

저 종원은 어려서부터 학문을 좋아하였으나 늦게까지도 도리를 깨우치지 못하였습니다. 그런데 군자이신 형님을 만나, 중용(中庸)에 맞춤으로써 사악하고 잡된 것을 없애고 곧고 바름을 드러내면 도리에 어긋나지 않음을 알게 되었습니다. 이것은 실로 형님께서 가르쳐주신 것입니다.22) 아아! 속마음에 쌓였다고 해서 반드시 밖으로 시행되는 것은 아니며, 옛날의 도가 충분하다고 해서 반드시 오늘날에 어울리는 것은 아닙니다. 이 두 가지를 겸한 이는 예로부터 극히 드물었지만, 화광(化光) 형님께는 지극히 완벽하십니다. 치적은 제일이었으나 역시 장기는 아니었으며, 문장은 월등했으나 생략하여 힘쓰지 않으셨으니, 품었던 평소의 뜻이 얼마나 높은 것인지를 알 수 있습니다.23) 욕심 많고 어리석은 자들은 모두 고관이 되고 음험하고 못된 자들은 장수하니, 화광 형님의 요절은 오히려 영예로운 것이 아닌지요? 애통한 것은, 뜻을 실행하지 못하시고 공을 이루지 못하시어, 우둔한 백성들이 화광 형님의 덕을 입지 못하고, 상스러운 풍속이 화광 형님의 마음을 알지 못하는 점입니다. 이 말씀을 올리자니 속이 타고 찢어지는 듯합니다. 세상이 몹시도 넓다지만 지기(知己)가 몇이나 되겠습니까? 친구들이 몰락하여 뜻과 공업이 거의 끊어진 이래로, 품은 희망은 오직 화광 형님께서 크신 경략(經略)을 펼치시어 빛을 발하시고 당시에 성공하시고 행세하심으로써 저들이 우리의 입장을 알게 하는 것이었습니

---

21) 여온은 원화 3년(808) 균주(均州)자사로 쫓겨났으나 곧바로 더 멀리 도주(道州)로 옮겼다가 원화 5년(810)에 형주(衡州)로 옮겼다.
22) 작자의 학문과 사상은 육질(陸質)의 영향을 깊이 받았는데, 그의 서적을 처음으로 접한 것은 한태(韓泰)와 여온(呂溫)에게서였다.
23) 조정에서 천자를 도와 만민을 통치하는 큰 정치에 뜻을 두었음을 의미한다.

다.24) 그런데 지금 또 떠나가시니 우리의 이상은 끝이 났습니다! 비록 살아 있다고 해도 의지는 죽었습니다. 강가에서 만사가 끝났음을 크게 통곡합니다!25) 하늘아래 최고의 영명함과 고금을 관통하는 견식을 지니시고 하루아침에 이곳을 떠나시니, 끝내 어디를 가신단 말씀입니까?

아아, 화광 형님이시여! 지금 다시 무엇을 하시렵니까? 멈추시렵니까, 가시렵니까? 모른 척하시렵니까, 알아보시렵니까? 허공에 흩어져 자연의 변화를 따라 영원하시렵니까? 아니면 결집하여 광채가 되어 세상을 비추시렵니까? 비가 되고 이슬이 되어 땅을 윤택하게 하시렵니까? 아니면 번개와 천둥이 되어 원한과 노함을 발설하시렵니까? 봉황이 되고 기린(麒麟)이 되며 별이 되고 상서로운 구름이 되어 그 신령함을 기탁하시렵니까? 아니면 금이 되고 주석이 되며 옥홀(玉笏)이 되고 벽옥(碧玉)이 되어 혼백을 담아두시렵니까? 다시 현인이 되어 그 뜻했던 바를 이으시렵니까? 아니면 떨쳐 신명(神明)이 되어 의로움을 완성하시렵니까? 그렇지도 않다면, 이 밝으심은 원하시는 겁니까, 부득이한 것입니까? 또 지각은 있으십니까, 없으십니까? 만약 지각이 있으시다면 제게 그것을 알려 주시겠지요? 이승과 저승의 거리는 아득하여 통곡으로 장이 끊깁니다. 아아, 화광 형님이시여! 제 말씀을 들으시겠지요!

維元和六年, 歲次辛卯, 九月癸巳朔某日, 友人守永州司馬員外置同正員柳宗元, 謹遣書吏同曹、家人襄兒, 奉淸酌庶羞之奠, 敬祭於呂八兄化光之靈. 嗚呼天乎! 君子何厲? 天實仇之; 生人何罪? 天寔讎之. 聰明正直, 行爲君子, 天則必速其死. 道德仁義, 志存生人, 天則必夭其身. 吾固知蒼蒼之無信, 莫莫之無神, 今於化光之歿, 怨逾深而毒逾甚, 故復呼天以云云.

---

24) 작자와 같은 정치집단에 참여했던 친구들이 이른바 '8사마(八司馬)'로 모두 폄적되었다. 그러나 여온만은 그 당적에서 벗어나 있었으므로 그에게 희망을 걸고 있었음을 가리킨다.

25) 여온은 원화 6년(811)에 형주에서 죽어 강릉(江陵)에 매장되었다.

天乎痛哉! 堯、舜之道, 至大以簡; 仲尼之文, 至幽以默. 千載紛爭, 或失或得, 倬乎吾兄, 獨取其直. 貫于化始, 與道咸極. 推而下之, 法度不忒. 旁而肆之, 中和允塞. 道大藝備, 斯爲全德. 而官止刺一州, 年不逾四十, 佐王之志, 沒而不立, 豈非修正直以召災, 好仁義以速咎者耶?

宗元幼雖好學, 晚未聞道, 洎乎獲友君子, 乃知適於中庸, 削去邪雜, 顯陳直正, 而爲道不謬, 兄實使然. 嗚呼! 積乎中不必施於外, 裕乎古不必諧於今, 二事相期, 從古至少, 至於化光, 最爲太甚. 理行第一, 尙非所長, 文章過人, 略而不有, 素志所蓄, 巍然可知. 貪愚皆貴, 險很皆老, 則化光之夭厄, 反不榮歟? 所慟者志不得行, 功不得施, 蚩蚩之民, 不被化光之德; 庸庸之俗, 不知化光之心. 斯言一出, 內若焚裂. 海內甚廣, 知音幾人? 自友朋凋喪, 志業殆絶, 唯望化光神其宏略, 震耀昌大, 興行於時, 使斯人徒, 知我所立. 今復往矣, 吾道息矣! 雖其存者, 志亦死矣! 臨江大哭, 萬事已矣! 窮天之英, 貫古之識, 一朝去此, 終復何適?

嗚呼化光! 今復何爲乎? 止乎行乎? 昧乎明乎? 豈蕩爲太空與化無窮乎? 將結爲光耀以助臨照乎? 豈爲雨爲露以澤下土乎? 將爲雷爲霆以泄怨怒乎? 豈爲鳳爲麟、爲景星爲卿雲以寓其神乎? 將爲金爲錫、爲圭爲璧以栖其魄乎? 豈復爲賢人以續其志乎? 將奮爲明神以遂其義乎? 不然, 是昭昭者其得已乎, 其不得已乎? 抑有知乎, 其無知乎? 彼且有知, 其可使吾知之乎? 幽明茫然, 一慟腸絶. 嗚呼化光! 庶或聽之.

제이중승문(祭李中丞文 : 이중승님을 위한 제문)[26]

정원 20년(804) 갑신년(甲申年) 5월 22일, 옛 부하 유림랑수시어사(儒林郎守侍御史) 왕파(王播), 장사랑수전중시어사(將仕郎守殿中侍御史) 목지(穆贄), 봉의랑행전중시어사(奉議郎行殿中侍御史) 풍막(馮邈), 승봉랑수감찰어사(承奉郎守監察御史) 한태(韓泰), 선덕랑행감찰어사(宣德郎行監察御史) 범전정(范傳正), 문림랑수감찰어사(文林郎守監察御史) 유우석(劉禹錫), 승무랑감찰어사이행(承務郎監察御史裏行) 유종원(柳宗元), 승무랑감찰어사이행(承務郎監察御史裏行) 이정(李程) 등이, 삼가 맑은 술로 공경스럽게 중승증형부시랑(中丞贈刑部侍郎) 이공(李公)의 영령에게 제사를 올립니다.

공께서는 곧은 도를 굳게 지키시고 결백하고 청렴한 덕을 지니셨으며, 관직을 담당하고 법을 집행함에는 우뚝하게 유독 곧으셨습니다. 높은 절개는 밖으로 높이 드러나고 순수한 정성은 안에서 갖춰졌으며, 일을 처리함에는 굽힘이 없이 뜻에 따르며 흔들리지 않으셨습니다. 똑바르고 굳센 절개로 왕족 중에서 발탁되시어, 종족의 모범이 되시며 그 영예에 빛을 더하셨습니다. 내사(內史)에 계시면서 군무에 참여하실 때에는 아래에서 위까지 많은 직언을 하셨습니다.[27] 후에 경읍(京邑)을 맡으시어 백성들을 안무(按撫)하셨으니, 공께서 떠난 지 오래될수록 백성들은 더욱더 찬양하였습니다. 다시 경읍에 돌아오셔서 사록(司錄)을 임명하고 기강을 세우며 경성 주변 지역을 정돈하셨으니, 교활한 관리들은 연이어 한숨쉬고 탐관들은 욕심낼 생각조차 못하였습니다. 당당하게 명을 집행하며 조정에 오르시니 나라의 세법은 정돈되고 국가의 살림은 바로잡혔습니다. 강점을 발휘하시어 법령을 받드셨으며, 장부를 점검하실 때는 착오가 없

---

26) 본편은 어사대의 여러 사람을 대표하여 어사중승(御史中丞) 이문(李汶)에게 올린 제문이다. 당시에 작자도 감찰어사이행(監察御史裏行)으로서 그의 아래에서 봉직하였다.

27) 내사(內史)는 봉상부(鳳翔府)를 가리킨다.

었습니다. 승진하여 정랑(正郎)이 되시어서는 그 업무를 총괄하셨습니다. 뒤에 상주(商州)의 자사로 나가셨으니 호절(虎節)을 지니시고 산에 오르셨습니다.[28] 척박한 땅을 옥토로 바꾸시며 어려움 속에 잘 다스리시어, 길마다에서 찬양받으시다가 조서를 받아 돌아오셨습니다. 우리 어사들의 중승(中丞)이 되시어서는 법을 엄히 집행하여 잘못을 바로잡으실 뜻으로, 곧고 깨끗한 이들을 천거하시며 신중히 관료를 선발하시어, 출중한 인재만을 고르셨습니다. 시종일관 일곱 해를 부지런히 봉직하시며, 방관하는 일이 없이 적당한 방식으로 밀계(密啓)를 올리시며 번번이 충간을 올리셨습니다. 명망은 더욱 높아지고 이름난 고관들이 숭배하였습니다. 황제께서 분주히 문병하셨고 상복을 갖춰 초혼(招魂)의 예를 행하셨으니, 제물은 완비되고 작위는 높여졌으며 은전이 더해졌습니다. 무덤에 드는 것은 때가 있고 세월은 빠르기만 했습니다.

왕파(王播) 등의 부하들이 천거를 받아 그 모범을 받들며 모신 것이 짧게는 달을 넘기고 길게는 몇 년이 되었습니다. 모두가 공의 은혜를 입고 직책을 보전하고 있습니다. 옛일은 모두 그대로이고 남기신 기풍은 뚜렷합니다. 뜰에서 우러르며 분묘를 돌아보노라니 주루루 눈물이 흐릅니다. 정성껏 술잔을 올리며 이 자리에서 영결의 절을 올립니다. 아아, 애통합니다!

維貞元二十年, 歲次甲申, 五月某朔, 二十二日, 故吏儒林郎守侍御史王播、將仕郎守殿中侍御史穆贊、奉議郎行殿中侍御史馮邈、承奉郎守監察御史韓泰、宣德郎行監察御史范傳正、文林郎守監察御史劉禹錫、承務郎監察御史裏行柳宗元、承務郎監察御史裏行李程等, 謹以清酌之奠, 致敬于故中丞贈刑部侍郎李公之靈. 惟公堅貞守道, 潔廉成德, 當官秉彝, 卓爾孤直. 高節外峻, 純誠內植, 臨事不回, 執心無惑. 矯矯峻節, 擢於天枝, 式是邦族, 粲其羽儀. 發跡內史, 參其軍事, 自下劚上, 直詞屢至.

---

28) 호절(虎節)은 부절(符節)의 하나로 산악 지방에 임명될 때의 신임장이다.

于後受邑, 歷撫疲人, 公去逾久, 人滋咏呻. 復從京邑, 辟署司錄, 振其綱
條, 端我甸服, 黜吏屛氣, 貪官窒慾. 赫赫有命, 登于王庭, 邦賦以修, 國用
是經. 實抗其長, 以奉准程. 校其簿書, 無失奇贏. 進爲正郎, 勾會是專. 乃
刺于商, 虎節登山. 化堉爲沃, 致夷於艱, 道途謳歌, 有詔徵還. 丞我御史,
執其憲矩, 糾邪之志, 直淸是擧, 愼擇寮吏, 必薪之楚. 終始七載, 不忘祗
勤, 事無觀瞻, 道有屈伸, 皂囊密啓, 忠懇屢陳. 令望逾重, 名卿是屬. 拖紳
遽聞, 卷衣已復. 禮備賵贈, 恩加命服. 窀穸有時, 歲月逾邁.

　播等猥備官屬, 況當薦延, 承其規模, 奉以周旋, 近或逾月, 遠則累年.
咸承至公, 官守獲全. 故事盡在, 遺風藹然. 俯仰庭除, 顧慕潸澺. 致誠一
觴, 拜訣堂筵. 嗚呼哀哉!

위위경조제두하중문(為韋京兆祭杜河中文 : 위경조윤님을 대신한 하중윤 두공님을 위한 제문)[29]

　모년 모월 모일, 경조윤(京兆尹) 위하경(韋夏卿)이 삼가 맑은 술의 제물로
공경스레 하중절도증예부상서(河中節度贈禮部尙書) 두공(杜公)의 영령께 제
사를 올립니다. 예로부터 군의 수령을 구할 때는 늘 학자 중에서 찾았으니,
진(晉)나라 때 극곡(郤縠)을 등용한 것도 그가 『시경』과 『서경』을 알았기 때
문이었습니다. 근대에 들어서는 두 권한의 길이 나뉘어 군의 지휘권을 맡
길 신하는 모두 무인 중에서 선발하였습니다. 이즈음 두공(杜公)께서는 영

---

29) 본편은 경조윤인 위하경(韋夏卿)에게 써준 하중윤(河中尹) 두확(杜確)을 위한 제문이다.
두확은 하중윤과 하중(河中)·진강(晉絳)관찰사를 겸하였다. 이 글은 남에게 대신 써준
제문으로서 작자 유종원의 직접적인 개입은 없다. 위씨와 두씨는 동료로 지내기도 하
였으며 비슷한 관료의 길을 갔던 가까운 친구 사이였는데, 이 제문은 위하경이 회고하
는 형식이 대부분이다.

명하시고 도덕이 학자 중에 으뜸이시었으니 천자께서 명을 내려 군의 지휘권을 맡기셨습니다. 어느 곳의 지휘권인가하면, 강(絳)과 포(蒲)의 지방으로, 그곳에는 산도 있고 황하도 있으며, 이 경성을 안정적으로 호위하는 곳입니다.30) 번창하는 시기에 빛을 발하시었으며, 후학들을 계발시키시어 받으신 크나큰 존경은 줄지어선 산보다고 더욱 번쩍였습니다. 공께서는 풍성한 복을 누리시고 영원히 제후의 작위를 지니시리라고 알았는데, 수명은 기약할 수 없으며 신의 뜻은 알 수가 없습니다. 아아, 애통합니다!

　대력(大曆) 연간에 인재를 구할 때, 공께서는 저와 같은 경로로 함께 초야에서 응시하셨습니다. 그리하여 책략을 진술하시니 황제께서 흔연히 인정하시어 우등으로 합격되시고 조정에 선발되셨습니다.31) 우리는 각기 지역에 명을 받고 보조를 맞추었으며 뜻을 같이 하여 친구가 되어, 그렇게 여러 해를 넘겼습니다. 공께서는 저보다 열 살이 많으셨으니 예절에 따르자면 마땅히 형님이 되시나, 같이 즐겨 어울리며 마음이 맞지 않을 때가 없었습니다. 그 후에 다행으로 우리는 동료가 되었으며, 또 함께 문서를 기초하며 학자의 자리에 임명되었습니다. 제가 조금 자리를 옮겨 이부에서 낭(郎)이 되자 공께서는 병부에 속하시어, 그로부터 다른 업무를 담당하게 되었습니다.32) 그러나 다시 같이 일을 보게 되어 동과 서에서 마주 바라보며, 같은 길로 드나들며 여전히 즐거웠습니다. 후에 제가 자사로 나가 아홉 해를 남쪽 지방에서 보냈는데, 공께서는 좌보(左輔)에서 마침내 군의 지휘자가 되셨습니다.33) 그 후에 저는 돌아와 이부시랑이 되어 아홉 품계를 관장하였습니다. 누가 황하를 넓다고 하겠습니까?34)

---

30) 강(絳)과 포(蒲)는 하중(河中)을 이른다.
31) 대력 2년에 위하경(韋夏卿)과 두확(杜確)이 함께 현량방정과(賢良方正科)에 우수한 성적으로 합격하였다.
32) 위하경은 이부원외랑, 두확은 병부원외랑이 되었다
33) 좌보(左輔)는 동주(同州)를 가리킨다. 원문의 '추곡(推轂)'은 장수를 파견할 때 왕이 그 수레를 미는 것을 말하며, 두확이 하중(河中)의 군을 통수하게 된 것을 가리킨다.
34) 경성과 하중은 매우 가까운 거리였으나 두 사람이 만나지 못했음을 의미한다.

그렇지만 하고픈 말을 나눌 수가 없었습니다. 물고기 뱃속의 서신을 통하여 안부가 오고갔으며, 교분은 두텁고 관계는 가깝기만 했습니다.[35] 제 아우 종경(宗卿)는 공의 어짊에 의존하여 보좌역을 담당하며 자신의 우둔함과 미련함을 잊을 수 있었습니다. 날개를 달아주어 훨훨 날게 해주셨으며, 크나큰 가르침을 주시며 분에 넘치는 대우를 베푸셨습니다. 영광스런 도움은 지대하였으니 너그러우심을 보답할 길이 어디에 있겠습니까? 받은 은덕은 깊기만 한데 은혜에 보답할 길은 없습니다. 아아, 애통합니다!

천자께서도 몹시 놀라시며 훌륭한 신하의 죽음을 슬퍼하시어, 작위의 추증(追贈)을 명하시고 상서(尙書)의 예로 장례를 거행케 하셨습니다. 사방에서 한탄이 일어나니, 하물며 이 옛 친구는 어떻겠습니까? 예전의 일을 생각하니 슬픔과 고통이 가시질 않습니다. 장례에 즈음하여 예물과 의식은 모두 갖춰졌으니 공경스럽게 길가의 물을 바치며 이날의 슬픔을 표합니다.[36] 아아, 애통합니다!

維年月日甲子, 京兆尹韋夏卿, 謹以淸酌之奠, 致敬于故河中節度贈禮部尙書杜公之靈. 自古謀帥, 恒在諸儒, 晉登郤縠, 亦以詩、書. 爰及近代, 二柄殊途, 授鉞之臣, 率由武夫. 時惟明靈, 道冠學徒, 天子有命, 總其戎車. 何以邦之? 維絳及蒲, 有山有河, 殿此大都. 焜燿昌時, 振宣後學, 命服之盛, 光於列岳. 謂保豐福, 永縻王爵, 壽如何期, 神不可度. 嗚呼哀哉!

大曆之歲, 詔徵茂才, 時忝同道, 俱起草萊. 懷策旣陳, 綸言煥開, 考第居甲, 自天昭回. 分命邦畿, 步武獲咅, 同志爲友, 星霜屢廻. 長我十年, 禮宜兄事, 周遊歡洽, 莫不如志. 于後多幸, 謬列周行, 又同制書, 並命文昌. 及余稍遷, 吏部爲郎, 公屬中兵, 此焉分行. 再獲聯事, 東西相望, 出處同

35) 원문의 '팽어지문(烹魚之聞)'은 서신을 통한 문안을 의미한다. 『문선』의 고악부(古樂府)의 가사에, 친구가 잉어를 보내와 요리를 하려 하니 뱃속에 편지가 들어 있었다는 내용이 있다.
36) 『좌전』에 따르면 길에 고인 물[行潦]을 귀신에게 바칠 수 있다.

道, 樂惟其常. 後余出刺, 九載南服, 公自左輔, 遂膺推轂. 我勤魏闕, 爰總
九流, 誰謂河廣? 願言莫由. 烹魚之問, 往復相疇, 惠好斯厚, 惟以綢繆.
余弟宗卿, 獲庇仁宇, 命佐廉問, 忘其愚魯. 假以羽翼, 俾之鶱翥, 惠文峩
峩, 赤紱在股. 榮映斯極, 從容何補? 承慶唯深, 報恩無所. 嗚呼哀哉!

　天子震悼, 哀我良臣, 密印追贈, 尚書禮殷. 四方興嗟, 況此故人, 循念
平昔, 徘徊悲辛. 卜葬斯及, 禮儀畢陳, 敬薦行潦, 洩哀茲辰. 嗚呼哀哉!

위위경조제태상최소경문(為韋京兆祭太常崔少卿文 : 위경조윤 님을 대신한 최태상소경님을 위한 제문)[37]

　모년 모월 모일, 경조윤(京兆尹) 위하경(韋夏卿)이 삼가 맑은 술과 변변
치 못한 음식의 제물로 공경스럽게 돌아가신 친우 태상소경(太常少卿) 최
공의 영령에게 제사를 올립니다.

　공께서는 훌륭한 지향을 품으시고 길(吉)한 덕을 행하셨으며, 문채는 빛
나고 학문은 연박하셨습니다. 공자의 가르침에 대해서는 전문적으로 주석
을 가하셨으며, 황노(黃老)의 학설도 깊이 탐구하셨습니다. 육서(六書)의 오
묘한 이치도 탐구하시어 그 신비의 문을 두드리고 그 진의를 보존하셨습니
다.[38] 문예는 완성되고 덕행은 완전하여 구름을 가르듯 공적을 남기시는
데, 큰 길을 채 다 가시기 전에 해는 지고 말았습니다.[39] 아아, 애통합니다!

---

37) 본편은 경조윤인 위하경(韋夏卿)을 대신하여 쓴 최씨 성의 태상소경(太常少卿)을 위한
　　제문이다. 최씨는 최개(崔漑)로 추정되나 본 제문의 내용 이외는 자세한 사항을 알 수
　　없다. 본편 역시 바로 앞의 글과 마찬가지로 남을 대신해 쓴 제문으로 작지의 정서와
　　는 무관하다.
38) 육서(六書)는 한자의 조자법(造字法)을 가리킨다. 최소경이 한자의 조자 원리를 밝혔
　　음을 의미한다.
39) 원문의 '강장(康莊)'은 오거리와 육거리를 의미하여 큰 길을 가리킨다. '몽사(濛汜)'는

예년에 뜻이 맞아 낙양에서 사이좋게 같이 지내며, 옷자락을 마주대고 마음껏 즐겁게 노닐었습니다. 숭고산(嵩高山)과 소실산(少室山)으로 말을 몰아 채찍질하며, 전수(瀍水)와 이수(伊水)를 거슬러 배를 몰면서, 웃고 노래하며 12년 동안 즐거움이 넘쳤습니다. 붉은 노을에 오를 듯하고 청운(靑雲)을 기약할 듯하였으니, 우리들 낙양의 열 친구를 사람들은 명예롭게 여겼습니다. 그러나 정여경(鄭餘慶)과 제영(齊映)만이 각기 최고위에 오르고, 남은 이들은 혹은 죽고 혹은 살아 산천으로 흩어졌습니다. 아아, 우리 최공께서는 마땅히 태평성대의 재상이 되셔야했는데 명이 길지 않았으니 그 누가 슬퍼하지 않겠습니까? 아아, 애통합니다!

전에 제가 유수(留守)일 때에 최공과 동료가 되었으니, 저녁부터 아침에 이르도록 함께 웃고 즐겼습니다. 집안에 들어갈 때도 함께하고 나올 때도 말머리를 나란히 하였으며, 글을 주고받으며 맞장구를 치며 노래했습니다. 제가 낭(郎)이 되어 이부(吏部)에 속하자 공께서는 어사가 되시어 법령을 관장하셨습니다. 공무로 바쁘기는 했으나 연모하며 서로 살폈으니, 아끼고 좋아하는 마음은 평소보다 더했습니다. 제가 동오(東吳)로 떠나 몇 곳의 자사를 지내느라 십 년을 헤어졌으나 우리는 다시 도읍에서 만났습니다. 제가 시랑(侍郎)이 되어 중요한 일을 처리하면서는 공의 가르침을 받으며 모범으로 삼았습니다. 일을 같이 하며 마음이 맞기가 처음보다 배는 되었습니다. 제가 경조윤이 되었을 때 공께서는 태상소경(太常少卿)을 맡으시어, 서로 바라보며 걸으며 패옥 소리를 울렸습니다. 즐거움을 유지하여 오랫동안 이렇게 비상할 줄 알았는데, 병이 난 것이 얼마나 되었다고 갑자기 돌아가셨습니까? 아아, 가슴이 아픕니다!

과거를 돌이켜 생각해보니 애정은 가족에 진배없고, 제 서류함에는 공의 서찰이 가득합니다. 말씀은 귓가에 들리는데, 세월은 어찌 그리 빠르게 지났는지, 눈물은 흐르고 슬픔만 일어 엎드려 기며 통곡합니다. 자리

해가 지는 곳으로 최공의 죽음을 의미한다.

를 어루만지며 외쳐보니 마음은 부서져 내리는데, 일월은 유유하게 먼
곳의 분묘를 비춥니다. 장례의 수레는 천리에 이어져 산골짜기를 굽이굽
이 돌아가 저세상의 영혼을 묘 안에 모실 것입니다. 아아, 애통합니다!
붉은 장례의 기가 길을 떠나고 마당에선 제를 올리니, 이 환한 세상을
떠나 어두운 세상으로 가십니다. 공경스럽게 술을 떠 바치고 영명하신
영혼에게 고하며, 잔 앞에서 길게 통곡하면서 슬퍼하는 마음을 달래봅니
다. 아아, 애통합니다! 엎드려 바라오니 제물을 받으십시오

維年月日甲子, 京兆尹韋夏卿, 謹以淸酌庶羞之奠, 敬祭于亡友故太常
少卿崔公之靈.

惟靈率是良志, 蹈其吉德, 炳蔚文彩, 周流學殖. 孔氏之訓, 專其傳釋,
黃老之言, 探乎幽賾. 六書奧秘, 是究是索, 叩爾玄關, 保其眞宅. 藝成行
備, 披雲騁跡, 康莊未窮, 濛汜已極. 嗚呼哀哉!

夙歲同道, 從容洛師, 接袂交襟, 以遨以嬉. 策駕嵩、少, 泝舟瀍、伊,
笑咏周星, 其樂熙熙. 丹霄可望, 靑雲可期, 洛中十友, 談者榮之. 惟鄭泊
齊, 各登鼎司, 或喪或存, 山川是違. 繄我夫子, 宜相淸時, 命之不遐, 孰不
悽悲? 嗚呼哀哉!

往佐居守, 及爾同寮, 笑遨交歡, 匪夕則朝. 入同其室, 出聯其鑣, 投文
報章, 旣歌且謠. 及我爲郞, 優游吏部, 公爲御史, 持憲天路. 文陛徐趨, 眷
戀相顧, 歡愛之分, 有加于素. 自我于邁, 歷刺東吳, 離憂十年, 復會名都.
余爲侍郞, 銓總攸居, 實得茂彦, 奉其規模, 聯事合情, 又倍其初. 我尹京
兆, 公亞奉常, 步武相望, 佩玉以鏘. 謂保愉樂, 長此翺翔, 抱疾幾何? 忽
焉其亡. 嗚呼痛哉!

原念往昔, 愛均骨肉, 我有書笥, 盈君尺牘. 竊言在耳, 古今何速, 失涕興
哀, 匍匐往哭. 撫筵一呼, 心焉摧剝, 日月逾邁, 佳城遽卜. 素車千里, 逶迤
山谷, 晦爾精靈, 藏之斧屋. 嗚呼哀哉! 丹旌卽路, 祖奠在庭, 去此昭昭, 就
爾冥冥. 敬陳洞酌, 以告明靈, 臨觴永慟, 庶寫哀誠. 嗚呼哀哉! 伏惟尙饗.

위이경조제양응낭중문(為李京兆祭楊凝郎中文 : 이경조윤님을 대신한 양응낭중님을 위한 제문)[40]

정원 19년(803) 계미년(癸未年) 신사(辛巳)일로 시작하는 4월 모일, 검교 공부상서경조윤(檢校工部尙書京兆尹)·사농경(司農卿) 이실(李實)이 삼가 맑은 술과 변변치 못한 음식의 제물로 병부낭중(兵部郎中) 양공(楊公)의 영령께 제사를 올립니다.

공께서는 청렴의 표상이자 서리 같이 결백하시고 향기로운 덕을 지니셨으며, 부드러움과 효성스럽고 우애로움이 뛰어나 널리 알려지셨습니다. 큰 뜻을 펼치시며 맑은 향기를 드날리셨으며, 생각은 덕조(德祖)와 같고 학문은 자운(子雲)의 뒤를 이으셨습니다.[41] 총명함은 빛나고 뛰어난 문장은 내용과 형식이 잘 갖춰졌으며, 논변은 당대의 으뜸이었고 재능은 출중하셨습니다. 백가(百家)의 깊은 뜻을 한마디로 논하실 수 있으셨으며, 불교와 노자의 학문도 두루 꿰뚫으셨고, 전(典)·분(墳)은 말할 것도 없었습니다.[42] 공상(公相)의 지위에 오르시어 성군을 찬양하시리라 여겼는데, 이제는 누구를 올려다보아야 합니까? 강물은 출렁이며 흘러만 갑니다. 아아, 애통합니다!

형제분들은 모두가 선비의 모범이시며 연이어 우수하게 과거에 급제하시어 고관이 되셨습니다.[43] 공의 훌륭하심은 친구 동료에게서 시작되어 사방에 퍼졌으니, 명망이 분명히 알려졌습니다. 환히 뛰어난 견식을

---

40) 본편은 경조윤인 이실(李實)을 대신하여 쓴 병부낭중(兵部郎中)을 지낸 양응(楊凝)을 위한 제문이다. 양응은 유종원의 장인의 아우이나, 이실을 대신해서 쓴 글이므로 유종원 자신의 정서를 개입시키지 않고 온전히 이실의 입장을 대변하였다. 정원 19년(803)의 글이다.
41) 덕조(德祖)는 양수(楊脩)의 자(字)이다. 자운(子雲)은 양웅(揚雄)의 자이다.
42) 전(典)·분(墳)은 삼황오제의 서적인 삼분오전(三墳五典)의 약칭이다. 고서(古書)를 가리키기도 한다.
43) 양응의 형님인 양빙(楊憑)과 아우인 양릉(楊凌) 모두 당시에 유명하였다.

지니시고 남달리 탁월하셨으며, 모습은 멋지시고 조정에선 의젓하셨습니다. 동액(東掖)에서 붓을 드시어 행적을 빠짐없이 기록하셨으며, 남궁(南宮)에서 문서를 기초하시어 그 주장에 찬양이 더해졌습니다.[44] 대량(大梁) 지역에 난리가 일어나자 천자께서 사신으로 보내셨는데, 조용히 책략을 세워 오직 바른 길만을 밟으셨습니다.[45] 돌아오시어 낭중이 되시어 중앙의 병무를 맡으셨는데, 병사와 무기의 검열에 착오를 없애 임무를 완수하셨습니다. 뛰어난 능력을 다 펼치시기도 전에 병을 얻어 돌아가셨으니, 선행을 쌓으면 수명이 짧다고 말한 이가 누구입니까? 예전에 강서(江西)에서 함께 모여 이야기를 나눌 수 있었는데, 외람되게도 아껴주시고 멀리 내치시지 않으셨습니다. 공의 큰 형님께서도 덕음(德音)을 들려주시며 오랜 시간 어울려주시어 그리움이 더욱 깊습니다. 정겨운 말씀은 귀에 가득하고 서신은 오갈 듯하며, 여전히 형제분들이 다투어 공업을 이루시며 유림(儒林)을 빛내시리라 기대하고 있습니다. 그런데 이토록 떠나가시니 제 마음만 부서집니다. 아아, 애통합니다!

제물 실은 수레가 출발하고 앞에서는 슬피 운구 수레를 끌어 잡는데, 세찬 바람은 처량하고 쇠락한 풍경은 어둡기만 합니다.[46] 온 경성 사람이 죽도록 슬퍼하여 눈물을 뿌리면서 바라보니, 하물며 옛 친구 중에 그 누가 애통함과 그리움을 감당할 수 있겠습니까! 한 잔 술을 떠 바치나 어떻게 평소의 정분을 달랠 수가 있겠습니까? 제물을 받아주십시오

維貞元十九年, 歲次癸未, 四月辛巳朔, 某日, 檢校工部尚書京兆尹、司農卿李實, 謹以淸酌庶羞之奠, 敬祭于故兵部郞中楊公之靈.

惟靈淸標霜潔, 馨德蘭薰, 沖和茂著, 孝友彰聞. 濬發洪緒, 激揚淸芬,

---

44) 동액(東掖)은 기거랑(起居郞)이 되었음을 가리킨다. 양응은 기거랑이 되어 우사(右史)로서 황제의 행적을 기록하였다. 남궁(南宮)은 상서사봉원외랑(尙書司封員外郞)이 되었음을 가리킨다.
45) 양응은 정원 12년(796)에 선무군절도판관(宣武軍節度判官)을 담당하였다.
46) 원문의 '견거(遣車)'는 임금이 신하의 장례에 하사하는 제물 싣는 수레이다.

思佇德祖, 學紹子雲. 瑩彼靈府, 彬其英文, 吐論冠時, 舒華軼羣. 百氏之
奧, 一言可分, 旁貫釋、老, 豈伊典、墳? 謂躋公相, 贊揚聖君, 高山安仰?
逝水沄沄. 嗚呼哀哉!

惟是伯仲, 並爲士則, 連擢首科, 迭居顯職. 公之懿美, 發自朋僚, 播于
四方, 令問克昭. 炯然獨識, 卓爾孤標, 翼翼其容, 羽儀清朝. 載筆東掖, 動
無不紀, 起草南宮, 時論增美. 大梁有艱, 天子是使, 密勿之謀, 唯道是履.
復歸郎署, 職茲中兵, 簡稽無撓, 以考其成. 英風未攄, 沈痾遽嬰, 孰云積
善, 降以促齡? 昔歲江表, 獲同宴語, 謬爲好仁, 不我遐阻. 公之元兄, 復
惠德音, 優游多暇, 眷眄逾深. 情言盈耳, 尺素相尋, 冀茲競爽, 焜燿儒林.
及此凋落, 秖摧我心. 嗚呼哀哉!

遣車就引, 哀挽先路, 迅風凄悲, 頹景幽暮. 傾都殄瘁, 揮涕相顧, 矧茲
故人, 誰任痛慕! 潢汙一觴, 詎寫平素? 尚饗.

위안남양시어제장도호문(為安南楊侍御祭張都護文 : 안남 양시 어사님을 대신한 장도호님을 위한 제문)[47]

모년 모월 모일, 옛 부하인 모직의 아무개가 삼가 도호(都護)·어사중
승(御史中丞) 장공(張公)의 영령께 제사를 올립니다. 교주(交州)는 넓어서 남
으로 하늘 끝에 이르니, 우(禹)임금의 치적도 미치지 못했고 강대한 진(秦)
나라도 통제할 수 없었으니, 혹은 굴복하고 혹은 반기를 들면서 월(越)로
부터 한대(漢代)에 이르렀습니다. 위대한 당(唐)이 교화를 시행하면서 처

---

47) 본편은 안남(安南)의 양시어사(楊侍御史)를 대신하여 쓴 안남도호(安南都護)이자 어사중
승(御史中丞)이었던 장주(張舟)를 위한 제문이다. 앞의 글과 마찬가지로 남의 입장에서 쓴
제문으로서 그 형식과 사료로서의 가치 외에는 취할 바가 결여되었다고 할 수 있다.

음에는 조용한 해가 드물었으나, 조금씩 풀 옷을 입는 미개한 신하로서 순종하더니 점점 개화하여 상투를 틀고, 마침내 중화민족이 되어 우리의 효제(孝悌)의 문화세계에 들어왔습니다. 사섭(士燮)의 태평스런 이곳 통치를 오직 공께서만이 계승하시었으니, 장기 계획으로 근면히 실행하시어 그들의 찬송을 받으셨습니다.[48] 동주(銅柱)를 남쪽에 세우시어 예전의 공적을 재현하시고, 큰 길을 북으로 내어 이곳 남방 모퉁이 땅을 통제하셨습니다.[49] 사다리같이 길을 연이으시고 갖가지 깃발이 멀리멀리 나부끼게 하시어 수레가 모두 경성으로 향하게 함으로써 황제의 위엄을 드날리셨습니다. 바야흐로 황제의 총애를 받으시며 마땅히 높이 공(公)의 작위와 제후의 지위를 차지하시어, 명성이 경성에 날리고 기백이 이 땅에서 숭배될 때였습니다. 아아 애통합니다!

공께서 처음 관리가 되셨을 때 사람들이 공의 청렴하고 유능함을 칭찬하였습니다. 전에 군의 직책을 맡으셨을 때에는 법규를 준수하시었으니, 사람들은 홀아비와 과부가 안주하고 부세(賦稅)가 안정되리라는 것을 알았습니다. 주사(柱史)로 승진하시고 또 예부원외랑(禮部員外郎)을 맡으시었으며, 공을 세우시며 직책을 수행하시니 나라 안이 태평했습니다.[50] 또 남방을 맡으시어 전적으로 책임지셨습니다.[51] 오옥(五玉)을 받으시는 예우를 받으시고 백 붕(朋)의 봉록을 받으셨습니다.[52] 부서를 공개하여 관

---

48) 사섭(士燮)은 한말(漢末)의 교지(交趾) 즉 당대의 교주(交州)의 태수로서 그곳에서 20여 년을 통치하여 태평시대를 유지했다.

49) 동주(銅柱)는 한대의 마원(馬援)이 처음 세웠던 것이다. 변방의 통치를 예전처럼 안정시켰음을 의미한다.

50) 장주(張舟)는 기춘현(蘄春縣)의 주부(主簿)를 시작으로 어사(御史)가 되었다가 예부(禮部)의 원외랑(員外郎)을 거쳐 낭중(郎中)이 되고, 안남(安南) 부도호(副都護)와 경략부사(經略副使)를 거쳐 마지막에 도호(都護)가 되었다. 주사(柱史)는 어사를 가리킨다.

51) 검교태자우서자(檢校太子右庶子)로서 안남도호(安南都護)·어사중승(御史中丞) 및 본관경략사(本管經略使)·초토사(招討使)·처치사(處置使) 등의 직을 맡은 것을 이른다.

52) 오옥(五玉)은 공(公)·후(侯)·백(伯)·자(子)·남(男)의 작위가 각기 받는 다섯 가지 옥으로 된 징표이다. 붕(朋)은 다섯 패(貝) 묶음이다. 오옥(五玉)과 백붕(百朋)은 작위가 높고 급여가 많음을 의미한다.

속을 초빙하시며 수많은 인재들을 모으셨는데, 둔하고 미천한 저를 살피시어 임용해주셨습니다. 공께서 조령(詔令)을 받으신 후에 다시 은혜가 더해져 초관(楚冠)을 하사받으시고 그에 부끄럽지 않게 통치하셨습니다.[53] 공께서는 부임하시면서 장막 안에서 멀리 주시하셨는데, 험지도 평지처럼 여기시고 먼 길도 멀다하지 않으셨습니다. 제 형님도 관직에 임명되었다가 중도에 그만두었는데, 아쉬움과 걱정으로 눈물을 흘렸지만 자식이 없어 받은 명령을 따르지 못했습니다. 그러나 공께서는 외로운 홀몸으로 잠시의 지체도 없이 강물에 정을 붙이시고 하늘가에 꿈을 매어두시었습니다. 은혜는 깊고 넘치는데 의롭지 못하게 따르지 못하였으니, 흠모하는 마음으로 길게 통곡하며 불안 속에 두려움만 더해갑니다. 아직 힘이 있고 마음속은 격동하니 상이 끝나기를 기다려 영원토록 보답할 것을 기약합니다. 겸손의 덕을 지닌 이에겐 복이 없어 하늘이 재난을 내리시니, 뜰에 건 악기를 막 치우자 부음의 전령이 왔습니다.[54] 공의 보살피심이 원망을 더해주고 살펴주심이 슬픔을 더해줍니다. 모습도 뵈올 수 없으니 어떤 방법으로 은덕에 보답하겠습니까? 운구하는 수레가 북으로 향할 즈음 제물은 갖춰졌고 절하는 이들이 몰려드니, 이 세상에서의 이야기는 영원히 끊깁니다. 남방의 술을 떠 바치며 깊은 마음의 슬픔을 달랩니다!

維年月日, 故吏某職官某, 敬祭于故都護、御史中丞張公之靈. 交州之大, 南極天際, 禹績無施, 强秦莫制, 或賓或叛, 越自漢世. 聖唐宣風, 初鮮寧歲, 稍臣卉服, 漸化椎髻, 卒爲華人, 流我愷悌. 士爕之理, 惟公克繼, 勤勞遠圖, 敷贊嘉惠. 銅柱南表, 前功載修, 空道北出, 式遏蠻陬. 梯航連連, 旌旆悠悠, 輻湊都會, 皇威以流. 方荷天寵, 宜公宜侯, 聲馳帝鄕, 魄降炎

---

53) 초관(楚冠)은 해치관(獬豸冠)이라고도 한다. 해치는 곡직을 분별할 줄 아는 신령스런 양으로 초나라 왕이 잡아 관을 만들어 썼다고 한다.
54) 『예기』에 따르면, 대부는 재난이나 변고가 없으면 악기를 틀에서 철거하지 않는다고 한다.

州. 嗚呼哀哉!

公昔試吏, 時推淸能. 公昔乘軺, 人知準繩, 鰥嫠以安, 征賦用登. 柱史
稍遷, 郎曹繼昇, 程功佐理, 海裔斯澄. 乃紀南方, 專任是憑, 禮分五玉, 恩
錫百朋. 開府辟掾, 羣英攸屬, 顧茲陋微, 敢廁甄錄. 旣受筐篚, 載加命服,
賜有楚冠, 用憨多角. 星言赴命, 注望帷幄, 視險如夷, 瞻程非邈. 伯氏左
宦, 爰滯中途, 流連隱憂, 言念涕濡, 子姓莫在, 使命頓殊. 兢魂弔影, 敢廢
斯須, 情留江徼, 夢結天隅. 恩切有裕, 義乖從役, 顧慕長慟, 展轉增惕. 膂
力猶在, 中腸屢激, 方俟銷憂, 永期投跡. 謙德不福, 法星降災, 庭懸遽徹,
馹訃爰來. 撫躬益恨, 循顧增哀, 瞻容莫及, 報德何階? 輛車北轅, 申奠克
諧, 望拜徒至, 音塵永乖. 南州斗酒, 庶寫幽懷!

제만년배령문(祭万年裴令文 : 만년현의 배현령님을 위한 제문)[55]

공의 효심과 우애심은 천부적인 것이었으며, 유학을 학습하시어 그 명
성이 천자께 들릴 만하였습니다. 도량은 몹시 넓고 마음은 확 트였으며
신의로서 사람을 대하셨으므로 제 한 몸을 맡겼었습니다. 급한 일에는
옷을 걷고 나서시며 그에 따른 선악의 결과를 피하지 않으셨으며, 나라
안 절반 가득히 교제하시면서 대부분 받아들이시고 거절하시는 일이 드
무셨습니다. 바둑에 뛰어나셨고 좌중에 잘 맞추시어 우세에 있으나 열세
에 있으나 언제나 합당하게 처신하셨습니다. 예의(禮儀)를 연구하여 글로

---

55) 본편은 만년현의 현령을 지낸 누이의 부군인 배근(裴墐)을 위한 제문이다. 배근은 자
(字)가 봉숙(封叔)으로 하동(河東)사람이며 원화 12년(817)에 죽었다. 만년현령을 지내다
가 사기꾼의 모함에 걸려 쫓겨나 도주(道州)와 순주(循州)에서 막료생활을 하였으며, 사
면을 받아 길주(吉州)에서 장사(長史)로 있던 중에 죽었다. 작자가 장안에 있을 때에 자
주 왕래하였다.

쓰시어 잊어진 제도도 회복시키시고, 음악적 재능을 발휘하시며 봉직하시어 음악의 표준을 정하셨습니다. 또 의례가 끝나면 가로 세로 걸린 악기들을 그려 담당 관료에게 전해 표준 격식으로 영원히 전하셨습니다. 사소한 예절에는 초탈하여 따지지 않으시고 잡다한 말들은 무시하시며, 넉넉하심을 자부하시어 미워하고 원망해도 모른 척하셨습니다. 끝내는 그것이 관계에서의 비방을 불러 화의 발원지를 알지도 못한 채 중도에 쫓겨나시고는 재기할 것을 기약하셨습니다. 그러나 분이 쌓여 이렇게 급히 돌아가실 줄을 누가 알았겠습니까? 아아, 애통합니다!

세간에선 인척간에 어울리면 끝맺음이 길한 적이 드물다고 말하는데, 저와 공은 오래될수록 더욱 가까웠습니다. 돌이켜보면 현숙한 덕의 누님은 공의 부인으로서 위로는 상하간의 예절을 따르고 아래로는 동기들과 즐거움을 나누셨습니다. 효성과 공경을 다하며 어짊의 표본이 되셨고 아이들에게까지 빠뜨림이 없이 마음을 쓰셨습니다. 공의 형제분들은 문예에 뛰어나고 예술로 어울리시어, 술잔을 마주하고 책장을 같이 하셨습니다.[56] 못난 저를 돌봐주시어 같이 어울려주셨으니 지금까지 스무네 해가 되도록 그 정분이 한결같습니다. 여러 차례 누가 빠지기도 하고 좌천도 당하여, 흩어지기도 모이기도, 잘되기도 못되기도 하면서 여러 상황을 맞이하였습니다. 바야흐로 만년에 들어 예전으로 조금 돌아가려 기대하는 터인데, 세월은 저희를 기다리지 않아 지금 이렇게 끝이 났습니다. 겨우겨우 위(衛)나 위(尉)를 지내는 형제만이 벼슬을 지키고 있으니 그 끝이 없을 슬픔을 생각하면 회해(淮海)가 온통 쓸쓸하기만 합니다.[57] 아아, 애통합니다!

병환이 있으시다는 소식에 서둘러 글을 올렸으나 그 인편이 돌아오기도 전에 나는 듯한 부음이 반우(番禺)로부터 왔습니다.[58] 공은 황폐한 벽지

---

56) 배근(裴塤)의 형은 견(堅), 동생은 식(埴)과 훈(塤)이다.
57) 회해(淮海)는 양주(揚州)를 가리킨다.
58) 반우(番禺)는 반산·우산의 산 이름으로 광동의 광주(廣州)를 가리킨다. 진(秦)나라 때에 반우현을 설치했었다.

를 지키시며 괴물 산기(山夔)와 같이 생활하시다가 눈살도 펴지 못하시고 뜻도 펼치지 못하셨습니다.[59] 더욱이 초라해져 이렇게 묶인 몸이 되어 가슴을 쓸어내리며 길게 통곡하니, 그 통곡이 어떻겠습니까? 시원찮은 제물마저 보내지 못하니 깊은 슬픔은 더할 나위가 없습니다. 아아, 애통합니다!

惟靈孝友之性, 實惟天與, 飾以儒書, 洽其譽處. 枵然其量, 廓爾其宇, 人以義來, 我以身許. 褰裳赴急, 不避寒暑, 交半域中, 多容鮮拒. 賢於博奕, 媚玆讒語, 或泛或沉, 兩得其所. 攷禮成文, 墜章克擧, 展樂承職, 音官式序. 旣聯奏復, 亦圖筍簴, 播在奉常, 永傳儀矩. 脫略細謹, 懆忽煩言, 坦然自居, 無顧仇怨, 卒成官謗, 莫究禍源, 坐黜中徙, 再期騰騫. 孰云蓄憤, 遽此歸魂. 嗚呼哀哉!

世稱姻黨, 鮮克終吉, 唯我與君, 久而逾密. 追惟淑德, 嬪于君室, 上順尊卑, 下歡儔匹. 致其孝敬, 式是仁郵, 爰及童孩, 處心勿失. 君之仲季, 茂於文術, 游藝相從, 操觚散帙. 顧余蹇劣, 廁跡奔逸, 二紀於今, 情交若一. 屢聞凋缺, 互見遷黜, 契闊伶俜, 分形間質. 方期末路, 稍追曩日, 時不我謀, 於焉斯畢. 營營衛尉, 獨守邦秩, 想其永哀, 淮海蕭瑟. 嗚呼哀哉!

聞疾馳簡, 其命未返, 翮其訃書, 來自番禺. 塊守窮荒, 山夔與居, 有眉不伸, 有志不舒. 況逢零悴, 當此囚拘, 拊膺長慟, 長慟何如? 菲禮無取, 沉哀有餘. 嗚呼哀哉!

---

59) 산기(山夔)는 용같이 생긴 외발 짐승이다. 혹은 도깨비라고도 한다.

제여경숙문(祭呂敬叔文 : 여경숙을 위한 제문)[60]

모년 모월 모일에 친구이자 내종 사촌형인 영주사마원외치동정원(永州司馬員外置同正員) 유종원(柳宗元)이 삼가 술과 고기의 제물을 갖춰 세상을 떠난 친구 여경숙(呂敬叔)의 영혼에게 제사를 드린다. 아아! 공손하게 여러 곳을 다녀도 때론 보답이 없다.[61] 그렇다고 칼질하고 낚시하는 이상한 짓으로 어떻게 세상에 어울리겠는가?[62] 큰 인재가 때론 받아들여지지 않고 작은 인재가 때론 버려지니, 오고가며 만나고 맞이하는 일은 고금에 들쑥날쑥하다. 그대는 마음이 충성심과 용기로 가득하고 성실하게 처신하였어도 허물이 있다고 물러나야 했다. 지모(智謀)는 원대하고 변론은 비범하며, 우뚝 높으며 넓고 큰 자세는 세인들과 달랐다. 그런데 어찌하여 그런 그릇으로 때를 만나지 못했단 말인가? 그대는 일찍이 자신은 무용이 있어 큰 공을 자신한다며, 힘을 다하여 황제의 위엄을 떨칠 것을 맹세하였다. 변방이 혼란하여 여러 차례 전쟁에 참여하니 제후들이 귀순하여 변방이 모두 안정되었다.[63] 그런데 지금 세상을 떠났으니 그 뜻을 이루지 못한 것이 애달프다. 그런 점을 알지만 도움이 안 되니, 세간에선 또 아는 이가 드물다. 아아, 애통하다!

전에 그대와 어울릴 때는 여전히 그대의 뜻을 의문시했으나, 오랜 기

---

60) 본편은 오랜 친구이자 지기의 아우이기도 한 여공(呂恭)을 위한 제문이다. 경숙(敬叔)은 그의 자(字)이며, 작자의 지기 여온(呂溫)의 동생이다. 여온이 원화 6년(811)에 41세로 죽고 여공마저 원화 8년(813)에 37세로 죽었다. 뜻이 맞았고 또 쫓겨난 처지에서 크게 기대를 걸었던 여온을 잃은 상황에서 다시 그 아우의 장례행렬을 자신의 폄적지인 영주에서 맞이한 슬픔을 표현하였다. 여공을 위한 「여시어공묘지(呂侍御恭墓誌)」도 있다.

61) 공자가 여러 나라를 주유(周遊)한 일을 가리킨다.

62) 강태공 여망(呂望)이 조가(朝歌)에서 칼질하고 위수(渭水)가에서 낚시질하여 문왕(文王)에게 천거되어 스승이 된 일을 가리킨다.

63) 여씨는 산남서도절도장서기(山南西道節度掌書記)·강서단련부참군(江西團練府參軍)·계관방어부사(桂管防禦副使)·영남절도판관(嶺南節度判官) 등을 지냈다.

간을 지내며 보니 실로 그 일을 맡을 만하였다. 날마다 능력이 달라지고 해가 지나며 지혜가 늘었는데, 마치 하천이 흘러가듯 광대하였다. 그러나 하늘이 생명을 앗아 중도에 버리셨다. 나는 신중하게 친구를 사귀며 경건한 마음으로 세간을 돌아다닌 지 이십여 년이 되었다. 그러는 중에 모욕을 당해도 수치로 여기지 않고 승진하여 잘되어도 잘난 척하지 않으며, 도에 따라 일관하는 이는 네다섯도 없었다. 내가 아는 그대는 상황에 따라 변하는 사람이 아니었고 말에는 신용이 있으며 몸은 못 만나도 마음은 통하였다. 나는 늦도록 쫓겨나있고 그대는 나에 앞서 요절하였으니, 공연히 그대의 지향을 칭찬한들 누가 내 말을 믿겠는가? 그대와 나 모두 끝났으니 무슨 선후가 있겠는가! 그대의 형님은 지향과 의리가 같았으나 한 주(州)의 자사로 마흔에 세상을 떠나셨다.[64] 그대가 막 관직에 나갔을 때 백년을 살 이가 몇이나 있었겠는가? 어찌하여 말도 없이 이렇게 급히 나를 떠났는가! 젊은 아내와 어린 아들이 바닷가에서 동주(東周)까지 울부짖으며 만 리 길을 간다.[65] 운구의 행렬이 이곳을 지나기에 술과 고기를 늘어놓고 그 뜻을 칭송한다. 이 애사(哀辭)를 읽으며 제사를 지내 애도한다. 아아, 경숙이여! 내 이상은 끝이 났다. 제물을 받으시라.

維年月日朔, 友人從內兄守永州司馬員外置同正員柳宗元, 謹以酒肉之奠, 致祭于亡友呂敬叔之魂. 嗚呼! 鞠躬歷聘, 或以不答, 屠魚乖離, 夫何克合? 大或不容, 小或見遺, 往來逢迎, 今古參差. 惟子之中, 忠勇充之, 以誠與物, 退受其疵. 智謀宏長, 辯論恢奇, 嚴毅博大, 與世異姿. 何付之器, 而蹶於時? 嘗曰余武, 王功是期, 誓耆其力, 以達皇威. 邊鄙不靖, 俾供興師, 諸侯順道, 戎貊咸宜. 今其沒矣, 哀志之違, 知之無補, 世又罕知.

嗚呼哀哉!

昔與子游, 尙疑其志, 及觀其長, 誠任其事. 日異其能, 歲增其智, 進如
川行, 浩浩而遂. 天乎有亡, 中道是棄, 余愼取友, 惟心之虔, 周遊人間, 餘
二十年. 揣辱非恥, 升揚非賢, 一貫於道, 無四五焉. 子之我知, 不以事遷,
言而見信, 貌阻心傳. 我黜終世, 子夭於前, 徒稱子志, 誰信我言? 與子俱
已, 孰云後先! 惟子之兄, 志同義比, 官刺一州, 四十而死. 子仕方初, 百年
有幾? 如何默默、去我遄已! 有穉之妻, 有弱之子, 海壖東周, 號哭萬里.
葬紖之行, 獲出於此, 爰陳酒肉, 式嘉且旨. 讀玆哀辭, 以奠而誄, 嗚呼敬
叔! 吾道已矣. 尙饗.

제최군민문(祭崔君敏文 : 최군민님을 위한 제문)[66]

곤륜산(崑崙山)에서 나는 것은 옥이 되기 어려우며, 등림(鄧林)에서 나는
것은 재목이 되기 어렵습니다. 공의 명망은 온 나라에 잘 알려졌습니다.
예능 면에서는 육서(六書)에 조예가 깊으셨으며, 학문 면에서는 칠록(七錄)
의 핵심을 깨우치셨습니다.[67] 황노(黃老)사상을 좋아하시어 영욕(榮辱)에
관계없이 편안해 하셨습니다. 조정에 들어가서는 황궁의 방위를 맡으셨
고, 나가서는 경성 근교의 직책을 담당하셨습니다.[68] 회해(淮海)의 기강을

---

66) 본편은 영주에서 죽은 현직 자사 최군민(崔君敏)을 위한 제문이다. 최군민은 원화 5
년(810)에 영주에서 죽어 고향으로 귀장되었다. 조산대부(朝散大夫)를 지냈으며, 유종원
이 쓴 묘지명이 따로 있다.

67) 육서(六書)는 여섯 가지 조자법(造字法)을 가리킨다. 칠록(七錄)은 양(梁)의 완효서(阮孝
緖)가 각 방면의 학술도서를 일곱 가지로 분류하여 새로이 정리한 책이다. 경전록(經傳
錄)·기전록(記傳錄)·자병록(子兵錄)·문집록(文集錄)·기술록(伎術錄)·불록(佛錄)·도록
(道錄)의 칠록(七錄)이다.

68) 원문의 '보흑의(補黑衣)'는 왕궁을 보위함을 의미한다. 『전국책』의 기록에 의하면, 촉

바로 잡으시어 법령의 위엄을 회복하셨으며, 중악(中岳) 끝자락을 맡으시어 두루 어질게 교화하셨습니다.69) 태자의 자문역을 담당하셔서는 곧고 청렴하셨습니다.70) 또 오래지않아 능력을 인정받아 두 주(州)의 자사를 맡으셨습니다.71) 이곳에 오셔서는 옛 풍속에 맞춰 오랫동안 부드럽게 서두르지 않으시며 여유롭게 자족하셨습니다. 관리를 줄이고 근면하게 송사를 처리하셨으니, 요사스런 무속인(巫俗人)을 제거하시고 엉터리 사당을 없애셨습니다. 삼 년을 다스리는 동안 아무도 원망이 없었으며 다음 조치를 채 시행하지 않으셨는데, 어찌하여 그리 급히 세상을 떠나셨습니까?

저는 죄를 지어 이 땅으로 쫓겨났는데, 공께서 은혜를 베푸시어 말라 죽어가는 나무에 빛을 비춰주셨습니다. 말방울을 울리며 들에 나가고 새 모양의 배를 띄워 상수(湘水)의 물길을 따라갔으며, 자리를 펼치고 악대를 불러 불을 밝히고 술잔을 주고받았습니다. 소리 높여 노래하고 춤을 추며 끝내 쉼이 없었으니, 번거롭던 생각이 그로써 걷어져 근심스런 마음을 잠시나마 잊었습니다. 좋은 시절은 다시 오지 않고 그 즐거움은 지속될 수 없으니, 지금 이를 어찌하겠습니까? 그리워 돌아보며 슬퍼합니다. 아아! 집 주인은 차례로 떠나가도 하천은 쉬지 않고 흐릅니다. 옛 시절을 돌이켜 생각하니 멍하니 꿈속과도 같습니다. 제물이 치워지고 길을 나서시면 혼백은 배로 옮겨 타실 것이고, 이곳 사람들은 영원히 그리워하며 엎드려 슬픔을 표할 것입니다. 더욱이 덕을 입은 저는 가슴을 도려내는 듯합니다. 정성을 살피신다면 마름뿐인 제물이 수치스럽지 않으시겠지요.

룡(觸龍)이 조태후(趙太后)에게 검은 옷을 깁는 재주를 지닌 자신의 아들을 왕궁 보위를 담당하도록 천거했다고 한다. 최민은 경조부에 속하는 주질(盩厔)·삼원(三原)·남전(藍田)의 세 현의 현위(縣尉)를 지냈다.
69) 회해(淮海)는 양주(揚州)를 가리킨다. 최민은 양주의 녹사참군(錄事參軍)을 지냈으며, 뒤에 허주(許州)의 임영(臨潁)현과 여주(汝州) 용흥(龍興)현의 현령을 맡았다.
70) 최민은 양주에서 입조하여 태자사의랑(太子司議郎)이 되었다.
71) 귀주(歸州)와 영주의 자사를 맡았다.

夫産崑崙者難爲玉, 植鄧林者難爲木, 公以令望, 顯于華族. 藝邃六書,
學該七錄. 耽此黃、老, 恬于寵辱. 入補黑衣, 出參旬服. 紀綱淮海, 政令
惟肅. 宰制岳濱, 周於仁育. 儲闈典議, 直淸攸屬. 久次推能, 二州繼牧. 至
于是邦, 率由舊俗, 和易勿亟, 優游自足. 旣有少吏, 勤於庶獄, 妖誣殄除,
淫祠翦覆. 出令三歲, 人無怨讟, 進律未行, 歸神何速?

某咸以罪戾, 謫茲炎方, 公垂惠和, 枯槁以光. 鳴鑾適野, 泛鷁沿湘, 廣
筵命樂, 華燭飛觴. 高歌屢舞, 終以無荒, 紛慮斯屛, 憂懷暫忘. 良時不再,
斯樂難常, 今其奈何? 顧慕感傷. 嗚呼! 室有迭去, 川無息流, 追懷曩辰,
怳若夢遊. 奠徹中寢, 魂遷乘舟, 邦人永思, 匍匐隱憂. 況我懷德, 心焉若
抽, 潔誠可鑒, 蘋藻非羞.

제단홍고문(祭段弘古文 : 단홍고를 위한 제문)[72]

세간에선 곧은 것을 탓하고 사람들은 부드러운 것을 좋아하니, 행동하
여 받아들여지지 않는다면 성인인들 어찌하겠는가? 신의를 제창했으나
그 누가 같이 동조하였던가? 변통할 줄 모르고 생을 마쳤으니 그 단단함
은 마멸되지 않는다. 그대와 함께 어울려서는 어짊을 깨우치고 사귀어선
이로움을 얻었으니, 처음에는 추천함직하더니만 끝내는 액운을 당했
다.[73] 그대의 정성은 단단하여 금석(金石)을 꿰뚫을 만하였으니, 그 은혜
를 생각하고 옛일을 기억하자니 격분하는 언사를 참을 수 없다.

---

72) 본편은 객사한 단홍고(段弘古)를 위한 제문이다. 단홍고는 작자가 어사중승에게 추천
한 바 있으며 영주에서 만났던 후배격의 인물이다. 그가 객사하여 영주로 옮겨졌을 때
쓴 글로 원화 9년(814)의 글이다.
73) 단홍고(段弘古)는 유종원과 유우석에 의해 어사중승에게 추천된 바 있다. 후에 계주
(桂州)의 자사에게 무례를 당하고는 화가 나 발병하여 여관에서 죽었다.

그대가 전에 왔을 때 좋은 말을 많이 들려주어, 밤새도록 북당(北堂)에서 만나고 낮에는 남헌(南軒)에서 연회를 벌였다. 영주를 떠나 월(越)에 갈 때 며칠도 안 되어 돌아오리라 여기면서, 나는 거처에서 북으로 향하는 그대의 수레를 바라보았다. 그런데 지금 돌아오는 길에는 운구의 깃발이 펄럭이니, 그토록 뛰어난 지향을 끝냄이 겨우 중년까지였다.[74] 아아, 애통하다!

삶은 가난하고 자식은 있으나 어리니, 그 누가 신의를 지키면 하늘이 돕는다고 하였던가? 장례 길의 비용을 감히 예전의 예를 무시하여 마련하고, 그대의 행적을 기록하여 돌에 새긴다. 술잔에 맑은 술을 따르고 제기에 음식을 담아 바치니, 그 정성을 살피어 와서 받기를 바란다.

世病乎直, 人悅其和, 行而不容, 雖聖奈何? 提其信義, 誰與同波? 硜硜以終, 堅不可磨. 游得其仁, 友擇其益, 始如可進, 終會于厄. 精誠介然, 將貫金石, 追恩懷舊, 興詞憤激.

君昔來辱, 備聞嘉言, 宵會北堂, 晝宴南軒. 去適于越, 不日其旋, 載除我居, 望爾北轅. 今者之來, 丹旐有翩, 閟茲英志, 限此中年. 嗚呼哀哉!

君實斯貧, 有子而幼, 孰云履信, 惟天所祐? 道途之費, 敢廢于舊, 志君之行, 銘石斯授. 有潔其觴, 有楚其豆, 庶鑒于誠, 臨茲饗侑.

---

74) 단홍고는 원화 9년(814) 윤 8월에 죽었다.

곡장후여사(哭張後余辞 : 장후여를 위한 곡사)⁷⁵⁾

후여(後餘)는 상산(常山) 장(張)씨로 집안에선 효성스럽고 친구에겐 진심을 다했으며, 학문은 심히 깊고 문장은 뛰어났다. 나보다는 일곱 살이 아래로 아우처럼 대했다. 그와 같이 있을 때면 종일토록 부드러워 그가 있는 줄도 몰랐으나, 남이 말을 시키면 쇳소리가 나도록 날카롭고 논변은 핵심에 적중하였다. 사람이 도덕을 갖추고도 세간에서 현달(顯達)하지 못하면 때를 잘못 만났다고 말한다. 도덕을 갖추고 때를 만났어도 현달하지 못하면 운명이라고 말한다. 운명의 미묘함은 알 수가 없고, 밖에서 찾아 알 수 있는 것은 본성과 모습이다. 후여의 본성은 선량하다고 할 수 있고 그 모습은 단정하다고 할 수 있다. 박학하고 충실하며 넉넉하고 여유로워 고관이 되고 장수함이 마땅하니, 그가 요절하고 천한 이유를 찾을 수가 없다. 진사시에 급제하였는데 그 다음 해에 정강이에 악창이 생겨 세상을 떠났다.

후여가 그렇게 죽자 사람들은 모두가 애통해하면서 말했다. 하늘은 선인(善人)을 도우시면서 이 사람을 죽이니 어찌된 것인가? 또 과격한 사람은 말했다. 하늘이 죽이는 사람은 늘 선인이고 돕는 이는 못된 자이다. 장자(莊子)의 설에 따르면 인간에게 있어서의 군자는 하늘에게 있어서는 소인이라 하였는데, 설마 장(張)군이 하늘이 말하는 소인이란 말인가? 위의 두 말은 적당하지 않다. 내 생각에는 선과 악, 요절과 장수, 귀함과 천함은 방식을 달리하여 나타나는 것이니, 그에 대해 기뻐하거나 화낼 것이 없다. 나타나는 방식이 많으니 한 방식에 합치되는 경우는 본디 적다. 그래서 군자가 귀하면서도 장수하기는 어려운 것이다. 후여의 어머니는 늘그막에 좋은 아들을 잃었기에 동쪽 서쪽 행인들도 그를 도와 울어주

---

75) 본편은 아우뻘인 장후여(張後餘)의 요절을 슬퍼하는 글이다. 전반에 비교적 자세한 서문이 있고 후반에 곡사(哭辭)가 있다. 장후여는 원화 2년(807)에 진사과에 급제하고 다음 해에 죽었다. 자세한 행적은 알 수 없다.

었다. 그러니 잘 아는 사람이야 어떻겠는가? 그러나 후여는 아첨꾼과 같이 귀해지지 않았고 패륜아와 함께 장수하지 않았으며, 순결함을 몸에 간직한 채 도를 깨치고 죽었으니, 울지 않아도 될 것이다. 아아! 그러나 만약 그가 도를 깨치고 또 귀하면서도 장수하였다면 그가 얻었을 현달(顯達)은 지금의 경우와는 크게 달랐을 것이니, 또 어찌 애통해하지 않을 수 있겠는가? 그리하여 통곡하는 글을 짓는다.

아아, 장(張)군이여! 선하다고 반드시 장수하는 것은 아니며, 도를 깨우쳤다면 하루를 살아도 오래 산 것이다. 사람들은 모두가 이와 반대이니, 백 살이 되어서도 어린애와 같다. 그대는 그토록 여유로웠으니 머리가 쇠도록 늦게까지 산 것이다. 아아 장군이여! 총애를 받았다고 귀해지는 것이 아니니 엄하게 남을 대하면 일찍이 고관이 된다. 그리하여 음흉하고 아첨하며 멋대로 욕심을 부리다가 은빛 장식의 고관이 되어서도 남들에게 버림을 받는데, 그대는 그토록 숭고하여 그런 일로 부끄러움이 없다. 내가 보기에는 머리가 하얗지만 어린애이고 겉으론 번쩍이지만 수치스러우며, 지팡이에 옷을 비벼대며 진흙 묻은 관복을 입고선 스스로는 넉넉하다 하지만 남이 보기에는 모자란다. 그대의 발자취가 그 사이에 섞이지 않은 것은 행운이다. 그런데도 축하해야 할 일에 조문하고, 노래할 일에 통곡하니, 내가 잘못하는 것은 아닌가? 그렇지만 총애 받아 귀해지고 선하여 장수하며, 남에게 도를 시행하고 어머니께 기쁨을 드리며, 너그럽게 나라를 다스리고 우리들 친구에게 즐거움을 준다면, 그 어찌 영예롭고 여유로우며 현달하고 위대하지 않겠는가? 그런데도 그렇지 못하였기에 조문하며 통곡하니 잘못은 아니리라! 아, 슬프다!

後餘常山張氏, 孝其家, 忠其友, 爲經術甚邃而文. 少余七年, 頗弟畜之. 與之居, 終日沖然, 忘其有, 人與之言, 鏗然而厲, 辯而歸乎中. 凡人有道而不顯於世, 則曰非其世也, 道而得乎世, 然而不顯, 則曰命. 命之微不可知, 知而索乎外者, 曰性與貌, 後餘之性可謂良矣, 其貌可謂肅矣. 博實弘裕, 宜爲大官耆老, 求其所以夭賤, 無可得焉. 旣得進士, 明年, 疽發髀卒.

後餘之死, 人咸痛之, 曰 : 天之佑善人而殺是子, 何也? 激者曰 : 天之殺, 恒在善人, 而佑不肖. 莊周之說, 以爲人之君子, 天之小人, 張君豈天所謂小人者耶? 是二者, 又非論之適也. 吾謂善與惡、夭與壽、貴與賤, 異道而出者也, 無取喜怒於其中. 道之出者多, 其合焉者固少, 是以君子之難貴且壽也. 後餘母老而喪良子, 東西行者助之哭焉, 況其知者耶? 然後餘不與諂冒者同貴, 不與悖亂者同壽, 歸潔乎身, 聞道而死, 雖勿哭焉可也. 嗚呼! 向使旣聞道而且貴且壽, 則其顯庸也遠矣, 又烏能勿痛乎? 遂哭之以辭 :

嗟嗟張君, 善不必壽, 惟道之聞, 一日爲老. 人皆反是, 百稔猶幼, 子之優游, 是亦黃耇. 嗟嗟張君! 寵不必貴, 尊嚴爲人, 早服高位. 淫諛肆慾, 銀艾淪棄, 子之崇高, 無媿三事. 吾見旛旛而童, 赫赫而辱, 進襦袴於几杖, 負泥塗於冕服, 己雖有餘, 人視不足. 子之跡不混乎其間者幸也, 宜賀而弔, 宜歌而哭, 吾其過乎? 與其寵而加貴, 善而加壽, 道施於人, 慶及其母, 從容邦家, 樂我朋友, 豈不光裕顯大歟? 而不克也, 則弔而哭者, 其無過乎? 嗚呼!

제이중명문(祭李中明文 : 이중명을 위한 제문)[76]

고인이 된 친구 중명(中明)의 영혼에게 제사를 올린다. 그대의 길은 멀고 변함없는 길이었다. 그대의 뜻은 엄하고 조심스러웠다. 마음속에 물

---

76) 본편은 친구 이중명(李中明) 즉 이행민(李行敏)에게 바치는 제문이다. 이행민은 조군(趙郡) 찬황(贊皇) 사람이며 자세한 행적은 알려져 있지 않다.

으며 말단까지 정성을 들여, 마치 얼음 위를 걷듯이 하였다. 돈후하고 어질며 효성은 극진하였다. 몸을 해쳐 죽을 만큼 예를 따르고 다른 것은 구하지 않았다. 단정하고 일관성을 지켰으며 믿음 있고 공명하였다. 달이 지나 해가 지나며 발전도 빨랐다. 밖으로는 온화한 얼굴이었지만 안으로는 올곧았다. 비방의 말이 가해져도 변함이 없었다. 또 온 세상이 함께 비난해도 넉넉함을 유지했다. 도의 안에서 자적하며 고인의 유업을 계승하고자 하였다. 불평도 없었으며 억눌려도 모른 척했다. 그런데 어찌해서 아득한 하늘은 믿음도 저버리고 끝내 화를 내린 것인가? 설마 충심과 신의를 귀신이 증오한단 말인가? 혹은 그건 속임수의 말로서 끝내 확인할 수 없는 일인가. 나는 바야흐로 그대의 후반을 기대했고 큰일을 하리라고 바랐다. 그런데 오늘 나를 버리니 마음이 무너져내리는 듯하다. 그대가 하늘로 올라가니 나는 팔 하나를 잃었다. 슬프고 마음이 아프지만 친구는 가고 없다.

강은 면면히 이어지고 산은 만 겹이나 된다. 또한 눈과 비는 음울하며 바위들은 어지럽다. 올빼미와 부엉이가 밤에 울고 온갖 어둠속의 존재들이 응시한다. 혼(魂)이 갈 때면 중도에 악귀가 출몰하며 도깨비가 법석을 친다지만, 어디에 그런 근거가 있겠는가. 내 분한 마음을 말해보나 그 누가 이 말을 받아주겠는가!77)

致祭于亡友中明之靈. 夫子之道, 邈以恒兮. 夫子之志, 勵以兢兮. 求中慊末, 若履冰兮. 敦仁以孝, 實烝烝兮. 唯毁死虧禮, 其他莫懲兮. 秉端守一, 信厭明兮. 月踰歲長, 行若登兮. 外溫其顔, 內類直繩兮. 謷言來加, 不遽陵兮. 擧世羣非, 自視弘兮. 庶優游於道, 大賚是承兮. 掩冤舒抑, 與類升兮. 胡茫茫其不信, 卒以禍仍兮? 豈韜忠袞, 信鬼所憎兮? 將敎言吾欺, 終不可徵兮. 吾方期子於暮, 冀有興兮. 今而棄余, 志若崩兮. 若將援而

---

77) 원문의 '신(愼)'은 교감기의 '분(憤)'이 옳다는 견해를 따라 그렇게 옮긴다.

上, 喪厥肱兮. 怛其殞心, 交背膺兮.

水之綿綿, 山萬層兮. 又淫以雨雪, 紆委硱磳兮. 鴟鵂夜啼, 羣暝凝兮.
魂鬼以行, 中道殘殞兮. 魑魅撝呵, 曷可憑兮. 聊致吾愼, 斯言孰稱兮.

양씨자승지애사(楊氏子承之哀辭: 양씨댁 아들 승지를 위한 애사) 병서(幷序)[78]

양씨의 아들 승지(承之)는 약관(弱冠)이 되자 성인의 도를 갖추었다. 그
러나 다음 해 4월에 불행히도 요절하였다. 그의 외척인 해(解) 지방 출신
유종원이 그를 위해 통곡하며 눈물을 흘린다. 아아, 이 아들은 성품이 순
수하고 성실하며, 뜻이 전일(專一)하고 근면하며, 강하여 곧고 반듯하였으
니, 어디까지 갈지를 나는 몰랐다. 그가 지은 사부(辭賦)와 서론(書論)은 그
말이 심히 뛰어났으니 나는 바야흐로 아끼며 큰 그릇이 되겠다고 생각
하였다. 그래서 나도 모르게 통곡이 나오고 눈물이 흐른다. 그러니 그 친
척이야 어떻겠는가? 하늘이 만물을 낳으실 때 같은 부류로 나누지 않으
시어, 정미한 것과 잡된 것을 섞으시고 현명한 이와 우둔한 이를 섞어
놓으셨으니, 때론 먼 관계인데도 뜻이 맞고 때론 친한 관계인데도 서로
다르다. 그러하니 비록 친척이라도 그 훌륭함을 모르는 경우가 있다. 양
씨의 아들은 친척들이 모두 현명하여 모두가 그를 알아주었다. 그러나
알아준들 헛되이 슬픔과 원망의 소리만 높일 뿐이며 어쩌지 못한다. 그
래서 그를 위한 글로써 슬픔을 표한다.

---

78) 본편은 양씨(楊氏) 집안의 요절한 아들 승지(承之)를 위한 애사(哀辭)이다. 승지는 작자
유종원의 장인인 양빙(楊憑)의 막내 동생 양릉(楊淩)의 아들로 보인다. 양릉은 요절하였
다. 본권 첫 편은 양빙(楊憑)을 위한 제문이며, 그밖에 양릉(楊淩)의 문집 서문인 「양평사문
집후서」도 있다.

빛나는 순수함을 지니고 바른 표본을 이어받았으며, 뛰어난 문장에 곧은 도리를 좋아하였다. 실로 굳건하면서도 너그러웠으며, 학문에는 부지런하고 행동은 전일(專一)하였다. 본성은 보석같이 아름답고 수양은 호표(虎豹)처럼 뛰어났으며, 남달리 초탈하여 성인의 길을 달렸다. 힘이 갖춰지기 이전에 뜻을 실현하고자 했으며, 갈 길이 먼데도 발이 먼저 멈추었다. 어머니는 울부짖고 아우는 슬피 외쳐대며, 큰아버지의 깊은 슬픔은 도도히 흐르는 상수(湘水)와도 같다. 깊고 적막한 황야에 가니, 혼백은 아득히 의지할 곳 찾기 어렵다. 죽은 자는 조용하고 산 자는 근심에 싸이는데, 그대의 맑음은 공연히 근심만을 더해준다. 지향은 몹시 훌륭해도 운명이 박하니, 그대가 살아난들 또 무엇을 욕심내겠는가! 귀에 들리는 슬픈 울음소리에 정신이 흔들리니, 누가 그대를 그렇게 맑고 어질게 하였던가? 아아, 그만이다, 돌이킬 수 없다. 원망과 호소를 다해본들 무슨 소용이 있겠는가!

氏子承之, 旣冠, 有成人之道. 其明年四月, 不幸而夭. 其外姻解人柳宗元, 爲之慟且出涕. 噫! 是子也, 氣淳以愿, 志專以勤, 確然而直方, 吾未知其止也. 作辭賦書論, 其言甚偉, 余方愛之, 謂可以爲器者, 故不知慟且出涕, 況其親戚者乎? 凡天之生物也, 不類, 精粗紛厖, 賢愚混同, 或遠而合, 或親而殊, 然則雖人親戚, 亦將有不克知其美者. 若楊氏子者, 其親戚皆賢, 咸得知之者也; 使知之, 徒以增其悲愁怨號之聲, 無爲也. 用是爲之辭, 以相其哀焉.

葆醇熙兮承貞則, 懿文章兮好循直. 誠耿介兮又綽寬, 學之勤兮行彌專. 質圭璋兮文虎豹, 超淩厲兮馳聖道. 力未具兮志求通, 道之遠兮足先窮. 有母嗷嗷兮, 有弟哀號; 世叔孔悲兮, 湘水滔滔. 去昭曠兮沉幽寬, 魂冥冥兮竟難託. 死者靜兮生者愁, 子之淑兮徒增憂. 志甚良兮命甚蹙, 子之生兮又何欲! 悲吾耳兮動吾神, 誰使子兮淑且仁? 嗚呼已乎不可追, 終怨苦兮徒何爲!

제41권 제문(祭文)

순묘기청문(舜廟祈晴文 : 순묘에서 날이 개이기를 기원하는 글)[1]

모년 모월 모일, 모직의 아무개가 감히 희생물을 제물로 갖춰 순임금의 신령님께 제사를 올립니다. 임금님께서 산림에 드시면 천둥비가 잠들었고, 임금님께서 선기(璿璣)를 살피시면 일월과 오성(五星)이 제자리를 찾았습니다.[2] 구주(九州)의 물길에 제방이 완성되자 임금님께서는 검은 홀(笏)을 우(禹)에게 하사하셨으니, 지극한 공덕과 신령스런 조화를 그 후의 누가 견주겠습니까? 부지런히 남방을 순시하시다가 제사를 위해 높이 오르셨다가 이곳에서 돌아가셨으니 남은 백성에게 복을 내리심이 마땅합

---

1) 본편은 영릉(零陵)에 있는 순(舜)임금의 사당에서 장마가 그치기를 기원하는 글이다. 영주자사를 대신하여 쓴 글이다.
2) 선기(璿璣)는 옥으로 된 천문 측정기구이다.

니다.3) 사당에 모신 모습 그대로이고 정성도 변함없습니다.

지금 더운 기운이 기후를 해치어 구름이 짙게 깔리고 소나기만 내려 온통 진흙땅이 되었습니다. 언덕은 무너져 내리고 주변 제방은 끊어져 농토에 범람하니 논밭이 마구 파괴되었습니다. 끊임없이 내리는 비는 사납기만 하여 슬픔만을 더해주는데, 차마 이들 무고한 곡식밭을 온통 쑥 대밭으로 만드시려는 것입니까? 감히 바라오니, 비를 내리는 흑려(黑蜧)를 처벌하시고 무지개를 두드려 깨우시어, 이 땅을 말리시고 하늘을 훤히 열어주십시오4) 곡식이 풍성하여 남은 양식 저장할 수 있으며, 키질하고 씻어서 술 빚고 초 만들게 해주십시오 쩌엉쩡 종을 울리고 투웅퉁 북을 두드리며, 백대에 걸쳐 은덕에 제사 올리는 백성의 마음 변함없을 것입니다. 설마 오직 마름만을 골짜기에서 구해 바치게 하시지는 않으시겠지요? 임금님께서 소원을 들어주시어 욕되게 하지 않게 해주십시오!

年月日, 某官某, 敢用牲牢之奠, 昭祭于虞帝之神. 帝入大麓, 雷雨不迷. 帝在璿璣, 七政以齊. 九澤旣陂, 錫禹玄圭, 至德神化, 後王與稽? 勤事南巡, 祀典以躋, 此焉告終, 宜福遺黎. 廟貌如在, 精誠不暎.

今陽德愆候, 有潸淒淒, 降是水潦, 混爲塗泥. 岸有善崩, 流或斷堤, 泛濫疇隴, 陂陁圃畦. 恒雨獲戾, 循咎增悽, 忍茲嘉生, 均彼蓬藜? 敢望誅黑蜧, 抶陰蜺, 式乾后土, 以廓天倪? 粢盛不害, 餘糧可棲, 或簸或溲, 爲酒爲醯. 鎗鎗笙鏞, 坎坎鼓鼙, 百代祀德, 眊心不攜. 豈獨蘋藻, 徵諸澗溪? 帝其聽之, 無作神羞!

---

3) 『사기』의 기록에 의하면, 순임금은 남빙을 순시하던 중에 창오산(蒼梧山) 아래 들에서 돌아가시어 강남의 구의산(九疑山)에 묻혔다고 한다. 그곳은 바로 영릉(零陵) 경내에 있는데, 영릉은 영주의 본청이 있던 곳이다.

4) 흑려(黑蜧)는 『회남자』에 보이는 신령스런 규룡(虯龍)으로, 수중에 있다가 비가 오려 할 때 뛰어오른다고 한다. 즉 비를 부르는 존재이다.

뇌당도우문(雷塘禱雨文 : 뇌당에서 강우를 기원하는 글)[5]

신령님의 거처는 물웅덩이며 번개치는 곳으로서, 신령님께서는 이 두 일을 마음대로 하시므로 저희가 바위 굽이진 곳에 사당을 지어 모십니다. 신령님께서는 바람 같은 말에 번개 같은 수레를 매어 엄숙하게 순시하며, 땅의 산물을 윤택하게 하시고 사람들의 재난을 없애주십니다. 신령님께서는 모든 것을 아시기에 저희는 정성으로 모십니다. 그 영험하심을 흠숭하여 사당에 모시어 제사를 바칩니다. 만약 응답이 없으시다면 저희는 누구를 바라보겠습니까? 때는 가물어 만물의 생장을 해치므로 감히 정중히 고하여 응답이 있으시길 기대합니다.

제가 조정의 명을 받아 이 변방에 와, 이제 막 정사를 처리하여 어긋남과 잘못이 없었습니다. 스스로 청렴함과 결백함을 지키고 충성심과 신뢰에 의존하였으니, 만약 죄가 있다면 어찌 신령님을 속일 수 있겠습니까! 많고 많은 생명체는 하늘께서 기르시는 것이니, 어찌 제물로 담아 바치는 그것들을 풀더미 속에서 죽어가게 하십니까! 물결을 일으켜 비의 기운을 움직이시고 땅에서는 번개를 떨치시어, 좋은 결과 내리신다면 신령님께서 찬양을 받으실 것입니다.

惟神之居, 爲坎爲雷, 專此二象, 宅于巖隈. 風馬雷車, 肅焉徘徊, 能澤地産, 以祛人災. 神惟智知, 我以誠往. 欽玆有靈, 爰以廟饗. 苟失其應, 人將安仰? 歲旣旱嘆, 害玆生長, 敢用昭告, 期于玢蠁.

某自朝受命, 臨玆裔壤, 苻政方初, 庶無汪枉. 廉潔自持, 忠信是仗, 苟有獲戾, 神其可罔! 擢擢嘉生, 惟天之養, 豈使粢盛, 夷于草莽! 騰波通氣, 出地奮響, 欽若成功, 惟神是獎.

---

5) 본편은 원화 10년(815) 유주자사로 부임하여 가뭄을 당하자 당지의 습관에 따라 기우제를 올리며 바친 제문이다. 뇌당(雷塘)은 유주시 남쪽 교외에 뭇산들에 둘러싸여있으며 번개가 많이 치는 곳인 까닭에 그런 이름을 얻었다. 대룡담(大龍潭)이라고도 부른다.

제독문(祭纛文 : 독의 신령에게 올리는 제문)[6]

모년 모월 모일에 모관이 희생물을 제물로 바치며 독(纛)의 신령에게 제사를 올립니다. 예전에 풍(酆) 지방에 커다란 소가 있었는데 커다란 가래나무로 변하였습니다.[7] 그리하여 진(秦)나라 사람들이 그 신령에게 의지하고자 산발한 머리를 세워 군대의 주신(主神)으로 삼아 전쟁을 수행했습니다. 한(漢)나라 때에는 치우(蚩尤)를 섬겨 그 모습으로 영험한 깃발을 만들었습니다.[8] 하늘에 제사하고 또 마제(禡祭)를 올려 벌할 자를 지적하고 북면(北面)하여 천자께 맹세를 고한 후에 그 표적을 향해 활을 쏘았습니다.[9] 이런 예식은 비록 옛 기록에는 있으나 지금은 버리고 따르지 않지만, 이 제도를 보면 신령께선 실로 사직을 지켜주십니다.

황씨 성의 도적이 험지를 근거로 백성을 학대하므로 군대를 동원합니다. 태평함을 회복하려 군대를 동원하는 것입니다. 천자께서 명을 내려 아래에 위엄을 알리라 하셨기에, 신하인 저는 군대를 감독하고 지휘합니다. 우선(羽扇)을 쥐고 무기를 앞세워 오늘 출정하면서 병사(兵事)를 정돈하고 제물을 드려 용맹한 소의 신령님께 제사를 드립니다. 지체함이 없이 죄인을 멸하게 해주십시오 국가의 제사의 법에 따르면 신명(神明)께

---

6) 본편은 전쟁에 나갈 때 수레의 왼쪽 곁말에 다는 검은 털소의 꼬리로 만든 장식물의 신에게 올린 제문이다. 독(纛)은 혹 전쟁에 앞세우는 털이 많은 소(旄牛)의 머리라고도 한다. 원화 14년(819)에 계관관찰사(桂管觀察使) 배행립(裴行立)이 황소경(黃少卿)을 토벌하러 나갈 때 그를 대신하여 지은 글이다.

7) 『사기』는 진문공(秦文公) 때에 전해지던 전설을 기록하고 있는데, 노특사(怒特祠)에 큰 소를 그렸는데 그 위로 나무가 자라나자 그 나무속에서 소가 나왔다가 후에 풍수(豐水)에 나타났다고 한다. 또 『열이전(列異傳)』에는 가래나무가 소로 변하였는데 기병으로도 이기지 못하였으나 누군가 땅에 엎드려 머리를 풀어헤치자 그 소가 겁내어 강에 들어 갔다고 전한다. 그리하여 진나라 때에는 털소 머리를 장식한 기병을 선봉으로 삼았다고 한다. 전하는 바가 다소 다르며, 본편의 서술과도 차이가 난다.

8) 치우(蚩尤)는 전설상의 존재이며 옛날의 천자였으며 전쟁의 신이기도 하다.

9) 마제(禡祭)는 군신(軍神)에게 올리는 제사이다. 본편에 이어 그 제문이 있다.

달렸습니다. 명령에 목숨을 바쳐 자신을 돌보지 않고, 오로지 승전하여 천자의 군대를 온전하게 할 것입니다. 그 벌레와도 같은 이들을 제거하여 우리의 교화를 달성하고, 그 하찮은 관리들을 거두어 말이나 관리하게 하겠습니다. 바닷가 구석의 어진 백성들까지 영원토록 태평하게 하겠습니다. 혹 칼날을 부러뜨려 신령님을 수치스럽게 하지는 않을 것입니다. 서둘러 주십시오.[10)

維年月日, 某官以牲牢之奠, 祭于纛神. 惟昔澧有大特, 化爲巨梓, 秦人憑神, 乃建茸頭, 是爲兵主, 用以行師. 漢宗蚩尤, 亦作靈旗. 旣類旣禡, 指于有罪, 北面詔盟, 抗侯以射. 雖有古典, 今棄不用, 惟茲之制, 神實守祀.
有蠢黃孼, 保固虐人. 俾茲太平, 猶用戎律. 天子有命, 施威于下, 惟守臣某, 董正撫師. 秉羽先刃, 出用茲日, 敢修外事, 爰薦求牛. 庶無留行, 以殄有罪, 國有祀典, 屬于神明. 傷夷大命, 無敢私顧, 惟克勝敵, 以全天兵. 去茲孟螫, 達我涵育, 收厥隷圉, 役于校人. 海隅黎獻, 永底于理. 無或頓刃, 以爲神恥. 急急如律令.

---

10) 원문의 '급급여율령(急急如律令)'은 서둘러 법령대로 따르라는 의미로, 공문서 끝의 상투어이다. 뒤에 귀신을 쫓는 글에 상투적으로 쓰이기도 하였다. 여기서는 신령을 상대로 서두르라는 상투적인 명령어로 쓰였다.

마아문(禡牙文 : 상아로 장식한 대장기에 마제를 올리는 제문)[11]

　　모년 모월 모일에 모관이 맑은 술과 작은 가축의 제물을 마련하여 대장기(大將旗)의 신령님께 마제(禡祭)를 올립니다. 진(秦)은 백월(百越)을 평정했고 한(漢)은 그곳에 아홉 개의 군(郡)을 설치하였으니, 이때부터 중원의 문화 영역에 편입되었습니다.[12] 천보(天寶) 연간에 난리가 잦았는데 북방은 여러 차례 전역을 치렀으나, 남방 황무지만은 오랫동안 토벌을 고려하였습니다. 변방 미개인들이 험한 지세를 믿고 어린이까지 뭉쳐 조정의 명령을 거스르며 중원 백성들을 학살하였습니다. 황씨(黃氏) 놈은 비루하고 못돼서 제멋대로 도둑질하고 포악하게 굴며, 젊은이는 노예로 부리고 노인은 살해하며 사신(使臣)을 약탈하면서, 동굴에 숨어 내다보며 살육을 모면하고 있습니다.[13]

　　지금의 황제께서는 하늘의 높으신 명을 받아, 어진 백성들에게 덕을 베푸시며 흉악하고 사나운 자들은 모두 정벌하셨습니다. 제(齊)·노(魯) 지방의 반군은 전멸하였으며, 조(趙)·위(魏) 지방의 반군은 귀순하였으니, 넓은 천하가 모두 황제의 통치에 순종합니다.[14] 오직 이 자잘한 놈이 어리석고 완고하게 굴어, 하늘이 진노하여 벌하라는 명을 내리게 되었습니다.

　　신하 아무개는 공경스럽게 국법을 받들어, 군을 이끌고 정벌을 나갑니

---

11) 본편은 마제(禡祭) 즉 군신(軍神)에게 올리는 제사의 제문이다. 대장군의 깃발을 상아로 장식하였는데, 아(牙)는 군신(軍神)을 의미한다. 본편 역시 앞의 「제독문(祭纛文)」과 같이 원화 14년(819)에 계관관찰사(桂管觀察使) 배행립(裵行立)이 월(越)지방의 반군 황소경(黃少卿)을 토벌하러 나갈 때 그를 대신하여 출정의 성공을 기원하는 제문이다.

12) 진시황(秦始皇) 33년에 백월(百越)지방을 정벌하여 세 개의 군을 설치하였으며, 한무제(漢武帝) 원정(元鼎) 6년에는 월(越)지방을 평정하여 아홉 개의 군을 설치하였다.

13) 황씨(黃氏)는 반군 황소경(黃少卿)을 가리킨다.

14) 제(齊)·노(魯)의 반군은 동평(東平)의 반군 이사도(李師道)를 가리킨다. 조(趙)·위(魏)의 반군은 차례로 성덕절도사(成德節度使) 왕승종(王承宗)과 위박절도사(魏博節度使) 전홍정(田弘正)을 가리키는데, 이들은 각기 조정에 투항하여 귀순하였다.

다. 영험하신 신령님께서는 그 맡은 바를 행하십시오 감히 신령님께 고하오니, 흉악한 자들을 놓아주지 마시고 우리 군사는 희생하지 말게 하십시오 예리한 칼날과 날카로운 검은 모두 흉악한 자의 몸에 집중되게 하시고, 갑옷과 방패는 모두 의로운 아군의 몸에서 온전하게 해주십시오 깡그리 불태우고 쓸어버려 허공을 달리듯 진격하게 해주십시오 그리하여 백성들의 평안을 기대하며 남쪽 변방을 안정시키는 일이 이 출정으로 완성되게 해주십시오 갑시다. 공경하여 받들겠습니다. 신령님께 욕되게 하지 않을 것이니, 서둘러 주십시오

維年月日, 某官某, 以淸酌少牢之奠, 禱于軍牙之神. 秦定百越, 漢開九郡, 自玆編列, 同于諸華. 天寶兆亂, 北方荐役, 惟是南荒, 久稽討伐. 藩蠻怙險, 乳字生聚, 悖慢威命, 虐夷齊人. 黃姓陋蔥, 實恣盜暴, 僅壯殺老, 掠狖使臣, 梟視洞窟, 以逃大戮.

今皇帝受天景命, 敷于有仁, 凡百凶毒, 罔不震伐. 齊、魯誼殄, 趙、魏顯化, 溥天之下, 咸順帝理. 唯是瑣眇, 尙恣昏頑, 致天震怒, 命底于罰.

官臣某欽率邦典, 統戎于征. 惟爾有神, 懋揚迺職. 敢告無縱詭類, 無劉我徒. 鏃刀鋒鍔, 畢集于兇躬; 鎧甲干盾, 咸完于義軀. 焚燒蕩沃, 往如行虛. 俾人懷于安, 以靖離之隅, 在是擧也. 往, 欽哉! 無作神羞, 急急如律令.

제정문(祭井文 : 우물에 바치는 제문)[15]

샘의 신령님께 제사를 올립니다. 오직 신령님만이 깊으신 덕을 지니시어 넘쳐나게 솟아나 사람들이 사용토록 하시며 영원토록 마르지 않게 하시니 그 공이 어미젖과 같습니다. 예전의 제도에 따르면 여덟 집안이 한 우물을 공유하였는데, 이 땅에는 그것이 없어 관리로서 걱정하고 있습니다. 이로움을 주신 지 오래되었으나 영험함을 깊이 감추신지라, 신령님께 고하니 우리 심정을 측은하게 여겨주십시오 이곳 성안 그늘진 곳에 길한 곳을 택하였으니, 어지신 신령님께서 살피시어 내려와 주십시오 예전에는 쉬 무너졌으나 지금은 견고하며, 예전에는 돌들이 널렸으나 이번에는 제대로 만들었습니다. 이는 예전에는 없었던 일로서 마음으로 기도하니, 신령님께서 도우시지 않는다면 인력으로 어찌 보전하겠습니까? 깊고 크신 덕으로 부유한 땅을 만드시어, 영험함을 펼치시고 보배를 아끼시지 마십시오 공경스럽게 보고의 제례를 갖추고 마름을 제물로 바칩니다.

致祭于水土之神. 惟神蓄是玄德, 演爲人用, 不窮之養, 功齊乳渾. 惟古有制, 八家所共, 是邦闕焉, 官守斯恐, 蘊利滋久, 閟靈則深, 爰告有神, 惟惻我心. 卜茲利兆, 于彼城陰, 神斯有仁, 是鑒是臨. 惟昔善崩, 今則堅好, 惟昔遞石, 今則順道. 終古所無, 事從心禱, 非神是與, 人力焉保? 發自玄冥, 成于富嫗, 克長厥靈, 不愛其寶. 敬修報禮, 式薦蘋藻.

---

15) 본편은 유주의 성안에 우물을 파고 신령에게 올린 제문이다. 본집 20권의 「정명(井銘)」 서문에 유주성에 우물을 판 자세한 경위가 기록되어 있는데, 본 제문의 내용과 부합한다. 원화 11년(816) 유주자사로 재직할 때 쓴 것으로 여겨진다.

영문문(禜門文 : 성문에 영제를 올리는 글)[16]

성문의 신령님께 제사를 올립니다. 신령님께서는 음기(陰氣)와 어울리는 덕을 지니시어, 그 기운을 열고 닫는 것을 관장하시니, 수재(水災)를 거두어들여 이루어 놓은 것을 보살필 수 있으십니다. 그런데도 음울한 비를 내리시어 보리를 해치시니, 농부들에게는 근심이 일고 관리에게는 걱정이 늘어났습니다. 뭇 양기(陽氣)는 닫히고 비가 그칠 징조는 없으므로 공경스럽게 표주박을 갖추어 주(周)나라 때의 방식을 취합니다.[17] 구름의 기운을 거두어들여 내와 못을 저희에게 돌려주십시오 오직 신령님께 의지하며 오시기를 기다립니다.

于城門之神. 惟神配陰含德, 司其翕闢, 能收水沴, 以佑成績. 淫雨斯降, 害于麰麥, 野夫興憂, 官守增惕. 諸陽旣閉, 休徵未獲, 敬用瓢齊, 以展周索. 納其雲氣, 復我川澤. 惟神是依, 式佇來格.

---

16) 본편은 영제(禜祭) 즉 재난을 피하기 위한 제사 때의 제문이다. 구체적으로는 수재를 피하려는 의도의 글이다. 『춘추』・『좌전』에 따르면, 일월성신(日月星辰)의 신은 눈・서리・바람・비에 의한 재난을 관장하고, 산천의 신은 수재・한재・질병을 관장한다고 하였다. 이런 재난들을 피하기 위한 제사를 영(禜)이라고 한다.

17) 『주례(周禮)』「창인(鬯人)」에는, 문에서 영제를 올릴 때 표주박을 지닌다고 하였다.

제육백모문(祭六伯母文 : 여섯째 백모님을 위한 제문)[18]

정원 17년(801) 신사(辛巳)년 초하루가 계사(癸巳)일인 2월 25일 정사(丁巳)일에, 조카 화주(華州) 화음현(華陰縣) 주부(主簿) 훈(繻)이 삼가 맑은 술과 변변치 못한 음식의 제물을 갖춰 공경스레 여섯째 백모(伯母)님의 영령께 제사를 올립니다.[19] 엎드려 생각건대, 백모님은 하늘이 장수를 내리시고 신령께서 부인의 미덕을 주시었으니, 고명하시고 온화하셨으며 온유하고 지혜로우며 곧으셨습니다.[20] 어른을 공경하고 어린이에게 자애로우셨으며 집안 모두가 우러러 모범으로 여겼습니다. 그런데도 귀한 자리를 남편과 같이 하지 못하였으니 누가 슬퍼하지 않겠습니까? 아아, 애통합니다.

남편께서 저세상으로 일찍 돌아가셨고, 이 상사(喪事)를 당하여 제주가 되어야할 아들도 이어 요절하여, 제사를 받들 자식이 없습니다. 단지 훌륭하고 현숙한 따님들은 진심으로 효성스러우며 온화한 사위들도 고상한 품덕을 다투었습니다.[21] 순종하여 반드시 공경하였고 부드럽고 맛난 음식을 풍성하게 드렸으며, 봉양이 극진하여 자식의 도리를 끝까지 다하였습니다. 하늘로부터의 화가 동족인 저를 어렵게 만들어, 멀리서 부음을 접한 터에 또 직무에 묶여, 달려와 통곡할 길이 없었습니다. 그리하여 사실을 고하고 경성에 와서 외쳐 부르짖으며 대청의 관에 절을 올립니다.[22] 자식들이 쇠락하고 종가도 날로 기울어 외척에 의존하여 이곳에 모셨습니다. 어린 따님이 연모의 정에 울부짖으며 모실 것을 맹세하니,

---

18) 본편은 유종원이 숙부 유훈(柳繻)을 대신하여 쓴, 숙부의 백모이자 유종유(柳從裕)의 둘째 아들인 임공(臨邛)현령의 아내 이씨에게 올리는 제문이다.

19) 제주를 대신하고 있는 훈(繻)은 작자의 숙부이다.

20) 이(李)씨는 정원 16년(801) 6월 29일 81세의 나이로 세상을 떠났다.

21) 이씨에게는 딸이 셋 있었는데 모두 좋은 남편을 만났다.

22) 당시에 이씨는 둘째사위 진장(陳萇)의 집에서 죽었는데, 진장은 교서랑(校書郞) 겸 위남현위(渭南縣尉)로 있으면서 장모인 이씨의 상을 처리하였다.

어질고 현명한 사위도 받아들여 그 바람을 들어주었습니다.23) 자신의 무능을 돌이켜 생각하면 슬픔만 더해가고 실로 남에게 부끄러울 뿐이니, 어찌 제 할 일을 했다고 하겠습니까? 금년에 선발시험에 참여하여 관료의 세계에 들어와 화음(華陰)현의 주부(主簿)가 되었습니다. 봉록은 비록 적은 자리지만 예전처럼 마음대로 할 수는 없습니다. 급히 동쪽으로 떠나야하며, 할아버님의 제사도 닥쳤습니다. 본래의 소망을 이룰 수가 없으니 슬픈 마음을 어찌 견딜 수 있겠습니까? 아아, 애통합니다!

維貞元十七年, 歲次辛巳, 二月癸巳朔, 二十五日丁巳, 姪男華州華陰縣主簿繡, 謹以淸酌庶羞之奠, 敬祭于六伯母之靈. 伏惟天錫壽考, 神資淑德, 高明而和, 柔惠且直, 敬長慈幼, 宗姻仰則, 不偕貴位, 孰不悽惻? 嗚呼哀哉!

移天夙喪, 丁此閔凶, 主器繼天, 莫承于宗. 懿彼賢女, 孝誠自中, 溫溫良人, 竟揚德風. 承順必敬, 滑甘則豐, 致養有榮, 其道克終. 天禍弊族, 遠承哀訃, 纏牽官事, 奔哭無路. 亦旣請告, 聿來京師, 以號以呼, 祇拜堂帷. 子姓凋落, 宗門日衰, 託于外姻, 陳此靈儀. 幼女號戀, 誓言固之, 仁賢見容, 曲遂其私. 內顧屛眇, 祇益摧悲, 誠愧于人, 豈曰得宜. 今歲調選, 獲參士林, 主其簿書, 于華之陰. 受祿雖微, 莫遂曩心. 夙駕東征, 祖較將臨. 朔望是違, 哀懷豈任? 嗚呼哀哉!

---

23) 어린 따님은 진장의 아내인 둘째 딸을 가리킨다.

제독고씨장모문(祭独孤氏丈母文 : 독고씨의 장모님을 위한 제문)[24]

모년 모월 모일에 맑은 술을 바치며 독고씨의 장모님의 영령께 제사를 올립니다. 영령께서는 어진 덕을 지니시어 현명한 자식을 낳으셨으나 그는 불운하여 서른이 되기 전에 세상을 떠났습니다.[25] 아드님은 전국에 명성이 퍼지고 선비들에게 명망이 높았습니다. 비록 직급은 낮았지만 사람들은 그의 재능을 부러워했었습니다. 그런데 제사를 받들 손자도 없으시어, 효성스런 따님과 좋은 사위가 술을 받들었습니다.

저는 일찍이 사위인 자중(子重)과 도의(道義)가 합치하고 마음을 이해하는 소중한 관계였습니다.[26] 마땅히 대신 봉양해야 옳은 일인지라 막 모시려고 할 즈음에, 뜻밖에 쫓겨나는 화를 당해 12년이 넘도록 떠돌고 있습니다. 그리하여 본래의 생각을 따를 길이 막히고 속마음을 펼칠 길이 없어, 말년이나마 잘 모시어 사사로운 바람을 실천하길 원했습니다. 그런데 급작스레 부고를 접하게 되었으니, 하늘은 어찌도 이리 어질지 못하십니까? 아아, 애통합니다.

전에는 세인들이 어머님께 의지할 자식이 없음을 슬퍼하였으나, 이제는 저승에 가시니 효도를 받으실 수 있습니다. 영혼은 환히 알 터이니 서둘지 않아도 곧 만나시게 되실 것이며, 또 예지(叡智)를 지녔으니 즐거워하고 기뻐하겠지요. 편안한 곳으로 가시니 고난은 없을 것입니다! 제 말씀 들으시어 위안이 되길 바랍니다.

---

24) 본편은 요절한 친구 독고신숙(獨孤申叔)을 대신하여 그의 장모님에게 올리는 제문이다. 독고신숙은 장모보다 앞서 정원 18년(802) 27세에 죽었으며, 독고신숙의 처남도 장모보다 일찍 죽었고 자식도 없었다. 본문에서 작자가 독고신숙 장모의 부음을 들은 것이 자신이 폄적되고 12년이 지난 때라고 하였으니, 원화 11년(816) 이후의 일이다. 따라서 본문 역시 유주자사로 있던 그 즈음에 쓴 것이다.
25) 원문의 '장(壯)'은 30세를 가리킨다.
26) 자중(子重)은 독고신숙의 자(字)이며 작자보다 세 살이 아래였다.

維年月日, 某以淸酌之奠, 祭于獨孤氏丈母之靈. 惟靈育德涵仁, 克生賢子, 生而不淑, 未壯而死. 名播九圉, 望高羣士, 雖微祿位, 人羨其美. 在抱無孫, 承家乏祀, 孝女良婿, 式遵燕喜.

某曩與子重, 道契義均, 知心爲貴, 實在斯人. 奉養宜繼, 將致其勤, 竟罹禍謫, 逾紀漂淪, 夙志斯阻, 微衷莫申, 冀榮末路, 私願獲陳. 遽此承訃, 天胡不仁? 嗚呼哀哉!

昔也高堂, 世悲其獨, 今玆玄室, 孝道當復. 神感昭融, 不疾而速, 靈識逾潛, 承歡載穆. 式致其安, 寧實其毒! 願言有知, 以慰幽躅.

제종형문(祭從兄文 : 사촌형님을 위한 제문)[27]

아아! 우리 유씨 가문은 면면이 이어져 예로부터 번성하였으니, 작위의 하사가 대대로 이어지며 중앙관리와 지방관리를 두루 하였습니다. 본왕조에 이르러선 관작이 높아져 상서성에 오른 분이 열여덟 분이었습니다. 중도에 무후(武后) 때의 화를 만나 억눌리고 억울함을 당했으니, 엎어져 몰락하여 떨쳐 일어나지 못한 지 백 년이 넘었습니다. 근자에 여기저기 조금씩 유능하고 현명한 분들이 나타나시어, 가문에 표창의 깃발이 빛나고 예전 영예의 회복이 기약되었습니다. 형님께서 쓰신 가문에 관한 글은 초(楚) · 월(越)에 여전히 전해집니다.[28] 제후를 보좌하여 지방을 관할하셨을 때, 백성은 노래로 칭송하고 관리들은 두려워했으니, 위엄과 은혜가 모두 널리 퍼졌습니다. 그러나 신께서 우리를 버리시어 명운(命運)

---

27) 본편은 사촌형 유관(柳寬)에게 올리는 제문이다. 유관은 자가 존양(存諒)으로 원화 6년(811)에 47세의 나이로 죽었다. 「대리평사유군묘지(大理評事柳君墓誌)」에 자세한 기록이 있다.
28) 유관은 조상들의 내력을 읽고 시를 지어 선전하였다.

이 바뀌어 이어지지 않으니, 부흥의 소망은 갈수록 어긋납니다.

　연초에 저를 떠나 임지에 가실 즈음에 해변에 이르러 그곳에 남아 머무르며 즐기신 것이 달을 넘겨 열흘이나 되었습니다. 밤에는 기름 횃불을 밝히고 낮에는 바람과 안개를 넘어, 높고 험한 산을 오르시는가하면, 또 졸졸 물소리 나는 곳에 배를 대셨었습니다. 헤어질 즈음에는 다시 취하셨으며 떠나셨다가는 되돌아오셨습니다. 그런데 오늘 오실 때는, 일행과 마부의 기색은 스산하고, 드리워진 관 덮개는 흔들거리며 운구의 깃발은 펄럭거립니다. 볼 수 없는 형님께 절을 올리며 소리 모아 통곡한들 그 누가 듣겠습니까?[29] 이제 등주(鄧州)의 선영에 합사하러 보냅니다.[30] 형님의 묘지명(墓誌銘)을 지어 광언(狂言)을 하였는데, 비통함을 토로한 것일 뿐이지 한가하게 문장을 지어보인 것은 아닙니다.[31] 술잔에는 맛난 술을 담고 제기에는 새끼돼지의 어깨살을 담았습니다. 이 제물은 보잘 것 없지만 정성만은 무척이나 많습니다. 영령께서 아십니까, 모르십니까? 눈물만 줄지어 흐릅니다.

　嗚呼! 我姓嬋媽, 由古而蕃, 鍾鼎世紹, 圭茅並分. 至于有國, 爵列加尊, 聯事尙書, 十有八人. 中遭諸武, 抑壓讐宠, 踣弊不振, 數逾百年. 近者紛紛, 稍出能賢, 族屬旀曜, 期復于前. 君修其辭, 楚, 越猶傳. 從事諸侯, 假乎郡藩, 人謠吏畏, 威惠咸宣. 神乎我欺, 命返不延, 興起之望, 是越是愆.
　歲首去我, 將濱海堨, 留遊歡娛, 涉月彌旬. 夜爇膏炬, 晝凌風煙, 理策嶇嶔, 麋舟潺湲. 將辭又醉, 旣往而旋. 今者之來, 徒御悽然, 垂帷襜襜, 飛旐翻翻. 升拜無形, 合哭誰聞? 逝歸從祔, 于鄧之原. 銘墓有辭, 發我狂言, 祗陳其悲, 匪暇于文. 觴有旨酒, 豆有豚肩, 伊奠之菲, 而誠孔繁. 靈耶罔耶? 有涕漣漣.

---

29) 원문의 '합(合)'은 '흥건하다'는 의미의 '흡(洽)'으로 된 판본도 있다.
30) 등주(鄧州)는 유관의 부친 유개(柳開)가 묻힌 곳이다.
31) 묘지명은 「대리평사유군묘지(大理評事柳君墓誌)」를 가리킨다.

제제종직문(祭弟宗直文 : 아우 종직을 위한 제문)[32]

모년 모월 모일, 여덟째 형이 맑은 술의 제물로 세상을 떠난 아우 십랑(十郞)의 영령에게 제사를 올린다.[33] 우리 집안이 쇠락한 지 이미 오래되었으니, 화를 당하고 좌천되는 것만 보았지 번창한다는 말은 듣지 못하였다. 그리하여 네가 뜻을 가지고도 세상에 서지 못하게 만들었다. 연릉(延陵)의 위로 네 집안 자손이 모두 단신이 되었으며 조조(儲樔)도 요절하였는데, 너마저 또 뒤이어 세상을 떠나니, 두 집의 제사는 이미 받들 자손이 없어졌구나.[34] 나 또한 아들이 없고, 너에겐 있다지만 없는 것과도 같다. 한 가문의 연속이 겨우 실오라기같이 이어지는구나. 인의로움과 정직함을 하늘이 끝내 모르시니, 이치에 맞지 않는 일이지만 호소할 곳도 없구나.

너는 지기(志氣)를 가지고 태어나 선을 좋아하고 악을 미워하였으며, 독서가 버릇이 되었더니 그것으로 병을 얻어, 겨우 서른의 나이로 벼슬도 없이 명을 다했구나.[35] 하늘이여, 하늘이여, 진정한 주재자가 계시기나 합니까! 너의 품덕과 학문이면 일찌감치 출세했으련만, 내가 여러 해 쫓겨나 있는 터라, 재능을 가지고도 포기하게 하였구나. 뜻을 이루지 못한 것은 남의 죄가 아니니, 너의 상을 당한 나는 더욱더 부끄럽구나. 너의 글씨는 비길 데가 없으나 알아주는 이가 여전히 드물지만, 네가 지은

---

32) 본편은 원화 10년(815) 33세의 나이로 세상을 떠난 사촌 동생 유종직(柳宗直)을 위한 제문으로, 작자가 유주에 도착한 직후인 원화 10년 7월에 쓴 글이다. 유종직은 작자가 영주와 유주에 있을 때 줄곧 따라다니며 친형처럼 의지하였다. 본편은 특히 작자의 후회하고 애통해하는 마음을 꾸밈없이 자연스럽게 표현하였다.

33) 십랑(十郞)은 같은 항렬에서 나이가 열째이었음을 가리킨다. 유종원은 여덟째였다.

34) 연릉(延陵)은 유씨 집안의 한 사람으로 보인다. 조조(儲樔) 역시 요절한 같은 집안사람이다.

35) 이곳의 30세는 대략의 수로, 실제는 33세에 죽었다. 또 끝내 진사과에 급제하지 못하였다.

글들은 사라지지 않게끔 내가 모두 수록하여 알아줄 이에게 전하겠다. 공을 들인 『문류(文類)』는 더욱 널리 퍼뜨리고 세인들에게 전하여 너의 영혼을 달래겠다. 영주에 너의 아이를 가진 여인이 있는 것을 아니, 맡아서 돌보아 낳을 때를 기다리겠다. 아들이면 정식의 자식으로 삼고 딸이라도 마땅히 사랑할 것이니, 키워 장성시켜 짝을 찾아 줄 것이다.[36] 부양하고 가르침을 내 자식처럼 할 것이니, 내가 죽지 않는다면 네가 살아있는 것과 같으리라.

덥고 황폐한 만 리 밖 독기 가득한 곳까지, 병이 난 지 오랜 네가 따라와 내 동반자가 되었었다. 도착한 지 며칠도 되지 않아 몸이 조금 나았다며, 뇌당(雷塘)과 영천(靈泉)에 동행하여 예전처럼 웃고 말하고 하였었다. 그런데도 한 번 잠드니 깨어나지 못하고 고인이 되었구나. 아득한 하늘이여, 이 고통을 아시는지요! 성 모퉁이 사원의 북쪽으로, 장식 갖춰 운구하여 고원에 매장한다. 죽으나 사나 함께하여 버리지 않으리라 맹세하니, 영혼이 있다면 내 애통함을 알아주리라.

維年月日, 八哥以淸酌之奠, 祭于亡弟十郎之靈. 吾門凋喪, 歲月已久, 但見禍讁, 未聞昌延, 使爾有志不得存立. 延陵已上, 四房子姓, 各有單子, 悾悾早夭, 汝又繼終, 兩房祭祀, 今已無主. 吾又未有男子, 爾曹則雖有如無. 一門嗣續, 不絶如線. 仁義正直, 天竟不知, 理極道乖, 無所告訴.

汝生有志氣, 好善嫉邪, 勤學成癖, 攻文致病, 年纔十三, 不祿命盡. 蒼天蒼天, 豈有眞宰? 如汝德業, 尙早合出身, 由吾被謗年深, 使汝負才自棄. 志願不就, 罪非他人, 死喪之中, 益復爲愧. 汝墨法絶代, 知音尙稀, 及所著文, 不令沈沒, 吾皆收錄, 以授知音. 文類之功, 更亦廣布, 使傳於世人, 以慰汝靈. 知在永州, 私有孕婦, 吾專優恤, 以俟其期. 男爲小宗, 女亦當愛, 延子長大, 必使有歸. 撫育敎示, 使如己子, 吾身未死, 如汝存焉.

---

36) 원문의 '소종(小宗)'은 적장자가 아닌 아들을 의미한다.

炎荒萬里, 毒瘴充塞, 汝已久病, 來此伴吾. 到未數日, 自云小差, 雷塘靈泉, 言笑如故. 一寐不覺, 便爲古人. 茫茫上天, 豈知此痛! 郡城之隅, 佛寺之北, 飾以殯紼, 寄於高原. 死生同歸, 誓不相棄, 庶幾有靈, 知我哀懇.

제자부최사군간문(祭姉夫崔使君簡文 : 매형 최간님을 위한 제문)[37]

영주자사 박릉(博陵) 출신 최공(崔公)의 영령이시어. 하늘이 사람을 낳으실 때 혹은 총명하게 혹은 우둔하게 낳으시는데, 공께서는 그 정화를 취하시어 처음부터 빛을 발하셨습니다. 명예는 경향(京鄕)을 흔들었고, 지방에서 나가셔서는 장서기(掌書記)를 맡으시어 절도사의 믿음을 받으셨습니다.[38] 촉(蜀)의 군대가 중원을 모독하고 그 화가 강(羌)·무(髳)에 이어지자, 공께서는 뛰어난 책략을 내시어 그들을 물리쳐, 남으로는 검문(劍門)을 평정하고 서로는 당지 변방 부족의 군사를 사로잡으셨습니다.[39] 승진하여 형부(刑部)에 드셨으며, 남방 절도부의 유후(留後)가 되셨다가 연주(連州)자사로 옮기셨는데, 그 밑의 백성들이 모두 소생하였습니다. 운명이란 변하는 것인지라 중도에서 병을 얻으셨고, 독한 돌가루를 약으로 쓰시어 정기가 풀렸습니다. 이에 비방이 생겨나고 확인하는 중에 무고가 보태졌

---

37) 본편은 매형인 최간(崔簡)을 위한 제문이다. 최간은 유종원의 큰 아버지의 딸 즉 사촌 누이의 남편이다. 최간은 영주자사로 폄적되던 중 다시 환주(驩州)로 옮겨, 원화 7년(813)에 그곳에서 죽었다. 장안으로 운구하던 중 폭풍을 만나 모시고 가던 두 아들도 익사하였으며 다음 해 여름에 영주에 가매장되었다. 본편은 이때 쓴 것이다. 그 후 최간은 원화 9년(814)에 장안으로 귀장되었다. 바로 뒤에 「우제최간여츤귀상도문(又祭崔簡旅櫬歸上都文)」이 있으며, 그밖에 「영주자사유배환주최군권조지(永州刺史流配驩州崔君權厝誌)」와 그의 아들과 딸에 대한 제문도 있다.

38) 최간은 정원 5년(789)에 진사과에 합격하고, 산남서도절도사 밑에서 장서기(掌書記)를 맡았다.

39) 절도사 엄려(嚴礪)를 설득하여 유벽(劉闢)의 반란을 방비한 일을 가리킨다.

으며, 처음에 범법한 것으로 판정되었으나 끝내는 재론하게 되었습니다.40) 그리하여 넓고 넓은 바다를 건너시고, 아득한 숭산(嵩山)에 머무셨습니다.41) 아우님이 분격하여 큰길에서 외치자 천자께서 가련히 여기시어 문서로 물으셨습니다. 그리하여 어사는 직을 잃고 연주의 책임자는 쫓겨나, 공께서는 중원 땅으로의 복권이 기약되었는데, 또 급작스레 구석 땅에서 돌아가셨습니다.42) 운구하는 도중에는 폭풍을 만나 두 아들이 또 익사하였습니다. 심한 고통이 이토록 거듭되는 일은 예전에는 없었습니다. 하늘에 무슨 잘못을 저질렀다고 이런 처벌을 내리십니까? 영구(靈柩)는 돌아오지 못하고 황폐한 땅에 묻히셨으나, 준비를 갖추어 고향으로 모셔갈 것을 맹세합니다.43) 아아, 애통합니다!

공의 후손은 우리 집안에서 이을 것인데, 어머니는 먼저 돌아가시고 아버지의 가르침도 받을 수가 없습니다.44) 근심스레 바라보며 슬픔을 달래고 걱정해주면서, 그들이 재능으로 집안을 크게 일으키길 모두가 기원합니다.

예전부터 공과는 나이의 차이는 있어도 뜻한 바는 맞아서, 아침저녁으로 묻고 의논하며 문풍(文風)을 바로잡을 것을 기약하였습니다. 실로 스승이자 벗의 관계이니 그 이상 가까울 수 없었건만, 공께 변고가 생겨 그것이 병이 될 줄 그 누가 알았겠습니까? 좋은 뜻을 실천하지 못하고 떨어져 영원히 이별하게 되었습니다. 아아, 애통합니다! 영주의 산 서쪽, 상수(湘水)의 동쪽으로, 끈으로 관을 끌고 나가 비스듬한 집모양의 봉을 덮겠습니다.45) 신령님을 오래 붙잡을 수 없으니 그 안에서 잠시만 쉬십

---

40) 최간이 연주(連州)자사에서 영주로 옮기는 도중, 연주 사람들의 고발에 따라 어사가 다시 그를 환주(驩州)로 유배하였다.
41) 원문의 '숭산(嵩山)'은 '숭산(崇山)'으로 된 판본도 있는데, 환주 경계에 숭산(崇山)이 있으므로 '숭산(崇山)'이 옳은 것으로 보인다.
42) 최간은 원화 7년(812)에 환주에서 죽었다.
43) 원화 9년(814)에 고향으로 귀장되었다. 바로 다음의 제문은 그때의 것이다.
44) 최간의 아내인 유(柳)씨는 남편보다 10년 앞서 세상을 떠났다.
45) 원문의 '부옥(斧屋)'은 묘의 봉이 말갈기를 닮은 집의 모양을 한 것을 가리킨다.

시오46) 돌에 써 기록을 남기니 대대로 덕이 숭모될 것입니다. 술을 떠 땅에 부어 바치자니 흐르는 눈물이 그치지 않습니다!

永州刺史博陵崔公之靈. 天之生人, 或哲或愚, 君取其英, 爰曜于初. 譽動京邑, 施于方隅, 密勿書奏, 元侯是兪. 蜀寇內侮, 禍聯羌·髳, 君出顯畫, 披攘其徒, 南平劍門, 西獲戎俘. 超受刑曹, 留總南都, 移刺連部, 下民其蘇. 道不可常, 病惑中途, 悍石是餌, 元精以渝. 雷謗爰興, 按驗增誣, 始雖進律, 終以論辜. 溟海浩浩, 而君是逾; 嵩山茫茫, 而君是居. 厥弟抗憤, 叫于康衢, 天子憫焉, 訊以文書. 御史旣斥, 連帥是除, 期復中壤, 遽淪別區. 喪還大浸, 又溺二孤, 痛毒荐仍, 振古所無. 何謫于天, 降此翦屠? 柩不及歸, 寓葬荒墟, 將葺將就, 誓還里閭. 嗚呼哀哉!

君之子姓, 惟自我出, 母儀先虧, 父訓又失. 竛竮相視, 撫悼增恤, 咸冀其才, 以大家室.

惟昔與君, 年殊志匹, 晝咨夕計, 期正文律. 實契師友, 豈伊親昵, 誰謂斯人, 變易成疾. 良志莫踐, 乖離永訣. 嗚呼哀哉! 永山之西, 湘水之東, 殯紖以出, 斧屋爰封. 神非久留, 息駕于中, 書石爲誌, 世德斯崇. 手醊以酹, 涕出焉窮!

우제최간려츤귀상도문(又祭崔簡旅櫬帰上都文 : 다시 최간님의 관
을 경성에 보내며 올리는 제문)[47]

아아, 최공(崔公)의 영령이시여! 아, 최공이시여! 초(楚) 남쪽에선 묘실(墓
室)을 만들 수가 없습니다. 혹은 먼지 흙이라 허물어지고, 혹은 바위투성
이로 험준한 땅이며, 지하수가 새어나와 적시어 매몰시키고 범람하기도
합니다. 들쥐와 왕개미가 옆을 뚫고 드나들며, 땅이 성기고 약하여, 오래
되면 저절로 허물어져 쌓여버립니다. 어른의 고향처럼 견고하고 촘촘하
지 못합니다. 아 최공이시여! 초 남쪽에선 귀신과 친구가 될 수 없습니
다. 조급하고 사나우며 경박하고 음험하며 훔쳐보고 흘겨보며 기만합니
다. 좀스럽고 어리석으며 경박하고 멋대로 돌아다닙니다. 동류(同類)에는
생각이 없고 오직 뭇 추악한 것만을 좋아합니다. 어른의 고향에 있는 귀
신처럼 부드럽지도 못하고 남과 어울리지도 못합니다.

때도 몹시 좋고 자식들도 몹시 근면하여 이 배와 수레를 마련하여 어
른의 영혼에게 편안함을 드리려합니다. 변방을 떠나 고향으로 돌아가십
니다. 성대하게 돌아가시니 즐거워하고 기뻐하심이 마땅합니다. 어른께
선 고인이 되어 돌아가시나 저는 살아 이곳에 남아, 멀리 서로 다른 세
상에 있으니, 어찌 어른을 따르며 함께할 수 있겠습니까? 자리에 술을
따라 올리자니, 눈물이 줄기를 이룹니다.

乎崔公之柩! 嘻乎崔公! 楚之南, 其土不可以室. 或坋而頹, 或确而萃,
陰流泄漏, 瀸沒渝溢. 碩鼠大蟻, 傍穿側出, 虛疎脆薄, 久乃自窒. 不如君

---

47) 본편은 매형 최간(崔簡)을 장안에 귀장하기 위해 떠나보내며 올린 예식을 위한 제문
이다. 최간은 작자의 매형으로 원화 7년(813)에 영주에서 죽어 가매장되었다가 원화 9
년(815)에 장안으로 귀장되었다. 바로 앞에 「제자부최사군간문(祭姊夫崔使君簡文)」이 보
이며, 그밖에 그를 위한 묘지명도 있다.

之鄉, 式堅且密. 嘻乎崔公! 楚之南, 其鬼不可與友, 躁戾佻險, 睒眤欺苟,
胜賤暗習, 輕囂妄走, 不思己類, 好是羣醜. 不如君之鄉, 式和且偶.

日月甚良, 子姓甚勤, 具是舟轝, 寧君之神. 去爾夷方, 返爾故鄕, 奕奕
其歸, 宜樂且欣. 君死而還, 我生而留, 遠矣殊世, 曷從之遊? 酹觴于座,
與涕俱流.

제최씨외생문(祭崔氏外甥文 : 생질 최씨를 위한 제문)[48]

모년 모월 모일에 여덟째 외삼촌과 열째 외삼촌이 생질 위륙(韋六)·소
경(小卿)의 영혼에게 삼가 제사를 바친다.[49] 아아! 세상에 나와 효성스럽
고 착하며 재능이 풍부하여, 종신토록 길(吉)하며 뜻한 바를 얻으리라 여
겼었다. 그런데 누가 너희의 생명을 앗아갔단 말이냐? 참으로 잘못된 일
이구나. 바른 길을 걷고도 잘못되었으니, 죽은 후에 그 누가 돕겠는가?
어찌 너희가 우매하여 살피지 못했던 것이겠는가? 너희 목숨을 앗아가려
고 컴컴하게 안개가 꼈던 것이리라. 반복하여 나를 어지럽히니, 그 슬픔
어떻게 떨치겠는가? 육체조차 의지할 곳이 없으니, 혼백이 어디를 가겠
는가? 돌아와 제물을 받으라. 술은 잔에 가득하고 고기는 그릇에 가득하
다. 어찌 다른 사람이겠는가, 내가 주는 것이다. 오느냐 안 오느냐? 냄새
도 향기롭다.

---

48) 본편은 매형 최간(崔簡)의 두 아들이자 사촌 누이의 아들을 위한 제문이다. 최간을
위한 제사 뒤에 이어진 제사의 제문이다. 두 생질의 이름은 처도(處道)와 수눌(守訥)로,
아버지 최간의 운구를 받들어 바다를 건너다 폭풍을 만나 익사하였다. 앞의 「제자부최
사군간문(祭姊夫崔使君簡文)」에 관련 기록이 보인다.
49) 위륙(韋六)·소경(小卿)의 이름은 차례로 처도(處道)·수눌(守訥)로서, 운구하던 도중에
물에 빠져 죽은 최간(崔簡)의 두 아들이다. 여덟째 외삼촌과 열째 외삼촌은 작자 자신
과 사촌아우 유종직(柳宗直)을 가리킨다.

年月日, 八舅、十舅敬祭外甥韋六、小卿之魂. 嗚呼! 生有孝姿, 淑且 茂兮. 謂吉其終, 道克就兮. 胡典而喪? 離厥咎兮? 蹈道而違, 死誰佑兮? 豈汝之昧, 不能究兮? 將奪之鑒, 使昏霿兮? 反復攪予, 哀何救兮? 骨肉無 從, 魂焉覯兮? 庶幾來歸, 餕以侑兮. 酒實于觴, 肉盈豆兮. 豈伊異人? 余 所授兮. 來耶否耶? 歆氣臭兮.

제최씨외생여문(祭崔氏外甥女文 : 생질녀 최씨를 위한 제문)[50]

외삼촌 종원이 스물 여섯째 생질녀의 영혼에게 제사를 지낸다. 내 생 질녀 중에서 네가 제일 위로서 우리 집안에서 가장 많이 사랑을 받았다. 너는 총명하고 정숙하며 인애(仁愛)롭고 효심과 우애심을 갖춰, 온전한 덕을 평소 잘 지키기로 집안에 널리 퍼져 오랫동안 칭찬을 받아왔다. 내 누이는 도덕과 행실이 고상하고, 어른을 받들고 아랫사람을 가르침에 공 경심과 부지런함으로 실천하셨다. 일찍부터 기준을 정하여 너희들을 엄 히 가르치셨으니, 비록 너의 본성이 착하다고는 하지만 어머니의 훌륭한 교육에서 비롯된 것이었다. 너의 아버지는 문장을 내게 가르치셨는데 주 변에서의 변론 중에 의문점이 있을 때면 반드시 답안을 주셨다. 또 늘 잘못을 고쳐 훌륭한 수준에 오르셨는데, 훌륭함을 갖추면 화가 생겨나리 라고 누가 알았겠는가! 너와 동생들은 흩어져 의지할 곳이 없었는데, 다 행히 내게 의존할 수 있어 곤경을 위로받을 수 있었다. 너는 명문가에 출가하여 훌륭한 모습을 지닐 수 있었으며 영예와 장수를 기약할 수 있

---

50) 본편은 매형 최간(崔簡)의 딸이자 자신의 사촌 누이의 딸을 위한 제문이다. 생질녀의 이름은 원(媛)이며, 낭주(朗州) 원외사호(員外司戶) 설손(薛巽)에게 출가하였으며, 원화 12 년(817)에 죽었다.

었건만 급작스레 재난을 당했구나. 아아 애통하다!

네가 아버지를 잃은 뒤에 두 동생이 이어 죽었으니 이 바닷가의 슬픈 일은 고금에 드문 일이었다.[51] 변(駢)도 남달리 총명하고 화통하여 빛을 발하며 유학을 부흥시키리라 기대되었었건만, 신명이 어찌 이리 몰라줄 수 있단 말인가![52] 넘치는 덕행에는 경사가 따르니 마땅히 풍성한 복을 받아야 할 터인데, 갑자기 재난이 내려 화를 당하게 되었구나. 아아, 애통하다!

재작년에 조서가 내려 나는 먼 곳의 자사가 되었는데, 무릉(武陵)과는 길이 가까워 오고 가며 묵어, 다행히 다시 만나 불편하던 속마음을 풀 수 있었다.[53] 가벼이 헤어져 길을 재촉하였었는데 이로부터 다른 세상으로 나뉠 줄을 그 누가 알았겠는가? 눈앞에 길은 보이지 않고 바람 맞아 통곡하니, 마음으로부터의 슬픔은 칼날로 살을 베어내는 듯하다. 망산(邙山) 언덕에 자리를 잡았는데 청오(靑烏)가 점친 좋은 자리이나, 길은 여전히 험하고 시기는 촉박하다.[54] 귀장할 때에 다시 제물을 바치기로 기약하며 이 글로 슬픔을 기탁하노라니 마음은 이곳과 그곳을 오고간다. 아아, 애통하다!

叔舅宗元祭于二十六娘子之靈. 凡我諸甥, 惟爾爲首, 甥於我氏, 恩顧彌厚. 惠明貞淑, 仁愛孝友, 女德之全, 素風斯守, 播于族屬, 芬馨自久. 恭惟伯姊, 道茂行高, 上承下訓, 克敬能勞. 夙有儀則, 刑于汝曹, 雖云性善, 抑自良陶. 汝之先君, 以文誨我, 周流辨論, 有疑必果. 恒革其非, 以成其可, 孰云具美, 易以生禍! 汝及諸弟, 流離莫從, 幸獲我依, 以慰困窮. 歸之令族, 有蔚其容, 方冀榮壽, 遽罹災凶. 嗚呼哀哉!

---

51) 두 동생이 아버지를 운구하던 중에 익사한 일을 가리킨다. 관련 사항은 앞에 보이는 최간을 위한 두 편의 제문과 죽은 두 동생을 위한 제문에서 알 수 있다.
52) 변(駢)은 최간의 다른 아들로 보인다. 뒤에 그를 위한 제문이 있으나 작자의 생질이라는 것 외에는 그 관계가 불분명하다.
53) 유종원은 원화 10년(815) 3월에 유주자사가 되었다. 무릉(武陵)은 낭주(朗州)를 가리키며 유주와는 매우 가깝다.
54) 망산(邙山)은 낙양 부근의 산으로 생질녀의 장지를 가리킨다. 청오(靑烏)는 『상총서(相冢書)』에 보이는 묘의 터를 잘 보는 사람이다.

汝自艱酷, 二弟繼終, 海門之哀, 今古罕同. 駢也英文, 敷暢洽通, 實期
振耀, 弘我儒風. 又茲夭閼, 神理何蒙? 盛德餘慶, 宜福其豐, 胡然降戾,
惟禍之逢. 嗚呼哀哉!

前歲詔追, 廷授遠牧, 武陵便道, 往來信宿, 幸茲再見, 緩我心曲. 猶且
輕別, 瞻程務速, 孰知自此, 遂間幽躅? 臨視無路, 遡風慟哭, 怛然自中,
如刃之觸. 邙阜有位, 青烏載卜, 道途尙艱, 歲月逾邈. 方俟歸紼, 再期奠
沃, 寄哀斯文, 心焉往復. 嗚呼哀哉.!

제외생최병문(祭外甥崔駢文 : 생질 최변을 위한 제문)[55]

경랑(卿郞)의 영혼에 제사를 바친다. 아아! 하늘은 영험하고 기특함에
인색하므로 취하되 너무 탐내서는 안 된다. 총명하고 또 유능하다면 어
느 신령이 참겠는가? 너는 이점을 생각하지 않고 제 뜻대로 차지했다.
그 하늘의 열쇠를 훔치고 보물 궤짝을 훔쳐서는 그 깊고 비밀스러움을
들춰내 귀중하게 여기는 것을 차지했다. 그리하여 담당자가 자리를 잃고
하늘에게 너의 처벌을 호소했다. 결국 너를 죽여 제 자리를 지킨 것이다.
이것이 사실이 아니던가? 그렇지 않다면, 귀신이 벌할 행동이 없는데도
요절하였고, 출중한 인재이면서도 세 차례나 버려졌으며, 어짊으로 가득
한 몸에 독기가 골수에 들었으니, 무엇이 그리하였다는 말이냐?

나는 형제가 열이 넘는 중에 여덟째인데, 그 중에 몇이 죽어 산 이와
죽은 이가 반반으로 나뉜다. 나는 너의 외삼촌이고 너는 나의 생질인데,

---

55) 본편은 요절한 생질 최변(崔駢)을 위한 제문이다. 최변(崔駢)은 매형 최간(崔簡)의 아들
중의 하나로 보인다. 본편 앞의 제문에서도 언급되었으나 그 관계가 확실치 않다. 본편
과 앞편의 언급을 종합하면 원화 10년(815)과 12년(817) 사이에 죽은 것으로 여겨진다.

너는 어짊을 온전히 갖추었고 예능도 완성하였다. 천하에 짝할 이가 없으며 예로부터도 견줄만한 이가 드물었으니, 남들은 부러워하여 거의 살고 싶지도 않을 정도였다. 아아, 애통하다! 그렇게 아꼈기에 슬픔도 한이 없다. 진(秦)과 월(越)은 만리나 되어 마음만이 그 사이를 배회한다.[56] 너와 환공대(桓公臺)에서 헤어질 때를 기억하니, 그때 나는 장년이고 너는 어린이였다. 너는 장난스럽게 사원의 향대를 뽑아들고 물가에서 놀았으며, 웃는 얼굴로 길을 나서면 채찍을 소리가 나도록 휘두르며 가선 돌아오지 않았다. 그런데 살고 죽음이 그로부터 갈릴 줄 어찌 알았겠는가? 귀신이 어떤 존재이기에 차마 이런 부당한 벌을 내리는가? 병을 얻었을 때 형제 중에서 너를 의사에게 보이고 무당에게 물어줄 사람이 없어 끝내는 깊이 잠들고 말았구나. 너를 동쪽의 들에 묻을 때, 누가 수레를 몰아주고 또 누가 함께 하겠는가? 제사를 마치고 나면 또 누가 제주가 되어주고 술을 바쳐주겠는가? 아득히 고독한 혼령이 누구에 의탁하고 어디를 가겠는가? 아아, 애통하다! 형부(刑部)의 계지(繼之)가 병이 난 일을 알려왔기에, 근심스런 마음으로 하인에게 약과 편지를 들려 서둘러 보냈다.[57] 비록 심한 상황에 놀랐지만 그래도 신이 도우시리라 믿었었다. 어찌 믿었던 바가 나를 저버릴 것을 알았겠는가? 나는 죄를 지어 경성에 돌아갈 희망이 없다. 네 새 묘가 소릉(小陵) 모퉁이에 있는데 언제나 귀장하여 그 허물어진 흙 아래서 외칠지를 생각해본다. 넘쳐흐르는 눈물이 땅에 스며들어 진흙밭을 만들지만, 그래도 마음에 부족하고 상심만 깊어진다. 여러 차례 꿈에서 보았지만 네가 있는지 없는지를 알 수가 없다. 마음을 이 글에 부치며 또 고기와 술을 바친다. 아아, 애통하다!

祭于卿郎之魂. 嗚呼! 天恠靈奇, 取不可貪, 旣睿又力, 神誰以堪? 汝不是思, 而縱其志. 盜其管籥, 襄其篋匭, 抽深抉密, 擔重揭貴. 守吏失職, 訴

---

56) 진(秦)은 장안을 가리킨다.
57) 계지(繼之)는 양사복(楊嗣復)으로, 원화 10년(815)에 형부원외랑이 되었다.

帝行事. 果殄爾躬, 以寧其位, 豈不信耶? 不然, 無鬼誅之行, 而中道夭死; 有拔萃之材, 而三見廢委. 仁充其軀, 毒中骨髓, 其何以爲累也?

兄弟逾十, 我出惟八, 旣孤數祀, 中分存沒. 我爲汝舅, 汝爲我甥, 求仁具得, 爲藝繼成. 天下莫倫, 古罕並行, 人而思之, 幾不欲生. 嗚呼哀哉! 旣致其愛, 祇極其哀, 秦、越萬里, 心魂徘徊. 念與汝別, 桓公之臺, 顧余猶壯, 視爾如孩. 戲抽佛筴, 前次洍隈, 笑頷卽路, 鳴鞘不迴. 豈云古今, 自此而乖! 孰爲鬼神, 忍是陰誅? 得疾之日, 兄弟莫在, 謁醫問巫, 卒以幽昧. 葬之東野, 誰賵誰會? 旣虞以奠, 誰主誰酹? 孤魂冥冥, 何託何逝? 嗚呼哀哉! 刑曹繼之, 以病告余, 銜憂驅使, 裹藥操書. 雖驚狀劇, 猶恃神扶, 豈知所賴, 終以誤吾. 我自得罪, 無望還都. 想爾新墓, 少陵之隅, 何時歸祔, 圮土下呼. 漬淚徹壙, 以沾以塗, 此心未慊, 祇盆摧紆. 累見于夢, 寧知有無? 寄之哀辭, 惟爼及壺. 嗚呼哀哉!